国家出版基金项目
NATIONAL PUBLICATION FOUNDATION

鲁迅与20世纪中国研究丛书

鲁迅与20世纪中外
文化交流

林敏洁 等 著

百花洲文艺出版社
BAIHUAZHOU LITERATURE AND ART PRESS

图书在版编目（CIP）数据

　　鲁迅与20世纪中外文化交流/林敏洁等著. —南昌：
百花洲文艺出版社，2018.3
　（鲁迅与20世纪中国研究丛书）
　ISBN 978-7-5500-2722-0

　Ⅰ.①鲁… Ⅱ.①林… Ⅲ.①鲁迅著作研究②中外关系 –
文化交流 – 研究 – 20世纪 Ⅳ.①I210.97②G125

中国版本图书馆CIP数据核字（2018）第046148号

鲁迅与20世纪中外文化交流

LUXUN YU 20 SHIJI ZHONGWAI WENHUA JIAOLIU

林敏洁　等　著

出 版 人　姚雪雪
策　 划　毛军英
责任编辑　周振明
书籍设计　方　方
制　 作　何　丹
出版发行　百花洲文艺出版社
社　 址　南昌市红谷滩世贸路898号博能中心一期A座20楼
邮　 编　330038
经　 销　全国新华书店
印　 刷　江西华奥印务有限责任公司
开　 本　720mm×1000mm　1/16　印张　24
版　 次　2018年5月第1版第1次印刷
字　 数　365千字
书　 号　ISBN 978-7-5500-2722-0
定　 价　58.00元

赣版权登字　05-2018-107
邮购联系　0791-86895108
网　 址　http://www.bhzwy.com
图书若有印装错误，影响阅读，可向承印厂联系调换。

让鲁迅重新回到民族的现实生存中去

——"鲁迅与20世纪中国研究丛书"代序

谭桂林

　　鲁迅学在中国学界是一门显学，鲁迅与20世纪中国之关系的研究在国内外的中国现当代文学研究中，也都是一个持续热门的话题。成果汗牛充栋，意见纷纭杂陈，尤其是近20年来，国内外鲁迅研究趋势发生了一些重要的变化，归纳起来大致有三种现象比较明显。一是大众娱乐化现象。一些文化明星以鲁迅作商品，在各种大众传媒的平台上宣讲着各种似是而非的有关鲁迅的言论，消费鲁迅，利用鲁迅，其目的并不是宣传鲁迅，而是以鲁迅的牌号来包装自己，使自己的利益最大化；一些江郎才尽的作家则以开涮鲁迅甚至谩骂鲁迅来哗众取宠，迎合后现代文化思潮下社会公众对权威的消解狂欢；一些娱乐媒介甚至把鲁迅与朱安的婚姻、鲁迅兄弟的失和等私人生活事件加以种种的猜测、窥探和渲染，以此娱乐大众。二是价值相对化现象。国内思想文化界有一些学者利用重评20世纪文化论争的平台，或者抬高学术，贬抑启蒙，或者标举胡适，批判鲁迅；不少学者或文化人认为鲁迅的价值和意义在时空上是相对的，鲁迅的意义在于启蒙，在于对旧文化的批判和毁坏，这种批判和毁坏的力量在鲁迅的时代里是必须的，而当下的时代主题是建设，需要的是平和的理性精神，所以鲁迅是过时了的文化英雄，是功能退化乃至错位的文化符号。三是学术的边缘化现象。许多严肃的学者坚守在鲁迅研究领域，但是为了抗衡近20年来鲁迅研究中的浮躁状况，这些严肃的研究越来越学院化、边缘化、琐细化。研究的内容和研究成果的突出成就大多集中在研究史的总结、文本技术的解析、资料的整理考据，等等。这三种现象尽管对鲁迅研究的态度、对鲁迅精神的认知截然不同，但它们有一个倾向却是共同的，这就是从不同的方向把鲁迅这一民族精神的象征同当下民族的生存现实和文化建构疏离开来。正是针对鲁迅研究中的这三种现象，我们撰写了这一套丛书，目的就在于将鲁迅研究与20世纪中国社会的革命现实和民族命运重新联系起来。

我们认为，中国的20世纪是一个改革的世纪，政治制度的更迭变换是改革的外在形式，而整个世纪中有关改革的思想则总是围绕着若干基本问题而展开。鲁迅作为一个文学型的思想家与社会文化批评家，他与20世纪中国社会改革的关系当然是十分密切而深刻的。所以，本丛书以现代中国思想文化的发展为线索，提出了八个20世纪中国社会改革过程中的、鲁迅曾经深度介入的基本问题，从思想史的角度来清点、整理、发掘和重新解读鲁迅这一民族精神象征和文化符号与20世纪中国的联系。丛书不仅全面切实地梳理鲁迅研究界在这些基本问题上所取得的研究成果，深入地解读阐述鲁迅面对和思考这些基本问题时的思路、资源和观点，而且着重分析了鲁迅这一精神象征在20世纪中国历史中建构与形成的内在机制与外在因缘，深度阐释鲁迅这一文化符号在20世纪中国社会改革进程中的能指、所指和功能结构，突出一种从民族精神象征与文化符号的意义上对鲁迅与20世纪中国关系进行综合思考的问题意识和方法观念。我们希望通过这一思想史角度的采用和综合思考的方法观念，使本丛书既容纳又超越过去从文学史角度或者学术史角度进行鲁迅研究总结的局限性，在新世纪的鲁迅研究中，从理论上进一步深化思想、文化与现实融会贯通，多种学科交叉融合的鲁迅研究新思维。

在20世纪的中国，不少先进知识分子向西方寻求真理来解决中国的问题，结果形成了激进主义的文化思潮；也有不少刚正的知识分子固守民族的文化血脉，主张以儒家文化融汇新知来渐进改良，结果形成了保守主义的文化思潮。

我们认为，在"五四"一代中国的知识分子中间，也许只有鲁迅的思想真正超越了激进与保守的思维模式，根基的是本民族的经验和当下的个体生命感受。鲁迅的伟大就在于他用熔铸着民族本土经验和个体生命感受的思想为20世纪中国的社会改革与文化发展提供了一种无可取代的精神资源。改革开放初期，针对"左"倾思潮影响下鲁迅研究的机械政治化倾向，鲁迅研究界曾经发出鲁迅研究要"回到鲁迅那里去"的口号。现在30年时间已经过去，针对近年来鲁迅研究的学院化和娱乐化的倾向，我们认为，应该理直气壮地提出"让鲁迅重新回到民族的现实生存中去"的口号。所以，本丛书将通过对鲁迅思想的民族化和个体性特点的发掘与阐述，在民族精神象征和文化符号的基石上，重新建立起鲁迅与20世纪中国社会的密切联系，让鲁迅精神和鲁迅研究重新深度介入中国当下社会改革的民族生存现实中去。

基于这样的立场，在本丛书的写作中，我们强调了三个方面的方法理念。

一是突出问题意识。本丛书在研究思路上，以思想史为线索，以问题意识为切入口，来清点、整理、发掘和解读鲁迅这一象征和符号在中国民族复兴运动中的伟大意义、价值及其局限性。这种问题意识的突出，也许能对目前鲁迅研究界纯粹学术研究的学院传统有所突破。本丛书选择的八个问题经过精心选择，其中国民信仰的重建、政治文化的变迁、民族国家话语的建构等都是我国20世纪精神文化建设中举足轻重的问题，而鲁迅与中国的都市化进程，与20世纪中国的文学教育以及鲁迅在20世纪中外文化交流历史上的符号功能与象征意义等，则是本丛书提出的具有创新性的问题。譬如鲁迅与20世纪中外文化交流的子课题，我们的研究对象不仅是国外对鲁迅的学术性研究，也不仅是鲁迅对外国文学的译介活动，我们的重心是鲁迅在20世纪中国对外文化输出方面所起到的历史和现实作用及所达到的积极效果。其中包括收集整理和分析西方主流媒体的鲁迅报道、西方主流教育中的鲁迅课程开设情况以及西方主流大学中文系与文学系对鲁迅的学习介绍情况，尤其是要运用比较的方法来探讨西方主流教育鲁迅课程开设的特点，为国内鲁迅教育以及国外孔子学院的鲁迅推广提供参考。正是因为本丛书设计的重心不是单纯研究鲁迅在社会文化领域内诸多方面的成就和贡献，而是紧紧扣住20世纪中国社会文化发展的若干基本问题，着重研究鲁迅这一符号和象征在20世纪中国社会文化发展中所起到的作用、所具有的价值和意义，所以这一设计方向可能使本丛书的研究另辟蹊径，可以从鲁迅研究浩如烟海而且程度高深、体系庞大的已有成果中突围出来，建构起自己的原创性。

二是强调民族经验。我们认为，鲁迅作为20世纪中国伟大的文学家、思想家和社会文化批评家，他的伟大之处就在于他对中国现代社会问题的思考具有鲜明的独特性。他同无数现代先进知识分子一样，为了改变民族命运而积极介入中国社会问题的思考。而他与很多现代知识分子不一样的地方在于，他是在中国这块文化土壤里诞生出来的一个思想独行者，他从来就是立足在中国的土地上、立足在"当下"这一时间维度上，以自己对于中国民族生存现实的极其个性化的生命体验为基础，来考量、思索和辨析中国社会存在的问题。所以，鲁迅对于20世纪中国文化史的贡献乃是他提供了一种极其鲜明的、具有民族本土性和生命个体化的关于中国问题的思想。本丛书在设计上一个突出的特点就是在整个课题的论证过程中强调鲁迅思想的民族性，从民族本土经验与个体生命体验相熔铸的观点来阐释鲁迅思想在现代中国思想界不可取代的独特性。这一观念在鲁迅资源与20世纪中国社会改革之关系的研究中具有支撑性的创新意义，同时也能对于国内外近来比较流行的认为中国现代民族国家的历史是想象的历史，民族国家只是存在于知识分子的各种文字记叙中的学术观点给予理论上的回应。

三是解读批判精神。我们认为，鲁迅是20世纪中国伟大的文化巨人，而他的伟大性在于他是一个思想批判型的文化战士，他的特征是民众的立场、人本的理念、积极介入现实的公共情怀、独立思考的精神原则、不惮于做少数派的英雄气度以及信仰的纯粹意义。这种批判不是只问破坏与摧毁式的批判，而是康德的批判哲学中所倡导的在反思中求证、在扬弃中螺旋上升式的主体自由精神。社会建设需要鲁迅这样的具有纯粹信仰的批判型文化战士来承担社会文化批判的任务，来体现知识分子作为社会良知在社会文化发展中的中坚作用，使民族的发展、社会的建设始终保持一种人本的取向、清醒的精神和理性的态度。这一观点，我们认为对鲁迅资源在当代中国社会改革与文化建设的伟大价值的阐释方面，具有十分重要的意义。

在具体的研究方法上，本丛书的写作力图突出两个方面的特色。一是将历史述评与现实透视结合起来。这一研究方法包括两个层面的要求，第一是要求每一个子课题都必须有研究史梳理的论证环节，将研究历史的梳理评述与当下研究现状的透视分析结合起来；第二是要求每一个子课题都必须十分重视鲁迅生前与20世纪中国社会革命，与20世纪中国民族发展的命运的紧密关系的研究，也即重视鲁迅的生命史与中国现代革命史之间的紧密的关联，这是整个丛书研究的历史基础，没有这个基础，也就无法说清楚鲁迅的符号意义与精神象征在当代中国社会发展与民族文明建设上的资源价值所在。二是将社会调查与学理思辨结合：本丛书同时具有基础研究和应用研究这两方面的特质，是一种综合性的研究项目。因而，本丛书在研究方法上坚持学理思辨与社会调查相结合的论证途径。在具体研究中，尤其重视社会调查的环节，合理地设计调查内容，精确地统计与分析调查数据和资料，对鲁迅在公众心目中的形象定位、鲁迅资源在某个现实问题中的社会效应、鲁迅形象在国内外媒体传播中的实际状况、鲁迅资源在国内外文学教育中的功能呈现等等问题进行广泛的社会调查。由上海同济大学承担的国家社科基金特别委托项目"鲁迅社会影响调查报告"在这方面开启了一个先端，但这一项目目前成果侧重在学术与社会物质文化的层面，我们希望本丛书以社会文化问题为中心，将鲁迅的社会影响调查推进到国民精神与心灵现象的层面，从国内影响推进到国际影响的层面，实现在鲁迅社会影响研究方面的进一步补充与深化。

需要说明的是，本丛书是在国家社科基金重大项目"鲁迅与20世纪中国研究"结项成果的基础上编选出版的。2011年底，重大项目"鲁迅与20世纪中国研究"获得全国社科规划立项，这对我们既是一种巨大的鼓励，也是一份沉甸甸的责任。5年来，仰仗课题组各位同人的大力支持与辛勤劳作，这一重大项目取得了显著成就，各个子课题组成员总共发表出版阶段性研究成果120余项，其中著作6部，论文110余篇，论文集2部。不少论文发表在《中国社会科学》《文学评论》《鲁迅研究月刊》《中国现代文学研究丛刊》等国内重要的学术刊物上。最让我们难以忘怀的是课题组分别在2013年和2015年召开了"鲁迅与20世纪中国研究"国际学术研讨会和"从南京走向世界——鲁迅与20世纪中国研究青年学术论坛",这两次会议得到国内外鲁迅研究专家的热情支持,在鲁迅学界产生了热烈的反响。项目于2017年上半年顺利结项,作为项目的首席专家,我要特别感谢朱晓进、杨洪承、郑家建、汪卫东、何言宏、刘克敌、林敏洁、李玮等子课题的负责人,感谢参与此项目研究的各位作者,是你们的通力合作和智慧付出,才保证了此项目的圆满完成,也保证了本丛书的顺利出版。在2017年11月绍兴召开的中国鲁迅研究会年会上,新任会长孙郁在感言中说,研究鲁迅是自己一生的坚持。这句话,朴实而掷地有声,可以说代表了我们每个鲁迅爱好者的心声。能够坚持一生,不仅因为我们热爱鲁迅的作品,而且也是因为鲁迅研究是一个高水准的学术共同体。在这个共同体中,我们不仅能够始终仰望着一个伟岸的、给我们以指引和慰安的身影,而且能够经常性地与一些这个时代的优秀的、高境界的心灵进行对话。在这个共同体中,经常能够爆发出给人以思想震撼力的研究成果,这也是鲁迅研究一代代学人值得骄傲的事情。当然,这套丛书肯定存在许多缺点,我们不敢期待它能有多么杰出的成就,但如果能够为鲁迅研究这一学术共同体提供一点新的具有参考价值的观点与材料,为鲁迅这一民族精神象征重新回到民族现实生存中去起到一点促进的作用,于愿已足。

最后,要诚挚感谢国家出版基金对这套丛书的慷慨资助,感谢百花洲文艺出版社毛军英等领导和编辑们对此丛书出版给予的大力支持和付出的辛勤劳动。

目 录

鲁迅与20世纪中外文化交流

鲁迅与20世纪中国研究丛书

前　言

　　纵观历史长河，任何一种文化，无论是新兴后起还是源远流长，都无法完全以个体意志控制文化输出，更不能抗拒外来文化的渗入。文化之间存在着文化势差，在历史的各个阶段，总会发生相互碰撞、交流及融合。历史上，作为四大文明中唯一不曾中断的中华文明，以高度繁荣和巨大影响辐射整个东亚乃至以外的地区。及至20世纪初，随着世界文明格局的演变，中华文化的域外传播进入了空前低潮时期，面临着历史上最严峻的考验。西方文化、苏俄文化、日本文化等域外文化不断涌入中国，中国知识分子群体成为该时期中外文化交流的直接实践者和推动者。在这些有识之士眼中，鲁迅成为时代的象征和旗帜。

　　鲁迅是中国的伟大作家，更是比肩诸国优秀文坛逸才的世界级文学家，凭借其奇思妙想的构思和振聋发聩、发人深省的声声呐喊在中国乃至世界文学界产生了深远影响。鲁迅及鲁迅文学是一个国家、一个时代，甚至是一种文化符号的代表，代表一种在混沌未清年代"众人皆醉我独醒"的清明之势。鲁迅怀揣对祖国无比炽热之爱，意识到治愈身体病痛虽可为，却远不及拯救病入膏肓的国人心灵行之有效后，毅然弃医从文，以笔为戈，对尚处懵懂、迷惘之中的国人发出痛彻心扉的呼喊，期待这声声呼唤可以唤醒沉睡中国人的意识。鲁迅虽对现实厌之、恶之，却又立足现实，然而并不为现实种种束缚所困，而是赋予其幻想或是夸张之力，展现出似与现实交织，却也存在诸多格格不入之处的奇绝妙绝的文学世界。因而，展现在众人面前的是一幅现实与幻想交织、沉默与爆发并存的精妙画卷。

鲁迅凭借文学创作和文学译介等途径，为中华民族持续了两千余年的封建文化注入了一针近代文明的强心剂，为近代文学注入了鲜活血液，并为中外文化交流做出了巨大贡献。在历史的转折当口，鲁迅挺身而上勇敢立于风口浪尖，鲁迅身后，他"文化摆渡人"的意义仍未有所消殒。在我国走向世界的现代文学译作中，鲁迅的作品占有很大比重。更多国外学者及普通群众通过鲁迅加深了对中国现代文学，甚至中华文化的了解。

从20世纪20 年代初至 80 年代初的60年间，鲁迅的作品已全部被译成日语、英语、俄语、德语、法语、西班牙语等50 多种语言，并于40多个国家出版发行，据不完全统计，这期间，世界上120多家出版社和期刊出版、发表了300多种鲁迅著作译品。[①]

日本的鲁迅译介与研究在域外鲁迅传播及研究领域，开始时间最早，形成规模最大，且成果最为丰硕。据日本东京大学文学系藤井省三教授考证，早在1909年3月鲁迅与周作人合译的《域外小说集》在日本出版时，世界上最早介绍鲁迅的文章就已刊载于同年5月的《日本及日本人》杂志。[②]滥觞于此，鲁迅及其文学作品在世界范围内广泛传播，并引起极大反响。而日本的青木正儿，以一篇《以胡适为旋涡中心的文学革命》为发轫之始，揭开了世界鲁迅研究的帷幕。作为海外鲁迅研究重镇的日本，自由主义学派、理想主义学派、自然主义学派、虚无主义学派、马克思主义学派、文学主义学派等10余种主要学派的学者纷纷在此领域挥毫泼墨。其中竹内好、增田涉、伊藤虎丸、丸山升、丸尾常喜及藤井省三等鲁迅研究权威，贡献卓著，成绩斐然，成为世界鲁迅研究的先行者。其中，最早被公认为域外鲁迅研究领域最杰出学者、日本"鲁迅学"奠基者的竹内好，其"竹内鲁迅"研究范式对后世鲁迅研究产生了深远影

①　宋绍香：《世界鲁迅译介与研究六十年》，《文艺理论与批评》2011年第5期，第91页。

②　藤井省三：《日本介绍鲁迅文学活动最早的文字》，《复旦学报》1980年第2期。

左侧竖排：鲁迅与20世纪中国研究丛书

响。日本权威汉学家吉川幸次郎博士1974年11月在日本京都大学的演说中曾说道："对于日本人来说，孔子和鲁迅先生是中国文明与文化的代表。一个日本人，他可能不了解中国的文学、历史和哲学，可是，他却知道孔子和鲁迅的名字，他们常常饶有趣味地阅读孔子和鲁迅的作品，通过这些作品，他们懂得了中国文明与文化的意义。"①由此可见，在日本鲁迅早已被推崇备至，其影响甚至可与孔子比肩。在日本的现代中国学研究中，至今还没有一人能像鲁迅那样，能获得如此广泛的认同与高度的评价。

苏俄的鲁迅译介及研究紧随日本之后，始于20世纪20年代。1925年苏联支援中国革命人员中的王希礼（波·阿·瓦西里耶夫）将《阿Q正传》翻译成俄文，鲁迅为其作序并撰写《著者自叙传略》。以此为发端，鲁迅走入了苏俄乃至东欧学者及民众们的视线。至50年代，苏俄的鲁迅研究已颇具规模。从世界范围来看，鲁迅在各地的传播和研究进程，不可避免地会受到当地政治气候的影响，这一现象在苏俄及东欧地区显得尤为突出。由于20世纪此地区政治角力激烈，一度出现将鲁迅及其作品政治化工具化的现象。而在苏联及东欧诸国政治体制改弦更张之后，对鲁迅的研究才逐渐恢复客观及理性。在新一代的鲁迅研究者中以B.谢曼诺夫尤为突出，其相关论述在世界范围内具有一定影响力。其余苏俄学者诸如费德林、B.彼特罗夫、B.索罗金等人的研究成果也不容忽视。而捷克斯洛伐克的鲁迅译介与研究也备受瞩目，甚至形成了鲁迅研究中的"捷克学派"，其代表人物普实克曾针对1961年美国华裔学者夏志清所撰《中国现代小说史》中对于鲁迅的评价部分提出批评，并引来夏志清的学术反击，两大汉学家就此于《通报》上展开了一番笔战。

1926年法国文学杂志《欧罗巴》刊载了中国留学生敬隐渔翻译的《阿Q正传》选节。同年，梁社乾的《阿Q正传》英译本也于美国发行问世。鲁迅以此为契机，走入西方世界。敬隐渔将译文寄给法国文学巨擘罗曼·罗兰，受到了罗曼·罗兰高度肯定，认为"阿Q正传是高超的艺术作品"②。而鲁迅在自己

---

① 转引自严绍璗：《日本中国学史稿》，学苑出版社2009年版，第337页。
② 转引自袁荻涌：《鲁迅与中法文学交流》，《洛阳师专学报》1997年第6期。

著作之中也多次提及罗曼·罗兰，并给予很高的评价。二人相互赞赏的这一段佳话，至今仍是中法文学交流史中人们津津乐道之事。而以法国为代表的西方世界远隔重洋，文化和思想上的隔膜造成的"中国文学误读"屡见不鲜，这让鲁迅的作品及鲁迅精神在传播过程中受到了不同程度的阻碍。于是，华人华侨与中国留学生便自觉肩负起了最初的传播鲁迅的重任，大大减少了上述差距所带来的负面影响，有效避免了"误读现象"。在此之后，各国的记者、文学家亦纷纷加入到翻译及介绍鲁迅作品的队伍中来。几十年的译介及研究过程中，西方一代又一代学者投身鲁迅及其作品的译介和研究工作中，诸如美国的杨宪益与戴乃迭伉俪、夏济安、帕特里克·哈南、薇拉·舒衡哲、李欧梵、林毓生、刘禾；法国的米歇尔·鲁阿、弗朗索瓦·于连、范伯旺、徐仲年、布里耶尔、克洛德·罗阿；德国的沃尔夫冈·顾彬、马汉茂、苏珊娜·魏格林-斯威德兹克；意大利的鲁奇雅诺·比颜奇雅狄、卢卡·帕沃里尼、埃塔诺·维维亚尼、爱多瓦尔答·玛西；英国的卜立德、约翰·钦纳里、麦克道尔；澳大利亚的梅贝尔·李、G.戴维斯等学者，他们运用各种新兴批评方法，对鲁迅及其作品进行了全面艺术分析，在西方世界共同构筑了一幅完整的，又有别于东方世界的鲁迅像。

朝鲜半岛的鲁迅译介与法国几乎同时展开。1926年汉城《东光》杂志刊登了柳树人所译《狂人日记》。以与中国深厚的历史、政治及文化亲缘关系为大前提，在梁白华等人的努力之下，朝鲜半岛的鲁迅译介与研究呈现燎原之势。"在1920年以后的韩国中国文学界，就专家学者与研究论文、翻译出版而言，最多的对象就是鲁迅。"①朝鲜半岛的鲁迅研究呈现作品文本研究与思想研究并重之态，并在发展过程中较多借鉴西方象征、系统分析及解构主义等现代文艺理论，同时涌现了大批如李光洙、左翼作家韩雪野、民族诗人李陆史、现代诗人金光均、战后小说家李柄注、朴景利、柳阳善等一批深受鲁迅影响的作家。②随着中韩外交关系的改善，朝鲜半岛地区的鲁迅研究在韩国得到了极大

① 朴宰雨：《韩国鲁迅研究的历史与现状》，《鲁迅研究月刊》2005年第4期。

② 金河林：《鲁迅与他的文学在韩国的影响》，《现代东亚语境中的鲁迅研究——中韩鲁迅学术研讨会论文集》，2005年7月。

深化，李家源、朴万实、金河林、朴宰雨等鲁迅作品翻译家、研究家亦在世界鲁迅研究史中留下了不可磨灭的印记。20世纪70年代起，鲁迅研究在韩掀起热潮。至90年代，韩国的鲁迅研究规模壮大、成果激增，韩国高校比较文学方向的博士学位论文选题在近几年甚至呈现"鲁迅热"。①值得注意的是，韩国鲁迅研究在研究过程中逐渐达到了不受政治意识形态左右的学术自由状态，更具客观性、整体性。

　　而东南亚诸国，亦有越南的邓台梅、张政，泰国的吉特·普密斯克、阳努·纳瓦育，新马地区的方修、王润华等人，在鲁迅研究中做出了巨大贡献。其译介传播面之广阔，研究成果之繁多，丝毫不亚于较为发达的文化大国。在过去，从文化心理而言，我们通常将更多的关注置于日韩欧美等国的鲁迅研究中，而较少关注东南亚诸国。但由于地缘、亲缘等难以割舍的历史、政治及地理因素，东南亚诸国中一批又一批鲁迅研究者至今仍笔耕不辍，硕果累累。其中尤以新加坡著名学者王润华的研究成果最受人瞩目。他在鲁迅研究中突破旧有研究框架，另辟蹊径，且具有高度敏锐的学术直觉，使新加坡乃至东南亚鲁迅研究水平得到了极大提升。

　　澳大利亚因地理文化位置的原因，正式开始研究中国文学是20世纪50年代的事情，时间上比较晚，但从那时开始，就形成了悉尼大学和澳大利亚国立大学的鲁迅研究"双城记"。学界对鲁迅的兴趣，很大程度上依赖鲁迅在中国的地位和影响，但也有独树一帜的。在陈顺妍、黄乐嫣、张钊贻和寇志明等一批学者的支持和推动下，鲁迅研究在澳大利亚当代仍保持着相当高的热度，特别是鲁迅和尼采的研究一度成为澳大利亚鲁迅研究的亮点，在"澳大利亚鲁迅研究史"上记下了有自己特色的一笔。近年《鲁迅与澳大利亚》的出版，更令人振奋。

　　环顾世界各国的鲁迅传播史，我们不难发现，虽然囿于各国历史、政治、文化传统以及与中国关系亲疏的不同，鲁迅在各国的译介传播进程或一路易如破竹，或早期受滞，或中期冷却，但却从未在哪个国家有过真正的停滞与搁

---

① 王家平：《鲁迅域外百年传播史：1909—2008》，北京大学出版社2009年版，第298页。

弃。无论过程如何，最终殊途同归，现如今鲁迅研究已成为当世之显学。

世界各国媒体对鲁迅的报道亦从未停滞过。以日本为例，全球发行量最大的报纸《读卖新闻》从1902年9月14日至2015年9月13日对鲁迅的报道共有695条，其数量之多、延续时间之长可见出鲁迅在日本所具有的无可忽视的影响力。日本对鲁迅的报道亦随着中国社会运动的变化而变迁，呈现出多元性、矛盾性，内容涉及了鲁迅著作、鲁迅在日本留学期间珍贵资料以及鲁迅研究发现等诸多方面，特别是近年来，媒体纪念鲁迅、怀念鲁迅之情仍未见衰减，对鲁迅作品、书籍的相关广告、书评和鲁迅相关电影及戏剧、纪念活动及介绍其家人弟子朋友等的报道也频繁地见诸报端，日本主流媒体充分发挥大众媒体的影响力和作用，持续对鲁迅及与鲁迅相关的新闻给予关注，及时向国内外传达有关鲁迅的讯息。中日两国以鲁迅为纽带在交流与理解方面的不断努力，一切可谓是"鲁迅效应"的巨大影响力所带来的。

批判文学传播理论奠基人洛文塔尔曾经指出，"无论是就其内在本质而言，还是就其社会功能来说，文学所发挥的都是一种中介作用，即传播、交流、理解的中介。……文学对于恢复传播的本真内涵和人性内容，对于推进人与人之间的交流、理解、分享内在的体验，对于'人类的自由与解放'都具有不可替代的价值和作用"[1]。鲁迅及其作品在世界范围内的传播与接受的过程，正是体现文学传播真谛的一个最佳范本，百余年的传播史，我们能够看到鲁迅是如何从"中国的鲁迅"逐步成为"世界的鲁迅"。这期间，遭过冷眼，遇过误解，也得到过鲜花，博得过掌声。当下鲁迅的文学艺术成就得到了全世界范围的肯定，其精神亦成为鼓舞世界人民前进的旗帜。正如洛文塔尔所述，"世界的鲁迅"利用文学这一载体，最终将会成为世界人民跨越文化鸿沟、认识并了解中国现代文学及中国的一架坚实桥梁。

我们认为，在20世纪这一激变时代谢幕10多年之后的今天，应以更为宏观的角度，重新审视置身于中外文化交流中的鲁迅。在这一点上，深入剖析鲁迅的"国民之眼"及"国民之口"的身份、细致且系统地梳理及分析鲁迅在中外

---

[1] 转引自甘锋：《洛文塔尔文学传播理论研究》，山东大学博士学位论文，2008年。

鲁迅与20世纪中国研究丛书

交流中的具体活动与贡献，有着重大意义。因此，本课题的开展，综而述之，深具学术及现实意义。

首先，鲁迅研究成果可谓汗牛充栋，其中不乏鸿篇巨制的扛鼎之作。在鲁迅与中外文化交流研究领域，国内外学界已有涉及。然而，至今以专著形式全景式研究鲁迅与20世纪中外文化交流的研究成果尚付阙如，使人深抱未窥全豹之憾。从这个角度出发，本课题具有开创性的学术意义。

其次，随着全球化的发展，各国之间的相互依存和交流更加紧密，文化交流方式和途径也更趋多元化。但是，鲁迅在全球化背景下的中外文化交流领域中的价值不减反增，重焕异彩。而且随着我国国力的不断增强，软实力的建设已成为新时代国家战略目标实现的重要需求，进而对我国对外文化推广和宣传工作也提出了更高的要求。鲁迅作为中外文化交流史上占据重要一席的文化主将，在新时代如何深入发掘"鲁迅"资源，将其潜在能量最大化发挥，成为当前我国对外文化推广和输出及新时代鲁迅研究的重要课题之一。

本项研究摆脱传统鲁迅研究的窠臼，站在21世纪的高度，回眸和重审鲁迅在中外文化交流中的地位与影响，对其进行总结和升华，探讨鲁迅资源在当今全球化视域下的中外文化交流中所具有的价值及其趋势。相信在卷帙浩繁的鲁迅研究著作中，本著作将以独特视角和丰富资料，为新世纪的鲁迅研究做出应有的贡献。

上编　鲁迅在东方世界

第一章　日本主流媒体百年来关于鲁迅的
报道与传播

—— 以世界发行量首位的《读卖新闻》为中心

被世人赋予了多重称号的鲁迅赢得了世界的尊重和持续的关注。在他充满动荡飘零的人生中，无论创作抑或翻译，其累累成果均成为世界宝贵的精神财富。鲁迅虽已逝80余年，然而世界各国的人民至今仍在品析其犀利精练的言语、解读其极具预见性的思想、阐释面对当时"病势沉疴"的中国人时他那怒其不争和撕心裂肺的呐喊。其弃医从文的坚定身影、孤寂伟岸的形象仍然在历史长河之中清晰可见。

鲁迅与日本有着不解之缘。正值书生意气、挥斥方遒之际的鲁迅选择出国求学，希望通过开阔眼界、增长见识来应对当时国内和国际的风云变幻，拯救国人，这成为他执着追求的目标。日本求学经历在鲁迅的人生之路中留下了浓墨重彩的一笔，其人生的重大转折亦是发生在日本。救死扶伤的医生是否能够医治精神上已经病入膏肓的"患者"，鲁迅在日本留学期间，终于找到了这一问题的答案。他放弃一直以来的从医志向，决定以言语为利刃，帮助世人剜掉思想上的腐肉。医生医病却难医心，只有以海纳百川的气量去接受更多新的思想，才能跳脱出"故步自封"的桎梏。他在日本学习不同的语言，而后他的译作更成为一帖精神良药。此外，不能不提及他与恩师藤野先生的君子之交、师徒情谊。二人的交往在动荡不安的乱世之中如同一涓细流浸润心灵。君子之交淡如水，正是这波澜不惊却惺惺相惜的情谊，至今仍为两国人民津津乐道。而时至今日，鲁迅文学仍在世界文坛中屹立不倒，对鲁迅文学相关的研究也从未止步，其中以中日韩三国最盛。

鲁迅与日本渊源之深可以通过日本媒体得到印证。众所周知，鲁迅从1902年至1909年在日本留学7年，最初两年在东京的弘文学院学习，之后在仙台医学专门学校学习一年半，于1906年3月左右返回东京，开始文学运动。第二次的东京生活由其弟周作人相伴左右。据周作人回忆，两人每天都在东京寄宿的地方读按户送达的《东京朝日新闻》（以下简称《朝日新闻》）。1907年4月夏目漱石辞去东京大学文学部教授职务，进入朝日新闻社，于6月23日起开始连载长篇小说《虞美人草》，因而鲁迅每天清晨都会伏在枕上，吸着中档的敷岛牌香烟，先看《朝日新闻》的小说栏。①

《朝日新闻》于1879年1月在大阪创刊，1888年收购东京的《觉醒新闻》，更名为《东京朝日新闻》，1889年将大阪总社发行的报纸更名为《大阪朝日新闻》。②

1912年5月起就职于教育部的鲁迅，1919年在北京内城西北部的八道湾购置住宅，将留在故乡绍兴的家人接到北京。鲁迅当时订阅了《读卖新闻》，由东京邮寄至宅邸约耗时一星期。

《读卖新闻》于1874年11月在东京创刊，因文艺界的相关报道较多，如1897年1月连载尾崎红叶的小说《金色夜叉》等，被称为"文学报刊"。③这里值得一提的是，鲁迅订阅的不是《朝日新闻》（虽然《大阪朝日新闻》可以早一天送达八道湾），而是《读卖新闻》，除重视《读卖新闻》的文学性之外，还可能与弟弟周作人和周建人两人的妻子羽太信子、羽太芳子姐妹出身东京，爱读家乡报纸有关。

如上所述，鲁迅是《朝日新闻》和《读卖新闻》的热心读者。而日本媒

---

① 山本武利：《近代日本的新闻读者层》，法政大学出版局1981年版。

② 朝日新闻百年史编修委员会编：《朝日新闻社史》（明知篇），朝日新闻社1990年版，第3、182页。

③ 读卖新闻社社史编集室编：《读卖新闻发展史》，读卖新闻社1987年版，第217、238—239页。

体对鲁迅最早的报道，是在1909年，当鲁迅还是一个默默无闻的留学生时，东京的刊物《日本与日本人》五〇八号《文艺杂事》栏，便报道了当时周氏兄弟的《域外小说集》翻译、出版的消息。①随着鲁迅声名鹊起，《朝日新闻》《读卖新闻》两家报社也开始报道关于鲁迅的新闻，甚至向鲁迅约稿。如此，至2015年12月的这百年间两家报社报道鲁迅或与鲁迅相关的新闻甚多，《读卖新闻》约为695篇，《朝日新闻》约为875篇，其中1984年到2015年之间为726篇。

日本《读卖新闻》是世界发行量最大的报纸，2013年11个月的发行量超过了1000万，为10007440份，虽然由于网络媒体发展等因素，报纸的销量连年下降，但是《读卖新闻》于2015年的发行量依然为世界第一，11月发行量为913万。《朝日新闻》2013年度的发行量为世界第二，2013年的发行量7520474份，2015年为671万份。据此本文拟采用发行量最大的、报道关于鲁迅新闻最早的《读卖新闻》为数据搜集对象，探讨《读卖新闻》中鲁迅相关报道的变迁及时代背景。②顺便一提，在中国1914年的调查中，北京各家报纸的发行量都为几百至几千，上海报纸中《新闻报》为2万份，《申报》为1.5万份。据中商情报网报道2014年《参考消息》发行量为350万份，《人民日报》为280万份。

在《读卖新闻》报道的数据库"YOMIDASU历史馆"的"明治、大正、昭和1874—1989 检索语"一栏中输入"鲁迅"，就可以阅览从1874年至1989年间的所有含有"鲁迅"这一关键词的报道及广告（与鲁迅相关的主要为书籍）的版面图片，及1986年以后的报道文本。在数据库"YOMIDASU历史馆"中以"鲁迅"为关键词进行搜索，从1902年9月14日至2015年9月13日共显示695条报道。其中1902年至1986年8月30日报道版面为图片形式，1986年9月26日之后便以文本形式出现。据此，笔者进行了归类整理，其中，262条报道与鲁迅紧密相关，427条报道涉及鲁迅，另有6条报道与鲁迅无关。另根据不同时期的报

---

① 藤井省三：《日本介绍鲁迅文学活动最早的文字》，《复旦学报》1980年第2期。

② 参见日本ABC协会报道的数据，2015年的发行量为下半年的平均值，不包括晚报及电子版。《读卖新闻百年史　资料·年表》。http://www.garbagenews.net/archives/2141038.html，检索日期：2016-3-26。引用时不满10000份时略去。

道特点可将这些报道划分成四个阶段。

第一节　第一阶段（1902年9月—1945年7月）

"YOMIDASU历史馆"中以鲁迅为关键词搜索，首先出现的报道为1902年9月14日的题为《教育界杂论　仙台医学专门学校外国人特别入学临时细则》的报道。鲁迅入学仙台医专为1904年9月，因此这条报道中不可能出现鲁迅名字。为何在《读卖新闻》数据库中检索"鲁迅"会出现这篇报道，有待商榷。

《读卖新闻》中出现的第一篇关于鲁迅的报道，亦是日本首次出现的有关鲁迅的报道，出现于1922年，即1922年7月16日登载的《最近离开支那的爱罗先珂的近况（下）》。至于为何日本的报道会将鲁迅与"爱罗先珂"相关联，日本学者藤井省三在《鲁迅事典》中对爱罗先珂的介绍可帮助理解。

> 爱罗先珂（Eroshenko，1889－1952），苏联诗人、童话作家，出生于富农家庭，四岁失明，先后于莫斯科盲童学校及伦敦皇家盲人学校学习，1914年为学习中医针灸，只身赴日。不久便掌握日语，两年后通过日语口述开始童话创作，从1916年起三年间流浪于泰国、印度，因被怀疑是布尔什维克派而被英国·印度政府逐出印度之后返回日本，在左翼人士的演讲集会上倡导人类的解放。日本政府害怕诗人成为社会主义国际合作及大众运动的火种，于1921年6月以"宣传危险思想罪"为由将其驱逐出境。从敦贺市返回海参崴时，他因俄国革命后的内战而无法返回莫斯科，于是前往上海，不久在鲁迅与周作人两兄弟的帮助下，被聘为北京大学世界语讲师，1922年2月起在北京鲁迅的宅邸住了一年多。①

如上所示，因爱罗先珂曾经赴日，精通日语，且在被日本驱逐出境后来到了上海。尽管如此，日本媒体依然关注着他的行踪，《读卖新闻》在报道其近况

---

① 藤井省三：《鲁迅事典》，三省堂2002年版，第226—227页。

的同时，关注了与其有着密切联系的周氏兄弟。报道标题为《最近离开中国的爱罗先珂的近况》，分为上、下两篇，在续篇报道的首句写的是"与他们同住一个宅邸的是其兄周树人"，从此处可以看出这篇报道的上篇并未提到鲁迅，且鲁迅登场在周作人之后。不过，此续篇几乎通篇介绍周树人与周作人两兄弟在当时中国文坛上取得的成就，以及他们与日本文人墨客的友好往来和交流，对中日文坛交流发展所起的推动与促进作用。报道谈及周氏兄弟在文学上各有建树，其中周树人是教育部官吏，笔名为鲁迅，专攻德国文学，身为创作家，擅于心理描写，怀有一颗忧郁愤懑之心，敢于质疑与揣测，因此相较弟弟周作人，他的作品更着重表现风雨飘摇的世间的黑暗龌龊，带有极强的阴郁悲惨的绝望色彩；周作人虽然是英语文学的研究者，然其不仅将中日两国文学互译、进行介绍传播，还与日本文坛的有岛武郎、芥川龙之介、长与善郎等人合著了多部文学作品。两人都是在中国文坛上开创出崭新局面的先驱者。

鲁迅曾翻译出版了爱罗先珂的日语原作《爱罗先珂童话集》（1922）、《桃色的云》（1923）并在小品《鸭的喜剧》（1922）中写道："俄国的盲诗人爱罗先珂君带了他那六弦琴到北京之后不久，便向我诉苦说'寂寞呀，寂寞呀，在沙漠上似的寂寞呀！'这应该是真实的，但在我却未曾感得；我住得久了，'入芝兰之室，久而不闻其香'，只以为很是嚷嚷罢了。然而我之所谓嚷嚷，或者也就是他之所谓寂寞罢。"鲁迅于文学革命之际发表《狂人日记》，发出呐喊，身处中国言论中心的他也对布尔什维克派主导的革命未来感到不安，其自日本留学以来形成的对俄国诗人的印象也开始瓦解。日本学者还曾经指出爱罗先珂的"在沙漠上似的寂寞呀"这一呼喊最终升华为描绘半生的寂寞与悲哀的《〈呐喊〉自序》（1922）。①

如上所述，爱罗先珂与鲁迅间有着很深的渊源，而鲁迅最开始知晓爱罗先珂也是由于《读卖新闻》的报道。1921年5月29日《读卖新闻》中以全11行的大标题，详尽地报道了警察强制拘留爱罗先珂的情景："单凭俄国人这一理由／

① 关于爱罗先珂和鲁迅的影响关系，详细请参照藤井省三：《爱罗先珂的都市物语——20世纪20年代东京·上海·北京》，みすず书房1989年版。

鲁迅与20世纪中国研究丛书

向盲人诗人爱罗先珂／严厉的驱逐命令""警官穿着泥靴，登上二楼／不容分辩地强制拘留／踢踹、殴打爱罗先珂""危险思想／宣传／虽然盲人很可怜／断然处置／川村前局长讲述"。

1907年写作《摩罗诗力说》以来，一直寻求为了国民革命而流血、唤醒民众的诗人出现在东京，鲁迅应该深受感动吧。《读卖新闻》最后还用了"人类的一份子"的诗歌作为报道的结尾。从此，亦可看出《读卖新闻》作为媒体对爱罗先珂的高度评价及对其遭受的不公待遇的同情。与此同时，对在中国提供帮助的周氏兄弟予以了高度的评价。

不过，稍有差异的是，日本记者虽对周氏兄弟与爱罗先珂的交往了解得极为清楚，但标题日语中"去"一般应译为"离开"，大意就是离开中国"走了"的意思，但爱罗先珂于1922年2月24日到北京，7月3日其实是暂时离开北京，只是远赴芬兰参加世界语年会，而报道后的11月4日他又返回北京，最终是在约半年后的1923年4月16日离开北京返回俄国。爱罗先珂在北京大学的演讲曾吸引数千名观众前来聆听，但他的世界主义并未能引发真正共鸣，就职几月后选修世界语和文学讲义的学生骤减，甚至有的班级只剩下3名同学。被孤立的爱罗先珂放弃了"解放的预言者"的抱负，于1923年4月返回莫斯科。

接下来的报道出现于1922年11月24日，标题为《"支那新人"周氏三人》，是对中国新人的介绍，但同样与爱罗先珂有关。11月应该是恰逢爱罗先珂刚返回北京周氏三兄弟的住处之际吧。作为对文坛新人的报道，《读卖新闻》非常隆重地介绍了周氏三兄弟在中国文坛上取得的成就与地位，阐述了三兄弟的文学领域与方向，总结了他们各自的文学风格与思想。报道中提到盲人诗人爱罗先珂氏称周树人是中国文坛创作第一人，对其文学作品相当推崇；白话诗人周作人是外国文学的传播介绍者；周建人是文坛有名的评论家。三人的文学领域、文学建构法互不相同、各有千秋，但是三人通过文字所表现的深层意义与思想均是一致的。周树人，笔名为鲁迅，在教育部任职，相当于文部省的文书科长，同时也是北京大学和北京师范大学中国小说史科目的讲师。曾在日本仙台医学专门学校学医，后弃医从文。这一经历与日本文坛中的森鸥外和圭太郎颇为相似。鲁迅创作的名篇《孔乙己》登载在《新青年》这一杂志上，目前已经完结，引起巨大反响。小说塑造了孔乙己在封建腐朽思想和科举制度毒害下，精神上迂腐不堪、麻木不仁，生活上四体不勤、穷困潦倒，在人们的嘲笑戏谑中混沌度日，最后被封建地主阶级吞噬的悲惨形象。《孔乙己》写于1918年冬天，当时文坛以《新青年》为阵地，揭开了新文化运动的序幕，但是封建复古的逆流仍很猖獗。科举制度虽于1905年被废除，但培植孔乙己这类人的社会基础依然存在，孔孟之道依旧是社会教育的核心内容，这就有可能产生新的"孔乙己"。要拯救青年一代，不能让他们再走孔乙己的老路。鲁迅选取了社会一角——鲁镇的咸亨酒店，运用细腻的心理描写、平淡真实的笔触，艺术地展现了20多年前社会上这种贫苦知识分子的生活，揭示了时代悲剧，可以启发读者对照孔乙己的生活道路和当时的教育现状，思考当时的社会教育和学校教育，批判封建教育制度和科举制度。

接下来的五年半时间，此前被隆重推出的周氏兄弟竟然没有在《读卖新闻》上出现过。五年半之后的1928年3月9日，一篇题为《上海的文艺》的报道主要介绍了日本新兴文学对上海文艺的影响。当时上海最感兴趣的文学是日本的新兴文艺，其主要原因是，当时在上海活跃的文学爱好者或文坛名家，很多都曾留学日本。涌现出的大量文学作品与日本文学有很多相通相关之处。当时正在中国开展的白话文运动，很多白话其实来源于日语。上海是中国的文学文艺中心，上海的文艺风向引领着全国的文学艺术。报道提到周作人等新锐作家对日本古典文学、近世文学、新兴文学的翻译介绍极大地推进了日本文学在中国的传播以及中日文学的交流。但此篇报道通篇完全没有提及鲁迅，这应该与周氏兄弟间失和有直接关系。如此看来，日本的媒体至少报道时对此事亦颇为了解。

鲁迅的名字再次出现是在1928年8月11日发表的《支那文艺谈》当中。该篇以极短篇幅介绍了当时中国文坛的现状。胡适的文学革命打响以后，停滞不前的中国文学出现了新兴面貌并不断发展，涌现了一大批社会小说、写实小说。思想文化的社团联盟，如新潮社等，宛如雨后春笋般不断涌现，开办杂志，发表了一系列作品。其中，鲁迅、郭沫若、冰心、郁达夫等人作为新进作家，受到海外文学影响，展现出文明开化的先进思想。

1928年12月29日，另有《支那文坛一瞥》以大篇幅详细介绍了中国文坛的动向与特点。在中国文坛中重要改革——白话文改革运动中，杂志《新青年》发挥了重要作用，这本杂志涉及文学艺术及一系列社会问题，大约12年前就已经开始发行，引发了具有划时代意义的白话文改革。报道还提到当时创刊的陈独秀、胡适、鲁迅等人在中国社会改革的思想观念上有重大分歧，最终导致《新青年》成为废刊。但是《新青年》以后近代文艺依然不断成长壮大，涌现出一大批优秀作家名匠，大体可以将他们分为四派：资本主义派、古典派、无产阶级派、无政府主义派。报道主要介绍资本主义派。资本主义派又分为语丝派与文艺研究会两派。语丝派得名于该派所创的杂志《语丝》，周树人、周作人、周建人都属于该派。周树人笔名鲁迅，当时是北京大学教授、小说家，同时被誉为中国文坛第一人，这一点与夏目漱石相似。他在《新青年》时期就发表了多篇短篇小说，引起广泛反响。报道指出鲁迅当时以翻译为主创作为辅，翻译了许多日本的文学作品，被誉为中国近代文坛先锋者，其中短篇小说均收录在其短篇小说集《呐喊》中。周作人具有白桦派倾向，而周建人更加关注生物学与女性问题，纯文艺的作品相对较少。他们创办的杂志《语丝》最初是纯文艺杂志，而后随笔与评论逐渐增加。此外，报道还提及了古典派、无产阶级派和无政府主义派。

1929年2月12日、13日题为《支那的文学者》的两篇连载，其作者为前田河广一郎，着重介绍了中国文坛中的两位名家：鲁迅与郁达夫。作者提及鲁迅是福建省人，曾在上海北四川路上名为"中有天"的餐馆宴请过作者吃福建菜。记得鲁迅曾在饭桌上说过这样一段话："现在的我是虚无主义。什么国民革命或者类似的改革，对我来说只是毫无意义的现象罢了。现在对我说什么民众运动，已经不能感染我的灵魂深处了。"作者表示听了以后非常惊讶，他本认为这一位伟大的老革命文学者绝对不会轻易妥协的。然而不经意间瞥见鲁迅逐渐苍老憔悴的面容，不禁揣摩起鲁迅的心理。揣摩着先生的灵魂深处，或许是已深知中国内部的重重矛盾，困惑于那复杂交织的矛盾之中，因此产生了虚无主义吧。这篇不同于正式报道的采访或许给日本社会留下了深刻影响。此文稿中谈到鲁迅与福建之关系亦让人颇感新鲜。此后，该记者又介绍了与郁达夫见面后的交谈，指出郁达夫是不同于鲁迅的乐天派。

1930年10月18日《最近支那的倾向》则介绍了马克思主义对中国的影响，涉及了鲁迅。报道称马克思主义是中国的流行思想，当时中国马克思主义思想的发展绝对不在日本之下，尤其是对马克思主义的介绍传播与解读。作者还认为当时各大杂志都成了马克思主义的发声机器，占据领导地位。但是对于马克思主义是否能够真正支配中国思想，作者认为中国目前的现实矛盾尚不足以完全吸收运用马克思主义。

其间应该另有几篇报道。特别值得一提的是，1931年9月12日的报纸上登载了《阿Q正传》的广告。另外，早在1932年11月23日，日本改造社已经在《读卖新闻》上登出即将出版《鲁迅全集》的预告。此后出版了井上红梅翻译的《鲁迅全集》，因为井上的翻译问题较多，全集的称呼也不符合事实，鲁迅本人对此亦表示过不满之意。而后，再次登载出广告时已是鲁迅逝世近20天后的1936年11月8日。最终，1937年日本改造社正式出版了7卷的《大鲁迅全集》，比中国最早出版的《鲁迅全集》还早了一年。

1935年7月13日，《鲁迅之影》的报道可谓是《读卖新闻》中第一篇直接以鲁迅为题的文稿。该篇篇幅短小，介绍了鲁迅的现状与思想近况。文稿写到最近的鲁迅从面容上来看失去了以前的开朗，变得有些阴郁忧愁。之后还记述了这样一些内容：鲁迅不想投入孙中山领导的辛亥革命中去，怀有无意参与任何国民运动的虚无主义之心，只想做好一个文学者和诗人。这篇文稿比较侧重对鲁迅的身体及精神状态的描写。

鲁迅于1936年10月19日离世，在次日朝刊上有一篇《鲁迅印象（上）》的文稿，作者室伏高信是日本著名评论家，曾任《朝日新闻》等报记者。室伏高信在此文中记述了他有幸在内山书店老板举办的欢迎会上结识鲁迅，并且对其留下了极其深刻的印象。该文详细而生动地描写了鲁迅的音容笑貌，称其是他有生之年所认识的世界众位名作家中让他极为难忘的人物，有着典型的中国知识分子形象，并评价鲁迅为中国文坛第一人，肯定了鲁迅在文学学术方面的成就与深远影响。报道同时分析了当时的中国文坛被马克思主义完全主导的现象。不过，在这篇文稿中并没有直接提及鲁迅逝世。但从作者的文辞来看，其对鲁迅病危的境况是深有了解的，文稿特以"上篇"形式结束，为撰写下篇留有余地。

在10月20日晚报上刊登了一篇标题醒目的报道《亲日文豪之死》，郑重地报道了鲁迅的离世，报道中写到鲁迅于10月19日在中国上海因肺结核去世，享年56岁，并简要介绍了鲁迅的生平经历与取得的成就。报道称鲁迅为中国文坛第一人。著有《阿Q正传》《呐喊》《彷徨》《中国小说史略》等，在文学学术方面产生了深远影响。鲁迅曾就读于日本东京弘文学院、仙台医学专门学校，是东京德国文学协会成员，是文学自然主义的领军人物，创办了杂志《语丝》。先后于北京大学、北京师范大学、中山大学教授中国文学史课程。

《鲁迅印象（下）》是续20日《鲁迅印象（上）》的纪念文稿，是室伏高信对于鲁迅的评价与追思。文中写到，无论是在近代中国文坛还是中国的文化长河中鲁迅都享有无上的地位与荣誉，那么他究竟是受困受限于这样的荣誉还是对此投入满腔的热情呢？作者认为都不是，他早已超越了这些，到达了更高远的境界。鲁迅之所以深受当代中国青年的喜爱与崇拜，很大一部分原因是他对左翼理论的理解，或者说是对它的同情。正是因为对左翼理论的理解与同情，他才会被冠以"反动作家"的名号。因此我们又说鲁迅是伟大的左翼作家。鲁迅的思想到底是不是所谓的虚无主义呢？日本的杂志《改造》上曾刊载过一篇文章，内容是关于鲁迅对中国思想家孔子进行批判的论述，并且认为鲁迅和所有近代人相同，是一位"偶像破坏者"和"传统轻蔑者"。这也是他的思想和态度受众多中国青年追捧的原因。然而在室伏高信看来，他的铮铮铁骨及其作品灵魂的确透露着老庄的虚无主义思想，这离不开五千年中华文化的滋养。最后该作者认为如果鲁迅的寿命可以延长至70岁、80岁，那么他的文学思想成就将可与孔孟老庄相媲美。中国现阶段的发展情况陷入困境，鲁迅的离世无疑是巨大的损失。

10月22日一篇《鲁迅与我国文坛》的文稿被刊登。该篇是鲁迅逝世后第三天的连续报道，高度评价了鲁迅的文学风格以及鲁迅文学在日本的影响。文章强调中日关系的冰点并不影响日本文坛对鲁迅逝世的惋惜与追思。文章还提出，《鲁迅选集》一书曾在日本文坛产生极大反响，鲁迅的作品具有凝练、讽刺、辛辣、准确简洁、顿挫而又富有回味的语言风格，因而具备足够弹性，能恰到好处地表现种种思维、情感的节奏，使行文富有韵味而回味无穷。鲁迅运用极其冷静客观的目光看待纷繁世相，运用这些身边的现实创作小说。报道最后指出鲁迅的作品让日本文坛在近代再次对中国文学产生关注。无论中日政治关系如何发展，都有一个超越政治，不关乎利益与狡诈，只专注于人与人、心与心碰撞的交织依存的世界存在，那便是文学艺术的世界。该篇报道可谓是将鲁迅与日本文学及日本关系概括得淋漓尽致的一篇佳作。

　　3个月后的1936年12月1日，《读卖新闻》登载了鲁迅同时代作家郁达夫的《今日的中华》一文。文稿中提出了新型的文学创作方式，即"集体创作"，并记述了对鲁迅的追思与评价。郁达夫指出，鲁迅是一位值得尊敬的大作家，他的文章言辞十分犀利、思想先进。他逝世前一直忍受病痛折磨，坚持创作，其坚韧不拔的意志力让人敬佩。晚年，他不仅在文学上，在木雕艺术上也做出了巨大贡献。在日本，《鲁迅全集》这一鲁迅的文学作品集也已开始发行。最后，文稿还论述了鲁迅在中日文学传播与交流中所发挥的作用。

　　然而，深切追悼鲁迅、表达中日友好之愿望的文稿因1937年日本侵华战争戛然而止。半年多之后，1938年7月6日有一篇主要撰写井原西鹤与鲁迅共同点的报道《西鹤与鲁迅　极大共同点》被登载。该篇主要分析总结了井原西鹤的文学创作成就，仅稍许提及其与鲁迅之比较。井原西鹤是日本江户时代的小说家、俳谐诗人。原名平山藤五，笔名西鹤，大阪人。15岁开始学俳谐，师从谈林派的西山宗因。21岁时取号鹤永，成为俳谐名家。俳谐是日本的一种以诙谐、滑稽为特点的短诗。西鹤的俳谐与初期以吟咏自然景物为主的俳谐相反，大量取材于城市的商人生活，反映新兴的商业资本发展时期的社会面貌。他的小说创作大体上可分为3个时期。初期作品着重描写男女爱情，以秦楼楚馆为背景，通过曲折的恋爱故事，塑造了一些不受门第约束、以爱情为人生第一要谛的人物形象，如《好色一代男》和《好色二代男》，均以商人的冶游生活为题材。1686年创作的《好色五人女》描写了5个人5种不同的爱情故事，以及在封建等级制和道德观念的压制下酿成的悲剧。最后一部艳情小说《好色一代女》完成于1686年，描写一个诸侯的宠妾沦落为娼妓的悲惨一生。文稿指出鲁迅的作品也是通过底层人物、普通市民（町人）来反映社会面貌、黑暗现实，揭示了深层社会矛盾。从语言风格来看，两人作品的语言尤其是人物对话、心理描写均诙谐幽默、辛辣讽刺，读来感到无穷深意。

4年后的1941年5月28日，终于出现了中野重治撰写的《鲁迅传》。值得一提的是，中野重治是日本小说家、诗人、评论家，别号日下部铁，是日本无产阶级文学运动的主要理论家。20世纪30年代初期屡遭逮捕，战后成为新日本文学会发起人之一，积极参加民主运动。

在日本，研究鲁迅的人日渐增多，《鲁迅传》的出版让日本民众更加清楚了解到鲁迅的文学与思想、品性与风骨，逐渐对鲁迅产生喜爱、同情、理解与尊重的心情。然而，日本帝国主义发动"七七事变"，开始对我国进行全面侵略，中国人民与日本帝国主义进行了顽强抗争。在日本，普通国民亦不能免受日本军阀的强行征兵政策之苦，一纸红头文字的出兵令就将日本国民送上了生死难料的残酷战场。此时，日本媒体也被白色恐怖主义控制，几乎不能发表对中国表示友好的文稿。

第二节　第二阶段（1945年8月—1986年8月）

1945年战败后，日本被美军占领，后因1951年9月于旧金山签署的对日媾和条约，于翌年4月起恢复独立。然而，签署媾和条约的同时，也签署了《日美安全保障条约》（简称《安保条约》），日本独立后美军驻留日本，日本为美军提供军事基地。由于《安保条约》为美国构筑中国包围圈、对东南亚进行军事干涉提供了支持，所以许多日本国民反对1960年《安保条约》的修改，于1959至1960年掀起了近现代日本史上最大规模的群众反政府运动。特别是1960年5—6月，数万人的游行示威队伍连日包围国会，然而最终《安保条约》仍被修改。

日本作家以及中国文学研究者也参与了美日中国际关系背景下的《安保条约》反对斗争。1960年5—6月访问中国的日本文学代表团（团长为野间宏，团员为大江健三郎、开高健、竹内实等）访问的任务之一就是将反对《安保条约》的日本国民的声音传达给中国人民。条约改订后，鲁迅翻译家竹内好辞去东京都立大学人文学院教授一职。

战后，1946年5月14日一篇题为《周作人等的入狱》的文章，再次拉开了日本社会报道周氏兄弟的序幕，但此期间的文稿内容尚未公开显示，故无法判定具体内容。紧接着又有几篇关于对周作人被判刑的报道，显示出日本媒体对周氏兄弟的高度关注。但战后1946年的这段时间里，日本对鲁迅的关注点多数仅限于报道周作人时提及鲁迅。

1956年6月8日《痛快的文明批评》一文概述了鲁迅的文学方向与风格。报道指出鲁迅生前致力于研究中国文学史（尤其是小说史），并对其进行了犀利评论与批判，因此鲁迅的文学常被视为是对中国旧文明的批评。鲁迅与其妻子许广平的往来信件《两地书》反映了鲁迅对文学与社会的理想规划以及对其现状的批评与愤懑。

时至鲁迅逝世20周年的1956年10月20日，一篇关于鲁迅逝世20周年的纪念文稿在《读卖新闻》上发表，题为《鲁迅离去20年》。该篇报道幅极短，仅介绍了鲁迅的出生地与逝世时间，附有鲁迅儿时的学堂"三味书屋"的照片以及鲁迅的全家福（鲁迅、许广平、周海婴）。

在1960年7月19日《读卖新闻》发表了一篇题为《人道主义文学的批判》的报道。该篇报道评述了1960年前后中国文坛的现状，认为中国当代文坛的反人道主义是修正主义的一种，该报道还批评了中国文坛对资产阶级文化的全面封禁，认为中国文坛没有创作自由，同时高度肯定了鲁迅的创作自由性。

此时，鲁迅成为了连接中日两国国民的象征。尾上兼英、丸山升编译《中国现代文学选集》第2卷《鲁迅集》（平凡社）的广告词为："（鲁迅的）强烈的个性成为……死后仅20年既已完成革命的人民的巨大的力量。"（1963年1月11日晨刊）竹内好译作《鲁迅全集》（全3卷、筑摩书房）的广告词为"确立人民文学的鲁迅"（1966年8月24日晨刊）。这些可以说是代言了日本人心中的鲁迅形象。虽然笔者认为这在文学史上并不正确。此外，媒体经常登载"鲁迅遗孀"许广平的相关报道，也体现出日本人对鲁迅的持续关注。如1961

年2月19日晚报《中国妇女代表团下月访日》，1961年3月17日晚报《中国妇女代表团访日　鲁迅夫人等共14人》，1961年3月19日晨刊《"新闻人物"中国访日妇女代表团团长许广平》。另外还有1961年6月29日题为《夫人写作〈鲁迅回忆录〉》的报道。

岸信介的自民党内阁在《安保条约》强行被批准后全体辞职，代替其上台的是池田勇人的自民党内阁，池田内阁推进高度经济成长政策，使得日本于1968年国民生产总值跃居世界第二。另一方面，中国因"大跃进"（1958—1961）政策而经济疲敝，虽然后因刘少奇的调整政策得以暂时恢复，但又因1966年"文化大革命"再次陷入困境。《读卖新闻》关于"文革"的报道仅是传达《人民日报》等报道，批判周扬（1966年7月1日晚报《反党的头目是周扬　中国报纸指出》）后，接着批判郭沫若（1966年9月20日晨刊《郭沫若是"反动作家"　红卫兵、大字报批判》）。随着混乱的扩大，人们将鲁迅视为坐标轴的角色。纪念鲁迅逝世30周年的编辑部专栏以"不知何故，我喜欢鲁迅的'自嘲诗'：'横眉冷对千夫指，俯首甘为孺子牛'"结尾（1966年10月19日晨刊"编辑手册"）。

《伊藤虎丸著〈鲁迅与终末论〉》、1976年9月13日晨刊《丸山升著〈一位中国特派员——山上正义和鲁迅〉》、1979年4月9日晨刊《新岛淳良著〈读鲁迅〉》这三本著作通过《读卖新闻》的介绍得到推广。

邓小平和华国锋分别于1978年10月和1980年5月访问日本，随着中国推进改革开放政策，各种代表团开始访日，访问地包括鲁迅曾居之地仙台，《读卖新闻》对此均做了详细报道。如：1979年7月29日晨刊《雨中访仙台参观鲁迅之墓　人民日报代表团》及1979年7月30日《松岛之游　人民日报代表团》之类的报道。与此同时，中日两国政府开始实施交换留学生政策，《读卖新闻》对中国人的日本留学进行的报道中更以鲁迅留学经历为例，如1979年11月8日晨刊《中国青年"日本留学热"超精英选拔／背负"现代化"的热烈期望》，同时也介绍了鲁迅之孙周令飞的留学经历。

作为日本代表书店之一的三省堂书店于鲁迅诞生之年开业，1981年5—6月在东京神田的本部举办了"鲁迅·诞辰百年展"的大规模划时代活动，《读

卖新闻》亦对此进行了详尽报道。（1981年5月27日晚报《公开珍贵资料　鲁迅·诞辰百年展／神田·三省堂书店》）

此后至80年代中期《读卖新闻》每年都会多次登载鲁迅的相关报道，涉及上海的历史、鲁迅的故居等内容，如1981年10月22日晚报题为《都市物语上海——最适宜的生活环境》的加藤祐三的连载，是以鲁迅热、鲁迅纪念馆修缮等为线索，持续介绍了正在推进经济改革开放的中国。在1986年7月28日登载了《对国民作家的敬爱与瞻仰　"鲁迅热"在中国高涨》的报道。

本时期的报道按关键词检索共计212篇，其中直接报道鲁迅的24篇，与鲁迅相关的报道85篇，其中包含对鲁迅作品、书籍的相关广告书评、电影及戏剧、各种纪念活动及介绍其家人弟子朋友等的报道。另外有引用鲁迅话语等涉及鲁迅的报道103篇。由于这个时间段中国处于几个时代的转换期，日本对鲁迅的报道亦随着中国社会运动的变化而变迁，呈现出多元性、矛盾性。

第三节　第三阶段（1986年9月—1999年12月）

日本《读卖新闻》自1986年9月开始采用电子版，可以直接查看文本资料。该时期对鲁迅的报道多集中于纪念活动、出版物、电影戏剧、资料的新发现等几个方面。本篇章聚焦于日本媒体于1986年至今的新闻报道，故采用分类形式对其进行梳理和分析，从而探寻出日本媒体对鲁迅报道的特点。这一时期日本主流媒体对鲁迅的报道可分为两个主要时间段，其一为1986年至1999年，其二为2000年直至今日。

1986年至1999年的时间段内，作为日本极具影响力的主流媒体《读卖新闻》在报道中，提及鲁迅之名的共计有84篇，其中围绕鲁迅进行详细报道的共计26篇。在日本泡沫经济时期，前期日元急速升值，日本国内经济呈现出一片欣欣向荣之景，然而繁荣背后潜藏危机，泡沫经济的发展，之后对日本经济带来了极大的负面影响。日本此后经历了泡沫经济的严重打击。在此情况下，鲁迅能够被如此频繁地报道，可见其不凡影响力。这一时期，围绕鲁迅的报道主要集中于日本鲁迅纪念馆、鲁迅纪念和展览活动、鲁迅著作、鲁迅在日本留学期间珍贵资料的披露以及鲁迅研究发现等诸多方面，由此可见鲁迅影响力之大，影响范围之广。

围绕纪念鲁迅活动这一方面，《读卖新闻》于1986年9月26日晨刊中报道为纪念与日本渊源颇深的中国现代文学之父鲁迅逝世50周年，位于上海市虹口公园的鲁迅纪念馆经全面改造之后重新开放，并同时公开关于鲁迅的新资料，这将有助于更加客观地对鲁迅进行解读。此外，值得一提的是日本泡沫经济带来的繁荣达至顶峰的1986年12月到1991年2月，经济过度繁荣之下隐藏的隐患也一一显露，1991年3月至1993年10月期间日本经济呈现出大幅衰退之景。在此忧患重重的时期，《读卖新闻》不仅持续对鲁迅进行报道，且报道数量也并未减少。由此可见鲁迅的存在不仅对于当年深陷迷惘中的中国人拥有醍醐灌顶之奇效，而且对于面临日本经济经历了空前发展后突然由盛转衰之巨大变化的日本人来说，亦是一剂精神良药。1991年3月6日晚报报道，为纪念中国作家鲁迅诞生110周年，上海鲁迅纪念馆集中展出了150件鲁迅曾经在上海开展的版画演讲会时的学生作品"回乡版画展"。当时的作品约有500件由嘉吉先生带回日本，而后赠送给神奈川县立近代美术馆。此次的版画展展示的是该美术馆的收藏作品，包括鲁迅肖像及描绘当时的上海风景、历史事件等诸多珍贵作品。1994年4月30日晚报则对町田市原町田市立国际版画美术馆举办的"1930年代上海鲁迅"展进行了介绍，展出品中除当时版画家的作品外，另有鲁迅收藏的外国版画、海报等。时间转入1998年，《读卖新闻》围绕时任中国国家主席的江泽民访日途中纪念鲁迅的活动进行了系列报道，突出了鲁迅因自身与日本之渊源，在促进中日友好中所发挥的重要纽带作用。今时今日，鲁迅业已成为一种时代符号，深深融入中日两国关系发展的历史血脉中。《读卖新闻》于1998年11月26日的晨刊中分两篇，介绍时任中国国家主席的江泽民在结束东京正式日程后，前往仙台追忆鲁迅的足迹。正如鲁迅在《藤野先生》中所记述的一般，中日两国虽经历过交流沟通上充满阻碍的艰难时代，然千帆过尽，两国现在正处于同心协力构筑友好伙伴关系的重要历史阶段。同年11月29日的晨刊报道了时任中国国家主席的江泽民于29日参观位于仙台的鲁迅曾就读之地——现东北大学的阶梯教室。此外，在同年11月30日的报道中，进一步介绍了江泽民在仙台纪念鲁迅的具体日程安排。江泽民不仅访问了由市民募集资金于1960年兴修的鲁迅纪念碑，还亲自种植了象征友好的梅树，此后更与当地小学生亲密交流。报道再次强调江泽民前往参观了鲁迅曾就读的仙台医学专门学校（现东北大学），并在被视为鲁迅固定位置的座位上坐下，笑着表示"这是作为中国人绝对想要前往拜访之地"，体现出鲁迅在中日两国所具有的不可替代的超凡地位。1998年12月13日，《读卖新闻》晨刊在追悼曾留学中国上海，并前往仙台学习，积极促成修建鲁迅纪念馆、为中日友好倾尽心血的菅野俊先生时，再次提及江泽民前往仙台寻访鲁迅足迹一事。1999年5月3日的晨刊对访问中国的民主党代表于1日访问了位于上海市内鲁迅之墓一事进行了报道，并提到这一行为是呼应1998年江泽民于访日之际特地前往与鲁迅存在种种关联的仙台市的有意之举。此外，1999年11月6日的《读卖新闻》晨刊中报道，以1998年秋江泽民访问东北大学为契机，东北大学（前身仙台医学专门学校）资料室于当年决定举办"文豪鲁迅的留学之地仙台医学专门学校的计划展览"一事，展览将持续到19日，地点在仙台市青叶区片平的东北大学资料室二楼展示室。

通过《读卖新闻》对鲁迅纪念活动的细致报道，不难发现鲁迅凭借其颇具传奇色彩的一生、高瞻远瞩的思想、独到且意味深长的文笔，更凭借其出于深沉痛切的爱国情怀而毅然"弃医从文"的一腔热血，成为中日两国共同的无法磨灭的时代印记。

提及鲁迅，必然提及其作品，字里行间闪烁着学者气度和智慧、透露着对现状的痛切批判，仿佛能给当年处于迷惘和混沌中的国人以当头棒喝，值得一读再读。《读卖新闻》在1988年12月27日晚报《20世纪文学游记》栏目中介绍了鲁迅《故乡》一文，不仅介绍了《故乡》的主要内容，还对该作读后感想进行了阐述。1992年2月10日晨刊登载了片山智行译著《鲁迅〈野草〉全译》的简介与评议，并进一步评价道：鲁迅的散文诗集《野草》可说是体现鲁迅文学"精髓"的最重要作品，然而内容却并非通俗易懂，在日本至今仍未出版评解译本。该作详细解读了《野草》24篇，刻画出贯穿始终且如今更具强烈现实感的鲁迅文学特质，更难能可贵的是翻译及评议均通俗易懂。1994年，对于鲁迅作品或鲁迅作品相关评价书籍的报道更为集中。1994年1月24日晨刊在介绍王德威的《小说中国》一作时，特别对该作中独辟蹊径的鲁迅论进行了介绍，并提出了观点：该作卷首随笔《从"头"谈起》以应称为鲁迅文学原风景的"幻灯片事件"的斩首刑为线索，考察了个人、社会及国家的崩溃象征体系，该《鲁迅论》将其与在作品中比鲁迅更经常描述斩首场面的年轻一代作家沈从文进行对比，呈现给读者更为有趣的学术研究的发展。1994年8月31日晚报中报道了北京鲁迅博物馆的两位年轻文学研究者，这两位研究者阅读研究论文以及舞台剧表演评论等中国及国外发表的与阿Q相关的资料达1万件以上，并总结成676页、字数达51万字的大型书册。该报道还进一步介绍了本书的构成共计5章，内容包括小说《阿Q正传》和鲁迅自身所作的阿Q论、作家茅盾及鲁迅之弟周作人等人关于阿Q的研究及争论等国内具有代表性的阿Q研究70年的成果，还收集了日本、美国、法国等作家与学者的论文中的海外阿Q形象、舞台和电影中出现的阿Q形象等。在《阿Q——70年》序文中，中国社科院研究员林非认为阿Q性格中最显著的特征是"精神胜利法"。报道评价《阿Q——70年》通过对比起到了理解今昔70年异同的桥梁作用。1994年9月12日晨刊中介绍了作家钱理群所著《丰富的痛苦》，进行了莎士比亚悲剧的主人公哈姆雷特王子和塞万提斯笔下的骑士堂吉诃德两大英雄类型在近代中国如何展开的具体论述。报道指出，该书认为鲁迅将堂吉诃德精神胜利法的消极面加以拓展，创造出阿Q这一人物。评论者同时围绕"演出者和观众"这一主题，论述鲁迅与爱罗先珂等俄国文学家的影响关系。1996年2月29日晚报登载了片山智行著《鲁迅——阿Q中国的革命》的书评。书评论述了中国现代文学的代表作家鲁迅被认为是与儒教封建社会进行战斗的人物。然而鲁迅真正憎恨的是革命后至今仍残存的中国统治者和民众共通的"欺瞒"和"敷衍"。该书作者进一步指出"用现实主义看待社会实际情况的鲁迅，一直对统治者和民众的'浑浑噩噩'进行抨击。不仅是反封建，更是超越时代的普遍性批判"。此外，在1997年12月2日晨刊中刊登出小学生阅读鲁迅《故乡》一文后所写的感想和切身体验。不难发现，鲁迅及其作品的影响力并不局限于学者，更是面向大众，渗透于中小学生的日常生活之中。这与日本的中学课本每年采用鲁迅的作品有着密切的关系。

与此同时，《读卖新闻》也持续关注鲁迅留学期间的珍贵资料，试图通过公开宝贵资料这一方式为社会大众还原一个真性情且满腔热血的完整的鲁迅形象。1988年7月20日晚报报道了鲁迅留日期间在东京神田的照相馆拍摄的身着西装的照片在亲戚家中被保存了近80年，并最终赠予上海鲁迅纪念馆一事。因鲁迅年轻时期的照片上几乎都是身着学生装或和服的形象，报道亦称日本留学时期的西服照片"恐怕仅此一张"，上海鲁迅纪念馆也表示今后将找寻机会将其展出。

在这一时期内，鲁迅研究方面也有所突破。1987年2月晚报报道称时任樱美林大学文学部副教授的藤井省三先生被鲁迅文学的现代性吸引，通过对比提出崭新的鲁迅形象的论点。报道指出藤井认为鲁迅文学的核心是"寂寞之中的希望"，报道引用藤井对鲁迅的评价："虽然宛如陷入绝望之中，但内心某处依然有微弱光亮。在整体呈现出阴沉印象的诸多作品中始终可以感受到这种心境。""他的魅力之处在于其现代性。""然而我所关心的并非只是鲁迅，而是通过其人解读当时的日本和时代。因此今后将运用社会史的解读方法进行探寻。"作为致力于研究鲁迅的代表人物，藤井教授的见解深刻揭示了鲁迅文学的内涵，为广大学者研究鲁迅提供了新方向。

此外，1987年7月11日的晚报则对时隔约60年后北京鲁迅博物馆研究员李允经发现了鲁迅的一份原稿一事进行了详细报道。报道指出该原稿十分珍贵，迅速引起了中日鲁迅研究者的极大关注。文中鲁迅研究者藤井省三表示，该稿是1981年为纪念鲁迅诞生100周年中国发行《鲁迅全集》人文版以来的新发现，包含书信在内，都是极为珍贵的译稿。这一时期的报道中另有改编自鲁迅生平的戏剧相关报道6篇，详细情况在戏剧篇单独进行分析，此处不作赘述。

1986年至1999年除系统地对鲁迅进行报道之外，实际另有58篇报道提及鲁迅之名。其中，介绍其他书籍著作、提及鲁迅或是与鲁迅著作进行对比的报道有20篇，介绍与鲁迅相关人物时提及鲁迅共计15篇，此外是相关活动进行过程中提及鲁迅的报道21篇。所余3篇则是围绕与鲁迅紧密相关的内山书店及其他方面的报道。

这一时期的鲁迅报道特点主要以鲁迅纪念活动为主，涉及面广、报道次数频繁。

第四节　第四阶段（2000年1月—2015年12月）

进入21世纪，鲁迅相关报道迎来第四阶段，主要为2000年至2015年12月。这一时期《读卖新闻》提及鲁迅之名的报道共计94篇，其中提及鲁迅之名而未及深入的报道共有21篇，所余73篇皆从不同角度对鲁迅进行了详细报道。纵观这一时期的鲁迅报道情况，鲁迅相关纪念活动和展览活动依旧是关注热点，其次鲁迅著作及相关解读也占有较大比重。此外，鲁迅生平的相关介绍也有所涉及。

在重点关注的鲁迅相关纪念活动和展览活动方面，2000年2月12日晨刊登载了西宫市为纪念友好城市合作15周年招募人员参加与中国绍兴市交流之旅一事。报道称活动日程暂定为23日一同出席在绍兴市举办的纪念仪式、参观鲁迅纪念馆和酿酒工厂等名地，届时将通过在鲁迅故乡开展这一系列活动，来纪念和缅怀鲁迅。

2001年11月22日《读卖新闻》晨刊报道了鲁迅诞生地绍兴市将鲁迅铜像赠予仙台市并陈列于仙台市博物馆一事。据报道，22日绍兴市副市长一行人也将出席揭幕式。铜像捐赠是以2000年10月上海交通大学和医疗企业相关人员访问仙台、参观博物馆、瞻仰鲁迅纪念碑为契机，因鲁迅与仙台渊源颇深，绍兴市决定赠送铜像。2002年5月14日，晨刊刊载了中国青年团体联合组织中华全国青年联合代表团于13日访问仙台市青叶区的东北大学片平校区，瞻仰鲁迅像并参观鲁迅曾经学习的教室这一则报道。2002年7月9日晨刊报道了1998年时任中国国家主席的江泽民在访问仙台之际所种植的红梅有枯萎之状。该红梅是由江泽民与鲁迅之孙女周宁一起种植的，与鲁迅纪念碑一同受到参观者的欢迎。时隔数年后，《读卖新闻》继续关注1998年访问后续，可见鲁迅在日本所代表的特殊意义。而后，2003年6月13日晨刊再次针对鲁迅纪念馆进行报道。报道称因即将迎来鲁迅仙台留学100周年，呼吁建设纪念馆的呼声日益高涨。以仙台市民组织的"中日东北间交流促进研究会"（代表大内秀明为东北大学文学学院教授）为中心，在近期组织了讨论会。对此呼吁，东北大学情报科也表示，虽然建设纪念馆存在诸多困难，但一定全力以赴。由此可见，即使逝世多年，鲁迅在日本的影响力和号召力却未曾减弱。2003年12月17日，《读卖新闻》晨刊报道松冈町兼定岛的县立大学情报中心举行"鲁迅研究关联文献图书资料"展，将展出鲁迅相关图书、杂志、资料等约240件。展品是由该大学看护短期大学部名誉教授、因研究鲁迅而广为人知的泉彪之助先生赠送。其中包含鲁迅从奶妈那儿第一次拿到的绘本、鲁迅作品阿拉伯语译本等宝贵资料。

众所周知，鲁迅于1904年9月进入仙台医学专门学校就读，2004年是鲁迅留学仙台100周年的特殊历史时刻。恰逢具有特别意义的一年，以仙台为中心，日本各地的鲁迅纪念活动都如火如荼。2004年3月12日，据《读卖新闻》晨刊报道，为纪念鲁迅与其恩师藤野严九郎相遇百年，在福井市宝永国际交流会馆举行"鲁迅展"，展出包括鲁迅生平的约140份亲笔手稿及照片等物。展出的藤野先生修改的鲁迅解剖学笔记及鲁迅小说《藤野先生》的原稿传达出两人真挚的师徒情谊。相当于日本国宝的中国国家一级文物鲁迅的亲笔诗《我的失恋》，鲁迅留学时与友人的照片，所住房间照片，所用砚台、毛笔等也均在展示之列。约一个月之后，2004年4月14日晨刊报道了鲁迅度过人生最后时光之地上海虹口区的人民政府干部等6人于13日拜访丰中市，并瞻仰了与鲁迅有深交的当地生物学家西村真琴的墓碑，报道介绍了鲁迅与西村真琴交往、互赠礼物逸事。2004年4月18日，晨刊再次报道为纪念鲁迅留学仙台医学专门学校100周年，以鲁迅学习过的"阶梯教室"为会场，将于10月举行纪念仪式，并将通过该仪式创立"鲁迅奖"，意在表彰在该大学学习研究、立志继承鲁迅志向的优秀中国人。对此鲁迅之孙周令飞表示"期待以此为契机，加深中日友好"。2004年4月20日晨刊再次具体报道了东北大学举行鲁迅赴日留学100周年的纪念活动。2004年10月22日晨刊再次介绍了东北大学及仙台市民为纪念鲁迅赴日留学100周年而举行的盛大纪念活动。同日晨刊更另辟版面对东北大学的鲁迅留学100周年纪念活动进行单独报道。实际上，2004年从中日关系发展来说，是不平静甚至波澜迭起的一年。在种种因素使得中日关系蒙上阴影的关键一年中，日本主流媒体《读卖新闻》频繁对鲁迅纪念活动进行报道，一方面，其谋求中日关系改善这一目的不言而喻，另一方面也凸显出鲁迅在联系中日两国情感这一方面所发挥的不凡作用。鲁迅在中国人心目中所占的超凡地位自不必说，他对日本也具有一定影响力。日媒关注鲁迅，可谓是谋求中国人心灵上的共鸣，希望以此为两国关系注入活力。2004年10月23日晚报再次对东北大学举行的鲁迅纪念活动进行了详细报道。据悉，以鲁迅之孙周令飞先生、鲁迅恩师藤野教授之孙藤野幸弥以及中国六所知名大学的校长和副校长为首，中日双方100余人出席了23日在仙台市青叶区鲁迅纪念碑前举行的纪念仪式。东北大学校长吉本高志致辞表示"学校将竭尽全力培养中日友好交流桥梁的人才"。中国驻日大使程永华表示"期待以这次仪式为契机，加深中日友好交流关系"。仪式上，宫城县知事浅野史郎等相继献花，对鲁迅表示怀念之情。纪念仪式上向四名中国留学生颁发了"鲁迅纪念奖"。仙台市长藤井黎在致辞中明确了由市政府购买并保存鲁迅曾经居住的"佐藤屋"建筑及土地的方针。报道更提及同日"谈鲁迅"研讨会也在仙台市青叶区的青年文化中心举行，约200人参加。不仅如此，时隔不久，2004年11月2日的晨刊中再次对东北大学举办的鲁迅纪念活动进行了回顾。至此，《读卖新闻》对2004年10月23日东北大学举办鲁迅纪念活动的报道时间长达半年之久，从纪念活动计划之初至成功举办，乃至举办后均进行了详尽报道。由此我们不难发现鲁迅不仅在中国人心中是无可取代的存在，在日本也是举足轻重的存在，这种"鲁迅情结"已经深植中日两国人民心中，成为一种无形牵引力。2004年迎来鲁迅纪念活动高潮后，日本国内的鲁迅纪念活动仍在持续。2006年2月19日，晨刊报道了为纪念中国北京鲁迅博物馆赠送东北大学鲁迅在仙台医学专门学校留学时"解剖学笔记"电子复制版，"鲁迅和藤野先生"国际研讨会于18日在仙台市青叶区的仙台国际中心举行一事。研讨会上6位鲁迅研究者发表了鲁迅解剖学笔记的最新研究成果。研讨会后仅3天，2006年2月22日晨刊报道了中国北京鲁迅博物馆馆长孙郁（本名孙毅）和馆长助理黄乔生于21日访问仙台市立五桥中学（仙台市青叶区），针对鲁迅功绩及其与日本关系进行讲演一事。两日后的2月24日，《读卖新闻》晨刊再次对北京鲁迅博物馆馆长一行人的访日最新进展进行报道。馆长孙郁一行人前往福井县，访问鲁迅恩师藤野严九郎纪念馆，对此孙郁表示，希望能加深与福井县和芦原市的友好关系。2006年7月5日，晨刊报道中国国家旅游局局长邵伟等一行人从3日开始在仙台市进行为期2天的访问，访问了东北大学片平校区，参观了鲁迅留学时所用的阶梯教室，并瞻仰了矗立于仙台市博物馆的鲁迅纪念碑。

2006年11月28日《读卖新闻》晨刊报道了北京鲁迅博物馆将向芦原市及东北大学赠送鲁迅铜像以及芦原市将向北京鲁迅博物馆和东北大学赠送藤野严九郎铜像一事。此番中日互赠铜像是庆祝东北大学创立100周年这一历史时刻的重要环节，预计将于翌年3月运送铜像。与此同时东北大学也在积极解读鲁迅留学时期的解剖笔记，计划将研究成果装订成册，回应此友好之举。2006年12月1日，《读卖新闻》晨刊再度对铜像赠送一事进行了报道，并重点描述鲁迅与藤野严九郎深厚的师徒情谊。2007年1月13日《读卖新闻》晨刊继续对铜像捐赠活动进行后续报道。为纪念鲁迅和出生芦原市的藤野严九郎惜别百年，芦原市制作完成藤野先生的胸像，共有3座，其中两座分别赠予北京鲁迅博物馆以及鲁迅与藤野先生相遇之地的东北大学。北京鲁迅博物馆亦制作3座鲁迅胸像，其中两座分别赠予芦原市和东北大学。芦原市长松木干夫表示："以百周年纪念为契机，怀念两人的亲密交流，促进今后中日友好发展。"并于3月23日在舟津藤野严九郎纪念馆举行揭幕式。2007年2月6日，晨刊对展示曾留学仙台医学专门学校（现东北大学）的鲁迅生涯的"鲁迅展"将于仙台市青叶区的市博物馆举办一事进行了报道。该展览展示的是鲁迅住在仙台"佐藤屋"的照片，以及体现与良师益友的解剖学教授藤野严九郎交往的资料。其中藤野教授修改的鲁迅所记"解剖学笔记"（复制品）约120份。2007年2月21日，《读卖新闻》晨刊继续关注铜像捐赠一事，对该捐赠活动的最新进展进行了报道。藤野教授胸像由其出生地芦原市捐赠，鲁迅胸像由中国北京博物馆捐赠，于19日送达。为纪念"惜别"百年，芦原市将藤野教授胸像赠予东北大学和鲁迅博物馆，鲁迅博物馆将鲁迅胸像赠予东北大学和芦原市，二人"再会"得以实现。同年3月6日，据《读卖新闻》晨刊报道，鲁迅与藤野严九郎的胸像已送达芦原市，将于23日举行揭幕仪式。这次的胸像赠送活动是具有纪念1972年中日邦交正常化35周年的重要意义，同时也是外务省支持"2007中日文化体育交流年"的活动之一。2007年4月6日《读卖新闻》晨刊再次对胸像赠送仪式进行介绍，北京鲁迅博物馆馆长孙郁等100人出席揭幕式，并说明藤野先生现在在中国备受爱戴，表示"希望回归鲁迅初心，进一步加深交流关系"。2007年6月22日晨刊中对21日举行的胸像揭幕仪式进行了报道。据报道，为纪念东北大学创立100周年，鲁迅与恩师藤野严九郎的胸像揭幕仪式于21日在东北大学附属图书馆举行。揭幕仪式共有约150人参加。东北大学校长井上明久致辞表示，"对东北大学而言，藤野和鲁迅在此留下的足迹是无比珍贵的财产"。时任中国驻日本大使的王毅也表示，两人深厚的师生情能启发当今年轻人，中日两国必须携手共创未来。《读卖新闻》对胸像交换捐赠这一纪念活动投入关注，充分体现进入新纪元，日本欲加强与中国交流合作的意向，而鲁迅作为中日两国的共同情结，更是成为万众瞩目的焦点。在日留学期间，鲁迅与恩师藤野严九郎教授的相遇与相知被传为美谈，亦成为联系中日两国的坚实桥梁。

2009年4月24日晨刊报道了东北大学于23日明确了新建鲁迅纪念馆（暂定名）的方针。在13人出席的会议上，提出联系阶梯教室等历史建筑设置纪念馆，也商讨是否向中国有关方面借相关史料。校长井上指出"新建纪念馆可以吸引更多留学生"。同年9月21日《读卖新闻》晨刊报道为纪念抗日战争中支持鲁迅开展文笔活动，并为纪念对两国文化交流做出极大贡献的内山完造逝世50周年，相关人士于17日举行座谈会。会上，针对有人批判敢于指出中国的缺点、称赞日本优点的鲁迅是"亲日派""卖国贼"这一问题，研究者的发言让人印象深刻。研究者指明这是极大的误解，鲁迅的伟大之处正是他敢于指出本国国民的弱点，敢于直面弱点，并进一步指出正是鲁迅的赤诚爱国之心打动了内山，而对中国一视同仁的内山也获得了鲁迅的信赖，这才使得二人彼此视为知己。2010年10月5日《读卖新闻》晨刊登载了华裔诺贝尔文学奖获得者高行健访日与同为诺贝尔文学奖获得者的大江健三郎在东京银座亲切交流一事。其间，高行健高度评价了鲁迅文学，他表示鲁迅文学非常丰富地描写了人性及其弱点。如《阿Q正传》正是由于描绘了真实的人性，才达到超越历史之高度。16世纪文艺复兴运动的目的便是呼吁人性觉醒。但反观现今，自20世纪初鲁迅的呼吁之后，人性便日渐脆弱、衰退。过往的人道主义已不能满足现代社会的需求，身为作家，应该深入挖掘人性的复杂，深化对人类自身的认识。高行健对于鲁迅的评价进一步肯定了鲁迅在揭示人性和解放思想方面所取得的成就。2011年10月7日，晨刊报道了东北大学在片平校区开设陈列鲁迅相关资料的"鲁迅纪念展示室"这一举动。2015年8月19日，晨刊报道了东京大学文学部中国文学研究室与松本清张纪念馆共同主办的以鲁迅等20世纪以后的作家们影响关系为主题的"现代东亚文学史的国际共同研究"的公开研讨会，该会于22日、23日在北九州市小仓北区松本清张纪念馆召开。东京大学藤井省三教授做《夏目漱石和鲁迅》的主题演讲。研讨会上，日本、中国、韩国等研究者除以"现代东亚的鲁迅""东亚的松本清张和村上春树""东亚的台湾文化"为主题展示研究成果外，还将展开讨论。围绕鲁迅的系列纪念活动、座谈会和研讨会长期以来一直在各国学者的鼎力支持下积极开展，通过解读鲁迅的言行和作品，学者们致力于还原一个真实的、有血有肉的鲁迅形象。

这一时期，报道也持续关注鲁迅研究资料的公开。2000年6月8日《读卖新闻》晨刊中转载了上海报纸《文汇报》7日有关鲁迅和前总理周恩来是远亲，这一点通过在浙江省发现的史料得以确认的报道。此前，因鲁迅和周恩来的祖籍皆为绍兴，有关二人是远亲的这一说法虽存在却一直未得证实。此次通过家谱等史料得以证实，这无疑也是鲁迅研究的一大新发现。2005年12月20日晨刊中针对北京鲁迅博物馆将鲁迅在仙台医学专门学校（现东北大学医学部）留学期间的解剖学等6册笔记的电子复制版赠予东北大学一事进行报道。所赠笔记均被视为中国国宝，相当于国家一级文物。东北大学积极展开针对笔记内容的翻译与解读工作，以期借此探讨鲁迅弃医从文的理由，从而挖掘出崭新的鲁迅面貌。2006年1月28日，晚报报道藏有丰富资料的中日历史研究中心将所藏4万件珍贵资料一次性转让给国际日本文化研究中心一事。资料包括"九一八"事变至抗日战争前后在日本发行的《鲁迅全集》，以及鲁迅对日本著名作家小林多喜二的唁电等资料。现已确认1935年的《鲁迅选集》、1937年《大鲁迅全集》相继在日本出版一事在当时中国报纸及广告上已有相关报道。也包括在鲁迅帮助下，版画家内山嘉吉于1931年在上海举办讲习会及文学家长与善郎于1931年在中国访问鲁迅等时的丰富资料。而在2006年2月17日，晨刊于时隔100年后揭示，鲁迅与恩师藤野严九郎教授拍摄照片之处是一家名为"大武"的照相馆。报道指出，这一发现源自北京鲁迅博物馆向东北大学赠送鲁迅解剖学笔记中的相关照片上显示"大武分店"字样，因而推断出这一结论。而同年3月15日，《读卖新闻》晨刊针对藤野先生照片的错用一事进行了报道。据报道，鲁迅离开仙台医学专门学校之际，恩师藤野曾将自己的照片赠予鲁迅以做纪念，而后这张照片一直由北京鲁迅博物馆保管。2005年出版的《鲁迅与仙台》等书中所用照片与藤野纪念馆所藏照片不同，经调查发现北京鲁迅博物馆约15年前起便错用照片，这一事件引起骚动。事后，鲁迅博物馆表示对错用藤野先生照片负有责任。2006年9月10日，晨刊对佐藤明久先生将于12日在中国上海纪念馆公开父亲遗物即鲁迅晚年亲笔书法一事进行了报道。佐藤自父辈起便与鲁迅结下不解之缘。佐藤的父亲自20世纪30年代起，在上海日本人经营的书店工作，并与为学习海外文学而穿梭于书店的鲁迅有深交。幼时就常听鲁迅逸闻的佐藤对其很感兴趣，29岁开始研究鲁迅。佐藤表示，做出这一决定的出发点是希望父亲与鲁迅的深厚情谊能够促进两国友好关系的发展。

2006年11月11日晨刊报道了在荒尾市荒尾、宫崎兄弟资料馆中，发现了中国第一任国家主席毛泽东及鲁迅的作品。经确认，已知包含毛泽东5本书，鲁迅2本书。鲁迅的书写作于1931年，记录了其日本知己所作的针对中国人的辛辣评论，且书上按有鲁迅指印，实属罕见。2010年6月24日晨刊报道了鲁迅赠给女性运动家高良的著作于23日被高良长女与次女赠予东北大学一事，并进一步报道了预计当年秋天在东北大学史料馆中公开此书。

这一时期有关鲁迅资料的发现，其数量虽不多，却对于推动鲁迅研究具有不可替代之作用。借助公开的鲁迅亲笔所书课堂笔记和书法等资料，可以更加精准而深入解读鲁迅其人、其风骨、其思想。此外，在此时期，《读卖新闻》对鲁迅的著作及与鲁迅相关的作家作品的最新进展等一直密切关注。2002年8月24日，晚报登载了增田涉译作的鲁迅《故乡》的有关新闻。报道简要概括小说情节，并指出中国都市和农村之差与百年前一样。鲁迅期待农村可以发展壮大，然而他的希望仍未被完全实现。

而后，2003年6月22日，晨刊刊登了鲁迅之子周海婴所作回忆录《我的父亲鲁迅》的书评。因作者7岁时父亲鲁迅便去世，因而主要凭借回忆和传闻，然而文中关于鲁迅个人生活方面鲜为人知的事情有很多。2006年9月26日，晨刊介绍了山本正雄县议员总结关于鲁迅与恩师藤野严九郎之间交往的多年研究成果，自费出版的《藤野先生和鲁迅的思想和生涯》一书。希望"以两人的师徒情谊为基石，加深福井与中国的友好关系"的作者通过该书介绍了藤野的一生，以及藤野初次公开的乡土史家的青园健三郎等人的业绩，并加入了关于鲁迅思想等的论述考察。《读卖新闻》晚报分别于2006年10月18日、25日在《世界名作游记》栏目中登载了松本侑子读鲁迅名作《故乡》所感，其中穿插鲁迅生平介绍。同年11月1日相同栏目中再次刊登松本侑子投稿的鲁迅经典《阿Q正传》的简介及阅读感想。2007年1月28日晨刊报道了《藤野先生与鲁迅——惜别百年》一书将于3月出版，该书介绍鲁迅与出身芦原市的藤野严九郎之间的深厚情谊。该书也记载了东北大学鲁迅研究项目对藤野先生修改的鲁迅"解剖学笔记"的研究成果，及以鲁迅和藤野先生之间的交往为契机，芦原市与中国持续20年多年的交流活动。

2007年11月11日晨刊介绍蟹泽聪史所著《畅游文学的地质学》一书，提及鲁迅生平。报道指出鲁迅留学日本之前曾学习地质，作为公费留学生前往日本，不久便写作《中国地质略论》，分析欧美列强对中国的地质调查，解读外国人对中国的侵略野心，并对其野心展开批判。虽然清政府指定鲁迅在东京帝国大学（现为东京大学）学习冶金，然而鲁迅以医生为目标决定在仙台学医，最后走上了文学道路。

2008年4月21日晨刊对于鲁迅编纂的木版画集《北平笺谱》进行了介绍，该书复刻了明清时代开始流传到北京的大型信笺，淡彩描绘着美丽的人物、山水、花鸟画，并附有诗文，是鲁迅赠予佐藤春夫的珍贵礼物。同年8月10日刊登了"这个夏天阅读的打动自己的一本书"募集活动中一篇推荐鲁迅《故乡》的投稿。作者情真意切描绘自己阅读该作的所思所想，表达出"故乡"二字于自己而言是无法割舍的牵挂。

2009年6月14日，《读卖新闻》晨刊介绍学者藤井省三新译的鲁迅16篇代表作的共通之处为文中均强烈流露出鲁迅对"没能帮助"贫困好友和患病去世的父亲的悔恨。鲁迅对面临同胞之死而发出喝彩声的中国人感到愤怒，认为比起治疗身体病痛，治疗精神顽疾更为重要，该文也强调鲁迅没有放弃希望，并在作品《故乡》最后，主人公"我"的独白让我们的胸膛热起来。2010年8月8日晨刊中介绍了读书委员选择的"暑期一册"——鲁迅的《故乡》《阿Q正传》。报道进一步强调了鲁迅文学是体现不屈精神的极富力量的文学，反复描绘着遭遇不幸、身心受到重创的人物形象。

2011年3月29日，《读卖新闻》晨刊在鲁迅诞辰130周年之际，对中国文学研究家藤井省三先生出版的《鲁迅》一书进行了介绍，并表示对于1930年代中国都市发展的相关媒体章节颇感兴趣。鲁迅在1933年，发表了与27岁的年轻女性的往来书信结集《两地书》，该书在当时被日渐成熟的出版社所接受，出版成为畅销书。此书在获得版税的同时，也被媒体视作丑闻。受媒体恩惠，被研究的原型正是鲁迅。2011年7月31日，晨刊中刊登了东北大学教授对藤井省三所著《鲁迅——活在东亚的文学》一书的书评。书评指出该书在现有鲁迅论基础上增加了对"竹内鲁迅"的偶像打破和"东亚共通的现代古典"的新鲁迅接受现状的报告，并在此基础上对比了藤井译文和竹内译文的特点。

在这一时期，关于鲁迅生平及鲁迅相关人物的报道也时常见诸报端。2001年4月26日，《读卖新闻》晚报《名作之旅》栏目上刊登了一则介绍鲁迅家乡绍兴及鲁迅名作《故乡》的报道。报道提及鲁迅家乡绍兴以绍兴酒产地而闻名，同时也因文豪鲁迅之名被人熟知。而鲁迅代表作之一《故乡》一文也是源于鲁迅变卖绍兴房产，举家北迁这一背景而写成的，因而漫步绍兴，即可感受鲁迅作品之氛围。2001年7月30日，晨刊报道了与鲁迅是至交好友的前上海内山书店经理儿岛亨去世一事。从1933年开始一直到战争结束，儿岛亨在推动中日友好的内山完造所经营的内山书店工作。在此期间，儿岛亨与书店常客鲁迅成为好友，战后，回到福山市后继续与鲁迅长子保持书信联络，并在日本介绍晚年的鲁迅。同年5月16日，晨刊公开了鲁迅之子周海婴先生手记中《关于父亲之死》一文。该文记述了周海婴对于鲁迅之死是否因为当时负责治疗的日本人医生故意延误治疗这一疑问的看法。事实上，鲁迅死因一直以来存有争议，虽有研究者提出因未及时施治而导致鲁迅病情恶化最终不治这一疑惑，但未能提出确凿资料，亦不能代表鲁迅研究界看法。2003年2月2日晨刊在《编集笔记》一栏中回顾了藤野先生与鲁迅相遇相知的师生情谊。文中介绍到，鲁迅的解剖学老师藤野严九郎教授一直鼓励鲁迅，并用红笔帮鲁迅添改笔记。而后，鲁迅写作短篇小说《藤野先生》表达对教授的感恩与敬爱之情。2003年7月5日，晨刊回顾了鲁迅留学仙台时与恩师藤野严九郎的交往，同时也概括了鲁迅的生平经历与发表作品。2006年2月12日，《读卖新闻》晨刊在《奇才面谈》栏目中介绍了大村泉解读出鲁迅在笔记中寄望中日友好一事。报道介绍到，东北大学经济学教授大村泉因中国环境问题研究而知晓鲁迅，之后对鲁迅及其作品产生浓厚兴趣。鲁迅留学仙台100周年纪念之时，他在学生帮助下完成《鲁迅和仙台》一作。北京鲁迅博物馆于去年将鲁迅笔记的电子复制版赠予东北大学，此后大村泉教授积极投入笔记解读工作。而在2007年3月5日，《读卖新闻》晨刊中大村泉教授再次回顾鲁迅与其恩师藤野严九郎的师生之情。文章指出鲁迅在仙台医学专门学校（现东北大学）留学已过去100年，然而校内关于鲁迅和其恩师藤野严九郎的故事依旧风靡。这一话题是以2005年12月北京鲁迅博物馆将鲁迅的解剖学笔记赠送给东北大学为契机。基于鲁迅笔记，大村泉教授做出"鲁迅作为医学学生不能说是优秀的，最终他转向文坛这一选择是明智的"这一大胆猜测。原因是虽然笔记中所画肌肉和骨骼线条流畅，但从医学专业学生的角度来看并不严谨，多处欠缺重要部分。而藤野先生修改其笔记之事也被鲁迅写入小说《藤野先生》中，鲁迅在小说中表达了对藤野先生的深沉的感激之情。大村泉教授更点评道："东北大学现在有很多留学生，藤野先生的行为某种程度上也是现在老师的榜样。"紧接不久，同年3月7日，晚报再次提及鲁迅与恩师藤野严九郎，描述了鲁迅对恩师难以忘却的感恩之情。鲁迅无法忘记对自己谆谆教诲、批改笔记、耿直正义的老师，即使回国成为作家，也不忘将恩师的照片挂在墙上，日日激励自己。2012年10月1日，《读卖新闻》晨刊又一次讲述了鲁迅与藤野严九郎的交往。鲁迅尊其为恩师，并深情地为他写作《藤野先生》一文，铭记其恩情。报道表达出寄望鲁迅与藤野先生之情谊能感染更多中日两国年轻人为中日友好而努力的美好愿望。2013年8月31日《读卖新闻》晨刊介绍了多年来从事鲁迅研究的著名学者佐藤明久于6月当选上海鲁迅纪念馆的首位日本人客座研究员一事。

此外，《读卖新闻》对于这一时期鲁迅研究方面的成果也进行了相关报道。2015年8月21日，《读卖新闻》晚报报道著名学者、鲁迅研究者藤井省三教授指出岩波文库出版的《阿Q正传·狂人日记》译文以轻快短句代替鲁迅原文中长句，失去鲁迅原文长句中蕴含的苦恼烦闷之感，因而与原著氛围不符，因此藤井教授尝试以长句重译鲁迅作品。藤井教授表示，"鲁迅并非圣人，也有后悔和迷惑"，长句更能表现鲁迅的心情。时隔不久，2015年9月13日晚报中介绍了藤井教授的鲁迅文学观点。鲁迅从夏目漱石《哥儿》、森鸥外《舞姬》等日本文学中受到刺激，从而确立了自己的文学。而反之，鲁迅也对佐藤和太宰治等作家作品产生了不少影响。藤井同时研究鲁迅对村上春树文学等东亚文学的影响，如鲁迅的《阿Q正传》与村上的《1Q84》之间的关联。在《鲁迅和日本文学》中，藤井对《1Q84》描写的公社思想和中国研究者新岛淳良之间关系的论述也引人注目。

这一时期关于鲁迅戏剧方面的报道共计6篇，此处不作赘述。特别值得一提的是，2009年9月8日《读卖新闻》晨刊对于近年来中国高中语文课本中鲁迅文章被删减一事进行了报道。报道详细叙述了这一事件的经过。据报道，鲁迅极富思想启发性的文章此前一直是高中语文课本中的重点文章，故此度删减引起教育界和文艺界热议。并指出因时代背景复杂、口语与文言体混杂、文章晦涩难懂而在学生和教师间未获好评是删减原因。与此同时，认为"鲁迅是中华民族精神的代表"，持反对意见的人也不在少数。据中国《竞报》报道，人民教育出版社5年前改编，被广泛使用的新版教科书中，鲁迅作品从原来8篇削减了5篇，只有《祝福》等3篇文章被保留。网络调查显示，约60%网友反对削减，24%赞成削减。某作家对削减提出质疑，认为"鲁迅作品中的血性，是我们必须继承的民族精神"。《读卖新闻》对中国国内围绕鲁迅文章产生的议论也及时给予关注，可以看出日媒对关于鲁迅的一举一动的关注不仅限于日本国内，更遍及世界各国，对作为鲁迅母国的中国也充分给予关心，足见鲁迅的存在感无可取代。

纵观日本主流媒体关于鲁迅的报道，可见其覆盖面之广、延续时间之长，因而鲁迅在日本所具有的无可忽视的影响力可见一斑。鲁迅曾于年轻时期留学日本，在日本留学期间，遇到人生一大转折点，并以此为契机完成了人生的一大转变。从一心从医到经由"幻灯片事件"受到震动，义愤填膺之余亦受到启发，获得思想上的升华，从而坚定从精神上医治国人的这一志向。在日本的留学生活不仅让鲁迅开阔眼界，掌握外语能力，为以后的写作翻译奠定基础，更让鲁迅与生命中的良师益友藤野教授相遇。身在异国他乡的鲁迅获得的藤野老师的关怀，不只是学业上的鼓励，更是心灵上的温暖和支持。惺惺相惜的师生情谊亦成为鲁迅在艰难道路上坚定前行的动力之一。临别之际，一张纪念照片被鲁迅视若珍宝，更写作了让人读罢难以忘怀的经典之作《藤野先生》，讲述了自己的心路历程，也道尽对恩师的感激之情。某种意义上来说，若没有留学日本这一经历，或许鲁迅会走上完全不同之路。换言之，日本留学这段经历，成就了今日鲁迅的伟岸形象。留学归来的鲁迅以笔为戎，写作了一篇又一篇的经典佳作，看似并不奢华的平实语言内含触动人心的强大力量，一言一语皆充满对混沌世事的尖锐批判，读罢发人深省。不仅如此，鲁迅文章并未止步于现实的批判，更难能可贵的是对于社会发展的预见性指摘。鲁迅的一身傲骨，坚实有力的文笔赢得了世界学者的关注和尊重。因他曾在日本的留学经历，与日本结下的不解之缘而备受日本学者青睐。学者一直在研究鲁迅的道路上辛勤耕耘，普通日本民众也对鲁迅之名耳熟能详。鲁迅因病逝世虽已数十年，然而纪念鲁迅、怀念鲁迅之情却未见衰减，反而与日俱增。日本主流媒体也充分发挥大众媒体的影响力和作用，持续对鲁迅及与鲁迅相关的新闻给予关注，及时向国内外传达有关鲁迅的讯息。而中日两国也以鲁迅为纽带，在加强两国交流与理解方面不断努力。一切可谓是"鲁迅效应"所带来的巨大影响力。

鲁迅与20世纪中国研究丛书

第二章　日本对鲁迅作品戏剧化的接受与传播

谈及鲁迅对日本文学的影响，鲁迅文学的日语译著可谓功不可没。众所周知，日本著名作家们对鲁迅的积极推崇固然提高了他的知名度，然而在考察日本对鲁迅的国民性接受之际，仅对鲁迅的日语译著进行探讨尚存管中窥豹之憾，因此，笔者拟进一步探寻鲁迅在日的大众化演绎途径及其影响，其中不可忽视的便是日本作家将鲁迅生涯及其作品戏剧化并推上舞台所发挥的巨大作用。本稿整理了这些戏剧作品及其演出活动，以社会史视点为基础进行展开研究，以期完成多维度综合考察鲁迅对日本影响的课题的奠基性作业。

第一节　鲁迅作品戏剧化的接受、改编

关于鲁迅作品在日本的戏剧演出情况，拟以全球报纸发行量第一位和第二位的《读卖新闻》以及《朝日新闻》这两份报纸的报道为基本参考资料展开分析论述。①

通过在"读卖新闻历史馆（读卖新闻报道数据库）"以及"朝日新闻在线报道数据库"上检索"鲁迅"，截至2015年6月23日，可以分别搜索到667条②和904条记录。归纳分析这两组数据，并引用濑户宏所著《中国戏剧的二十世

---

① 读卖新闻http://adv.yomiuri.co.jp/yomiuri/n-busu/abc.html；朝日新闻http://adv.asahi.com/2011/004.pdf（2013年5月23日检索）。

② 1874—1986年为版面图像，共232件；1986年以后为新闻文本，共435件。

纪》中收录的《翻译戏剧目录》、国会图书馆藏书目录、饭田吉郎编写的《现代中国文学研究文献目录增补版》以及藤井省三编写的《中国文学研究文献要览近代文学：1978—2008》等资料内容，将关于鲁迅作品戏剧化在日本发行并进行演出的新闻报道，按时间顺序进行排列整理为附录，以供参考。此外，《朝日新闻》《读卖新闻》两家报社的报纸中，有1—2个版面的"地区"版，涉及日本各地方新闻。

由田汉（1898—1968）编剧的《阿Q正传》于1937年5月发表在中国的《戏剧时代》第1卷第1期上，随后山上正义的翻译版也于次年刊登在日本代表性综合杂志《改造》1月刊上。山上采访过广州生活时期的鲁迅，并在文艺杂志《新潮》1928年3月刊上发表一篇随笔《谈鲁迅》。此外他以林守仁为笔名翻译了当时的中国文学短篇集《中国小说集·阿Q正传》（1931年10月）。《改造》（1933年4月刊）上还刊登了鲁迅用日语撰写的随笔《看萧和"看萧的人们"记》、《火、王道、监狱——关于中国的两三件事》（1934年3月刊）、《在现代中国的孔夫子》（1935年6月刊）以及《我要骗人》（1936年4月刊）等文章。此外，山上还通过刊登鲁迅的日本弟子增田涉撰写的《鲁迅传》等方式，积极向日本介绍鲁迅。该杂志的出版社改造社，发行了全世界第一套鲁迅全集——《大鲁迅全集》全7卷（1937）。

田汉编写的戏剧《阿Q正传》经由宫越健太郎译注，于1941年6月在文求堂出版的《现代实用支那语讲座》（《现代实用汉语讲座》）第10卷"戏剧篇"上发表。

1938年6月，即山上正义翻译的田汉编剧的《阿Q正传》的发行年，生长于中国东北地区（当时被称为满洲）的诗人北川冬彦（1900—1990）所写《剧本〈阿Q正传〉》也刊登在杂志《剧本研究》第5号上。北川在《〈阿Q正传〉的剧本化》一文中就《阿Q正传》电影剧本改编的动机进行了如下阐述：

　　我一直确信，将文艺作品剧本化的最好方法并不限于某位作家的某一作品，而是将多部作品作为一个整体融会贯通进行改编。……此次我将《阿Q正传》剧本化时，并未只着眼于《阿Q正传》，也参考了如《孔乙

鲁迅与20世纪中国研究丛书

己》《风波》《故乡》等其他短篇小说中的人物和情景。（只是，该方法非本人原创，田汉早已在其戏剧《阿Q正传》中付诸实践。）在剧本中，孔乙己这一人物形象出自短篇小说《孔乙己》，钱老爷（假洋鬼子）的母亲形象出自短篇小说《风波》中的九斤老太，艄公七斤的形象也同样出自小说《风波》中的七斤。但是，这些也仅是戏剧人物性格生活中一部分。有些遗憾的是，我未能将这些与其他人物的性格特点，如原著般深度挖掘。（这是我个人力量薄弱之由？抑或因剧本以电影般现实为基础的命运所致呢？我尚在思索这一问题。）突出钱老爷的复杂形象倒是我的主意。

鲁迅刻画出阿Q这样一个具有愚昧、自欺欺人的中国农民的典型人物。鲁迅没有宽恕阿Q，而是彻底批判他，这或许来自鲁迅对中国农民愚昧不争的愤慨。这种感情是被隐藏着的，越是愤怒，讽刺幽默之效果就越为强烈，令人捧腹。但对鲁迅而言，这不是件令人发笑的事吧。

对我而言，我无法毫不顾及阿Q，冷酷无情地来描写他。不知不觉中，我对阿Q产生了同情。淡化讽刺幽默的色调，取而代之的是抒情之感。特别是关于阿Q最后的情节，在原作品中，他在城里陌生人群中游街示众，处以死刑，但我进行了改编，让阿Q看到了与他常年一同居住在未庄的人们。这是在剧本结构上所做的改动，但我做的不止这些。[1]

此后，1939年8月5日的《读卖新闻》晚报上刊登了一则消息："今秋，新装修的筑地小剧场四剧团登台，新协剧团上演《阿Q正传》。"在当时作为新剧运动中心的东京筑地小剧场中上演的《阿Q正传》，究竟是以何为基础？是以山上正义翻译田汉编剧的《阿Q正传》为剧本，还是以北川冬彦的《剧本〈阿Q正传〉》为剧本，抑或是以第三种日语版戏剧《阿Q正传》为剧本，这一点不得而知，此事目前仍在考证中。尽管如此，在鲁迅逝世短短3年的时间里，鲁迅作品的戏剧化、剧本化、舞台化历史在当时的日本拉开了帷幕。

① 北川冬彦：《剧本文学论》，作品社1938年版，第122页。引用的文章原载于《剧本研究》第5号（1938年6月）。

第二节　日本的鲁迅戏剧作品

日本的鲁迅戏剧作品可以分为以下三类：

①由中国人创作的关于鲁迅作品或关于鲁迅生平的戏剧作品的日语译本出版及其公演；

②由日本人创作的关于鲁迅作品的戏剧及其公演；

③由日本人创作的关于鲁迅生平的戏剧及其公演。

关于①，已举例田汉编剧《阿Q正传》的两种翻译。明治以后，在日本汉语教育中心之一的东京外国语学校（现为东京外国语大学）的秋季校园节上，都会举办被称为"帝都特色之一"的外语戏剧大赛，①该校毕业生成为汉语教师后亦在其就职学校将此传统延续下去。1927年，在横滨高等商业学校（现为横滨国立大学）武田武雄副教授的指导下，中文班的学生演出了胡适（1891—1962）的戏剧《终身大事》。②田汉编剧《阿Q正传》的译者之一的宫越健太郎长期在东京外国语学校任中文系教授，因而很有可能在该校及该校毕业生工作的专科学校等表演汉语或日语版《阿Q正传》。据中国新剧史的专家摄南大学教授濑户宏描述，1953年9月，田汉编剧版的《阿Q正传》曾在大阪新剧联合公演中上演。③

之后在日本，似乎很长一段时间没有上演中国人创作的关于鲁迅生平的戏剧作品。进入20世纪80年代后，1981年公演了以陈白鹿的电影剧本为基础的戏剧《阿Q正传》。1982年8月27日《朝日新闻》晚报中报道称，柯森耀翻译了陈白鹿剧本，《阿Q正传》进入了正式演出的阶段，日程为"9月2日傍晚6点30分，3日、4日午后2点，6点30分，5日午后2点，地点梅田橙屋"④。

---

① 佚名：《请观赏外语支那语戏剧》，《支那语》1932年12月号，第29页。

② 藤井省三：《东京外语支那语部　交流与侵略之间》，朝日新闻社1992年版，第113页。

③ 濑户宏的个人网站"电脑龙会"http://www.asahi-net.or.jp/~ir8h-st/ryuunokai_019.htm（2016年2月3日检索），2006年1月7日公开，2015年7月12日更新。

④ 《衣裳·演出亦为日中合作／阿Q正传／关西新戏剧人者联合上演》，《朝日新闻》（东京版晚刊），1982年8月27日。

鲁迅与20世纪中国研究丛书

进入21世纪，在鲁迅仙台留学100周年的2004年，留学于日本东北大学的沈凯东认为"在鲁迅留学一百周年的今天，可以与鲁迅一样在仙台学习也是某种缘分"，于是创作了剧本《惜别》，并且在日本学生的帮助下得以演出。同年9月《朝日新闻》宫城县版对其做了如下报道：

> 为了纪念中国大文豪鲁迅留学仙台一百周年，于12、13日，在仙台市的东北大学公演了以小说《藤野先生》为题材的戏剧。舞台是该学校的阶梯教室，鲁迅曾在此学习过。该大学的学生以及中国留学生和市民外援6人，巧妙地演绎了这部描写与恩师之间心灵交流的作品，获得了观众的热烈掌声和声援。……1998年，当时的国家主席江泽民访日时，特意到该校缅怀鲁迅。……今年春天从中国广州到该大学研究生院留学的沈凯东先生（34岁）……以鲁迅和藤野教授的交流为主线，将上课的情景以及与日本学生的相遇等改编为剧本，并请求该校学友会戏剧部的协助。戏剧部成员工科二年级的南木宏隆（19岁）应邀担任导演。
>
> 仙台市青叶区鞋店经营者溪谷英泰先生（53岁）等在得知尚缺演员的情况后，主动提出帮助，扮演了藤野教授等角色，使得剧目终于在当月1日进入排练日程。
>
> 沈凯东本人饰演鲁迅先生这一角色。"中国和日本之间不是非常了解，若可以通过戏剧加深彼此之间理解，我将十分高兴。"
>
> 扮演鲁迅先生同学的该校研究生茂木浩辅（22岁）回顾道："通过出演本剧，加深了对鲁迅的认识，这也是思考国际交流的一个好机会。"
>
> 本剧由三幕组成，这次演出的是第一幕。第二、三幕计划在鲁迅离开仙台一百周年的2006年3月公演。（后略）[1]

中国留学生编写了以鲁迅和藤野先生为主角的剧本，并和日本学生及市

① 《鲁迅与恩师的交流、热演／东北大学留学生表演〈藤野先生〉》，《朝日新闻》（宫城县版晨刊），2004年9月15日。

民们一起在舞台上演出，这是在鲁迅留学之地的仙台才有的独特之举。亦可指出，此次改编、上演的背景为：日本的中国留学生人数从1990年的2万名左右，增加到了2000年的8万名左右。①无论是对主要演员兼剧本创作的沈凯东而言，还是对扮演藤野严九郎和鲁迅同学的仙台市民和东北大学的日本学生而言，鲁迅作品的戏剧化及其上演的确说明留学是"思考国际交流"的绝好机会。

2006年1月至2月期间，仙台举办了鲁迅研讨会和鲁迅展览会。沈凯东编剧、主演的《惜别》于3月11、12日两日内公演了3次。在"东北大学片平校区内鲁迅曾经学习过的阶梯教室"这一具有历史意义之地上演，带来了一种前所未有的郑重感，据说"剧中鲁迅在课上看到中国间谍被斩首的场面，受到了巨大的冲击，决心放弃医学，选择文学之路，演员将鲁迅与藤野先生和朋友分手等场面的心理波动展示得淋漓尽致。座无虚席的会场里时不时传出观众们的啜泣声"②。

尤其值得关注的是，在1月30日为上海鲁迅纪念馆代表团举行的"鲁迅缘之地仙台研讨会"是"政府正在推进的招揽访日外国游客活动的一个环节，由国土交通省东北运输管理局主办"，"今年是中日观光交流年，以与仙台有渊源的鲁迅为主要项目"开展相关活动。因为鲁迅，仙台不仅成为了中国留学生圣地，也成为了中国人文化旅游圣地。

顺便一提，2006年2月，在仙台的"业余戏剧团体'剧团仙台小剧场'"公演了叙述鲁迅仙台留学的创作戏剧《远火——仙台的鲁迅》，关于以上内容将在第四节"由日本人创作的关于鲁迅一生的戏剧及其上演"中对其进行介绍。

鲁迅与20世纪中国研究丛书

---

① 1998年中国留学生人数为22810人，2004年为77713人，2014年增加为94399人。参照
http://www.jasso.go.jp/about/statistics/intl_student_e/__icsFiles/afieldfile/2015/10/19/data_11.pdf和
http://www.jasso.go.jp/about/statistics/intl_student_e/2004/index.html以及http://www.jasso.go.jp/
about/statistics/intl_student_e/2014/index.html（2016年2月5日检索）。

② 《朝日新闻》（宫城全版晨刊），2006年3月12日。

第三节　由日本人创作的关于鲁迅作品的戏剧及其上演

中国的田汉戏剧版《阿Q正传》发表于1937年5月，山上正义版的日语译本在1938年1月刊登于《改造》，北川冬彦的剧本《阿Q正传》也于1938年6月发表。"由日本人创作的关于鲁迅作品的戏剧及其上演"从早期尝试，逐渐发展至战后极为正式的戏剧形式，不断上演，与此同时报纸也频繁对此进行了大篇幅报道。笔者拟通过日本主流媒体的报道等从异文化接受之视角考察日本对鲁迅作品的接受及传播。因篇幅所限，关于中国人改编的鲁迅作品、中日两国创作的有关鲁迅生平的戏剧以及其公演情况将另外发表。本稿将主要围绕剧作家霜川远志（1916—1991）、宫本研（1926—1988）、中岛谅人（1966—　　）展开述评，拟管窥日本剧作家所做改编及作品上演对鲁迅在日本民间的传播所发挥的作用。

一、霜川远志改编的鲁迅作品

1954年1月在东京明治座①上演了由霜川远志改编的《阿Q正传》。《朝日新闻》《读卖新闻》两家大报社先后对这一鲁迅文学戏剧作品公演展开了报道。②《读卖新闻》在上演前的十天即1953年12月21日晚报上刊登了一则相当于广告的报道："灿烂的新春　东京都内各剧院　明治座亦于元月二日上演新国剧③，白天为鲁迅作品。"翌年1月7日又刊登了如下剧评：

> 在白天的剧目中，鲁迅原著的《阿Q正传》三幕最为有趣。不知道自己姓甚名谁的阿Q是中国社会底层的农民，最终却丝毫未提高"同类"的

---

①　明治座：东京日本桥浜町的一家剧院。1873年（明治六年）以喜升座为名开业，1993年更名为现名称。参照新村出编《广辞苑》第6版，岩波书店2008年版。

②　根据濑户宏编《中国戏剧日本翻译上演目录·1945以后（初稿）》（2006年1月23日作成，2012年11月18日修正）。1953年9月鲁迅·田汉编剧《阿Q正传》大阪新剧联合公演。

③　新国剧：泽田正二郎以开创歌舞伎和话剧之间的新国民戏剧为目的，1917年（大正六年）组成了剧团，设计出了"月形半平太"新的刀剑剧，赢得了大众的支持。正二郎去世后，辰巳柳太郎、岛田正吾成为剧团的中心人物。1987年解散。参照新村出编《广辞苑》第6版，岩波书店2008年版。

社会地位，反而被卷入只达成"革命"官僚利益的辛亥革命巨浪之中，被无辜处死。霜川远志的剧本目的不在于追求鲁迅对革命冷峻的批判意识，而是强调对阿Q所体现的卑躬屈膝的奴隶根性进行反省。此剧强有力表现出人类正义的一面，该剧作为新国剧的新剧目以其雄心勃勃之姿大获成功。导演村山知义思虑周全，整体设计技巧高明，但不显突兀，完成了一场久违的出色演出。岛田所饰演的阿Q可谓使出了浑身解数，其他新国剧演员演技方面总体而言都十分精湛，至今为止此种情况实属少见。正是因为有如此配合，岛田才能完成这充满雄心壮志之作。不过，麦克风的音效令人大跌眼镜。虽然一新戏剧内容也很重要，但是改善这样差的音响效果更为重要。①

《朝日新闻》也于三天后的1月10日刊登了以《新国剧评价　巧妙的〈阿Q正传〉》为题的剧评：

> 《阿Q正传》的三幕戏，值得提前入场观看。岛田所扮演的阿Q惟妙惟肖展现了被虐待的中国劳动者形象。作为原作改编戏剧作品也较好地概括了鲁迅小说内容（霜川远志改编，村山志义导演）。该剧讲述一个非常愚钝贫穷的男人即使被欺侮也仍旧凭借发挥自我优越感而混沌快活地生活，结果在万物为何物皆无法辨识的情况下，卷入革命骚乱中被当作反动人物惨遭枪杀的故事。但这种"凭借自我优越感（一种自暴自弃的精神胜利法）混沌而快活地生活"让作为观众的我深受触动。即使如此，这部戏也是《阿Q正传》的解说版。

如上，《读卖新闻》《朝日新闻》均对该剧做了积极正面的推荐，特别是两篇剧评"强调反省以阿Q为代表的低声下气的奴性，从而使人性正义的一面

① 《生动有趣的〈阿Q正传〉／岛田全力演出／新国剧明治座》，《读卖新闻》（晚刊），1954年1月7日。

更加突出"（《读卖新闻》）和"凭借自我优越感（一种自暴自弃的精神胜利法）快活地生活让作为观众的我深受感动"（《朝日新闻》），在讲述对于阿Q的精神胜利法的反省和共鸣上这一点耐人寻味。明治座是1945年3月10日美军空袭东京时被烧毁的，1950年11月再建的剧院。

《读卖新闻》的第一次报道"上演新国剧，白天为鲁迅作品"，此时已将鲁迅作品作为新国剧，第二次的剧评则更加强调"该剧作为新国剧的新剧目以其雄心勃勃之姿获得成功"。这应该是经历了服从军国主义政策、结果被联合国军占领国土的日本人所具有的感想吧。报纸剧评中对精神胜利法的理解应是基于这样一种对历史的认知。

当时，新国剧的主流是名为《剑剧》的武侠动作剧，然而《阿Q正传》这部充满悲情、饱含尖锐国民性批判小说的戏剧化却旗开得胜。这同时亦意味着：经过霜川编导后的《阿Q正传》已作为新国剧得到认可，而且在东京代表性的大剧场上演了1个月之久，证明其受众面之广，所获成就之大。这种盛况亦对鲁迅小说《阿Q正传》，乃至鲁迅作品的普及具有一定的促进作用。

3年后的1957年6月，霜川版的戏剧《阿Q正传》在NHK[①]广播的名作剧场播出。[②]此后，"世代"剧团从1974年至1977年，以高中校园为主要演出地进行表演，根据《〈阿Q正传〉全国巡演高校一览表》，3年间在日本的110所高中进行了巡回演出。[③]为纪念霜川所著《戏剧·鲁迅传》（而立书房，1977年6月）的出版发行，于1977年7月再次上演了该剧。[④]由此，我们可以推测有成千上万个日本青年人观赏了这部戏剧，其影响力之大少有外国名著改编成的戏剧可与其比肩。

---

① 日本放送协会被称为日本唯一国立放送，无任何广告时间，预算主要来自国民每月的缴费。

② 《局里通讯／六月的NHK名作剧场十七日〈阿Q正传〉竹内好译，霜川远志改编》，《朝日新闻》（晨刊），1957年5月25日。

③ 《鲁迅系列第二部〈目中之人〉公演／世代剧团　正月东京》，《朝日新闻》（东京版晚刊），1978年12月26日。

④ 《可获剧本集的戏剧／〈鲁迅传〉出版纪念〈阿Q正传〉上演》，《朝日新闻》（东京版晚刊），1977年7月6日。

为帮助遗留中国的日本孤儿，"世代"剧团也于1984年12月16日在全国公演了此剧，①并于5年后的1989年12月在东京中野文化中心再次上演了该剧。②如此，霜川版《阿Q正传》作为小说的解读普及版，连续上演了约40年。

另一方面，霜川远志改编了《阿Q正传》《孔乙己》《药》等作品，于1977年6月出版了鲁迅传记形式的戏剧集，《戏剧·鲁迅传》为五部曲：《藤野先生——仙台的鲁迅》《影的青春——东京的鲁迅》《忘却阿Q——绍兴的鲁迅》《无花的蔷薇——北京的鲁迅》《我要骗人——上海的鲁迅》。鲁迅研究专家董炳月先生曾就此书发表过专论《"日本鲁迅"的另一面相——霜川远志的〈戏剧·鲁迅传〉及其周边》③，细致地剖析了文本，详细对比分析了现实与此戏剧中的鲁迅、藤野先生等人物的异同点，阐述了"霜川鲁迅"与太宰治、竹内好之间的关系，揭示了另一空间的"鲁迅"对日本民间之影响。

《戏剧·鲁迅传》收录的《藤野先生》剧本创作完成于1956年，在纪念鲁迅逝世20周年之际开始在日上演，也曾历经艰辛、克服万难来中国进行公演。鲁青曾在观赏戏剧后撰文《为写鲁迅而豁出生命——介绍日本剧作家霜川远志先生》④，高度赞扬霜川远志先生为传播鲁迅而做出的重大贡献。因《藤野先生》中涉及鲁迅生平部分较多，故笔者将另撰文发表，不在此展开。

二、宫本研改编的《阿Q外传》

"二战"后25年，即恢复独立20年后的20世纪60年代末，日本大学、高中爆发了激进的质疑战后民主主义体制的学生运动，校园纷争蔓延，而此时的中国已于几年前进入了"文化大革命"的阶段。1969年9月4日至20日，日本"新

---

① 《中国归国者的自立／支援的〈阿Q正传〉／剧团"世代"》，《朝日新闻》（东京版晚刊），1984年1月27日。

② 《剧场世代公演〈阿Q正传〉（节目）》，《朝日新闻》（晚刊），1989年12月14日。

③ 董炳月：《鲁迅形影》，生活·读书·新知三联书店2015年版，第173—206页。

④ 鲁青：《为写鲁迅而豁出生命——介绍日本剧作家霜川远志先生》，《鲁迅研究动态》1985年第5期。

剧界中心之一"①的文学座在新宿·朝日生命礼堂里上映了宫本研所作的《阿Q外传》，引起热议。柾木恭介在著名文艺杂志《新日本文学》中发表了题为《别在此处落幕！》的剧评。他所写剧情概要如下：

> 《阿Q外传》对鲁迅作品《阿Q正传》的细节进行了相当程度的修改，以故事梗概为框架，自由穿插《孔乙己》《药》《藤野先生》《范爱农》等鲁迅作品中的人物、情节，进一步加入辛亥革命前后的鲁迅、秋瑾、范爱农等真实人物和事件，使舞台上的时间空间相互交错。如此，使得虚构和真实的人、事互相碰撞，凸显出这不是单纯拼凑事实的片段并再现的历史剧。同时，想要贴近现代实际问题是宫本研创作戏剧的主要理念之一，不论是《飞行人》还是《美丽传说》，可以说宫本研的创作意图一向如此。②

柾木还指出了《阿Q外传》的不足之处并提出了更高的期望。《读卖新闻》最先刊登了《以中国为舞台　谈革命与民众的关系》为题的《阿Q外传》的预告报道。报道提到《阿Q外传》是由文学座所创作的继去年《美丽传说》之后的又一作品。以推倒清王朝建立中华民国的辛亥革命为背景，将鲁迅代表作《阿Q正传》中的世界与鲁迅等真实人物交织在一起，描写了革命与民众的关系。宫本的《明治之枢》《美丽传说》《阿Q外传》均取材于明治中期到大正时期，但如宫本所述："我总是感觉这段时期里有和现代相对应的大事。在我们生活当下，日本近代化处于不断完善的上升期中，竟有人觉得必须要打破这一进程，我对拥有这种思想的人之存在颇觉新鲜，饶有兴趣。"报道还提到宫本认为对近代抱有怀疑态度之人，是和民众密切接触之人，正如与农民相结

---

① 《广辞苑》第六版中关于"文学座"解释如下：剧团名。1937年，以岩田丰雄、久保田万太郎、岸田国士为顾问，以上演排除政治性的现代剧为目标，由杉村春子、中村伸郎、三津田健成立。上演了森本薰的《女人的一生》、田纳西·威廉斯的《欲望号街车》等。作为新剧界的中心之一展开活动。

② 柾木恭介：《别在此处落幕！——文学座公演，围绕宫本研作品〈阿Q外传〉（时评）》，《新日本文学》第24卷11号，1969年11月，东京新日本文学会，第144页。

合的《明治之枢》中的田中正造，与观众有接触点的《美丽传说》中的岛村抱月。因而在《阿Q外传》中，宫本关注了在与农民生活的密切接触中创造出阿Q这一人物形象的鲁迅。

报道还特别称赞了导演木村光一的苦心钻研。"阿Q是极为矛盾的人物，展现的侧重点不同，戏剧也随之改变。在此意义上，这部剧亦是文学座遵从作者原意的一部佳作。"同时亦较为详细地介绍了剧组演员，"除扮演阿Q的北村和夫外，加藤嘉、加藤武、北城真纪子、田代信子等均是舞台上的老将，杉村春子也参演一位年轻革命家的母亲，和年轻一辈的金内喜久夫、菅野忠彦、太地喜和子等一起参与排练。由在电影《殉情天网岛》以及天井栈敷的舞台剧《犬神》中崭露头角的印刷美术设计师粟津洁担任舞台装置等美术总监"①。据此可见演出的阵容之大以及对此戏剧的投入之多。

《读卖新闻》在《阿Q外传》公演后刊登剧评：

　　　《阿Q外传》是宫本研的戏剧新作。宫本在近期作品中探索了民众抑或大众与先驱者、革命者之间的联系方式及脱离方式。《阿Q外传》是根据鲁迅《阿Q正传》创作而成的。其中也融合短篇小说《药》，加入了身着和服的秋瑾形象，打开了通往另一世界之门。该剧在双层舞台（粟津洁装置）上演出，鲁迅在外侧舞台上登场。这部剧力求的是激起观众们的透视力吧。主题起始便已表明：在仙台留学期间，鲁迅在教室里观看了中国同胞被当作间谍枪杀的场面，而中国民众却满怀期待地围观，这是观看幻灯片后所进行的内心独白。鲁迅（菅野忠彦饰）以不掺杂绝望与幻想的目光站立在舞台中央。阿Q（北村和夫）的贫穷和思维方式遵从原著，但如果没有阅读过武田泰淳的小说，则难以理解秋瑾女士的登场。虽然用馒头沾上秋瑾尸体之血后带回家的场景这一灵感来源于短篇小说《药》，但我们亦能感受到鲁迅凄惨决然的眼神。导演（木村光一）的处理也终于（渐

①　《文学座演员共同上演创作剧／宫本研作〈阿Q外传〉／以中国为舞台／革命与民众的关系》，《读卖新闻》（晚刊），1969年8月21日。

渐）变得踏实有力。只是阿Q从自己悲惨境遇当中产生了利己主义的想法，由于后半部主题转变为革命，所以阿Q的精神胜利法没有出现。这一点与戏曲有关，不得不说这只停留于解说层面上。[1]

随后《朝日新闻》也发表剧评：

秋天的剧场，在新剧界也出现了许多热门话题作品，东京新宿朝日生命剧场上演的文学座剧团的《阿Q外传》为其中之一。顾名思义，这是根据鲁迅《阿Q正传》改编的新剧。虽然对这部剧存有些许疑问，但是因为在阿Q被处决一幕中，那个矗立一旁的背影着实令人印象深刻，因而仍想力荐该剧。阿Q是中国清末绍兴的一个没出息的男人，但他却妄自尊大，被别人打了就想着"儿子打老子"，反倒生出满满的优越感。遇到不合情理之事时，不实际对外解决，只是自己忍气吞声内部消化，被鲁迅视为民族衰弱的决定性缺陷。以阿Q为代表的广大民众如此低三下四，鲁迅哀其不幸、怒其不争。宫本研编剧、木村光一导演这一组合，在展现阿Q日常生活的同时，也安排在日留学的周树人——鲁迅（菅野忠彦饰）、革命家秋瑾（本山可久子饰）等时而担任旁白，时而登台演出，如此交错可以调节整场剧目的节奏。或许是因为饰演阿Q的北村和夫与出演以前大热剧目一般伶牙俐齿地呈现出江户风格，所以整部剧给人以极强的讽刺喜剧观感。但是在最后一幕中原作作者的悲伤及愤怒喷薄而出，使得那种浮于表面之印象也随风而散。作为伪革命军的阿Q被判处死刑时，他惊慌地大喊大叫，只要冷眼旁观的民众中有一人站出来为他辩护，他就可能获救。但就连对阿Q抱有好感的年轻寡妇吴妈（太地喜和子）也只是倒地大哭，最终也没救下阿Q。人群中颤抖的身影正是两百多年来异族统治下不断被背叛的民众所允许的唯一抵抗的身影。而在越南、在捷克必定也有同样的

① 《〈舞台〉〈阿Q外传〉／民众与革命家的羁绊》，《读卖新闻》（晚刊），1969年9月10日。

身影。这个场景亦揭示了所谓革命也并未挽救这一凄凉身影。秋瑾母亲的扮演者杉村春子对角色的诠释细致独到,在最后一幕中留下了久久不散的余韵,令人赞叹。只是搬运秋瑾尸体部分与前后略显脱节,这一点仍待斟酌。①

这篇剧评中"在越南、在捷克必定也有同样的身影"这句话意指,在越南战争中遭受美军侵略、在"布拉格的春天"(1968)中遭到苏军进攻而失去丈夫和恋人的两国女性。剧作家宫本研,让出现在鲁迅其他作品中的人物藤野先生、秋瑾、范爱农等在《阿Q外传》中登台。此外,在小说中拒绝阿Q的求爱,甚至也无视阿Q游街的吴妈,转身一变对阿Q抱有好感,关于这一点的改编也颇有特色。让不属于小说《阿Q正传》而是鲁迅其他作品中的人物登场这一手法,可追溯至田汉编剧《阿Q正传》的山上正义译本(《改造》1938年1月号),后在北川冬彦的《〈阿Q正传〉剧本》中得到继承发展的渊源。

《读卖新闻》在刊登剧评3天之后,又刊登一篇报道,欲唤起批评家们对宫本版《阿Q外传》中"思想性"的关注:

秋天的新剧季,由首演宫本研新作《阿Q外传》(《文艺》刊登)的文学座剧团拉开序幕。该作虽是进入了当年年度前五名的杰作,但是在文艺评论栏里却好似被完全忽视。报道提出,在唯小说论的狭隘文艺评论家眼中,或许戏曲本身就不值得重视。与此相比,问题在于我们诸位剧评家的态度。《阿Q外传》追求的是"民众和革命"的关系,换言之作者将自己逼至作茧自缚之境况。在严格追求戏剧思想性的当下,剧作家在打破原有戏剧创作框架同时,在艺术层面自不用说,在政治和思想方面都逼迫着其进行自我告白,是大势所趋。对观众而言不仅是观赏戏剧,更是通过戏剧进行自我审视。在此情况下,发表评论的评论家亦与剧作家同样受到

① 《令人印象深刻的最后一幕／文学座〈阿Q外传〉》,《朝日新闻》(晚刊),1969年9月11日。

审视。然而诸位剧评家，一如既往以客观技术批评为重，充当公正的第三者。报道最后还向剧评家提出，能否出现"打破原有框架、挑战艰难"的勇者呢？[①]

此篇报道意义深刻，"剧作家在打破原有戏剧创作框架的同时，在艺术层面自不用说，在政治和思想方面都逼迫着其进行自我告白"这一观点反映出60年代末的学生运动、学院纷争的时代状况。不过，在前文引用的的剧评《别在此处落幕！》中，柾木恭介已批评道："导演木村光一没有将'阿Q的精神胜利法失败的过程和最后关头的打击'表现出来。他只是把阿Q演绎成'仅仅是一个愚蠢的人，并且愚蠢的人也有民众的力量'，呈现出一个让人完全无法理解的舞台。"他还指出：身着中国服装的男子（范爱农）、身着和服的女子（秋瑾）还有孔乙己和身着和服的男子（鲁迅）被演绎成似乎形影不离却又存在强烈对立的状态。尽管如此，在舞台上，与其说他们是对立的不如说是行走在各自的平行线上，又因各自的"死"而消失。然而这一切是不能由于"死"而消失的。

剧作家宫本研将小说《阿Q正传》改编成以20世纪60年代末日本左翼运动蓬勃期为背景的戏剧《阿Q外传》，并由导演木村光一执导。《读卖新闻》《朝日新闻》两家报社有关《阿Q外传》的剧评，或许是由于篇幅原因，均以小说戏剧化为中心进行了评论，柾木的剧评占《文艺》杂志5页篇幅，对《阿Q外传》的剧本乃至戏剧《阿Q外传》的改编也进行了评论。柾木虽对从剧本到戏剧这一改编进行了严厉批判，但他的热情却也强有力表明了小说《阿Q正传》通过日本人所改编的剧本以及戏剧已经深入日本社会，广泛被日本民众接受这一事实。

宫本为评论家尾崎秀树的评论集《和鲁迅的对话（补充版）》（东京，劲草书坊，1969）著有书评《从独自的角度靠近鲁迅》（《文艺》第8卷11号，

① 《〈作茧自缚的批评家／文学座的〈阿Q正传〉入选今年前五名》，《读卖新闻》（晚刊），1969年9月13日。

1969年9月号）。《宫本研戏剧集4》除《阿Q外传》（《文艺》1969年9月号），还收录了记录自己在北京亲身体验的随笔《恰尔德哈罗德之旅》（《新剧》1974年4月号）。在这部作品中，作者回忆了自1938年夏天，自己跟随任职于领事馆的父亲，在日本占领下的北京从小学六年级起度过的6年时光。宫本对鲁迅的关心与其在战时北京的经历密切相关。另外，《和鲁迅的对话》的作者是与鲁迅交往甚密的《朝日新闻》记者尾崎秀实（1901—1944）之弟。秀实在1941年的左尔格事件中受累被捕，后被处刑。

宫本研的《阿Q外传》于25年后，即1994年6月12日至21日在纪伊国屋剧场由地人会上演，再次获得新闻剧评的高度评价。首先是《读卖新闻》1994年5月31日新闻《松山政路／对有力度的戏剧〈阿Q外传〉初次挑战》，对饰演阿Q这一角色的演员采访报道：初次挑战阿Q一角的演员松山于3月拜访中国浙江当地。考察的成果是"将中国广阔土地和历史潮流概括在戏曲中，对宫本这一才能感到钦佩"。松山认真说道："这是一部对社会矛盾从心底感到愤怒且张弛有度的戏剧。如果不将阿Q塑造为既无知又做坏事却又深受观众喜爱的形象是不可行的。实在是非常复杂的角色。"报道还介绍到宫本研的戏剧以鲁迅的《阿Q正传》为基础，刻画了被清末革命压垮了的愚蠢人物。与昭和四十四年（1969）的首演相同，由木村光一执导。[1]

小说《阿Q正传》中的阿Q极少被读者单纯地"喜爱"。根据主演的介绍，由此次《阿Q外传》上演景况，可以想见25年前相同的演出情景。所谓"25年前的演出"指的是在1969年被柾木恭介批判为"虽只是将阿Q当成一个愚蠢的人但是却具有民众基础"的演出。笔者也观赏了1994年的公演，对塑造单纯地"被喜爱"的阿Q这种改编确实稍有违和感。但总体而言，这是一部值得观看的戏剧。与《读卖新闻》相同，《朝日新闻》也在开演前刊登了具有积极意义的介绍。

今年是剧作家宫本研去世7周年，其作品《阿Q外传》，由初演导演木村光

① 《〈戏剧人间〉松山政路／初次挑战〈阿Q外传〉》，《读卖新闻》（东京晚刊），1994年5月31日版。

鲁迅与20世纪中国研究丛书

一执导，时隔25年后再现。与宫本研多次共事的木村回顾道："宫本是一位总是站在民众视点和有明确主题性特点的作家，亦是一位同时从事多种工作，严以律己宽以待人、温和看待社会、不断探寻身处时代应有思考和应有行动的作家。"《阿Q外传》是被称为"革命传说四部曲"作品群中的一部，在鲁迅的《阿Q正传》的基础上将其他短篇小说主人公编入，活灵活现地描写了被卷入革命旋涡里的普通民众形象，并在大学纷争加剧的1976年由文学座首次演出。木村说："虽然阿Q对于革命这一词的认识只是一知半解，但他是一位愚蠢地对一个更好世界的到来怀揣憧憬之人。另一方面，现如今的日本，无论世界何地发生了如何悲惨之事，只要自己身处和平就佯作不知的人正在增加。正是因为身处如此时代，所以欲思考阿Q所怀揣梦想和我们生活态度之间的差别。"①

文稿另配有照片说明《阿Q外传》的排练情景。遗憾的是，此后20余年没有在这两大主流媒体上找到宫本研的《阿Q外传》公演的相关报道，但值得欣慰的是，在剧团NAT的网站上发现了2013年10月31日至11月4日宫本研的《阿Q外传》上演的消息。

另外，1995年10月19日的《朝日新闻》晨刊福冈版对由前卫剧团改编上演的《阿Q正传》有一则报道："21日和22日两日，北九州市餐饮店为承办方，在位于小仓北区寿山町的宗玄寺停车场上搭起帐篷，以昔日作为煤炭装运港而繁华的若松和东京为舞台，上演了戏剧，剧目为由东京'野战之月'剧团演出的《阿Q之阵》。该剧以两个城市为舞台——把曾是煤炭港口城市的若松作为经济增长的前线基地，把东京作为资本大本营。主要内容是以鲁迅的《阿Q正传》为题材，将火野苇平的小说《粪尿谭》、从军慰安妇、劳动运动等综合在一起。"报道还介绍了编剧且担任导演的樱井大造先生走访了若松区火野苇平资料室等地，以期巩固丰富作品中人物形象，拟在战后50年之际，叙述日本一路走到今日过程中的"负遗产"。②

---

① 《〈时代〉之间、时隔25年再次上演／宫本研的〈阿Q外传〉》，《朝日新闻》，1994年6月10日。

② 《小仓的帐篷戏／餐饮店主们实施／21、22日》，《朝日新闻》（晨刊福冈版），1995年10月19日。

"剧团'野战之月'现称作'野战之月海笔子',剧团主页上写有'野战之月海笔子'是自1994年创办以来持续进行帐篷剧演出的团体。以东京为基地,每年到全日本各地、台湾、北京、韩国举办帐篷公演来进行自我宣传。"① "海笔子"是指一种名叫海鳃的腔肠动物。该剧团还改编了《阿Q正传》,叙述了东亚现代史中底层的状况。通过以上报道及网页,我们可以看到日本民间亦有其他编剧通过不同的舞台对鲁迅作品进行广泛传播。

三、中岛谅人所改编的《铸剑》

　　第三位改编鲁迅作品的是日本戏剧家中岛谅人(1966—　)。《朝日新闻》2007年12月的报道中最早涉及中岛改编的《铸剑》。报道对即将上演的中韩两部作品进行了预告。其中一部为日本导演编导的(鲁迅原著、中岛谅人编导)。②

　　同日,《朝日新闻》鸟取全县版也作如下报道:"《铸剑》28、29两日晚7点半将在鸟取市鹿野町'鸟之剧场'上演,中岛谅人编导了以登场人物怪诞著称的中国文豪鲁迅的短篇小说,使之舞台化。"③

　　根据"鸟之剧场"主页信息,该剧团艺术监督中岛谅人出生于鸟取县鸟取市,在就读东京大学法学部时即已开始戏剧活动,毕业后以东京为基地负责剧团,2006年开始将剧团转移至鸟取,从而开始了"鸟之剧场"的演出。④

　　2008年5月,"鸟之剧场"在鸟取市再次上演《铸剑》之时,《朝日新闻》《读卖新闻》两大报纸鸟取版都予以报道,⑤特别是《朝日新闻》5月6日晨刊进行了详细报道,具体如下:

---

　　①　http://yasennotsuki.wix.com/yasennotsuki,检索日期:2016-2-25。

　　②　《日中韩演员所描绘的近未来东亚／舞台〈垃圾场贫民窟的异人先生〉》,《朝日新闻》(晚刊),2007年12月14日。

　　③　《事件信息／鸟取县论铸剑／28、29的晚上7点半、鸟取市鹿野町的鸟之剧场》,《朝日新闻》(晨刊鸟取全县版),2007年12月14日。

　　④　http://www.birdtheatre.org/profile_nakashima.html,检索日期:2016-2-22。

　　⑤　《戏剧〈铸剑〉／5月1、2日19时半与3～6日14时、鸟取县鹿野町鹿野的鸟之剧场》,《朝日新闻》(晨刊鸟取全县版),2008年4月25日;《鸟之剧场努力扩大粉丝／大额捐款中断运营严峻／体验教室倍增》,《读卖新闻》(晨刊鸟取全县版),2008年4月11日。

剧团"鸟之剧场"将在鸟取市鹿野町的鸟之剧场本年度首次公演《铸剑》。剧团负责人中岛谅人（42岁）将鲁迅原作搬上舞台。去年12月，在鸟取和东京上演后大获好评。该剧讲述了一个怪诞的故事，持剑（此剑为被暴君杀害的父亲的遗物）讨伐敌人的少年与神秘男子相遇，包含王在内的三个头颅在王宫的鼎内沸水里持续交战。逼真的演技和巧妙的场面转换及颇有趣味的舞台装置吸引了观众。中岛先生说："这原本是民间传说。人们之所以被这个故事吸引是因为它表现出民众对权利的爱憎。后半部分，家臣们在三个头盖骨前无法区分王的头骨，最终只能将三个头颅都收入棺内，则表现出王权的滑稽。但是，即便是暴君，民众仍然可以感受到葬礼列队的庄严。鲁迅也许想表达权利与民众间不可思议之关系。"今年秋季将在中国公演。／6号下午2点开演。（照片说明：所附照片为《铸剑》第一幕，手持青剑［由主人公父亲锻造］的暴君形象。）①

8天后，《朝日新闻》鸟取全县版中刊登了《铸剑》的演员访谈录。特别采访了黄金周公演的《铸剑》中帮助主人公复仇的神秘男子的扮演者斋藤赖阳（34岁）。斋藤称是中岛谅人15年来的好友。"这次认真阅读了原著作者鲁迅的相关研究书籍，在舞台上，时而会对内容恍然大悟。这就是表演的乐趣所在。"他大学毕业后一边从事着自由工程师的工作一边继续着戏剧演出事业。他与中岛的相似点在于不以赚钱为目的。②由此采访，我们可以看到日本戏剧人的敬业精神以及做专职戏剧人的不易。

该年7月，网络上出现一篇署名为森川泰彦的剧评。③森川指出："此次

① 《鲁迅之作〈铸剑〉的舞台化／今日，鸟之剧场》，《朝日新闻》（晨刊鸟取全县版），2008年5月6日。

② 《（人·昨天·今天）斋藤赖阳先生／对古典情有独钟　对演员精益求精》，《朝日新闻》（晨刊鸟取全县版），2008年5月14日。

③ 《〈铸剑〉（中岛谅人编导、鲁迅作品）　对祝祭型寓言进行革新的编导——中岛谅人导演　鲁迅〈铸剑〉剧评》，2008年7月28日，http://spac.or.jp/critique/? p=9，检索日期：2016-2-20。

演出的最大特点就是通过话剧形式，将小说中的所有语言都呈现在舞台上。在此作品中，出场人物的行为带有重重深意，可谓是寓言中的寓言，展现了一个怪异的谢肉祭世界。如果抛掉相互呼应而成的细节部分旁白，若以现代剧风格来演，这部作品的魅力也几乎消失殆尽。""为了使它作为一部剧而成立"，导演运用了"多种表演技巧"，亦可从这一点进行考察。因为简略化演技，"在旁白和视觉形象之间，不断出现各种各样偏差。这在赋予两者存在意义的同时，两者间的错位本身也是舞台上剧情表现的一部分"。而且"旁白解说在转移到表演者说话过程中，两者同时发声，或在不同时段发声（表演者重复着旁白的解说），或者一方以对口形的形式表演。独具匠心的布莱希特式手法也得以准确运用。夸张的说话口吻和以不停敲打大鼓为中心营造的舞台气氛，确实产生了戏剧效果音。这在剧中随处可感，从而弱化了旁白的冗长和单调之感"。森川还论述道："此次舞台上，母亲讲诉眉间尺的父亲时更为形象化，且父亲与黑色男子的扮演者为同一人，可解释为黑色男子实际上就是眉间尺的父亲。""眉间尺的人头以薄薄的青色覆盖的模型头颅来表现，这是因为眉间尺的头颅就是青剑，即'铸剑'，体现出这是关于他成长的寓言。""将王的鼻子以红色来表现，是为体现出打扰眉间尺父子安眠的老鼠其实就是让臣民苦不堪言的暴君。"

以上森川对于中岛版的分析，也是对鲁迅"复仇之剑"的有力解释。"通过黑色男子的魔术，头颅乱舞撕咬，其结果是暴君的'恐怖'统治崩溃。这一故事的世界简直就是一场谢肉祭。"这一分析也极具说服力。森川在对原文外部的形象化分析中指出："故事最后人们观看队伍的场面，扮演民众的表演者们并非一副扮演他人的神情，而是以一种锐利冷淡的眼神一直凝视观众席。在那一瞬间，被围观者（客体）成为围观者（主体）。这是宣告，有史以来处于被支配地位的人民成为政治主体的时代开始。"围绕人民的政治主体化，"在解说即将开始之际，添加了民众的孩子多次询问这个故事且母亲也喜悦地回应他们的场景。这少数的创作部分，使解说部分的导入正当化同时，也表露了人民的革命愿望，与暗示革命到来的故事的最后场景遥相呼应"。这也被评价为："运用布莱希特式手法，把文本外的'历史'成功巧妙投射到舞台内。"

鲁迅与20世纪中国研究丛书

结尾的一句话也值得深思："另一方面，谢肉祭有消除民众不满，使得社会秩序安定，亦有着'排泄不满'的作用。因此编导既不讴歌革命的到来，也不美化人民。最后加上一个凝缩着悠久历史的、日常生活的画面，此剧在此落下帷幕。"森川还高度评价道，"与文本内容相吻合，是一场颇具均衡感的演出"，亦可称是与鲁迅小说原作主题相呼应的一部好作品。森川在文末记述了于"2008年6月14日观剧"。

同年，"鸟之剧场"除在高知县高知市的县立美术馆上演了《铸剑》，[①]亦在中国公演过。对此，《读卖新闻》进行了报道：

以鸟取市鹿野町为据点活动的剧团"鸟之剧场"于3日在中国江苏省公演，本次演出为中日韩剧团竞演的"第15届Be Se To戏剧节"。在剧团的中国首演中，表演的剧目是中岛谅人根据中国代表作家鲁迅作品改编而成的同名剧作《铸剑》。中岛代表说："在中国耳熟能详的故事，日本人将如何演绎？当地人应该对此也很关注，我们很想抓住观众的心。"该戏剧节始于为促进中日韩相互理解，三个国家的演员从1994年开始的轮回演出。此次在中国举办，日本只有"鸟之剧场"参加，以中岛代表为首的团队，共计12人来到当地。对《铸剑》的内容进行了介绍，中岛代表表示："即使在现代，人们继续受政治的摆弄并饱尝环境破坏的苦果，想把抵抗强权之身姿，作为普通的故事来演。"去年12月于东京召开的第14届戏剧节首演，今年也在鸟取上演过。通过约10种打击乐器的现场演奏，创作了效果音缭绕的个性演出，中国戏剧演员等尤其对此反响热烈。中岛还干劲十足说道："这是迄今为止，在活字世界中震撼国人心灵的故事。将其诉之于视觉和听觉，我很期望知道大家有何反响。"[②]

---

① 《高知县举办／鸟之剧场公演／铸剑／18日下午3点、高知县高须的县立美术馆》，《朝日新闻》（晨刊高知全县版），2008年5月16日。

② 《鸟之剧场、初次中国公演／3日戏剧节／鲁迅的〈铸剑〉剧本》，《读卖新闻》（大阪版晨刊鸟取版），2008年11月1日。

中岛谅人所述表明，日本主创人员亦是迫切地想知晓中国观众对由日本人改编的"将其诉之于视觉和听觉"的日语戏剧《铸剑》的反应。这种国际交流亦是非常有意义的。此外在2003年东京·两国的剧院举办"布莱希特式的布莱希特戏剧节"之际，11月中国著名导演林兆华（1963—　）编导的《故事新编》在中国国家话剧院公演。①林兆华改编的戏剧《故事新编》包含"铸剑"要素。林兆华版《故事新编》和中岛版《铸剑》的比较和影响关系研究亦值得深入考察。

之后关于中岛版《铸剑》，有2009年7月3日、4日在宫崎县宫崎市公演以及同年7月11日至20日在鸟取市第三次公演的相关报道。②2009年7月4日《朝日新闻》晨刊宫崎县版刊登了扮演"眉间尺"的当地女演员中川玲奈（33岁）的采访。中川扮演的眉间尺是一位16岁少年。为向杀死父亲的王复仇，身背父亲留下的一把剑踏上征程。"虽然男女存在差别，但是小时候对父母的印象是相同的。一边表演，脑海中一边浮现出了儿时之事"，"观众在观看的同时和演员一起感受，如此便会从中看出一些内容"，中川说道："人类的大脑可以无穷无尽地创造。虽然不知道其为何物，就像一瞬间就看得见头脑在搏斗一样，如此理解亦可。"中川与戏剧的邂逅是在即将升入大四的春假去东京游玩时，偶然拿的杂志上刊登着中岛先生戏剧表演的消息。因在大学曾经编排过舞蹈，"觉得很有趣"。前往观看时，在观众席成"コ"形的狭窄舞台上，戏剧和舞蹈缓缓呈现。虽然对舞台空间和人员安排感兴趣，但是"以前没有戏剧表演经验也没有看过戏剧"，于是被深深吸引，立即休学前往东京。此后，她加入"鸟之剧场"前身——中岛先生的剧团，开始了演员生涯。

平日较少接触戏剧的大学生观看了一次戏剧之后就被吸引，这亦足以证明

①　《再验证剧作家·布莱希特的精神／东京·两国的戏剧公演等》，《朝日新闻》（晚刊），2003年9月2日。

②　《鸟之剧场、今年度／国内外的剧团招待／自主公演〈葵上／熊野〉等4场》，《读卖新闻》（大阪版晨刊鸟取版），2009年4月28日；《〈舞台〉鸟之剧场〈铸剑〉／7月11～20日的周六休日14点、平日19点半、鸟取市鹿野町的鸟之剧场》，《朝日新闻》（晨刊鸟取全县版），2009年6月19日；《与观众一起看出什么／采访宫崎市出生·鸟之剧场主演中川先生》，《朝日新闻》（晨刊宫崎全县版），2009年7月4日；《〈铸剑〉从今日上演／鸟之剧场第3场／鹿野町》，《朝日新闻》（晨刊鸟取全县版），2009年7月11日；《评〈铸剑〉／无国籍风的空气、紧张感》，《读卖新闻》（西部版晚刊），2009年7月24日。

中岛谅人戏剧的十足魅力。2009年7月24日《读卖新闻》西部晚报上刊登有关宫崎市公演话剧的剧评如下："可以说1小时40分钟几乎是一眨眼功夫。舞台上充满紧张感，一颗心始终扑通扑通地狂跳。在舞台中央演出主要故事情节，太鼓和铃铛则在舞台边缘伴奏。多数情况下演员不说台词，而是由其他演员朗读小说原文，这便是讲谈调。充满生机和活力的演技和抑扬顿挫的语调、时强时弱的鼓声和舞台灯光投射出的阴影，种种效果组合而成的演出张弛有度，值得一看。明明整个身体都在表演，但是在头颅决斗这一场景中却被充满力量的眼睛和嘴巴所展现出来的表情所深深吸引。正因有不可思议的男演员斋藤赖阳、少年演员中川玲奈等演员阵容才会如此吧。不由令人联想到歌舞伎。中国民间故事混合着日本元素，营造出不属于任何一国的独特气氛。导演中岛谅人增加了原著中没有的百姓把帝王的不幸当作日常生活中的谈资并一笑置之继续生活的情节。由此可见：民众具有顽强旺盛精力的根源在于，权利普遍存在于与自己不同立场、毫不相干的另一世界。"

　　这则报道和前文提到的森川泰彦的剧评相同，不断称赞中岛的导演功力，"可以说1小时40分钟几乎是一眨眼功夫"。充分体现戏剧《铸剑》高度的趣味性。查看"鸟之剧场"网页，有该剧团在2011年9月16日—10月2日举办的"鸟之戏剧节"中公演话剧《铸剑》的记录。①

　　除了以上几位主要剧作家以外，还有战后日本著名的文艺批评家花田清辉，尤为喜爱《故事新编》，他与作家长谷川四郎等共同在杂志《文艺》1964年5月号上发表《非攻》《理水》《出关》《铸剑》等作的剧本化作品，1975年出版了书籍《剧本·故事新编》②。关于花田版《铸剑》的剧本《即使被砍掉了头——眉间尺》，《朝日新闻》在2003年9月2日晚报中刊登了如下报道："'如果今天布莱希特仍旧在世的话，会对这样的现实发出怎样的挑战呢'。以此提问为出发点，与布莱希特一样用尖锐的批判精神检视社会的花田清辉作

①　http://www.birdtheatre.org/engekisai2011/program/index.html，检索日期：2016-2-22。
②　花田清辉、小泽信男、佐佐木基一、长谷川四郎：《剧本·故事新编》，河出书房新社1975年版。

品《即使被砍掉了头——眉间尺》（白石征导演，3～5日）上演。"①

鲁迅之作于日本，从文字走向了戏剧，从戏剧根植于民间，又从民间影响到社会，可见其深邃之洞见非但未止步，还依然促使现代人不断深思、反省。

以上主要通过日本主流媒体的报道等，梳理了日本主要的剧作家对鲁迅作品的改编及其传播情况。谈及鲁迅对日本的影响，鲁迅文学的日语译著可谓功不可没。日本著名作家对鲁迅的接受和推崇固然提升了鲁迅的知名度，然而在考察鲁迅在日本的国民性接受之际，日本剧作家将鲁迅作品改编成戏剧并将其搬上舞台所发挥的作用亦是不可忽视的。

第四节　由日本人创作的关于鲁迅一生的戏剧及其上演

本节主要介绍20世纪70至80年代上演的霜川远志作品《目中之人——鲁迅和藤井先生》（别名《藤野先生》《藤野先生再见》）、90年代至今上演的井上厦作品《上海月亮》以及本世纪起由仙台市戏剧团仙台小剧场主办者石垣政裕所作并由该剧团上演的《远火》。

霜川作品《目中之人——鲁迅和藤井先生》的相关报道始于1978年12月26日《朝日新闻》东京版晚报中的《鲁迅系列第二部〈目中之人〉公演／世代剧团正月东京／以高校巡演为中心的演出活动》。该报道写道："'世代'剧团从昭和四十九年（1974）至五十二年（1977），一直在全国巡演霜川的戏剧作品《阿Q正传》，按照东京公演后围绕关东，五月在东北、北陆，六月在九州，七月在东北的巡演计划进行，以一年百场公演为目标。作者梦想这部作品能在中国演出，并正积极与大使馆等进行联系。"1983年10月4日《朝日新闻》东京版晚报中也刊登《描绘鲁迅的日本留学时代／〈藤野先生再见〉悲愿10年／来年中国公演》这篇新闻，喜报世代剧团的《目中之人》公演场次达103场。这篇新闻标题中的《藤野先生再见》可能是《目中之人》在中国公演

---

① 《再验证剧作家·布莱希特的精神／东京·两国的戏剧公演等》，《朝日新闻》（晚刊），2003年9月2日。

时所用标题。并且翌年11月对这部作品的中国公演进行了如下报道：

在各地学校表演创作剧的世代小剧团，为在中国上演霜川远志的作品《藤野先生再见》，在朝日新闻社的支持之下，于12月1日从成田机场出发前往中国。这是该剧团自昭和三十五年（1960）成立以来首次海外公演，通过近十年的苦心努力，最终从毫无联系的中国获得邀请函。／编剧霜川先生被称为民间鲁迅研究家。《藤野先生再见》描绘了明治三十七年鲁迅留学日本、在仙台学医情景。恰逢日俄战争爆发，日本全国沸腾，身处仙台的鲁迅也因是外国人而被怀疑是俄国间谍。在人种歧视非常严重的当时，给鲁迅以庇护、带来温暖的正是藤野先生。／昭和三十一年（1956），《藤野先生再见》在新国剧首次上演，并获得艺术节奖励奖，之后便一直被搁置，直至五十三年（1978），世代剧团于福井再演《藤野先生再见》。此前一年，作者霜川先生的戏剧集《鲁迅传—五部作》出版发行，其中《藤野先生再见》获得"最有趣"这一评价，这也是《藤野先生再见》再次公演的契机。……霜川先生抱持"总之，一定要让中国人观看到"的信念，于五十四年（1979）在中野区进行了东京公演。为筹集大约七百万日元的公演费用，甚至抵押了住房。／五十六年（1981），《人民日报》等中国报纸报道了编剧霜川先生和世代剧团事迹和满腔热情。被此善意之举所激励，世代剧团在五十七年（1982），通过大使馆不断尝试申请中国公演。在尚未得到回应之时邀请函便已飘然而至，那是五十八年（1983）五月。获得"希望贵剧团于今秋十一月前往中国访问"这一邀请，令霜川先生和世代剧团惊喜不已，但是因为半年准备时间远远不够，申请延期一年，终于在今年成功访问中国。／世代剧团的津田忠彦代表为筹集访中公演的资金，不知疲倦地游说企业寻求赞助，拜访企业多达二百余家。但是需要大约三千三百万日元，有着落的仅为一半。／"即便愿意协作的企业只有十分之一，获得金额只有目标十分之一，我仍非常感谢。现在是个人募捐阶段，最终不得不在尚未充分准备情况下出访。但是我已有回国后无论花费多少年也要还完钱这一觉悟。"然而非常遗憾的是，六十八岁的霜川先生因为糖尿病病情恶化及视力极端衰退，最终放弃出行。但是他认为"现在我所有的努力全看十二月一日了"／一行三十三人，至16日，预定在北京、上海、杭州共七场公演。（后略）①

这篇报道称《目中之人》于昭和三十一年（1956）"在新国剧首演"，但是《朝日新闻》与《读卖新闻》两家报社均无首演的相关报道。而明治座网站登载的石垣政裕论文《戏剧里的藤野先生》记述"1956年10月，明治座的新国剧的舞台上，以《藤野先生》为题首演。……约20年前，在福井市和芦原町上演"②。且《朝日新闻》1984年12月22日东京版晚报中报道"本月1日至16日访问中国"的世代剧团公演《藤野先生再见》"在中国很受欢迎"，这便是关于《目中之人》的最新报道。

在日本人编撰的有关鲁迅作品或鲁迅生平的戏剧作品中，对日本人最具影响力的当属井上厦（1934—2010）的戏剧《上海月亮》。《上海月亮》取材于上海时代的鲁迅在20世纪30年代为躲避国民党镇压，经常避难于日本人经营的内山书店的故事。《朝日新闻》《读卖新闻》两家报社中有关这部作品的报道，从1991年2月25日至2010年4月30日约20年间合计19次，总字数约2万字。

戏剧中登场人物为鲁迅及其爱人许广平、内山书店店主内山完造夫妇、医师须藤五百三以及牙科医生奥田爱三。该剧把军医出身的开业医师须藤改为东京帝国大学医学部出身、追求理想的医师。虽然存在这种程度的"操作"，但六人都是真实存在的人物。该剧中，鲁迅与在仙台医科专门学校留学时代恩师藤野严九郎的期待相悖，成为文学家，未在辛亥革命（1911）以来的革命中牺牲而苟延残喘的悔恨让鲁迅欲图自杀，病态一般地厌恶医生，身患失语症……许广平和4位日本人为治愈鲁迅先生心理及身体疾病而四处奔走寻找对策，这与国民党特务的白色恐怖及日本人居留民团的混战相互交织，展开一场滑稽闹

① 《在中国上演〈藤野先生再见〉／剧团世代突然的招聘／作者的苦心之果》，《朝日新闻》（晨刊），1984年11月25日。

② 石垣政裕：《戏剧里的藤野先生》，《藤野先生与鲁迅：惜别百年》，东北大学出版会2007年版，第144页。

剧和语言游戏。最终以退至舞台左手方的许广平宣读"鲁迅先生的临终时刻在场先生们都是日本人"的书信，向四人鞠躬感谢的场景谢幕。

在这部鲁迅传记剧中，井上塑造出"内山完造"这一极端善人，"须藤医生"这一理想主义者，"奥田牙医"等虽为花花公子，却也是单纯天真而不失温柔的青年。如果问这些日本人是如何在国民党独裁的恐怖政治与帝国主义半殖民压迫中贫困交织的复杂状况下成为中国人的真正朋友的，井上给出的答案是：凭借被诙谐地歌颂的庶民正义感，对贫穷上海人的博爱，以及超越国界的中日两国人民的友情。但是井上过于强调20世纪30年代上海政治经济的黑暗面，完全忽略了中华民国时期上海的黄金时代。国民党蒋介石政权是将十几年来军阀割据、持续分裂状态的中华民国通过国共合作（1924）、北伐战争（1926—1928）统一起来从而诞生的国民革命政权。蒋介石称30年代为"训政时期（从军政向宪政的过渡期）"，国民党巩固一党独裁体制，积极推进经济建设。铁路、公路建设、电信邮政制度飞速发展，币制改革（1935年11月）后确立了近代的统一货币制度，逐步实现中央集权和国内市场的统一。

《朝日新闻》《读卖新闻》两家报社中关于《上海月亮》的最初报道为1991年2月的井上采访。报道如下：

> 鲁迅临终之时的日本人的世界。／"也聚焦于几乎鲜为人知的鲁迅的原配夫人。"这是源于这位夫人之存在对鲁迅作为医学生留学却转变为文学家这一转变具有极大影响的推测。／为何明明有逃往日本、莫斯科、伦敦的途径，却在那个时代坚守上海？为何虽然那般厌恶日本、临终时在场的却都是日本人？／"作为日本人，我一直认为鲁迅的生活态度是必须思考的主题。"／此次披露的故事当然也属夏目漱石、樋口一叶、太宰治等一系列作品中展现出的"大文学家们的日常"。将鲁迅的宿疾与人物误认症、失语症"合并"起来，并且活用语言游戏。／虽然有众多版本的鲁迅全集，真实的鲁迅却很少被展现，《上海月亮》通过作者井上之眼与感悟，再现了被歪曲的鲁迅内心世界，得出"鲁迅一直知道（友谊）无关国籍，必须要靠人与人之间的沟通"这一结论。／《上海月亮》在地区公演

中获得好评，翌月4日起在前进座剧场开始东京公演。（后略）①

《读卖新闻》数日后也刊登了对男主角鲁迅的扮演者高桥长英的采访：

　　"在上海过着逃亡生活的鲁迅将自己的行为看作是对革命运动的逃离，怀着内疚之情，意图自杀，并且躲避医生。"在井上独特的解释中，故事展开。／"这部戏剧并未将鲁迅当作偶像来描写。导演也要求演员不要以沉重的口吻讲话。但是，展现出的仍是一位有人情味、具有魅力之人。可说是借用鲁迅来讲述人性，描绘大国（中国）的暴力等。"……"到目前为止的'井上作品'都如同运动会一般让演员无法休息。克制笑意，由动变静。我喜欢《上海月亮》这种类型，我想让观众看完后如同观看拳击手击中对方胸腹时一般掌声雷动，欢呼喝彩。"／安奈淳、藤木孝、小野武彦等联袂演出。东京公演时间为4至10日，22日至29日，地点为吉祥寺前进座剧场。②

东京公演开幕后，《读卖新闻》上刊登了如下剧评：

　　（前略）目前为止充满速度感、机关、恶毒的井上厦作品，换一种性质来说是"静"的舞台，可能会让人觉得美中不足。／"二战"前的上海，世界文豪鲁迅（高桥长英饰）为躲避国民党追查，与上海的妻子（安奈淳饰）藏匿在日本人内山夫妇（小野武彦、弓惠子饰）经营的书店里。／日本医师（辻万长）和牙医（藤木孝）想要治疗病弱的鲁迅，但是鲁迅当时非常厌恶医生。那段时间，鲁迅患上了人物误认症，其原因可想而知。未能献身革命的内疚和不爱原配夫人的罪恶感，使鲁迅陷入了意欲自

　　①　《〈执笔时间〉井上厦／鲁迅"再生" 作为日本人》，《读卖新闻》（东京版晨刊），1991年2月25日。
　　②　《井上厦的〈上海月亮〉／高桥长英热演鲁迅／克制笑意 由动到静》，《读卖新闻》（东京版晚刊），1991年3月1日。

鲁迅与20世纪中国研究丛书

杀的状态之中，不久身患失语症。／得知医师帮助中国孤儿之事后，鲁迅接受治疗并痊愈，并拒绝逃往日本和申请疗养的提议，决意用笔战斗。／全体演员配合协调，并加上了医师诊断讨厌医生的患者这一点，加上人物误认症、失语症，让观众忍俊不禁。而援助中国孤儿的故事催人泪下。超越中日界限的仁爱、增强遵循正直与良心而生活的强烈意志等井上厦所意欲展现的东西逐渐传达出来。木村光一导演。①

　　《朝日新闻》也于《上海月亮》在东京公演当日，即1991年3月4日，在晚报上刊登了《井上厦的新作、今天开始东京公演／小松座的〈上海月亮〉》这一新闻。并于同年，井上厦凭借《上海月亮》获得谷崎润一郎奖。②《上海月亮》从1993年10月23日至11月7日在东京纪伊国屋剧场公演③，此外，2010年2月至3月在东京、大阪再次演出④，同年4月在仙台再次公演。⑤

　　2010年2—3月东京新宿纪伊国屋南剧场上演《上海月亮》，于同年5月9日下午三点半开始由CS放送卫星剧场播放⑥，关于此事《读卖新闻》评论道："《上海月亮》是一部讲述在中国上海，为逃离国民党的镇压而辗转于朋友间的中国作家鲁迅与日本医师交流的故事，鲁迅对日本的爱憎等被仔细地描绘出来。该剧由民艺剧团的丹野郁弓导演，村井国夫扮演鲁迅，有森也实扮演鲁迅

①　《［批评＆批评］戏剧／〈上海月亮〉（小松座）》，《读卖新闻》（东京版晚刊），1991年3月9日。

②　《［采访］井上厦先生／〈上海月亮〉获谷崎润一郎奖》，《读卖新闻》（东京版晚刊），1991年9月26日。

③　《朝日新闻》（晚刊），1993年10月22日。

④　《演出〈上海月亮〉／村井国夫先生》，《读卖新闻》（东京版晚刊），2010年1月29日。《演员·村井国夫、首次小松座演出／井上厦作品〈上海月亮〉》，《朝日新闻》（晚刊），2010年2月25日。《［最佳推荐］鲁迅的苦恼／轻松巧妙的／井上厦作品〈上海月亮〉》，《读卖新闻》（大阪版晚刊），2010年3月11日。

⑤　《井上厦作、描绘鲁迅、仙台上演〈上海月亮〉》，《朝日新闻》（山形全县、福岛全县、岩手全县、宫城全县各县版的晨刊），2010年4月17日。

⑥　卫星电影戏剧放送株式会社（现为松竹BROADCASTING株式会社）CS（通信卫星）放送的电影专门频道。

之妻。／在9日可以观赏已逝井上先生的独特文字游戏。"①

进入本世纪，仙台市的剧团仙台小剧场理事长石垣政裕根据鲁迅作品《藤野先生》改编的剧本《远火》由该剧团上演。2006年9月16日《朝日新闻》晨刊宫城全县版进行了开幕前的介绍：

> 写作剧本的是仙台市的剧团仙台小剧场的石垣政裕理事长。"为了使当时的鲁迅形象具体化，不是从作品中想象，而是必须从当时鲁迅所处环境中想象。"石垣政裕在图书馆里将鲁迅身处仙台的1904—1906年的当地报纸全部读完，从当时事件和上演戏剧等汲取灵感，驰骋想象。／该剧团受中国鲁迅博物馆之邀，决定于10月在北京和上海举行公演，共计四场，并为来回旅费等经费不足部分进行募捐。②

公演4日后，《朝日新闻》宫城全县版亦刊登了追加报道：

> 根据中国文豪鲁迅作品《藤野先生》改编的仙台方言戏剧《远火》于16、17两日在仙台市公演。《远火》吸取了东北大学近期研究成果、将鲁迅同其尊为老师的仙台医学专门学校（现东北大学医学部）藤野严九郎教授间的交流及当时心境比原作更加详细地描写出来。除10月在中国公演外，也预定在藤野教授的故乡福井县公演，《远火》越来越受瞩目。／《藤野先生》是一篇描写鲁迅从1904年起约一年半时间在仙台医学专门学校留学时与藤野教授交流的文章，描写了藤野教授的认真指导和仙台生活。因为文中提及鲁迅弃医从文的契机，被收录进中国教科书。／在东北大学，石垣政裕为探寻文章里没有展现出来的当时的鲁迅心境，与医生交流并详细分析了鲁迅在学校上课所写的6本笔记。如实再现了藤野先生仔细修改血管位置错误的

① 《井上厦先生的舞台〈上海月亮〉5月9日、卫星剧场》，《读卖新闻》（东京版晚刊），2010年4月30日。

② 《描绘鲁迅与藤野教授交流的戏剧上演／今天·明天于仙台》，《朝日新闻》（宫城全县版晨刊），2006年9月16日。

鲁迅与20世纪中国研究丛书

场景，并且参考了当时报纸的微型胶片，在剧本中加入当时仙台的世态以及流行戏棚的样子等元素。／关于鲁迅弃医从文的理由，《藤野先生》中只提及观看中国人间谍被杀害电影这一点。／此次《远火》中增加了与饥寒交迫的农民等接触这一契机。创作剧本的同志社大学院助教、"剧团仙台小剧场"的主办人石垣政裕先生说："如果看不到当时贫穷的农村情景以及鲁迅去过的戏棚子的氛围等，就无法了解鲁迅的真正所感。"／2月，《远火》在仙台市召开的鲁迅研讨会上公开发表。当时，访日北京鲁迅博物馆馆长高度赞扬其"生动表现了人物的内心，再现了鲁迅当时的生活情景"，并邀请剧团10月时在北京、上海举行的鲁迅国际研讨会上公演。／同时，剧团也计划在藤野教授的出身地福井县芦原市，于该市举办的藤野教授和鲁迅惜别百年纪念活动上公演《远火》。石垣先生干劲满满说道："若藤野教授的相关研究能够更加深入，今后我想写一本以藤野教授为主人公、以另一视角来解读鲁迅的作品。"／（照片说明）藤野严九郎教授（左）修改鲁迅（右）解剖学笔记的场景 地点为仙台市青叶区L公园。①

另一方面，《读卖新闻》亦对《远火》的中国公演进行了详细报道。标题以较为醒目的文字撰写道"鲁迅博物馆馆长感动、发出邀请"，具体为：在仙台市活动的业余剧团"仙台小剧场" 石垣政裕代表去年收集资料，创作该剧本。2006年2月在仙台国际研讨会之际，以"远火"为名举行公演。访日北京鲁迅博物馆馆长孙郁先生观看公演后十分感动："极为认真地展现出《藤野先生》风貌。"演出结束后立刻邀请石垣先生到中国进行公演。石垣先生接受了邀请，并于9月16日、17日在仙台进行公演。提高作品完成度同时，也筹措了出国旅费。／中国公演为10月14日、15日，地点为北京"9个剧场"。16日在上海鲁迅纪念馆，17日在复旦大学公演。全剧组人员为22人。台词为日语，附上中文字幕。石垣先生说："希望可以传达出人类超越国家和民族团结一起的

① 《鲁迅的心境、详细表现／仙台剧团公演、〈藤野先生〉新解读》，《朝日新闻》（宫城全县版晨刊）， 2006年9月20日。

精神。"①

　　在仙台市，东北大学的研究者与有志市民共同协作，1978年以来进行了《仙台鲁迅记录》等优秀调查研究。②石垣的话剧《远火》是以实证研究成果，对既可归类于鲁迅自传小说，也可归类于杂文的《藤野先生》进行扩充完成之作。

　　前文提到的论文《戏剧里的藤野先生》中，研究比较了霜川远志的《藤野先生》、宫本研的《阿Q外传》、井上厦的《上海月亮》以及贵司山治的《惜别》（1967年发表，演出记录不详）四部戏剧。非常遗憾的是，石垣将2004年沈凯东版等作品归类为"可能有其他并非以戏剧形式展现的藤野严九郎的相关演出"，表示"这里就不再赘述"，并将自己的作品《远火》排除在比较对象之外。若是如此，迫切期待《远火》剧本早日公开。

　　鲁迅逝世7个月后，田汉在中国发表戏剧版《阿Q正传》。日本方面，在田汉发表戏剧版8个月后，山上正义将田汉的《阿Q正传》译成日语，发表在合刊上。并在6个月后，剧本研究杂志刊登了北川冬彦的《阿Q正传》剧本。1939年8月，即鲁迅逝世3周年之前，新剧《阿Q正传》在日本成功公演。

　　由此，鲁迅作品戏剧化在日本开始上演，并在战后走向兴盛。不仅有陈白尘电影剧本的翻译改编版本和由中国留学生创作的戏剧作品上演，大剧场每月还会有商业公演和高校巡回演出，拥有很强号召力，另外新闻媒体还会在全国进行报道。日本作家创作的鲁迅作品戏剧版和由日本大小剧团演出的作品具有极大影响力。其中，戏剧化和公演作品集中于《阿Q正传》《藤野先生》和《复仇之剑》（原名《铸剑》）三部作品。

　　为何上述三部作品会受到日本戏剧人的瞩目呢？究其原因，《阿Q正传》是鲁迅代表作，并且思想深刻，包含大量中国农村描写；《藤野先生》以仙台

---

① 《仙台业余剧团·至中国公演／创作戏剧再现鲁迅留学时代》，《读卖新闻》（宫城版晨刊），2006年10月3日。

② 仙台鲁迅记录调查会编：《仙台鲁迅记录》，平凡社1978年版；阿部兼也：《鲁迅的仙台时代：鲁迅日本留学的研究》，东北大学出版会1999年版；鲁迅·东北大学留学百周年史编辑委员会编：《鲁迅与仙台：东北大学留学百周年》，东北大学出版会2004年版；"藤野先生与鲁迅"刊行委员会编：《藤野先生与鲁迅：惜别百年》，东北大学出版会2007年版。

为舞台，描写出鲁迅与日本、近代中国与日本关系之原点；《复仇之剑》使用与布莱希特相通手法，是描述鲁迅晚年思想的作品。

在日本展开的鲁迅作品戏剧化，不局限于将鲁迅作品改编成戏剧，将其转化为传统戏剧这一点也颇为有趣。霜川远志的戏剧活动从戏剧《阿Q正传》发展到传记型戏剧《藤野先生——仙台的鲁迅》，这一尝试由石垣政裕等人在仙台小剧场通过《远火》继承，具有极高实证性。井上厦的《上海月亮》通过幽默的创作手法表达了对作家鲁迅的深沉敬爱之情，取得商业戏剧成功，亦增加了日本人对鲁迅的亲近感。

观赏鲁迅作品戏剧的日本人，在观赏结束后会有人去书店或者图书馆寻找鲁迅原著。当然，鲁迅书迷会蜂拥而至，前往剧院观看。在思考鲁迅作品在日本的接纳度之时，研究鲁迅相关戏剧亦不可或缺。本书由于时间和篇幅原因，仅限于通过追溯历史新闻报道来大体概括鲁迅戏剧作品的通史，但是预计会在其他文章中对鲁迅相关戏剧作品进行逐个论述。

第三章 鲁迅作品的电影在日本的传播

鲁迅文学在世界颇具影响力这一点毋庸置疑。若论其影响力之大，涉及方面之广，难以一言概之。同样，若论起鲁迅文学的传播方式和展现形式，以及其如何获得如此影响力，亦难以用寥寥数语概括。其不仅以书籍形式展现，亦凭借电影、戏剧等形式呈现在众人面前。可以说，这一特征与其在亚洲乃至全世界获得瞩目不无联系。本节将以鲁迅相关电影作品为中心，特别关注改编自鲁迅代表作的电影作品——《阿Q正传》，通过整理相关报道梳理其在日本上映情况，进一步分析出其在日本的传播脉络及接受状况。

第一节 日本对鲁迅的翻译及传播概况

鲁迅文学在世界上的首种译语是日语，为鲁迅之弟周作人的译作《孔乙己》，刊登在1922年6月4日该期的北京日语周刊杂志《北京周报》上。此后五年，日本国内亦开始翻译鲁迅的作品。井上红梅翻译的《鲁迅全集》（收录小说集《呐喊》《彷徨》全部译文自不必说，1932年，改造社出版）、佐藤春夫和增田涉合译的《鲁迅选集》（岩波文库，1935）等译作及单行本数量也开始增加。1936年鲁迅去世，翌年，改造社刊发全7卷《大鲁迅全集》。因而"鲁迅"也被日本文学界熟知并逐渐成为不可替代之存在。

第二次世界大战后，竹内好翻译的《阿Q正传·狂人日记》（1955）、《鲁迅全集》全6卷（筑摩书房，1976—1978）等译作刊行。此外，80年代中期，学习研究社集全日本鲁迅研究者之力，聘请相浦杲、饭仓照平、伊藤虎丸、伊藤正文、今村与志雄、竹内实、立间祥介、丸山升等日本代表性研究者为编辑委员，出版了附有大量译注的《鲁迅全集》全20卷（1984—1986）。

除岩波文库外，其他文库也相继出版了鲁迅作品：旺文社文库的《阿Q正传·狂人日记》（松枝茂夫译，1970）、潮文库的《阿Q正传·狂人日记》（田中清一郎译，1972）、中公文库的《呐喊》（高桥和巳译，1973）、新日本文库的《阿Q正传》（丸山升译，1975）、讲谈社文库的《鲁迅作品集》（驹田信二译，1979）。近年来，光文社古典新译文库摘译出版了小说集《呐喊》中的《故乡／阿Q正传》、小说集《彷徨》《故事新编》中的《在酒楼上／非攻》（均为藤井省三翻译，2009、2010）。

鲁迅晚年回忆道，1902至1909年留学日本的7年间受到了夏目漱石和森鸥外的影响。1918年鲁迅在北京正式开始文学创作活动时，亦持续关注同时代的芥川龙之介、佐藤春夫等日本代表作家及日本文学。亦可以看出夏目漱石的《哥儿》与《阿Q正传》、森鸥外的《舞姬》与《伤逝》、芥川龙之介的《毛利先生》与《孔乙己》，相互之间均存在明显影响关系。

此外，20世纪40年代后开始涌现出深受鲁迅及其作品影响的日本作家，诸如：著有鲁迅传记小说《惜别》（1945）的太宰治；于1952年获得芥川奖，深受鲁迅影响，却在3年后发表反鲁迅的私小说《父系之手指》，并转型为社会派推理系小说家的松本清张；初中入学时阅读了父母赠送的岩波文库版的《鲁迅全集》，自此之后持续研学鲁迅的大江健三郎；在处女作《且听风吟》（1979）一书首行便表达出对鲁迅的敬爱，直至《1Q84》（2009—2010）持续将鲁迅文学作为典故使用的村上春树等。以上诸位均是现代日本文学的代表作家，其对鲁迅文学之重视程度足见鲁迅在日本文学界所具有的举足轻重的地位。然而若无鲁迅文学的介译，鲁迅文学对日本文学所产生的如此影响也便无从谈起。

在考察日本国民对鲁迅文学的接受情况之时，仅从上述日语译作入手远远不够，更不能忽视以鲁迅作品为基础改编的电影和戏曲作品。在此不得不提的是中国大陆拍摄的改编自鲁迅原作的电影作品（以下简称为"鲁迅电影作品"），《祝福》（桑弧导演，1956）、《药》（吕绍连导演，1981）、《伤逝》（水华导演，1981）、《阿Q正传》（岑范导演，1981）这四部作品。除《伤逝》外其余三部作品都曾在日本影院上映，特别是电影《阿Q正传》不仅在影院多次公映，更呈现在电视荧屏上。中国的鲁迅研究者王同坤在论文《论鲁迅小说的改编》中指出："时政观念作为一种强大的、灌输性规范，其影响一直或明或暗、或隐或现地映现于鲁迅小说的电影、戏曲改编本中。时政观念最为明显的表现是：阶级色彩的强化。"

即便中国的鲁迅电影作品的"改造度"与"观赏性"相对较低，但是在不谙民国时期中国风俗的日本，亦发挥了一定"拓展接受者范围"的作用。本书调查分析了鲁迅电影作品在日本的上映情况以及观众反响，同时考察了鲁迅电影作品对于拓展日本的鲁迅文学的读者群及提升读书质量所发挥的作用。

第二节　鲁迅电影作品的剧场上映等情况

有关鲁迅电影作品的剧场公映、特定团体组织的公映会、电视播放等情况，基本参照1874年创刊的《读卖新闻》和1879年创刊的《朝日新闻》所刊登的相关报道。

在"读取（yomidasu）历史馆（《读卖新闻》报道数据库）"和"《朝日新闻》在线报道数据库/闻藏Ⅱ图像化"中检索"鲁迅"，截至2015年6月23日分别可检索到667个和904个结果。

中国制作的四部鲁迅电影作品中，1993年1月29日《读卖新闻》率先对《祝福》（1965年制作）进行报道。然而，于1971年2月17日，《祝福》已经以"会费300日元"在东京银座交询社大厅"亚洲电影观影会第14期"中上映。《祝福》还于1978年分别在东京的雅库尔特会馆（9月2日—4日）和大阪的朝日生命会馆内举办的第二届中国电影节上映。

四部鲁迅电影作品中，报纸并未刊载《药》和《伤逝》的相关报道。笔者在此次调查中，未发现剧场公映《伤逝》相关资料。然而，《药》在1981年

"中国电影首轮放映"中已经上映。抑或是这一年并未公映中国电影，转而策划了此次首轮特映。与此同时，王相武导演的纪录片《鲁迅传》（1981）也上映了。或许是小说《阿Q正传》头带鲁迅代表作光环，这部电影作品获得了极高知名度，在中国的制作完成之前，甚至已出现《拍成电影的阿Q》（1981年5月17日）的报道。

电影《阿Q正传》在日本的上映记录如下：

1982年第五届中国电影节　东京　银座松竹（11月20日—12月3日）
11月17日《读卖新闻》、11月18日《朝日新闻》东京/晚报

1982年第五届中国电影节　札幌　道新会馆

1990年7月6日　东京　日中友好会馆"中国文化之日"

1990年7月21日　东京　千代田区公会堂　现代中国电影上映会　上映两次

1990年9月8日　大阪市　朝日生命会馆　大阪府日中友好协会主办中国电影节

1990年10月13日《朝日新闻》晚报报道

1990年10月24日，东京、池袋文艺座、中国电影杰作选。

2000年2月5日、9日，东京，千石的三百人剧场，第四次中国电影全貌

2000年5月3日，神户，新神户的东洋剧场，中国和香港电影全貌，4月20日《读卖新闻》大阪早报

2002年，东京，千石的三百人剧场、中国电影全貌

2006年8月23日到9月10日，东京，千石三百人剧场，中国电影全貌，8月23日《朝日新闻》晚报

2006年3月8日，福井市回声厅，福井市日中友好协会主办的日中友好中国有名电影上映会，3月4日福井全县《朝日新闻》早报

2006年11月4日到11月24日，大阪市シネヌーヴォ，中国电影全貌，10月24日《朝日新闻》晚报

2007年新宿K's电影

2008年新宿K's电影

2010年新宿K's电影

中国电影节是由以东光德间为中心的中国电影节实行委员会于1977年开始举办。1982年为期两周的第五届电影节在东京的银座松竹（11月20日—12月3日）和札幌的道新会馆内举办，《阿Q正传》便是上映的四部作品之一。

1982年11月17日，《读卖新闻》以《中国电影节中的四部新作……〈阿Q正传〉等文艺作品》为题，次日《朝日新闻》东京版晚报则以《20日开幕的第五届中国电影节中〈阿Q正传〉也将上映》为题，均围绕《阿Q正传》对电影节进行报道。

同年的中国电影节上颇受瞩目的《阿Q正传》于8年后的1990年在日本重映。最初是在东京都中心的中日友好会馆内由留学日本的艺术家们所举办的历时数日的"中国文化之日"上，即6月30日《阿Q正传》重映。（1990年7月1日《朝日新闻》早刊，东京版）第二次上映是在7月21日的现代中国电影上映会。（7月13日《朝日新闻》晚报）现代中国电影上映会是以"理解现代中国，为中日友好做贡献"为目的的"非营利中日友好团体"，1973年起历经42年，每月举办一次中国电影的自主上映会。不仅东京，1990年9月8日在大阪市中央区的朝日生命会馆举办的由大阪府日中友好协会主办的中国电影节上，放映了《阿Q正传》。（8月24日《朝日新闻》晚报）次日，在东京池袋的文艺座上映了中国电影杰作选，《阿Q正传》于11月24日上映。（10月13日《朝日新闻》晚报）

此后，《阿Q正传》的相关报道在《读卖新闻》《朝日新闻》两大报纸上消失踪影。其再次在两大媒体上登场是在2000年。1990年4月，东光德间在东京三百人剧场的现代中国电影回顾展中举办了第一届"中国电影全貌"。1999年12月26日至2000年2月13日，在同一剧场举办了第四届"中国电影全貌"，《阿Q正传》分别在2月5日和9日上映。4月4日至5月5日，第四届"中国电影全貌"在神户市的新神户东方剧场举办，4月20日的《读卖新闻》大阪版早刊介绍道，"文艺作品中、改编自鲁迅原作的电影作品《阿Q正传》"将于5月3日上映。通过网络检索，之后2002年、2006年"中国电影全貌"也在三百人剧场举办，三百人剧场封锁停用后的2007年、2008年和2010年，则是在名为"新宿K's cinema"的84座迷你剧院举办。在此期间，2006年8月23日的《朝日新闻》晚报对8月23日至9月1日在东京千石三百人大剧场举办的"中国电影全貌"和同年10月24日《朝日新闻》晚报对11月4日至24日在大阪市电影院举办的"中国电影全貌"进行如下介绍："《阿Q正传》等文艺作品和《红高粱》《芙蓉镇》《孩子王》《你好，小平》等抗战时期、'文化大革命'题材的作品以及反映中国近代化等27部中国电影即将上映，每日更换电影。一部作品1400日元，五场连看的门票为6000日元。"

此外，2006年3月4日《朝日新闻》福井全县版早报报道：4天后，由福井市的日本中国友好协会主办的中日友好中国名作电影上映会将在"回响的大厅"放映《阿Q正传》。

1982年11月《阿Q正传》于东京首映之后，在札幌、大阪、神户、福井等地相继上映，考虑到中国电影节，"中国电影全貌"上同一作品上映了两三次，该作品的总上映次数可达到20—30次。剧场上映一次的观众数从数十到数百不等，因而可以推测《阿Q正传》的观众数为几千到一万左右。

电影《祝福》在日本的上映记录如下：

> 1971年2月17日　东京，银座，交询社剧场，第14届亚洲电观赏会，无报道
>
> 1978年9月2—4日　东京，亚库尔特剧场，《第二届中国电影展》，报道见《读卖新闻》8月26日刊
>
> 1978年9月8、9日　大阪，朝日生命剧场，《第二届中国电影展》，《读卖新闻》8月26日刊
>
> 1993年2月20—26日　东京，涉谷，ユーロスペース剧场，《现代中国电影放映会》和白杨主演作品的连日放映会，报道见1993年1月29日《读卖新闻》东京版晚报

2003年1月24日　东京，文京区，文京市民剧场，《现代中国电影放映会》，报道见2002年12月27日《读卖新闻》晚报

2011年1月29日　东京，文京区，文京市民剧场，《现代中国电影放映会》，无报道

如上所示，电影《祝福》在日本东京和大阪共计放映次数不超过6次（总计为14—16场次），新闻报道仅2篇，无电视播映记录。1981年1月28日至2月24日期间，电影《药》约放映7次，新闻报道仅1篇，标题为《纪念鲁迅诞辰100周年4部中国电影大作上映》，刊载于《读卖新闻》夕刊（晚报）。电影《伤逝》则无报道和上映记录。

第三节　电影《阿Q正传》在日本的接受度

为何改编自鲁迅作品的电影中，《阿Q正传》在日本民众中接受度如此之高？探究其原因，其一为众多文库版鲁迅作品集都是以"阿Q正传"命名或部分以它命名，例如，《阿Q正传·狂人日记》（岩波文库）、《阿Q正传·狂人日记》（旺文社文库、潮文库）、《阿Q正传》（新日本文库）、《故乡/阿Q正传》（光文社古典新译文库小说）。这些书名可以在一定程度上反映出日本人的鲁迅观，他们认为唯有《阿Q正传》才可称为鲁迅代表作。但深究其因，也并不仅限于此。

小说《阿Q正传》很早就被改编为戏剧作品。1938年1月由田汉执笔的《改编戏剧〈阿Q正传〉》就由林守仁翻译并刊载于《改造》杂志。同年6月，又由出生于中国东北地区的诗人北川冬彦改编成《电影剧本〈阿Q正传〉》刊载于《剧本研究》杂志。1941年6月，由田汉编剧、宫越健太郎译注的中文版《阿Q正传》被收入文求堂出版的《现代实用中文讲座》第10卷"戏剧篇"中。1939年8月5日的《读卖新闻》晚报的《备忘录》一栏报道了"今秋新装修的筑地小剧场将迎来四大剧团的演出，新协剧团将上演《阿Q正传》"

这一消息。

　　事实上，日本人不仅可以在剧场观看电影《阿Q正传》，还可通过电视观看。《阿Q正传》在电视上播放过两次，首播是在1983年前后，NHK教育频道，重播是2004年9月21日，NHK电视第二卫星广播频道上添加日文字幕进行播放。首播之时，开篇5分钟是电影评论家佐藤忠男和字幕翻译者——现代中国文学、电影专业研究者白井启介——以对话形式解说鲁迅及其作品的背景。重播之时，2004年9月14日《朝日新闻》晚报和9月16日《读卖新闻》东京早刊均对其进行了介绍。值得一提的是，9月16日《读卖新闻》所介绍的14部电影中，负责该报电影版块的记者通过星星进行评分（五颗星为最高分），相较于GODZILLA（1998年美国，艾默里奇导演）、JFK（1991年，美国斯通导演）、《薰衣草》（2000年，香港叶锦鸿导演，金城武、陈奕迅主演）、《AIKI〔合气道〕》（2002年，日本天愿大介导演）等美国、中国香港、日本电影只得到了三颗星或三颗半星，《阿Q正传》和9月22日播放的老舍先生的《骆驼祥子》（1982年，凌子风导演）则获得更高评价——四颗星。

　　电视收视率即使只有百分之一，观众数也可以达到100万人。也正是因为电影《阿Q正传》的广受好评，才得以制作成录像或DVD等形式进行传播。此外电影《阿Q正传》通过在剧场上映和在电视上播放，1982年至2015年5月，相关新闻报道也达到15次之多。《阿Q正传》自从1982年11月在东京首映后，在札幌、大阪、神户、福井等日本各地相继上映，如果将中国电影节、中国电影全貌上放映过的两三次也纳入计算，总计上映次数将会达到20—30次之多。

　　战后1954年1月的东京，明治座的新国剧公演了岛田正吾主演的《阿Q正传》（霜川远志脚本，由村山知义出演，《读卖新闻》1954年1月7日报道）。1969年8月4日至20日在东京、新宿、朝日生命大堂内，在文学座由北村和夫（扮演阿Q）和杉村春子（扮演革命家的母亲）演宫本研的戏剧《阿Q正传》，以上由日本人戏剧演员演出的舞台版《阿Q正传》可谓是在电影《阿Q正传》受到日本国民广泛欢迎基础上制作完成的。

　　鲁迅作品对日本的影响还出现在对一些电影创作的潜移默化之中。电影导演兼摄影师木村大作于2013年1月26日在狛江市的中央公民馆举办演讲会时，细数自己担任摄影师拍摄《八甲田山》等名作之时的艰辛历程，并讲述其人生观。演讲中，木村大作特别提起鲁迅的一句名言，"世上本没有路，走的人多了，也便成了路"，并强调该句名言是电影《剑岳》的主旨。《剑岳》是一部讲述明治时代的山岳测量技师的电影，为期200天的拍摄期间，剧组工作人员都生活在海拔约3000米的山间小屋里。木村大作认为，只有经历了无益之功的人生才算得上是人生。这句话同样出现在由田宫二郎主演的电影《黑色的试驾车》中。

另外，值得一提的是，中国电影《阿Q正传》上映的相关报道多次出现在《朝日新闻》及《读卖新闻》此类主流媒体上，这一点亦属罕见之事。借助此类主流媒体的广告效应，电影得以被更多人观赏，得到更为普及的传播。

另外，1981年11月17日为纪念鲁迅诞辰百年上映了4部中国电影。其中《药》与《鲁迅传》于11月28日至12月4日在日本影院新宿东映上映，同时上映的还有《天云山物语》等。此后，2005年日本媒体对电影《鲁迅传》在上海电影节公开放映情况进行了报道。2011年6月26日，《祝福》DVD版本在东京大学附近的文京市民中心放映。至此，改编自鲁迅作品的主要电影在日本上映，逐步由电影屏幕转变为DVD形式，由大剧场放映转换为小型聚会放映或个人观赏的形式。

另外，在日本学术论文检索网站CINII上可检索到鲁迅电影相关论文6篇，其中阿部范之的论文《虚构的鲁迅像——以日中电影作品与脚本为线索》将中日电影对鲁迅及其作品的呈现进行了比较，颇具参考价值。

如上所述，鲁迅电影作品的传播提升了鲁迅在日本的知名度。众多观众在观赏完相关影片和戏剧改编作品后，前往书店购买鲁迅原著进行阅读，客观上拓宽了鲁迅文学的读者群。但是，通过本次对日本相关资料的调查，发现有关鲁迅作品电影传播与接受的资料远少于舞台、戏剧等相关内容。按照常理推论，比起舞台、戏剧的改编、排练，电影放映更为易行，然而，日本对鲁迅作品的接受似乎更倾向于舞台戏剧方面的改编，究竟是何原因，具体舞台戏剧作品是如何改编和传播鲁迅及其作品这一问题，已在上一节论述，不再赘述。

鲁迅与20世纪中国研究丛书

第四章　20世纪鲁迅作品在日本的译介与传播

　　作为中国现代文学的核心符号式人物，鲁迅在世界范围内享有崇高的地位和声誉。在众多国家中，日本对鲁迅的研究和译介独树一帜。若追溯鲁迅在日本百余年的传播史，不难发现译介一直扮演着极为重要的角色。日本是世界上最早译介鲁迅作品的国家，也是第一个出版《鲁迅全集》的国家。日本在翻译、出版鲁迅作品的数量方面，远远超过了世界其他国家。时至今日，日本对鲁迅作品的译介已达数百种，且新译品的数字仍在逐年稳步上升，这足以证明鲁迅在日本的人气之高。正如日本权威学者吉川幸次郎所言，对于日本人而言，鲁迅是最为熟悉的外国作家，"代表着中国近代文明以及文化，读鲁迅的作品能理解中国近代文明和文化的意义。即使是对中国文学、历史、哲学等不了解的日本人，也知道鲁迅这个名字"①。大量译介的出现带动了日本对鲁迅研究的热潮。与此同时，随着鲁迅研究的深入，鲁迅在日本的译介过程呈现出衍化与变异的动态形式，并因此形成了不同阶段的文化风貌。日本政治、社会等因素，制约着日本鲁迅译介的演变状况，中国的时局变化、社会转型也对日本鲁迅译介产生着直接或间接的影响。

　　笔者试图按照描述性翻译理论，遵循文学译介的内部研究和外部研究相结合的文化诗学精神，将起点文本置于目标文化体系中，从更为扎实和广阔的角度对鲁迅在日本的译介状况进行梳理，不仅阐释其萌动、发展、繁盛、低回、

① 转引自严绍璗：《日本中国学史》（第1卷），江西人民出版社1991年版，第476页。

再繁盛等嬗变的历史进程，更拟从与其变化的每一个阶段存在着表里互动关系的日本社会、政治、文化等现实语境切入，探索发现日本鲁迅译介中折射出的文化价值观念、审美心理衍变与演化的规律，希望能为新时代鲁迅研究提供一个不同的视角，为更深入、更好地向世界传播鲁迅提供有益助力。

鲁迅在日本的译介历程按照时间先后大致可以分为以下几个阶段。

第一节　20世纪20年代萌动期（1924—1929）

1909年5月的《日本和日本人》《文艺杂事》栏目就已记载了关于鲁迅、周作人兄弟的世界文学选集《域外小说集》第一卷的刊行，可谓是世界上最早介绍鲁迅的文章①，也是鲁迅作品在世界范围内传播的开端，但其只停留在介绍的层面，真正意义上的鲁迅的日译作品始于1922年。1922年6月4日发行的日文杂志《北京周报》刊登了《孔乙己》的日译版。译者为仲密，即鲁迅的弟弟周作人。1923年1月《北京周报》刊载了鲁迅本人翻译的《兔和猫》和《中国小说史略》的前半部分。日本人最初的译介，是从1924年1月到11月，在《北京周报》第97—137期上连载的丸山昏迷译的《中国小说史略》。可以说丸山昏迷是日译鲁迅著作的第一人，也是世界译介鲁迅著作的第一人。虽然这份杂志是由居住在北京的日本人创办的，但日本国内还是有人由此开始对鲁迅作品表示关注。增田涉回忆说："那时（1931）一般人还不知道鲁迅。我是中国文学专业的大学生，虽然知道鲁迅的名字，但只认为是研究者，并且是《中国小说史略》的作者。"②从他知道鲁迅是《中国小说史略》的原作者来看，作为鲁迅日译发源地的《北京周报》对鲁迅在日本的传播还是有一定推进作用的。这里需要特别指出的是，由于当时日本政府妄图建立"大东亚共荣圈"、准备对外进行大肆侵略扩张，日本在中国很多重要城市都创办了杂志社，北京有

鲁迅与20世纪中国研究丛书

---

① 原文见明治四十二年（1909）5月1日出版《日本及日本人》五〇八号《文艺杂事》栏目。参照藤井省三：《日本介绍鲁迅文学活动最早的文字》，《复旦学报》1980年第2期。

② 增田涉：《鲁迅的印象》，角川书店1970年版，第15页。

《北京周报》、大连有《满蒙》杂志、上海有《上海日日新闻》等。这些杂志主要记载了日本军国主义对当时中日两国之间发生的重大历史事件、重要政治问题的观点和看法，以及对中国当时的政治、经济、文化等各个领域的详细介绍与分析，偶尔也会介绍一些中国文学作品，其中被提起最多的就是鲁迅的名字，这在客观上推动了鲁迅文学在日本国内的传播。

1926年大连日中文化协会出版的日文杂志《满蒙》刊登了由井上红梅翻译的《狂人日记》。井上红梅是日本第一位积极译介鲁迅作品的翻译家。他很早就发现了鲁迅作品的价值，因此不只局限于某几篇小说，而是几乎对鲁迅所有作品都很感兴趣。1927年12月，他在《上海持论》发表了《在酒楼上》的译文；1928年，又发表了所译的《风波》《药》《社戏》《阿Q正传》。《阿Q正传》最初发表于1928年的《上海日日新闻》，1929年又更名为《支那革命畸人传》，登载于日本国内一本以猎奇为主旨的月刊《奇谭》上。鲁迅对这位"中国风俗史研究家"的翻译并没有好评，1932年11月7日在给增田涉的信中，就表露出对井上红梅的不满。他说："井上红梅氏翻译拙作，我也感到意外，他和我并不同道。但他要译，也是无可如何。"①在1932年12月14日的日记中，鲁迅写道："下午收井上红梅寄赠之所译《鲁迅全集》一本，略一翻阅，误译甚多。"②就翻译质量而言，井上红梅为了传达鲁迅原文的意思往往采取直译的方法，这就让鲁迅原本不易理解的文字语句显得更加晦涩难懂，难以把握，加上缺乏相关注释，令很多对中国文化不甚了解的日本读者望而却步。由于鲁迅原文用词极为考究，古语、诗词、成语、口语、俗语、歇后语大量混杂，使得翻译者在理解上也容易出现偏差。比如《阿Q正传》原文里"他的母亲大哭了十几场，他的老婆跳了三回井"③被井上翻译成了"彼の母親は大泣きに泣いて十幾幕も愁嘆場を見せた。彼の祖母は三度井戸に飛び込ん

① 鲁迅：《321219 致增田涉》，《鲁迅全集》第14卷，人民文学出版社2005年版，第223页。

② 鲁迅：《日记廿一》，《鲁迅全集》第16卷，人民文学出版社2005年版，第339页。

③ 鲁迅：《鲁迅精选集》，北京燕山出版社2006年版，第75页。

で三度引上げらた（他的母亲大哭了十几场，他的祖母跳了三回井）"①。将"老婆"翻译成"祖母"显然是被日语汉字"老婆"误导了。这样的错误还有很多，有的甚至影响上下文的连贯性，人物性格也有时出现前后不一致的情况，难怪鲁迅批评他的翻译"质量较低"。但是，正是井上红梅的翻译使得鲁迅的作品，特别是几部具有代表性的小说真正走进了日文世界，使得日本学术界和读者对鲁迅作品可窥一斑。并且，由于井上红梅的翻译版本被收录进日本的"青空文库"网站，这使得在互联网时代无暇驻足于书店、图书馆而依赖网络的人们更有可能阅读到井上的译文版本，因此他的翻译对鲁迅文学在日本的传播具有重要意义。在日本国内翻译并首次发表的鲁迅作品，是1927年10月在武者小路实笃编辑的杂志《大调和》上登载的《故乡》。这一期《大调和》是《亚洲文化研究号》，因此刊登鲁迅的作品并不突兀。遗憾的是，虽经多方调查译者却始终不明。

根据丸山升在《日本的鲁迅研究》一文中回忆，丸山升在和光大学任职期间，曾通过同事向武者小路实笃询问过，对方竟也表示不清楚是谁。②20世纪20年代在"脱亚入欧"口号的影响下，日本对汉学的热情已经大不如前，日本的汉语教育水平并不高，所以《故乡》的翻译中存在种种误译，比如鲁迅的原文"希望是无所谓有，无所谓无的"，被译成"希望本来就没有所谓的有，没有所谓的无"③，这样一来，鲁迅想要表达的意思变得更加令人费解。可能正是误译较多、没有人愿意承认的缘故，时至今日，译者一直不详。1928年，山上正义④译的《鸭的喜剧》，镰田正国译的《白光》和《孔乙己》也相继在日本问世。纵观20世纪20年代的日本译作情况，主要集中在对鲁迅单部作品小规模的翻译介绍上，水平参差不齐，对鲁迅原文的理解还可能存在偏差，并没有在日本社会造成什么影响，但日本学术界确是由此开始关注鲁迅及其作品。从形式上看，日本在中国设立的多家杂志社对鲁迅的译介客观上带动了日本国内

---

① 井上红梅：《阿Q正传》，青空文库2010年版，第29页。

② 丸山升：《日本的鲁迅研究》，《鲁迅研究月刊》2000年第11期，第50页。

③ 丸山升：《日本的鲁迅研究》，《鲁迅研究月刊》2000年第11期，第50页。

④ 山上正义，笔名林守仁，报纸联合社的中国特派员。

对鲁迅翻译的热情，为接下来鲁迅在日本译介的迅猛发展夯实了根基。

第二节　20世纪30年代发展期（1931—1937）

20世纪30年代，鲁迅在日本的译介迅速发展，译者增多，译品在质和量上相较20年代都有长足进步。以《阿Q正传》为例，在30年代初期先后有4个译本问世。1931年《满蒙》1至5月号连载了长江阳翻译的《阿Q正传》。同年，日本白杨社出版了松浦硅三译本，收入《狂人日记》《孔乙己》《阿Q正传》等3篇小说。1932年东京四六书院出版发行了由山上正义翻译的《阿Q正传》，收在《中国无产阶级小说集》中，此书曾经过鲁迅"严密的校阅"，是一个鲁迅本人较为认可的译本。山上正义是一位日本革命作家和新闻记者，他于1926年来到中国，不久与鲁迅相识，并建立了深厚的友谊。1931年，山上正义开始翻译《阿Q正传》，并得到鲁迅的大力支持。鉴于之前井上版本的失败经历，鲁迅亲自为该译本写了85条注释，详细介绍了写这篇小说的背景和意图，以便日本读者阅读和理解。如鲁迅对小说中写到的赌博时忌讳遇见尼姑便做出了解释，指出这是中国的迷信。在这个译本中，山上正义还写了一篇《关于鲁迅及其作品》的评论，尾崎秀树以白川次郎的名字为该书写了序言《谈中国的左翼文艺战线的现状》。

1932年《中央公论》1月号刊载了佐藤春夫翻译的鲁迅的《故乡》，并附有《〈故乡〉后记——关于原作者的小记》。1933年改造社发行的《世界幽默全集》中收录了由汉学家增田涉翻译的《阿Q正传》。如果说20世纪30年代初期这几部译作是对20年代小规模译介的延续与推进的话，30年代中期《鲁迅选集》《鲁迅全集》等几部大部头作品的陆续出版则展现了鲁迅在日本译介的迅猛发展趋势。1932年，改造社出版了井上红梅所译包含《呐喊》和《彷徨》这两部小说集在内的《鲁迅全集》，作为日本学界关于鲁迅的翻译集正式登上历史舞台。虽然这时的日本学界开始真正接受鲁迅的作品，但鲁迅对于这部全集还是颇有微词。鲁迅在后来写给增田涉的信中说："井上译本的《鲁迅全集》

到上海了……翻开稍微一看便惊讶于他翻译的错误之多。他并没有参照你和佐藤先生的翻译，翻译实在拙劣。"①毫不留情地批评了井上红梅的翻译"实在太荒唐了"②。这里所说的"你和佐藤先生"的译本其实指的是，日本著名作家佐藤春夫与增田涉合作翻译，历时3年，于1936年由东京岩波书店出版的《鲁迅选集》一书。显然鲁迅更倾向于这个译本。此书第一次突破小说范围，将译介作品扩展到散文和演讲。在翻译《选集》的同时，增田涉还对《中国小说史略》进行了再译。增田涉对此次翻译极其认真，开译之前曾到鲁迅家中请鲁迅讲解《中国小说史略》，每日约费3小时，一直持续数月。回国后即整理笔记，着手翻译，有疑难问题便写信向鲁迅请教。终于在1936年译毕，交付岩波书店出版，鲁迅为该书写了序言。增田涉的这部译著后来多被用作日本大学中文科的教材，对日本中国文学的教学与研究具有指导意义。1936年10月19日鲁迅猝然离世，日本文化阶层受到了极大的震动，并因此决定马上出版鲁迅的全集③。1936年至1937年，东京改造社集合了当时鲁迅作品翻译的代表人物，如井上红梅、松枝茂夫、佐藤春夫、山上正义、增田涉、鹿地亘等人，合力完成了7卷《大鲁迅全集》的翻译出版。这部译著比较全面地反映了鲁迅的文学创作情况，是20世纪30年代鲁迅著作外文译本中收录最为详尽的一部巨著。上述译著的出版，迅速提高了鲁迅在日本的知名度。增田涉认为，鲁迅在日本稍为大众所知悉，便是在30年代中期。这当然与鲁迅作品在这一时期的大量翻译有直接的联系。④

① 鲁迅：《321219　致增田涉》，《鲁迅全集》第14卷，人民文学出版社2005年版，第232页。

② 鲁迅：《321219　致增田涉》，《鲁迅全集》第14卷，人民文学出版社2005年版，第232页。

③ 参考程振兴：《大鲁迅全集与1938年鲁迅全集的出版》，《鲁迅研究月刊》2010年11月版，第11页。

④ 增田涉：《鲁迅的印象》，角川书店1970年版，第20页。

第三节　战争低回期（1937—1945）

从1937年至1945年的8年时间里，由于战争，20世纪30年代中期日本译介鲁迅作品的迅猛势头一时间被中断，译介新作品较少，重印、改译、再版较多。1938年，天正堂重印了增田涉译《中国小说史略》，新潮社出版了井上红梅改译《阿Q正传》（内收《阿Q正传》《明天》《祝福》《伤逝》《离婚》），佐藤春夫主编《世界幽默全集·中国篇》中收录了《阿Q正传》与《幸福的家庭》；1940年，东京新潮社出版了佐藤春夫译《中国文学选》，将鲁迅的《故乡》列为首篇，东成社出版了增田涉、松枝茂夫、冈崎俊夫、小野忍等译《现代中国随笔集》，选译了《南腔北调集》《伪自由书》《且介亭杂文二集》中的某些杂文；1941年，东京春阳堂出版了小田岳夫编，佐藤春夫、小田岳夫、武田泰淳译《现代中国文学杰作集》，将鲁迅《孤独者》（佐藤春夫译）列为首篇；1942年，东京大学书林出版了神谷衡平注译的《风波》，岩波书店新出版了增田涉翻译的《中国小说史略》；1943年，新潮社再版了井上红梅译《阿Q正传》。

第四节　战后繁盛期（1946—1969）

随着第二次世界大战的结束，1945年8月15日昭和天皇通过广播向日本民众宣读了《终战诏书》，这被看作是日本正式接受波茨坦公告，宣布终止战争的标志。这也是日本天皇制度历史上，天皇第一次以"肉声"（亲自发言）的形式出现在大众前，开始了去神化的第一步；1946年1月1日，昭和天皇发表皇室诏书《人间宣言》，正式否定了天皇作为"现代人世间的神"的地位，宣告天皇也是仅具有人性的普通人。[①]1946年11月公布的新宪法中取消了天皇总揽国家一切统治权的权力。宪法第1条规定，天皇只是"日本国的象征，是日本国民

---

① 《人间宣言》于1946年1月1日发表于「官报号外」，现存于日本国立国会图书馆。全文参照：http://www.ndl.go.jp/constitution/shiryo/03/056/056_001r.html.（accesed on 21 october 2013）

整体的象征，其地位以主权所属的全体国民的意志为依据"；宪法第3、4条规定，"天皇关于国家的一切行动须有内阁的建议和承认，由内阁负其责任"，他"只能行使宪法所规定的有关国事行为，并无关于国政的权能"。①这一系列的文件、法规为"天皇"权威的崩溃提供了政治和法律的依据，而这些不过是美国占领当局在日本政治、经济和教育等方面实行的"民主化"改革的一部分而已，战后日本社会在政治、经济、文化等各个领域面临巨大的改变。在这样的背景之下，日本的文化圈将关注的焦点对准了曾经长期遭受西方列强殖民统治、同处东方语境中的中国，他们体验到了"被压迫民族"的悲哀，并且对鲁迅作品中的反封建、反帝国主义的内容充满了共鸣。戒能通孝所说的话，颇能传达当时的氛围："最近我读鲁迅小说，感到非常之有趣，这实在是令人为难的事……鲁迅写的是中国，那中国是在与我们社会不同的地方……但现在却完全相同了……评论的语言从前是他人的语言，现在却正变成我们自己想说的话……日本完全变成了鲁迅笔下的中国。"②很多日本人惊奇地发现，美军占领的20世纪50年代的日本与鲁迅笔下20世纪30年代的上海是如此地相像，③他们再次开始关注中国的革命，以此希冀能找到解脱之路。正是这种切身的需求令战后日本再次出现了译介鲁迅作品的热潮，在50年代达到高峰。

　　根据藤井省三在《鲁迅在日文世界》一文中公布的数据④，1946—1949年期间"鲁迅译本等"为2部，1950—1959年期间则上升至35部；"鲁迅评论、传记等"在1945年前仅为2部，1946—1959年期间飞跃到26部；介绍鲁迅的杂志文章也从1945年前的0篇激增到1946—1959年期间的149篇。这些数字背后隐藏的是战后日本人对战争的反省之心、对作为新中国再生的中国的敬意，当然也包含了试图借鲁迅及其作品来对日本近现代化和日本文化西方化等现实问题

①　《日本国宪法》于1946年11月3日公布，于1947年5月3日正式施行。全文参照：http://www.ndl.go.jp/constitution/etc/j01.html.（accesed on 21 october 2013）

②　尾崎文昭、薛羽：《战后日本鲁迅研究》，《现代中文学刊》2011年第3期，第54页。

③　尾崎文昭、薛羽：《战后日本鲁迅研究》，《现代中文学刊》2011年第3期，第54页。

④　藤井省三：《鲁迅在日文世界》，《鲁迅社会影响调查报告》，人民日报出版社2011年版，第222—229页。

进行批评的目的。其中，竹内好、松枝茂夫、小野忍、增田涉对鲁迅的翻译对于战后新兴鲁迅潮功不可没。1953年，竹内好出版了《鲁迅评论集》和《鲁迅作品集》；1955年，竹内好翻译了《阿Q正传·狂人日记》《野草》和《朝花夕拾》三部作品，被收入岩波文库；1956年岩波书店发行了由竹内好和增田涉、松枝茂夫共同编译的《鲁迅全集》（全13卷，1964年增补改订）；1956年新潮社《现代世界文学全集》，收入了竹内好翻译的《狂人日记》等九篇鲁迅作品。这些翻译对鲁迅作品在战后日本读书界的普及起到了巨大作用。

　　与此同时，必须指出的是，正因为这股战后鲁迅潮是出于日本寻找自身问题出路的需求，鲁迅作品在翻译过程中被日本化、更接近日本读者这一现象便不足为怪了。竹内好与井上红梅的翻译方法很接近，都是将原文的一句长句，分别拆为四句和五句，这样一来便于日本读者理解，但却抹杀了鲁迅文体的特色之一，即通过"曲折的长文来表现迷路般的思考"，竹内通过用短文置换长文的方式，"使得鲁迅本为痛苦纠结的思考变得轻松明快起来"[1]。结合日本五六十年代经济高速发展、战后民主化的社会形态来看，这种轻松明快的本土化（domestication）翻译风格也似乎是时代大势所趋：1965年以后，沿袭了千年的以天皇年号纪年的方式被逐渐废弃，日本人更多地愿意使用公元纪年来标注年份，"昭和"也渐渐失去了它原本被赋予的"天皇"体系的内涵；1966年，罗兰·巴特访问日本，他发现，皇居变成了东京中心一个巨大的空洞[2]，这些似乎暗示着天皇制作为日本人曾经的信仰及社会价值体系正逐步地瓦解。在1955年到1970年之间经济高速发展的过程中，日本的精神文化空间层面正悄然地发生着一场巨变。与此同时，中国反对美国对日本的政策，支持安保斗争（1959），与日本右翼、自由派实行文化外交，"文化大革命"爆发（1966），这些事件都在当时的日本各界引起了很大的反响。在这种政治生态环境之下，鲁迅作为"解决中国文化问题的重要钥匙"[3]，再次成为日本文化

---

①　藤井省三：『魯迅——東アジアを生きる文学』，岩波新书2011年版，第175页。

②　Roland Barthes:*Empire of Signs*, New York:Hill and Wang, 1970, 32.

③　藤井省三：《鲁迅在日文世界》，《鲁迅社会影响调查报告》，人民日报出版社2011年版，第226页。

界关注的焦点。因此，1964年岩波书店又出版了《鲁迅全集》的改订版，增田涉译《阿Q正传》、小田岳夫译《阿Q正传》等竹内好以外的译者翻译的鲁迅代表作也陆续出版。

纵观这个阶段，译介品种多、质量高，出版进入规模化、系统化、现代化的阶段。出版形式从《阿Q正传》《呐喊》《彷徨》等单行本，到系统地出版多卷本乃至十数卷本的《鲁迅短篇集》《鲁迅小说集》《鲁迅评论集》《鲁迅选集》《鲁迅作品集》《鲁迅文集》《大鲁迅全集》等。译者队伍不断壮大，一大批翻译家、研究者出现，成果丰富，诸如竹内好、增田涉、松枝茂夫、鹿地亘、小田岳夫、冈崎俊夫、小野忍、武田泰淳、中泽信三、佐藤春夫、斋藤秋男、丸山升等，并且很多新人译者也在不断地加入，比如青木书店1953年出版的《鲁迅选集》（共5卷）就培养了一批新人翻译者，如太田良夫、香坂顺一、近藤春雄、中泽信三、田中清一郎、金子二郎、小田岳夫、冈本隆三、尾坂德司等。

第五节　繁盛新时期（1970—1989）

1970年，作家三岛由纪夫冲进日本自卫队总部，发表复辟天皇制演说却无人响应，最后切腹自杀。后现代主义评论家柄谷行人在《关于终焉》（1995）中认为，虽然昭和天皇病逝于1989年，但昭和时代其实在1970年伴随着三岛的自杀就已经结束了，并宣称"日本现代文学终结了"[1]。以一个作家的死来判断文学时代的结束是否合适尚有待商榷，但1970年，对于战后的日本而言，确实是一个极为重要的年份。据《美国总统经济报告》1977年版材料统计，日本国民生产总值在世界上的排名，在1970年首次超过联邦德国、法国和英国，在西方世界中仅仅次于美国，这被看作世界经济的奇迹。[2]这受惠于20世纪60年代，池田勇人政府推行"国民收入倍增计划"，日本的经济开始复苏并飞速发

①　柄谷行人：《关于终焉》，福武书店1990年版，第14页。

②　转引自《daily documents in the twentieth century：1969》，讲谈社1997年版，第27页。

展。随着经济发展，人们收入提高，白领阶层开始扩大，中产阶级出现，日本开始向消费社会过渡；1970年，日本成功举办了主题为"人类的进步与和谐"的大阪世博会，战后的日本通过这次世博会进一步打开了国门，重新融入国际社会，这也是日本第一次以发达资本主义国家的形象向世界展示自己。有学者认为，大阪世博会是日本在太平洋战争之后对美国的一记漂亮的反击，东西方文化交汇、经济合作更加紧密。①然而讽刺的是，以20世纪70年代日本公害问题和1973年第一次石油危机为契机，越来越多的日本人对高速经济发展产生了怀疑。特别是在1970年，代表着对权威、集权制度的怀疑与反叛的社会反抗运动（60年代浩浩荡荡的反抗"日美安全保障协定"的社会斗争、"全共斗"学生造反运动）全面失败，这使得更多日本人对现代社会的幻想破灭，他们更加认清集权制度的弊端，这种"丧失了信念与身份，无法找到自己与日本的未来，只剩下内在的空虚"②的苦闷感受与反封建的意识，与对"现代"也抱有怀疑态度的鲁迅是如出一辙的，这让读者再次惊奇地发现了鲁迅新的阅读空间。再加上，1972年中日邦交正常化，1978年《中日和平条约》缔结、中国改革开放政策实施，这些都唤起了日本对于中国的新的关注，日本因此再次出现了译介鲁迅作品的热潮。根据藤井省三在《鲁迅在日文世界》一文中公布的1970—1989年期间的数据③，"译本"共计61部、"评论传记"共计64部、杂志文章共计298篇，数量惊人。而这一时期的"译本"在形式上也不拘一格，各有特色。比如1970年河出书房新社出版的《现代中国文学》第一卷中便收入了竹内好翻译的鲁迅的主要作品；筑摩文库70年代出版了竹内好个人翻译的《鲁迅文集》全6卷；5个出版社全新出版了鲁迅小说文库本：1970年旺文社文库出版了松枝茂夫翻译的《阿Q正传·狂人日记》、1972年潮文库出版了田中清一郎翻译的《阿Q正传·狂人日记》、1973年中公文库出版了高桥和巳翻译

---

① 磯田光一：《战后史的空间》，新潮社2000年版，第197页。

② 参考"1970的放浪"，URL http：//www.onfield.net/1970/09.html（accesed on 21 october 2003）。

③ 藤井省三：《鲁迅在日文世界》，《鲁迅社会影响调查报告》，人民日报出版社2011年版，第222—229页。

的《呐喊》、1975年新日本文库出版了丸山升翻译的《阿Q正传》、1979年讲谈社文库出版了驹田信二翻译的《鲁迅作品集》；1971年中央公论社出版了由高田淳翻译、注解的《鲁迅诗画》，这是关注于鲁迅古典诗的研究；1977年而立书房出版了由霜川远志编著的《戏剧·鲁迅传》，尝试了将鲁迅作品戏曲化，不失为新形态的翻译传播。这个阶段最重要的译本是由学习研究社1984—1986年出版的《鲁迅全集》（全20卷）。这部全集集合了全日本鲁迅文学研究者的力量，以1981年北京人民文学出版社出版的全16卷《鲁迅全集》为原本，补充了日本方面的资料，并对原作进行了大量的注释，堪称是日本鲁迅传播、研究的集大成之作。

第六节　稳定期（1990—2010）

进入20世纪90年代以来，岩波书店、平凡社、讲谈社等规模较大的出版社不仅刊载了日译的鲁迅作品，而且也引进了中国的原作。《阿Q正传》《药》《藤野先生》等代表作也反复地被翻译和出版，但是相较于"评论传记""杂志文章"所呈现出的活跃状态，小说译本已经趋于稳定。根据藤井省三在《鲁迅在日文世界》一文中公布的1990—2010年期间的数据[①]，"译本"共计21部、"评论传记"共计78部、"杂志文章"共计587篇，这些数字便能充分证明上面的观点。

虽然这一时期的"小说译本"数量较少，但也不乏亮点之作。中岛长文经过相当长时间的精心考证，终于完成了《中国小说史略》（1、2卷）的翻译，1997年由平凡社出版，反响不俗；藤井省三集选翻译了《呐喊》《朝花夕拾》中的重要篇章，于2009年由光文社·古典新译文库出版发行了《故乡/阿Q正传》。这本书的重要价值在于批判旧译本中的日本化倾向，在翻译中力求回归鲁迅、回归作品本身。由于时代、历史和学术传统等因素的影响，鲁迅文学作

---

① 藤井省三：《鲁迅在日文世界》，《鲁迅社会影响调查报告》，人民日报出版社2011年版，第222—229页。

品的日文译本具有很浓厚的日本化倾向，比如竹内好的译本就是日本化的典型例子。如同前文中举例，竹内好的译本大多是将鲁迅擅长的长达几行的长句切割成多个短句，按照现代日本人的习惯进行了意译。这样做便于日本读者的理解，但却不一定能很好地传达出在传统和现代的夹缝间苦苦斗争的鲁迅的文体和思想。藤井省三的译本则"通过把日文译文鲁迅化，力图传达出生活在剧烈变化的时代的鲁迅的深刻苦恼，注意在原作上按照鲁迅全文，细小的差异也忠实地进行翻译，对起初看起来是矛盾的表现方法也不进行特意的日本式合理化意译，而尽可能地进行直译。续编《彷徨》《故事新编》的选集《在酒楼上／非攻》也同样进行了反本土化的翻译"。这种用心具体表现在文字细节的翻译以及对长句的处理上。比如《阿Q正传》原文中的这句"阿Q，你的妈妈的！你连赵家的用人都调戏起来，简直是造反。害得我晚上没有觉睡，你的妈妈的！……"①，在竹内好的版本中被翻译成了："阿 Q、この野郎！趙家の女中にまで手を出しやがって、謀反てもんだぞ。お陰でおれまで夜も寝られやしねえ。こん畜生！……"②（中译：阿Q，你个混蛋！你连赵家的用人都调戏起来，简直是造反。害得我晚上没有觉睡，你个畜生！……）"この野郎"（混蛋）以及"こん畜生"（畜生）都是地道的日语骂人的表达，比起之前井上的版本中翻译成"お前のお袋のようなものだぜ"③（中译：你妈一样的东西）要准确得多，但是鲁迅原文中的两次"你的妈妈的"，被翻译成了"この野郎"以及程度更甚的"こん畜生"，日本读者在这里似乎便不能领会鲁迅原文中对阿Q没有文化连骂人都词穷的暗示了。藤井的版本中注意到了这个问题，他的翻译是："阿Q、このこん畜生め！趙家の使用人にまでちょっかいを出したとなれば、それは謀叛だ。この俺まで夜も眠れず迷惑している、こん畜生め！……"④（中译与鲁迅原文几乎一致），更忠实于原著。与之前井上和竹内的断句翻译法不同，藤井的翻译一气呵成，尽可能保留了鲁迅原文中

---

① 鲁迅：《鲁迅精选集》，北京燕山出版社2006年版，第81页。

② 竹内好：《阿Q正传·狂人日记》，岩波文库2007年版，第121页。

③ 井上红梅：《阿Q正传》，青空文库2010年版，第75页。

④ 藤井省三：《故乡·阿Q正传》，光分社2009年版，第101页。

鲁迅与20世纪中外文化交流

87

长句的气质精髓，这种翻译方法在还原小说中阿Q生活时代风貌的同时，又最大程度地保留了"在传统和现代的夹缝间苦苦斗争的鲁迅的曲折文体"①，回到鲁迅本身，是藤井翻译对新时代鲁迅传播与研究的卓越贡献。

研究日本这百余年间的鲁迅译介传播历史，不难发现鲁迅在日本译介的显著特点。首先，鲁迅的日本译介有着悠久的历史，译品数量多、种类全，对中国鲁迅的出版以及研究是很好的借鉴，对全球的鲁迅研究也有着不可替代的重要价值。其次，鲁迅在日本译介的很多翻译者都是鲁迅研究的学者，如竹内好等，这就决定了日本的译介往往与他们的鲁迅研究紧密结合在一起，先后历经了"竹内鲁迅""丸山鲁迅"等阶段，这些研究者的"鲁迅像"往往对鲁迅作品翻译造成阶段性的影响。再次，日本的译介反映了日本对鲁迅作品的理解随着时代的更迭而变化的规律。日本不同阶段特殊的政治文化社会语境决定了日本对鲁迅接受的特殊环境，而这又直接影响着鲁迅作品日译的实际操作过程，这种历史性会造成翻译主体的局限性和倾向性，比如井上和竹内的误译正体现了这一点。这些恰恰说明了文学作品的传播和接受是一个漫长的历史过程，误解变形在所难免。我们有理由相信，随着译介和研究的深入，在不远的未来，鲁迅和他的作品在日本一定会焕发出新的生命力。

---

① 藤井省三：《鲁迅在日文世界》，《鲁迅社会影响调查报告》，人民日报出版社2011年版，第229页。

第五章　日本鲁迅相关著作及论文的出版传播

　　日本是最早介绍鲁迅的国家，早在1937年8月日本改造社就已经出版了7卷本《大鲁迅全集》，并且被评价为当时规模最大、最具有真正意义的"鲁迅全集"。而国内出现的最早的《鲁迅全集》是在将近一年之后的1938年7月，由鲁迅先生纪念委员会编辑、上海复社出版。由此可见，日本有着与中国一样悠久的鲁迅作品出版历史。回顾日本近百年来鲁迅的出版史，各个时期的社会背景特别是中日关系极大地影响着鲁迅在日本出版的进程，并且在这期间涌现出大批著名的专家学者，所取得的学术成果也极大地推进鲁迅在日本的出版传播。关于鲁迅在日本的出版情况主要集中在两个方面，一是鲁迅作品的翻译，二是对鲁迅及其作品的研究。根据笔者在日本CINII网站中检索得出的结果，鲁迅在国外传播的近百年里，日本至少有1585篇关于鲁迅的论文、书评或学会活动介绍发表；在日本出版的鲁迅作品的译本至少有200种，出版的关于鲁迅研究的书籍有250多种。由于本书稿主要以中日两国战争的影响为出发点，因此鲁迅在日本的出版情况大致可以分为战前、战时和战后三个阶段。

第一节　第一阶段：战前接受期（20世纪20年代—1937年）

　　这一阶段主要以鲁迅作品的日译为主，初期阶段有关鲁迅研究专著的出版十分少见。早在1909年鲁迅日本留学归国之前，日本的新闻界已经开始对鲁迅进行介绍和报道。①而鲁迅的作品最早被译成日语是在20世纪20年代，北京发行的日语杂志《北京周报》②刊载了周作人翻译的《孔乙己》，之后该刊还登载了鲁迅亲自翻译的《兔和猫》以及《中国小说史略》的前半部，这被广泛地认为是鲁迅作品的最早日文翻译。

自此之后，鲁迅作品的日文译文数量开始缓慢增加，据不完全统计，翻译出版的鲁迅作品约有20种。1927年，武者小路实笃在其编辑的《大调和》杂志上译载了《故乡》；1929年，井上红梅在日本《奇谈》杂志上发表了日译版《阿Q正传》③；1931年，松浦硅三翻译的《阿Q正传》④问世，被认为是日本最早的鲁迅单行本译著。在1931年这一年里，仅《阿Q正传》就出现了三种不同的日文译本，在此之后几乎每一年都会有一二种鲁迅著作的日译版本出版。这一时期井上红梅发现鲁迅作品的价值并积极从事鲁迅作品的日译工作，成为第一位大规模翻译介绍鲁迅作品的日本人。1932年11月，井上红梅翻译的《鲁迅全集》⑤由东京改造社出版。这本全集中只收录了鲁迅《呐喊》和《彷徨》两部小说集的译文，而鲁迅的其他作品均没有涉及。虽然鲁迅本人对井上红梅所翻译的作品并不十分满意，但是这已经是当时日本规模最大的鲁迅作品翻译集。1931年以山上正义（译者署名为林守仁）为译者代表、由东京的四六书院出版的《阿Q正传》⑥，由于得到了鲁迅的亲手校订，成为当时众多译本中最好的日译版本。山上正义在前言中对《阿Q正传》的评价如下："《阿Q正传》是鲁迅数十篇作品中的代表作，也可以说是中国现在文坛'唯一的'代

① 三宅雪岭主笔的半月刊《日本和日本人》的《文艺杂事》栏目。（1909年5月1日，第508期）原文："住在本乡的周某，年仅二十五、六岁的中国人兄弟，大量地阅读英、德两国语言的欧洲作品。而且他们计划在东京完成一本名叫《域外小说集》，约卖三十钱的书，寄回本国出售……"

② 《北京周报》（北京远东新信社）19号（1922年6月4日）。

③ 日本《奇谈》杂志第11期，梅原北明主编。井上红梅改题为《支那革命畸人传》，转引自袁荻涌：《日本对鲁迅作品的译介和研究》，《日本学刊》1994年第3期，第109—118页。

④ 『支那プロレタリア小説集. 第1編』，白扬社1931年版。

⑤ 日文译本，共1册，收《呐喊》《彷徨》全译本，卷末附《鲁迅年谱》。

⑥ 山上正义的这一译本《阿Q正传》以《中国小说集阿Q正传》为书名。

表作。"①此外，1935年权威出版社岩波文库出版了佐藤春夫和增田涉翻译的《鲁迅的选集》，此版本为鲁迅选集中最早的并且较为完整的版本。

在这一阶段不得不提及的是，1937年东京改造社出版了由增田涉、井上红梅、鹿地亘、佐藤春夫等人共同译著的《大鲁迅全集》（共7卷），内容包括《大鲁迅全集01—小说集》《大鲁迅全集02—散文诗·回忆记》《大鲁迅全集03—随笔·杂感集1》《大鲁迅全集04—随笔·杂感集2》《大鲁迅全集05—随笔·杂感集3》《大鲁迅全集06—文学史研究》《大鲁迅全集07—书简·日记》，可以说是较为完整地收录了当时已经出版的鲁迅全部作品。相比中国出版的《鲁迅全集》还早一年面世，虽然从严格意义上而言，《大鲁迅全集》在翻译上存在着许多疏漏之处，但在当时已实属难得。基于这部著作在当时日本的社会深远影响，鲁迅至此渐为日本民众所熟知。

第二节　第二阶段：战时缓慢发展期（1938—1945）

在这一阶段日本属于侵略者，中国是被侵略方，两国间的文化交流活动由于战争的关系几乎处于停滞状态。但这并不意味着鲁迅在日本的出版状况一直停滞不前。据不完全统计，这一时期翻译出版的鲁迅作品不到10种，其中对鲁迅新作品的翻译出版较少，多半为已出版鲁迅作品译本的重译、改译和重印。以《支那小说史》为例，早在1935年已经由增田涉翻译、サイレン社出版。而在这之后的1938年增田涉翻译的《支那小说史》再一次由东京天正堂出版，随后在1941—1942年，增田涉在原来的基础上改译了《支那小说史》，由东京岩波书店出版，共上下两卷。此外，1938年新潮社出版了井上红梅改译的《阿Q正传》（收录了《阿Q正传》《明天》《祝福》《伤逝》《离婚》），1943年，新潮社再版了井上红梅翻译的《阿Q正传》。1942年东京弘文堂出版了由鲁迅编撰、吉川幸次郎翻译的《唐宋传奇集》。值得一提的是，在1940—1945

<hr>

① 山上正义：《鲁迅及其作品〈阿Q正传〉的前言》，转引自李连庆：《鲁迅与日本》，世界知识出版社1984年版。

年期间日本还出版了两部鲁迅评论传记。1941年筑摩书房出版了由小田岳夫撰写的《鲁迅传》，虽然小田岳夫在撰写这部传记时并没有掌握充分的有关鲁迅的生平资料，在认真整理鲁迅作品并予以重新架构的基础上依托鲁迅的作品，以力求突出鲁迅的爱国主义情怀，从时间意义上来说，该版本是鲁迅传记中最早的。而后来竹内好于1943年写成、1944年出版的《鲁迅》（日本评论社，东洋思想丛书18）才是真正具有水准的鲁迅传，成为一部鲁迅研究的奠基之作，并对后来日本学者的鲁迅研究产生深远的影响。另外，竹内好在1976年出版的《新编鲁迅杂记》（劲草书房）中评价小田岳夫版本的《鲁迅传》仅仅停留于表面，过于相信文章本身而未能深入挖掘鲁迅文章深处所蕴含的意义。

总体而言，这一时期的日本笼罩在向外发动侵略战争的阴影下，国内军国主义之风盛行。而这样的环境没有阻止日本继续研究介绍鲁迅的步伐，试分析其原因主要有以下两个方面：一是战前鲁迅作品翻译成果的积淀，在战前的基础上持续关注鲁迅作品的翻译动向；二是日本学者把翻译鲁迅作品作为自己反战的具体行动。日本对鲁迅作品进行译介时，基本上把鲁迅看作是为民族、为国家而存在的，他们的目光集中于鲁迅对社会现实和封建传统文化的深刻批判以及国民精神的塑造上。在大多数日本的学者看来，鲁迅不仅是一位作家，更是一位社会改革者，他们认为"他的作品表现出了强烈的改革情绪"，评价鲁迅是"一位企求从根本上改革中国的斗士"。[①]从中可以看出鲁迅作品在战时对日本社会的现实意义。

第三节　第三阶段：战后形成热潮（抗日战争结束至今）

"二战"结束之后，作为战败国的日本满目疮痍，对战争带来的无穷灾难进行了深深的反思。知识分子对当时形势的紧张关系极其敏感，对他们而言鲁迅的作品无异于是解救饥饿灵魂的精神食粮，对鲁迅作品中反封建主义、反帝

① 丸山昏迷、周树人：《北京周报》，转引自刘伟：《二十世纪日本鲁迅研究的三次转向》，《大连理工大学学报》2001年第2期。

国主义的思想有着共鸣。人们盼望着美好生活的来临，希望通过鲁迅的作品获得解脱，鲁迅成为他们心中的精神支柱。在当时的日本，鲁迅拥有广泛而庞大的读者群体，因此在战后形成了译介和研究鲁迅作品的热潮。

一、战后发展期（1946—1959）

在战后10年期间，据不完全统计，日本出版的鲁迅作品达20多种。其中最受瞩目的当数1956年岩波书店出版，由增田涉、松枝茂夫以及竹内好三人合编的《鲁迅选集》，共12卷，是当时规模最大的鲁迅作品日文译本集。两年后该出版社又推出了《续集》。其次是青木书店出版的《鲁迅选集》，共5卷。1954年，岩波书店出版《鲁迅选集》，共13卷，开始在战后日本形成了新的阅读热潮。除了新译鲁迅作品的出版、鲁迅作品合集的出版外，鲁迅评论和传记类作品的出版也日益繁荣。

据相关调查统计，1946—1949年期间，鲁迅作品译本的出版仅有2部，鲁迅评论、传记等的出版有24部。如1946年竹内好的《鲁迅》（世界评论社）、1948年鹿地亘著《鲁迅评桧山久雄传》（文连文库）和坂本德松著《鲁迅研究》（八云书店）等。实际上在这一段时期，由于"二战"刚刚结束，而日本作为战败国损失惨重，再加上由于美国的占领而受到诸多限制使得民众言论不完全自由。在这样的背景下，日本的鲁迅研究处于青黄不接时期，鲁迅作品的新译版本没有出现，旧译本的再版和鲁迅研究专著的出版也较少。

而进入50年代，日本的鲁迅研究迎来了新时期。随着中国革命取得了胜利、1949年中华人民共和国的成立，中国国内对相关鲁迅资料的发掘和整理也取得一定的成果，日本可以从中直接借鉴和利用，并为其鲁迅研究带来积极影响。在1950—1959年内，鲁迅作品译本的出版激增至35部，鲁迅评论、传记等的出版也增至12部。到了1960—1969年，前者出版了20部，后者也增加至21部[①]。在战后兴起的"鲁迅热"中，竹内好、松枝茂夫、小田忍、增田涉等中

① 藤井省三：《鲁迅在日文世界》，《鲁迅社会影响调查报告》，人民日报出版社2011年版，第225页。

国文学研究会①的成员一直扮演着重要的角色。其中，由于竹内好的鲁迅研究逐渐形成一个完整的体系并开始占据主导地位，因此一直到70年代竹内好都被称为日本鲁迅研究第一人，具有绝对的权威性并被看成是一个很难超越的高峰，甚至被称为"竹内鲁迅"，可以说在他之后的鲁迅研究学者都或多或少地受到他的影响。竹内好的鲁迅研究概括起来主要有三个方面："一是对鲁迅思想、鲁迅的实质及其发展的认识；二是对鲁迅文学社会意义的评价；三是对鲁迅作品的具体分析。"②除了竹内好之外，这一时期日本的鲁迅研究中增田涉、鹿地亘等学者的研究成果也都值得关注。在五六十年代，日本有关鲁迅的出版相当可观并达到一个高峰，出版成果远远多于同时期的其他国家。

除了上述鲁迅研究著作的出版成果颇丰之外，这一时期日本学者开始陆续在杂志上发表有关鲁迅研究的论文。早在1948年，竹内好就在日本的《综合文化》杂志上发表了《关于指导意识——"鲁迅和日本文学"之间》③，并于1952年在《新日本文学》上发表了《围绕鲁迅的评价》④。此外，内山完造于1949年发表了《回忆鲁迅先生》⑤，桧山久雄于1953年发表了《鲁迅的黑暗》⑥，等。从鲁迅的生平、思想、作品等多个方面进行研究的论文共有170余篇。

二、繁荣期（1960—1999）

上世纪60年代至80年代，日本的岩波书店、平凡社、讲谈社等各大出版社争相出版鲁迅作品的日译本，并且发行量很大。以角川文库出版的《阿Q正传》（包括《狂人日记》《孔乙己》《故乡》《藤野先生》等）为例，从1961

---

① 1934年，以竹内好、冈崎俊夫、武田泰淳为首，发起组织了中国文学研究会，参加者有增田涉、松枝茂夫、实藤惠秀、饭冢朗、曹钦源、千田九一等，该会主要研究鲁迅和中国现代文学。

② 刘柏青：《鲁迅与日本文学》，吉林大学出版社1985年版，第215页。

③ 原题为：『指导者意識について—「魯迅と日本文学」のうち』，《综合文化》第2卷第10期，第15—21页。

④ 原题为：『魯迅の評価をめぐって』，《新日本文学》第7卷第7期，第20—23页。

⑤ 原题为：『魯迅先生を偲ぶ』，《新日本文学》第4卷第11期，第9—10页。

⑥ 原题为：『魯迅の黒暗』，《近代文学》第8卷第3期，第42—47页。

年到1977年，该书已发行36版、40余万册。①1956年岩波书店出版的12卷《鲁迅选集》也于1964年重新出版。1984年，日本的学习研究社还翻译了我国新版《鲁迅全集》（16卷）。此外日本还从我国引进鲁迅著作的中文版来满足市场需求。这一阶段鲁迅著作在日本出版情况的特点是新译品种多、范围广，译者人数扩增，不仅仅局限于单行本的出版，还注重于鲁迅作品集的系统出版。诸如《鲁迅选集》《鲁迅全集》《鲁迅文集》《鲁迅作品集》《鲁迅杂感集》《鲁迅杂文集》等，偏于向规模化、系统化、全面化发展。另外值得一提的是，继竹内好之后，丸山升成为在日本受到重视的鲁迅研究家。他从1953年开始着手研究鲁迅，于1965年出版的专著《鲁迅——他的文学与革命》（平凡社1965年，东洋文库47），是一本研究鲁迅的力作，准确把握住鲁迅的思想及其精神，并对竹内好、新岛淳良、尾崎秀树等人对鲁迅抱有的偏见进行了有力地批评和反驳，在日本广受好评。

此后，日本还出版了一批着重从思想和理论角度研究鲁迅的专著。如1977年第三文明社出版了桧山久雄的著作《鲁迅和漱石》，该著作探讨了鲁迅和夏目漱石这两位伟大的作家分别对各自国家现代化进程产生的影响以及留下的历史足迹等；1977年大修馆书店出版了山田敬三的著作《鲁迅的世界》，对鲁迅如何接受马克思主义进行了深入地分析和研究探讨；1978年田畑书店出版的竹内实著《鲁迅的远景》，较为系统全面地阐述了鲁迅的思想及其著作，并且有许多独到的见解。另外还有1979年晶文社出版的新岛淳良的著作《读鲁迅》等。这些专著都因资料充足、对鲁迅进行了全面分析和研究而受到好评，这些新著的作者大都受过竹内好等前辈的教导和提拔，有的就是他们的学生。这一时期，老一代的研究者增田涉、鹿地亘、竹内好等人不断推出新作，新一代的青年研究者又迅速崛起，其中成绩卓越的有竹内实、今村与志雄、尾上兼英等人，日本对鲁迅作品的翻译及其研究进入繁荣时期。除了出版研究鲁迅的专著之外，日本的学者们也纷纷发表研究鲁迅的文章。如竹内实于1969年在《文艺》上发表的《鲁迅与柔石》一文是当时在日本很少见到的论述鲁迅人际关

---

① 袁荻涌：《日本对鲁迅作品的译介和研究》，《日本学刊》1994年第3期，第109—118页。

系的文章，具有极大的学术价值和参考意义；竹内好分别于1976年和1977年在《文学》上发表了《在日本的鲁迅翻译——鲁迅和30年代的中国文学》和《读鲁迅》两篇文章，对鲁迅进行了更深层次的解读。

进入90年代，据相关调查研究统计，在1990—1999年期间，鲁迅作品译本有15部，数量呈现下滑趋势。而鲁迅评论、传记等的出版则多达40部[①]，达到鲁迅译介研究以来出版数量的一个顶峰。由于鲁迅作品的日译工作无论在出版的规模上还是在翻译的水平上，都已经到达一个难以超越的高度，所以除1997年由平凡社出版、中岛长文译注的《中国小说史略》（1、2卷）值得关注之外，其他大多数作品都略显平淡、缺乏新意，故许多日本的专家学者把目光转向对鲁迅传记和鲁迅作品的评论上。这一类出版的著作主要分为鲁迅生平及史料研究类著作、鲁迅思想研究类著作、鲁迅作品研究类著作等几大类。如1981年出版的林田慎之助《鲁迅心目中的古典》（创文社）、1983年出版的伊藤虎丸《鲁迅与日本人》（朝日新闻社）、1985年出版的片山智行《鲁迅的现实主义》等。同时与鲁迅有关的论文发表数量也有明显增加的趋势。据不完全统计，从50年代到90年代为止，在CINII上可检索到的与鲁迅相关的文章达到1000多篇，研究视野开阔，成果丰硕。

三、稳固期（2000年至今）

进入21世纪之后，藤井省三、尾畸文昭、山口守、长崛祐造、松浦恒雄等是当今主持日本鲁迅译介学界的中青年学者。这一时期出现的鲁迅作品的译本较少，而鲁迅评论传记类著作的出版依旧呈现活跃的局面。据相关调查统计，2000—2009年期间，鲁迅作品译本仅出版5部，而评论传记类出版多达37部[②]。由此可以得出，鲁迅作品译本的出版已经呈现出稳定的趋势，虽然译本的出版数量较少，但不乏亮点。2009年出版的《故乡／阿Q正传》和《在酒楼

---

① 藤井省三：《鲁迅在日文世界》，《鲁迅社会影响调查报告》，人民日报出版社2011年版，第225页。

② 藤井省三：《鲁迅在日文世界》，《鲁迅社会影响调查报告》，人民日报出版社2011年版，第225页。

上／非攻》（藤井省三译，光文社）由于采用了反本土化手法，力求采用最接近鲁迅原文表达的译法而备受关注，成为新时期鲁迅作品译本中的一大特色。另外，出版的评论传记类著作具有全方位、多层次、宽领域的倾向。2002年出版的藤井省三的《鲁迅事典》（三省堂）、2008年出版的工藤贵正的《鲁迅和西洋近代文艺思潮》（汲古书院）等著作，更加广泛而深入地介绍并研究了鲁迅及其作品。2011年长堀祐造的《鲁迅与托洛茨基》，副标题为《文学与革命》是一部基于丸山升先生的研究脉络，进而考察鲁迅思想的成功之作。北京清华大学中文系教授王中忱在中文版推荐词中写到："引进托洛茨基这一观察维度，恢复了'革命'历史谱系本有的丰富，自然也呈现了鲁迅与'革命'关系的复杂。著者的同情明显投射在历史上的'败者'一方，但他以近乎严苛的'实证'克制自己的情绪和立场，由此形成的张力和裂痕，也是本书的魅力之所在。"[①]笔者认为推荐词非常准确地概括了这本书的内容与价值。

作为莫言文学翻译家而深受众人瞩目的吉田富夫先生其实亦是一位鲁迅研究者。他曾于2000年9月30日出版过《鲁迅点景》（研文出版社），这是吉田先生汇聚30多年来撰写的有关鲁迅的研究论文整理而成的作品，由此亦可一窥近30年间鲁迅研究的变迁及轨迹。

因考证严谨而被日本汉学界称为"考证の鬼"的北冈正子先生于2001年5月出版了《鲁迅在异文化的日本——从弘文学院入学至"退学"事件》（关西大学出版），这是建立在鲁迅留学日语学校初期至离开仙台过程中所展开的史实调查为基础上的研究，可以说是一部论述、论证极为严谨的鲁迅研究书籍。紧接着，在2001年6月平凡社就推出了中岛长文的《枭之声 鲁迅的近代》。

"鲁迅与日本"是中日均感兴趣的题目，2004年1月，文艺社出版了由沼野诚撰写的书籍《鲁迅与日本》，主要描写鲁迅与日本之间的渊源。

2004年2月，另一本比较夏目漱石与鲁迅的研究书籍《漱石与鲁迅的传统与现代》（『漱石と魯迅における伝統と近代』）问世，作者为栾殿武，勉诚社出版。

① 转引自 https://book.douban.com/subject/26355599/，检索日期：2016-9-23。

此外，北冈正子于2006年4月推出题为《鲁迅　救亡梦之去向——从恶魔派诗人论到〈狂人日记〉》的著作。关于此书，有如下书评：

> 周树人在仙台医专退学后，回到东京开始从事"文艺运动"。本书"讲述他在此期间学到了什么，怎样学的，又产生了怎样的主张"。作者所呈现的处在学习成长过程当中的"鲁迅"，与后来人们所熟悉的"高大全"自然有很大的不同。从这个"鲁迅"身上可以知道，"国民精神之发扬，与世界识见之广博有所属"（《摩罗诗力说》），并非面向旷野的空疏的呼唤，而是一个正在求学的青年自身精神建构的有机组成部分。的确，这是个优秀的青年。他在成千上万同往日本的留学生当中，可谓阅人之所未阅，集人之所未集，并且道人之所未道，他首先在自身当中确立起了中国亘古未有的关于"诗"与"人"的理念，其广博与峭拔，或许通过书中所呈现的那个置身于历史现场的周树人才更容易体味到。[①]

《鲁迅烈读》是一本阐述鲁迅批判精神的书籍，作者为佐高信，由岩波现代文库推出，2007年5月16日发行。2008年10月山田敬三推出新作《鲁迅：无意识的存在主义》（大修馆书店），关于此书，有如下评价："作者不是以西方流行的存在主义思想来简单比附和勉强套用鲁迅的文学创作和生存理念，而是从鲁迅一生从个人生命追求到全部文学活动的'存在'实际出发，追本溯源、抽丝剥茧，在实实在在的客观史迹和多样创作的深层蕴藏中，来认识鲁迅、理解鲁迅，探究了鲁迅作为一个独立的'永远的行路者'的存在主义思考和实践。"[②]《鲁迅　海外中国人研究者所描绘的人物像》是介绍海外研究者的研究的书籍，由日本明石书店于2011年10月13日推出，由井上欣儒、千野万里子、市桥映里果、小山三郎、鲍耀明合著。

本世纪出版鲁迅书籍最多的学者当数东京大学丸山升先生的另一继承

[①]　参见 http://item.jd.com/10149834407.html，检索日期：2016-9-13。

[②]　参见https://www.amazon.cn/鲁迅-无意识的存在主义-山田敬三/dp/B009SZXIZW?ie=UTF8&★Version★=1&★entries★=0，检索日期：2016-9-13。

者——鲁迅研究专家藤井省三。他不但翻译了鲁迅的精选著作，还出版了几本有关鲁迅的专著。如岩波新书2011年3月19日发行他的著作《鲁迅——活跃在东亚的文学》；东京大学出版会2015年8月21日出版了他的研究专著《鲁迅与日本文学：从漱石·鸥外到清张·春树》，日本主流媒体纷纷对此专著进行了报道，出版社还特地举办了演讲会，影响极大。2013年11月中公新书推出了片山智行的《鲁迅　阿Q中国的革命》。2016年3月31日由日本东方出版社推出了鲁迅研究者汤山卜ミ子的《活跃于当下的鲁迅像——面向性别·权利·民众的时代》。这是在日本罕见的几位女性鲁迅研究者中，首次从性别角度推出的研究专著，值得期待。

　　除了出版上述鲁迅作品译文、评论传记及研究类著作之外，日本专家学者还积极翻译中国的鲁迅研究成果。早在1955年筑摩书房就出版了松枝茂夫翻译的《鲁迅的故家》（周遐寿著），1968年又出版了松井博光翻译的《鲁迅回忆录》（许广平著），1975年潮汕出版社出版了片山智行翻译的《鲁迅：中国文化革命的巨人》（姚文元著），等。直到20世纪90年代，日本的专家学者仍然积极致力于翻译出版中国鲁迅研究界的著作，其成果十分丰硕。在日本的鲁迅研究出版界，中国学者特别是在日留学生的出版成果也不容忽视。如1968年李何林编辑出版了《鲁迅论》，1981年李连庆著、丁东译《鲁迅与中日文化交流》等；近几年有明治书院出版的李国栋《鲁迅和漱石的比较文学研究——以小说的样式和思想为主轴》（2001）、雄松堂出版的杨英华《武者小路实笃和鲁迅的比较研究》（2004）等。另有潘世圣对鲁迅与明治日本及夏目漱石进行比较研究的博士论文等。正是由于活跃在日本鲁迅的翻译出版界的中国留学生以及华人学者的共同努力，才造就了今天日本鲁迅研究界繁荣向上的局面。

　　从上可以看出中日比较文学的抬头，即用比较文学的方法来研究鲁迅与日本文学在近年来越来越受到日本学术界的重视，并逐渐发展成为鲁迅研究中的一个新的潮流。虽然关于鲁迅是否受到日本文学的影响尚且不敢妄加定论，但是鲁迅和日本文学的关联性有目共睹。因此，近年来用比较文学的方法研究鲁迅与日本文学的关系特别是与日本作家之间的关系的专著及其论文的数量越来越多，如文艺社2004年1月出版单行本沼野诚介著《鲁迅与日本》、藤井省三教授的《鲁迅与春上村树——东亚文学的"阿Q"形象系谱》^①《大江健三郎和〈鲁迅与日本文学〉》^②等都是比较文学领域中的优秀成果。

　　日本出版的鲁迅作品的译本和相关鲁迅评论和传记、研究类著作，至2016年3月份为止，前者约170部，后者也达到近200部^③，再加上在日本CINII网站上检索可以得出与鲁迅有关的研究论文有近1600篇，可见数量之多，成果之丰富。日本人尊敬热爱鲁迅，日本学者积极从事鲁迅的译介工作，不仅仅因为鲁迅是一位伟大、著名的作家，还因为鲁迅的批判意识和斗争精神也鼓舞着每一位热爱自己祖国的人。纵观近百年日本鲁迅研究出版的情况，历史悠久，译品种类多，研究领域广。特别是日本出版界从初期的鲁迅作品翻译到后期研究领域的细化，注重文本的分析和材料的考证，这一做学问的严谨的态度值得后人学习和借鉴。

---

① 藤井省三：《鲁迅与春上村树——东亚文学的"阿Q"形象系谱》，《をちこち》第16期，第66—71页。

② 藤井省三：《大江健三郎和〈鲁迅与日本文学〉》，东京大学出版会2015年版，第1—5页。

③ 藤井省三：《鲁迅在日文世界》，《鲁迅社会影响调查报告》，人民日报出版社2011年版，第225页。

第六章　鲁迅在韩国的译介和传播

　　鲁迅作为世界知名的现代文学巨匠，对韩国出版界具有深远影响。鲁迅本人虽然未曾亲自去过韩国，却是深受韩国民众欢迎的作家、思想家和革命家。在韩国，高中阶段的必读书目和推荐书目中就有鲁迅的《阿Q正传》《故乡》和《狂人日记》，因此受教育程度在高中以上的韩国人大部分知晓鲁迅。2000年左右，鲁迅的名言"世上本没有路，走的人多了便成了路"一言也广为韩国人所熟知，如今，一些韩国剧作家和媒体人在作品中频繁引用鲁迅的名言[①]，使得鲁迅为更多的韩国人熟知。

　　鲁迅一名自1920年初次被介绍到韩国距今已有近百年的历史。鲁迅在韩语中有三种书写形式，一种是意译的"노신"，一种是音译的"루쉰"，还有一种就是汉字标记"魯迅"。最早的鲁迅译介使用"魯迅"这一汉字标记法，之后出现了"노신（魯迅）"的意译。最普遍使用的也是"노신（魯迅）"。1986年，韩国"국립국어원（国立国语院）"发布了《외래어표기법（外来语表记法）》之后，开始使用音译的"루쉰（魯迅）"。

　　下面我们要从高校、出版界与大众媒体、网络等几个方面了解鲁迅和鲁迅译介在各个社会部门中产生的影响。

---

　　① 2014年，韩国收视率最高的电视剧《未生》以鲁迅的"地上本没有路，走的人多了便成了路"作为最后一集的结尾，一时间受到韩中日观众的关注。

第一节 鲁迅在韩国高校的接受情况

韩国大学中至少有37所大学开设了中文硕士点，硕士点的名称有中文专业（중어중문학과）和中文教育（중국어교육）两种。笔者通过检索韩国最大的学术网站国会图书馆关于鲁迅研究的论文，发现有近一半鲁迅研究硕博士论文的作者所属专业是中文专业。这37所大学只是设有硕博士点的大学，如果算上设置本科专业的大学，其数量将更多。这些大学在课程内容里或多或少会以不同形式涉及鲁迅及其作品。本文从中选取了6所大学，主要依据是这些大学的网上上传的有关鲁迅的硕士论文相比其余大学要多，均是发表了5篇以上的鲁迅研究硕博士论文的大学，由于不包括每所大学学者发表在学术刊物上的论文，多少存在片面的可能。不过也可以通过考察这些大学的基本情况，了解到鲁迅在韩国大学的接受情况。

本文作者收集了6所大学的本科及硕士课程表，其教授的中国文学赏析和中国现当代文学等课程都会提到鲁迅。因为鲁迅作为文学家、翻译家、革命家和思想家，其作品真实地反映了那个时期中国社会政治经济文化和人们的面貌，可以说鲁迅代表了那个激变的时代。不仅是中文专业和中文教育专业，其他如历史、哲学课程中只要涉及五四时期，都会把鲁迅的作品作为阅读书目，历史课是把鲁迅的小说当作历史文献资料，哲学系探讨鲁迅那一时代文人的思想和哲学思考。在这里需要说明一点的是，这6所大学中有几所大学是韩国的名校，也有几所是地方的公立大学。

一、延世大学

延世大学（연세대학교）的中文专业（중어중문학과）隶属于文科学院，在一般大学院下设有中文硕博士点。延世大学在2015、2016年韩国四年制大学排名中位列第二位。1974年设立的中文专业是韩国较早建立的中文专业。中文学科硕士点在1978年建立，1980年第一个硕士生毕业。博士点是在1982年3月建立，1988年第一个博士毕业。据2007年统计，学校有90多名中文专业硕博士生。延世大学图书馆藏书丰富，中国相关的图书有30934本，鲁迅的译介有

1429本，其中包括香港文学研究社（1956—1958）出版的《鲁迅全集》，75本不同版本的《阿Q正传》翻译本，还有亦乐出版社（2010）出版的《鲁迅诗全集》，还有中央日报社（1989）出版的《鲁迅小说全集》。下面是延世大学本科课程时间表①，从一年级到四年级层层深入，从初级汉语到三年级的"中国现代文学史""中国现代小说选读"以及"中国小说史"，可以说科目涉及语言学、文学、诗歌、小说等多个领域。

表1

一年级科目名称	二年级科目名称	三年级科目名称	四年级科目名称
初级汉语写作	历代散文选读	对比语言学与中文教育	汉语教材研究及教学法
初级汉语读解	中国古代文学史	唐诗选读	高级汉语读解
初级汉语听力	汉语实用教育语法（1）	诗经	老庄思想与中国文化
初级汉语会话	中级汉语读解	中国文言文小说选读	汉语诗词
汉语言学入门	中国近代文学史	中国词曲选读	作为第二语言的中文教育学
中国文学入门	汉语实用教育语法（2）	汉语音韵	中国文学特讲
中级汉语写作	中国历代诗歌选读	中国现代文学史	中国文化论特讲
	中国传统剧艺术	中国现代小说选读	中国语言学特讲
	中国现代影像艺术	现代汉字论	中国现代作家论
	中级汉语听力	中国小说史	中国戏曲选读
	汉字学	汉语句法	高级汉语听力
	唐宋散文选读	汉语词类	商务汉语
	中国文化概论	诸子讲读	实用汉语
	中级汉语会话	经书讲读	中国文学批评
		中国白话文小说选读	中文教育语法研究方法论
		中国现代散文选读	中国语言学史
		楚辞	中国现代文学思潮

① 原课程表详见延世大学网站 http://web.yonsei.ac.kr/chinese/교과과정.htm. 检索日期：2016-10-23。

鲁迅与20世纪中外文化交流

		现代诗选读	中国文言文语法
			汉语声韵学
			高级汉语会话
			高级汉语写作

上表中三、四年级课程中的"中国现代文学史""中国现代小说选读""中国白话文小说选读""中国现代散文选读""中国文学特讲""中国现代作家论""中国文学批评""中国现代文学思潮"等几门课程内容，鲁迅及鲁迅作品是不能漏讲的。

延世大学已经退休的四位教授中，一位是古代文学方向的李石浩（이석호）教授，一位是研究中国小说的全仁超（전인초）教授。现任在职的九位教授中，有研究中国现代文学的柳中夏（유중하）教授和郑晋培（정진배）教授，还有中国小说方向的金长焕（김장환）教授，研究中国诗论的金海明（김해명）教授和研究中国戏剧的河敬心（하경심）教授。

1999年，学古寨（학고재）出版社出版了全仁超（전인초）教授等五人编写的《生为民族魂》，全仁超（전인초）教授编写了序言和第二章、第四章，第二章是有关鲁迅的几点疑问；第四章是寻找和摸索新世界的南京生活。柳中夏（유중하）教授编写了第三章和第八章，第三章是鲁迅的"故乡"——绍兴；第八章则是革命与爱情萌生的厦门与广州生活。

金海明（김해명）教授在1996年出版了《中国文学欣赏（중국문학산책）》，由白山书堂（백산서당）出版。郑晋培（정진배）教授出版的中国现代文学的图书有2001年出版的《中国现代文学和现代性理念（중국현대문학과현대성이데올로기）》（文学与知性社［문학과지성사］）和2014年出版的《中国现代文学新论：用传统解读现代（중국현대문학신론：전통으로현대읽기）》（博文社［박문사］）。除此之外，郑晋培教授还在韩国国内的学术期刊发表了有关鲁迅研究的论文，我们在学术网站搜索到的有下面几篇。《用传统解读现代：鲁迅文学中的老庄和佛教（전통으로현대읽기：노신문학속의노장과불교）》于2010年3月发表在《中国现代文学（중국현대문학）》中。

在此之前，1997年郑教授就在韩国期刊《中国现代文学》第12期上发表了《中体西用和近代自我（중체서용과 근대자아）》。1998年12月，一篇题目为《鲁迅和历史性：观点、空间、解释（노신과역사성：관점.공간.해석）》的论文，发表在《大东文化研究（대동문화연구）》。其后，还有两篇关于左翼文学与白话文的学术论文，一篇是《中国左翼文学的理念和美学研究》，1995年6月发表在韩国期刊《中国文学论集》，另一篇是《白话文运动和主体的问题："我们'是谁？（백화문운동과주체의문제："우리"는누구인가？）》，1996年6月在韩国期刊《中国现代史研究（중국현대사연구）》中发表。

尤其柳中夏（유중하）教授发表了10多篇研究鲁迅的论文，柳教授的博士毕业论文的题目就是《鲁迅前期文学研究（노신전기문학연구）》，这篇博士论文研究从鲁迅的《狂人日记》开始，到《铸剑》为止的前期文学作品和一系列的创作过程，以作品中显现的形象为焦点分析了其性质。

柳中夏教授发表的学术期刊论文有13篇，各自发表在韩国期刊《中国现代文学》《汉语文学志》中。按照发表的时间顺序有《以中间物来看的东亚的两个焦点：鲁迅和横步》《金洙暎与鲁迅：寻找和还原真实》《金洙暎与鲁迅：作为探寻方法的东亚》《怎样描画鲁迅的气息》《怎样教授鲁迅给孩子们：〈狂人日记〉的读书法》《笔名"鲁迅"解读，关于"迅"》《精读鲁迅〈一件小事〉：暗号S的秘密》等等。有关鲁迅的硕博士论文也大部分由柳中夏教授指导。如延世大学的博士论文《瞿秋白文学思想研究：与鲁迅的文化联代为中心》，还有硕士毕业生黄正日（황정일）的《鲁迅的〈故事新编〉后期作品研究（노신의고사신편후기작품연구:유골지처를중심으로）》，李宝高（이보고）写的《鲁迅和瞿秋白的"革命传统"的意义研究（노신과구추백의"혁명전통"의미연구："노신집김선집"을중심으로）》，还有김현정写的《中国现代儿童文学形成过程研究：梁启超，鲁迅，周作人为中心（중국현대아동문학형성과정연구:양계초，노신，주작인을중심으로）》，千真写的《鲁迅的"诗认知性"的意义研究：鲁迅文学史为研究中心（노신의"시인지"의의미연구：노신의문학사연구를중심으로）》。

延世大学还有专门的研究机构——中国研究院，中国研究院于2015年建立，其目标是进一步加强中韩交流合作，加深对中国语言和文化的理解。延世大学硕博士论文中上传到网上的有关鲁迅研究的论文有13篇，毕业生中研究鲁迅的毕业论文相较于其他大学要多。其原因与延世大学的教学内容、教师团队、教学理念以及延世大学悠久的中国学研究传统有一定关系。

另外，延世大学的学生剧团从1962年起就活跃在大学路小剧场之间，现延世大学中文专业的学生剧团也依然在尝试演出各种剧目，当然其中也包括鲁迅的作品。

二、高丽大学

高丽大学（고려대학교）的中国学系（중국학부）隶属于人文学院。延世大学设立中文专业之后的1980年，高丽大学开设最初的中文专业（중어중문학과），随后于2005年3月改编为中国学系，入学学生人数增加为70人。高丽大学中文专业的本科课程安排如下表：

表2①

	一年级		二年级		三年级		四年级	
	一学期	二学期	一学期	二学期	一学期	二学期	一学期	二学期
1.汉语			中级汉语精读1	中级汉语精读2	高级汉语练习1	高级汉语练习2	汉语专题讨论1	汉语专题讨论2
			汉语会话1	汉语会话2	汉语写作1	汉语写作2		
2.中国语言学			现代汉语语法1	现代汉语语法2	汉语概论1	汉语概论2	汉语史1	汉语史2
					中韩语言对比			
3.中国古典文学			中国古典文学史1	中国古典文学史2	中国古典讲读1	中国古典讲读2		

① 表格引用自高丽大学中文专业网站 http://kuchinese.kr/htm/college_02.htm，检索日期：2016-10-23。

					中国古典诗歌1	中国古典诗歌2		
					中国古典小说1	中国古典小说2		
4.中国现代文学				中国现代文学史	中国现代小说	中国现代史	中国现代文学批评	中国现代散文
						中国现代作家论		
5.中国文化			现代中国社会的理解1	现代中国社会的理解2	中国文学与人文地理	以人物看中国文化	中国文学与影像文化	
					中国的表演艺术			
6.中国教育							汉语教学教育	汉语教材研究及指导法
								汉语教学逻辑与论述

从课程表中我们看到高丽大学本科开设的课程中涉及鲁迅作品及鲁迅思想的有"中国现代文学史""中国现代小说""中国现代史""中国现代文学批评""中国现代散文""中国现代作家论""中国现代社会的理解""中国文学与人文地理""以人物看中国文化"等课程。

与延世大学不同，高丽大学的硕博士点设为"中日语文专业（중일어문학과）"，是2007年第一学期将中文专业和日语日本文学专业合并之后的专业，旨在打破闭塞的学制，进行邻国研究、教育，提供更立体、开放、有深度的教育环境，综合研究东亚地区，培养灵活适应东亚发展的全球性人才。该专业硕博士生有机会享受BK21中日语言文化教育研究所提供的各种研究资助，比如去中国或日本进行现场调查和短期研修，资助国内外学术会议的参加费用，参加中国和日本名校硕博士生的共同研究，资助博士生海外知名大学的长期研

究，等等。硕博士点的研究方向设置为中文语言学方向、中国文学方向、日本语言学方向、日本文学方向、中日比较文化方向。

高丽大学图书馆的资料非常丰富，而且经申请可以提供外部人员使用，经过搜索我们查到关于鲁迅的学术论文166篇，其中包含了《鲁迅和周作人兄弟失和小考（노신과주작인형제의불화에관한소고）》《鲁迅和基督教（노신과기독교）》等论文。关于鲁迅的译介作品有663本，如《鲁迅小说全集》《中国的鲁迅研究》等。高丽大学图书馆还可以搜索到 RISS 学术网、NDSL学术网以及北美大学硕博士学位论文。本校毕业生的硕博士论文中有关鲁迅研究的论文有9篇。具有代表性的有李珠敏（이주민）写的博士论文《鲁迅诗歌研究（노신시가연구）》，指导教授是李海源（이해원）教授。还有高占复（고점복）写的《鲁迅杂文的思维形式研究：认知和表现问题为中心（노신잡문의사유양상연구: 인식과표현의문제를중심으로）》，再有成玉礼（성옥례）的《鲁迅的矛盾意识与叙事（노신의모순의식과갈등서사）》。

高丽大学的学生剧团与延世大学在大学路同样有名，《东亚日报》1962年10月15日报道大学生剧团活跃于小剧场运动，并且也进军舞台剧市场，对介绍现代剧起到了巨大作用。这些大学生剧团包括延世大学和高丽大学的学生剧团，会尝试演出实验性的现代剧目，其中包括鲁迅的《阿Q正传》。当时高丽大学印发的传单还有留存，由高丽大学剧艺术研究会举办的第二次发表会，导演是安英一，从15日开始在中央剧场上演，后援有首尔新闻社、艺术新闻社和艺术通信社，距1938年"花郎苑"版《阿Q正传》演出有24年。

三、首尔大学

首尔大学（서울대학교）的中文专业（중어중문학과）隶属于人文学院，学科设有中文硕博士点。首尔大学中文专业的设立可以追溯到近代高等教育的标志——京城帝国大学法学文学系的创立，该系在1926年就设立了"支那文学科"，至1945年为止只有9位毕业生。1946年首尔大学建校，中文专业隶属于文理科大学的文学部，是韩国最早创立的中文专业。专业资料室里收藏了1960

年到2009年为止的258篇硕士论文以及自1981年到2009年的123篇博士论文。^①

首尔大学中文专业的本科课程设置如下表：

表3^②

一学年科目名称	二学年科目名称	三学年科目名称	四学年科目名称
初级古文1 初级古文2 初级汉语1 初级汉语2	中级古文 古文名著阅读 中级汉语1，2 汉语会话1，2 媒体汉语 汉字的世界	汉语语言学概论 中国历代小说讲读 汉语写作 汉语发表和讨论 古文语法 中国小说与文化	中国文学史

从首尔大学中文专业的本科课程设置我们可以看出，课程内容比较简单，数量较少。下面是首尔大学中文专业的硕博士课程设置：

表4^③

类型	课程名称
一类教学课程	中国诗歌研究；中国戏剧研究；中国散文研究；经书研究；中国词曲研究；汉语音韵论研究；中国文字学研究；汉语语义学研究；中国古文法研究；诸子百家研究；中国讲唱研究；中国小说研究；中国辞赋研究；春秋上古文献研究；两汉魏晋南北朝文学研究；唐宋文学研究；元明清文学研究；中国近代文学研究；中国现代文学研究；现代汉语语法研究；韩中文学交流研究；汉语和中国人的思维模式；汉语的历史变迁；大学院论文研究
二类教学课程	中国古典文学理论；中国现代文学理论；中国文献学研究；中国文学史；中国现代文学；汉语语言学；汉语语法；中国小说；中国古典文学；中国文学研究方法论；汉语语言学研究方法论；中文教育方法论；中国文献专题研究；中国古代的文化、知识、语篇；中国文化的原型与变容；中国文学的社会机制

---

① 毕业论文数据参考首尔大学资料室网页 http://snucll.snu.ac.kr/bbs/bbs.php？ctg=2，检索日期：2016-10-23。

② 课程参考首尔大学网页 http://snucll.snu.ac.kr/faculty/faculty_3.php，检索日期：2016-10-23。

③ 课程参考首尔大学网页 http://snucll.snu.ac.kr/faculty/faculty_3.php，检索日期：2016-10-23。

相对于本科课程的内容，硕博士课程的课程设置要丰富得多，而且内容也更具学术性和专业性，研究方向明确、划分细致。在首尔大学，开设第二类课程时，还会加上副标题便于学生们选课。总之，在硕博士阶段，课程内容更加地深入，已经是不同于本科的研究阶段。

　　1953年停战协议签署之后，1954年，车柱环（차주환）教授第一个担任中文专业教授，张基槿（장기근）教授在1955年担任中文专业的教授，随后金正录（김정록）教授任职，教授人数只有3位，现中文专业在职教授有11位。张基槿（장기근）教授主要进行中国小说和中国现代文学的研究，在1977年翻译了鲁迅的《阿Q正传》，由范조사出版社出版；2009年，张基槿（장기근）教授写了《鲁迅的小说》一书，由明文堂出版社出版，书中描述了鲁迅闪亮的自主精神。全亨俊（전형준）教授在1996年翻译了鲁迅的《阿Q正传》，并在2009年受新元文化社委托再次翻译《阿Q正传》，同年还翻译了《狂人日记》，由创作与批评社一同出版。2004年，全亨俊（전형준）教授写了《以东亚视角观察中国文学》一书，书中对鲁迅和短篇小说家玄镇健（현진건）的作品进行了比较文学的研究，从中国文学的内部进行了批评。

　　首尔大学博士论文中，有关鲁迅研究的两篇博士论文是1998年李琼敏（이종민）的《近代中国的时代认识与文学的思维：以梁启超、鲁迅、郁达夫为中心》。还有一篇是1996年，洪昔杓的博士论文《近代文学意识形式研究：胡适的白话文运动与鲁迅的小说创作为中心》，洪昔杓教授还在2003年至2008年间翻译出版了《阿Q正传》《鲁迅的信件》《坟》《花开集》《花开集续》《朝花夕拾》。2014年，加入了《鲁迅全集》的翻译委员会，参与翻译了《而已书》和《三闲集》，由Greenbee（그린비①）出版社出版。2005年写的《于天上看见深渊》，复杂而多层面地描述了鲁迅文学和精神的各个层面，从青年鲁迅到《呐喊》和《彷徨》《故事新编》的写作，再从鲁迅的散文诗集《野草》，透析鲁迅的生命意识。作者以个人对鲁迅的理解和解释为基础，进行了深刻的反思，此书由禅学社出版发行。2012年《中国近代学问的形成与学术文

鲁迅与20世纪中国研究丛书

---

① 意为"想念的书生"。

化探讨》撰写完成，由Book Korea出版社出版发行，书中介绍了鲁迅的学问谱系与学术研究。

四、庆熙大学

庆熙大学（경희대학교）与韩国外国语大学以及中央大学在2015、2016年韩国四年制大学排名中，并列位居第四。中文专业（중국어학과）隶属于庆熙大学外国语学院，而硕博士点则设在教育大学院下属的中文教育专业。下面看一下庆熙大学中文专业本科课程的设置：

表5[①]

一学年科目名称	二学年科目名称	三学年科目名称	四学年科目名称
汉字与汉字词	中国语言概况	中国近代文学史	汉语发表和讨论
中国历史概况	汉语语法1	中国现代文学史	毕业论文
中国文化概况	中国古代文学史	汉语语法2	中国古典散文精读
汉文精读（한문강독）	中国文字概况	高级汉语会话1	中国现代文学鉴赏
初级汉语会话1	中级汉语精读	中国古典诗歌精读	汉语应用文写作
初级汉语会话2	中级汉语会话1	中国诗词讲论	现代中国的政治经济
现场研修活动（汉语）	汉语语言化社会	中国古典小说精读	学术论文的结构设计（汉语）
	汉语写作	高级汉语精读	诸子百家精读
	中级汉语会话2	高级汉语会话2	中国电影与评论
	现场研修活动（汉语）	教育教学法（汉语）	中国外交论
		教材研究与指导法（汉语）	现场研修活动（汉语）
		教学逻辑与论述（汉语）	
		现场研修活动（汉语）	

---

① 原课程表请参见庆熙大学中文专业网站http://zhongwen.khu.ac.kr/，检索日期：2016—10—23。

从上面的本科课程的设置表格中，我们可以看到课程数量远远少于延世大学和高丽大学，但全中文上课的课程较多，语言现场研修活动也穿插其中，关于鲁迅研究的课程只有"中国近代文学史""中国现代文学史""中国历史概况""中国现代文学鉴赏"。我们还查看了硕士阶段的课程设置，也大部分与汉语教学有关，涉及文学、历史的部分较少，只有"中国现代小说研究"和"中国现代文学史研究"两个课程。庆熙大学还没有搜索到博士论文，在国会图书馆网站搜索到的硕士毕业论文有승빛나写的《〈阿Q正传〉的现实主义研究（「아Q정전」의리얼리즘연구）》、오경미的《鲁迅小说的知识分子形象研究（노신소설의지식인형상연구）》、김도희写的《〈狂人日记〉的创作技法研究（「광인일기」의창작기법연구）》，这三篇硕士论文的指导教授是김경석教授，论文的研究焦点都集中在了社会文化、美学和创作等方面。

庆熙大学图书馆有关鲁迅的书籍共有390多本，《阿Q正传》翻译本90多本，《狂人日记》翻译本34本。书籍包括了《鲁迅：生涯和作品世界》《鲁迅评传》等。电子书有30本，图书馆网站课收集到的论文较为全面，约有800篇。

五、忠南大学

忠南大学（충남대학교）在2015、2016年度四年制全国大学排名中，与其他六所大学同时排名第九，在忠南大学之前还有20多所学校排在前面。忠南大学虽然隶属于地方大学，但在研究中国文学和语言学方面实力雄厚。下面是忠南大学的本科课程设置[①]：

① 原表格请参见忠南大学中文专业网站 http://human.cnu.ac.kr/chinese/，检索日期：2016-10-23。

表6

一年级		二年级		三年级		四年级	
一学期	二学期	一学期	二学期	一学期	二学期	一学期	二学期
集中汉语学习	初级汉语精读	中国文学入门	中国文学史1	中国文学史2	汉语语言学入门	商务汉语	汉语教育理论
成语解读中国历史文化	现代中国的理解	汉语练习	影像汉语	时事汉语	实用汉语	中国现代作家与作品	汉语翻译实习
未来设计咨询1	未来设计咨询2	汉语精读	汉语与中国文化	现代中国国学	中国现代小说	中国文学批评	互联网体验中国
		基础古汉语	中级汉语会话	高级汉语	中国现代文学史	汉语教育及教材研究	中国地域学
		初级汉语会话	中级汉语	汉语作文	中国现代戏剧		
		汉语语法	中国现代散文	中国古典小说	中国古典诗歌		
		未来设计咨询3	未来设计咨询4	中国现代诗歌	中国古典名著		
				中国文字解读	中国古典散文		
				未来设计咨询5	未来设计咨询6		
				汉语辩论	汉语教学法及评价		

从上面的表格中可以看到忠南大学开设的课程非常丰富，不仅加入了语言实用练习，文学素养的课程数量也超过了高丽和庆熙大学。与鲁迅和鲁迅作品有关联的课程也比较多，如"中国文学入门""中国文学史""中国现代散文""中国文学史""中国现代诗歌""中国现代小说""中国现代文学史""中国现代作家与作品""中国文学批评""中国地域学"等。

忠南大学图书馆的馆藏非常庞大，特别是研究中国的书籍相较于其他大学要多很多，搜索图书馆网页，可找到有关中国的图书13688本，关于研究鲁迅的书籍有450本左右。

忠南大学的硕博士点也设在人文学院的中文专业，博士点有两个，中国文学博士点主要囊括了中国古典文学到现代文学的诗歌、散文、小说、戏剧、批评；语言学博士点主要包括句法学、形态论、音韵学等。硕士点有两个，一个是中国文学硕士点，中国文学硕士点细分为汉语语言学方向和中国文学方向。另一个是韩中翻译硕士点。忠南大学硕士学位论文有，최지현写的《鲁迅散文诗〈野草〉研究（루쉰의산문시「야초」연구）》，유림的《鲁迅与夏目漱石的时代批判：以〈阿Q正传〉和〈我是猫〉为中心（루쉰과나쓰메소세키의시대비판：「아규정전」과「나는고양이로소이다」를중심으로）》，이선경写的《鲁迅文学作品中的教育观研究（노신문학작품에나타난교육관연구）》。这些硕士论文，从本体研究、中日比较研究和教育法等不同角度考察了鲁迅的作品。

六、蔚山大学

蔚山大学（울산대학교）属于地方大学，在2015、2016年韩国四年制大学排名中靠后，但在有关中国的研究和资料收集方面却非常全面。

蔚山大学的中文·中国国学专业（중국어·중국학）隶属于人文学院下属的国际学系，国际学系还包括英语、日语、法语、西语和自由专业。而教育大学院下属开设了中文教育硕士点。上传至网上的硕士毕业论文有김순희的《鲁迅教育思想研究（노신교육사상연구）》，还有김인선（金顺姬）写的《中国现代文学的审核运用研究：郭沫若、大晃、王允何、鲁迅的代表作为中心（중국현대문학의신화운용연구:곽말약，대황，왕윤하，노신의대표작을중심으로）》，정은주的《鲁迅杂文的现实认识和批判意识研究：后期杂文作品为中心（노신잡문의현실인식과비판의식연구：후기잡문작품을중심으로）》等等。

蔚山大学图书馆藏书丰富，有关中国藏书竟有85405册，其中有关鲁迅研究和译介的图书有932册，《阿Q正传》翻译本有75册，《狂人日记》翻译本有42册。

第二节　鲁迅在出版社和书店及大众媒体的接受情况

我们在界定鲁迅在韩国的译介时，把范围划分为三个部分。一是鲁迅作品的翻译、译文；二是韩国的鲁迅研究著作以及中国、日本鲁迅研究著作的韩译文；三是介绍鲁迅和鲁迅作品的中学生课外读物。

在查找和整理鲁迅在韩国的译介过程中，有三个关键词需要我们去关注。第一个词是光复，第二个词是韩国战争，第三个词是韩国军事独裁。光复之前的朝鲜半岛是日本帝国主义的殖民地，言论出版行业受到严格的监管；韩国战争，即朝鲜战争，国内称为抗美援朝，战争期间抵制一切左翼思想的文学作品；而在韩国军事独裁时期，政府严令禁止一切具有煽动学生和民主化运动之作用的作品和宣传。因此，韩国的这三个时期也是鲁迅的译介最少或者完全没有的时期。

韩国汉学翻译界翻译的鲁迅小说①译作如下表所示：

表7

译者	译作	出版／发表时间	出版社／发表刊物	注
柳树人	《狂人日记》	1927年	《东光》八月号	首部译成韩语的鲁迅作品
梁白华	《头发的故事》	1929年	开辟社刊《中国现代短篇小说集》	
丁来东	《阿Q正传》	1930年	1月4日到2月16日连载于《朝鲜日报》	
	《伤逝》	1930年	3月27日到4月10日连载于《中外日报》	以《爱人的死》为名韩译

---

① 该表中部分译文为系列书籍，因此表中包含了部分杂文、散文诗集的出版情况。

金光洲	《在酒楼上》	1933年	开辟社刊《第一线》3卷1号	
李陆史	《故乡》	1936年	《朝光》	后转载于诗集《青葡萄》
金光洲、李容默	《鲁迅短篇小说集》	1946年	首尔出版社刊	第一卷：《幸福的家庭》《故乡》《孔乙己》《风波》《高老夫子》《端午节》《孤独者》第二卷：《狂人日记》《肥皂》《阿Q正传》第三卷：《呐喊》《彷徨》中小说
丁范镇、丁来东	《中国小说史略》	1964年	锦文社刊	
张基槿	《鲁迅的阿Q正传（外）》	1974年	大洋书籍刊	包括：《呐喊》15篇全部；《彷徨》中《祝福》《孤独者》；《故事新编》中《采薇》《非攻》
李家源	《阿Q正传，狂人日记》	1975年	东西文化社刊	包括《呐喊》15篇全部；《彷徨》9篇全部；《故事新编》；散文诗集《野草》24篇全部；《朝花夕拾》中《藤野先生》《范爱农》
何正玉	《阿Q正传》	1976年	新亚社	中国文学作品系列2
张基槿	《阿Q正传》	1977年	汎潮社	
金正华（김정화）	《鲁迅文集》1-4	1985年~1986年	日月书阁（일월서각）	

鲁迅与20世纪中国研究丛书

金时俊（김시준）	《鲁迅小说全集》	1986年	Hankyoreh（한겨레）	
	《鲁迅小说全集》	1996年	首尔大学出版社	
	《鲁迅小说全集》	2008年	乙酉文化社	
尹华中（윤화중）	《阿Q正传》	1987年	学园社	
丁范镇（정범진）	《中国小说史略》	1987年	学缘社（학연사）	
金旭（김욱）	《阿Q正传》	1988年	丰林出版社	丰林名著32
许世旭（허세욱）	《阿Q正传》	1988年	中央出版社	世界文学选集23
	《阿Q正传》	1992年	中央媒体	1995年4月1日再版 1998年2月再次出版《阿Q正传》
	《阿Q正传》	2001年	汎友社	2004年再版
	《狂人日记》《阿Q正传》	2001年	文艺出版社	
朴正一	《鲁迅选集》全4卷	1991年	北京民族出版社刊	朝鲜语译的影印本，是中国朝鲜族学者的韩译本最初在韩国发行。包括鲁迅小说全部与杂文多数
	《鲁迅选集》4	1991年	丽江出版社（여강출판사）	2004年再版
李哲俊（이철준）	《鲁迅选集》1	1991年	丽江出版社	鲁迅文学会，共23卷，2003年再版
姜斗植	《阿Q正传》	1990年	中央文化社	
成元庆（성원경）	《阿Q正传》	1990年	世明文化社	
金奭准（김석준）	《狂人日记》《阿Q正传》	1994年	河西出版社	
安永新（안영신）	《阿Q正传》	1994年	青木社（청목사）	
尹华中（윤화중）	《阿Q正传》	1994年	学园社	1987年版的再版

权顺晚（권순만）	《狂人日记》《阿Q正传》	1995年	日新书籍出版社（일신서적）	2002年再版，世界名著100选
金俊裴（김준배）	《阿Q正传》	1995年	학문사	
禹仁浩（우인호）	《阿Q正传》	1996年	신원문화사	2005年再版
	《故事新编》	1996年	신원문화사	2006年再版
兆冠希（조관희）	《中国小说史略》	1998年	Sallimbooks（살림）	
全亨俊（전형준）	《阿Q正传》《狂人日记》	2009年	신원문화사	
	《阿Q正传》	1996年	创作与批评社	2006年再版
严英旭（엄영욱）	《阿Q正传》	1999年	상록수	
赵成河（조성하）	《阿Q正传》	2000年	소담출판사	
郑卢英（정노영）	《阿Q正传》	1997年	홍신문화사	2001、2003年再版
朴正焕（박정환）	《阿Q正传》	2002年	대일출판사	
洪昔杓				
홍석표	《阿Q正传》	2003年	선학사	
全亨俊（정형준）	《阿Q正传》	2006年	创作与批评社	
张寿哲（장수철）	《阿Q正传》	2006年	西海文集	
金锡俊（김석준）	《阿Q正传》《狂人日记》	2006年	河西出版社	
禹贤玉（우현옥）	《阿Q正传》	2006年	Iseum（아이세움）	
许世旭（허세욱）	《阿Q正传》	2006年	三星出版社	
韩尚德（한상덕）	《阿Q正传》	2007年	韩国学术信息	
金旭东（김욱동）	《阿Q正传》	2007年	玄岩社	
金时俊（김시준）	《鲁迅小说全集》	2008年	乙酉文化社	
	《阿Q正传》	2008年	东西文化社	
李家源（이가원）	《阿Q正传》《狂人日记》《故乡》	2008年	Book and book（북앤북）	国语老师选的鲁迅短篇选

朴云锡（박운석）	《阿Q正传》	2008年	开阔视角出版社（열린시선）	鲁迅小说集
崔恩静（최은정）	《阿Q正传》	2009年	启明大学出版社	
尹寿天（윤수천）	《阿Q正传》	2010年	知耕社	
鲁迅全集翻译委员会	《鲁迅全集》1	2010年	Greenbee（그린비）	《坟墓》《热风》
	《鲁迅全集》2	2010年	Greenbee	包括了《呐喊》《彷徨》
	《鲁迅全集》3	2011年	Greenbee	《野草》《朝花夕拾》《故事新编》
	《鲁迅全集》4	2014年	Greenbee	《花开集》《花开集续篇》李俊昊（이주노）
	《鲁迅全集》5	2014年	Greenbee	《而已书》《三闲集》洪昔杓（홍석표）外两名翻译
	《鲁迅全集》6	2014年	Greenbee	《二心集》《南腔北调集》李俊昊（이주노）
	《鲁迅全集》7	2010年	Greenbee	《伪自由书》《准风月谈》《花边文学》
	《鲁迅全集》8	2015年	Greenbee	《且介亭杂文》，《且介亭杂文2》《且介亭杂文末编》
	《鲁迅全集》11	2015年	Greenbee	《中国小说史略》
金泰成（김태성）	《阿Q正传》	2011年	Open books（열린책들）	
孔尚哲（공상철）	《呐喊》	2011年	Greenbee	
刘世钟（유세종）	《故事新编》	2011年	Greenbee	
徐光德（서광덕）	《彷徨》	2011年	Greenbee	

具文奎（구문규）	《故事新编》	2011年	创造知识出版社（지식을만드는지식）	2014年再版
	《野草》	2010年	创造知识出版社	2014年再版
申余俊（신여준）	《阿Q正传》	2011年	Geulnurim（글누림）	鲁迅小说选集
郑锡元（정석원）	《彷徨》	2012年	文艺出版社	
许世旭（허세욱）	《阿Q正传》《狂人日记》	2014年	文艺出版社	
中文翻译工作室	《狂人日记》	2014年	汎友社	
	《唐宋传奇集》	2015年	Live works	

1920年初，处在殖民地的韩国人对鲁迅作品的翻译资料，现在很难找到。只有当时已经流亡到中国东北地区定居的韩国中学生柳树人读鲁迅的《狂人日记》称"感动得几乎发狂"，他认为鲁迅"不仅写了中国的狂人，也写了朝鲜的狂人"，以后鲁迅也成了他"崇拜的第一位中国人"[1]。

1920年，韩国人梁白华把日本人青木正儿写的《以胡适为中心旋涡的文学革命》翻译成韩文[2]，在韩国《开辟》杂志1920年11月号分4次连载。这篇文章里有介绍小说家鲁迅与《狂人日记》。

直接与鲁迅来往或者交换书信的韩国人也屈指可数，资料记载的有6个人[3]，分别是韩国人李又观、吴相淳、柳树人、金九经、申彦俊、李陆史。如果加上听过鲁迅演讲的韩国人丁来东，就是7位。1925年春，韩国人柳树人经鲁迅同意将《狂人日记》翻译成韩文，1927年8月在汉城的《东光》杂志发表。柳树人翻译的韩译文《狂人日记》"是鲁迅的作品中，第一次由外国人翻

---

① 李政文：《鲁迅在朝鲜》，《世界文学》1981年第4期，第34页。
② 朴宰雨：《韩国鲁迅研究的历史与现状》，《鲁迅研究月刊》2005年第4期，第46页。
③ 朴宰雨：《韩国鲁迅研究的历史与现状》，《鲁迅研究月刊》2005年第4期，第47页。

译成外语并在国外发表的，所以特别值得一提”①。

韩国人李陆史1904年出生在庆尚北道安东，1926年前往北京考入军校，后又考入北京大学社会系，结识了鲁迅，并开展了独立运动。1933年回国后从事文学创作，1936年还翻译了鲁迅的《故乡》，译载于《朝光》，之后又被转载于诗集《青葡萄》。

1929年，韩国人梁白华翻译的《头发的故事》，登载于《中国现代短篇小说集》的开辟社刊上，朴宰雨先生称“这本短篇小说译本是韩国最初的中国现代文学作品翻译集”②。1930年，梁白华翻译的《阿Q正传》，连载在《朝鲜日报》1月4日到2月16日号上。1930年，韩国人丁来东翻译《伤逝》并命名为《爱人的死》，连载于《中外日报》3月27日至4月10日号上。

1930年12月4日的《东亚日报》登载了一篇名为《文学革命后的中国文艺观（十四）》的文章，论述了1927年钱杏邨的《死去了的阿Q时代》在《太阳》上发表后，引起文坛热议开启了关于“阿Q”的论战，文章还介绍了《阿Q正传》中阿Q形象的塑造以及中国创作界文人发表的模仿《阿Q正传》的作品，如许钦文作品《故乡毛线袜》《赵先生的烦恼》《鼻涕阿二》，高长虹作品《实生活》《从荒岛到莽原》《春天的人们》等，刘大杰、王统照、沈从文、丁玲等人也曾发表过相关作品。

1933年，金光洲翻译了《在酒楼上》，译载《第一线》（开辟社刊）3卷1号。1938年4月13日的《东亚日报》连载了朴胜极的文章《山村的一夜》（下），小说中描述的一个人物就像鲁迅小说《阿Q正传》中的阿Q一样极其可怜。

这一时期，朝鲜评论界对鲁迅作品的评价也很高，梁白华在1920年12月4

---

① 转引自朴宰雨：《韩国鲁迅研究的历史与现状》，《鲁迅研究月刊》2005年第4期，尾注3。根据日本学者小野忍的《西方各国看鲁迅》，可知西方最初翻译的鲁迅小说是1926年8月由敬隐渔用法语翻译，在《欧洲》上发表的《阿Q正传》。同年上海商务印书馆还出版了梁社乾用英文翻译的《阿Q正传》。这两本翻译文都是由中国人完成的。1925年苏联的王希礼也把鲁迅的作品做翻译，但在1929年才出版发行，参见金时俊：《光复以前鲁迅文学在韩国》，《中国现代文学》第11号，第170页。

② 朴宰雨：《韩国鲁迅研究的历史与现状》，《鲁迅研究月刊》2005年第4期，第36页。

日发表的《胡适与中国文学革命》一文中写道："《狂人日记》是第一篇被认为是中国近10年来很好的小说，鲁迅……，他已经向现代中国小说家尚未达到的境地迈进了一步。"①

这一时期，几部作品的翻译都是由与鲁迅有交情的韩国文学研究者完成的，他们本人也是作家、诗人，中文方面也有很深的造诣，在充分了解鲁迅和理解鲁迅写作思想的基础上进行翻译。这个时期的译介在数量上虽然比较少，不过也成为鲁迅及其作品在韩国传播的良好开端，为之后更好地在韩国传播做了铺垫。值得关注的是在1934年，朝鲜《新东亚》杂志第4期上原文登载了鲁迅先生给朝鲜半岛进步记者申彦俊的一封信和申彦俊与鲁迅先生的谈话记录。我们从这些报刊对鲁迅的报道，也可以了解当时韩国文艺界对鲁迅的关注程度。

1931年日本在东北发动"九一八"事变，侵华战争开始。到了1937年，日本攻占了南京，自此开始有关中国的书籍全部成为禁书，对鲁迅的翻译与研究活动被全面禁止。朴宰雨先生称这一阶段为"黑暗期"②。这一时期，日本公布的禁书目录中包含的鲁迅作品有《鲁迅全集》、《鲁迅文集》、《鲁迅遗著》、《现代小说集》（第一集中收录鲁迅的短篇小说）、《鲁迅最后遗书》（包括鲁迅的书信）、《鲁迅散文集》。③从鲁迅作品在禁书之列这一点我们也可以得知，鲁迅的文学作品在当时比较受朝鲜半岛读者推崇。

在光复之前的鲁迅译介的传播中，还出现了一些不知名的韩国评论者，他们对鲁迅的创作思想不够了解，有着狭隘的世界观与我胜于人的想法，他们认为："阿Q的诞生是中国的耻辱。'阿Q'与'孔乙己'虽然对小说创作者来说是一种光荣，但对孕育它的土壤的中国来说却是一种污蔑与耻辱。"④这种

①　丁来东：《现代中国文化的新方向》，《新民》第42号，转引自姜贞爱：《韩国的鲁迅研究状况》，《社会科学战线》1995年第3期，脚注7。

②　朴宰雨：《韩国鲁迅研究的历史与现状》，《鲁迅研究月刊》2005年第4期，第36页。

③　《日帝禁书33卷》，《新东亚》1977年1月号。

④　金河林：《中国人文科学》（12辑），中国人文科学研究会1993年版，第521—556页。转引自朴宰雨：《韩国七八十年代的变革运动与鲁迅》脚注3，《现代东亚语境中的鲁迅研究——中韩鲁迅学术研讨会论文集》，2005年7月。

认识是由朝鲜半岛的现实和文化传统与中国之间的差异，以及对鲁迅创作动机的误解造成的。当然，鲁迅作品也成为当时诸多文学创作者的风向标，大多数具有先进思想和心怀人道主义精神的文学创作者，无论是中国的年轻作家还是朝鲜半岛的作家、记者都是从内心崇拜鲁迅。金河林发表的《鲁迅文学在韩国的接受样相》一文，就鲁迅对韩国文学创作的影响，举例并分析了几位受鲁迅作品影响较大的韩国作家，如：左翼作家韩雪野、李光洙，民族诗人李陆史、现代诗人金光均、小说家李炳注，大河小说《土地》①的作者朴景利和大学教授兼小说家刘阳善等②。韩雪野表示"在鲁迅的小说里发现了哲学的深度……我出狱后写的短篇小说《摸索》、《波涛》中的知识分子形象的创作受到鲁迅小说《狂人日记》、《孔乙己》不少启发"③。由此可见当时鲁迅受青年人欢迎的程度，说鲁迅是中国现代文学的核心人物，在东亚乃至世界范围内备受爱戴也不为过。

令人惊奇的是在那样一个被剥削的殖民时期，《阿Q正传》虽然被划为禁书，却有剧团在1938年2月16日至18日期间公开演出了剧目《阿Q正传》，剧团是由朝鲜兴艺社创立的"花郎苑"，"花郎苑"企划的《阿Q正传》全剧共有五幕，中国的剧作家田汉创作，由韩国人金建（김건）译为韩语。

1945年8月韩国光复后，在美苏两国的操控下又开始了南北分裂。分裂之后，语言方面也各自设立了不同标准，韩国以首尔方言为标准语，朝鲜以平壤方言为标准语。这就使得鲁迅作品的翻译版本在之后的韩国译介传播中被分割成两种形式，如果再加上中国朝鲜族译者翻译的译文，就是三种标准的鲁迅译介。本文中，我们主要以光复之后韩国的译介传播和研究为主。

1937年后被禁的有关鲁迅的介绍研究开始变得活跃。1946年，金光洲、李容默合译了《鲁迅短篇小说集》（首尔出版社刊），此译本的第三卷包含了《呐喊》《彷徨》里鲁迅主要短篇小说的韩文最初译文。另外，第一卷包括了

---

① 韩国著名的长篇大河小说，后被拍成电影和连续剧，被韩国人所熟知。

② 金河林：《鲁迅文学在韩国的接受样相》，《中国人文科学》（12辑），中国人文科学研究会1998年版。

③ 韩雪野：《鲁迅与朝鲜文学》，《朝鲜文学》1956年第10期。

《幸福的家庭》《故乡》《孔乙己》《风波》《高老夫子》《端午节》《孤独者》，第二卷包括《狂人日记》《肥皂》《阿Q正传》。这本韩语翻译本"在翻译史上有开路之功"①。

1946年7月，均向浩翻译的《现代史》和《革命时代的文学》刊登在《新天地》。丁来东、李明善等也写了介绍鲁迅的文章或者评论。韩国现代诗人金光均（1914—1993）在光复之后的1947年发表了诗《鲁迅》，刊登在《新世界》第3期上，也让我们看到鲁迅在当时韩国文艺界的影响。

这一时期，因为朝鲜半岛的关系比较紧张，加之中国与韩国社会制度的不同，较长一段时间里两国之间并没有实质性的往来。因此，光复之后到朝鲜战争时期，可以说是韩国鲁迅译介传播的沉寂阶段。1950年6月朝鲜战争爆发，直至1954年战争结束为止，鲁迅在韩国的译介一篇也没有出现。这一时期，鲁迅在韩国的译介一直没有充分发展的条件。而后在严酷的反共风气下，又经过了相当漫长的沉寂和等待。

朝鲜战争结束后的几年，或多或少出现了一些介绍性、评论性的文章。1957年就出现了鲁迅小说的全译本。1961年至1979年是韩国军事独裁时期，这一时期韩国以反共为国策，抵制任何左翼倾向的作品和宣传。

1964年，丁范镇和丁来东共译了《中国小说史略》（锦文社刊），至此全译本终于出世。"这本书可谓是纯粹的学术书籍，和政府的反共文化政策没有实际上的矛盾"②，最终得以出书。

在1998年，兆冠希（조관희）重译了《中国小说史略》，由Sallimbooks（살림）出版社出版。1975年，李家源翻译的《阿Q正传·狂人日记》（东西文化社刊）出版，"在鲁迅作品翻译史上可谓是对全部小说的第一个全译本，也是最初的鲁迅杂文和散文诗的翻译"③，包括《呐喊》中的15篇作品和《彷徨》中的9篇作品，以及《故事新编》，内容还包括散文诗集《野草》中的24篇与《朝花夕拾》中《藤野先生》《范爱农》两篇作品。

① 朴宰雨：《韩国鲁迅研究的历史与现状》，《鲁迅研究月刊》2005年第4期，第36页。

② 朴宰雨：《韩国鲁迅研究的历史与现状》，《鲁迅研究月刊》2005年第4期，第36页。

③ 朴宰雨：《韩国鲁迅研究的历史与现状》，《鲁迅研究月刊》2005年第4期，第37页。

军事独裁之后，韩国经济腾飞，举办奥运会，网络世界发展最快，成为文化媒体产业大国等。80年代开始韩国进入鲁迅作品译介的急速发展时期，整个80年代的10年里，出版的鲁迅译本涵盖了鲁迅大部分作品。这一时期由何正玉、张基槿、成元庆、许璧、许世旭、朴炳泰、姜启哲、金时俊、朴云锡、韩武熙等人翻译出版的鲁迅著作达15种之多，其中大部分集中在小说方面。1985年金正华翻译的《鲁迅文集》（1—4）在日月书阁出版社出版，1986年，金时俊翻译的《鲁迅小说全集》、丁范镇（정범진）翻译的《中国小说史略》得以出版。这一时期，光是《阿Q正传》的翻译，就有金振旭（김진욱）、尹华中（윤화중）、金旭（김욱）、许世旭（허세욱）等译者翻译的不同版本。

姜斗植（강두식）在1990年翻译了《阿Q正传》，由中央文化社出版；许世旭（허세욱）在1992年翻译出版了《阿Q正传》（1995年再版），由中央媒体出版社出版。除了姜斗植、许世旭之外，还有金镇旭（김진욱）、李敏洙（이민수）、金锡俊（김석준）、金俊裴（김준배）、城元景（성원경）、安永新（안영신）、禹仁浩（우인호）、尹华中（윤화중）、全亨俊（전형준）、郑求昌（정구창）、郑卢英（정노영）、严英旭（엄영욱）翻译了《阿Q正传》，这些译书，在内容和翻译技巧上稍有不同，特别是题目的翻译上有音译的《아큐정전》《아Q정전》，也有把"正传"翻译为"故事（이야기）"的《아큐이야기》，其中翻译为《아Q정전》的最多。翻译质量上来看，许世旭版译本再版了多次，可以说译文质量上乘。这一时期有更多的翻译者参与了鲁迅作品的翻译，可以说鲁迅译介的传播进入了一个新的篇章。1996年，禹仁浩翻译了《故事新编》，由新元文化社出版。同年，金时俊翻译了《鲁迅小说全集》，首尔大学出版社出版。

1991年，朴正一等翻译的《鲁迅选集》全4卷出书，这套书是北京民族出版社刊朝鲜语译的影印本，是最早在韩国发行的由中国朝鲜族学者李哲俊和朴正一等在中国翻译出版的韩译本，内容包括了鲁迅的全部小说和部分杂文，其中《阿Q正传》的"翻译应该是中国国内较为认同的版本"[①]。不仅如此，

① 马金科：《〈阿Q正传〉的朝韩语翻译》，《东疆学刊》2010年第4期，第22页。

2003年和2004年还重排再版。

1994年，金锡俊翻译了《阿Q正传·狂人日记》，在河西出版社出版。这一时期出现了《阿Q正传》与《狂人日记》的翻译合集，李敏洙、权顺晚等也翻译了《阿Q正传·狂人日记》，分别于1997年和1995年出版。这一时期《狂人日记》的译本也有三个版本，各自由金南珠（김남주）、Haenuri编辑部和一个不知名译者翻译，蓝色世代出版社出版。

2001年开始，早前出版的优秀的译本大部分又再版，比如李哲俊和鲁迅文学会的韩译本《鲁迅选集》和金时俊的韩译本《鲁迅小说全集》。

2003年，瞿秋白编《鲁迅杂感选集》的韩译本（以《费厄泼赖应该缓行》为韩译本名，鲁迅读书会译，KC Academy，2003）也终于出书。2003年，洪昔杓翻译的《坟》《花开集》《阿Q正传》，由禅学社出版。

2001年至2009年的鲁迅译介数量与质量，已得到相当水平的提高，已经"具备了韩国鲁迅学可观的面貌"[1]。关于鲁迅的新闻报道与介绍也比较多，通过检索韩国最大的搜索网NAVER，从1992年开始至2016年1月，鲁迅的新闻报道约为4000—6000篇，其中包括介绍鲁迅作品、鲁迅的生活经历与思想以及鲁迅的名言等等多个方面，报纸和杂志的种类也各式各样，如：《联合新闻》《东亚日报》《韩国日报》《金融新闻》《韩国新闻》《韩国经济》《倾向新闻》《NAVER新闻》《文化日报》《焦点新闻》《每日经济》《全南日报》《周间贸易》等等。

2010年至2015年，鲁迅全集翻译委员会翻译完成韩译本《鲁迅全集》，内容包含鲁迅的《呐喊》《彷徨》《故事新编》《朝花夕拾》《中国小说史略》《坟》《野草》等所有作品，全集共分11册，由Greenbee出版发行。这一时期也有多部译文再版，如洪昔杓的韩译本《坟》，许世旭的《狂人日记》。2010年至今《阿Q正传》有多种韩译本，翻译者有郑锡元、李旭源、金泰成、金泽奎、高占复、李基善、申余俊、尹寿天等。《狂人日记》的翻译者有许世旭、郑锡元等。

---

① 朴宰雨：《韩国鲁迅研究的历史与现状》，《鲁迅研究月刊》2005年第4期，第46页。

鲁迅杂文和诗的较早译文出现于1975年，李家源翻译的《阿Q正传·狂人日记》中包括了散文诗集《野草》的24篇，还加入了杂文《朝花夕拾》中的《藤野先生》《范爱农》2篇作品。

韩国汉学翻译界翻译的鲁迅杂文、书信、诗的译作如下表所示：

表8

	译者	译作	出版/发表时间	出版社/发表刊物	注
杂文	李旭渊（이욱연）	《朝花夕拾》	1991年	图书出版创刊	包括：鲁迅杂文62篇
	刘世钟、金炯俊	鲁迅杂文选集《投枪与匕首》	1997年	图书出版sol刊	
	俞炳泰	《花边文学》	1999年	知英社刊	
	洪昔杓（홍석표）李家源（이가원）	《坟》	2003年	禅学社	鲁迅选集1 2012年再版
		《花开集》《花开集续》	2005年	禅学社	
		《朝花夕拾》	2008年	东西文化社	
	刘世钟（유세종）	《花边文学》	2011年	Greenbee	
	金河林（김하림）	《朝花夕拾》	2011年	Greenbee	
	李宝敬（이보경）	《热风》《伪自由书》《准风月谈》	2011年	Greenbee	

书信	朴炳泰	《鲁迅老师》	1983年	图书出版青史刊	包括鲁迅与许广平从1925年3月到7月之间来往的书简25封
	刘世钟	《青年啊,踏上我肩膀吧!》	1991年	图书出版创刊	鲁迅书简100篇
	任智英(임지영)	《鲁迅的书信》	2004年	成就出版社	
诗歌	刘世钟	《野草》	1996年	图书出版sol刊	
	洪昔杓	《恶魔派诗的力量》	2008年	创造知识出版社	2010年、2012年、2014年再版
	金元中(김원중)	《野草》	2010年	乙酉文化社	
	具文奎(구문규)	《野草》	2010年	创造知识出版社	2014年再版
	金永文(김영문)	《鲁迅,写诗》	2010年	亦乐出版社	
	韩炳坤(한병곤)	《野草》	2011年	Greenbee	

1991年,李旭渊(이욱연)编译的《朝花夕拾》由图书出版创刊出版发行。编译者并非照翻《朝花夕拾》原文,而是从鲁迅杂文中选出对韩国现实有进步意义的62篇。此译本"引起韩国广大读者的积极的反应,对鲁迅杂文的大众化有相当大的贡献"①。

1997年,刘世钟、金炯俊翻译了鲁迅杂文选集《投枪与匕首》,由图书出版sol刊出版发行,继而《花边文学》(1999年俞炳泰译,知英社刊)、《坟》(2003年,洪昔杓译,禅学社)等鲁迅杂文专集韩译本陆续问世。2011

① 朴宰雨:《韩国鲁迅研究的历史与现状》,《鲁迅研究月刊》2005年第4期,第37页。

年，刘世宗翻译的《花边文学》由Greenbee出版。同年Greenbee出版的还有金河林翻译的《朝花夕拾》、徐光德翻译的《彷徨》、洪昔杓翻译的《坟》，以及李宝敬（이보경）翻译的《风月故事》和《伪自由书》。

1983年，出现了由朴炳泰翻译（图书出版青史刊）的最初鲁迅书简选译本《鲁迅老师》，这本译书收录鲁迅与许广平1925年3月至7月期间来往的书简25封。1991年，刘世钟编译的《青年啊，踏上我肩膀上吧！》（图书出版窗刊）出书，"这本书收录鲁迅书简100篇，对鲁迅书简的大众化有一定的贡献"[1]。之后任智英翻译的《鲁迅的书信》，在2004年由成就（이룸）出版社出版。

这一时期，还出现了鲁迅的短篇译文，这些译本有的单独出版，也有与其他作家的作品编成合集出版，其书名也各异，如：《小鹞雀的幸福（작은 뱁새의행복）》（1990）、《路在结束的地方开始（끝난곳에서길은시작되고）》（1991）、《孤独的人（고독한사람）》（1995）、《吹口哨的庄子（호르라기를부는장자）》（1996）、《爱上我的小小的绝望（나를사랑한작은절망）》（1998）、《雨天的书（비오는날의책）》（1995）、《离婚（이혼）》（1993）、《花边文学（꽃띠문학）》（1999）等等。

鲁迅的散文诗集于1996年由译者刘世钟完整翻译，图书出版sol刊出版发行。2010年至2011年，相继出版了由金元中（김원중）、具文奎（구문규）、韩炳坤（한병곤）翻译的不同版本《野草》。洪昔杓在2008年翻译了《恶魔派诗的力量》，由创造知识的知识出版社出版，并在2010年和2014年再版。

1982年，鲁迅在韩国的译介又出现了日文转译本，是由韩武熙翻译，日月书阁出版的第一本鲁迅传记译本。之后陆续有日本作者的鲁迅研究译为韩译本。

1985年至1987年，韩武熙和金贞和合译了竹内好译注的日文版《鲁迅文集》6卷本，竹内好是日本著名鲁迅研究大师兼思想家，这些译书根据日本学者在注释方面的主要研究成果而翻译，给韩国读者与研究者带来一定的影响。

---

① 朴宰雨：《韩国鲁迅研究的历史与现状》，《鲁迅研究月刊》2005年第4期，第37页。

最初这部译书不仅对《朝花夕拾》加以完译，而且对鲁迅杂文的主要作品加以翻译，在鲁迅作品翻译史上具有相当重要的意义。其内容包含了《呐喊》《彷徨》《故事新编》《野草》《朝花夕拾》等全部作品，以及鲁迅的主要杂文150多篇。

这一时期除了日文研究的译本之外，还有中国鲁迅研究的韩译本和韩国汉学家写的鲁迅研究的书籍如下：

表9

作者/译者	著作	出版/发表时间	出版社/发表刊物	注
韩武熙(한무희)译	丸山升《鲁迅评传》（原名：鲁迅——其文学与思想）	1982年	日月书阁	
徐光德(서광덕)译	竹内好《鲁迅文集》	1985年至1987年		译书一、二卷包括《呐喊》《彷徨》《朝花夕拾》《野草》《故事新编》全部，三、四、五、六卷包括主要杂文150篇左右
	竹内好《鲁迅》	2003年	文学与知性社(문학과지성사)	
申英福(신영복)，刘世钟(유세종)	南云智《幸福在女人的胸怀里——鲁迅》	1990年		

	《鲁迅传》	1992年，2007年再版	Daseossure(다섯수레)	王士菁著
李允熹(이윤희)	《人，鲁迅》	1997年	东与西出版社	王晓明著《鲁迅传》
柳中夏(유중하)，全仁超(전인초)	《生为民族魂》	1999年	学古斋	
徐光德(서광덕)外一名 译	《我的父亲鲁迅》	2008年	江出版社	周海婴著
郑善泰(정선태)译	《东洋近代的创造》	2000年	Somyung books(소명출판)	桧山久著
朴敏(박민)	《鲁迅—权力与领导力》	2002年	人物与思想社	
朴洪奎(박홍규)	《自由人鲁迅》	2002年	有井的房子(우물이있는집)	
	《勇敢地去吧，儿子！》	2016年	原野(들녘)	
严英旭(엄영욱)，卢宗尚(노종상)	《精神界的战士：鲁迅》	2003年	国学资料院	
	《东亚民主主义与近代小说》	2003年	国学资料院	
具文奎(구문규)译	《鲁迅杂文的艺术世界》	2003年	学古斋	袁良军著
全亨俊(전형준)	《东亚视角下的中国文学》	2004年	首尔大学出版社	

张成哲(장성철)译	《鲁迅，骂人》	2004年	Sini books(시니북스)	庞晓东编著
洪昔杓(홍석표)	《于天上看见深渊》	2005年	禅学社	
金永文(김영문)译	《鲁迅与周作人》	2005年	Somyung books	孙郁著
林春成(임춘성)译	《中国近代思想史论》	2005年	Hangilsa(한길사)	李泽厚著
支世华(지세화)	《上海人，北京人》	2006年	日光(일빛)	周作人著
洪允其(홍윤기)	《鲁迅评传》	2006年	Book folio(북폴리오)	朱正著
吴允淑(오윤숙)	《传统与中国人》	2007年	Planet(플래닛)	刘再复、林岗著
金震共(김진공)	《人间鲁迅》（上下）	2007年	社会评论	林贤治著
金慧俊(김혜준)	《中国现代散文史》	2007年	韩国学术信息	林非著
权赫律(권혁률)	《春园与鲁迅的比较文学研究》	2007年	亦乐出版社	
崔柱瀚(최주한)	《解读无情》	2008年	Somyung books	波田野节子著

刘世钟（유세종）	《鲁迅式革命与近代中国》	2008年	韩信大学出版社	
尹惠英（윤혜영）	《许广平——鲁迅的爱，中国的爱》	2008年	西海文集	
张基槿（장기근）	《鲁迅的小说》	2009年	明文堂	
高美淑（고미숙）	《鲁迅老舍作品的语言艺术》	2009年	China house（차이나하우스）	史锡尧著
洪宗旭（홍종욱）	《战争的新民，殖民地的国民文化》	2010年	Somyung books	渡边直树著
李牧（이목）	《中国文学的全景：从罗贯中到鲁迅》	2012年	Wjthinkbig（웅진지식하우스）	井波律子著
洪昔杓	《中国近代学术的形成与学术文化探索》	2012年	Bookkorea（북코리아）	
金阳洙（김양수）	《汉语圈文学史》	2013年	Somyung books	富士正造著
白启文（백계문）	《鲁迅，东亚活着的文学》	2014年	Hanul（한울아카데미）	
宋仁载（송인재）	《反抗绝望》	2014年	Bookpot（글항아리）	王晖著
金永文（김영문）	《阿Q生命中的六个瞬间》	2015年	Nermerbooks（너머북스）	
高占复（고점복）	读鲁迅的《阿Q正传》	2014年	Seacangmedia（세창미디어）	
申贤胜（신현승）	《中国哲学余香》	2015年	Bookpot（글항아리）	

1992年，王士菁《鲁迅传》的译本出版发行，并于2007年再版。还有一本日本人南云智《幸福在女人的胸怀里——鲁迅》的译本也出版。两本书皆由沈英福（신영복）和刘世宗（유세종）翻译。

1997年李允熹翻译了王晓明撰写的《鲁迅传》，书名译为《인간루쉰（人，鲁迅）》，由东与西出版社出版发行。2007年由中国鲁迅研究的权威林贤治撰写的《人间鲁迅》（上、下）韩译本在社会评论出版社出版发行。林贤治耗时10多年的时间写出了这本鲁迅评传，完整介绍鲁迅的一生，分析研究了鲁迅全集，不仅描写了鲁迅生活的一面也映射了当时的时代背景，从而展现了中国的现代史，韩译本由金震共（김진공）翻译。

2006年洪允基翻译中国朱正所著《鲁迅传》译本出版，鲁迅之子周海婴写的《我的父亲鲁迅》，在2008年由徐光德等人译为韩文。还有2008年韩国作者尹慧英所著的《许广平——鲁迅的爱，中国的爱》。这些转译本和著作的出版，对韩国民众深度了解鲁迅本人理解鲁迅作品，具有非常深远的意义。

2014年日本学者藤井省三作品《鲁迅——东亚活着的文化（루쉰– 동아시아에살아있는문학）》的韩文翻译本出版。藤井省三是东京大学文学院教授，专攻中国近现代文学，发表了关于鲁迅的《鲁迅，故乡的读书史》以及《鲁迅事典》，还翻译了鲁迅的《故乡》《阿Q正传》。书中以鲁迅生活的东亚城市为主轴，描述他的生涯，介绍其作品，并近距离观察当时的中国以及东亚各国的文化、社会。循着鲁迅生活的时间和空间轨迹，解读其人生和文学以及整个中国近代史，探究鲁迅文学诞生的背景，分析鲁迅作品的内涵，找寻留给我们的印迹。鲁迅以故乡绍兴为起点，辗转南京、东京、仙台、北京、厦门、广州、香港等多个城市，并在上海度过了10年晚年生活。

此外王晖的《阿Q生命中的六个瞬间》，对《阿Q正传》做出了全新的解读，金英文在2015年译为韩译本，由Neme Books出版发行。王晖的《反抗绝望》在出版30年之后，于2014年被翻译为韩译本由Book pot出版社出版。书中集中研究了鲁迅的思想和作品，通过分析鲁迅的思想，试图了解其艺术世界，注重探究鲁迅的主观精神及矛盾性，并以此作为理解鲁迅精神世界的钥匙。

这一时期还翻译出版了三十几本关于鲁迅的研究论文集和研究型著作，其中近20本是韩国鲁迅研究专家的著书，有10本左右是由中国鲁迅研究者所作，还有5本是日本的鲁迅研究著作，这些著作的内容主要是研究鲁迅的文学思想抑或作品特性及文学意义，在这里对鲁迅研究现状的著书不做详述。

80年代还出现了《漫画——阿Q正传》，由朴允锡（박윤석）翻译，这一本译作以图文为主，面向少年读者。是韩国最早出版的《阿Q正传》儿童版读物，1987年由知识产业社出版。之后出现了一系列面向儿童及中学生的鲁迅作品韩译本。

表10

译者/作者	译作	出版/发表时间	出版社/发表刊物	注
朴云锡(박운석)	《漫画——阿Q正传》	1987年	知识产业社(지식산업사)	
李京惠(이경혜)	《阿Q正传》	1994年	文字乐园(글동산)	
申永复(신영복)	《鲁迅传》	1992年、2003年再版	Daseossure(다섯수레)	王士菁著岸本齐史(画)
李东哲(이동철)	《改变中国的伟人们》	2008年	信任in(민음in)	井波律子著
李旭渊(이욱연)	《阿Q正传》	2011年	Munhak(문학동네)	赵延年画
	《狂人日记》	2014年	Munhak	
权永灿(권용찬)著，崔复其(최복기)画	《鲁迅，用文学警醒中国》	2012年	石枕(돌베개)	
玄尚吉(현상길)	《中学、高中必读的世界短篇小说·故乡》	2012年	草叶(풀잎)	
金泽奎(김택규)	《阿Q正传》	2013年	绿丛林junior(푸른숲주니어)	
许茹英(허유영)	《鲁迅名言》	2013年	Yedam(예담)	

金胜敏(김승민)著，李宗元(이종원)画	《Who鲁迅》	2013年	茶山儿童(다산어린이)	
SuyunermerR(수유너머R)著，金辰华(김진화)画	《鲁迅·朝花夕拾·为自己学习》	2013年	Nermer学校(너머학교)	
全国国语教师会	《文学课读小说》	2013年	Humanist books(휴머니스트)	
尹炳言(윤병언)著，金永斌(김영빈)画	《阿Q正传》	2014年	Chaeuri(채우리)	首尔大学选定文学古典33
李宝敬译	《鲁迅画传》	2014年	Greenbee	王锡荣著，罗希贤画
全亨俊译，李坦(이담)画	《一件小事》	2014年	Dourei(두레아이들)	
李其善(이기선)	《阿Q正传》	2015年	新元文化社(신원문화사)	Variety rtworks画
权勇善(권용선)	《阿Q正传：怎样成为人生的主人》	2015年	Nermer学校(너머학교)	
徐景植(서경식)	《为了忘却的纪念》	2015年	Wood pencil books(나무연필)	

　　王士菁所著的《鲁迅传》，由申永复翻译并由漫画家岸本齐史画插图，在1992年出版。2001年，禹仁浩翻译的《中学生看的阿Q正传》，由新元文化社出版。之后少年读物《鲁迅》（2003年，HongDangMu译，崔SunKyung画，青色自行车）等出刊。

　　2015年，李旭源翻译了中国赵延年的画册《阿Q正传》，由Munhak出版社出版发行。2014年，由中国王锡荣著、罗希贤画的《鲁迅画传》由译者李宝敬译为韩文在Greenbee出版。2013年，由金胜敏（김승민）著、李宗元（이종

鲁迅与20世纪中国研究丛书

원）画的《Who鲁迅》和Suyu nermerR（수유너머R）著、金辰华（김진화）画的《鲁迅·朝花夕拾·为自己学习》出版发行，全部是韩国制作发行的鲁迅译作绘画本。

2007年，允守天译、李敏政画的《阿Q正传》，由知耕社出版。2008年，李佳元翻译的《国语老师挑选的鲁迅单篇小说选：阿Q正传、狂人日记、故乡》，也在book&book出版。2003年，李雪洙画、李旭彦译的《希望是路——鲁迅格言》，由艺文出版。除了上面的韩译本之外，还有很多面向学生的鲁迅作品韩译本如《一支笔觉醒10亿中国百姓的小说家鲁迅（펜하나로 10억중국백성을일깨운소설가루쉰）》《世界短篇小说精选（세계단편소설베스트）》《中学生一定要读的小说（중학생이꼭읽어야할소설）》《中学生必读文学系列（중학생필독문학시리즈세트）》《中学生国语综合维他命（중학생을위한국어종합비타민）》《文学少年遇见辩论少女（문학소년논리소녀를만나다）》《中学生必读文学作品（중고생이꼭읽어야할문학필독서）》《小书大感动（작은책큰감동）》《读世界古典（세계의고전을읽는다）》《人、生活、真理（인간，삶，진리）》《宋老师的中文文学教室（송선생의중국문학교실）》等等。

2010年至今，面向中小学生的鲁迅译介也陆续出版，如：《中学生一定要读的世界短篇小书选（중고생이꼭읽어야할세계단편소설）》《文学教科书阅读作品必读篇（문학교과서작품읽기수필극필수편）》《文学课读小说（문학시간에소설읽기）》《星期六阅读的韩国世界短篇小说（토요일에읽는한국세계단편소설세트）》《文学教科书作品阅读（문학교과서작품읽기세트）》《文学教科书作品阅读比读篇（문학교과서작품읽기필수편세트）》等等。

2006年KBS（韩国放送公社）媒体制作了关于鲁迅的录制片《20世纪去世、活在21世纪的知识人——鲁迅》（20세기에죽어 21세기를사는지식인노신），此片保存在国会议事堂电子图书馆，录制片片长为60分钟。

2017年EBS（韩国教育放送公社）韩国大学升学考试内容文学作品部分涉及韩国诗人金光均写的《鲁迅》。EBS也于2016年4月，在其主页公布了升学考试特讲《现代诗：金光均的现代诗〈鲁迅〉》，诗《鲁迅》由韩国诗人金光

均（1914—1993）在光复之后的1947年发表在《新世界》第3期上，虽表达了诗人感叹作为诗人的苦楚，但还是要像鲁迅一样坚定活着的意志，这首诗其后也刊登在各个报刊中，被看作是金光均的代表性作品。2007年9月20日登在《自由书（자유글）》杂志中，2014年2月21日，登在《大邱日报》。

漫画家尹太浩2012年至2013年间在门户网站DAUM连载了웹툰（WEBTOON）《未生（미생）》第一季，故事讲述的是一个从小只知道下围棋准备进入围棋队的青年没能入围，只好在一个贸易公司当临时合同工，用围棋的下法展现了韩国白领的百态人生，2014年改编为电视剧，同年韩国tvN电视台放映，一时间引起巨大反响，还引发了全国性"未生综合征"，电视剧以鲁迅的"我想：希望是本无所谓有，无所谓无的。这正如地上的路；其实地上本没有路，走的人多了，也便成了路"作为最后一集的结尾，第二天立刻有140多篇关于这一集的新闻报道，鲁迅的《故乡》也重新获得了关注。

第三节　鲁迅在DAUM、NAVER等门户网和媒体上的接受情况

如果在DAUM和NAVER网上检索"노신"或"루쉰"，会以博客、新闻、书籍、视频等不同类型显示，下面我们以表格形式查看各类型的数量。

表11①

	搜索"노신"		搜索"루쉰"	
	DAUM	NAVER	DAUM	NAVER
Blog	约52600	27066	约36500	21255
Café②	约62300	13261	约25600	3844
Wep文件	约84300	67573	约81500	79833
书籍	567	481	688	783
知道（지식인，팁）	566	6830	152	1405
新闻	约1850	2250	约2740	3758

---

① 表中数据为2017年1月3日搜索的结果。

② 1999年韩国www.daum.net网首次开设的网络贴吧的一种。

鲁迅与20世纪中国研究丛书

知识百科	273	1526	146	345
图片	83544	11664	33202	15395
视频	约150	954	约100	275
合计数量	约286100	约131600	约180600	约126800

DAUM和NAVER是韩国最大的两个搜索引擎、网页数据库。由上表可知，搜索意译的"노신"在韩国的网络媒体大约有13万到28万的链接可供点击，搜索音译的"루쉰"则约有12万到18万的链接。此外，DAUM网搜索"루쉰"，就有2430条Tweet的链接，其中内容大部分为鲁迅的名言。

1966年2月28号的《khan报（경향신문）》登载了题为《三一运动，韩国的文艺复兴》一文，把韩国的"三一"运动比作中国的五四新文化运动和白话文运动，若中国的抗日思想的倡导者有郭沫若、鲁迅，那么韩国就有崔南善和李光洙。

1992年9月19日《东亚日报》报道题为《韩中文化交流的试金石》的社论，称韩国从朝鲜时代起自称朝鲜为"小华"，从文化的感知度来看很大程度上是相通的，文中阐述韩中建交的重要性以及鲁迅、郭沫若文学作品在文化界交流中起到的重要意义。

《Hani报（한겨레신문）》1993年7月3日报道第3版的大部分版面，连载《20世纪的人们，从列宁到甲壳虫乐队（第七篇）——鲁迅，以笔杆作武器警醒沉睡的大陆》，文章叙述了鲁迅的生平经历，介绍其作品以及写作的历程。文中还登载了鲁迅1930年与夫人许广平、孩子的全家福以及1947年许广平设计、重建的墓碑的相片。

1998年3月5日发行的韩国《出版日报》（第231号）中，专门做了一篇题为《"近代东亚的苦恼"与鲁迅的对话》的文章，撰写人是韩国忠北大学教授全亨俊（전형준），文章用对话体的形式从一个中文学者的角度对鲁迅的思想见地进行了探讨。

《亚洲今日报（아시아투데이）》2011年3月24日报道仙台海啸，题目为《如果鲁迅住在仙台》，叙述如果鲁迅在灾害现场会如何批判政府的无能。

《京畿日报》2011年10月19日刊登题目为《〈阿Q正传〉的作者鲁迅去世》的文章，报道称1936年10月19日是中国新文学的先驱和文艺运动家鲁迅去世的日子，鲁迅否定儒教的封建制度，为了实现新的民族文化奉献了自己的一生，由香港和中国的文学评论家（1999）选出，誉为20世纪中国文化的巅峰。《京畿日报》2013年10月16日的报道，介绍了蒙古作家张洪济写的《中国，中国人（알다가도모를중국，중국인）》韩译本，书中开头就用鲁迅讽刺中国人劣根性的话起头，鲁迅关于描述中国人劣根性的经典语录常常像这样被很多作家引用到作品中。

2016年1月17日《每日经济报》报道"韩国副总理表自信'今年韩国经济将更好'"，副总理在AIIB开幕式发言中称"中国的大文豪鲁迅的《故乡》中有'世上本没有路，走的人多了便成了路'一言，AIIB所走的路将越走越宽"。中韩知识分子在文艺观、人生观、社会立场和价值倾向方面有很多相似之处，而这些使两国人民同样喜欢鲁迅及其作品。韩联社2015年12月30日报道，韩国绘画名家姜亨九在中国北京和上海分别举办个人画展《灵魂》和《肖像无界》，并在两个月期间现场创作了关公像和鲁迅像。

2016年2月15日，《每日日报》报道："naver文化财团——'文化的内外'古典特讲（네이버문화재단，'문화의안과밖'고전강연결산），以2016年2月13日第50讲为最后一讲结束了'今天的时代与古典'的特讲，特讲的内容包含了鲁迅作品的讲解。"

除了报纸和杂志，以鲁迅命名的上海鲁迅公园也频繁出现在博客上。仅仅韩国NAVER网站上关于上海鲁迅公园的旅游博客就有6000多篇①。鲁迅久居上海，最后人生的10年也是在上海度过，上海虹口区的鲁迅公园中梅轩尹奉吉纪念馆于2003年开馆，2015年4月经修缮重新开放，其间以韩国总统李明博为首的韩国政要以及很多访问上海的韩国人都来到这里。

1999年3月29日《khan报（경향신문）》报道，韩国国立剧团于4月13日将《阿Q正传》搬上舞台开始演出。国立剧团为了迎合韩国观众，专门派了团长

---

① 搜索此数据的日期为2016年10月23日。

郑尚哲（정상철）和导演金孝京（김효경）等人去台湾，学习台湾舞台剧《阿Q正传》成功的秘诀。结合韩国的情况进行部分的修改，将有40多次的舞台场景变换。报道还称国立剧团将在4月6日以"中国现代文化与潮流""鲁迅和阿Q正传"为主题进行学术会议。2009年韩国剧作家金长云（김장운）欲以鲁迅的《阿Q正传》的原型制作戏剧并进行正式演出，但是经过半年的制作最终因为各方意见不统一而放弃。自1999年之后经过漫长的等待，2010年10月1日至10月31日，戏剧《阿Q正传》被重新搬上戏剧舞台，不过这次是由韩国戏剧演员名季南（명계남）和拓贤敏（탁현민）共同企划、由名季南（명계남）主演，剧目《阿Q——某个独裁者的告白》以观看之后支付费用的方式在弘益大学小剧场演出，值得一提的是全剧跳出了《阿Q正传》的剧情，从"阿Q"的立场讽刺了韩国青瓦台，虽然是小剧场演出却引起了轰动，几乎场场爆满。2006年LG艺术中心与Dance theatre all（댄스씨어터온）共同制作并演出现代舞剧《阿Q》，经过数次修改和补充，其舞蹈最大限度体现了舞蹈家洪胜叶（홍승엽）的舞蹈感性，演出之初便引起诸多讨论，现代舞《阿Q》以鲁迅1921年创作的代表作《阿Q正传》为原型，以花朵、刀剑等素材表现了人的渺小，隐喻地展现了自私而残忍的人世间，不仅有视觉的震撼还有生与死的明与暗以及深沉的感动。2012年12月27日至12月30日由国立现代舞蹈团在国立剧场进行演出。《京畿日报》2007年5月10日报道中国最受欢迎的作家是鲁迅，说鲁迅是"行动的知识分子"，并凭借《阿Q正传》被韩国人熟知。

喜欢读书的韩国人从高中开始就接触鲁迅，并且用博客和KAKAO、FaceBook等社交网络分享读书心得和名言名句。韩国人的一年读书水平是74.4%，这与OECD平均的76.5%相差不多。平均成人电子书和纸质书的读书量约9.9本，学生为29.8本。[①]2005年2月2日《京畿日报》的报道中引用鲁迅的名言"애초에길은없었다……（世上本没有路……）"来批判当今社会中存在的各种问题，作品《故乡》中的这句话在韩国8万4000多个博客中被引用。2015年5月27日，《每日日报》韩国爱乡（애향）奖学基金会举办的仪式的报道中

---

① NocutNews :http://www.nocutnews.co.kr/news/4537010.

还引用了鲁迅的名言"年轻人可以有不满，但不可悲观……"，这句话也在8000多个博客中被引用。一个世纪以来，鲁迅的名字不断在报刊和新闻中出现，近年来鲁迅名言也频繁引用于博客和KAKAO、FeceBook等社交网，鲁迅俨然是引领韩国的一代人，寻求民主、平等和探索自由之路的明灯。

以上概括了韩国鲁迅译介的历史进程。研究这95年间的译介可以发现韩国的鲁迅译介各有自身的发展历程。首先，鲁迅本人虽然从未去过韩国，但是他的形象广泛地存在于韩国的中国学圈子中。中韩建交以来，越来越多的韩国高校建立了中文专业，也有了更多的研究者参与到了鲁迅和鲁迅作品的研究中。其次，鲁迅在韩国译介的很多翻译者并不都是鲁迅研究的学者，20世纪80年代和90年代，韩国出现众多的鲁迅作品翻译者，在译介的种类方面还出现了日文转译本和儿童版译本。整体而言，韩国的鲁迅译介译错和理解偏误的情况很少，这可能同最初进行翻译的学者与鲁迅本人的沟通有着密切的关系。再次，韩国的鲁迅译介发展过程是精彩而多变的，再加上韩国人爱阅读的习惯和具有包容性和多元化的社会氛围，使得鲁迅译介数量庞大且种类繁多，有着丰富多样的变化和面向不同人群的独到的类型。如面向儿童的鲁迅作品绘本，面向初高中生的文学修养读本，面向白领、女性等等人群的杂文、诗的翻译本，以及日本鲁迅译介的转译本。通过韩国鲁迅译介的出版，我们也看到越来越多的韩国人认识熟悉并热爱着鲁迅。鲁迅的作品也激励和影响着好几代韩国的作家、诗人、舞蹈家、戏剧演员、剧作家、导演、画家，使他们的艺术世界更加丰富多彩，并迸发出了另一种形式的作品、舞台剧和画作。

第七章　鲁迅及其文学作品在新马地区的
传播与影响

作为20世纪中国最伟大的作家，近百年来，鲁迅及其作品在域外传播呈现着丰富复杂的学术景观。[1]相较于日本、欧美、苏俄等地区，鲁迅及其作品在东南亚地区的传播颇具特色。而东南亚诸国中，新马地区[2]基于语言优势及20世纪的宏大时代背景，鲁迅及其作品的接受与传播方面可谓独树一帜，可资研讨之处甚多。

鲁迅在新马地区的影响遍及文学、美术、戏剧、音乐，乃至新马社会运动的各条战线。新加坡著名学者章翰曾在其专著《鲁迅与马华新文艺》中如此评价："鲁迅是对马华文艺影响最大、最深、最广的中国现代文学家"，"我们找不到第二个中国作家，在马来享有像鲁迅那样崇高的威信"。[3]笔者在学者钦鸿对新马地区鲁迅研究著述统计之基础上，广泛搜集、裨补缺漏，共整理出新马地区20世纪鲁迅相关研究书籍19部，文章195篇，堪居东南亚诸国之冠，从中足以窥见鲁迅影响之盛。

本章拟分三个阶段，对鲁迅及其文学作品在新马地区的传播与影响做一纵向勾勒，以俾学界同人对其历程获得全景式感知。

---

① 王家平：《鲁迅域外百年传播史：1909—2008》，北京大学出版社2009年版，第387页。

② 本文拟将新加坡独立前的马来亚地区与1965年后的新加坡与马来西亚地区统称"新马地区"，将独立后的新加坡华文文学亦置于"马华文学"范畴内一同展开探讨。

③ 章翰：《鲁迅与马华新文艺》，风华出版社1977年版，第1页。

第一节　20世纪20—30年代：寂寞的鲁迅

方修认为马华新文学的产生和兴起受益于中国五四运动，在以白话文为标志的新文学运动中，渐渐自成一体。[①]在此过程中，亦有许多中国文艺工作者亲赴南洋，直接参与到了马华新文学运动之中。这些"移民作者"为马华新文学带来最直接最彻底的五四文学精神及创作路线。他们其中，自然不乏鲁迅之拥趸，是故，模仿鲁迅创作风格、创作样式的作品先于鲁迅文学作品在新马地区出现。

马华新文学的主要阵地之一《新国民日报》，在1923年5月17日刊载了南洋华文文学历史上第一篇日记体白话小说《疯人日记》。显然是对于鲁迅《狂人日记》的模仿，虽然《疯人日记》的艺术水准和思想深度不足以同《狂人日记》相提并论，但作为新马地区首篇白话小说，其意义却是十分重大的。[②]

1926年4月《叻报》副刊《星光》的编者段南奎在第45期（一说第46期）上谈到"星光今后的态度"，称当时的南洋社会"麻木不仁，半身不遂"；南洋的思想界"乐天复古，迷恋骨骸"；南洋的文坛"充满着依样画葫芦的新八股文"，并表示"我们要尽我们的力量，——大家集在星光下，虽然是沙沙的噪音，呐喊驱逐一切恶的魔，善的怪"[③]，"我们愿改造南洋的社会，我们愿澄清南洋的思想，我们愿刷新南洋的文坛，我们愿诅咒黑暗的旧时代快去，我们愿祈祷光明的新时代速临"[④]。"我们深愿尽我们力之所能地扫除黑暗，创造光明。我们还有自知之明，知道自己决不是登高一呼，万山响应的英雄，只不过在这赤道上的星光下，不甘寂寞，不愿寂寞，忍不住的呐喊几声'光明！光明！'倘若这微弱的呼声，不幸而惊醒了沉睡的人们的好梦，我们只要

---

② 李志：《鲁迅及其作品在南洋地区华文文学中的影响论述》，《西南民族学院学报》2003年第3期，第170—173页。

③ 转引自杨松年：《战前新马文学本地意识的形成与发展》，新加坡国立大学中文系、八方文化企业公司联合出版2001年版，第35页。

④ 转引自黄孟文、徐迺翔主编：《新加坡华文文学史初稿》，新加坡国立大学中文系、八方文化企业公司联合出版2001年版，第12页。

求他们不要唾骂，不要驱逐我们，沉睡者自沉睡，呐喊者自呐喊，各行所是。那就是我们唯一的祈求。"①字里行间皆可窥见鲁迅之风。

另外，在五四文学南传过程中，对早期马华文学贡献巨大的中国著名文学家许杰，与鲁迅私交甚笃。当年南下担任吉隆坡《益群报》总编辑，在主持其副刊《枯岛》（一说为《岛上》）期间，撰写了一系列介绍鲁迅及其文学作品的文章。②

虽然鲁迅及其文学作品在20世纪20年代就已传入新马地区，但彼时新马文坛如方修所言"马华文学虽然承受了中国新文学运动的余绪而滥觞起底却并没有像中国的新文学运动一样得到蓬勃健旺的开展……整个马华文坛，还是让旧文学占着统治地位"。有一部分学者对鲁迅及其文学作品管窥蠡测，存在明显的曲解及误读。

在1930年3月19日的《星洲日报》副刊《野葩》中，曾有一篇《文艺的方向》，署名为"陵"的作者在文中"把鲁迅说成是什么'乡土派'作家，甚至硬把鲁迅同资产主义阶级自然主义作家左拉扯在一起"③，紧接着，在同年5月14日的《野葩》中，署名为"悠悠"的文章对此附和道："事实上很明显，鲁迅不是普罗文艺（即无产者文艺——章翰注）的作家，他与普罗文艺是站在敌对地位的。"④这显然是受到创造社对鲁迅错误指责的影响，没有实际鉴别研究便盲目跟风妄加批判。无怪乎有鲁迅研究学者称20世纪20年代马华文坛中的鲁迅是寂寞的。⑤幸而，随着"左联"的成立，以及作为"左联"领袖人物的鲁迅在中国文坛影响力的进一步扩大，这些"黎丘丈人"很快便认识到了鲁迅是一名左翼作家的真相。

———————————

① 转引自南治国：《鲁迅在新马的影响》，《华文文学》2003年第5期，第73页。

② 参见金进：《马华文学的发生与发展（1919—1965）——以南来作家的身份认同与转变为讨论对象》，《东华汉学》2013年第18期，第382页；刘永睿：《鲁迅与20世纪20、30年代的新加坡文坛》，《甘肃联合大学学报》2007年第4期，第84页。

③ 章翰：《鲁迅与马华新文艺》，风华出版社1977年版，第3页。

④ 章翰：《鲁迅与马华新文艺》，风华出版社1977年版，第3页。

⑤ 南治国：《寂寞的鲁迅——鲁迅与二十年代的马华文坛》，《鲁迅研究月刊》2002年第6期。

第二节　20世纪30年代至冷战结束：街头的鲁迅

1930年在中国共产党的支持下，越南共产党最高领导人胡志明（时称阮爱国）受托于共产国际，作为共产国际代表，主持成立了马来亚共产党。1932年"无产阶级作家联盟"在马来西亚成立，其性质与"左联"无异。故此，转入20世纪30年代，尤其是鲁迅逝世之后，新马地区文艺工作者对鲁迅的认识有了很大改观，并日趋一致。据章翰描述："在三十年代中期，马华文艺界不少人花了很大的功夫熟读鲁迅的书，学习鲁迅的思想和战斗经验。"[1]鲁迅及其文学作品的传播迎来了一个高潮。

鲁迅的彻底革命精神及其在30年代的"两个口号"论争中提出的"民族革命战争的大众文学"对处于英国殖民统治下的马来亚来说，较于其他文学口号更切实，更急需，更符当时合马来亚的大众需求。马达在《对〈马来西亚文艺界漫画〉的意见》中大力赞同鲁迅，而马华文艺界中更是在鲁迅影响下，结合本国实际情况仿照鲁迅口号提出"民族自由更生的大众文学"[2]的文学口号。

鲁迅的身体状况亦牵动着隔洋跨海的南洋文坛众人的心，1936年8月10日《星洲日报》刊出《鲁迅先生的病况》的报道，随后的9月10日又有《鲁迅复病——为了多洗海水澡》一文登报。1936年10月19日鲁迅长辞于世，鲁迅去世第二天新马地区出版量前三的《南洋商报》《星中日报》《星洲日报》纷纷在显著位置报道了这一噩耗，整个马华文艺界震动，一众学者对此反应迅速，俄顷间南洋哀思如潮。鲁迅去世后的数日内，马华文人轸念殊深，于新马各大华文报刊发表大量悼念文章，向鲁迅致哀致敬。据笔者不完全统计，仅从鲁迅辞世后的10月20日到10月31日，短短10日间各报发表的报道及纪念文章共达55篇之多。《南洋商报》《星洲日报》《新国民日报》《光华日报》《中华晨刊》亦推出鲁迅纪念专刊。这些纪念专刊内容丰富，体裁多样，且出刊速度惊人，均在数日内赶编完成。如在鲁迅逝世后的第五天便推出了专刊的《星中日报》的副刊《星火》等。此外，各报还一并刊出鲁迅的照片及木刻作品等，图文并

① 章翰：《鲁迅与马华新文艺》，风华出版社1977年版，第6页。

② 章翰：《鲁迅与马华新文艺》，风华出版社1977年版，第9页。

鲁迅与20世纪中国研究丛书

茂，供新马读者缅怀，如1936年10月25日《星洲日报》的副刊《文艺周刊》在纪念专刊中登出鲁迅两张照片及名为《悼鲁迅先生》《鲁迅先生》的两幅木刻，1936年10月25日《南洋商报》的副刊《文漫界》刊出英浪的木刻作品《导师·鲁迅》，等等。[①]

很难想象，这些热忱之作竟是在殖民者打压控制、没有言论出版自由的社会背景下产生的。鲁迅逝世之时，正值日本帝国主义者加紧侵华战争步伐之际。1937年"南侨总会"成立，在马共领导下进步刊物如春笋之怒发，马华文学一改沉寂，凭势而起。支持祖国抗日救亡成为了马华文艺工作者的首要任务。此时的马华文坛，以鲁迅后期的思想及作品为研究和学习重点，鲁迅1930年2月在左翼作家联盟成立大会上的讲话，以及《答徐懋庸并关于抗战统一战线的问题》《论我们现阶段的文学》《答托洛斯基派的信》等文更成为指引马华文艺工作者战斗的航标，[②]并有大批进步学者发文学习鲁迅、探讨鲁迅精神。而英国殖民当局为将欧洲战火东引，压制新马地区华人华侨的反日积极性，限制援华抗日运动。许多进步文艺刊物被迫停刊，亦有进步文艺工作者迫于形势无奈辍笔。在这种高压政治环境下，马华文坛自然萧条凋敝，但鲁迅逝世后短短十数日便有数量如此之多的鲁迅纪念文章刊之于世，实属难能可贵。足见马华文艺工作者们在鲁迅逝世后，充分发扬了鲁迅的"硬骨头精神"，不惧不畏，不挠不折，敢于站在当权殖民者对立面，为心中的鲁迅挥毫泼墨，不由使人击节赞叹。

在经历了对于鲁迅从20年代冷眼误解到逐渐认识，再到30年代狂热尊崇的变化后，鲁迅及其文学作品的影响开始在马华文艺工作者血液里积淀，并体现在他们的创作、研究之中。鲁迅那种"彻底革命""不妥协"的战斗精神为新马地区孕育出一批杰出的文坛斗士。鲁迅对于马华的影响，深及新马华文文学的各个方面，如章翰所云，"遍及文艺创作、文艺路线、文艺工作者的世界观的改造"[③]。这一时期，出现了大量的对于鲁迅作品、鲁迅创作手法的模仿之

---

① 章翰：《鲁迅与马华新文艺》，风华出版社1977年版，第9、19、31、34页。

② 章翰：《鲁迅与马华新文艺》，风华出版社1977年版，第14页。

③ 章翰：《鲁迅与马华新文艺》，风华出版社1977年版，第1页。

鲁迅与20世纪中外文化交流

147

作。方北方、姚紫、甄供、岳衡、苗秀、黄锦树、碧澄、驼铃、方野、小黑、章钦、吴岸、黎紫书、朵拉、潘雨桐、郁人、田思、春山、丁云、庄迪澎、看看等作家的作品皆有"鲁迅风",且在新马地区博得读者喜爱与追捧。

从云里风的散文中可以窥见鲁迅散文诗《野草》的影子,古远清认为"几乎他的每一篇散文,都能感受到鲁迅精神的闪光"。收录于《云里风文集》中的《未央草》与鲁迅的《影的告别》、《狂奔》与鲁迅的《过客》、《文明人与疯子》与鲁迅的《聪明人和傻子和奴才》都明显存在借鉴移植与改造化用的关系。①再如黄孟文的小说《再见蕙兰的时候》(1968),很明显受到鲁迅《故乡》的影响。

值得一提的是,马华文人一再重写或续写《阿Q正传》,对此南治国写了一篇很有趣的论文《旅行的阿Q——新马华文文学中的阿Q形象谈》,选取吐虹的《"美是大"阿Q别传》、丁翼的《阿Q外传》、絮絮的《阿Q传》、方北方的《我是阿Q》、李龙的《再世阿Q》、林万菁的《阿Q后传》、孟紫的《老Q自供书》等作品进行一一评述。马华作家将阿Q这一经典形象移植南洋,通过南洋阿Q众相,反映出了当时新马社会中"拜金、逐色、忘祖、崇洋"的"南洋色彩"。②

马华文学的一个重要特征便是杂文创作盛行,对鲁迅的杂文更是推崇备至。据朱二在《新马华文杂文创作与鲁迅》中的考据:台湾出版的《新加坡共和国华文文学选集》中杂文独成一卷,收录了50多名作者的杂文作品。再加上马来西亚的杂文,其量其质蔚为可观。朱二在该文中直接指出"这种繁盛局面与鲁迅的影响不无关系"③。英安培是"鲁迅风"下,从事杂文创作时间较长、成果颇丰的一名新加坡作家。长达10年的杂文创作中,英安培针砭时弊,

---

① 古远清:《鲁迅精神在50年代的马华文坛——读〈云里风文集〉中的散文》,《云里飘来的清风》,嘉阳出版有限公司2002年版,第300、302—304页。

② 南治国:《旅行的阿Q——新马华文文学中的阿Q形象谈》,《华文文学》2003年第1期,第48—49页。

③ 朱二:《新马华文杂文创作与鲁迅》,《鲁迅研究动态》1987年第7期,第33页。

其作品被称为"新加坡社会变迁的备忘录"①。他时常引用鲁迅的语言，并在自己多篇作品中提及鲁迅，如《旧楼的书房》《翻身碰头集》《风月》等。甄供被誉为"具有鲁迅风骨的杂文高手"，他的杂文中，随处可见鲁迅的硬骨头精神，笔下无情，心怀社会，旁征博引，不媚不俗，如《反对"鸵鸟人现象"》《赌》《有言难言·信口雌黄》等。此类"鲁迅风"杂文还有洪生的《大团圆》、征埃的《寒夜随笔》、白寒的《药渣》等。

与世界上大部分文学经典的传播模式相同，鲁迅的文学经典在一再被模仿被借鉴的同时，逐渐与当地社会民情以及文化传统结合起来，形成具有本地性的再生文学，进而引领当地文学逐步发展、渐臻成熟。

1945年日本投降后，马共掌握了政治主动权，在此背景下马来西亚革命文学有了进一步发展，鲁迅彻底革命的精神继续鼓舞着马来西亚文艺工作者们积极参与到独立运动中。但是英军重返马来西亚后，于1948年6月20日宣布马共非法，以致马华左翼文学发展一度停滞。此后低俗文化横行于世致使黄、毒泛滥，直到1953年爆发"反黄运动"，马华左翼统战以学运及工运为发端重新活跃起来，一时间新马地区左翼思想汹涌澎湃，马华文学也借此重焕生机。新加坡独立后，其国内政党角力激烈，新加坡共产党试图"把斗争带到街头"，"仿效疯狂的中国文化大革命"，新加坡国父李光耀曾在其回忆录中描述道："在90年代新加坡的政治气候里，人民不可能想象共产党在50年代和60年代，是如何牢牢地牵制着新加坡和马来西亚华人的心理。"②因此，在这一时期，现实主义在马华文坛占据主流，"鲁迅热"继30年代后又掀起一阵高潮，鲁迅形象被进一步政治化、极左化。加之在"二战"结束后反抗欧洲文化侵袭过程中，新马文艺工作者将鲁迅所代表的中国文化以及中国文学作为抵抗武器，不仅运用于文坛，更是将之推向新马社会各界。继而，鲁迅又被赋予了标签性、符号性的意义。在中国"文革"期间，新马文坛又陆续推出了多部鲁迅纪念专辑，如1967纪念鲁迅逝世31周年的《浪花》、1970年纪念鲁迅逝世34周年

① 金进：《新加坡作家英安培创作中的外来影响》，《外国文学研究》2012年第4期，第78页。

② 李光耀：《李光耀回忆录》，新加坡联合早报2000年版，第128、130页。

鲁迅与20世纪中外文化交流

鲁迅与20世纪中国研究丛书

的《阵线报》及《奔流》、1972年纪念鲁迅逝世36年的《大学文艺》第四期、1973年纪念鲁迅逝世37年的《文娱画报》第五期。[1]据笔者不完全统计，20世纪40年代、50年代鲁迅研究作品数量分别为12篇及13篇，60年代开始增至19篇，到了70年代陡然激增至51篇。在这一时期的马华文学中，鲁迅成了"检测是革命文人或非革命文人或反革命文人的尺码"[2]，马华文艺工作者对鲁迅的极度崇拜将鲁迅推上了"绝对权威"的地位，甚至有"谁反对鲁迅就等于是反对中国文化"[3]之倾向。

据章翰在1977年《鲁迅与马华新文艺》中的粗略估计，鲁迅逝世后的40年间，马华文艺工作者所撰纪念鲁迅的文章（不含对鲁迅作品与思想的评论及研究心得，且以每年10月间出的逝世纪念特辑或专号上的文章为准）达400余篇。

马华文艺界每年10月间举行各种鲁迅纪念活动大小无数。除1936年鲁迅逝世后的一系列纪念活动外，每年10月19日前后，都有规模不一的纪念活动，其中较为隆重的纪念活动有：1937年鲁迅逝世1周年，马华各界多达34个文艺团体联合举行了多场纪念活动。如鲁迅周年祭、鲁迅周年祭座谈会、鲁迅先生诞辰纪念会，并筹建"树人图书馆"、成立"树人夜学"、募集"鲁迅纪念基金"、设立"鲁迅艺术学院"等。[4]1939年鲁迅逝世3周年，旅居马来西亚且时任《星洲日报》副刊《晨星》主编的郁达夫发表《鲁迅逝世三周年纪念》一文。10月19日，该刊登载了多篇纪念鲁迅的文章，且特邀萧红写下《鲁迅先生生活散记》一文并连载。当天，来自马华各界的30多个华人团体共2000余人参加了鲁迅逝世周年纪念会，除此之外还有一些小型鲁迅纪念会议。[5]1947年鲁

---

① 谢诗坚：《中国革命文学影响下的马华左翼文学（1926—1976）》，厦门大学博士学位论文，2007年，第358页。

② 谢诗坚：《中国革命文学影响下的马华左翼文学（1926—1976）》，厦门大学博士学位论文，2007年，第363页。

③ 王家平：《鲁迅文学遗产在东南亚的传播和影响》，《首都师范大学学报（社会科学版）》2014年第5期，第106页。

④ 参见王枝木：《鲁迅风果然占上风》，《清流》1999年第42期，第2页。

⑤ 葛涛：《抗战期间鲁迅在香港、新马等地引起的文化反响》，《中华读书报》2006年12月20日。

迅逝世11周年之际，马华文艺界联合各方民主力量，以星洲（即新加坡——编者按）为主要阵地举行了盛大的鲁迅纪念活动，仍是以强调鲁迅的战斗精神为主旨，出版了纪念特刊，召开纪念会，并举行了文艺晚会。此外还有1955年的鲁迅纪念活动及1956年鲁迅逝世20周年的纪念晚会都足以称道。①

这些充分体现了鲁迅在马华文艺工作者心中的崇高地位，马来文人张天白更是将鲁迅奉为"中国文学之父"，可以说此时鲁迅在马华文坛上已然确立了无上地位，成为马华文艺工作者的灵魂导师。然而，在鲁迅形象被政治化被偶像化的同时，对其文学艺术的研究的忽略不可避免，鲁迅成了"一面旗帜，一个徽章，一个神话，一种宗教仪式"②。

尽管此时的新马华文界对鲁迅的研究重点仍放在其革命精神之上，新马地区的鲁迅研究仍然有了长足进步。对于这一时期鲁迅的研究特点南治国曾道："新马传统意义上的鲁迅研究其实是追随中国大陆，亦步亦趋的。到20世纪80年代初，情形依然如此。"③

其中，章翰（新加坡）、方修（新加坡）和郑子瑜（新加坡）的研究成果尤为突出。

方修是这一时期鲁迅研究学者中鲁迅的忠实拥护者，他曾将鲁迅称为"青年导师""新中国的圣人""具有最高道德品质的人"。1960年新加坡文艺出版社出版的《避席集》，收录了方修在《星洲周刊》上发表过的10多篇杂文，鲁迅式的杂文记述将其对鲁迅的推崇展现得淋漓尽致。其后，方修带着这种向慕之情在多部文学史专著及多篇文艺评论文章中对鲁迅及其文学作品析毫剖厘，进行了全面而深刻的解析，如《马华文学史稿》及《马华文学大系》等。

被新加坡学者王润华称为70年代最后一个虔诚的鲁迅信徒的章翰（本名韩元山，笔名较多，如：马德、宋丹、鲁生、岳文、宋秋阳等），分别于1973年和1977年出版了《文艺学习和文艺评论》和《鲁迅与马华新文艺》两部研究鲁

① 参见章翰：《鲁迅与马华新文艺》，风华出版社1977年版，第10、44—45页。

② 转引自南治国：《鲁迅在新马的影响》，《华文文学》2003年第5期，第75页。

③ 南治国：《读王润华和江天访鲁迅故居的诗——兼论新马鲁迅研究的现状》，参见 http://www.fgu.edu.tw/~wclrc/drafts/Singapore/nan/nan-03.htm，检索日期：2015-11-10。

迅的专著。《鲁迅与马华新文艺》充满深情地描述了鲁迅对马华文艺的影响，并详述了鲁迅逝世在马华文艺界的反应及马华文艺界1937年、1947年两次盛大的鲁迅纪念活动。

著名修辞学家郑子瑜在这一时期完成了《〈阿Q正传〉郑笺》和《鲁迅诗话》，他不盲从不刻板，是较早研究鲁迅作品文学艺术成就的马华文人。《〈阿Q正传〉郑笺》中郑子瑜对小说中涉及的典故及俚语进行了细致解释，并从修辞学角度出发，认为《阿Q正传》中的鲁迅行文中某些地方存在小瑕疵。郑子瑜在《鲁迅诗话》中评论了鲁迅诗歌及其诗论，此书出版之时，马华文界多关注鲁迅的小说及杂文，此书一经出版便博得多方欢迎。①

曾任教于马来西亚大学中文系的吴天才（笔名江天）是马来西亚著名学者、诗人。吴天才的诗集《鲁迅赞》是对鲁迅诞辰110年的献礼，收录了他1954年到1991年间创作的纪念鲁迅的诗作共41首。《鲁迅赞》中吴天才对于鲁迅的崇敬之情溢于言表，"您呕心沥血的名著／像太阳照遍了全球……你的崇高形象是不朽的擎天柱／你的无畏精神是不灭的长明灯"②（《题鲁迅石雕》1959年10月25日）。

新加坡作家高飞著有广播剧本《鲁迅传》一部，以话剧笔法从鲁迅留学东瀛写到1936年鲁迅逝世，体裁之新颖，可谓前所未有。

第三节　冷战结束至今：大学中的鲁迅

20世纪80年代新马地区"左倾"时代结束，马华文坛对鲁迅的态度也从极端崇拜中逐渐冷静、理性下来。迨至20世纪90年代初冷战结束后，受政治格局影响，东南亚的鲁迅传播出现了新的特点：多数国家的鲁迅研究都进展缓慢，唯独新加坡地区的鲁迅研究继续前行，进入了崭新阶段。虽不像30年代的狂热，但

---

① 参见张霖：《"汉学大师"郑子瑜的现代文学情结》，《书屋》2009年第12期，第26—27页。

② 吴天才：《鲁迅赞》，东南亚华文文学研究中心1991年版，第106—107页。

其探究广度及钻研深度都达到了历史新水平。南治国在《读王润华和江天访鲁迅故居的诗——兼论新马鲁迅研究的现状》一文中对此做出了总结："最近二十年来，新马的鲁迅研究开始有了不同的途向：马来西亚仍沿承传统，鲜有突破，更令人担忧的是，鲁迅研究似乎后继无人了。……反观新加坡近二十年来的鲁迅研究，新加坡的学者在关注中国大陆的鲁迅研究的同时，更多地融入了世界性的学术研究大势，开始客观、理性地从事鲁迅研究，并在鲁迅思想的探寻、鲁迅作品的诠释和鲁迅语言艺术及修辞手段的研究等诸多方面取得了突破性的成就。"[①]诚如南治国所述，在此阶段受困于华文教学的艰难境况，马来西亚的鲁迅研究固守陈规、鲜有创新。相对于此，新加坡涌现出了一批鲁迅研究的优秀学者，像王润华、王赓武、南治国、林万菁等。其中以王润华尤为突出，可以说是现阶段东南亚乃至国际鲁迅研究领域中的一颗耀眼新星。

王润华历任新加坡作家协会会长、新加坡国立大学中文系主任，同时亦是新加坡国立大学成立以来唯一一位中文系教授，在近30年的鲁迅研究中，颇为引人注目。他论调独树一帜，且成果丰硕，以其独特的视角和敏锐的洞察力为后来者提供了宝贵的研究经验。王润华曾指出"二战"后的马华文坛越来越重视文学的本土性，开始尝试冲破来自鲁迅等中国现代文学家的影响，并出现"把鲁迅冷静认真地当作文学经典著作来研究"的趋势，鲁迅已"从街头走向大专学府"。[②]

据王润华在一次访谈中回忆，早在高中时期他就已开始了自己的鲁迅研究之旅，小小年纪便崭露锋芒，在当时新加坡重要刊物《萌芽》（1958年第3期）发表了名为《鲁迅与中国木刻运动》的论文。王润华的三部专著《鲁迅小说新论》《沈从文新论》《华文后殖民文学：中国、东南亚的个案研究》之中收录了鲁迅研究文章10余篇。

《鲁迅小说新论》是王润华以其敏感而犀利的眼光对鲁迅研究禁区的一

---

① 南治国：《读王润华和江天访鲁迅故居的诗——兼论新马鲁迅研究的现状》，参见 http://www.fgu.edu.tw/~wclrc/drafts/Singapore/nan/nan-03.htm，检索日期：2015-11-10。

② 王润华：《华文后殖民文学：中国东南亚的个案研究》，学林出版社2001年版，第71—72页。

次突破性探讨尝试，其中《从鲁迅研究禁区到重新认识鲁迅》《论鲁迅〈白光〉中多次县考、发狂和掘藏的悲剧结构》《从口号到象征：鲁迅〈长明灯〉新论》《探访绍兴与鲁镇的咸亨酒店及其酒客——析鲁迅〈孔乙己〉的现实性与象征性》等论文，直指诸如鲁迅与朱安的旧式婚姻、鲁迅的清末县考经历、《长明灯》的发表刊物（国民党机关报《民国日报》副刊）等等鲁迅研究者深加隐讳的问题，并讲道，"我的阅读经验告诉我，要探讨鲁迅小说散文的复杂性，千万不要去读目前许多有关鲁迅的传记！它只有阻止、妨碍我们去了解真正的鲁迅"。王润华试图另辟蹊径，突破传统鲁迅研究框架，成为了对鲁迅生平、思想和创作研究体系中的新鲜血液，亦给鲁迅研究者们以警醒和提示。王润华还将中外比较文学的研究理论与研究方法应用在鲁迅研究之上，如《鲁迅小说新论》中的《鲁迅与象征主义》《西洋文学对中国第一篇短篇白话小说的影响》等。得益于美国留学过程中对美国新兴"中国学"的学习经历，王润华在研究过程中重视"区域研究"，即从边缘地区去看中心问题，①如在《探索病态社会与黑暗魂灵之旅：鲁迅小说的游记结构研究》一文中，王润华自出机杼探究鲁迅文学创作中的旅行精神，并从此立意出发，指出鲁迅小说近一半带有游记性质，并将其归结为"故乡之旅""城镇之旅"及"街道之旅"三类。②

王润华在《沈从文小说新论》的《中国现代文学研究与教学的困境和危机——从鲁迅与沈从文的个案来考察》一文中，探究了服从国家意识形态的鲁迅作品的出版及注释，对于理解和研究鲁迅所产生的影响。他指出：1949年后的《鲁迅全集》对鲁迅作品进行了大量删减，并增加了大批注释，"很显然在导读之外，有束缚读者的思索和理解的目的，甚至有歪曲作者原意之企图，这对研究鲁迅的年轻学生和普通读者是危险的"③。1994年王润华出席了在日本

---

① 沈怡婷：《王润华教授访谈稿》，参见http://wenku.baidu.com/link? url=uig3x6hhxRK68mTIpxQ8smtY5u2to6DGdmP26ukELywidS_baXRFCL3mXIvNZU3bloOIdqAZ_wAkX5P2mUwl74DbpZ75znd7K20SVkfbUm3，检索日期：2015-11-10。

② 王润华：《鲁迅小说新论》，学林出版社1993年版，第46—58页。

③ 王润华：《沈从文小说新论》，学林出版社1998年版，第8页。

仙台举行的"纪念鲁迅留学仙台90周年"的国际学术研讨会,会上王润华提交了名为《沈从文论鲁迅:中国现代小说的新传统》(收入其专著《沈从文小说新论》)的与会论文,以实证研究方法考论了鲁迅与沈从文从敌到友的关系发展历程。并在文中提出一个重大发现:沈从文试图通过对鲁迅及其他小说家的评论而建立小说新秩序。[①]会后王润华又发表了《回到仙台医专,重新解剖一个中国医生的死亡——周树人变成鲁迅,弃医从文的新解》[②]和《从周树人仙台学医经验解读鲁迅的小说》[③]两篇论文,根据在日本仙台的实地考据钩沉索隐,一改往日将幻灯片事件作为鲁迅终止仙台学业的唯一原因的论调,全方位地为人们解读了鲁迅弃医从文的真实原因,使人耳目一新。

收录于王润华的专著《华文后殖民文学:中国、东南亚的个案研究》的论文《鲁迅与新马后殖民文学》,其立论可谓石破天惊。该文在梳理了鲁迅传入新马文坛的过程之后,提出这样的观点:"鲁迅本来被人从中国殖移过来,是要学习他反殖民、反旧文化、彻底革命,可是最终为了拿出民族主义与中国中心思想来与欧洲文化中心抗衡,却把鲁迅变成另一种殖民文化。"[④]在华文文学本土性构建的焦虑下,王润华将西方的"后殖民主义"概念套用在鲁迅在新马地区的狂热传播上,虽有其合理性,但笔者认为其适当性仍需商榷。但他给我们提供了一个崭新的解读策略和阅读视角,正如中山大学中文系教授朱崇科所言:"王润华的《华文后殖民文学》读来的确令人受益匪浅,因为他的论述引发的更深更广的思索已经超越了他极富见地的著作本身。"[⑤]

林万菁亦是这一阶段重要的鲁迅研究者,他的专著《论鲁迅修辞:从技巧

---

① 王润华:《沈从文小说新论》,学林出版社1998年版,第76—89页。

② 王润华:《回到仙台医专,重新解剖一个中国医生的死亡——周树人变成鲁迅,弃医从文的新见解》,《鲁迅研究月刊》1995年第1期。

③ 王润华:《从周树人仙台学医经验解读鲁迅的小说》,《中国文化》1996年第2期。

④ 王润华:《华文后殖民文学:中国、东南亚的个案研究》,学林出版社2001年版,第71页。

⑤ 朱崇科:《新"新"视角与后殖民解读——试论王润华〈华文后殖民文学——本土多元文化的思考〉》,参见http://www.fgu.edu.tw/~wclrc/drafts/China/zhu/zhu-09.htm,检索日期:2015-11-10。

到规律》是从修辞学角度探讨鲁迅文学的修辞风格，极具新意地探究了鲁迅的修辞渊源，且将鲁迅的修辞特点归结为"曲逆律"，并深入研究了这种修辞方法的影响。

南治国亦有数篇鲁迅研究文章值得关注，他曾发表论文《寂寞的鲁迅——鲁迅与二十年代的马华文坛》[①]，讲述了20世纪20年代鲁迅在马华文坛的传播过程。此外还著有《鲁迅在新马的影响》《读王润华和江天访鲁迅故居的诗——兼论新马鲁迅研究的现状》《旅行的阿Q——新马华文文学中的阿Q形象谈》等。

时任马来亚大学文学院院长的海外华人研究家王赓武在其论文《鲁迅、林文庆和儒家思想》[②]中以历史的眼光，立足于海外华人文化对鲁、林冲突进行了重新解读，并指出鲁迅身上仍有少许中国文人轻鄙华侨商人虽然财大气粗却胸无点墨的心态。

目前，新马地区的中学大学教育中，亦不乏鲁迅文学经典的身影。

左派出版机构中华书局新加坡分局1970年出版的中学语文读本《中华文选》，是新马地区华语学校所普遍采用的教材，其中鲁迅的作品所占比例居第一位，第一册3篇，分别是《秋夜》《好的故事》《雪》；第二册2篇，《风筝》《一件小事》，此外还有一篇周晔所作《我的伯父鲁迅先生》；第三册1篇《鸭的喜剧》；第四册1篇《故乡》；第五册1篇《孔乙己》，另有1篇鲁迅的译作《读书的方法》（鹤见佑辅）。而右派出版机构出版的教科书中亦不乏鲁迅作品，如六七十年代马来西亚很多学校采用的《新标准语文课本》，由右派出版社吉隆坡文化供应社出版，其中编入了《孔乙己》《鸭的喜剧》等鲁迅作品。[③]

自80年代以来，吴天才在马来亚大学开设鲁迅相关课程直到1991年退休。

目前，马来亚大学虽未再有鲁迅课程开设，但马来西亚著名学者许德发仍在马来亚大学继续鲁迅研究，主攻鲁迅与中国传统文化方向。新加坡国立大学中文系设有"中国现代文学""鲁迅研究""鲁迅与郁达夫"等课程，其中林万菁博士于1991年开设的硕士研究生课程"鲁迅与郁达夫"，其学生最多时超过20名。[①]王润华在新加坡国立大学中文系执教时也曾开设鲁迅相关课程，并鼓励学生参与到鲁迅研究中来。在境外各鲁迅研究单位中，论成果数量及研究深度，新加坡国立大学中文系当居魁首，仅以鲁迅为研究课题的学位论文就有十几篇之多。[②]

　　鲁迅在新马地区传播的三阶段变化，展示了鲁迅及其文学作品从被赋予激进的意识形态，作为批判现实的思想武器而被顶礼膜拜，逐步回归到了重视研究作为文学其文本艺术价值的传播历程。这种返璞归真的传播模式，不独新马，是放之海内外皆有迹可循的。目前，鲁迅的思想高度及艺术造诣在新马地区得到越来越系统、越来越深入的研究及学习。

---

① 彭小苓：《林万菁和他的"鲁迅修辞"研究》，《鲁迅研究月刊》1992年第2期。

② 南治国：《鲁迅在新马的影响》，《华文文学》2003年第5期，第77页。

第八章　鲁迅及其文学作品在越南的传播与影响

　　中越两国山水相连，毗邻而居，文化源出一脉，交流源远流长。然而，近代以降，西力东渐，越南沦为法属殖民地。在西方文化的冲击下，中华文化对其辐射渐趋微弱。作为20世纪中国最伟大的作家，鲁迅及其文学作品的域外传播发轫于20世纪20年代，隔海相望的日本及殊方绝域的欧洲在彼时便已有鲁迅译作出现，而与中国比邻、本属中华文化圈的越南，其民众直到20世纪40年代才得闻鲁迅之名。本章试图对20世纪鲁迅及其文学作品在越南的译介与研究情况分别进行梳理与考察，为20世纪鲁迅域外译介传播这一研究领域贡献微薄之力。

第一节　鲁迅及其文学作品在越南的译介情况

　　邓台梅（又译作邓台枚、邓泰梅）是越南著名文学评论家、翻译家、中国学家，越南作家协会创始人之一，曾任越南文学研究学院院长，亦是越南鲁迅译介的第一人。他曾无不遗憾地指出，"鲁迅被介绍到越南比较晚"①。在他之前，中国文化界、思想界的新文化运动、五四运动等多次革新运动，对越南影响甚微。一方面，中国新文化运动后白话文已普及，而越南人民在语言习惯上仍停留在文言文层面，这种语言发展的不同步性，造成了一定障碍。另一方面，20世纪初法国殖民者在越南实行严厉的文化封锁政策，被允许译介的中国

① 张政：《邓台梅与中国文学》，艺安出版社1994年版，第239页。

文学作品大多是古典文学，或是鸳鸯蝴蝶派式才子佳人的言情小说之流，造成了中越文学文化上的隔膜。"直到1936年'印度支那平民阵线'成立后，当局的书刊检查制度才有所松弛，中国的进步作品才陆续进入越南。"①

1927年到广州考察的胡志明，成为了越南第一个接触鲁迅文学作品的人。②1934年第210期《南风杂志》中的一篇名为《中国人的新式文学》（阮金浪译）的文章首次提及鲁迅。邓台梅于1942—1943年在《清议》杂志（或译作"清毅""声毅"）的《外国名文》一栏上发表鲁迅作品《人与时》《过客》《野草》及《阿Q正传》等越语译文。其中《阿Q正传》于1943年由清议出版社出版发行。这一年，邓台梅所译《孔乙己》和《祝福》越文译本亦由清议出版社出版。自此，鲁迅作为第一个被介绍到越南的中国现代文学家，正式进入越南人民的视野中。

邓台梅开创了越南学者对鲁迅的翻译及研究之先河，受其陶染，诸多学者纷纷将注意力投向鲁迅及中国新文学，并开始了译介研究。鲁迅作品传入越南的时间较晚，但在越南的译介作品却数量巨大，仅次于高尔基。越南是汉语言文化圈中的重要成员国之一，自古与中国有着难以割舍的文化亲缘，相较于其他非汉语言文化圈国家，越南人民在思想与观念上，更容易接受中国文学的影响。而鲁迅在其作品中反映出的中国20世纪初的社会矛盾更是与越南20世纪三四十年代社会中的主要矛盾相似，故而鲁迅的文学作品一经译介，便引起了广大越南读者的强烈共鸣，而鲁迅文学更是对越南新文学的发展产生了广泛而持续的影响。

值得一提的是，虽然邓台梅是越南学界公认的最早译介鲁迅作品的学者，但实际上武玉潘早在1931年便将鲁迅的《孔乙己》翻译发表在《法越杂志》第59号上。由于武玉潘对鲁迅一无所知，这篇《孔乙己》是经由法译本译成越南语，因此不可避免地出现了文章题目的误译，鲁迅名字也未能准确翻译，而是

---

① 王家平：《鲁迅文学遗产在东南亚的传播和影响》，《首都师范大学学报（社会科学版）》2014年第5期，第97页。

② 梁唯次：《胡志明与中国文学》，青年出版社1992年版，第56页。

沿用了法文译法。①邓台梅是首位对鲁迅进行系统介绍的越南译者，其翻译作品却并不多，而是更注重鲁迅研究及鲁迅在教育领域的传播方面。

在鲁迅作品译介方面，潘魁（又译潘魁、潘瑰）和张政（或译张正、章政）堪称最为出色的翻译家。潘魁是越南著名作家，写作风格尖锐泼辣，精通汉语，他的译作别具特色，隐有鲁迅风骨。1955年，潘魁翻译的《鲁迅小说选》由河内文艺出版社出版，成为越南正式出版的第一部鲁迅小说集，包括《呐喊》及《彷徨》两部小说集中的经典之作，如《狂人日记》《孔乙己》《头发的故事》《风波》《故乡》《阿Q正传》等。1956年，潘魁从除《华盖集》《三闲集》外的所有杂文集中选译了39篇杂文，合编为《鲁迅杂文选》，由河内文艺出版社出版。次年，河内作家出版社出版了潘魁翻译的《鲁迅短篇小说》，包括《药》《明天》《一件小事》《鸭的喜剧》《社戏》《在酒楼上》《幸福的家庭》《孤独者》《伤逝》等9篇小说，采用北京人民文学出版社1956年7月出版的《鲁迅全集》第一卷注释。潘魁主张翻译须忠实鲁迅作品原文，并使用大量汉越词②及汉语句法，不免有些曲高和寡，对此有越南学者指出，"难免让众多当时的越南读者难以接受"③。

张政是继邓台梅、潘魁之后的又一鲁迅翻译主力，受邓台梅发表在《清议》上的鲁迅译作影响，走上了鲁迅译介之路。1952年张政负笈求学于中国，直接接触中国新文学与鲁迅文学。回国后参与越南教育部中学教材选编工作，可以说，张政既是翻译家又是教育工作者。张政的鲁迅文学作品译作数量在越南居首位，许多译作更是梨枣屡镌。1957年，张政与邓台梅合译的《阿Q正传》由河内建设出版社出版。1960—1961年，张政翻译的《故事新编》《呐喊》《彷徨》先后在河内文化出版社出版。至此，鲁迅所有33篇小说全部被译为越文出版。1963年，他所译的《鲁迅杂文选》三卷由河内文学出版社出版，共译鲁迅杂文及散文261篇，第一卷收录散文集《朝花夕拾》译文；第二卷收

① 张伟权：《"译介与重塑"——鲁迅在越南》，《鲁迅研究月刊》2013年第9期，第28页。

② 汉越词：亦称"汉越语"，是越南语中由汉语引申而来的汉根词和汉源词的统称。

③ 阮氏梅筝：《鲁迅在越南》，《东吴学术》2015年第4期，第88页。

录散文诗集《野草》译文，是迄今越南最新最系统的鲁迅杂文集。1970年，河内教育出版社出版张政所译《阿Q正传》。1971年，他所译的《鲁迅短篇小说选》由解放文学出版社出版，收录了《狂人日记》《孔乙己》《药》《一件小事》《故乡》《阿Q正传》《端午节》《社戏》《祝福》《长明灯》《离婚》《铸剑》《非攻》《理水》等14篇短篇小说。这部小说选于1976年再版。20世纪80—90年代，张政翻译的多部作品被数次再版。1982年，河内文化出版社出版《阿Q正传》，内收《呐喊》《彷徨》《故事新编》中的14篇作品。1989年，该出版社又出版张政译《鲁迅作品选》。1998年，河内文学出版社出版张政译《鲁迅小说集》。

译著等身的张政在越南《外国文学杂志》1996年第4期上发表了《译鲁迅的若干意见》一文，专门针对鲁迅作品的翻译方法进行论述，他提出"不依赖原文，但要十分尊重作者的意愿，也要十分关注自己表达""不拘泥，不机械行文"[①]的翻译观点。故此，张政的译文语言平易，行文规范，译风严谨，注解翔实。相对于潘逵的阳春白雪，张政的译文阳阿薤露，如红炉点雪，迅速赢得了广大越南读者的欢迎，对鲁迅及其文学作品在越南的传播起到了巨大推动作用，且有数篇译作被选入越南中学课本。

简枝（另译简芝、简之）是越南著名汉学家，亦是南北越时期越南南部第一个译介鲁迅进步作品的人。1968年，简枝所翻译的《阿Q正传》由西贡香稿出版社出版。1987年，厚江综合出版社出版简枝译《鲁迅选集》，收录了《狂人日记》《孔乙己》《明天》《兄弟》《在酒楼上》《故乡》《孤独者》《祝福》《阿Q正传》等9篇小说。[②]对鲁迅小说在越南译介传播做出贡献的还有胡浪。1962年和1974年，普通杂志出版社分别出版了胡浪译《明天》和《祝福》。

不难看出，20世纪70年代之前，越南对于鲁迅作品的翻译，大多集中在小说及杂文这两种体裁上。鲁迅的诗作译介研究成为"被遗忘的角落"，《文学

① 转引自阮氏梅筝：《鲁迅在越南》，《东吴学术》2015年第4期，第88页。

② 裴氏幸娟：《〈呐喊〉、〈彷徨〉的越南语译本》，《中国现代文学研究丛刊》2007年第4期，第263—264页。

杂志》1966年第5期刊载了南珍的《诗人鲁迅》，将鲁迅的诗歌创作分作三个阶段进行介绍。除此以外，鲜有问及。这种局面直到1975年越南完成南北统一后，才开始渐渐改变。造成这种现象的原因，在很大程度上是鲁迅的小说及杂文更符合当时政治背景下越南民众的文化需求。《文学杂志》1998年第4期刊载胡士侠《鲁迅诗作》，除译介部分诗歌外，还分析了鲁迅诗作的时代背景及写作手法。1999年潘文阁编注《鲁迅诗集》（2002年出版），对1900—1935年鲁迅创作的75首诗歌一一注解阐释。[①]

第二节　鲁迅及其作品在越南的研究情况

邓台梅不但是越南鲁迅文学作品的最早译介者，亦是越南鲁迅研究的开山鼻祖。1944年他的《鲁迅的生平与文艺》（另译《鲁迅的生平与事业》）发表于《清议》杂志，后其单行本由河内的时代出版社刻印行世，这是越南首本鲁迅研究专著。该书对鲁迅的人生、思想及其作品进行了翔实的考论，第一次向越南人民全面介绍了鲁迅。“1942年，1943年是一个黑暗的时期”[②]，邓台梅在此时将极具革命冲击性的鲁迅精神展现在饱受苦痛的越南民众面前，即刻受到极大的欢迎。翌年，邓台梅于《新知》杂志刊载《现代中国文学中的杂文》（又译《中国现代文学史中的杂文》）一文，并随后在河内新出版社出版，对中国现代文学中的杂文，尤其是鲁迅的杂文进行了扼要评析。1958年，邓台梅的《中国现代文学史略》在河内真理出版社出版，以鲁迅杂文为重点剖释了鲁迅的创作。1969年邓台梅在河内文学出版社出版的《求学与研究之路》一书中辟出专章分析鲁迅文学艺术，概括总结了鲁迅的句法修辞、文学风格、创作内

---

① 有关邓台梅、潘逵、张政、简枝等译介鲁迅作品情况，参见王家平：《鲁迅文学遗产在东南亚的传播和影响》，《首都师范大学学报（社会科学版）》2014年第5期，第97—98页；丁氏芳好：《鲁迅在越南》，华东师范大学硕士学位论文，2007年，第5—7页；裴氏幸娟：《〈呐喊〉、〈彷徨〉的越南语译本》，《中国现代文学研究丛刊》2007年第4期，第263—264页；阮氏梅笋：《鲁迅在越南》，《东吴学术》2015年第4期，第88页；张杰：《越南的鲁迅著作翻译与研究》，《鲁迅研究动态》1987年第6期，第50页。

② 转引自丁氏芳好：《鲁迅在越南》，华东师范大学硕士学位论文，2007年，第9页。

容及艺术思想等方面。同年，邓台梅在河内文学出版社继续发表了《鲁迅，斗争的榜样》，将鲁迅所处时代背景及其杂文作为了研究重点。①

邓台梅的鲁迅研究给之后的越南鲁迅研究者提供了范本、开拓了思路，并对其后鲁迅在越南的传播产生了深远影响。

张政是最重要的鲁迅文学作品译者，在他手下也不乏鲁迅研究成果问世。1977年张政在河内文化出版社出版《鲁迅》一书，这是越南的首部鲁迅传记。本书自鲁迅幼年时代开始，梳理整编了鲁迅年谱，对鲁迅生平和创作经历展开了毛举缕析的记述。并在最后独辟"鲁迅在越南"一节，介绍了越南的鲁迅译介和研究情况。在其一系列鲁迅作品译集的自序中，张政对鲁迅进行了阐发研究，如《故事新编》译本中收录了张政的《关于〈故事新编〉》译文，在《呐喊》译序中剖析了该文的创作背景及意图等等。1979年，《文学杂志》第4期刊登了张政对于鲁迅作品人物的研究文章《阿Q与中国革命》。1981年张政陆续在《文艺杂志》上发表了越南最早"文革"评论文章《"中国文化大革命"中的鲁迅》以及《回看中国五四运动》等文，从"文革"及五四运动角度解读了鲁迅及其活动。②

与张政相仿，潘逵出版于1955年的《鲁迅小说选集》的序言部分亦是一篇极佳的研究性文章。文中高度肯定了鲁迅的杂文，并一反常俗以鲁迅杂文作为评价基准来评析鲁迅的小说。

越南理论批评家芳榴于《文学杂志》1968年第10期发表长篇论文《大评论家鲁迅》，介绍了中国文学批评的大背景，详述了鲁迅生平、鲁迅文学批评原则及鲁迅文学批评风格，并做了具体分析。芳榴对鲁迅的文学批评风格甚是钦慕，赞鲁迅的评论为"诗一般的评论文章"，称鲁迅为"具有独特个性风格的

---

① 参见王家平：《鲁迅文学遗产在东南亚的传播和影响》，《首都师范大学学报（社会科学版）》2014年第5期，第98页；丁氏芳好：《鲁迅在越南》，华东师范大学硕士学位论文，2007年，第11页。

② 参见丁氏芳好：《鲁迅在越南》，华东师范大学硕士学位论文，2007年，第15—16页；张伟权：《"译介与重塑"——鲁迅在越南》，《鲁迅研究月刊》2013年第9期，第33页。

文学批评家"①，并将鲁迅的文学批评推向了艺术高度。芳榴指出，鲁迅在文学批评领域留下了宝贵经验，无论对于中国还是越南，"鲁迅的批评观点、方法及风格还是有很大参考价值"②。此外，芳榴将鲁迅的批评原则总结为：态度忠实，动机纯洁，即反对粗暴批评，须全面分析作家及其作品，而作家则要耐心听取评论意见，有分歧可以展开争论；反对文学批评中的教条主义和宗派主义；主张在文学批评中要使思想标准和艺术标准获得统一。③1977年，芳榴又对此文扩充了诸如"鲁迅三个阶段的思想发展历程"等相关内容，从10个方面综合考察研究鲁迅文艺思想，并于职业中学与大学出版社出版，成为这一阶段越南鲁迅研究中最具标志性的成果。

　　1966年越南文学研究家梁唯次（又译梁唯恕、良维次）的研究论述《鲁迅的典型短篇小说》于《文学杂志》第10期发表，文章高度评价了鲁迅小说中的人物塑造。1969年《文学杂志》第10期上登载了梁唯次名为《杂文——鲁迅斗争的武器》的文章，该文研究分析了鲁迅杂文的社会背景、思想内容及创作艺术，尤为推崇鲁迅对杂文的态度及其讽刺手法。1974年梁唯次在《文学杂志》第5期上发表了以《呐喊》与《彷徨》为研究对象的《通过"叙述人物"的形象了解鲁迅》一文。1984年于《文学杂志》第6期上发表《现在的鲁迅》，介绍了中国的鲁迅研究状况，并在文中提出对于中国鲁迅研究的建设性观点。接着，他在1986年10月19日于《人民报》发表《鲁迅与我们》以纪念鲁迅逝世50周年，继《现在的鲁迅》后，又探讨了中国鲁迅研究方法的利弊。

　　此外，还有许多越南学者对鲁迅进行研究学习，如著有《鲁迅：中国文化革命的主将》一书的黎春雨（另译黎春武），于《鲁迅短篇小说笔法》探讨鲁迅新颖叙事方式的黎辉消，研究鲁迅诗作的胡士侠，以及阮五、阮遵等作家、学者。

　　① 王家平：《鲁迅文学遗产在东南亚的传播和影响》，《首都师范大学学报（社会科学版）》2014年第5期，第98页。

　　② 转引自丁氏芳好：《鲁迅在越南》，华东师范大学硕士学位论文，2007年，第14页。

　　③ 参见芳榴：《大评论家鲁迅》（曾烨译），《鲁迅研究年刊》1991、1992年卷；王家平：《鲁迅文学遗产在东南亚的传播和影响》，《首都师范大学学报（社会科学版）》2014年第5期，第98页。

鲁迅与20世纪中国研究丛书

目前，某些越南研究者提出：1986年之前的研究论述，多因越南国情需要，以阶级性理论为出发点，偏重鲁迅文章的社会性意义，而掩盖了鲁迅文章的深刻内涵及创作艺术。而1986年后的鲁迅研究，仍是"任重道远"，西方文学理论的引入给鲁迅研究注入一股新风，在对于鲁迅文学作品内面隐喻的深挖过程中，逐渐加深了对鲁迅的艺术理解。[①]

1979年中越边境发生冲突，两国一度不相闻问，越南的鲁迅翻译研究工作也受其影响而延宕阻滞。这种情况持续到80年代后期，才开始有所改善。在1986年鲁迅逝世50周年之时，虽然中越两国嫌隙尚未完全冰释，但越南学界仍有多篇纪念文章发表。如越南陈廷史发表于作家协会的机关报《文艺周报》第42期的纪念文章《鲁迅——中国人民伟大的爱国主义者和国际主义者》等等。

第三节　鲁迅及其作品在越南广泛传播的主要原因

鲁迅及其文学作品在新马地区基于民族和语言优势而得以广泛传播，除此之外，在东南亚诸国中，当属越南对于鲁迅的译介与传播至广至深。这主要源于以下重要因素：

其一，深化中越友好关系的需要。中越两国皆为社会主义阵营重要国家，意识形态相同，且中国在越南民族解放与独立运动中相助甚多，因此20世纪50—70年代中期成为了中越关系的蜜月期。鲁迅是中国共产党领袖毛泽东极为推崇的伟大作家，毛泽东在《新民主主义论》里对鲁迅作了很高的评价："鲁迅是中国文化革命的主将，他不但是伟大的文学家，而且是伟大的思想家和伟大的革命家。鲁迅的骨头是最硬的，他没有丝毫的奴颜和媚骨，这是殖民地半殖民地人民最可宝贵的性格。鲁迅是在文化战线上，代表全民族的大多数，向着敌人冲锋陷阵的最正确、最勇敢、最坚决、最忠实、最热忱的空前的民族英雄。鲁迅的方向，就是中华民族新文化的方向。"故此，越南官方和文学界高

①　参见张伟权：《"译介与重塑"——鲁迅在越南》，《鲁迅研究月刊》2013年第9期，第33页；阮氏梅筝：《鲁迅在越南》，《东吴学术》2015年第4期，第89页。

度重视译介和研究鲁迅作品，并将此作为从文化领域加深中越友好关系的重要途径。1955年10月30日，河内举行鲁迅纪念大会，潘遂在会中讲到："（鲁迅）不但是中国的大文豪，也是世界的大文豪。"1959年越南教育部专门邀请时任南开大学教授、后出任鲁迅博物馆首届馆长的李何林教授到越南河内综合大学举办了鲁迅专题讲座，足见越南政府对鲁迅的重视。

其二，越南官方对鲁迅的高度推崇。鲁迅本人及其作品所蕴含的爱国主义和革命精神鼓舞和激励着越南民族独立的进程。被称为越南国父的越南无产阶级革命领袖胡志明阐述观点及讨论问题时，常佐以鲁迅的词句来发人深省。1951年3月，胡志明在《在越南劳动党成立仪式上的讲话》中曾援引鲁迅诗作《自嘲》中的句子："在讲到革命者和政党时，中国大文豪鲁迅先生曾经有两句诗'横眉冷对千夫指，俯首甘为孺子牛'。'千夫'，意指强敌，比如法国殖民者和美国干涉者，也可以说艰苦、困难的意思。'孺子'意思是指善良的广大人民群众，也可以说是指益国利民的工作。越南劳动党决不怕凶悍的敌人，不怕任何艰巨危险的任务，但是，越南劳动党乐意做人民的牛马，做人民的忠诚仆役。"[①]胡志明对鲁迅的推崇，燃起了越南文学界对鲁迅及其作品译介研究的热情。

不仅如此，鲁迅还成为越南初中、高中乃至大学教育中的"明星作家"。鲁迅是"越南各所普通学校被尊敬、讲授的唯一一位中国现代的文学家"[②]。1945年在"八月革命"后，越南初高中外国文学课程中鲁迅的文学作品占有重要一席，初中二年级的张政译《故乡》，高中二年级的张政译《鲁迅生平》，梁唯次译《药》，梁唯次译《阿Q正传》（选修）。陈春提《中国文学精华初讲》中设有"大文豪鲁迅"专章。越南的河内综合大学、河内师范大学等高校都设立了中国文学专业，鲁迅的创作成为其中重点讲授的对象。越南的中学《文学选读》课本也选录了鲁迅的《阿Q正传》等作品。梁唯次还有一篇名为《关于鲁迅写法的一些问题和普通学校中对鲁迅创作的传授》[③]的文章，专门

① 胡志明：《胡志明选集》（卷2），人民出版社1964年版，第164页。
② 阮氏梅筝：《鲁迅在越南》，《东吴学术》2015年第4期，第86页。
③ 阮氏梅筝：《鲁迅在越南》，《东吴学术》2015年第4期，第90页。

讨论鲁迅在教育领域中的传播问题。经由大中学课堂，鲁迅作品得到了更广泛的推广。

其三，译介、研究者本身对鲁迅精神的认同。越南鲁迅译介第一人邓台梅在1923年左右于前往河内的火车上从中国学生那里得知了当时中国的文坛巨变，更听说了鲁迅之名。而真正接触到鲁迅作品，则是在十年之后鲁迅逝世的1936年，他曾感喟道："鲁迅去世了，我觉得些许惆怅……鲁迅走了，我才开始去寻找鲁迅。"①对于选择将译介研究鲁迅作为自己的重要使命，邓台梅曾说道："鲁迅不只是一个人物，鲁迅还是一个时代。"②

学者陈廷史在鲁迅逝世50周年发表了纪念文章《鲁迅——中国人民伟大的爱国主义者和国际主义者》，对鲁迅思想进行了高度评价。他认为："鲁迅的思想，其中最突出的一点是它体现了真正的爱国主义和革命进步的国际主义的一贯结合。……鲁迅的作品具有醒悟的现实性，深刻的社会性和历史分析性，浓厚的政论风格与针砭风格，充满了对人类命运的关切与同情。"③

越南对于鲁迅的研究仍在继续着，亦有越南学者指出受越南主流意识形态桎梏，越南的鲁迅研究至今仍无法摆脱陈旧的阶级论观点，④但喜爱鲁迅及其文学作品的越南民众却越来越多。时至今日，越南仍有诸多鲁迅作品翻译者和研究者，他们以传播鲁迅精神、研究鲁迅思想为己任，借助文学之体以一己之力推动中越两国各界融冰消阂。

---

① 转引自张伟权：《"译介与重塑"——鲁迅在越南》，《鲁迅研究月刊》2013年第9期，第29页。

② 转引自阮氏梅筝：《鲁迅在越南》，《东吴学术》2015年第4期，第87页。

③ 陈廷史：《鲁迅——中国人民伟大的爱国主义者和国际主义者》（李翔译），载《鲁迅研究年刊》（1990年卷），中国和平出版社1990年版。

④ 张伟权：《"译介与重塑"——鲁迅在越南》，《鲁迅研究月刊》2013年第9期，第35页。

第九章　鲁迅及其文学作品在泰国的传播与影响

　　中泰两国关系源远流长，可上溯2000年之久。2000年间，一代又一代东南沿海华人浮槎向海，筚路蓝缕，旅泰而居。他们不仅为泰国带去了较为先进的生产技术，同时也将中国古典文学中不少经典之作介绍给了泰国人民。1802年，拉达纳哥信王朝拉玛一世王命财政大臣昭披耶帕康（宏）与华人合译《三国演义》，揭开了中国文学在泰传播译介之序幕。从此，中国文学作品便在泰生根发芽，对泰国文化产生了深远的影响。鲁迅作为20世纪中国最伟大的作家之一，其经典文学作品也经由多种途径被引介入泰，先后在泰国知识界两度掀起"鲁迅热"，成为中泰关系史上一件文化盛事。2010年中泰建交35周年之际，泰国知名网站"经理人报"（www.manager.co.th）曾评出中泰关系史上的35件大事，其中，鲁迅作品《阿Q正传》泰文版在泰出版一事位列其间，鲁迅在泰影响之巨可见一斑。总体而言，20世纪鲁迅及其文学作品在泰传播经历了四个阶段。

第一节　20世纪30年代

　　中国大革命失败后，不少革命者取道南洋，发动海外侨胞支持国内革命运动。"九一八"事变爆发后，包括旅泰侨胞在内的海外侨胞皆为之震惊。为更好地唤醒侨胞参加革命，旅泰侨党大力发展各类读书社、夜校，宣传抗日救亡。由于鲁迅在国内文化界崇高的威信，不少鲁迅的著作和他支持出版的刊物如《中流》《译文》等进步杂志都从香港、上海、新加坡等地秘密运入泰国，在侨社中传阅。

　　鲁迅的作品极大地鼓舞了侨胞，给他们提供了革命的思想武器和精神动力。泰华知名作家洪林认为早期的泰华文学深受中国传统文化的影响，"中国当代著名作家之名著是泰华作家创作的精神支柱"，尤其是"左联"主帅鲁迅的作品《狂人日记》"深刻揭露当时社会人吃人的历史本质，给泰华作家们很大的启示。《阿Q正传》更是影响深远的巨著。作家们对这部新文学杰作的感应是强烈的，至今仍不时引用于文学作品里。还有《自嘲》中'横眉冷对千夫指，俯首甘为孺子牛'这一名句，更为人所熟悉，时常引用。鲁迅先生的名著，在泰华文学领域里，确实起着非凡的指导作用"①。泰华著名作家黄病佛、谭金洪、柳烟和名记者丘心婴、诗人邱亦山等在20世纪30年代组建的第一个文学团体就命名为"彷徨学社"，并出版社刊《彷徨》（半月刊）。抗日战争全面爆发后带领第一批华侨青年奔赴延安的泰华反帝大同盟负责人张庆川，经常以"横眉冷对千夫指，俯首甘为孺子牛"这句名言教育华侨青年。泰华文艺界成立的第一个剧社秋田剧社在1935年8月公演的第一个节目就是由吴琳曼、许侠、许一新三人改编的三幕话剧《阿Q》。之后，在华侨总商会蚁光炎主席赞助下，使《阿Q》得以在侨社中最大的礼堂——中华总商会礼堂再度公演。此外，鲁迅先生出资支持出版的歌颂中国东北人民抗击日寇侵略的萧军名作《八月的乡村》也于1936年5月被改编成《李七嫂》在泰公演。在鲁迅战斗精神的鼓舞下，华侨抗日救亡热情空前高涨。

　　1936年10月，鲁迅病逝。噩耗传到泰国，侨界一片哀鸣。在当时的政治环境下，泰国当局禁止侨社举行任何形式的鲁迅悼念活动。尽管如此，旅泰侨党依然通知各读书社分散举行小组悼念会。其后，在中华总商会蚁光炎主席的倡议和组织下，旅泰侨胞于12月初举行了一次盛大的鲁迅悼念会，约有各界代表1000余人参加。蚁光炎、刘石、黄病佛等泰华名人赠送了挽联："鲁迅先生不朽，中华民族永生。""大地余阿Q，何处觅狂人。"同时《华侨日报》发表

　　① 洪林：《中国传统文化对泰华文学的影响》，《泰中学刊》1998年第4期。

题为《追悼鲁迅先生》的专论，号召文友们发扬鲁迅先生的现实主义精神，以笔做刀枪，投入抗日救亡斗争。[①]追悼活动促进了泰华文化界的大联合。"我们""生力""南哨""螺凝"等40多个读书社联名发起倡议，庄严宣告联合成立"学习鲁迅联友社"。第二年"七七事变"当天，联友社即宣告成立泰国华侨文化界抗日救国联合会。[②]在鲁迅精神的感召下，很多联友社成员在抗战期间都奔赴前线，参加抗日，为救亡图存不惜抛家舍业乃至献出宝贵生命。

总体而言，尽管这一阶段鲁迅及其作品已经进入泰国，但主要是在旅泰侨胞中传播。由于中泰之间一直没有正式建交，而且泰国自拉玛六世时期一直到"二战"期间，大部分时期都实行排华政策，华文教育和中国文化传播都处于地下秘密状态，鲁迅及其作品自然也无法翻译为泰文，为泰国主流社会所关注。

第二节　20世纪50—60年代

"二战"结束后，泰国与美国结盟，成为美国在亚太地区遏制共产主义的桥头堡。但泰国国内政局并不稳定，民主力量反抗独裁军人势力的斗争从未停歇，政治斗争暗流涌动。泰国进步知识分子、文学家、新闻工作者等积极追求政治自由，反对军政府独裁统治，并对社会主义治国思想产生了共鸣。由素帕·诗里玛侬主办的《文学信》月刊的问世，为泰国进步势力提供了研究和传播共产主义思想和社会主义思潮的平台。在该刊物的引领下，泰国文学界掀起了一阵社会主义浪潮。1949年12月至1950年2月的《文学信》月刊连续登载由泰国文学家、革命家阿萨尼·普拉查（笔名鬼先生）翻译的《毛泽东在延安文艺座谈会上的讲话》。受毛泽东文艺思想的影响，泰国文坛开展了一场"文艺为人生"的文艺革新运动。而正是在这个时期，一大批中国的优秀文学作品被翻译成泰文，在泰国广为传播。鲁迅及其作品一经译介入泰，立刻引起泰国知

---

① 高伟光：《泰华文学面面观》，留中大学出版社2010年版，第11页。

② 欧阳惠：《泰国华侨鲁迅追悼会的回忆》，《中共党史资料》2007年第4期。

识界强烈共鸣，形成了第一次"鲁迅热"。

鲁迅作品第一次被译为泰文是其诗作《自嘲》中的两句诗——"横眉冷对千夫指，俯首甘为孺子牛"。由于毛泽东在《在延安文艺座谈会上的讲话》中引用了鲁迅这两句诗，因此这可视作是泰国文学界第一次接触到鲁迅及其作品。在同一时期，《暹罗时代》周报刊登了鲁迅简介及其几篇杂文的泰文版，如《关于女人》《论"三种人"》《男人的进化》等。这是鲁迅及其文学作品首次被正式译为泰文。然而，真正令鲁迅蜚声泰国的是，1952年4月《文学信》全文刊载由提查·般查猜先生翻译的鲁迅名作《阿Q正传》，同时刊载的还有两篇关于鲁迅作品的研究文章：萨隆·披萨坡的《鲁迅与鲁迅思想》以及丹努·纳瓦育的《阿Q是谁？从哪儿来？》。①鲁迅这个名字迅速为泰国文化界所熟知且景仰。然而，1952年，执掌大权的军政府视共产主义为洪水猛兽，畏惧共产主义思想在泰国的传播，颁布《反共产主义法》，将具有共产主义倾向的出版物都列为违禁品，并利用该法律打压进步势力。这使得刚刚兴起的鲁迅作品翻译热戛然而止，陷入了停顿状态。

鲁迅的战斗精神激励和鼓舞了相当一大批泰国新文学家。他们以鲁迅作品作为批判现实的思想武器，向泰国社会的阴暗面发起挑战。其中，最具代表性的作家是吉特·普密斯克（1930—1966）。吉特·普密斯克，笔名"提巴贡"，是泰国著名历史学家、文学家和革命斗士。1958年，吉特被泰国当局投入监狱，1964年出狱后投入泰国东北部地区的革命斗争，于1966年5月5日牺牲。吉特及其作品在泰国广为流传，他的诗集和以马克思辩证唯物主义为指导撰写的著作《泰国封建面貌》均被列入"泰国人必读的100本书"之内，可见其影响力之巨。吉特的思想在很大程度上来源于鲁迅作品。吉特·普密斯克在当时泰国的《艺术之生》杂志上介绍鲁迅的旧体诗，在提到"横眉冷对千夫指，俯首甘为孺子牛"这两句诗时，他说："人民艺术家在群众的眼里，就是为人民服务的牛。"吉特·普密斯克还非常喜欢鲁迅笔下的阿Q，他认为"阿

① 雅妮：《泰国知识者对鲁迅形象的评价》，中国海洋大学硕士学位论文，2012年，第9页。

Q是中国精神方面各种毛病的综合，像阿Q这样的人，不只是在中国有，在泰国的文化里也有不少"①。鲁迅的作品对吉特的创作产生了很大影响。吉特的作品如《书的灵魂》《夜里的星星》《老朋友的劝告》等，都被称为"批判旧社会的文学"。吉特最负盛名的著作《艺术为人生、艺术为人民》全面阐释了"为人生"的艺术及泰国文艺发展的过程，不仅为泰国新文学革命提供了基本理论，而且为泰国1973年"十月十四日运动"奠定了政治改革的思想基础。

　　受鲁迅影响较深的还有阳努·纳瓦育。1952年，阳努·纳瓦育在《文学月刊》上发表文章指出："鲁迅向人们揭露了中华民族长期流传下来的缺点，目的是让人摆脱愚昧落后的思想。……现在这类思想在中国几乎全部消失，然而在世界其他地方，包括其邻近国家在内，却还普遍地存在着。"他借此批评泰国当局，在日军攻占泰国期间，广大的泰国人民受到日本帝国主义的奴役、欺诈和压迫，但当局却像自欺欺人的阿Q那样吹嘘"泰国正在变成一个强国"②。

　　此外，泰国不少新文学家撰写有关鲁迅研究的文章和著作，表达对鲁迅精神的钦慕。1956年，纳里耶在《鲁迅的一生和著作》一文中指出："我感到学习和研究中国伟大作家鲁迅的一生和著作，就像学习其他伟人的一生和著作一样，可以使我们更接近人类高尚的情操和品德。高尚的情操即坚信工作和战斗能消除一切阻力、克服困难，包括坚持不懈地反对压迫，憎恨各种私心杂念的坚强信心。"1958年，曼挺·窗瓦的著作《学习鲁迅》出版，作者在前言中写道："我认为在充满荆棘和各种豺狼猛兽的我国文学园地，鲁迅的锐利武器——杂文，无疑是杀死猛兽的武器。我相信不久的将来，我国革命文学的园地，必然会出现人民的勇士，手中拿着鲁迅锐利的武器即杂文，跳入文学园地，杀死猛兽或戳穿豺狼的卑劣行径。人民文学的园地将生长起一篇革命文学油绿的新苗。"在该书的结尾部分，曼挺·窗瓦大声疾呼"在为夺取泰国人民

　　① 吉特·普密斯克：《艺术之生》，泰威斯出版社1957年版。转引自黄盈秀：《泰国中文专业教学中鲁迅作品的教学与接受》，浙江大学硕士学位论文，2011年，第4页。
　　② 威盛中：《鲁迅作品在泰国流传的意义》，《鲁迅研究年刊》1991、1992年卷。

自由、独立、幸福的年代，我们更需要鲁迅坚韧不拔的战斗精神"①。

1957年，泰国再度发生军事政变。执政的沙立政府极为敌视共产主义，对于进步文学采取高压政策，以危害国家安全等罪名大肆逮捕新文学家、知识分子。进入60年代后，泰国文坛相当沉寂，有价值的作品甚少。泰国评论家将1958年至1967年这10年称为文化上的"黑暗时期"。尽管鲁迅作品在这一时期仍然受到泰国文学界关注，但囿于政治氛围，无论是鲁迅及其作品的译介传播还是泰国文学界对鲁迅的研究都大为减少。

第三节　20世纪70年代—80年代初

长期的军政府独裁统治和日益严重的腐败问题不断遭到泰国社会各界的批评，最终导致了1973年"十月十四日运动"的爆发。学生们走上街头，要求军政府还政于民，泰国由此进入"脆弱的民主时代"。这次运动对泰国文学产生了积极的促进作用，前后出现的一批青年作家极为活跃，他们不满现状，渴望变革，泰国社会重新兴起认识和了解当代中国的思想热潮。加之中国于1971年恢复联合国常任理事国席位和中美关系改善，令泰国政府在70年代初期放宽了对于中国文学作品译介传播的限制。1975年中泰正式建交，两国文化交流日渐深入。这些因素都促使鲁迅及其作品在20世纪70年代再度成为泰国文化界关注的焦点。

这一时期，鲁迅作品在泰国的译介迎来了第二次高潮。仅《阿Q正传》就出现了多个译本。1952年由提查·般查猜翻译的《阿Q正传》在1974年重新再版两次、1976年第三次再版。由张·陈翻译的第二个译本也于1975年出版。同年，由阿披瓦翻译的第三个译本（由英文版转译为泰文）也正式出版。此后，《阿Q正传》数次再版，在泰国拥有广大的读者群。据2002年一项调查表明，《阿Q正传》在20世纪下半叶共出现了9个不同的泰文译本，总印数达20

---

① 戚盛中：《鲁迅作品在泰国流传的意义》，《鲁迅研究年刊》1991、1992年卷。

万册。①此外，鲁迅其他名篇也陆续被译介刊载。披萨翁·鹏必塔翻译的《祝福》《一件小事》于1974年分别发表于《三八国际妇女节纪念文集》和《大众生活》杂志。1975年，察里曼翻译的《故乡》发表于《普罗大众》。1976年，《狂人日记》（泰文书名为《狂人日记：鲁迅短篇小说集》）泰文版出版。1977年，由庞雷·康良翻译的《野草》正式出版。由阿丽·莉维拉翻译的《鲁迅优秀小说》，于1979年出版。值得一提的是，随着中泰两国于1975年正式建交，中国外文出版社组织翻译的《呐喊》《鲁迅选集》泰文版也于1976年起陆续进入泰国，并由泰国出版社多次再版。②

　　尽管如此，1976年10月爆发的军事政变再度让泰国社会进入分裂状态。军政府为控制和禁锢民众思想，颁布了《泰国印刷品法令》，将204本书籍认定为禁书，其中包括义提蓬翻译的《阿Q正传》以及一本研究鲁迅的《阿Q与鲁迅的思想》。事实上，这个法令执行得并不十分严苛。鲁迅作品及研究鲁迅的作品依然在泰国文坛不断涌现。1979年，尤妍·哈瓦提纳努恭撰写的《鲁迅的作品与改革社会路线》被收录在《论东方文学作品》一书中，由法政大学出版社出版。在1981年纪念鲁迅诞辰100周年之际，泰国媒体发表了一批纪念和研究鲁迅的文章。泰国著名的《书籍世界》在1981年11月号发表编辑部纪念文章，对鲁迅生平思想作了介绍，文章重点介绍了鲁迅在世界文坛上的影响，研究了鲁迅与外国文学的关系。泰国文学评论家塔维巴温在《书籍世界》的12月号上刊载了纪念鲁迅的文章，专门介绍吉特·普密斯克所受鲁迅的影响。法政大学教师阿通·凤谭玛塞1981年在《法政大学杂志》上发表了《鲁迅短篇小说评论》，以鲁迅《呐喊》中的10篇短篇小说作为研究对象，分析了作品的社会背景、作家经历与作品内容的关系，进而指出鲁迅文学作品创造的重要意图。

　　总的来看，这一阶段见证了鲁迅及其作品在泰国传播及影响的最高峰。泰国进步力量从鲁迅作品中汲取革命精神力量，用以批判现实，反抗军人独裁统治，彰显了鲁迅作品高度的现实价值。

---

　　① 黄瑞贞：《〈阿Q正传〉泰译本之比较》，泰国朱拉隆功大学2002年版，第69页。

　　② 这部分资料主要通过泰文材料整理汇编，有部分参考何明星：《从"三国演义"到鲁迅，中国文学在泰国的传播》，《济南大学学报（社会科学版）》2011年第6期。

鲁迅与20世纪中国研究丛书

第四节　20世纪80年代中期至今

随着泰国政治趋于稳定，笃信佛教的泰国社会革命热情逐渐消散，重新回归到安静平和的生活状态之中。在这样一种背景之下，鲁迅及其作品作为思想武器和精神动力的现实意义也日渐淡漠。随着中国文化在泰国的日益广泛的传播，鲁迅作品逐渐转型为泰国学术界对于中国现代文学研究的重要对象，以及泰国大学中文专业的教学内容之一。

1990年，泰国政府颁布《泰国取消禁书暂时法规》，1998年颁布《泰国取消禁书法令》，以《阿Q正传》为代表的鲁迅作品得以重新在泰国社会广泛传播。这个时期鲁迅作品在泰国的出版情况包括：1990年曼谷火焰出版社出版的《鲁迅选集》；1997年素可潘栽出版社出版的《阿Q正传》；2000年素可潘栽出版社出版的《鲁迅选集》；2000年由他伟旺翻译的《鲁迅诗歌》由曼谷健心出版社出版；2003年最新版的《鲁迅全集》由春斯出版社出版，译者为泰国法政大学汉语专业的学生；2007年泰国一所较小的出版社再次印刷了提查·般查猜先生翻译的《阿Q正传》。

这个阶段出现了一个显著的特点，即：很少有对于鲁迅作品的译介，一般是旧作再版；同时，对于鲁迅及其作品研究的博士硕士论文数量呈现出较快的增长。2000年，法政大学娜般·卜雅瓦斯撰写了题为《鲁迅对中国社会的看法——论鲁迅的作品》的硕士论文；2001年，朱拉隆功大学黄瑞贞撰写了题为《〈阿Q正传〉泰译本之比较》的硕士论文；2004年，青岛大学裴思兰（泰国留学生）撰写了题为《鲁迅和金庸在泰国的接受之比较》的硕士论文；2008年，黎皇家大学瓦查拉坡·志扎仁撰写了题为《分析中英小说译文的语言：〈阿Q正传〉运用词汇衔接的方法表现出批判性》的硕士论文；2012年，中国海洋大学雅妮（泰国留学生）撰写了题为《泰国知识者对鲁迅形象的评价》的硕士论文；2014年，山东大学徐佩玲（泰国留学生）撰写了题为《中国现代文学对泰国影响之研究》的博士论文。

此外，随着中文在泰国传播的逐渐深入，泰国不少大学中文专业课程设置中都将鲁迅作为重要教学内容。比如，朱拉隆功大学中文专业大四时教授

《阿Q正传》和《狂人日记》选段；农业大学中文专业大二时教授《阿Q正传》《狂人日记》《孔乙己》选段；艺术大学中文专业大三时也教授这三篇小说选段；清迈大学中文专业在大三时对鲁迅基本情况进行介绍。以艺术大学为例，2006年由该校中文教师张美芬自编的《中国小说选（教材）》，全书共九章，第一章至第四章分别为鲁迅介绍、《狂人日记》、《阿Q正传》和《孔乙己》，剩余五章主要选编了胡适、朱自清、溥仪、赵树理和张贤亮的一些文章。可见，有关鲁迅的选材比例较高，是教材的主要部分。而且，教材后面还附有《狂人日记》《阿Q正传》的泰语译文，以及诺帕万在"经理人"网站发表的文章《阿Q仍然在吗？》。

　　近一个世纪以来，鲁迅及其作品以其独特的艺术魅力在泰国广为传播，对泰国现代文艺发展产生了深远影响。从革命年代鲁迅精神对旅泰侨胞的激励，到20世纪50—70年代对于泰国文艺界"文艺为人生"运动的促进，到如今成为泰国研究中国现代文学最为重要的对象，鲁迅及其作品在泰国扮演了数个不同的角色，在各个历史时期都发挥着重要功能。尽管由于时代变迁，鲁迅及其作品难以重现20世纪50年代和70年代的辉煌。但是，随着泰国华文教育如雨后春笋般蓬勃发展，鲁迅及其作品重新得到重视。我们相信，鲁迅及其作品的价值在泰国社会将会得到越来越深入的挖掘和肯定，在未来一定会再造辉煌、重焕异彩。

下编　鲁迅在西方世界

第一章　鲁迅与英国

　　鲁迅学过多门外语，其中英文水平应该是最低的，虽然鲁迅1898年入江南水师学堂后学过约半年英语，但是他的英语远次于他的日语和德语水平，以至于后来有人说鲁迅根本不懂英语。虽然鲁迅1933年2月17日在宋庆龄处与英语作家萧伯纳见过面，还惊讶于萧伯纳的身高并写了一些纪念双方会见的文章，但是鲁迅很少听说读写英文，而且也没有翻译过以英文为原文的译著。看来鲁迅似乎跟英国是没有交集的，而英国对鲁迅译介和研究似乎都相对落后于欧洲各大国，更比不上美日。那么，鲁迅在英国的影响似乎应该是很少的了。自1930年英国的米尔斯（E.H.F.Mills）将法文版的《中国现代短篇小说家作品选》（其中收录了鲁迅的《阿Q正传》和《孔乙己》）译为英文（*The Tragedy of Ah Qui and Other Modern Chinese Stories*）并由伦敦劳特利奇公司（Routledge）出版开始，鲁迅在英国的影响到底有多大了？什么样的人知道鲁迅？鲁迅在英国以多大程度什么样的方式存在着？鲁迅未来的海外推广有哪些工作可以做？这些都是本章要努力回答的问题。

　　王家平先生的《鲁迅域外百年传播史：1909—2008》和张杰先生的著作《鲁迅：域外的接近与接受》里对鲁迅在英国及全球范围内的传播和影响从起始阶段到21世纪初都有很详尽的介绍。张杰先生的书中还把鲁迅在英国的传播情况专门单列了一章。王家平先生的书一直描述到英国在2006年为止的鲁迅研究成果。但是他们的书中只是关注于学术著作，很少涉及教学及媒体等整个中国研究的圈子。而且距离王家平先生的书出版又有5年过去了，那么英国近几年对鲁迅的翻译介绍和研究，有哪些新进展呢？

笔者在英国境内做了一些初步的调查，包括问卷调查、网络查询以及面谈电话采访等形式，收集了一些鲁迅在英国影响力的现状，听取了相关人士对未来鲁迅在海外介绍和推广的一些建议，结合笔者在英国从事汉语教学的观察和实践，管中窥豹，略见一般，希望对未来新形势下鲁迅研究和介绍的国际推广起到抛砖引玉的作用。

鲁迅在英文中主要有三种不同的拼法：Lu Hsün（有些地方也作 Lu Hsun）， Lu Sin， Lu Xun。第一种是韦氏拼音（Wade–Giles，system也叫威尔玛拼音），广泛用于1979年前西方学术界里的参考资料中，后来被汉语拼音取代，现在仅存于中国的历史书籍中；第二种的Sin是外国人发不出"迅"这个音时的一个代替音；第三种是汉语拼音，用于汉语拼音推广到国际上以后，主要是1979年以后的文献资料里。

第一节　鲁迅在英国学术界的新动向

以下部分集中回顾和介绍一下鲁迅研究方面的主要著作：

英国对整个中国文学的介绍和研究在20世纪末到21世纪初得到了很大的重视和发展，集中表现在出现了一些研究中国现当代文学的英国学者的著作。这里主要有：

1997年伦敦标榜出版独立的赫斯特出版社（Hurst Publishers）出版了爱丁堡大学中文系的杜博妮教授（Bonnie S.McDougall）和香港大学的雷金庆（Louie Kam）教授的著作《二十世纪的中国文学》（*The Literature of China in the Twentieth Century*）， 1999年有英国柯曾出版社（Curzon Press）出版的伦敦大学亚非学院的贺麦晓（Michel Hockx）教授[①]编写的《20世纪中国的文学领域》（*The Literary Field of Twentieth-Century China*. Richmond: Curzon Press），

---

① 贺麦晓（Michel Hockx）已于2017年离开英国，现就职于美国圣母大学（University of Note Dame）东亚语言文化系。

2003年荷兰莱顿专门的学术著作出版社Brill 出版社出版了贺麦晓（Michel Hockx）教授的另一本书：《风格的问题：现代中国的文学社团和文学期刊，1911—1937》（*Questions of Style*: *Literary Societies and Literary Journals in Modern China*，*1911—1937*）。

以上书目广泛地被用于各大学的中国文学科的课程教学中，是对中国从五四时期开始的现当代文学概览的经典书籍。这些书通常是以作家为单位，而鲁迅只是作为其中的一个作家或一章节出现。20世纪90年代以后英国出的以下几部书和几篇文章是跟鲁迅研究有切实相关的有影响力的书籍和论文：

1. 剑桥大学 （Cambridge University） 亚洲和中东学院（Asian and Middle Eastern Studies）的苏文瑜博士（Dr Susan Daruvala）是英国目前从事现代文学研究的大家，其研究领域涉及鲁迅和周作人等现代作家。她于2000年出版的著作《周作人对中国现代性的另类回应》（*Zhou Zuoren and an Alternative Chinese Response to Modernity*）（台湾译作《周作人：自己的园地》），虽然主要是以鲁迅具有争议性的弟弟周作人的作品为主要研究对象，但是书中对鲁迅的权威地位也有深刻的观察和思考。这本书台湾2011年出有译本，但尚未发现大陆的译本。在这本书里，她对比观察了周作人和鲁迅，认为"鲁迅表达了主流派五四启蒙论述的内在思考逻辑，是五四运动知识分子的典范"，代表了中国"对现代性的主流回应"，而周作人代表的是中国现代性的非主流的即另类的回应。尽管这部著作被认为是一部继沃尔夫冈·顾彬（Wolfgang Kubin）、卜立德（David Polland）之后研究周作人的最新成果，但是，它同时对鲁迅的历史地位和权威地位进行了认可。这表达了西方学术界对鲁迅的一个普遍认识，即，无论你喜不喜欢鲁迅，他都是最具代表性的五四时期的知识分子，是以担心国家危亡为己任的主流思想人物，代表了那些非"小我"而以谋求实现富国强民理想为神圣使命的"大我"。即鲁迅是大我思想家，而周作人是小我思想，而小我思想似乎更符合西方的价值观。

苏文瑜博士目前正准备用康德美学去分析李长之对鲁迅的批判。她目前正指导的一个学生Saiyin Sun的博士论文题目就是《鲁迅与20年代的中国文坛》（*Lu Xun and the Chinese Literary Field in 1920s*）。

鲁迅与20世纪中国研究丛书

2. 2002年，英国牛津大学出版社出版了爱丁堡大学中文系终身教授杜博妮（Prof Bonnie S. McDougall，也译作麦克道格尔）的一部专著：《中国现代的情书和隐私：鲁迅与许广平的亲密生活》（*Love Letters and Privacy in Modern China: The Intimate Lives of Lu Xun an Xu Guangping*）。这是英国乃至整个西方学术界里对鲁迅研究的一部重要著作。这不仅是因为杜博妮教授本人曾经在英国、美国、澳大利亚、大陆和香港都工作和研究过，在西方的文学研究界有很大影响力，而且是因为该书全面系统展现了鲁迅这位中国最伟大的文学家的恋爱和个人生活。这本书开创了英国在研究现代中国文学史上的三个新话题：（1）鲁迅与许广平作为夫妇的亲密生活；（2）中国现代文学中的真实及虚构的情书；（3）中国的隐私概念。

1925—1929年之间鲁迅和许广平之间的通信，展现了这位伟大的文学家与他曾经的学生之间的那段恋情。书中指出，1933年《两地书》由青光出版局出版时，鲁迅曾经在编辑过程中对原信作过很多改动，包括删、增、改，其目的之一是更符合这对文坛夫妇出版他们爱情故事的时代潮流所需，另一个原因是更好地维护他们之间的爱情，防止被流言蜚语中伤。在对未经删改的原信进行分析的基础上，杜博妮这本书的第一部分指出一些曾经被大家忽略的信息，那就是许广平早期有女同性恋（lesbianism）的倾向，她有颠覆传统女性性别差异／歧视的一些活动，鲁迅对这些活动有过支持。许广平早期曾经有两次企图自杀，鲁迅试图缩小许广平的政治激进主义，并以他自己的战斗性来影响读者。

该书第二部分展示了鲁迅在当时中国的作家出版书信体小说和情书的大环境下，如何挑选他们的书信和编辑他们的书信。书中第三部分通过比较原信和经编辑过的信，提供了对现代中国的隐私这一自然属性的独一无二的证据。书信文字显示了鲁迅和许广平之间许多亲密关系，包括他们的爱恋关系，他们的身体接触，他们的家务生活，还有他们对流言的害怕，他们对一起过与世隔绝的生活的渴望，还有他们在公众服务与私人内心兴趣的传统冲突之间的矛盾态度。虽然有些人认为中国文化中缺乏隐私的概念，但是这本书的研究揭示了20世纪早期中国的隐私的内容、功能和价值。

3. 在英国伦敦大学亚非学院（SOAS，University of London）任教的贺麦晓（Michal Hockx）教授撰有《痴女狂男：早期中华民国文学的阅读方式》，论文围绕鲁迅、《新青年》同人以及女作家陈衡哲的创作，探讨20世纪初期中国文学的"疯痴"的精神状态。这篇文章经过修改后于2002年以中文形式发表在《现代中国》上，题目是《狂男痴女——阅读陈衡哲、鲁迅和〈新青年〉的方式》。曾在伦敦大学任教的华裔学者赵毅衡（Henry Zhao）撰有以鲁迅等近现代小说家为研究对象的专著《苦恼的叙述者：中国小说从传统到现代》[①]（*The Uneasy Narrator : Chinese Fiction from the Traditional to the Modern*），该书引用鲁迅《阿Q正传》中的叙述者"对阿Q的悲剧命运采取嘲讽的态度"，而"呈现文本价值的隐含作者对主人公更显示出同情态度"，试图说明这种"不确定的叙述强化了小说叙事的反讽性，进而在叙述者与隐含作者之间造成直接的冲突"。由于王家平的著作中对此已经有所介绍，赵毅衡亦于2010年已经回国，本章就不再作细致评述。

4. 2009年英国企鹅出版社经典文学部（Penguin Classics）出版了朱丽叶·洛维尔（Julia Lovell）（中文名叫蓝诗玲）重译的鲁迅小说全集，书名叫《阿Q正传及其他故事：鲁迅小说全集》（*The Real Story of Ah-Q and Other Tales of China: The Complete Fiction of Lu Xun*）。里面完整收集了鲁迅的《呐喊》《彷徨》《故事新编》三本小说集。朱丽叶·洛维尔博士现在是伦敦大学伯克贝克分校历史和考古系的教授，她主要从事历史和古典文学研究。2006年，朱丽叶·洛维尔出版了《文化资本的政治：中国对诺贝尔文学奖的追求》（*The Politics of Cultural Capital: China's Quest for a Nobel Prize in Literature*），该书从20世纪早期的鲁迅等中国现代作家开始，分析到近年来的当代中国对诺贝尔文学奖态度的变迁。但这本书不是研究鲁迅的著作，书中把鲁迅当作中国无数渴求在世界文学之林争一席之地的中国知识分子中的典型一员，阐述了中国知识分子对诺贝尔文学奖的渴望。朱丽叶·洛维尔博士在此之前还翻译过好几位中国现当代作家的作品，包括朱文的《我爱美元》（*I Love*

鲁迅与20世纪中国研究丛书

① 此书的中文译名有不同的版本流传，这个译名是笔者联系赵毅衡老师的夫人陆正兰老师后确定的。

Dollars），阎连科的《为人民服务》（*Serve the People*），韩少功的《马桥词典》（*A Dictionary of Maqiao*）以及张爱玲的《色戒》（*Lust，Caution*），等。她也曾经写过一些论述文体和讽喻等文学修辞手法的文章。所以她的翻译，是英国21世纪高水平的英语为母语者对鲁迅的再次介绍。

关于鲁迅的小说尤其是《阿Q正传》，此前有许多中外友人都零星译过，鲁迅的小说选集也已经有好几个译本了。比较重要的有：（1）1941年美国哥伦比亚大学出版的华裔学者王际真（Chi-chen Wang）译的《阿Q及其他：鲁迅小说选》（*Ah Q And Others: Selected Stories of Lusin*），正文共219页，这本书目前在英国市场上已经找不到了，但网上还有其信息，收录了其翻译的《阿Q正传》等11篇鲁迅的小说；（2）1960年外语出版社即后来的外研社出版的杨宪益和戴乃迭译的*Selected Stories of Lu Hsun*，里面的小说选自《呐喊》《彷徨》和《故事新编》，同年该出版社还把《阿Q正传》的英文译本出了单行本*The True Story of Ah Q*，共64页。这个单译本后来被香港中文大学出版社于2002年再版，并且是中英文对照的形式，共119页；（3）1990年美国夏威夷大学出版社出版了 William A. Lyell译的*Dairy of a Madman and Other Stories*，该书除了前言共389页。Lyell是斯坦福大学的副教授，于2005年去世，终年75岁，斯人虽已逝，但其著作流传于世，目前这本书还能在市场上买到。不过对英国读者来说，这些版本都是"外人"译的舶来本，而且在英国市场上不太容易找到，因为要不从中国的外研社运来，要不就是从一个美国的影响力有限的学术出版社运来，而这次企鹅出版社的新译本出版，是真正针对英美大众的广泛读者群。朱丽叶·洛维尔2009年的译本除了前言等共416页，在企鹅出版社的英国和美国分部同时出版。这个译本填补了这样一个空白：这是一本由英国本土人以地道的英式英语译的当代鲁迅译本。她也借鉴了前人的成果，在前言里说自己在翻译的时候参考了杨译本和Lyell的译本。朱丽叶·洛维尔自己评论的时候说，企鹅出版社是英国文学的权威出版社，其作品会被广泛地用于研究中国学，她知道还有教比较文学的教授在使用她的这本译著。

剑桥大学的苏文瑜博士在谈到这本书出版的意义时说到："我非常高兴朱丽叶·洛维尔的鲁迅译本出版了。鲁迅是一位很有意思的作家。这本书出版得正当时，我们现在需要有一个很好的译本。此前的各种译本有些不足之处。当然鉴于鲁迅在中国的典范地位，这也是合适的，我们应当把他的作品呈献给广大读者。"诺丁汉大学的Jackie Sheehan [1]和Jeremy Taylor博士提到这本书的出版时都说道：这是件非常好的事，是对出版社和读者来说都是很好的创意，这给学生提供了一本很好的有用的藏书。Jackie还说目前市场上有些关于中国的书有失公允，比如张戎（Jung Chang）写的《毛的故事》（*Mao: The Unknown Story*——注：这本书因为太失之偏颇在大陆被禁，在西方也没有市场）。市场上正需要补充这样高质量的出版物，这个鲁迅译本给研究中国的高年级学生提供了很大的帮助。

从翻译的角度，这也是一件很好的事情。牛津大学的米德教授（Rana Mitter）说这个译本早就应该有了，这次出版是件令人振奋的消息。杨宪益和戴乃迭的译本很好，但是每个时代都需要有对好作品的翻译。鲁迅就是这样一位重要的作家。朱丽叶的译本刚好填补了一个这样的空白。她也译得很好，有自己的风格，有当代的风格。而且这本书受到了广泛的欢迎。

因为译作的语言世界不断地向前发展，所以"经过一段时间，有生命力的原著又需要有新的译作出现"。所以"一部真正有价值的作品就注定要不断被重译"。鲁迅的作品不断被重译，尤其作为英国文学权威出版社的企鹅出版社这次出版重译鲁迅的小说全集一事，充分说明了鲁迅的作品（这里是指小说）是有生命力的。

除了以上著作之外，牛津大学东方研究学院（Faculty of Oriental Studies）的米德教授（Rana Mitter）2004年于牛津大学出版社出版的《痛苦的革命：中国走向现代社会的斗争》（*A Bitter Revolution: China's struggle with the modern world*［Oxford: Oxford University Press,2004,pbk 2005］），也是值得关注的一部新著。米德教授研究历史和政治，他在这本书中探讨五四运动对整个20世纪的中国历史和政治的影响。笔者曾采访过他，他说他从2001年开始动

---

[1] Jakie Sheehan教授在英国诺丁汉大学工作10年后，于2013年去爱尔兰University College Cork大学担任亚洲研究系主任，令人难过的是，她于2018年3月突然去世，终年51岁。对她的去世，笔者在此表示沉痛哀悼。

笔，共花了3—4年时间完成这部著作。书中认为五四运动是中国20世纪历史最关键的部分。该书围绕"五四"，讲述了中国在推翻了长达2000多年的封建帝制以后，走向现代化国家的道路上经历的一系列痛苦不堪、至今尚难说完成的斗争。2005年，米德教授的这本书获得英国学术著作奖，是英国外交部推荐的了解中国必读的书目，他也因此被评为2005年度英国杰出青年学者。鲁迅作为五四运动的典型知识分子代表，书中自然少不了描述。在书中正文中有30多处提到了鲁迅。其中既把鲁迅与丁玲、茅盾等作家列在一起作为作家来描述，并提到鲁迅最好的文章和小说《狂人日记》《故乡》《孔乙己》以及对五四文化运动的贡献等，又把鲁迅与邹韬奋、陈独秀等革命者并列，阐述五四时期的知识分子用笔为武器提出救国救民政治主张，同时还把鲁迅与毛泽东等同列出来作为反对孔子和儒家思想的思想者。可以看出，米德教授读了大量的鲁迅著作才能写出这本著作，他对鲁迅的生平故事非常了解，并且对鲁迅作为伟大的文学家、思想家和革命者有全面综合的认识。跟朱丽叶·洛维尔一样，他也认为鲁迅那一代的知识分子和他们的主张对当代中国知识分子产生了深远的影响。

第二节　鲁迅在英国高校的存在

英国有很多大学开设有中文系或者中国学研究，这些大学的课程以不同方式或者不同分量涉及了鲁迅及其作品。这里主要通过网上搜索和笔者访谈的依据，列出中国学研究最强的10个英国大学里的情况。需要说明的是，选取这10个有代表性的大学主要是因为它们在中国学研究方面很强，最具有代表性，但并不意味着其他大学就没有介绍鲁迅。事实上伦敦大学政经学院（LSE）在它的一个与北京大学联合办学的课程介绍主页上就放了一张当年萧伯纳访问中国时与鲁迅及蔡元培的合影照，用以说明伦敦大学政经学院与中国和北大之间关系的源远流长。伦敦政经学院的语言中心里的高级汉语课上，用的是北京语言大学刘珣先生主编的《新实用汉语课本》第四册，该课本中有一章就是学习鲁迅的《孔乙己》。上《孔乙己》这篇课文的汉语课程有两个，分别是学位课程Mandarin Langauge and

Society 3和证书课程 Mandarin: Level Five（课程代码LN719）。

总体而言，英国大学里凡是提到中国五四运动那个时代的课程都会提到鲁迅。鲁迅是个杂家，有文学家、翻译家、革命家、思想家等身份，他的多面角色，决定了他在这些课程中多方面地被提及、学习和研究。因为鲁迅的作品是中国作家中被最好的翻译家翻译过来的，也是最全面地翻译成英文的，鲁迅在英国是能最广泛和最方便获得其作品的中国作家，所以无论是历史、文学、哲学还是文化课，只要涉及五四时期，都会把鲁迅的作品作为参考阅读书目。汉语课着重学习语言和文字；文学课着重分析鲁迅的写作和风格；历史课和社会学课把鲁迅的小说当作历史文献资料来读，因为鲁迅的现实主义写法，真实地反映了那个时期中国社会政治经济文化和人们的面貌；哲学课读鲁迅，试图探讨出鲁迅那一代人承上启下的哲学思考；语言课学鲁迅，着重看鲁迅的语言文字及研究白话文——现代汉语的开端。最后，英国大学的翻译课上居然也有鲁迅！

1. 剑桥大学。剑桥大学的中国研究学科很发达，涉及传统的中国文学、艺术、历史、哲学及新兴的政治、经济、法律等。它有一个强大的中国学方面的图书馆，藏有12万多本图书，15万多本电子藏书，5000多种电子期刊和杂志以及3500多卷微缩胶片。馆藏种类多样，从公元前13世纪的甲骨文到11世纪的佛经还有敦煌壁画的拓片都有。罗宾逊学院招收东亚研究方面的本科生的时候就推荐申请者读鲁迅："You should read at least a few books on the subject of your interest – anything from ancient Chinese philosophy and the Tale of Genji to Lu Xun and the Cold War in East Asia – to determine whether East Asian Studies is really suited for you."（这段话中文即：读东亚研究学科的申请者至少应该读几本你感兴趣的相关书籍来决定你是否真要研究这个学科，这些书籍可以是任意一些从中国古代的哲学和日本的《源氏物语》，到中国现代的鲁迅和东亚冷战的书。）它也馆藏了很多鲁迅研究的书籍，包括《鲁迅全集》《鲁迅诗集》《鲁迅回忆录》等。

剑桥大学的亚洲和中东学院设有中国学和汉语课程。该学院提供的翻译和文学课中，有一个学期的鲁迅课程。本著前面提到该学院的苏文瑜博士从事现代文学的研究，涉及鲁迅等现代作家。除了笔者提到她目前正指导的一个学生Saiyin Sun 的博士论文题目就是《鲁迅与20年代的中国文坛》（*Lu Xun and the Chinese Literary field in 1920s*），苏文瑜博士在问卷调查上也说到，她自己在剑桥上课的时候有以下课程会提到鲁迅："我教大二的学生时会用鲁迅的文章。我们用的课本是刘殿爵（D.C.Lau）教授编的《鲁迅小说集》，因为这本书里面列出了很好的词汇表。这门课上注重的是语言文字等文本的学习，没有介绍很多跟文学相关的社会和历史。学生们学习了三篇，分别是《一件小事》《故乡》和《药》。"她还在本科生第四年级的现代中国文学课程的特殊选修课程（Special Option course in Modern Chinese Literature to Fourth-year undergraduates）中讲到鲁迅。该课程有一周时间讲五四运动，主题是"鲁迅：五四知识分子的典范；郁达夫：敏感的文人"（"Lu Xun, the paradigmatic May Fourth intellectual and Yu Dafu, the sensitive Wenren"），学生被要求读《阿Q正传》《狂人日记》和《呐喊·自序》等。除此之外，她还教现代文学硕士研究生，其中有一周的时间专门讨论鲁迅，她列举了一系列这些硕士研究生被要求读的书目，主要讨论为什么鲁迅被认为是五四知识分子的典范。①

---

① 剑桥大学苏文瑜教授硕博士生鲁迅周的阅读书目：

I also teach a postgraduate course on modern Chinese literature. Here are the readings for the week we focus on Lu Xun:

Week 3. Lu Xun, the paradigmatic May Fourth intellectual Discussion: In what senses can Lu Xun be called paradigmatic?

- Leo Ou-fan Lee, *Voices from the Iron House*, 1-199.（If you are pressed for time, you may skip pp. 89-109, i.e. chapter 5）

- Lydia Liu, *Translingual Practice*, Ch. 2 "Translating National Character: Lu Xun and Arthur Smith", 45-76.

- Marston Anderson, "The Morality of Form: Lu Xun and the Modern Chinese Short Story" in Lee, ed. *Lu Xun and His Legacy*, 32-53.

- C.T. Hsia, "Appendix 1: Obsession with China: The Moral Burden of Modern Chinese Literature", in Hsia, *A History of Modern Chinese Fiction.*, 533-554.

-鲁迅：Preface to Nahan, 狂人日记；阿Q正传；故乡。鲁迅全集 vol. 1:422-433, 487-532

Further Reading

- T.A. Hsia, "Aspects of the Power of Darkness in Lu Xun", *The Gate of Darkness*, 146-162.

- Patrick Hanan, "The Technique of Lu Hsun's Fiction", *Harvard Journal of Asiatic Studies* 34:55-96 （1974）

-Jing TsuFailure, *Nationalism and Literature: The Making of Modern Chinese Identity*, 1895-1937 （Stanford: 2005）especially Chapters 1, 7 and conclusion.

最后，据苏文瑜博士介绍，剑桥大学历史系在介绍中国五四那段历史的时候可能也会介绍到鲁迅。最新鲁迅小说全集的译者朱丽叶·洛维尔就是在剑桥大学这里第一次接触到鲁迅的，她说鲁迅是翻译课上学习的一个作家。每周两小时，学习了一学期。该课程还介绍了王安忆的作品和一位台湾作家的作品。她后来在苏文瑜教授的语言课上也读到鲁迅。她在剑桥大学的历史系读书的时候，历史系的老师把《阿Q正传》当作历史教材读，作为了解中国辛亥革命及五四时期的历史文献资料。她在课上还读到鲁迅的《明天》《药》《孔乙己》。

2. 牛津大学。牛津大学是英国最早开设中国学的大学之一，从清朝末期到现在有120多年的历史了。1876年（光绪二年），牛津大学设立汉学讲座，正式开始对中国学术的研究。其中国学的变迁在杨国桢的文章中有介绍。它的Bodleian图书馆中中国学的藏书也很丰富。在这里能收到看中文电视。目前有交叉学科地区研究学院（School of Interdisciplinary Area Studies），下属有当代中国学研究机构中国中心（China Centre）。其东方研究系（Faculty of Oriental Studies）下也有中国研究所（Institute for Chinese Studies）。目前牛津大学的中国学研究涉及历史、文化、宗教、文学、语言文化学、哲学、艺术、考古学、经济、贸易、政治和国际关系、人类学、社会学、人文地理及公共卫生等各方面。研究方向也由古代走向现代和当代。这些人的研究中涉及"五四"的部分也大都提到鲁迅。其中最著名的要算前面提到的米德教授，他的《痛苦的革命：中国走向现代社会的斗争》（*A Bitter Revolution: China's struggle with the modern world*）中大量提到鲁迅，他在自己的中国历史课的教学中也大量运用鲁迅的作品作为介绍五四运动和五四文学的材料。在他的中国现代史（Modern History）课上，他有一周专门讲中国现代的艺术和文学（Arts and Literature in Modern China），要求学生读鲁迅最著名的短篇小说比如《狂人日记》《阿Q正传》《孔乙己》等。因为是历史课，所以只要求学生读英文版。他说该学校进行中国学或东方学研究的学生尤其是在大三大四的时候可能都要读鲁迅。该大学的玛格丽泰·希林布兰德博士（Dr Margaret Hillenbrand）是教现代中国文学的讲师，专门讲解中国现当代文学，鲁迅自然是该课不可不提的作家。其交叉学科地区研究学院的当代中国学开设的现代中国学理学硕士学位（MSc in Modern Chinese Studies）和哲学硕士学位（MPhil in Modern Chinese Studies）的核心课程上都提到了五四运动。

在牛津大学汉语教学中心的网页上（http://www.ctcfl.ox.ac.uk/advanced. htm），鲁迅的作品被单列一栏，与其他文学作品分开，鲁迅的《狂人日记》中文版和英文版都在上面随时可看到。英文版采用的是杨宪益和戴乃迭译、1960年外语出版社出版的《鲁迅短篇小说选》，英文版上除了《狂人日记》外，还有《孔乙己》《药》《明天》《一件小事》《风波》《故乡》《阿Q正传》《社戏》《祝福》《在酒楼上》《幸福的家庭》《肥皂》《孤独者》《伤逝》《离婚》《奔月》《铸剑》。这些都是牛津大学的本科及硕士课程的学生需要接触和学习的作品。其中，《狂人日记》是高级汉语课教学的内容。本科第三年的学生进行现代文学部分的学习时被要求读鲁迅作品的英文版。在该校网页上搜索到的"现代文学和电影课"（Modern Literature and Film）的课程内容中，第一个主题就是鲁迅的《孔乙己》和张恨水的作品。

3. 爱丁堡大学。爱丁堡大学有文学语言和文化学院（School of Literatures, Languages & Cultures）。该学院有亚洲研究（Asian Studies），其中开设"中国文学课"（Chinese Literature）课程（1—4）级。在高年级课程中有提到鲁迅。诺丁汉大学当代中国学院的博士研究生Tracy就是在爱丁堡大学读文化学硕士学位的时候第一次接触到鲁迅的。据她说，在文化课上鲁迅是被当作一个政治人物去解读的，大约有15—20分钟的时间讲鲁迅。在后来的学习中，她才逐渐接触到鲁迅的文学作品，并且读过鲁迅的《狂人日记》《阿Q正传》等。

4. 杜伦大学。杜伦大学的东亚研究学院一度很火，但是在2003年，该大学关闭了整个东亚研究学院，导致很多人才不得不流散他处，其中包括Daria Berg博士，后来去了诺丁汉大学当代中国学学院，再后来去了瑞士某大学当教授。目前其现代语言和文化学院（School of Modern Languages and Cultures）提供中英翻译硕士学位（MA in Translation Studies），在其翻译课程中，主讲人郑冰寒博士会讲到鲁迅的翻译理论／思想——"硬译（hard translation）"。并把鲁迅的硬译在其研讨课上讨论，与梁实秋和瞿秋白的翻译理论作比较。

5. 诺丁汉大学。诺丁汉大学曾经有中国文学课，由Daria Berg教授讲授，其中有一个星期讲到鲁迅。该教授离开后，文学分量有些减少，但鲁迅依旧是个不可不读的作家。在笔者的采访中，同院的研究政治和文化的Andreas Fulda博士、研究文化社会和政治历史的Jeremy Taylor博士，以及研究移民等社会学问题的Jackie Sheehan副教授都表示，他们在各自的课上，凡是提到五四那段时期的，都讲到鲁迅。其中Jackie Sheehan的课上大约讲一周鲁迅（10次课中的1次）（约占10%的课程比重），会讲到鲁迅的女性观、中国20世纪初的贞洁观、妇女地位等。

6. 利兹大学。利兹大学也是英国较早开设中文课的大学之一，它的语言文化文学和翻译都很经典。它现在的东亚研究系（East Asian Studies Department）是20世纪60年代从中国学研究系改编来的，当时创建这个系的宗旨在于建立一个与牛津剑桥和伦敦大学亚非学院不同的中国学研究，把中国研究和教学从传统和古代带到现代来。1963年，美国学者、罗斯福总统在"二战"时期的中国顾问Owen Lattimore来到利兹大学创建了英国第一个现代意义上的中国学研究系，它在英国较早地开设了中英翻译课和中国文学课。在笔者的采访中，诺丁汉大学的Jonathan Sullivan博士曾说，他90年代就是在利兹大学本科的历史课上和高年级的现代文学课上最初接触到鲁迅的，后来他在高级汉语课上也读到了鲁迅原文。而剑桥大学的苏文瑜教授1971年在利兹大学读书的时候在现代文学课上，也读过鲁迅的作品。

7. 曼彻斯特大学。"现代中国文学和电影课"（Modern Chinese Literature and Film）是该校媒体和电影研究学位（Media and Film Studies）的课程。任课老师Wei-Hsin Lin在讲课时放映鲁迅小说改编的电影（比如《狂人日记》和《阿Q正传》）。

8. 布里斯托大学。2007年，由牛津、布里斯托和曼切斯特大学共同成立了一个英国跨大学中国研究中心（British Inter-University China Centre），总部就设在布里斯托大学。它有一个东亚研究中心（Centre for Eastern Asian Studies）。[①]

190

① 此中心已于2016年停止运行了。

9. 伦敦大学亚非学院。语言中心（the Language Centre）开设的"中国现代文学课程"（Modern Chinese Literature Course）是1年的课程。分3学期上完，每学期12周课。这门课是针对高级汉语学习者（掌握1500字以上的汉语学习者）的，课程介绍20世纪20、30、50及80年代的短篇小说，从鲁迅、冰心、老舍、萧红、赵树理到王蒙和张辛欣。这门课规定选修人数在15人以下。亚非学院的中文系（Department of the Languages and Cultures of China and Inner Asia）开设中国现代文学硕士学位（MA in Modern Chinese Literature）。这是一年的全日制学位课程，每周4小时上课时间，有20周课，还有两周复习。课程提供一个20—21世纪中国现当代文学的概况，阅读中国现代文学史上各种不同文体的作品，并涉及大陆、香港、台湾和海外中国社群的作家和作品。鲁迅是必读的一个作家。

10. 谢菲尔德大学。该校的东亚研究学院（School of East Asian Studies）在中国学方面也很有名气。其研究涉及广泛，包括中国政治、经济、商务、文化、历史、宗教、汉语、文学和国际关系等各个方面。目前与利兹大学合办有白玫瑰东亚研究中心（White Rose East Asia Centre［WREAC］），旨在把该中心办成一个全球意义上的现当代中国和日本的研究和培训领头中心。以下几门本科生的课程中都会涉及鲁迅：一年级的"中国文化和社会介绍课"（Chinese Culture and Society）；二年级的"中国1914—1978年的现代性和改革课"（China, 1914–1978: Modernity and Revolution, Modern Chinese History）；三年级的"现代中国的文学和文化课"（Literature and Culture in Modern China）。尤其是在高年级的汉语文学翻译课程（Translation）中，因为鲁迅被最广泛地翻译，所以该课全部使用鲁迅的文章讲解中英文的文学翻译，每周1小时的上课时间，为期1年。

第三节　出版社和书店及大众媒体

一、鲁迅在英国出版社和书店的存在

英国的主要书店Amazon、Waterstone、WHSmith 及其网站上均出售鲁迅著作及有关鲁迅研究的著作，中英文的都有。本章中提到的那些著作都有。除此之外还可以购买到外语出版社（外研社）出版的鲁迅中、英文作品。

企鹅出版社在2002年左右，就有人谈论出鲁迅的书了，但一直没有付诸行动。时任该出版社经典部主任的鲁迅小说全集的策划人Adam Freudenheim先生于2007年主动联系朱丽叶·洛维尔商谈翻译事宜。他曾在一次网络访谈中说，鲁迅是他们企鹅经典文学出版部策划已久的一个作家。当时他们要出一系列各国经典作家的经典作品，鲁迅被认为是中国经典作家的代表，当时他们列了一系列其作品值得翻译出版的中国作家的名单，比如张爱玲和沈从文等，这个名单被几度修改，而每次鲁迅都是被放在首位。他们也曾经试图出版张爱玲的作品，但是最后先出版了鲁迅的作品，由此可见鲁迅的重要性。而朱丽叶·洛维尔说她是被出版社"鼓励"翻译的，觉得自己能有这个机会非常宝贵，非常珍惜，感觉很自豪。

其他英国发表的学术文章是这样描述鲁迅的：

1.伟大。曾任英国利兹大学中文系教授的威廉·詹纳尔（W.J. F. Jenner，又译作威廉·真纳）在2000年的期刊《东亚历史》（*East Asian History*）发表论文《鲁迅令人不安的伟大》（"Lu Xun's Disturbing Greatness"），文中说鲁迅是"伟大的作家和伟大的革命者"；虽然在他看来这种伟大有被政治拔高的成分，但是不能否认鲁迅是伟大的。

2.先驱。香港中文大学的Yuanyuan Wang于2009年6月发表在《剑桥研究学刊》（*Journal of Cambridge Studies*）的关于孔子的文章中提到鲁迅对孔子的态度，并说鲁迅是中国现代文学的先驱者。

大英博物馆里有鲁迅木刻展览并出售。木刻是一种"二战"时期宣传的极快方式，而且是左翼艺术的形式。大英博物馆曾经在1946或1947年间做过中国

的木刻展览，但是后来中国发生内战，这批木刻就没有被运回中国，大英博物馆就把这批展品占为己有了，没再还给中国。所以今天有鲁迅方面的木刻展览或出售都不奇怪。这也算是鲁迅的影响散落在英国民间的方式之一吧。

二、鲁迅在BBC等英国网络和媒体上的存在

如果在英国谷歌（google.co.uk）上搜索"BBC Lu Xun"，有将近100万次。如果只搜索"Lu Xun"的话，有200多万次。这其中包括搜索到的美国及其他国家网络和媒体中提到的Lu Xun这个人，同时当然有许多是在同一篇文章中多次提到Lu Xun这个名字，以及《三国演义》及其游戏中的陆逊，还有当代有些人名的拼音刚好重音造成的。但是如果再用谷哥高级搜索功能，只显示英国区网络域内的结果并去掉任何含有"陆逊"以及"three kingdoms"字眼的网页，结果也至少有2.2万多次，这也足以说明鲁迅在网络和媒体上大量存在的程度了。

其中BBC及英国报纸等网页上有几篇特别有代表性的文章和报道等，对了解鲁迅在英国媒体中的地位和形象能起到管中窥豹的作用：

1.朱丽叶·洛维尔2010年在《卫报》上发表文章《中国的道德》（"China's conscience"）一文。文中说鲁迅是中国的狄更斯和乔伊斯的合体。他去世后毛泽东把他神化了，建了很多鲁迅博物馆和鲁迅纪念馆，以及鲁迅主题公园。但是他的书现在却因为太过于具有反叛性而正在被撤出学校的课本。作者就鲁迅即将退出中国的教科书的消息发表了她的看法。文中详细介绍了鲁迅生平事迹，并称鲁迅为中国现代主义的奠基作家之一。

2.《鲁迅——中国现代文学之父》（"Lu Xun—the Father of Modern Chinese Literature"）。这是2011年10月20日BBC网页上的一篇介绍鲁迅的文章同时也是一篇针对全世界的英语学习者的英语短文，旨在通过文章学习英语相关语法和词汇。这篇文章虽然长不到200个单词，是篇通俗读物，但是整体全面地介绍了鲁迅，包括他的留学生活和《狂人日记》在中国历史上的重要作用等等。尤其标题中把鲁迅称为"中国现代文学之父"这样的叫法，表明了英国

权威媒体对鲁迅在中国文学史上地位的高度评价。

3.《鲁迅和中国文化的批判》（"Lu Xun and critiquing Chinese culture"）。这篇文章是针对母语为英语的人或者以英语为阅读文章的工具的人而写的，发表于2012年2月18日。这是BBC上集中介绍和评论鲁迅的文章之一。文章中写道："鲁迅是五四时期最多产的和最有影响力的作家之一，被公认为是中国现代文学的奠基人。在二十世纪早期，西方文学（尤其是左翼文学）大量被译成中文，这对鲁迅的早年教育产生很大影响。鲁迅和同时代的其它作家一起，在五四运动、新文化运动和推动白话文上起了很伟大的作用。这充分体现在其《狂人日记》《阿Q正传》等作品上。鲁迅的文章通过运用讽刺和反语的手法，常常针砭时弊。他的小说中可能看上去叙述简单，但是本质却非常复杂，不总是那么直白的。"作者显然是熟悉鲁迅的，他还写道，"读鲁迅的东西让人精神为之一振，耳目一新（something refreshing）"，并让他开始从另一个角度（一个好的角度）去审视中国文学了。"鲁迅对中国文学的批评是严厉和残酷的。跟他在新文化运动中的伙伴一样，鲁迅主张用西方的民主、自由、科学的进步思想取代传统的儒家思想和封建社会的价值观。"文章还写道："鲁迅对中国传统文化和社会的评论通常是负面的，却是现实、残酷且中肯的。尽管这样，他却从来不是卖国贼，他是忧国忧民的爱国者。他的意图是帮助中国社会进步，这使得他在那个动荡的时期赢得了许多支持者。"作者还评论了《阿Q正传》和《狂人日记》中鲁迅对文化的批判，认为鲁迅对阿Q和他的精神胜利法的否定不仅仅是对中国那段时期的批判，而且是对整个中国文化本质的批判。他认为鲁迅揭露了中国人爱面子的痼疾，没有成就却依旧对过去骄傲，对强权不加思索地承受。而《狂人日记》中鲁迅批判的那种人吃人的社会，弱肉强食的社会，这些在今天到底有没有过时，作者认为是一个"值得讨论的问题"。今天的许多学者们还在不断地去参考鲁迅。鲁迅的反叛态度和尖锐的批判使得作者从更广阔的角度去了解中国文化。

4.《中国：别搞铁屋子》（"China: Don't mess with the iron house"）。这是BBC经济评论撰稿人Paul Mason2010年10月15日写的一篇博客。文中借鲁迅在《呐喊·自序》中所创造的铁屋子的形象，告诫中国不要再搞当年的铁屋子，要开放言论自由，等。作者在文中引用了英文版的那段著名的关于铁屋子的话，称鲁迅为伟大的小说家。文中还指出：我虽然自有我的确信，然而说到希望，却是不能抹杀的，因为希望是在于将来。（" In spite of my own conviction, I could not blot out hope, for hope lies in the future."）不论这篇文章的政治观点如何，但是它代表了鲁迅的作品已经深入媒体人的心，经济领域的人也在引用鲁迅创作的铁屋子等文学形象。

5.在BBC2009年的一篇题为"Old head with an interesting tale"（网址：http://news.bbc.co.uk/1/hi/england/somerset/8115842.stm）的新闻报道中，作者描述了一家货车租赁公司的院子里有一尊1吨重6英尺高的巨大的神秘人物的半身雕像，5年来没搞清雕的到底是谁。他们原来以为是斯大林的头像，后来终于搞清了是中国现代文学之父鲁迅的头像。有趣的是这尊雕像原产自中国北方，曾经被前一个公司在破产时当作偿还给这家货车租赁公司的资产。新闻中顺便对鲁迅进行了介绍，说鲁迅是短篇小说家、散文家、有影响力的批评家，是30年代中国左翼作家联盟的领袖，并称他是中国现代文学之父，受到毛泽东的喜爱等等。从这篇报道上可以看出鲁迅在民众中的形象，他是个共产主义者，跟斯大林很相像。

6.2005年1月31日，BBC报道了一篇经济消息，介绍中国电信公司华为集团，题目为"China IT giant eyes new horizons"（http://news.bbc.co.uk/1/hi/business/4221889.stm）。在这篇文章中提到华为集团的总部的设计时说它既有环保意识又有文学性，设计出了"百草园"。文中只有一句话提到鲁迅，解释了"百草园"是怎么回事，提到鲁迅是20世纪20年代中国著名作家。

7.2002年，BBC World Service国际台节目搞了一个读世界名著的活动。有一篇采访介绍了为什么要读英文版的世界名著，其中把鲁迅与俄国的托尔斯泰、法国的巴尔扎克及巴西的保罗·科埃略（Paulo Coelho，1947— ）等各国著名的代表性作家并列在一起。从这可以看出鲁迅就是中国作家的代表，鲁迅就代表了中国。

8.除此之外，在鲁迅Lonely Planet网站介绍鲁迅出生地和纪念馆的时候，说鲁迅是中国最反叛和最有才的作家和文学家，把他的作品《狂人日记》和

《药》形容成为种子一样的能发芽生根的作品。

第四节　鲁迅在学者心中——访谈实录

为了了解具体的情况，笔者对下面这些老师和学生进行了采访或问卷调查：朱丽叶·洛维尔博士，她曾在剑桥大学上学，现在是伦敦大学伯克贝克分校（Birkbeck, University of London）历史和考古系的高级讲师，主要从事历史和古典文学研究。苏珊·达鲁瓦纳博士，中文名苏文瑜，早期在利兹大学学中文，现在是剑桥大学的亚洲和中东学院的高级讲师，是英国研究中国现代文学的专家。米德教授，现在是牛津大学东方研究学院（School of Oriental Studies）中国研究所的教授，主要从事现代中国的政治和历史研究。著有重要的学术著作：《痛苦的革命：中国走向现代社会的斗争》（*A Bitter Revolution: China's struggle with the modern world*）。另外，还以诺丁汉大学当代中国学学院为中心，采访了该学院的非中国背景但是从事中国学研究的老师和学生。具体有：Dr Andreas Fulda，中文名符洛达，德国人，德国科隆大学中国学本科，伦敦大学亚非学院博士，诺丁汉大学中国社会学和政治文化研究方面的讲师。上的课程为Social Change and Public Policy in China's Reform Era等。Dr Jackie Sheehan，英国人，曾在剑桥大学本科学汉语，伦敦大学亚非学院历史系博士，主攻1949年后的中国历史。现在是诺丁汉大学当代中国学学院的副院长，副教授，是研究中国移民、移民史、政治历史等社会学问题的专家。Dr Jeremy Taylor，澳大利亚人，曾在悉尼大学中国学读本科，澳大利亚国立大学博士，主攻亚洲历史。他在谢菲尔德大学做过讲师，现在是诺丁汉大学中国文化媒体方面的副教授，目前从事的研究有宣传艺术、"二战"时期亲日派的宣传艺术、福建方言电影（厦门电影）等。所教的"现代中国的兴起"（Rising of Modern China）和"通过文学和电影看中国"（China Through Film and Literature）等课上涉及鲁迅。Dr Jonathan Sullivan，英国人。利兹大学现代中国学学士，亚太研究硕士，诺丁汉大学政治学博士，现在是诺丁汉大学当代中国学学院副教授，从事政治和政治传播方面的研究。目前教的课有Social Change and Public Policy in China's Reform Era 及大三的 Media and Communication in a Globalising China。Rebecca，诺丁汉大学当代中国学学院的博士生，研究中国的少儿连环画。

通过这些访谈或问卷调查，总结下面几点：

一、鲁迅在英国的知名度

总体来说，鲁迅的名字在中国学或亚洲研究领域是无人不知无人不晓的。无论讲到中国的历史、文化、文学、语言（白话文及高级汉语）、翻译还是哲学、社会学等，凡是涉及五四时期，老师和学生都得接触鲁迅。但是在这个圈子之外目前还很少有人知道鲁迅。调查统计中除了Jackie Sheenhan说她知道英国左翼派人士都知道鲁迅外，没有谁说他／她的亲戚朋友或邻居知道鲁迅。与在某些亚洲国家比如越南和日本不同，在英国普通民众当中，鲁迅没有那么高的知名度。

笔者曾经对诺丁汉大学选修汉语但专业不是中国学的一个初级班和一个高级班进行了调查，这些学生中，初级汉语班中只有3人知道鲁迅，他们3人都是从越南来的，因为他们的中学课本上收录了译成越南语的鲁迅的文章，比如《故乡》，他们还能记住越南语版鲁迅《故乡》中的名言："其实地上本没有路；走的人多了，也就成了路。"高级汉语班上只有4个学生知道鲁迅，这4人都来自香港，也是在中学的汉语课上学到的鲁迅。不论初高级班，欧洲背景的学生都没有知道鲁迅的。这说明我们的鲁迅研究和推广还有很大的发展空间。要让英国普通民众知道鲁迅的广度达到像中国民众知道莎士比亚那样，恐怕还有相当长一段时间。

当问朱丽叶·洛维尔博士有无可能某一天在英国的中学课堂上学生也可以学习英文版的鲁迅作品时，她表示不排除这种可能。但是因为英国中小学的语言文字课或文学课基本上只有大纲，没有固定的指定通用教材，所以是否能让鲁迅走进英国中小学的课堂上，主要靠具体老师而定。目前英国高中生的A

Level in Chinese科目考试中，有一个单元要求对中国新文化运动有了解，并且推荐读鲁迅的《故乡》。但是参加这门考试的人很少，基本上都是华裔在考，而且在很多大学，获得中文研究学位并不要求读中文原文，所以这个影响力目前还不太大。

下面的采访记录从三个方面展示了这些受访学者们对鲁迅及其作品的了解情况：（1）如何接触鲁迅的；（2）目前为止都读过哪些鲁迅的作品；（3）最喜欢的人物和作品。

Dr Julia Lovell：（1）90年代在剑桥大学的翻译课程上，初次接触鲁迅，读到《明天》《药》等。（2）读过几乎鲁迅所有的作品，包括全部小说、散文、杂文、诗歌和书信，读过鲁迅的很多译本，读过研究鲁迅的著作。（3）为了翻译鲁迅，我读过无数遍鲁迅作品，对其作品相当熟悉，觉得每一篇作品都很有穿透力，比如《阿Q正传》《明天》《药》《孔乙己》；而《祝福》很让人悲伤，祥林嫂的形象很难忘；很难说会"喜欢"鲁迅刻画的哪个人物，因为他们都是小人物，都是不完美的人物，但是《明天》中的母亲单四嫂子是最让人同情的，因为她失去了丈夫和儿子，在那个村庄里，饱尝失去希望的孤独。

Dr Susan Daruvala：（1）1971年在利兹大学读大二的时候在现代文学课上，读过《孔乙己》《藤野先生》《伤逝》及其他鲁迅小说。（2）中英文版本的都读过，还读过一些诗歌和散文、杂文，数不清到底多少篇。（3）小说中最喜欢《故乡》，因为很形象；散文最喜欢《朝花夕拾》；《祝福》里的祥林嫂非常令人难忘；实际上鲁迅的所有短篇小说都风格迥异，各有千秋；《药》和《呐喊·自序》的叙事风格和结构很有感染力。

Dr Jackie Sheehan：（1）在剑桥大学大二的时候在"现代中国翻译课"（Modern Chinese Translation）上，一周（4小时课）学鲁迅，读了《狂人日记》和《阿Q正传》的章节。关注文章的语言文字，很少涉及背景。还有一些文章是英语版的。大三的时候在"现代中国文学课"（Modern Chinese Literature）上也读到鲁迅，课程包括从1918—1950年的中国文学，一共涉及六个著名作家，鲁迅是主要的三个作家之一，该部分占课程总量的30%。

（2）除了大学读过的之外，还读过《呐喊》及非小说作品。（3）最喜欢阿Q这个人和这部作品，因为很滑稽（funny），对了解当时中国处于由封建社会向现代社会转型时期的社会各态很有用，而且提到剪辫子等反传统的行为。阿Q的形象对西方学生了解中国很有用。我本人和学生都对《呐喊·自序》里在铁屋子睡觉那段描述和比喻印象很深，在唤醒民众方面，带着希望前行等；还有一些涉及妇女解放的文章，对贞节的观念以及研究五四时期妇女地位都很有帮助。

Dr Andreas Fulda：（1）1996年在德国科隆大学（University of Cologne）学习中国学本科大一的时候，上的"中国文学课"（Introduction of Chinese Literature）上第一次接触鲁迅。该课广泛的介绍了中国文学家们，除了鲁迅还介绍了巴金、钱锺书等等。（2）还读了毛泽东《在延安文艺座谈会上的讲话》等，了解到党和文学之间的关系。《阿Q正传》《狂人日记》等，主要读的是德语的译文。后来没有读多少鲁迅的小说，但是听说过人们谈论鲁迅及其作品还有阿Q精神。（3）读到《阿Q正传》的时候不知道鲁迅这种批判精神在中国是不寻常的，因为在德国，自我文化的批判是很正常的。他的作品很有意思。

Dr Jeremy Taylor：（1）可能跟别人一样，我第一次接触鲁迅是因为学习五四运动。1994—1995年我读中国学大二的本科课程的时候在"中国现代历史课"（Modern Chinese History Course）上读到鲁迅的英文版。一般凡介绍五四运动的时候常常会提及鲁迅和读鲁迅，这也是因为鲁迅的很多作品都有英文版，是学生最容易就能找到来读的中国那个时期的作品，所以一般如果你讲五四运动的话，就一定会读到鲁迅。（2）读过《狂人日记》《故乡》等短篇小说。在大三和大四的时候也在高级语言课上读到鲁迅的作品，中文原版的。当时的老师就是把高行健作品翻译成英文的陈顺妍（Mabel Lee）教授。花了一两周的时间读鲁迅。在澳大利亚国立大学的时候，也听过许多研究鲁迅的专家威廉·詹纳尔（Will J. F. Jenner）的讲座。我本人在自己的课上也用鲁迅，比如在Rising of Modern China课上（提到五四时）和China Through Film and Literature课上（讲到五四的文学）；我认为凡是涉及五四运动的课都会涉及鲁迅。每个老师都会这样做。如果你教五四的话，最容易的事就是找几本鲁迅的作品，鲁迅就像是"五四先生"。我还知道有人提起"二战"的时候会提到鲁迅，因为会讲延安和鲁艺，但是这种情况很少见。（3）我知道鲁迅很重要，也很有价值，但是我不做文学的研究，所以不太理解他在文学上的重要性，所以不能从文学上评论他的写作。我觉得鲁迅是个很难读得懂的作家，用了很多地方性的奇怪的词语。

Dr Jonathan Sullivan：（1）1996—2000年期间在利兹大学读现代中国学本科的时候第一次接触鲁迅。此前在当代中国历史课上也读到过鲁迅。后来在高年级的汉语课上也读过鲁迅，文学课上鲁迅大约占据33%的比重，还有67%的是老舍等其他五四时期的作家。我们都读原文，也可以参考英文版本帮助理解。（2）读过《阿Q正传》和其他小说，读的是中文原版的。具体是哪些已经不记得了。

Rebecca（诺丁汉大学博士生，牛津大学的硕士）：（1）最早是在爱丁堡大学读书时在中国高年级历史课上（Chinese History）接触到鲁迅的。课上讲中国历史上最著名的学者，课上大约有0.5—1个小时的时间讲鲁迅。鲁迅翻译的易卜生的《玩偶世家》是中国妇女研究和历史研究的极好资料。牛津大学的语法和口语课上也读过鲁迅。（2）读过《狂人日记》和英文版的鲁迅小说集，还有其他体裁的作品的节选，具体记不清了。

Prof Rana Mitter：（1）最初是在剑桥大学学中国学时候接触的，鲁迅是中国最重要的作家之一，也是我最早接触到的中国作家之一。我最早在翻译课上读到鲁迅，读的是英文的，后来在高级汉语语言课上读过鲁迅，读的是原文。因为鲁迅作品不太容易读懂，所以我们在高年级才接触到他。每门课上的鲁迅相关课时大约有几周时间。（2）没有读完全部的鲁迅作品，但是读了鲁迅所有的短篇小说，大部分散文、杂文，比如《呐喊·自序》《论费厄泼赖应该缓行》，读过一点诗歌，但是没有印象了。（3）鲁迅是个很有意思的作家，他是现代中国历史上很重要的一位作家，我很喜欢他的写作风格。他有着讽刺（ironic）的头脑，是位生动复杂（complex）的作家。我喜欢他著名的小说《狂人日记》《阿Q正传》《孔乙己》等。我喜欢这些主人公是因为他们很生动复杂，是个综合体，你不能简单地用一个模式去套用他们，有一定的模糊性。鲁迅从来没有加入任何政党，也许这增加了他写作方面的价值，因为他想怎么写就能怎么写，没有党派言论的限制这使得他的作品很廉洁诚实正直。

采访中Jackie Sheehan还提到，六七十年代的英国左翼政治家们（工党的领袖们）都会读过鲁迅。她最初就是在一个左翼政党的书店里见到杨宪益和戴乃迭的那本《鲁迅短篇小说选》（*Selected Stories of Lu Hsun*）的，所以鲁迅在政治学领域里也有一些影响。牛津大学的米德教授说，在西方，鲁迅没有他应有的那么有名，鲁迅在中国学研究领域的圈子里很有名，但是出了这个圈子之外，普通民众还很少知道他。

二、鲁迅在西方学者们心目中的形象

在这里，受访者回答了在他们心中，鲁迅首先到底是个什么样的角色，作家，思想家，还是革命者？

Dr Julia Lovell：人们读鲁迅首先是把他作为一位作家来读的。他同时是位历史的见证者，见证了中国封建社会的结束和民主社会的开端。他是个丰富的作家，所以可以被人从不同角度和深度去解读他。

Dr Susan Daruvala：首先也是最重要的，鲁迅是一位作家（writer），我们必须注意他的政治立场和知识分子立场及其变化。但是，鲁迅的文学作品和极富感染力的语言最终会经久不衰。当然有时候这些有感染力的语言存在于那些本身价值不是很高的作品中，比如他对那些他不喜欢的人的人身攻击。

Dr Jackie Sheehan：首先是作家，喜欢鲁迅的作品本身。其次是社会批评家（social-critique），然后是思想家。他独立地批评时政，又是位独立的有争议的社会批评家。他反对孔子等传统思想，所以又是一位思想家。她还问起和讨论过为什么中国政府推广汉语教学的机构被命名为"孔子"学院而不是"鲁迅"学院？因为她觉得鲁迅才是现代汉语的始祖级人物。而孔子代表的是古代汉语，中国现在又不推广古汉语。后来觉得可能是因为鲁迅是有争议性的人物，而孔子不是吧，但其实孔子，也曾经被打倒的，鲁迅至少还没有被打倒过。蔡元培也许更合适被冠名这个机构。

Dr Andreas Fulda：鲁迅首先是个有强烈政治观点的作家，然后是个批评家。但是鲁迅缺乏一个全球观，他似乎只关注中国的问题，没有放眼世界，没有写一些普世的主题的作品。对鲁迅的印象是他很爱批判，他没加入任何党派，跟国民党和共产党都保持距离，在某种程度上他比革命者更有批判精神，因为他是真正的批判者。他不会因为强权压力而放弃自己的观点，他有他自己崇高的原则和理想，他不会为了过世俗的安稳生活而放弃他的言论，这一点很让人敬佩。

Dr Jeremy Taylor：鲁迅在我的印象中最深刻的是他被人神话后的形象，他仿佛是以"神"的形象出现的，他被宣传得几近神话。他很重要，无处不在。他是个革命者的形象。

Dr Jonathan Sullivan：鲁迅是个作家，但是个在特别特殊的社会背景和环境下的作家。当时知识分子极具煽动性，社会和政治变化很大。我们读其他作家的时候可以孤立地读，而读懂鲁迅需要结合社会背景方能读懂或者更有意义。

Rebecca：鲁迅首先是个作家和思想家，然后是个革命者。鲁迅不是为写而写，他为了他的社会理想而写。

Prof Rana Mitter：鲁迅首先是个作家。他在20世纪初写出了中国面临的危机，这是他最重要的贡献。他在《呐喊》中所创作的"铁屋子"的形象根深蒂固，今天我们还在谈论它。在五四时期他扮演了很重要的角色，他在帮助那个时期的知识分子形成自己的世界观并且质疑世界中起到了很重要的作用。他以自己的行为告诉了别人政治是很复杂的，不是简单地支持或打倒某些政党就可以，还有很强的人的因素。鲁迅本人虽然有政治观点，有救国思想，但是他跟毛泽东等还不一样。他从来没有参加过什么政党。

三、鲁迅同英国／英语作家哪位最相似？在哪些层面相似？

以下回答说明，不同的被采访者认为鲁迅与不同的作家相似，但是又万变不离其宗。

Dr Julia Lovell：她认为鲁迅是中国的奥威尔，因为他们都是独立的政治评论员，没加入任何党派的独立观察者；他在写作风格上同时又具有狄更斯和乔伊斯的风格，比如都是现实主义作家，对他们所处的时代和社会有很深切的观察和描写。但是她同时指出，由于鲁迅本人是个外国作家作品的饥渴读者，他的写作也吸取了外国的养分和元素，所以鲁迅是独有的，我们不能简单地把他和任何一个外国作家并列或对比，否则就是文化霸权主义的做法。

Prof Rana Mitter：在评论朱丽叶·洛维尔的这个对比时觉得很有意思，他说奥威尔是不同的风格的作家。奥威尔的都是长篇小说，他不怎么写短篇。而且他跟鲁迅用的隐喻也不一样。但是在追寻对政权的真理时，他们俩的确有很多相像之处。

四、您认为鲁迅和鲁迅研究过时了吗？

在这个问题上，几乎所有受访者都说鲁迅并未真正过时。

Dr Julia Lovell：否。鲁迅所处的时代离我们不过100多年的时间，还是离我们社会和思想都很近的作家。他的思想对现代知识分子起了很大的影响，今天那些敢于批评政府反对新闻审查制度的知识分子和作家，多少都受到过鲁迅的影响。鲁迅的批判精神今天还存在于许多中国知识分子中。作为现代汉语（白话文）的先锋，他在语言学上的贡献是永恒的。

Dr Susan Daruvala：否。对鲁迅的学习和研究没有过时，虽然对鲁迅的宣传使用上已经过时了。鲁迅是一位历史上很重要的历史人物和作家，所以鲁迅当然应该被现代中国研究者和现代文学研究者学习和研究，尽管我们可以以不同的视角来看待他。我认为重要的是要注重他的作品文本本身并赋予其历史性。这就意味着把鲁迅当作革命的思想家的许多做法应该被摒弃。如果我们关注在作品本身和历史准确史料上，我们会得到一个综合全面得多的鲁迅形象。我们也应该看到鲁迅怎样融入其所在的文学背景，并由此去理解他的失败和成功。最后，我们要能理解鲁迅的形象在不同时期如何被政治利用。

Dr Jackie Sheehan：有些是，有些否。鲁迅所处的时代的社会问题有些过时了，但有些今天还存在或者又回来了。但是总体上现实比当初鲁迅的时代更有希望。在唤醒民众方面，一直有这个问题。今天如果我们写中国问题的话会有：在独生子女政策后导致的性别不平衡、拆迁问题、分配不公问题，以及农民工问题，但是有些社会问题似乎转一圈又回来了，比如贫困落后问题。他从来不参与任何政党，作为一个独立知识分子来批判他认为应该批判的，这对英国及任何一个社会来说都是非常宝贵的，应该值得学习的。他是最有骨气的知识分子。但他的这种见谁不对就批判的精神也许就导致了他暴戾的脾气，或者倒过来说，是他的暴脾气使得他坚持见谁不对就去批判。

Dr Andreas Fulda：否。鲁迅与今天还很有联系，他所处的社会环境很多还没有改变。五四运动提到的德先生（民主）和赛先生（科学）两个，民主我们就不提了，科学的话应该不仅是指科学技术方面的科学，还应该是指哲学和人的思维及人文科学、社会科学等等方面。鲁迅那时候中国的封建残留思想还很严重，今天，我们可以看见欧洲还有一些封建残余思想，中国的封建残余思想更重，而封建思想是不好的。我们以为我们走过了封建社会，可是今天中国有些社会系统比以前更加封建。还有当今中国的富人们有多少是真正关心中国社会的呢？他们可能只是像民国时期的那些地主富豪一样，鲁迅可以在今天的中国发出同样的言论，不同的只是今天的民众手上拿了iPhone手机，使用了电脑，但是就社会和权力结构而言，我认为许多地方依旧相似。

Dr Jeremy Taylor：不是过时，但是已经被人研究过了。鲁迅已经被像詹纳尔（Will J. F. Jenner）那样的很多人研究过了，所以最好是研究一下别的作家。但是鲁迅是一个研究中国历史和文学及白话文等的很好的入口。

Dr Jonathan Sullivan：否。五四时期是改变中国的根本历史时期，因此，一直都有必要学习它。而鲁迅作为这个关键时期的主角之一，永远都有学习和研究鲁迅的必要。

Rebecca：否。你如果不了解历史就不能理解当今社会，而你不了解鲁迅就不能了解今天的中国知识分子。今天的中国的文人还依旧保留和那个时期文学学者的风骨，还承担着政治和社会的角色。

Prof Rana Mitter：否。2012年11月，印度新德里召开了一个为期三天的关于鲁迅的国际会议，这是印度第一次举办这么大的研究鲁迅的国际会议。世界上很多新兴国家以前不了解中国的现在正在开始研究中国，研究中国文化，那么就不能不研究鲁迅。这说明鲁迅不仅没过时反而很摩登，不是吗？中国不应该不研究鲁迅。现在的中国与鲁迅所处的中国已经很不一样了，但是跟鲁迅时代有相似的地方，比如中国在寻求进入世界大舞台的机会，在寻求如何维护稳定的政府。但社会的变化并不意味着今天鲁迅就不重要了。如果不懂得过去，如何能了解现在。

五、鲁迅在中英文化交流方面有什么作用和意义？

Dr Julia Lovell：鲁迅在中英文化交流中会起到很宝贵的作用，因为他的作品是了解贯穿20世纪整个中国文人在历史和文化上的关注点的重要向导，任何英国人如果想要了解现代中国文化都必须接触鲁迅，必须了解和理解鲁迅。

Dr Susan Daruvala：我并不认为有必要把鲁迅作为一个"文化交流"上的某个角色。毋庸置疑在英国或其他欧洲国家，上世纪六七十年代那些对中国感兴趣的人或从属某个中国友好协会的人会知道鲁迅并读过鲁迅的几篇文章。但是，我不认为鲁迅在当今应当被赋予一个政治象征价值。我认为喜欢读鲁迅的人会有他们自己的观点，并以各自的方式找出他们跟鲁迅的交流方式，作为读者对作者的回应。因为鲁迅是个中国作家，读者们会因为读鲁迅而形成他们自己对中国的了解和评判。

Dr Jackie Sheehan：鲁迅所处的时代正是中国第一次开放的时代，是国际主义时代（internationalist generation）。他看到的问题其实也不仅仅是中国的问题，贫苦落后等问题也是世界性问题。许多年前西方学者认为西方应该帮助中国实现现代化，但是鲁迅和其他的一些知识分子却让人感到，是中国自己想实现现代化。中国自己应该主动采取行动，决定自己想要的和不要的。

Dr Andreas Fulda：不认为鲁迅在这方面扮演很大的角色。中国文学要走向世界的话，中国的作家要写更普世的主题，比如：爱，战争与和平，地球的生态环境，或者人的尊严等话题等。如果中国作家忽略了这点那么就很难打动世界其他国家的读者。全球化应该有中国作家参与。

Dr Jeremy Taylor：鲁迅可能不太能扮演多重要的角色了。因为我觉得中国政府推广的中国形象是中国在1911年以前或者是1978年改革开放以后的形象。中间这一节（含鲁迅的）包括"文化大革命"，都太有争议性了，中国政府未必想要推广或者决定不下来以什么形象来推广。

Dr Jonathan Sullivan：对不起，不太知道鲁迅在文化交流上的作用。

Rebecca：鲁迅是个很有争议的作家，他针砭时弊，他很难承担这个任务。比如中国把传播汉语的机构叫"孔子学院"而不叫"鲁迅学院"就可以看出这一点。

Prof Rana Mitter：我不认为鲁迅在文化交流方面扮演了很重要的角色，人们学习汉语就会有一天学到鲁迅，但他还不在文化交流的中心。近几年中国其他艺术家的行为艺术、展览、电影等可能在当今都比鲁迅盛行。莫言获诺贝尔奖之后可能关注他的人也会比关注鲁迅的多。鲁迅一直会在那里，但是他不在文化阵地的前沿。

六、对未来鲁迅在英国的翻译、介绍和推广的建议

Dr Julia Lovell：我当然希望英国读者更广泛地阅读鲁迅，包括读他的小说、杂文和诗歌。希望未来几年中国文化课（古代和现代）会成为英国人的一门常识性课程。但目前的现状是英国人可以不了解中国文化和历史，但是必须要了解俄国和日本的文化和历史，这种状况希望能得到改善。改善的一个重要途径就是在中学考大学的中文科目的考试大纲中，除了语言部分，需要添加鲁迅和中国文学的部分。我本人在高中的法语科和西班牙语科上读到了大量的法国和西班牙的文学作品，受益很多，所以如果中文科目也这样要求学生的话，鲁迅的推广会更上一个大台阶。

Jackie Sheehan：鲁迅是卓越的，其作品永远值得阅读，而不仅仅是在历史上有地位。因为这个时期的白话文在转型期，我觉得这个时期的语言是最难

懂的，还没有标准化。应该在网上多放一些他的中英文的文章文本，多些网络方面的背景介绍。其涉及的时代背景和事件应予以更多的链接，这样可以让读者更好地理解鲁迅。鲁迅纪念馆和博物馆如果有相应的中英文介绍，那就更好了，更值得参观了。

Dr Andreas Fulda：中国或许不应该只是聚焦推广某一个作家，这会有点问题。鲁迅更多的是代表五四运动和那个时期的思想潮流。也许学者们注重另外一些主题（themes）更有意思。比如现代性与现代化（Modernity VS Modernisation），21世纪科学和民主到底是指什么？五四运动这个辩论的话题今天照样可以辩论，这些辩论是否依旧很有争议，很困难？而不是只是注重在鲁迅的推广上。我们还可以推广和讨论什么是21世纪中国文学的作用和角色。在鲁迅的推广上，即使你翻译了大量的鲁迅作品，如果西方读者没有感觉需要读鲁迅的话，任何的推广都是白搭。

Dr Jeremy Taylor：建立鲁迅等作家的读书兴趣小组。在高年级汉语课上介绍鲁迅作品。英语系的师生或许对中国文学会感兴趣。

Dr Jonathan Sullivan：从历史的角度，很容易就找到答案。从语言方面，鲁迅的白话文应该让攻读中国学的高年级的本科生学习。

Rebecca：鲁迅比较不容易懂，所以如果有更多改编的戏剧和电影，把鲁迅及其作品更多地更好地搬上舞台，那就更好了。让鲁迅"活起来"，让鲁迅容易起来，这可能是我们作为学生和读者需要的。这样我们才能有更多的人欣赏到鲁迅的伟大和高明之处。再比如出鲁迅作品的连环画，鲁迅的中英对照读物或简化读物等。

Prof Rana Mitter：让鲁迅进入考试大纲或者课程内容，鼓励大家读鲁迅，比如读Julia Lovell翻译的鲁迅英文版，这些都是进一步推广鲁迅的方法。中国文学还不太为世界人民所知，所以可以借推动整个中国文学来推动鲁迅。

鲁迅以中国现代社会的最有代表意义的作家、思想家和社会批评家的形象广泛地在英国的中国学的圈子里存在着。21世纪以来英国本土出现越来越多的研究鲁迅及生活在那个时代的学者。在某种意义上，鲁迅代表了中国，代表了五四时期的整个救国救民的知识分子，就如巴尔扎克代表法国、高尔基代表俄国、莎士比亚代表英国一样。鲁迅的作品作为现代文学作品的经典被最广泛地翻译和阅读着；鲁迅的影响存在于英国大学中国学研究中各种不同科目的课堂。鲁迅的形象在英国是光辉的、正面的和高大的。尽管这些学者承认，鲁迅在逝世后，他的形象被政治利用放大过、神化过、夸大过，但是那些身后事都不是鲁迅本人所能掌控的。他们承认鲁迅的成就，也可观地看到了鲁迅的缺陷。鲁迅的文学成就是他在英国成为永恒的原因。

评论：

目前鲁迅尚不被广大英国普通民众所熟知。但是相信随着中国国力的增强，英国及整个西方对中国研究和关注度越来越高，鲁迅也会被越来越多的人认识和熟知。

采访问到在英国的汉语高级阶段课程中是否应该加入鲁迅的作品时，几乎所有的被采访者都表示非常有必要。随着国家汉办在全球推广汉语建立孔子学院，输出软实力，鲁迅的推广和研究如果能搭上这班快车，那么将会大大普及鲁迅。最好是不仅把鲁迅当作汉语教程、文学作品和兴趣爱好来读，而且介绍一些研究鲁迅的分析文章或作品一起读，并且结合当时的社会政治文化环境等，这样可以更好地了解鲁迅。

在鲁迅的推广上，我们还可以做很多工作，比如，让鲁迅作品形象化，让他活起来，搬上舞台、银幕，进入高科技时代，同时让他简单易读化，可以以小人书或者简写本，或者中英文对照的形式等等。我们下一步的鲁迅推广应该走网络路线，应该考虑做一个官方的鲁迅网站，并且做成中英文双语的，把文本、图片和相关信息都链接上，让全世界研究鲁迅的人都来登录和查询。目前北京鲁迅博物馆的网站做得初具规模，但是，笔者发现它的友情链接里居然没有任何其他地方的鲁迅纪念馆的网站。各地的鲁迅纪念馆博物馆都各有特色，如果能联合起来形成一个强大的官网，让海外学生学者进入一个网页而了解全部的话，这应该就是最好的推广鲁迅的方法之一。上海和绍兴鲁迅纪念馆都做得不错，但是海外的学生学者未必能知道这些散落各地的各具特色的珍贵资料。

笔者前文中说道在英国高中生的A Level in Chinese考试中，有一单元是写论文，被推荐的5个论文题目中的一个是新文化运动，其中推荐了读鲁迅的《故乡》。但是由于这只是许多题目中的一个，这门考试主要注重语言文字的学习和研究方法，而且考的人多是华裔，又因为英国各大学的中国研究课程不需要学生入学时就懂中文，所以影响力有限。但是在本章写作的过程中，Julia Lovell来信说该考试委员会的人找到她，试图讨论搞一个中国文学方面的考试。那么鲁迅将是一个无法不涉及的作家。目前这个提议尚在形成中。如果真能成行，那么，过十几年鲁迅就将在英国家喻户晓了。

　　在本章即将完稿之际，Jeremy Taylor博士给笔者又拿了一个新书宣传单，是美国亚洲研究会（Association for Asian Studies）中国学著名的学者Eva Shan Chou 2012年刚出版不久的新书：《记忆、暴力、辫子——鲁迅对中国的诠释》（*Memory，Violence，Queues-Lu Xun Interprets China*）。由于不属于英国学者的刊物，在此就不赘述了。但是在这个全球化日益发展的时代，各国学者之间互通有无甚至互相流动，今后也许就不能只简单地介绍某个国家的鲁迅研究专家或情况了。

第二章　鲁迅与加拿大：加拿大文化多元性视角下的中国文化

对加拿大这个年轻的国家来说，中加两国之间友谊与文化交流历史源远流长。从白求恩来华工作到1970年两国正式建交，再到2009年底时任中国国务院总理的温家宝与加拿大总理哈珀签署《中加合作声明》，可以看出，中加两国一直保持着密切的政府和民间往来。仅仅只有3000万人口的加拿大拥有130多万华裔公民，来自中国地区的移民占人口的4.3%之多。尤其是温哥华，中国移民占全市总人口近1/3。此外，目前有11万多名中国学生在加拿大教育机构学习，而在加拿大大学国际留学生中，中国留学生所占的比例最大。中文是加拿大的第三大语言，仅次于英文和法文。就在几个月前（2016年6月），加拿大国会将中国的春节正式定为法定节日，加拿大官方将把每年农历正月初一到十五正式定为春节。这在西方国家中当数首例，对所有加拿大华人来说，具有里程碑意义。

加拿大作为移民国家，本身所具有的文化多元性促使其对中国文化非常包容与尊重。然而，中国文化能在加拿大取得如今的地位和权重，也离不开几代华人的努力，以及博大精深的中国文化深厚的历史积淀。文学是文化的一个重要组成部分，是向其他民族展示自己的窗口。中国文化之所以能逐渐走进加拿大多元文化视野，并最终占据一席之地，离不开中国文学这扇窗户。在发挥这种文化媒介和传播作用的中国文学家中，鲁迅是最大的功臣之一。因此，本文将从三个方面介绍鲁迅在推动加拿大文化多元性以及建构中国文化话语权方面所起的作用：一、加拿大主流文化视角下的鲁迅；二、加拿大比较文学和世界文学视角的鲁迅；三、加拿大汉学研究视角的鲁迅。

第一节　加拿大主流文化视角下的鲁迅

2011年6月15至18日，加拿大史密斯·吉尔莫剧团和上海话剧艺术中心共同改编的《鲁镇往事》（ *Lu Xun Blossoms* ）在多伦多Isable Bader剧院举行了北美首演。这是加拿大戏剧公司和中国话剧行业的初次合作，《鲁镇往事》也是第一部由非中国人改编并演出的鲁迅戏剧，因此具有划时代的文化意义。目前为止，还未有第二家国外剧团做出类似的尝试。

史密斯·吉尔莫剧团是加拿大著名剧团，已经成立30年之久。迪安·吉尔莫和米歇尔·史密斯夫妇为剧团创始人。在过去的30年间，该剧团已经导演并演出了40多部戏剧作品，足迹遍布加拿大、欧洲和亚洲。在改编鲁迅作品之前，该剧团也曾改编契科夫和凯瑟琳·曼斯菲尔德等世界著名作家的短篇小说。鲁迅的作品是该剧团第一次尝试改编写自中国作家的作品。

话剧《鲁镇往事》取材于鲁迅的6篇短篇小说：《一件小事》《狗、猫、鼠》《阿长与〈山海经〉》《孔乙己》《智识即罪恶》以及《祝福》。该话剧将鲁迅的五个故事贯衔接起来，加以大胆地自由发挥，最终形成一部以鲁迅小说人物为原型的形体剧。中加演员们以中英双语，结合形体语言这一重要元素，将鲁迅的故事以全新的面貌呈现在加拿大的主流戏剧舞台上。例如，在这部融合多个故事的虚构话剧中，鲁迅本人（由加拿大剧团团长吉尔莫本人扮演）不仅作为主要人物出场，还会在创作故事的时候，突然穿越到故事中去，与小说中的人物进行对话和互动。

《鲁镇往事》这部话剧的创作历时5年。早在2006年，史密斯·吉尔莫剧团就来到上海，与上海话剧艺术中心的演员们一起进行"工作坊"的表演训练。这曾是2006年最为轰动的中加鲁迅文化交流活动，国内很多报刊媒体都予以专门报道。①加拿大的主流报刊媒体《今日多伦多》，也对此进行了专门报道。②

关于选择鲁迅作品的原因，米歇尔·史密斯（剧团团长兼导演之一）说，早在2005年7月，她就在加拿大图书馆里阅读了鲁迅的作品。同年10月，她又读了鲁迅的其他一些短篇小说，包括《祝福》等。她觉得鲁迅很有意思，其作品寓意深刻，故事环环相扣。鲁迅创作故事的叙事技巧以及福克纳式的地方性，激发了她的创作灵感，加拿大观众才有幸看到鲁迅的故事被搬上舞台。

这次改编受到了加拿大本国戏剧界的一致好评。《鲁迅往事》在上海话剧艺术中心导演郭洪波的重新编排下，多次演出并获得"2011年全国小剧场话剧优秀展演剧目"的奖项。加拿大戏剧评论家Christopher Hoile认为，该话剧"所选的故事反映了鲁迅的一种观点，即：革命热情和迷信传统都不能让社会变成一个更富有同情心的社会，一个人们不需要通过驱逐他人来实现自我肯定的社会。我们应该感谢史密斯·吉尔莫剧团能与中国合作，能有幸让更多的人了解鲁迅，了解他提出的问题。这些问题不仅存在于东方，也适用于西方"③。

吉尔莫本人表示："虽然这些故事的根源是中国所特有的神话，而每一种文化都有某种神话和仪式。或许加拿大的观众不会理解所有的细节，但是他们都能发现并能理解这种仪式的本质和本性。"在采访中，他还表示："他（鲁迅）的作品中体现了一种人性关怀，就像契诃夫的作品一样。事实上，他们都既是医生，又是作家，并且都在他们所处的社会进行巨大转变的时候进行创作。"④

① 例如：李凌俊《加拿大剧团改编鲁迅作品》，《华文文学》2006年第4期，第106页；佚名《上海话剧艺术中心联手加拿大剧团"开打"鲁迅》，《话剧》2006年第2期，第64页；中国作家网 "加拿大剧团改编鲁迅作品"，http://www.chinawriter.com.cn/2006/2006-06-01/19168.html，检索日期：2016-9-22；新浪网："上海话剧艺术中心联手加拿大剧团用形体说鲁迅"，http://ent.sina.com.cn/j/2007-05-10/12221548189.html，检索日期：2016-9-22；网易网 "《鲁镇往事》轰动京沪：用身体改编鲁迅作品"，http://ent.163.com/07/0628/18/3I3J5EO40003rt.html，检索日期：2016-9-22。

② Jon Kaplan, "Lu Xun Blossoms: Flower Power", Now Toronto June 9, 2011: https://nowtoronto.com/stage/lu-xun-blossoms-2011-06-09/. Access. Sept. 22, 2016.

③ Christopher Hoile, "Lu Xun Blossoms", Stage Door June 17, 2011: http://www.stage-door.com/Theatre/2011/Entries/2011/6/17_LU_XUN_blossoms.html. Access. Sept. 22, 2016.

④ Christopher Hoile, "Lu Xun Blossoms", Stage Door June 17, 2011: http://www.stage-door.com/Theatre/2011/Entries/2011/6/17_LU_XUN_blossoms.html. Access. Sept. 22, 2016.

鲁迅的作品早在1958年就进入了加拿大视野——鲁迅在加拿大的最早翻译版本，即是由多伦多"进步书局"①出版的《鲁迅选集》4卷本的第一卷。选集包括《狂人日记》《铸剑》《孔乙己》和《阿Q正传》等小说、诗和杂文。让加拿大读者最为震惊的是《祝福》，因为这个故事讲述了一个女仆从幸福走向悲剧的戏剧性人生。

在此之后最值得一提的，要数2005年加拿大CBC（加拿大广播公司）电台第一频道（Radio One）节目《思想》（Idea）②栏目组制作的一档节目：《纸噪音：鲁迅生平》。CBC是加拿大最大且最具影响力的广播电视公司。《思想》是一档文化类节目，主要聚焦当代文化思潮，内容涉及世界各地的宗教、哲学、科学、文学、历史等。该节目以其独到的见解赢得了很多忠实的听众和评论界的赞赏。这栏节目已经有多年历史，自1965年推出便经久不衰，由老牌主持人Paul Kennedy主持，是很多加拿大人十分喜爱的广播节目（纪录片性质），也是笔者在加拿大期间每天必听的节目，每期节目约一个小时。

这样的主流广播平台专门介绍鲁迅，这在所有中国作家中尚数首次。这在一定程度上也说明加拿大文化对非西方文化的尊重。这期节目的介绍很简单："鲁迅，这位猛烈的独立思想家，直至其死后（1936）才被毛泽东称为革命英雄。然而，当今的中国人是否还在真正地'阅读'鲁迅呢？社会主义者标识人物这一身份是否真实地代表了他的艺术和生活呢？"非常可惜的是，电台网页的档案只提供了最近四年的节目录音③，笔者未能找到2005年这一期节目的录音。笔者也在积极和CBC电台联系，希望能取得这份珍贵的资料，了解加拿大人是如何看待鲁迅的。

---

① 进步书局的英文为Progress Books。虽然现在能查到出版社的书目，但是出版社只在1941年至1982年运营，目前出版社的相关信息已经查不到了。所以，很遗憾的是，笔者未能查到这本书的完整内容。但该译本和译本内所收录的作品在下面文章中可查：《鲁迅著作在法国、加拿大》，《读书》1958年第15期，第40页。

② "Ideas（Radio Show）", https://en.wikipedia.org/wiki/Ideas_（radio_show）. Access. Sept. 22, 2016.

③ "Past Episodes of Ideas", http://www.cbc.ca/radio/ideas/pastepisodes. Access. Sept. 22, 2016.

除此之外，鲁迅和鲁迅的作品也经常为日常写作所引用。例如：麦吉尔大学主页上曾刊登名为《封建主义和微观经济学食人主义》[①]的点评文章，开篇就引用鲁迅的《狂人日记》来说明封建主义是一种使普通大众沦为食人者的猎食性结构。文章认为，《狂人日记》尖锐地批判了封建主义是整体社会功能失调之根源，并由此引出微观主义经济学上的"食人主义"的核心批判。虽然该文章并不是专门针对鲁迅的文学批评，但是却从侧面反映出鲁迅已经超越国别、超越学科，进入了主流的加拿大经济学分析中，因而显得更有意义。

更令人惊叹的是，加拿大的主流媒体也会第一时间对中国国内关于鲁迅的新闻事件进行报道。例如，2013年9月5日加拿大著名报纸《星报》（*The Star*）就国内高中教材删除鲁迅文章事件迅速发布了一则新闻："中国最著名的作家——鲁迅被从高中课本中删除。"[②]这一则看似不起眼的新闻，代表了加拿大主流媒体对鲁迅以及鲁迅所代表的政治性的关注。

最后，笔者还想提及加拿大当代著名作家、布克奖获得者、《少年派的奇幻漂流》的作者扬·马特尔在向加拿大读者推广鲁迅中所起的作用。这要从扬·马特尔自2007年到2011年之间进行一个名为"史蒂芬·哈珀正在阅读什么？"的计划说起。他的这个计划是，每两个星期向加拿大前总理斯蒂芬·哈珀邮寄一本书，每本书都附上一封信，来说明这本书的意义和推荐的原因。2009年秋季，他公布了该计划的书籍名单。马特尔于2011年2月完成该计划，四年间他总共寄给哈珀100本书，这些书包含多种文化传统，代表丰富的文化视角。他挑选的书单主要包括从莎士比亚的《恺撒大帝》到卡尔维诺的《帕洛马尔》，再到皮兰德娄的《六个寻找剧作家的角色》等西方经典作品。书单中唯一一位中国作家的作品，也是唯一一位亚洲作家的作品，便是鲁迅的《狂人

① Usman W. Chohan, "Feudalism and Macroeconomic Cannibalism", McGill University News and Events 29 May 2015: https://www.mcgill.ca/channels/news/feudalism-and-macroeconomic-cannibalism-253123. Access. Sept. 22, 2016.

② Bill Schiller, "China's most famous writer, Lu Xun， purged from high school textbooks", The Star Sept. 5, 2013:https://www.thestar.com/news/the_world_daily/2013/09/chinas_most_famous_writer_lu_xun_purged_from_high_school_textbooks.html. Access. Sept. 22, 2016.

日记和故事选集》①。

　　尽管这是扬·马特尔外出期间，由朋友查尔斯·福伦（Charles Foran）代为推荐的，但它无疑是加拿大文化界对中国文学认可的一种映射。在此书的推荐理由中，鲁迅更是被盛赞为中国的托尔斯泰、中国的雨果。在福伦随书推荐信函中，他还采取了对比法，将20世纪的中国和美国进行比较，认为钱学森近似奥本海默，《骆驼祥子》对应《愤怒的葡萄》，等等。下面便是2010年5月10日加拿大作家查尔斯·福伦向加拿大前总理史蒂芬·哈珀推荐鲁迅作品信函的全文：

尊敬的哈珀先生：

　　我在报上读到一篇关于由中国最大的网络媒体公司发起的民意调查的报道。该调查通过中国人自己的投票，评选出二十世纪这个国家最具影响力的十位文化偶像。其中，五位是作家，三位是歌手兼演员，让人奇怪的是有一位是火箭科学家，还有一位生前是一名普普通通的士兵，但后来成为媒体宣传的焦点。十五年阅读、撰写关于中国的文章，五年在北京、香港居住的经历让我对名单上的名字非常熟悉。他们中的三位——作家金庸、歌手兼演员张国荣和王菲在这项民意调查结束前仍然健在。其他几位，如作家鲁迅和京剧演员梅兰芳，虽然已过世几十年，但仍然有着巨大的影响力。我注意到在这种选择背后的固定模式：这些人都经历过艰难困苦、非同寻常的生活。在我看来，这份名单虽然远谈不上一锤定音，但仍具有一定的合理性，透过这扇窗户我们可以一窥中国人的价值观与情怀。我还怀揣着这样一个想法：假如把这些名字换作西方文化里相对应的人物，他们又会是哪些人？比如王菲，可以用麦当娜代替她；比如张国荣，只要稍加变动就可以用猫王来替代；梅兰芳被世人称为中国的保罗·罗伯逊；而科学家钱学森对中国的影响近似于罗伯特·奥本海默之

　　① 福伦选用的英译本为：*Lu Hsun, Diary of a Madman and Other Stories*. Trans. William A. Lyell.（Honolulu: University of Hawaii Press, 1990）.

于美国。再来说作家：老舍的小说《骆驼祥子》与约翰·斯坦贝克的作品《愤怒的葡萄》具有相似的道德力量，而钱锺书的小说《围城》可以比拟为F.司各特·菲茨杰拉德的《了不起的盖茨比》的上海版。金庸那民粹主义的武侠小说可以与赞恩·格雷的西部小说以及约翰·福特的电影相匹配。至于这十位中，出生最早、地位也最高的鲁迅，几乎没有可与他对应的人物。为了能领会他的重要意义，有必要检视一下托尔斯泰对于十九世纪俄国或是维克多·雨果对于他那个时代欧洲的举足轻重的影响力。这样的类比让我开始思考我们中的大多数人到底对中国了解多少？假如一个人从未看过一部西部片，也未曾听说过《愤怒的葡萄》，假如一个人无视猫王与麦当娜对流行文化引发的巨大变化，他能声称自己了解美国吗？我们对中国的认识仍顽固地停留在那些死板的标签上：蓬勃的经济与专制的政治制度，惊人的人口规模与人们的殷切期望。然而，一个国家最首要的是它的文化，文化是所有居住在这个国度的人民的价值观与奋斗、梦想与期望的总和。要了解一个国家，必须了解这个国家的梦想以及那些怀抱梦想的人。自从我开始思考中国以来，鲁迅一直就成了我衡量中国文化的一大标准。而鲁迅之所以能成为一位杰出人物被西方社会所知晓，是因为他的短篇小说。这些作品真正孕育了20世纪20年代的中国现代文学，至今仍生动而忧心地审视着那个摇摇欲坠的社会和坚忍倔强的灵魂。我希望您能喜欢鲁迅的这一部典型力作。

谨致以最美好的祝愿　查尔斯·福伦[①]

　　查尔斯·福伦用其令人惊叹的中国知识，非常有力地将鲁迅推向了加拿大政府的最高层。总理官方也对这本书做出了回信，来"转达他[②]对您的谢忱。请相信，我们十分赞赏您的周全之举"[③]。

---

① 扬·马特尔：《斯蒂芬·哈珀在读什么》，郭国良、殷牧云译，译林出版社2014年版。

② 指斯蒂芬·哈珀。

③ 扬·马特尔：《斯蒂芬·哈珀在读什么》，郭国良、殷牧云译，译林出版社2014年版，第6页。

鲁迅与20世纪中国研究丛书

我们并不知道前总理哈珀本人是否真的阅读了鲁迅作品，但就福伦和扬·马特尔的影响力而言，《斯蒂芬·哈珀在读什么》的出版无疑让加拿大的读者能进一步了解鲁迅和中国文化，有助于加拿大更全面地认识中国，摆脱那些顽固的"死板的标签"。与美国等其他西方国家相比，这种有意克服文化偏见的意识，在移民国家的加拿大，显得更为突出。加拿大的这种文化多元性和包容性，还体现在加拿大比较文学和世界文学研究中鲁迅的地位。鲁迅作为世界文学的一部分，是具有世界视野的，体现文化共性的。

第二节　加拿大比较文学和世界文学视角下的鲁迅

比较文学和世界文学并不是加拿大学界提出来的概念，而是早期由美国和欧洲学者在全球化理论中提出的。与名校聚集和名师辈出的美国学界相比，加拿大并不算汉学研究（包括鲁迅研究）的重地。事实上，目前主流的鲁迅研究主要集中在日本学界和美国学界，加拿大鲜少有人关注。乐黛云主编的《国外鲁迅研究论集》（1960—1981）中，收录日本学者论文5篇，美国学者论文4篇，海外华裔学者3篇，而加拿大学者的文章只收录了1篇。同样只收录一篇论文的还有苏联、荷兰和澳大利亚。该书的附录《近二十年国外鲁迅研究论述要目》中更有200多篇日本学者研究文章，而来自英语国家学者的文章加起来只有37篇。

这其中当然有一些客观因素，例如：加拿大学界对美国学界存在依赖（加拿大的教授大部分都是在美国受的教育）；加拿大人口稀少，高校并不多；加拿大没有专门的汉学期刊，文学研究的期刊数量也远远不及美国，甚至部分欧洲国家。但是，即便是在这样的学术环境下，加拿大的鲁迅研究仍然在比较文学和世界文学研究中占得了一席之地，让中国文学能走进加拿大学界，跳出东亚研究的相对封闭的小圈，走向世界文学相对宽阔的全球化视野。

世界文学和比较文学的多元化和包容视角打破了"西方经典"所形成的审美取向和文学霸权。多元文化带来了一种对抗的契机，有助于抵制西方主流文学的过于文化标准化和美国化、文学作品的西方经典模式以及用西方标准来衡量非西方文学作品的文化守旧行为，从而推动世界文学研究的发展，提升第三世界文学的地位和研究水平。而鲁迅的小说便是这种非西方主流文化发展的重要例子。

笔者的母校阿尔伯塔大学（University of Alberta）是加拿大开设比较文学专业最早的高校。其主办的杂志《加拿大比较文学评论》（*Canadian Review of Comparative Literature*）是加拿大比较文学研究的主要刊物，在比较文学界具有很大影响力，备受全球的比较文学与世界文学学者的青睐。该杂志也是加拿大最早刊登鲁迅研究论文的期刊。例如：《加拿大比较文学评论》曾在2001年发表了美国华人学者顾明东（音同）的论文《鲁迅、詹姆逊与多义性》①。顾明东认为，西方主流文学研究对鲁迅的作品没有给予足够的重视。在该文中，他引用美国著名马克思主义理论批评家詹姆逊的话，认为西方对鲁迅作品的忽视是"一种任何以无知为理由都不能挽回的耻辱"。接着，他进一步阐释了自己提出的"民族预言"这个概念，即：中国知识分子自发地参加政治和社会革命。他承认詹姆逊在呼吁西方主流文学对鲁迅研究更为重视中起到了重要作用，而与此同时，他也客观地批判了詹姆逊对鲁迅的解读方法是"猜测性的，很容易被鲁迅专家纠正"。但是他肯定了詹姆逊针对语言多义性提出的一个新概念，"一种梦境般的多义性（polysemia），而不是符号的同质表现"。顾明东接着以《狂人日子》和《药》为例，从意识形态、心理学以及记号学角度深入探讨了鲁迅小说中的多义性。他认为，我们不能把鲁迅的故事仅仅看成某一种"民族寓言"，而应该把这些故事看成多种寓言，它们"既是大众的又是个人的，既是政治性的又是充满本能欲望的，既是历史性的又是现实的，既是普遍的又是特殊的"。因此，鲁迅作品具有重要的跨文化意义，尤其是在当今全球化的多元文化背景下，对重塑"世界文学"尤为重要。

阿尔伯塔大学的比较文学专业研究生项目，也是加拿大鲁迅研究的重点。

---

① Gu Mingdong. "Lu Xun, Jameson, and Multiple Polysemia", Candian Review of Comparative Literature 12（2001），434-453. https://ejournals.library.ualberta.ca/index.php/crcl/article/view/10638. Access Sept. 22, 2016.

鲁迅与20世纪中国研究丛书

例如：2015年的比较文学专业硕士生朱元海（后就读芝加哥大学，现就读约翰霍普金斯大学）刚刚完成了他的硕士论文《鲁迅作品中的中国民族复兴和社会达尔文主义》[①]。在这篇见解独到的论文中，他解读了20世纪的中国如何通过文学表现对民族主义进行非殖民化，并对以下几个问题进行了重点探讨：中国民族性的定性；殖民后的民族创伤；鲁迅对尼采的借鉴和运用；对帝国主义和殖民化的批判。另一位比较文学专业的博士生谢海燕（音同）正在准备有关《五四时期鲁迅的翻译工作以及现代性的建构》[②]的博士论文。这些年轻的学者（多数是来自中国内地的留学生）正在用自己的力量向加拿大学界，乃至更广的学界，推进鲁迅研究的进程。

除了科研以外，加拿大的比较文学项目（既包括本科生又包括研究生项目）还非常注重世界文学和比较文学的教学。例如，笔者就读于阿尔伯塔大学比较文学系期间，就曾教授"世界文学入门"这门课。这门课有6个学分，分上下两个学期，是比较文学专业本科生的一门主要课程，学生众多，因此通常有好几个平行班。学院为这门课选定的教材是美国皮尔森出版社出的《朗曼世界文学全集》。这套书又分A、B、C、D、E、F六册，由著名比较文学理论家大卫·达姆罗什（David Damrosch）主编。这套《朗曼世界文学全集》收录了非常丰富的中国文学作品，而第E册《二十一世纪文学》中收录的鲁迅的《狂人日记》（在排版上，更是排在乔伊斯之前）更是必修内容之一，深受学生的喜爱。

具有比较文学和世界文学视野的，不仅是加拿大的高校，还包括很多致力推广中国文学的华裔移民。例如，加拿大滑铁卢大学东亚研究学院教授、孔子学院院长、双语作家李彦教授就一直致力于中加文学的交流与合作。她开设了很多中国文化与文学课程，大力传播中国的文化与价值观。她个人非常欣赏鲁

① Zhu Yuanhai, "Chinese National Revitalization and Social Darwinism in Lu Xun's Work", Thesis (2015): University of Alberta, Web. 22 Sept. 2016. https://era.library.ualberta.ca/files/6395w9702/Zhu_Yuanhai_201507_MA.pdf.

② Xie Haiyan, "Lu Xun's Translation and the Construction of Modernity During the May Fourth Period". Web. 22 Sept. 2016. https://www.ualberta.ca/modern-languages-and-cultural-studies/people/graduate-students.

迅，并把鲁迅的作品作为"中国文学走向海外读者视野"（《人民日报》[海外版]刊登）①的一个典型。她特别提到了鲁迅的比喻：西洋文字像一位朴素无华但却方便实用的女仆，中国文字像一位美丽优雅但却奢侈无用的贵妇。她还通过孔子学院这个平台，为中国文学走向世界，切切实实地尽了一份力量。此外，她也正在与加拿大的出版社合作，翻译出版当代中国优秀短篇小说选集，争取将它们引入北美课堂。

第三节　加拿大汉学研究视角下的鲁迅

和很多其他国家和地区一样，加拿大鲁迅研究最重要的阵地在高校的汉学研究中心。汉学研究的学者不仅分布在东亚研究系，还经常分布在历史系和宗教系等院系。由于历史因素，加拿大的汉学起点比较晚，与美国、欧洲等东亚研究相比，其研究学者的数量也并不算多。但这并不表示加拿大的鲁迅研究就乏善可陈。恰恰相反，自20世纪六七十年代以来，加拿大汉学界的鲁迅研究出现了不少非常优秀的专著、期刊论文和博士论文。

其中，中国鲁迅研究学者最为熟悉的应该要数曾执教于加拿大多伦多大学的著名捷克汉学家教授维林吉诺娃（Milena Doleželová-Velingerová，1932—2012）。她于1977年发表的论文《鲁迅的〈药〉》②是运用结构主义方法的代表性成果，曾被中国的学者多次引用和提及③。她在该文中对《药》的结构进行了分析，并且重点剖析鲁迅的叙事技巧，例如：鲁迅运用对话的片断间接报道事实，运用使过去、现在、未来结合起来的非直线的时间交换呈现出作品的双面性和矛盾性。除此之外，她在1980年还发表了非常具有影响力的专著《世

---

① 《人民日报海外版》（2013年08月30日第7版）http://paper.people.com.cn/rmrbhwb/html/2013-08/30/content_1291562.htm，检索日期：2016-9-22。

② Milena Doleželová-Velingerová, "Lu Xun's 'Medicine'", GOLDMAN, Merle, ed. Modern Chinese Literature in May Fourth Era（Cambridge: Harvard University Press, 1977），221-232.

③ 例如张杰：《国外中国现代文学研究方法管窥》，《当代文坛》2009年第3期，第33—36页。

纪之交的中国小说》（*The Chinese Novel at the Turn of the Century*）。该书是第一本用西方语言创作的专门按年代讨论清末15年（1897—1910）间中国小说（包括鲁迅的小说）的专著①，很多学界同行都对此书撰写了书评。

此后很长一段时间，加拿大的鲁迅研究相对沉寂。不过，自20世纪90年代开始，由华人学者主导、西方学者不断涌现的加拿大鲁迅研究领域开始渐渐充满生机。例如，1998年华裔学者李天明在加拿大中国学家杜迈可（Michael S.Duck）的指导下，完成了《鲁迅散文诗〈野草〉主题研究》（"A Thematic Study of Lu Xun's Prose Poetry Collection Wild Grass"）②的博士论文。2000年，李天明对该论文进行修改，最终该论文以《难以言说的苦衷：鲁迅〈野草〉探秘》之名在国内出版。该书从社会政治批判、人生哲学思考，以及情爱与道德责任的两难这三个层面，对鲁迅《野草》的主旨和内涵进行了较为深入的阐述。书后所附《英语世界〈野草〉研究简介》，同样具有较高的史料价值。

2002年英属哥伦比亚大学（UBC）东亚系博士生James Robinson Keefer完成了题为《恶魔的王朝：从鲁迅到余华的食人主义》的博士论文③。Keefer在这篇论文中，探讨现代中国小说中身体表现这个问题，具体来说，是"文本"身体和它们想要代表的物质"现实"之间的关系或者关联。他认为，身体和国家之间的关系，从清末直至现代中国都是一个极其重要的问题。但是直到鲁迅的《狂人日记》，中国明显的食人性文学话语才算真正地开启了。他主要讨论了两个宏观问题：一是鲁迅对中国"精神病态"——他称之为"人吃人"——的诊断；二是鲁迅在对传统中国文化进行批评时的高度创新性、反直觉性叙事策略。尤其要指出的是，他首次运用"身体景观"（spectacle body）的概念来

---

① Unknown author, "The Chinese Novel at the Turn of the Century"（book review）. Poetics Today Vol. 3, No. 4（1982）, 191.

② Tianming Li. "A Thematic Study of Lu Xun's Prose Poetry Collection Wild Grass", Diss.（1988）: University of British Columbia. Web. 21 Sept. 2016. https://open.library.ubc.ca/cIRcle/collections/ubctheses/831/items/1.0088982. Retrospective Theses and Dissertations, 1919-2007.

③ James Robinson Keefer, "Dynasties of Demons: Cannibalism from Lu Xun to Yu Hua". Diss.（2002）, University of British Columbia. Web. 21 Sept. 2016. https://open.library.ubc.ca/cIRcle/collections/831/items/1.0090510. Retrospective Theses and Dissertations, 1919-2007.

讨论鲁迅文学作品中的身体性。他还按时间顺序分别分析了韩少功、莫言和余华的作品，说明了在鲁迅的"狂人"写下预言式的"吃人啊！"之后的60年内，有不少作家通过作品宣告了，这种"人吃人"的狂欢并没有随着儒家礼教思想被推翻而终结。从鲁迅到余华，这些作家都提供了不同的视角来审视中国的"精神病态"。最后，他得出结论，虽然这些作家的手法和视角存在诸多不同，但他们所得出的结果却都沿袭了鲁迅作品里"狂人"的看法。

最新的有关鲁迅的学位论文是多伦多大学东亚系硕士生Jia-Raye Yo在2012年完成的硕士论文，题目为《现代中国的翻译问题：鲁迅和钱锺书研究》[1]。在这篇论文中，她从现代中国的翻译理论的角度，来审视鲁迅和钱锺书的翻译对跨文化性的作用。她认为，对鲁迅、钱锺书等作家作品的翻译揭露了现代化的构成、文化界限的跨越，以及对想象他者的建构。她在结论中，对比了后结构主义理论中差异和可译性这两个概念，分析了鲁迅和钱锺书作品的可译性和不可译性，并且寄希望通过翻译过程中"想象他者"的建构，来增进两种文化间互相理解的可能性。

除此之外，美国学者Viren Murti在渥太华大学执教期间，曾在加拿大其他高校（比如麦吉尔大学）举办了好几场鲁迅专题研究的讲座。他还在执教期间发表论文，分析了日本汉学家竹内好以及王辉（音同）对鲁迅的批判，来探讨鲁迅对现代性的对抗以及自我否定作为政治的逻辑性[2]。Murti认为，鲁迅研究学者在把鲁迅解读为应对全球化转变，尤其是资本主义的全球逻辑的政治干预这个方面，并没有给予足够的重视。但是他认为，竹内好和王辉两位学者分别开拓性地提出了一种新的政治学，拒绝把历史看成进化的或者进步的叙事，并对他们的社会进行批判。他认为王辉认识到了资本主义社会中，知识生产的性质容易阻碍其政治可能性。

---

[1]　Jia-Raye Yo, "The Problem of Translation in Modern China: A Brief Study in Lu Xun and Qian Zhongshu". Thesis.（2012）, University of Toronto. Web. 21 Sept. 2016. https://tspace.library. utoronto.ca/bitstream/1807/32503/9/Yo_JiaRaye_20126_MA_thesis.pdf.

[2]　Viren Murti, "Resistance to Modernity and the Logic of Self-Negation as Politics: Takeuchi Yoshimi and Wang Hui on Lu Xun". Talk at University of Ottawa. January 29, 2009. https://www. mcgill.ca/eas/files/eas/VirenMurti.pdf. Access Sept. 22, 2016.

通过鲁迅研究在加拿大的发展，我们能看到在加拿大的学术和生活中，中国文学的话语权日益增强。这一方面是因为中国的综合国力和国际影响力得到了提升，世界各国，包括英语国家都更为重视中文的研究。另一方面也因为选择去加拿大移民或者留学的华人也在与日俱增，这个群体在体验加拿大丰富的多元文化的同时，也带去了并且丰富了自身的文化传统，包括中国文学在内。宏观地来说，鲁迅在加拿大学界和文化生活中的影响力越来越大，这不仅与中加两国文化、经济、社会等层面上的交流息息相关，也与中国的移民热潮有关，尤其是借助来自内地的留学生和学者对中国文化的推动（上述华人学者就是一个例子），能在加拿大各大高校、学术期刊、学术会议上不断地发出属于自己的声音。而鲁迅正是让这种声音变得更为自信、更为铿锵有力的文化资本和源泉。

第三章　澳大利亚鲁迅研究概观①

　　要介绍澳大利亚的鲁迅研究，说起来容易，做起来其实很难。首先，什么才算澳大利亚的鲁迅研究？专指在澳大利亚出身的学者做的研究？然而，杜博尼（Bonnie S. Mcdougall）虽然在悉尼大学获博士学位，1958年在北京大学学习过，先后在挪威奥斯陆大学及英国爱丁堡大学教书，其间曾在北京外文出版社工作，21世纪初在香港中文大学和城市大学，2012年本章修订时在悉尼大学当客座教授。她的鲁迅研究著作大都是取得博士学位后发表的②，似乎不好算澳大利亚的研究。而且，大部分现在在澳大利亚发表过研究鲁迅著作的学者，其实都不是澳大利亚出身。那么，在澳大利亚生活、工作的学者可以了吧？应该如此，徐士文（Raymond S.W.Hsu）到了悉尼大学之后，虽然仍有志于鲁迅研究，但他的《鲁迅文体研究：词汇与习惯用法》（*The Style of Lu Hsün: Vocabulary and Usage*）却是去澳大利亚前在香港大学任教期间出版的③，似乎又不该算。还有，澳大利亚学者在澳大利亚以外地区发表的著作当然要算，但

---

　　①　作者按：本章内容原与张梦阳连署，原题为《澳洲鲁迅研究一瞥》，载《鲁迅研究月刊》2009年第2期，第45—51页。2016年10月，陈顺妍及张钊贻等编之《鲁迅与澳大利亚》文集在澳大利亚出版，补充了不少资料。本章即按《鲁迅与澳大利亚》有关文章进行增补。

　　②　杜博尼有关鲁迅的主要著作为：Love Letters and Privacy in Modern China:The Intimate Lives of Lu Xun and Xu Guangping （Oxford：Oxford University Press, 2002）；她还翻译了《两地书》原信，Letters Between Two.Correspondence Between Lu Xun and Xu Guangping（Beijing：Foreign Languages Press, 2000），另还有几篇论文。

　　③　Raymond S.W.Hsu, Centre of Asian Studies （Hong Kong: University of Hong Kong Press, 1979）. 这本书是徐士文1972年剑桥大学博士论文修改而成的。

非澳大利亚学者在澳大利亚发表的著作算不算呢？例如当时在英国利兹大学的格列歌尔·卞顿在澳大利亚国立大学《东亚史》发表的《鲁迅、托洛茨基和中国托派》①，虽然颇受注意，但似乎应该不算。但有时我们并不一定会知道作者是否在澳大利亚。总之，学术无国界，文化全球化，若有人要求我们提出一个"澳大利亚鲁迅研究"的清晰定义，肯定要把我们难住，写不下去了。不过我们也不想作茧自缚。所以本文只撷取一些澳大利亚的有关情况、在澳大利亚的研究者及其著作，所选的都是我们比较熟悉的或者觉得重要的，凡未出版的硕士、博士论文以及其他媒体可能涉及鲁迅的作品，因缺乏全面调查，暂不叙录，总之并不求彻底完全，故称概观。

第一节　背景及活动

澳大利亚正式开始研究中国文学比较晚，是20世纪50年代的事情，现代文学研究起步当然更晚，鲁迅研究就更不用说了。追溯起来，起步的地点是悉尼大学。悉尼大学过去曾有过中国研究的部门，也许由于政府的"白澳政策"而不受重视，也没有什么建树和影响。1956年悉尼大学从剑桥大学聘请了戴维斯教授（A. R. Davis）来重建"东方研究系"（Department of Oriental Studies），开始汉语教学与汉学研究并举。戴维斯是研究陶渊明的，他主学日语，翻译陶渊明的诗也主要从日语转译。但时移世易，他带的博士生开始转向现代文学，其中包括杜博尼和陈顺妍（Mabel Lee, 1939—　　）。杜博尼后来去了英国，陈顺妍则留校任教。陈顺妍是澳大利亚本土华裔学生得到文科博士学位的第一人，在当时华人圈子里面是件大事。她带了不少研究生，大抵是研究现当代中国文学的。1970年李克曼（Pierre Ryckmans, 1935—2014）应聘澳大利亚国立大学，上世纪七八十年代徐士文应聘悉尼大学，也加强了澳大利亚中国现代文学和鲁迅研究的队伍。

---

① Gregor Benton, "Lu Xun, Leon Trotsky and Chinese Trotskyists", East Asian History, No.7 （Jun.1994）, 93-104.

1981年鲁迅诞生100周年，澳大利亚几乎所有主要大学都举办了活动，其中规模最大的是澳大利亚国立大学的研讨会。这个研讨会由该校远东历史系主办，由著名东南亚华侨史专家王赓武（Wang Gungwu，1930—　）组织，与会者来自澳大利亚各个大学，有六十多人出席，会议举行了两天，专题报告九场，题目是《鲁迅与国学》《鲁迅与章炳麟》《鲁迅与瞿秋白》《鲁迅与周作人》《鲁迅与胡风》《鲁迅与尼采》《鲁迅对诗歌形式的运用》《鲁迅在华南》和《中华人民共和国对鲁迅的宣传》。研讨会后原计划出版论文集，后竟不了了之。只见柳存仁（Liu Ts'un-yan，1917—2009）《鲁迅与国学》[①]、陈顺妍《对抉心自噬的尸体的安慰：鲁迅对诗歌形式的运用》[②]和戴凯利（David Kelly）的《鲁迅与尼采》修改后在学报上发表，但戴凯利将题目改成《尼采在中国》，已不是专讲鲁迅。

　　如果从学院鲁迅研究发展的角度看，澳大利亚在上世纪50年代开始，便形成了悉尼大学和澳大利亚国立大学的鲁迅研究"双城记"。悉尼大学在陈顺妍和她的学生的努力下，虽然旗帜鲜明，但总有点给人孤军奋斗的感觉；澳大利亚国立大学虽然没有人专门研究鲁迅，或有意识去指导学生研究鲁迅，但几位在各自领域都极有分量的学者，经过鲁迅诞生百年研讨会的活动，都留下重要的鲁迅研究论文。尤其是李克曼，他平时的教学引起学生对鲁迅的兴趣。"在他的中国文学和现代汉语课上，常常引用鲁迅一个词儿或一句话来说明他的意思。到了后来，同学和我都很熟识鲁迅的许多评论。"[③]所谓"润物细无声"，影响更是非常深远。

---

①　Liu Ts'un-yan, "Lu Xun and Classical Studies", Papers on Far Eastern History 26（Sep 1982）, 119-144.

②　Mabel Lee, "Solace For the Corpse With Its Heat Gouged Out: Lu Xun's Use of the Poetic Form", Papers on Far Eastern History 26（Sep.1982）, 145-174.

③　Gloria Davis, "Two or Three Things I Learned from Lu Xun", in Mabel Lee et al（eds）, Lu Xun and Australia（Melbourne: Australian Scholarly Publishing, 2006）, 48.

第二节 人物与著作

澳大利亚最早发表研究鲁迅文章的学者，应是陈顺妍。陈顺妍于1966年以论文《晚清重商运动》获博士学位，毕业后留校任教，曾任该校亚洲研究学院院长（1991—1993），也是澳大利亚中国研究学会创会主席（1989—1991）。她还是《澳大利亚东方会学报》以及多套丛书的编辑。她在1973年发表第一篇关于鲁迅的论文：《沿着鲁迅的脚印：现代中国作家白先勇》[①]。她最重要的一篇则是1981年的《创造性自我的自戕：鲁迅的个案》[②]，深入细致地探讨了鲁迅停止小说及散文诗创作而转向文化批判的杂文的原因，后来译文收在乐黛云编的《国外鲁迅研究论集》[③]，题目却改成《论鲁迅小说创作的中断》，不是很准确。陈顺妍还有几篇论文：《对抉心自噬的尸体的安慰：鲁迅对诗歌形式的运用》探讨鲁迅的旧诗，指出鲁迅实际上很珍视自己的诗作，鲁迅为人生和革命而牺牲了自己的文学创造，而他的诗则是遭到压抑的创作冲动的私底下的宣泄；《从庄子到尼采：论鲁迅的个人主义》[④]，是她比较系统地探讨鲁迅与尼采的文章，采用了西方比较庄子和尼采的研究成果，指出庄子对鲁迅与尼采的契合可能起到的作用。她对鲁迅与尼采的问题一直很感兴趣，戴凯利和张钊贻都是她的学生。她近年还写了两篇文章：《论尼采与中国现代文学：从鲁迅到高行健》及《查拉图斯特拉的"塑像"：五四文学与尼采和鲁迅的利

---

① Mabel Lee, "In Lu Hsün's Footsteps: Pai Hsien-yung, A Modern Chinese Writer", Journal of the Oriental Society of Australia, IX, 1-2（1972-1993），74-83.

② Mabel Lee, "Suicide of the Creative Self:the Case of Lu Hsün", A.R.Davis&A.D.Stefanowska（eds），Austrina: Essays in Commemoration of the 25th Anniversary of the Founding of the Oriental Society of Australia（Sydney:Oriental Society of Australia, 1982），140-167.

③ 乐黛云编：《国外鲁迅研究论集》，北京大学出版社1981年版，第383—417页。

④ Mabel Lee, "From Chuang-tzu to Nietzsche: On the Individualism of Lu Hsün", Journal of the Oriental Society of Australia, XVII（1985），21-38.

用》①，对鲁迅与尼采有新的探讨。此外，《五四：中国知识分子拿来主义的象征》②也可以算在内。陈顺妍还翻译了几部高行健的作品，影响很大。

另一位较早发表关于鲁迅文章的是李克曼（Pierre Ryckmans，1935—2014）。李克曼是比利时人，笔名塞门·雷思（Simon Leys），初读法律及考古，多次到过中国，后到台湾学中国文学艺术，20世纪60年代曾在香港中文大学艺术系任教。1970年到澳大利亚国立大学教中国文学，后应聘悉尼大学中国研究系主任（1987—1993）。李克曼在港期间，适逢"反英抗暴"（不少人称之为香港"文革"），当时电台"名嘴"林彬遇害事件，就发生在他家门口。他又接触到不少逃避"文革"偷渡到香港的人，知道很多小人物的小故事，并写成几本书，对"文革"做出尖锐的讽刺和批评。1975年他用法语翻译了鲁迅的《野草》，在导言中赞赏鲁迅的独立人格，指出鲁迅内心世界被矛盾、怀疑与绝望折磨；并对中国政坛反反复复，却依然塑造出一个永远正确的鲁迅形象，尤其是"文革"中的光辉形象，加以无情的讽刺和抨击。李克曼的导言立即引来法国鲁迅研究专家米歇尔·鲁阿（Michelle Loi，1926—2002）的反驳，鲁阿为此专门写了一本小册子《保卫鲁迅》，因范围已超出澳大利亚，此处从略。

李克曼很喜欢鲁迅的作品，经常在文章中信手拈来，连他翻译的《论语》也不忘引述鲁迅的话。③他有一篇《阿Q是否还好好地活着？》，其中最末一句非常精彩，兹翻译如下："对于完全不知道中国的西方读者来说，认识阿Q会发现一个很有价值但一直以来为黄祸论者以及红色中国的信徒所遮蔽的事实，这个事实就是，中国人也是人，或者换个说法，大家都是中国人！"④然

---

① Mabel Lee, "On Nietzsche and Modern Chinese Literature: From Lu Xun（1881-1936）to Gao Xingjian（b.1940）", Literature and Aesthetics:The Journal of the Sydney Society of Literature and Aesthetics（November 2002）: 23-43; "Zarathustra's 'Statue': May Fourth Literature and the Appropriation of Nietzsche and Lu Xun", David Brook and Brian Kiernan（eds）.Running Wild: Essays, Fictions and Memoirs Presented to Michael Wilding（Sydney & New Delhi: Sydney Association for Studies in Society & Culture Series, 2004）, 129-143.

② Mabel Lee, "May Fourth: Symbol of Bring-it-here-ism for Chinese Intellectuals", Papers on Far Eastern History, 41（Canberra, 1990）, 77-96.

③ Simon Leys tr., The Analects of Confucisu（New York:W.W.Norton&Co., 1997）, 154.

④ Michelle Loi, "Is Ah Q Still Alive and Well？", Broken Images, 34-37.

鲁迅与20世纪中国研究丛书

而，"文革"结束，拨乱反正，并没有改变李克曼对一切政府举办的鲁迅纪念活动的深恶痛绝。[①]他还有一篇《鲁迅：冰下之火》，也是批评中国官方对鲁迅的诠释，其中认为鲁迅拒绝救世主，常常站在受害者一边，是尴尬的共产党同路人，等等。[②]不过，到了20世纪90年代，澳大利亚大学进行企业改革，按市场规律自负盈亏，李克曼对改革提出批评，并提前退休，体现出一位传统人文主义者的立场，但他有没有就此继续从鲁迅著作中得到启示和灵感呢？那就不得而知了。

除了陈顺妍和李克曼，还有已故徐士文和詹纳尔（W. J. F. Jenner）出过关于鲁迅的书。徐士文原毕业于西南联大，后到伦敦大学教书，并获得博士学位，他的博士论文《鲁迅文体研究：词汇与习惯用法》，用统计方法分析鲁迅作品的词汇和句子结构，以探讨鲁迅的文体。据说，按照这个方法得出的结果，能够显示为什么人们觉得唐弢的文章很像鲁迅，而且能够指出《儿时》不是鲁迅的作品。可惜笔者不懂统计学，目前无法解释清楚。另一位詹纳尔曾在澳大利亚国立大学担任过中国中心（China Center）主任，翻译过很多书，包括《西游记》和《鲁迅诗选》[③]。《鲁迅诗选》不仅翻译旧诗，也包括一些歌谣如《公民科歌》，比较特别。詹纳尔后因抗议校方不重视中文教学而辞职回英国。

论文方面，王赓武有一篇很值得注意。他在1981年鲁迅诞生100周年的学术研讨会上做了《鲁迅在华南》的报告之后，意犹未尽，写了一篇《鲁迅、林文庆和儒家思想》[④]，探讨鲁迅与林文庆（Lim Boonkeng，1869—1957）不合的原因。王赓武是华侨史专家，对陈嘉庚和林文庆的理念思维很熟悉。文章指出，林文庆固然尊孔，与鲁迅意见相左，但林文庆也赞成鲁迅的一些观点。就

鲁迅与20世纪中外文化交流

---

① Simon Leys, "The Mosquito's Speech: In Memory of Lu Xun", Far Eastern Ecnomic Review（11 December.1981），40. 按：此文收入其《焚林》（Burning Forest, New York: Henry Holt and Co, 1981）文集时副题改成 "To Commemmorate the One-Hundreth Anniversary of Lu Xun's Birth"。

② Simon Leys, "Fire Under the Ice: Lu Xun", Burning Forest, 100-107.

③ W.J.F.Jenner, Lu Xun Selected Poems, Beijing: Foreign Language Press, 1982.

④ Wang Gungwu, "Lu Xun, Lim Boon Keng and Confucianism", Papers on Far Eastern History, 39（Mar.1989），75-91.

以鲁迅在厦大纪念周上关于"少读中国书，做好事之徒"的讲演为例，虽然前半部"少读中国书"发表时遭林文庆删去，但林文庆显然完全同意鲁迅关于陈嘉庚是"好事之徒"的说法。文章还指出，林文庆固然沉迷儒家，但有关鲁迅在厦门的研究往往忽略了一个很重要的事实：林文庆正积极建立工程学院及医学院，文科也包括了很多外语课程。相形之下，如要批评他主持下的厦大的不足，恰恰是对国学重视不够（当然鲁迅和林文庆关于国学的理念是互相冲突的）。总之，林文庆是个经过西方科学洗礼的现代学者，跟鲁迅一样，本质上也是现代人，但由于种种原因，两人无法沟通交流。这篇文章的价值在于纠正对林文庆片面的理解和批评，其中关于海外华人学者与国内知识分子之间隔阂的探讨，仍很值得深思。

柳存仁（1917—2009）1981年为鲁迅诞生100周年研讨会写的《鲁迅与国学》，是一篇很见功力的论文，用了丰富的事例说明鲁迅对国学有很深的造诣，认为鲁迅的国学著作虽然不及刘师培和王国维多，但他是中国20世纪最好的国学学者之一。[1]由于柳存仁是中国古典小说的研究专家，他指导研究生时自然引入鲁迅《中国小说史略》及他的其他成果，也产生了一定的影响。[2]原在麦戈里大学后转到墨尔本大学中文系当系主任的大卫·何姆斯（David Holms），早期也写过一篇文章《1936—1949年间的鲁迅：塑造中国高尔基的过程》[3]。何姆斯是研究延安时期文艺的，以后再没有写关于鲁迅的文章。

最后介绍黄乐嫣（Gloria Davies）、张钊贻和寇志明（Jon Eugene von Kowallis），他们到澳大利亚或在澳大得亚发声相对晚一点。黄乐嫣于1982年毕业于澳在利亚国立大学，1989年在墨尔本大学得博士学位，有关中国的研究兴趣主要在现代文化思想活动方面，现任教西澳莫纳石大学（Monash University）。黄乐嫣于1991年在《中国文学：文章、论文、书评》第13期发表

---

① Liu, Ts'un-yan, "Lu Xun and Classical Studies", Papers on Far Eastern History, 26 （Sep 1982）, 119-144.

② 参考Anne McLaren, "Lu Xun: The Art of Catching a Ghost", in Mabel Lee et al （eds）, Lu Xun and Australia, 131-142.

③ David Holms, "Lu Xun in the Period of 1936-1949: The Making of a Chinese Gorki", in Leo Lee （ed.）, Lu Xun and His Legacy （Berkeley: University of California Press, 1985）, 153-179.

一篇《阿Q具争议的现代性》[1]，文章通过"革命文学"论战涉及阿Q"大团圆"结局所包含的现代性引起争议的问题，提出为什么许多五四时期的阿Q读者争相给出解决问题的原因。文章认为，《阿Q正传》是20世纪中国人寻求现代身份认同的真实故事。阿Q最后醒悟到跟群众陌生疏离，引起读者的焦虑，但鲁迅没有提供答案，迫使钱杏邨他们从中寻求"革命意识"的发展。黄乐嫣2007年又出版专著《担忧中国：中国批判探索的语言》[2]，这书中多处涉及鲁迅，其中包括鲁迅与当代中国知识分子的思想文化探寻和论争（第211—221页）。2013年黄乐嫣的一本鲁迅研究专著《鲁迅的革命》由哈佛大学出版社出版。[3]

张钊贻毕业于广州暨南大学中文系，1986年到悉尼大学读研究生，翌年开始专攻"鲁迅与尼采"，1994年获得博士学位，1995年在昆士兰大学任教。张钊贻读研究生期间发表过几篇有关鲁迅的文章，除一篇讨论鲁迅并非主张"全盘西化"及一篇分析《伤逝》与鲁迅和许广平爱情有关之外，其余三篇后来都修订为博士论文的组成部分。[4]毕业后还发表两篇关于鲁迅与尼采的论文。[5]1995年任聘到昆士兰大学后，张钊贻便着手修订他的博士论文，书稿改名为

---

① Gloria Davis, "The Problematic Modernity of Ah Q", Chinese Literature: Essays, Articles, Reviews, 13（1991），57-76.这篇文章已有中文摘译，参见格罗里亚·戴维斯：《阿Q问题的现代性》，程启华译，《鲁迅研究月刊》1996年第8期，第44—50页。

② Gloria Davis, *Worrying about China:The Language of Chinese Critical* Inquiry, Cambridge, Mass.: Harvard University Press, 2007.

③ Gloria Davis, *Lu Xun's Revolution:Writing in the Time of Violence*, Cambridge, Mass.: Harvard University Press, 2013.

④ Chiu-yee Cheung, "Lu Hsün and Nietzsche: Influence and Affinity After 1927", The Journal of the Oriental Society of Australia, XVIII/XIX（1986-1987），3-25；Chiu-yee Cheung, "Beyond East and West: Lu Xun's Apparent'Iconoclasm'and His Understanding of the Problem of Chinese Traditional Culture", The Journal of the Oriental Society of Australia, XX/XXI（1988-89），1-20；Chiu-yee Cheung, "Literature Against Politics: the Political Affinity of Lu Xun and Nietzsche", in M. Gálik（ed.），Chinese Literature and European Context（Bratislava:Veda, 1994），83-92；Chiu-yee Cheung, "The Love of a Decadent 'Superman': A Re-Reading of Lu Xun's 'Regret for the Past'", The Journal of the Oriental Society of Australia, 30（1999），27-46.

⑤ Chiu-yee Cheung, "Tracing the 'Gentle'Nietzsche in Early Lu Xun", in Autumn Flood: Essays in Honour of Mariaán Gálik（Bern: Peter Lang, 1998），571-88. Chiu-yee Cheung, "The Nietzsche of Chinese Lu Xun Scholars:A Zigzag Road of the Reception of the 'Gentle' Nietzsche", in Sino-German Relations since 1800: Multidisciplinary Explorations（Frankfurt am Main: Peter Lang, 2000），167-185.

《鲁迅：中国"温和"的尼采》，得到韦普曼教授（Dorothea Wippermann）大力推荐，收入彼得·朗旗下的"法兰克福中国研究丛书"。由于丛书主编张丛通（译音）突然去世，丛书改组，张钊贻于是接受出版社建议独立出书，于2001年出版。这本书有几处比较引人注意，一是鲁迅所接受的"温和"尼采的形成和传播，二是鲁迅既现代又反现代的问题。对于他的研究经历，可参考张梦阳的《澳洲"鲁迅迷"》，及张钊贻自己的《沉迷鲁迅尼采二十年》及《我与鲁迅的旅途》①。本书一些章节曾以中文发表②，2011年接受陈平原教授邀请和建议，以中文大幅增订改写，由北京大学出版社出版。张钊贻2009年到2013年去了新加坡南洋理工大学任教，2013年底回到澳大利亚的大学。

寇志明（Jon Eugene von Kowallis）在美国贝克莱大学获博士学位，现任教于新南威尔士大学。他关于鲁迅的主要著作是《抒情的鲁迅：鲁迅古典诗歌研究》③，里面有一些很独特的见解，例如解释"寄意寒星荃不察"的"荃"为"我朝"的掌权者。其他文章很多，大部分已译成中文登在《鲁迅研究月刊》④，本文从略。关于他研究鲁迅的心路历程，可参考他的《学习鲁迅四十年》，还有一篇更详尽的《与鲁迅一起从美国到澳大利亚》⑤。他还有一篇

① 见《中华读书报》（2004年2月11日）；《读书》2002年第7期，第136—144页；"My Journey with Lu Xun", in Mabel Lee et al（eds），Lu Xun and Australia, 20-27.

② 张钊贻：《鲁迅与尼采"反现代性"的契合》，《二十一世纪》1995年第6期，第91—96页，《鲁迅研究月刊》1996年第6期转载；《鲁迅早期尼采考》，《学人》1996年4月第9辑，第259—293页，《鲁迅研究月刊》1997年第6期转载。

③ Jon Eugene von Kowallis, *The Lyrical Lu Xun: A Study of His Classical-Style Verse*, Honolulu: University of Hawai'i Press, 1996.

④ 《鲁迅："译"与"释"》，黄乔生译，《鲁迅研究月刊》2002年第1期；《鲁迅与果戈里》，黄乔生译，《鲁迅研究月刊》2002年第7期；《鲁迅与进化论》，黄乔生译，《鲁迅研究月刊》2002年第11期；《节日之于鲁迅："'小'传统"与民国时代国民新自我认同的文化事业》，《鲁迅研究月刊》2003年第11期；《鲁迅旧体诗注视和英译略述》，华芬译，《鲁迅研究月刊》2004年第4期；《书评一篇》，黄乔生译，《鲁迅研究月刊》2004年第7期；《关于鲁迅研究的英译》，《鲁迅研究月刊》2005年第8期；《鲁迅"正"传：一个更性感的故事——读卜立德《鲁迅正传》》，甘棠译，《鲁迅研究月刊》2005年第12期；《〈鲁迅：中国"温和"的尼采〉感言》，甘棠译，《鲁迅研究月刊》2006年第2期；《纪念美国鲁迅研究专家威廉·莱尔》，《鲁迅研究月刊》2006年第7期。

⑤ Jon Eugene von Kowallis, "From America to Australia with Lu Xun", in Mabel Lee et al（eds），Lu Xun and Australia, 103-117.

《鲁迅与恐怖主义：阅读摩罗及其后的报复与暴力》，不知何故，未见中译[①]，而里面有不少很有意思的提法，值得在这里介绍一下。一、作者认为，从《摩罗诗力说》给拜伦的结论，体现了鲁迅即使不是在实践上，也至少在精神上跟"文革"提出必须"继续革命"的"造反派"是非常接近的；二、作者从《摩罗诗力说》引述了一系列关于报复与战斗的论说之后，指出"《摩罗诗力说》包含了鲁迅早期作品中一些最激烈的形象，也有一些是最可怕的。我们可以得出这样的结论，鲁迅不是真正恐怖主义的支持者，但他认识到恐怖主义作为反抗以及民族解放的工具的效用。他虽然期求斗争的和平解决，但也认识到要求被压迫者和被剥削者仅仅依赖和平手段去抗争，而将暴力归为国家的专利，会对弱者非常不利，并使东西方的不平衡永远持续下去，而最终会导致更大暴力的循环"。这个结论相信没有人会有异议。但在"一个也不宽恕"与"相逢一见泯恩仇"这两种截然不同的抉择之间，鲁迅在什么条件和情况下做出取舍，作者应该提出自己的看法。还有，报复与暴力是否就是"恐怖主义"呢？暴力的反抗是否就是"恐怖主义"呢？由于文中没有解释作者心目中的"真正""恐怖主义"究竟是什么意思，它的结论就只好见仁见智了。

第三节　推广、交流与合作

中国和澳大利亚的鲁迅研究者，肯定有不少的接触和交流，但合作则似乎很少。徐士文生前曾与张钊贻计划合作编译一套鲁迅研究资料，这个项目很大，两个人肯定做不了，考虑扩大合作，终因无法弄到经费而作罢。那是20世纪90年代的事，条件和要求都比21世纪宽松得多，而且彼时的功利主义风气还不严重。

2003年笔者两人通过昆士兰大学的交流合作计划，并取得澳大利亚中国文化更新中心的赞助，进行了第一次中国和澳大利亚之间的鲁迅研究合作："鲁

① Jon Eugene von Kowallis, "Lu Xun and Terrorism: A Reading of Revenge and Violence in Mara and Beyond", in Peter Zarrow （ed.）, Creating Chinese Modernity.Knowledge and Everyday Life, 1900-1940 （New York: Peter Lang, 2006）, 83-97.这篇文章是2003年写成的。

迅研究在澳大利亚"。本章就是这项合作的成果之一。但这只是两人之间的短期合作。不过，张梦阳在澳大利亚访问研究期间，分别在悉尼和布里斯班做了两场报告，其中一场主要对象是华人作家。两场报告的华人听众都不少，反应也很热烈。近20年来，澳大利亚华人数量有较大的增长，其中不少人具有颇深的文学修养和相当的文化水平，可谓卧虎藏龙。他们形成一个个小团体、小圈子，经常有聚会活动。张梦阳访问澳大利亚之后，张钊贻开始受邀请到一个文化聚会中讲鲁迅作品，2006年已讲演两次，聚会的负责人还热情邀请继续讲下去，一共讲了四场，后来都以短文的形式在《昆士兰华商周报》上登载。[①]可见鲁迅在澳大利亚华人圈内还有"市场"，颇令人感到意外。

寇志明数年前曾有一个很大的鲁迅研究合作项目，也曾邀请张钊贻参与，拟申请澳大利亚国家研究委员会的基金，这是澳大利亚人文学科最大的研究基金，为期至少3年，经费足以支付合作者"工资"，但并未成功。原因不难理解，纯粹的鲁迅研究对澳大利亚有什么关系（好处）呢？这是在功利主义挂帅的今天必定要回答的棘手问题。幸而，据争取到经费者的经验谈，申请一次不行，可以原封不动再来几次，有时不知为何就会批了，真好像是中彩票。此言是否确实，笔者无从查证。随着中国国际地位的提高，对中国研究的不断深入，鲁迅这个并无即时功利结果的研究题目，对了解中国现当代文化思想有不可估量的价值，希望最终会得到澳大利亚研究者及机构的认识。但愿寇志明或后来的有心人能坚持不懈，中得头奖，则中澳鲁迅研究合作将会出现新局面。然而，全球经济不景气，大学企业化、自负盈亏的压力增加，科研经费削减，张梦阳与张钊贻的合作，恐怕是钻了历史的空子。这个题目的合作大概已成绝唱。虽然如此，对于"鲁迅研究在澳大利亚"或者"鲁迅在澳大利亚的研究"，陈顺妍和张钊贻一直都没有放弃举办学术纪念活动的想法。

① 张钊贻：《鲁迅与中国现代化——鲁迅乱弹之一》，《昆士兰华商周报》第328期（23/02/2007）；《鲁迅与中国现代化——鲁迅乱弹之二》，《昆士兰华商周报》第329期（09/03/2007）；《鲁迅与全盘西化——鲁迅乱弹之三》，《昆士兰华商周报》第330期（23/03/2007）；《鲁迅与儒家——鲁迅乱弹之四》，《昆士兰华商周报》第331期（06/04/2007）。

第四节　《鲁迅与澳大利亚》的出版

2016年鲁迅逝世80周年，已退休的陈顺妍想趁机会出版一本纪念文集，征求了一下澳大利亚对鲁迅有兴趣的学者、作家和艺术家的意见，反应异常热烈。张钊贻大力支持此计划，并成为主编之一。编委还有苏·威尔斯（Sue Wiles），是把书稿编校成付印稿的重要人物。文集最后定名为《鲁迅与澳大利亚》（*Lu Xun and Australia*），征稿对象比较宽松，作者只要是在澳大利亚出生，或在澳大利亚工作及生活了相当一段时间的学者、作家和艺术家，即使现在人不在澳大利亚，都在邀请之列；征稿内容也很有弹性，可以是个人研究的回顾，或与鲁迅作品接触的经过和感受，或反思自己阅读鲁迅的经验，或对鲁迅观感的变化，也可以是鲁迅研究的一个题目，等等。

文集总共收到22篇文章，几乎囊括了目前澳大利亚所有研究鲁迅的学者，计有：寇致铭的《与鲁迅一起从美国到澳大利亚》、张钊贻的《我的鲁迅旅途》、墨尔本大学马兰安（Anne E. McLaren）的《鲁迅：捉鬼的艺术》、莫纳什大学黄乐嫣的《从鲁迅学到的二三事》、杜博妮的《鲁迅周游世界：从北京、奥斯陆、悉尼到麻省剑桥》、陈顺妍的《鲁迅：抗拒思想典范》、中国复旦大学郜元宝的《暂别鲁迅》、复旦的吴中杰的《回到真实的鲁迅》。前四篇都是研究者个人经历的回顾，杜博妮的一篇是谈《娜拉走后怎样》所牵涉易卜生《玩偶之家》的翻译和评论问题，问题不只涉及中国，而是跨越了几大洲好几个国家。陈顺妍自己的一篇是自己阅读鲁迅的心得。郜元宝和吴中杰两篇，内容大抵都在中国发表过，此处从略。

其他领域的一些学者，也有人乐意趁这个机会写一篇结合自己研究而又跟鲁迅有关的文章，计有：阿德莱德大学布莱恩·卡斯特罗（Brian Castro）的《理性人日记：一份超自然的记录》、刚从曼谷假定大学退休的史提芬·康伦（Stephen Conlon）的《七十年代在悉尼读鲁迅：早已料到的回忆》、西交利物浦大学（苏州校区）大卫·古德曼（David S. G. Goodman）的《鲁迅在悉尼：希望是不能说没有的》、悉尼大学陶步思（Bruce G. Doar）的《作为变换身份认同的本土性：鲁迅早期作品中的绍兴》、西悉尼大学盖尔·钟斯

（Gail Jones）的《鲁迅的四个梦》、北京大学戴凯利（David Kelly）的《公平的交换：与鲁迅门徒徐梵澄接触的日子》、澳大利亚国立大学潘维真（Jane Weizhen Pan）的《缠着我的那个鲁迅》、新西兰维多利亚大学王一燕的《鲁迅与中国艺术实践：概念转变与政治目的》、麦夸里大学钱彦的《鲁迅有目的性的翻译》、上海国际商业经济大学欧阳昱翻译的《鲁迅的四篇散文诗》等。大家从题目就可以看到，这里面有专题研究，有历史回顾和人物回忆，也有"创作"和翻译。如果你想了解假如鲁迅来过澳大利亚，并作演讲，当时澳大利亚华人会有怎样的反应，你一定要读一读古德曼的故事；假如你想知道"狂人"处在当代的文化环境会怎样，你一定要读一读卡斯特罗的日记。看来鲁迅对澳大利亚的影响真是不小。

此外的文章还有：诗人西贝（Helen Jia）的《鲁迅和他的妻子朱安》，在悉尼的画家、艺术家沈嘉蔚的《鲁迅是我们之一》，王兰的《鲁迅对我的意义》和郭健的《鲁迅的照妖镜》等。这几位诗人和艺术家都来自中国，回顾了不同阶段在中国的鲁迅形象变迁，以及自己对鲁迅理解的变化。看来，"假如鲁迅还活着"的讨论，使很多人改变了对鲁迅的看法。

澳大利亚因地理文化位置特殊，接近亚洲却属英语世界，各方面都相对有点偏远而非主流。可能就是这个原因，澳大利亚学界对鲁迅的兴趣，很大程度上依赖鲁迅在中国的地位和影响（这里也包含"冷战"的因素）。中国改革开放之后，国际中国研究也有很大的变化，研究范围和题目更倾向于中国当代现实问题，对鲁迅的研究大抵就靠个别有兴趣学者的继续坚持。不过，在陈顺妍的支持和推动下，鲁迅和尼采的研究也算一度成为澳大利亚鲁迅研究的亮点，总算在"澳大利亚鲁迅研究史"上可以记下有自己特色的一笔。后来《鲁迅与澳大利亚》的出版，更令人振奋。至于能否鼓其余勇，再接再厉，大家似乎还可以拭目以待。

第四章　鲁迅在德语世界的传播与接受

　　自20世纪20年代以来，鲁迅作品的英、法、俄译本便开始在德语世界流传，而从1935年鲁迅作品的第一个德译本问世开始，鲁迅及其作品便越来越受到德语世界读者尤其是汉学学者的关注与重视。作为"中国现代文学之父"，鲁迅既是西方文化在中国的倡导者、译介者，又是同时期中国故事的叙述者、组织者，还是中国革命、政治、文化和艺术的呈现者。多种身份的重合使他成为了一种文化象征，在不同的时代和场景中拥有多种阐释的可能。在近80年的阐释历程中，鲁迅在德语世界获得了较为广泛的译介与较为深入的研究，成为了德语汉学界和知识界公认的中国作家代表，在普通读者中亦颇具影响。

　　那么，鲁迅及其作品在德传播和接受的情况是怎样的？按照不同的时代、不同的政体和不同的视野，经历了哪几个阶段？其传播方式、读者领域，以及与德语区以外的鲁迅译介和研究有着怎样的互动关系？鲁迅在德语世界的经典化进程中，所受到的政治影响、经由的汉学途径和依托的文化载体分别是什么？本章试图通过考察鲁迅在德传播过程中的上述情况，探讨鲁迅在海外传播中的途径、策略、模式等问题。

第一节　鲁迅在德语世界传播与接受的三个阶段

　　如果以1935年汉学家霍福民（Alfred Hoffmann）所译《孔乙己》在《东方

舆论》上的发表①作为鲁迅在德语世界传播的起点，那么这段历程迄今为止已有80多年。在这80多年里，德语区遭遇了纳粹统治、战争侵袭、两德分裂、民族统一等种种政治波澜，经历了汉学学科的兴起、中落、复苏、繁荣的曲折历程，也呈现出相应的国家意志、学院精英与大众趣味对于鲁迅的种种接受与解读。按照历时的维度，结合上述时代风潮瞬息变幻和学科发展跌宕起伏的综合影响，我们将鲁迅及其作品在德语世界的传播和接受大致分作三个阶段来讨论。

一、开端阶段：从20世纪20年代到40年代

实际上，20年代的德语地区并没有公开出版的鲁迅作品德译本。我们将鲁迅在德传播的开端定义到此时，是出于两个原因。原因之一是这时已经出现了鲁迅作品的其他语种译本：1926年，梁社乾翻译的英文版《阿Q正传》出版；同年，敬隐渔翻译的法文版经由罗曼·罗兰审阅推荐至《欧罗巴杂志》发表，1929年被收入《中国当代短篇小说家作品选》在巴黎出版；1929年，瓦西耶夫和斯图金翻译的俄文版出版……那么，这些译本在德语地区的流传至少为读者们接触鲁迅提供了一种最初的可能。原因之二是现今可查的鲁迅作品最早的德文翻译，可以追溯至20年代。根据鲁迅日记记载，中国人廖馥君和德国人汉斯·玛尔瑞·卢克斯（Hanns Maria Lux）于1928年与其有文事交往，那时他们共同完成了《阿Q正传》的翻译，遗憾的是译稿带回德国后没有出版。②

30年代，鲁迅在德语地区的翻译、评介和研究等各个方面都出现了新的突破。1935年汉学家霍福民（Alfred Hoffmann）翻译发表了小说《孔乙己》，这是鲁迅作品的第一个德译本，成为严格意义上鲁迅在德国传播的开端。紧随霍福民之后，海因里希·艾格特（Heinrich Eggert）分别于1936年、1937年在

① 《孔乙己》（"Kung I-gi"），霍福民译，《东方舆论》（Ostasiatische Runds-chau）1935年第16卷，第12期，第324—326页。

② 1928年10月17日《鲁迅日记》记载："廖馥君、卢克斯来，赠以《朝花夕拾》及《奔流》等。"2005年版的《鲁迅全集》第17卷第37页，注道："卢克斯，德国人。1928年间在上海同济大学任教。为出版德译本《阿Q正传》与译者同访鲁迅，得到鲁迅的帮助。后将译稿带回德国，未见出版。"

《东方舆论》上发表了《伤逝》和《示众》的德译文。与此同时，其他语种的译本仍然在德流传：1930年王际真在香港出版的《鲁迅小说集》英译本，1930年、1931年分别在英国和美国出版的由敬隐渔鲁迅选集转译的英文本，1932年张天涯在敬隐渔选本基础上出版的《鲁迅短篇小说选》法文本，以及1937年埃德加·斯诺（Edgar Snow）选编的小说集《活的中国》（living China）英文本等等，均是这一时期德语读者接触鲁迅作品的资源。除了翻译，这时的杂志上也出现了评介鲁迅的文章，比如1935年德国普罗作家约翰内斯·贝歇尔（Johannes R. Becher）就在他主编的杂志《国际文学——德国之页》上刊载了鲁迅的文章《中国文坛上的鬼魅》。贝歇尔是一位有左翼倾向的自由主义作家，1935年因纳粹统治流亡到莫斯科，"二战"后成为民主德国首任文化部部长，对于50年代鲁迅在民主德国的译介与研究也产生了较大影响。30年代德语地区还出现了世界上第一篇研究鲁迅的博士论文，这便是由王澄如所著的《鲁迅的生平和作品：一篇探讨中国革命的论文》[①]。王澄如早年毕业于中山大学，曾在上海国民党妇女部任职，1936年赴德后在柏林、科隆、波恩学习，后来师从汉学家艾里希·施密特（Erich Schmitt），1939年在波恩大学汉学系通过博士论文答辩，论文最初刊登在《柏林大学外语学院通报》，1940年发行单行本。论文通过对鲁迅生平和作品的分析，探讨其人格的高度复杂性，更多地从政治和革命的视角解读作家，这样的论述角度既受到了当时中国文坛和学界对鲁迅主流评价的影响，同时也影响了此后西方世界的鲁迅研究路径与方式。

40年代，整个德语地区的文化和学术都遭到纳粹的压制和战争的破坏，汉学学科因其与政治格外紧密的联系更加未能幸免于难。德语汉学界鲁迅翻译研究的中坚力量在这场浩劫中或去世，或流放，或者即使留居故土也不得不放弃相关的译介和研究。直到"二战"结束之后几年，鲁迅的翻译工作才重新开始，1947年，汉斯·莱斯格（Hans Reisiger）和约瑟夫·卡尔姆（Joseph Kalmer）分别出版了鲁迅译作《风波》和《祝福》，其中后者是鲁迅小说集，

① Wang Chêng-ju（王澄如）：*Lu Hsün, sein Leben und sein Werk: Ein Beitrag zur chinesischen Revolution*（《鲁迅的生平和作品：一篇探讨中国革命的论文》），Berlin: Reichsdruckerei, 1940.

日本学家奥斯卡·本尔（Oskar Benl）则于1948年将小说《故乡》译成了德文。40年代初期，捷克科学院东方所所长普实克用德文发表了一篇题为《中国新文学》的论文，其中有大量篇幅分析鲁迅。普实克与鲁迅曾有书信交往，并将《呐喊》翻译成捷克文，是欧美汉学界在中国现代文学研究方面成就最为突出的学者之一，这篇细致深入分析鲁迅的论文，是这一时期德语地区关于鲁迅为数不多的引介文字。

如上所述，鲁迅在德传播的开端阶段，一方面已经有了一些标志性的成绩，出现了一些鲁迅小说的德译本，以及少量对于鲁迅的介绍和评述文章，甚至诞生了世界上第一部关于鲁迅的博士论文。但另一方面，从整体上而言，开端阶段，鲁迅传播和接受的广度和深度均极为有限，基本上局限于汉学界，而不为德语文学界和读书界所知，更不要说在普通读者群体中的声誉和影响了。同时，早期的研究文章和论著，尽管当时反响不大，但是它们对于鲁迅革命性的强调和偏向政治角度的解读，却极大地影响了鲁迅形象在德语世界的最初建构，鲁迅作为一个激进的革命作家闯入西方视野，他与政治的密切关系构成了其传播与接受历程中的一个要素。

二、发展阶段：从20世纪50年代到70年代

第二次世界大战之后的民族分裂和冷战局势，使得鲁迅传播在归属不同政治阵营的民主德国和联邦德国，因为不同的意识形态、政治制度、外交格局和社会文化，而遭遇了截然不同的命运。从20世纪50年代到70年代，民主德国、联邦德国彼此隔绝，汉学学者之间互无通信，普通读者之间也交流颇少，他们在各自国家的政体下进行着各自的中国研究，感受着各自的中国形象，在不同的年代里分别呈现出对鲁迅的截然不同的传播和接受景况。

50年代正值民主德国与中国的外交亲密期，二者同属于社会主义阵营，希望在政治、经济、文化等各个领域都有更密切的交往。在这种意识形态的主导下，民主德国显示出了对于中国文学尤其是现代文学的极大兴趣。民主德国执政党德国社会统一党的文化政策鼓励和支持出版来自中国的文学作品，尤其

是鲁迅、茅盾、丁玲、萧军以及其他左翼作家的作品。50年代初，由于汉学人才的缺乏，民主德国流行的鲁迅译本部分还转译自俄文，例如约瑟夫·冯·科斯科尔（Josi Von Kull）的《中国小说选》，收入了鲁迅小说、散文共9篇，并附上苏联法捷耶夫撰写的《论鲁迅》。这一时期派往北京大学等中国高等学府留学的汉学系学生，如梅薏华（Eva Müller）、费路（Roland Felber）、尹虹（Irmtraud Fessen-Henjes）等，后来都成为中国文学研究专家，是鲁迅在民主德国传播的重要学者。这一时期鲁迅在民主德国汉学界和知识界所受到的瞩目和青睐，既出自对政治盟友认识和交往的必要与热忱，也受到了中国和苏联学界与文坛的舆论影响。毛泽东曾在《新民主主义论》中提出，鲁迅是"文化新军的最伟大和最英勇的旗手""中国文化革命的主将""最正确、最勇敢、最坚决、最忠实、最热忱的空前的民族英雄"[1]，这一评价为新中国成立后很长一段时期中国学界的鲁迅研究定下了总体基调。毛泽东和中国主流舆论对于鲁迅的评价不仅影响到当时与中国交好的苏联，同时也影响到此时唯苏联马首是瞻的民主德国。作为中国官方意识里最为政治正确的作家，鲁迅的《阿Q正传》[2]《呐喊》《彷徨》《野草》《朝花夕拾》[3]的部分篇章以及一些杂文都被译成了德文，以单行本或选集的形式在民主德国传播，汉学家赫尔塔·南（Herta Nan）、理查德·荣格（Richard Jung）、约翰娜·赫兹费尔特（Johanna Herzfeld）在鲁迅译介工作中成绩斐然。同时，介绍和研究鲁迅的报刊文章和学术论文也层出不穷，很多还被刊登在发行量很大的期刊上，鲁迅在民主德国文化政策的护航之下迅速被普通读者所熟悉。1956年10月，民主德国的文化主管部门为纪念鲁迅去世20周年还举行了隆重的纪念活动。

而同一时期，在反共思潮笼罩之下的联邦德国，鲁迅的待遇却大相径庭。同样出于意识形态的原因，此时联邦德国和其他西欧国家的社会各阶层均对中

① 毛泽东：《毛泽东选集》第二卷，人民出版社1991年版，第691页。

② 《阿Q正传》由民主德国汉学家赫尔塔·南和理查德·荣格翻译，1954年出版，理查德·荣格是乌利希·乌格尔（Ulrich Unger）的笔名，乌利希后来成为联邦德国明斯特大学教授，是联邦德国鲁迅研究学者顾彬（Wolfgang Kubin）的老师。

③ 《朝花夕拾》由约翰娜·赫兹费尔特翻译，1958年出版，这本书并不是《朝花夕拾》的全译本，而是选译了《呐喊》《彷徨》《野草》《朝花夕拾》的部分篇章和杂文19篇。

国不感兴趣，对中国现代文学更是有隔膜。上文中提到的曾在40年代出版过鲁迅作品的约瑟夫·卡尔姆，1955年出版了一部名为《漫长的旅途》的鲁迅作品集，此书尽管装帧考究，却销路不畅，联邦德国读者的冷淡与民主德国文坛的热情形成了巨大的反差。50年代的联邦德国，一方面和其他西方世界国家一道把中国看成"红色恐怖"和"黄祸"而将之妖魔化，另一方面汉学学科却在战后跟随着大学的恢复而获得部分重建。当然，此时的汉学界相对更感兴趣的是中国古代文学，现代文学获得的关注微乎其微。尽管如此，这一阶段却出现了战后联邦德国的第一本鲁迅研究专著，这是1959年出版的由荷兰人拉斯特撰写的《鲁迅——诗人和偶像：一篇探讨新中国思想史的论文》①。拉斯特的文章深入探讨了鲁迅思想的来源、形成、发展和演变过程，不仅把他当作一个革命家、更多的还有诗人和知识分子来分析。此文在接续王澄如之后中断了近20年的鲁迅研究的同时，体现出了作者视野的新颖和见解的独到：一是论文将研究重点更多地放在了鲁迅的书信、杂文上，而不是先前大家更关注的小说；二是论文参考了大量德、法、俄文资料，立论依据超越了意识形态的对立，开启了一条"去共产主义化"的研究路径。

　　进入60年代之后，鲁迅在两德的接受发生了倒置。1959年由于中苏关系的破裂，紧随苏联的民主德国也对中国实行冰冻政策，德国统一社会民主党中央委员会于1960年8月向文化部下达命令，对中国文学作品尤其是现代题材作品的新版和再版进行严格的审查，同时不准再将有关中国政治和文化的德语出版物介绍到民主德国。这一时期民主德国汉学学者对于中国的研究包括鲁迅译介工作，由于世界风云突变、两国在意识形态上的深刻隔膜与严格管束，不得不停滞了下来。一些汉学家的辛勤工作一夜之间成为尘封之学，鲁迅在民主德国的传播从此进入漫长的休眠期。有的研究成果，例如葛柳南（Fritz Gruner）和

---

① Jef Last（杰夫·拉斯特）：*Lu Hsün-Dichter und Idol:Ein Beitrag zur Geistesgeschichte des neuen China*（《鲁迅——诗人和偶像：一篇探讨新中国思想史的论文》），Frankfurt a.M.: Metzner, 1959.

伊玛·彼得斯（Irma Peters）1957年在莱比锡大学完成的国家考试论文[1]，因为政治形势的急转直下没能公开出版。民主德国鲁迅传播的这种冰冻状况一直持续到70年代末，在此期间，仅有少数翻译和研究成果，如文化部禁令尚未下达之前1960年出版的《奔月》（《故事新编》全译本）[2]，伊玛·彼得斯1960年在莫斯科召开的国际东方学会议上的论文《1927—1930鲁迅对文学与革命之关系的看法》及其延滞10余年后于1971年出版的博士论文《通过鲁迅创造性的政论看他的思想发展》。

而在联邦德国，60年代出现了对于鲁迅传播的两个重要转机，一是大学汉学学科的迅速恢复和增建，二是爆发于1968年、其影响持续数年的大学生抗议运动。继50年代部分汉学系恢复之后，60年代又有一批大学新设立了汉学系，如：科隆大学、法兰克福大学、海德堡大学、明斯特大学、维尔茨堡大学、鲁尔大学和埃尔兰根大学等。汉学学科的迅速发展与此后影响深远的1968年大学生抗议运动的关系密切。德国汉学对于理想化中国形象的塑造，很多与实际相差甚远的乌托邦似的描绘，经抗议者们的想象夸张之后变成了他们反击现实社会的最有力的精神寄托。德国乃至整个欧洲的知识分子误以为中国的"文化大革命"走出了一条最能有效反对西方资本主义的道路，将中国塑造成了一个"真实存在的社会主义"的替代品。汉学自身的发展和抗议运动中欧洲大陆对中国政治态度的这些转变，均为后来的鲁迅热潮积累了学术背景和情感基础。如果说早期的学生运动对中国知之不多，而且也对中国鲜有兴趣，只是借用了"文化大革命"的形式，那么后来，这些运动中人们对于中国以及中国人的生存方式是产生了强烈的认同感的。这种认同感的体现之一，便是伴随着对于理想化中国的夸张想象和政治兴趣的急剧增长，鲁迅一跃成为了这一时期众多青年读者的精神领袖，其反思意识和独立精神受到了极大的关注和推崇。他

① Fritz Gruner（葛柳南）：Übersetzung und Kommentierung von Lu Hsüns Artikel Die Kraft der romantischen Poesie, Abschnitt 1–3（《对〈摩罗诗力说〉前三节的翻译和评论》，伊玛·彼得斯；Behandlung alter Sagenstoffe durch Lu Xun（《论鲁迅对于传统素材的处理》），两篇均为莱比锡大学国家考试论文（1957）。

② 《奔月》由民主德国女汉学家约翰娜·赫兹费尔特翻译，1960年出版，实际上就是《故事新编》的全译本。

的有关文艺与革命的杂文德译本刊登在当时最受知识分子追捧的杂志《航向》（Kursbuch）上，该杂志由德国著名诗人、作家汉斯·马格努斯·恩岑斯伯格（Hans Magnus Enzensberg）主编。人们强烈关注和热情追随着鲁迅，但并不从文学的角度讨论鲁迅，而是特别推崇他具有将文学和政治融为一体，并因此赋予文学新意义的能力。

60年代末青年知识分子对鲁迅的关注与追随在70年代的鲁迅传播中越发显示出来。1973年由布赫（H.C.Buch）和王迈（Mong May）编译的鲁迅杂文集《论雷峰塔的倒掉——关于中国文学和中国革命的杂文》^①，主要翻译了鲁迅的48篇杂文，附译注数条，并参考了法译本和英译本。译者之一的布赫所撰的《后记》，后来成为了联邦德国广播电台的节目蓝本，对青年读者和听众接触鲁迅影响颇深。1979年由顾彬主编的鲁迅作品集《野兽训练法》出版，尽管原计划的8卷本并没有实现，但该选集收入了《孔乙己》《藤野先生》《故乡》《怀旧》小说4篇，杂文5篇，诗歌5首，以及译者对每一个作品的详细评价，成为后来1994年出版的那一套鲁迅全集的基础。中国外文出版社出版的德译本《鲁迅小说选》（1974）、《野草》（1978）、《朝花夕拾》（1978）全译本以及图文并茂的鲁迅研究资料《鲁迅——一个伟大的革命家、思想家和文学家》（1975）等，都为德语地区的鲁迅研究提供了资料的便利和观点的参照。西柏林莱布尼茨文化交流会于1979年出版的《鲁迅同代人》，收入鲁迅自传、小说、杂文共26篇，此书是为1980年的鲁迅展览会准备的图册，设计精美，内容丰富，为德语地区的读者建构了一个更为有血有肉的、生动的鲁迅形象。

综上所述，50年代到70年代鲁迅在两德地区传播是如此戏剧性地摆荡在高潮与低谷之间，相互隔绝，又此消彼长，画出了两条完全不一样的曲线。对于鲁迅以及中国文学，民主德国从热情到冷冻的历程，联邦德国从冷漠到狂热的转变，都清晰地显示出传播背后的意识形态、时代潮流与文化场域等诸多因素的综合影响。然而，在这迥然相异的氛围之下，此阶段两德的鲁迅传播却有着

① H.C.Buch（布赫），Mong May（王迈）编译，*Der Einsturz der Lei-feng-Pagode*（《论雷峰塔的倒掉——关于中国文学和中国革命的杂文》），Reinbek: Rowohlt，1973年版。

殊途同归的本质，无论在民主德国还是联邦德国，无论是褒扬还是贬抑，鲁迅更多的是被意识形态化解读，鲁迅研究也一直具有强烈的政治色彩。

三、转型后的新阶段：20世纪80年代至今

80年代的民主德国较之六七十年代已经发生了很大的变化，民主德国和联邦德国之间的文化交流和对话日益频繁，民主德国政府已无力扭转这种逐渐放开的文化趋势。与此同时，民主德国与中国的关系进入了"复合期"，标志性事件是1986年昂纳克访华。鲁迅传播自60年代的沉寂之后终于被作家克里斯托夫·海因（Christoph Hein）所打破。海因1983年根据鲁迅小说改编创作的剧本《阿Q正传》（*Die wahre Geschichte des Ah Q*）[1]，描绘了阿Q及其朋友王胡的生存尴尬和人生变故，充满对于民主德国政府的讽刺和隐喻。该剧不仅在东柏林连演数场，好评如潮，成为当时民主德国文化界的一个奇迹，甚至还蔓延至联邦德国和西欧其他国家，先后在斯特拉斯堡、巴黎、苏黎世、杜塞尔多夫、纽伦堡等地上演，同样反响热烈。此剧是80年代民主德国戏剧界积极参与社会对话的一个典型和缩影，更是鲁迅作品在德流传和产生回响的一个最佳例证。

80年代的民主德国，以60年代末学生运动对中国的狂热和对鲁迅的推崇为起点，又经历了70年代德国经济的起飞和汉学学科的进一步繁荣。1972年中德建交后，一些年轻汉学学者获得了到中国深造和访学的机会，他们后来在中国文学研究上成就斐然，如科隆大学的吉姆（Gimm Martin）教授，海德堡大学的鲍吾刚（Wolfgang-Bauer）教授、瓦格纳·艾格特（Marion Eggert）教授，波恩大学法伊特（Veit Veronika）教授等。一批鲁迅翻译和研究的代表人物在这个时段涌现了出来，最突出的如波恩大学的顾彬（Wolfgang Kubin）教授和波鸿大学的马汉茂（Helmut Martin）教授，在此时开始崭露头角。曾经主编过杂志《航向》的汉斯·马格努斯·恩岑斯伯格在1980年编译了一部名为《长城——鲁迅作品选》的集子，共收入鲁迅小说、诗歌、散文共39篇，包

---

① 克里斯托夫·海因, *Die wahre Geschichte des Ah Q* (*Zwischen Hund und Wolf*) 〔《阿Q的真实故事》（在狗与狼之间）〕, Stücke und Essays, Darmstadt und Neuwied: Hermann Luchterhand Verlag GmbH & Co KG, 1984.

含《狂人日记》《阿Q正传》《野草》等重要篇章以及《译者后记》《毛泽东论鲁迅》《鲁迅大事年表》等。马汉茂翻译的《阿Q正传》于1982年发行单行本，后附马汉茂后记《阿Q究竟是谁，请问鲁迅》。杨恩林和康拉德·赫尔曼（Konrad Herrmann）编译《鲁迅选集——写在深夜里》于1981年出版，该书辑录了鲁迅的小说、散文诗、杂文30篇，书信10封，以及著名女作家露特·维尔纳（Ruth Werner）写的前言。在研究方面，这一阶段出现了很多有创见的论文，转向对鲁迅的创作思想，如与外国思想家和作家的关系，或者作品中的艺术技巧与特征，如抒情因素、美学结构、反讽、象征等手法[1]的分析。联邦德国汉学家苏珊娜·魏格林-斯威德兹克（Susanne Weigelin-Schwiedrizik）在80年代初期发表的学术论文《鲁迅与"希望原则"》，着重探讨鲁迅与外国思想家尤其是与尼采、赫胥黎等人的关系[2]，是此时最重要的鲁迅研究论文之一。波恩大学汉学系为纪念鲁迅逝世50周年，1986年举办了鲁迅国际研讨会，会议发言于1989年整理出版，该文集[3]收入论文15篇，其中分析鲁迅小说的占8篇，早期思想1篇，研究杂文和散文的论文6篇，集中体现了研究者在研究方向上的文学艺术转向。

90年代之后，冷战结束，两德统一，德语地区的政治、经济进入到一个崭新的发展阶段，鲁迅的译介与研究也体现出更多政治视野之外的文学艺术的考量。这一时期鲁迅传播最具代表性的翻译成果是1994年由顾彬主编的《鲁迅文集》[4]六卷本的出版，该选集涵盖了鲁迅所有的小说、诗歌、杂文集《坟》、

① 参见：*Aus dem Garten der Wildnis. Studien zu Lu Xun*（1881-1936）（《百草园——鲁迅研究论集》），Wolfgang Kubin（顾彬）编，bonn: Bouvier, 1989.

② Susanne Weigelin-Schwiedrzik（魏格林）："*Lu Xun und das 'Prinzip Hoffnung': Eine Untersuchung seiner Rezeption der Theorien von Huxley und Nietzsche*"（《鲁迅与"希望原则"：鲁迅对赫胥黎和尼采的接受研究》），*Bochumer Jahrbuch für Ostasienforschung*（《波鸿东亚研究年鉴》）第三卷，1980，第414-431页。

③ Wolfgang Kubin（顾彬）编，*Aus dem Garten der Wildnis. Studien zu Lu Xun*（1881-1936）（《百草园——鲁迅研究论集》），bonn: Bouvier, 1989.

④ 1994年，顾彬组织翻译的7卷本《鲁迅文集》在瑞士联合出版社出版。1990年代中后期，该文集又以单行本的形式重新出版，在德语地区影响颇大。遗憾的是，由于参与翻译的人员水平不一，文集的译文质量良莠不齐。文集后附有顾彬长达43页的后记，后记主要介绍了鲁迅在德的传播历程，分析了鲁迅生平与其创作的联系，对鲁迅与尼采等人进行了深入比较。

散文集《野草》，是迄今为止德语地区最全面的推介鲁迅的选集。在研究方面，这一时期相比之前出现了更多论文和论著，如方维规的《鲁迅与布莱希特》（1991年出版），将国内一些学者如王瑶和陈平原等人的观点借鉴融合，传播至德语世界。此外还有两部以鲁迅为研究对象的博士论文，分别是张芸的《别求新声于异邦——论鲁迅与西方文化》（1999年出版），重点论述鲁迅与欧洲思想的关系，以及土博纳（Tübner）的博士论文《中国的新圣人：鲁迅在中国的地位》（2004年出版），分析了20世纪新中国成立以后鲁迅被神化的过程，鲁迅在中国的社会学意义等。①

综上所述，在经历了80年代之前长时间的封闭与隔绝之后，德国人期待着对中国这个遥远而神秘的东方古国有更真实的接触和更深入的了解。1978年的改革开放为西方人的探索提供了前提，德语世界的学者和读者得以从各个途径获得更为全面和丰富的鲁迅研究资料，同时中国大陆的鲁迅研究也在王富仁等学者的倡导下步入了"回归鲁迅"的新阶段。在这些变化的综合效应下，德语地区的鲁迅传播视角发生了转移，他们逐渐摆脱先前对于鲁迅的革命政治解读的桎梏，开启了更为纯粹的文学艺术解读的模式，鲁迅也越来越被汉学学者公认为和李白、杜甫、苏轼等相并列的文学家。

第二节　鲁迅在德语世界的传播及此历程中的互动关系

在近80年的传播与接受历程中，鲁迅及其作品在德语世界获得了较为广泛的译介与较为深入的研究，作为中国现代作家的典范，鲁迅在德语汉学界、知识界和普通读者中皆有影响。那么，鲁迅及其作品在德语世界主要以哪些方式传播，这些方式之间呈现出怎样的促进或制约的关系？其影响力如何通过不同领域读者群的转化与共生一步步地扩大和深入？德语世界的鲁迅解读和鲁迅传播，与德语区以外的鲁迅译介和研究有着怎样的密切关系？我们通过分析这些问题，来考察鲁迅在德语世界传播中在传播方式、读者领域与影响因素三个维

① 　参见张芸：《鲁迅在德语区》，《鲁迅研究月刊》2007年第1期，第84页。

度上的几组互动关系。

一、传播方式及其互动关系

与大多数进入西方国家的中国作家一样，鲁迅和他的作品主要通过翻译、引介和研究等方式实现其在德语地区的传播。值得一提的是，在英语和法语使用频繁的德语世界，真正使鲁迅深入德语读者的，还是那些用德语出版的译作、文章和著作，而不是研究者或读者有时也会使用的其他语言。因此，尽管早在20世纪二三十年代，鲁迅作品的英、法、俄译本就已经开始在德语地区流传，但直到1935年，严格意义上的第一个鲁迅作品德译本——汉学家霍福民翻译的《孔乙己》发表，才真正开启了鲁迅在德语世界的传播和接受历史。

鲁迅在德传播的首要方式是翻译。鲁迅的主要小说创作集如《呐喊》《彷徨》《故事新编》，散文集如《朝花夕拾》、《野草》，部分杂文、书信，都早已以单行本或选译集的形式德译出版。1994年顾彬组织翻译的6卷本《鲁迅文集》[1]，涵盖了鲁迅创作的所有小说、诗歌以及杂文集《坟》、散文集《野草》等，成为迄今为止德语地区最全面的鲁迅选集，并深刻影响了后来学者的研究。不能遗忘的还有中国外文出版社的努力，20世纪七八十年代出版的几部德译版鲁迅小说以及图文并茂的鲁迅介绍文本，也为德语地区的鲁迅研究提供了资料的便利和观点的参照。[2]

如果说翻译文本在鲁迅传播过程中具有不容置疑的基础性，那么引介和研究文本则更有着将鲁迅进一步推广和深化的重要价值。鲁迅在德语地区的引介，主要包括三种类型：一是附在各种译本前后的"序言"和"后记"，通过这些补充介绍，读者得以进一步理解作家的生命历程、创作背景和精神意蕴；二是期刊报纸上发表的介绍文章，这些文章常常由不懂中文却深具社会影响力

① Wolfgang Kubin（顾彬）编，*Lu Xun, Werke*（《鲁迅文集》）（共6卷），Zürich: Unionverlag, 1994.

② 1974年外文出版社出版了德文版《鲁迅小说选》，1975年出版了德文版《鲁迅——个伟大的革命家、思想家、文学家》，1978年出版了《野草》《朝花夕拾》德文全译本，1983年出版了《呐喊》《彷徨》德文全译本。

的作家或记者等知识分子撰写，普通德语读者对于鲁迅的了解往往开端于此；三是纪念活动上的讲演，演说语言因为更具现场感而容易给受众留下深刻印象。鲁迅在德语地区的研究，也主要通过三种形式呈现：首先是研究文章，专业汉学学者的论文往往对同时代或此后的学者影响较大；其次是博士论文和相关著作，它们一方面浸润着研究者自身的学术立场与独特个性，另一方面也可以看作是那一时期德语区鲁迅研究整体水准的一种体现；最后还有进入汉学专业教材体系的鲁迅研究资料以及文学史论述，通过大学教育将鲁迅及其作品从学术研究的前沿凝固成了一种可持续传播的知识。

　　在上述翻译、引介与研究等鲁迅传播方式之间，最显而易见的一层关系表现为，翻译作为对原著最亲密的加工，常常是其他接受过程的前提。翻译的前提意义一方面体现在传播媒介上，一些影响甚广的引介和研究文章本身即依附于鲁迅译本传播。这些文章常常是译者本人真知灼见的一种呈现，如1982年马汉茂翻译出版的《阿Q正传》单行本所附后记《阿Q究竟是谁，请问鲁迅！》，提出阿Q不仅象征着一个阶级，更是一种普遍性格，在当代中国仍然存在①；1994年顾彬编译的《鲁迅文集》所附后记《绝望之为虚妄，正与希望相同》，通过详细介绍鲁迅在德传播经历、分析其生平与创作的联系、深入比较与尼采的异同等，向其读者全面介绍鲁迅。②翻译的前提意义另一方面还体现在研究内容上，德语世界的鲁迅研究常常建立在同时代已有的鲁迅德译本之基础上。如民主德国汉学家葛柳南在1957年完成的莱比锡大学国家考试论文，对《摩罗诗力说》前三节的评论正是建立在他本人对于该文的翻译之上的。③而王澄如（Wang Chêng-ju）在1939年完成的博士论文《鲁迅的生平和作品：

---

　　① 参见曹卫东：《中国文学在德国》，花城出版社2002年版，第157页。

　　② 中文版见顾彬：《绝望之为虚妄，正与希望相同——〈鲁迅文集〉后记》，梁展译，《鲁迅研究月刊》2001年第5期，第41—57页。

　　③ Fritz Gruner（葛柳南）：Übersetzung und Kommentierung von Lu Hsüns Artikel Die Kraft der romantischen Poesie, Abschnitt 1-3（《对〈摩罗诗力说〉前三节的翻译和评论》，莱比锡大学国家考试论文（1957）.

一篇探讨中国革命的论文》，文章硬伤颇多、讹误不断[1]，多少也与当时可供参考的德文版鲁迅作品太少存在关系。

鲁迅在德传播方式之间的互动关系，还体现在引介与研究对于翻译的反作用。建构在鲁迅翻译基础之上的这些引介与研究文本，分别凭借着大众传媒工具（主要指大学体系外的出版社、报纸、期刊、电台、电视等）与小众精英教育（主要指大学体系内的汉学教师、学生、译者等），实现对于普通读者与专业读者的传播。而这些在读书界和汉学界激荡起的思想冲击，进而又在鲁迅德译的篇目选择、印数评估、人才储备等方面影响着下一轮的翻译工作。例如1973年由布赫和王迈编译的鲁迅杂文集《论雷峰塔的倒掉——关于中国文学和中国革命的杂文》，主要译介了鲁迅的48篇杂文，该文集对于杂文体裁的特别关注明显与此前德语世界独尊鲁迅小说的翻译潮流大相径庭。这一选择和转向，与一份叫《航向》（Kursbuch）的期刊对鲁迅杂文的大力推崇关系密切，而该刊正是在1968年学生运动中最受联邦德国青年知识分子青睐的一个杂志。《论雷峰塔的倒掉》译者之一的布赫为其译文集撰写的后记，后来成了联邦德国广播电台的节目蓝本，对青年读者和听众影响颇深。它在成为大学生了解中国现代文学最初门径的同时，更为德语地区的鲁迅翻译吸纳和储备了一批潜在的青年人才。就汉学家顾彬青年时代的阅读体验而言，甚至可以说，只有或者首先通过这些引介文章，他才得以走进那些原本就曲折难懂、译成德文后更显佶屈聱牙的鲁迅作品，进而理解和喜欢鲁迅，直至成为他忠实而勤奋的译者和研究者。[2]

互动关系的第三个方面，体现在引介文本与研究文本在对方领域中的

---

[1] Wang Chêng-ju（王澄如）：*Lu Hsün, sein Leben und sein Werk: Ein Beitrag zur chinesischen Revolution*（《鲁迅的生平和作品：一篇探讨中国革命的论文》），Berlin: Reichsdruckerei, 1940. 其中讹误之处颇多，参见范劲：《鲁迅形象在德国的最初建构——以两部早期的鲁迅博士论文为例》，《社会科学》2013年第5期，第178—179页。

[2] 顾彬在《鲁迅文集》后记中提到，他在1968年明斯特大学东亚系的课程中读到《一个凡人的真实故事》（《阿Q正传》）时颇感平淡与不解，但几年后通过阅读德国作家布赫为鲁迅杂文集《论雷峰塔的倒掉——关于中国文学和中国革命的杂文》所撰写的后记，对鲁迅有了更多领会，这甚至成为他入门鲁迅研究的一个原因。参见顾彬：《绝望之为虚妄，正与希望相同——〈鲁迅文集〉后记》，梁展译，《鲁迅研究月刊》2001年第5期，第41页。

延伸与呼应。"引介"这一方式，在具有传播的相对简易和广泛的同时，又不可避免地受制于其浅白性和时效性。而"研究"这一方式，在受制于其专业和小众的同时，又因为教育行业的特殊地位而获得了更多的持久性和稳定性。德语的鲁迅引介文本与研究文本，除了在刊登载体和挖掘程度上具有明显差异之外，其实际撰写者与阅读者又常常显示出高度重合与互为转化的倾向。引介文本常常是专业学者的学术观点在大众领域的延伸，而研究文本也可以看作是对媒体上那些影响颇广的介绍性文章的某种呼应，——这种重合与转化使得鲁迅传播在简易与专业、广泛与小众、普罗与先锋、短暂与持久之间的分野不再那么分明。例如民主德国汉学家伊玛·彼得斯在50年代发表于《知识与生活》杂志的文章《鲁迅——中国的高尔基》，以鲁迅思想的发展为脉络，对其不同创作阶段加以评述。该文既是针对普通读者的介绍性文本，又具备了专业论文的雏形，文中诸多观点包括关于"鲁迅是中国的高尔基"的提法既是当时民主德国汉学界主流观点在报刊媒体上的一次呈现，也是作者在1960年国际东方学会提交的《1927—1930年鲁迅对文学与革命之关系的看法》一文的最初框架。[①]联邦德国汉学家苏珊娜·魏格林-斯威德兹克在80年代初期发表学术论文《鲁迅与"希望原则"》，着重探讨鲁迅与外国思想家尤其是与尼采、赫胥黎等人的关系[②]。而几乎同一时期德国著名女作家卡雷娜·尼霍夫（Karena Niehoff）也在报纸上发表长文向读者全面介绍鲁迅，尤其强调他对于外国文学、特别是德国文学的热爱，以使德语读者对其产生亲近感。[③]尽管针对的预期读者完全不同，但魏格林的研究路径和卡雷娜的引介策略都侧重于鲁迅对西方文化接受这一视角，似可看作是

---

① 参见张杰：《民主德国和联邦德国的鲁迅著作的翻译和研究》，《鲁迅研究动态》1988年第5期，第43页。

② Susanne Weigelin-Schwiedrzik（魏格林）："Lu Xun und das 'Prinzip Hoffnung': Eine Untersuchung seiner Rezeption der Theorien von Huxley und Nietzsche"（《鲁迅与"希望原则"：鲁迅对赫胥黎和尼采的接受研究》），*Bochumer Jahrbuch für Ostasienforschung*（《波鸿东亚研究年鉴》）第三卷，1980年，第414—431页。

③ 参见张杰：《民主德国和联邦德国的鲁迅著作的翻译和研究》，《鲁迅研究动态》1988年第5期，第46页。

汉学界与读书界的某种默契呼应。

二、读者领域及其互动关系

对于来自中国的作家而言，在西方国家读书界的真正接受，显然不仅仅指学术界就其文学作品所进行的专业交流，同时更意味着这一作家应在某种程度上融入当地的政治和文化生活。鲁迅在德语世界的传播，一方面因为中文的语言屏障和中国的陌生形象，在很大程度上依赖汉学学者的翻译与研究成果，传播状况的热烈或冷淡甚至可以看作是德语地区汉学学科兴衰起伏的一个缩影。另一方面，它又与不同历史阶段和潮流下大众对于鲁迅形象的被动接受或自觉需要密切相关，也由此带来民间体系内媒体风向、出版抉择、推广活动、德语文学艺术创作的相应转变，实现对于德语地区政治文化生活一定程度的介入与影响。鲁迅在德传播的80年历程，遭遇了纳粹统治、战争侵袭、德国分裂、民族统一等种种政治波澜，既见证了汉学学科兴起、中落、复苏、繁荣的曲折发展，也呈现了时代风潮瞬息变幻之下大众意识与民间趣味对于鲁迅的解读与回应。在传播者与接受者的共同参与和建构之下，鲁迅逐渐从小众精英走向普罗大众，又凭借普通读者的巨大力量反馈至文学译介与学术研究。

探讨德语世界政治风云与鲁迅传播的辩证同行、学院声音与民间回响的互动关系，有必要简单回顾一下鲁迅在不同读者领域的传播轨迹与时代烙印。鲁迅在德语世界的传播热度与同一时期汉学学科的发展状况呈现出高度的正相关联系。对于20世纪二三十年代刚刚在大学建制内扎根下来的汉学学科而言，同自己的研究对象"中国"建立起一种更为密切活跃的联系，成为巩固自身专业地位的当务之急，译介鲁迅很快成为德语汉学学者的一种自觉热忱，并催生了第一个鲁迅作品德译本的诞生。而对于20世纪50年代的民主德国汉学来说，集中译介研究鲁迅这一被中国和苏联高层所认定的最为政治正确的作家，既与民主德国政权对于中国急切接触的热望一致，也与当时民主德国汉学蓬勃发展的趋势相符，鲁迅传播的第一次高潮出现在此时的民主德国也就顺理成章。1968

年大学生抗议运动使得欧洲汉学获得了一个走上前台和迅速发展的契机①，联邦德国学潮对于当时社会僵化状况的极度不满与对于中国和毛泽东的极端神化，使得他们对鲁迅这样一位充满批判精神的中国现代作家兴趣激增，伴随着汉学系师生的推崇与追捧，鲁迅在联邦德国的传播热潮也应运而生并且持续经年。到了80年代，承续良好趋势而全面扩张的联邦德国汉学与呈现复苏迹象的民主德主汉学，开始逐渐摆脱先前对于鲁迅的革命政治解读的桎梏，开启了更为纯粹的文学艺术解读的模式，鲁迅也越来越被汉学学者公认是和李白、杜甫、苏轼等相提并举的文学家。

在与上述学院领域相对应的民间领域，鲁迅在公众中的知名度和影响力，也通过多种途径经由专业读者向普通读者逐渐扩大和深入。途径之一是大学鲁迅课程。50年代民主德国的莱比锡大学、洪堡大学、柏林大学等纷纷开设汉学系，到了70年代，中德建交和中国的改革开放政策，催生了几乎遍布联邦德国各州的大学汉学系的发展，鲁迅及其作品通过中国现代文学课程进入青年学生的精神世界。教育行业自身的相对保守性将鲁迅研究从更为前沿的文学翻译研究层面，通过教程和教材转化到受众更为广泛的知识传播层面，而知识的相对稳定与传播的代际递进，又将关于鲁迅的研究成果逐渐巩固成了公众共识。途径之二是鲁迅纪念活动。1956年鲁迅去世20周年时，民主德国的文化主管部门曾举行包括会议、讲演、报刊文章等在内的大型纪念活动。1976年、1986年鲁迅去世40、50周年时，以及1981年鲁迅诞辰100周年时，联邦德国方面也组织了包括研讨会、展览会、出版纪念册、论文集等纪念活动，许多非汉学专业的作家、学者撰文介绍鲁迅并高度评价其文学成就，将其推向德国知识界，鲁迅也因此被公众认识并深入青年读者。途径之三是鲁迅作品的改编。最为突出的事例是，1983年民主德国剧作家克里斯托夫·海因（Christoph Hain）将鲁迅的《阿Q正传》改编为同名剧本在东柏林上演，取得了巨大的成功，此后对于鲁迅和《阿Q正传》的讨论层出不穷，甚至一直到两德统一之后，此剧仍然盛演

① 关于西欧1968年学生运动时期的汉学界环境参见Hans Kühner（屈汉斯）：《1968年的抗议运动、毛泽东思想和西德的汉学》，《德国汉学：历史、发展、人物与视角》，大象出版社2005年版，第317—342页。

不衰。

　　如上所述，通过大学教育、政府组织、汉学学者、文化名人、作家剧场等途径，鲁迅在德语世界的读者领域得以从狭隘的学院精英扩散至广泛的民间大众，并在一定程度上参与和建构了德语地区自20世纪二三十年代以来，尤其是50年代以来的教育、政治、文化及日常生活。相应地，大众媒体和普通读者对于鲁迅的接受与回应，也反过来影响了汉学学者们的翻译与研究。最突出的两个事例，一是1968年学生运动中青年知识分子对鲁迅的想象和推崇所带来的学院派鲁迅热潮，二是1980年代鲁迅展览会、《鲁迅同代人》、"独特图书馆"等带给公众更全面生动的鲁迅形象之后，进而发生的汉学学者"回归鲁迅"的研究转向。前者以普通读者对于知识精英和读书市场的反作用，打破了此前十多年反共思潮对于联邦德国鲁迅传播的影响，鲁迅成为了学潮中大学生的精神领袖，出版商开始对他热情相待，这与1950年代鲁迅选集在联邦德国"无人问津"[1]的尴尬情景形成了鲜明对比。后者则改变了此前德语世界研究者对于鲁迅的革命政治解读方式（包括1960年代末的鲁迅崇拜也多是从政治角度进行诠释），更多地转向对其创作思想（如与外国思想家和作家的关系）、特征（如抒情因素、美学结构）、技巧（如反讽、象征等手法）的分析。[2]

　　鲁迅在德传播在学院与民间不同读者领域之间的互动，除了体现为上述彼此影响、互为促进的关系以外，还体现在这两个领域的读者反应与时代潮流的一致性与互补性。一致性表现得最为明显的是两个时期。第一个时期是指50年代民主德国与中国的政治亲密期，鲁迅成为当时民主德国最受欢迎的中国作家之一，《阿Q正传》《故事新编》[3]和《呐喊》《彷徨》《野草》《朝花夕

　　① 1955年Joseph Kalmer（约瑟夫·卡尔姆译）曾编译鲁迅小说选集《漫长的旅程》，但不被重视，几年后就在一家"现代旧书店"里被廉价出售。参见曹卫东：《中国文学在德国》，花城出版社2002年版，第153页。

　　② 波恩大学汉学系为纪念鲁迅逝世50周年，于1986年举办了鲁迅国际研讨会，1989年出版的会议论文集，集中体现了研究者在研究方向上的文学艺术转向。参见Wolfgang Kubin（顾彬）编：*Aus dem Garten der Wildnis. Studien zu Lu Xun*（*1881-1936*）（《百草园——鲁迅研究论集》），bonn: Bouvier, 1989。

　　③ 《故事新编》全译本由民主德国女汉学家Johanna Herzfeld（约翰娜·赫兹费尔特）翻译，1960年出版，德语版书名为《奔月》。

拾》①的部分篇章以及部分杂文都被译成德文，介绍和研究文章层出不穷。尽管充斥在这些文章中的"革命""斗争"等字眼暴露了其意识形态简单解读之缺陷，但又不得不承认，这些熟悉的政治辞令，对于鲁迅在民主德国民众中的宣传普及具有重要作用。第二个时期是指80年代联邦德国大量引介中国现代文学的热潮期，鲁迅在汉学领域再次被大量翻译和研究②，而在民间领域，前后开展于西柏林国家图书馆、康斯坦丁大学、美因茨议会大厦、不来梅海洋博物馆等地的鲁迅展览会也都引起热烈反响，展览会集册《鲁迅同代人》更将鲁迅作为文学家和艺术家的特质深入人心。互补性则贯穿于整个鲁迅在德传播历程中，互补的意义尤其体现在传播低潮时期民间领域对于学院领域的互补。学院活动深受政治局势和意识形态的制约，相对而言，民间反应则可能对国家意志具有一定的延滞或超逸。在联邦德国与中国外交隔绝冰冻的四五十年代，在中国文学包括鲁迅整体遭受冷遇的大环境下，依然有《风波》《祝福》《故乡》《漫长的旅途》等鲁迅作品单行本或选集翻译出版。③而在民主德国与中国尚未恢复外交关系的80年代初，改编自小说《阿Q正传》、充满隐喻与讽刺的同名戏剧竟然得以公开上演，并产生了强烈反响。这些无疑表明，即使在汉学学科发展的低谷时期，民间力量仍在努力从各种重大事件的缝隙中捕捉契机，与学院影响形成互补，并成了下一次传播高潮的某种缓冲与酝酿。

三、与德语区以外鲁迅传播的互动关系

作为20世纪最具有世界影响的中国作家之一，鲁迅在德语地区的传播与影响，不仅成了鲁迅与德语世界精神对话的组成部分，也是中西文学文化互动

---

① 《朝花夕拾》由Johanna Herzfeld（约翰娜·赫兹费尔特）翻译，1958年出版，此书不是《朝花夕拾》的全译本，而是选译了《呐喊》《彷徨》《野草》《朝花夕拾》的部分篇章和杂文19篇。

② 《野兽训练法》《长城——鲁迅作品选》《鲁迅选集——写在深夜里》等德译版鲁迅选集出版，辑录了鲁迅小说、散文、诗歌、杂文、书信等数篇。

③ 《风波》为Hans Reisiger（汉斯·莱斯格）译（1947），《祝福》为Joseph Kalmer（约瑟夫·卡尔姆）译，是一本鲁迅小说选译集（1947）、《故乡》为Oskar Benl（奥斯卡·本尔）译（1948）。

关系中的重要事件，与其他地区的鲁迅传播共同构筑了世界文学版图中的鲁迅坐标。鲁迅在德语世界的传播，一方面深受德语文学气质和日耳曼学术体系的影响，另一方面不可避免地受到政治局势与意识形态的制约，由此也铸就了不同于其他地区的独特个性。但与此同时，它又与汉语世界、英语世界、法语世界、俄语世界等的鲁迅传播相伴同行，在鲁迅的世界性接受潮流中，它既受到外部影响也影响外部，它既是见证者更是书写者。

鲁迅在德传播所受到的外部影响从最初的鲁迅译介便显露无疑。实际上，鲁迅作品最早的德文翻译，可以追溯至1928年对《阿Q正传》的翻译，由当时在同济大学任教的中国人廖馥君和德国人汉斯·玛尔瑞·卢克斯完成，遗憾的是未能发表①。而这一次的尝试，既与鲁迅在中国的巨大声名以及晚年在上海与一些国际友人的私人交往关系密切，也与20世纪二三十年代《阿Q正传》的世界性译介热潮有着时间上的巧合和动因上的关联。1926年梁社乾翻译的英文版《阿Q正传》出版；同年，敬隐渔翻译的法文版经由罗曼·罗兰审阅推荐至《欧罗巴杂志》发表（1929年收入《中国当代短篇小说家作品选》在巴黎出版，1930年、1931年该书被转译成英文在英国和美国出版）；1929年，瓦西耶夫和斯图金翻译的俄文版出版并由鲁迅作序……尽管廖与卢翻译的、未能出版的德语版《阿Q正传》，缺席了与这一阶段鲁迅西译潮流的交流互动，但这次德译活动显然受到了外部的影响。同时也可以推断，德语读者对于《阿Q正传》的最初接触，极有可能始于这一时期对于其他语种译本的阅读，而非此后50年代德译本的出版。实际上，此后的鲁迅作品德译多次受到英、法、俄译本和中国外文出版社出版的德译本的影响，或直接从外文转译，如民主德国出版的第一本鲁迅小说集即从俄文转译，或间接参考了外文译本，如布赫编译的鲁迅杂文集即参考了英、法文译本，顾彬编译的鲁迅文集也参考了中国方面的德译本。

---

① 1928年10月17日《鲁迅日记》记载："廖馥君、卢克斯来，赠以《朝花夕拾》及《奔流》等。"2005年版的《鲁迅全集》第17卷第37页，注道："卢克斯，德国人。1928年间在上海同济大学任教。为出版德译本《阿Q正传》与译者同访鲁迅，得到鲁迅的帮助。后将译稿带回德国，未见出版。"

鲁迅在德传播所受到的外部影响更多还体现在学术观点和研究路径的流传与融通。在早期，德语世界更多地把鲁迅当作一个革命作家和政治作家来接受和解读，30年代末王澄如的博士论文，即重点论述了鲁迅的创作与革命的关系，并对鲁迅个人复杂的个性魅力和作品中深沉的革命意识予以极大的推崇。①这样的阐释路径与鲁迅当时在中国的形象和评价颇为一致，事实上，该论文的内容确有大部分来自对中国评论家观点的转译或照搬，该文曾反复引用方壁的《鲁迅论》、钱杏邨的《鲁迅》、林语堂的《鲁迅》、茅盾的《读〈呐喊〉》等。当然，这也代表了此时欧洲汉学界的一般风气，法语世界如文宝峰（Henri van Boven）、善秉仁（Joseph Schyns）等对于鲁迅的论战和斗争生活的探讨②，英语世界如斯诺夫人（Helen Foster Snow）对鲁迅"中国高尔基或契诃夫"的介绍③，从论点到方法，均在很大程度上受到了同时代中国鲁迅研究的影响。这种影响在50年代的民主德国到达了顶峰。毛泽东在《新民主主义论》中对鲁迅"旗手""主将""伟大的文学家、思想家、革命家""骨头是最硬的"等评价为新中国的鲁迅研究定下了基调，这样的基调因为中苏友好关系很快影响到苏联。民主德国于苏联的从属关系决定了其在思想文化上与苏联的高度同步，于是民主德国学者也更多地从政治角度解读鲁迅，重点研究鲁迅的思想转变、革命观念的形成等。60年代中国与苏联的关系恶化也延及中国与民主德国的关系，民主德国的鲁迅研究从此陷入停顿，直到七八十年代才缓慢恢复。而七八十年代的联邦德国鲁迅研究，则受美国汉学学者的影响较大，夏志清的《中国现代小说史》、夏济安的《黑暗之门——中国左翼文学运动论集》、李欧梵的《铁屋子里的呐喊》④等著作广为德国学者所熟悉，其材料和

---

　　① Wang Chêng-ju（王澄如）：*Lu Hsün，sein Leben und sein Werk: Ein Beitrag zur chinesischen Revolution*（《鲁迅的生平和作品：一篇探讨中国革命的论文》），Berlin: Reichsdruckerei, 1940.

　　② 参见梁海军：《法国鲁迅研究述略》，《中国文学研究》2013年第3期，第114页。

　　③ 参见张杰：《英国鲁迅研究掠影》，《鲁迅研究动态》1987年第10期，第42页。

　　④ 参见C.T.Hsia（夏志清）：*A History of Chinese Fiction*, New Haven & London: Yale University Press, 1961. HsiaTsi-an（夏济安）：*The Gate of Darkness. Studies on the Leftist Literary Movement in China*, Seattle, WA: University of Washington Press, 1968.李欧梵：*Voices from the iron house: A study of Lu Xun*. Bloomington: Indiana University Press, 1987.

观点经常在德语著作、论文中被引用。八九十年代之后，中国学者的观点在德语汉学界亦有较多传播，乐黛云与钱碧湘关于鲁迅早期思想与尼采关系的论述、王瑶关于《故事新编》中创作手法的分析、王富仁对于"回归鲁迅"的呼吁等学术观点和治学路径多被德国汉学学者认可和借鉴。

在接受外部影响的同时，德语地区的鲁迅研究成果也辐射到了德语区以外。王澄如所著《鲁迅的生平和作品》，作为第一部以西文发表的鲁迅研究博士论文，对于后来研究者颇有影响。比如捷克汉学家克蕾卜索娃（Berta Krebsová）的专著《鲁迅：生平及著作》（布拉格，1953）一书，就延续了王澄如的政治视角，主要关注鲁迅对中国革命的意义，甚至在共享其思想资源时，连很多翻译错误和遗漏都与王文有着惊人雷同①。五六十年代，伊玛·彼得斯、葛柳南等汉学学者的鲁迅研究著作在苏联和东欧国家交流较多，而80年代以后，马汉茂、顾彬、魏格林、冯铁等汉学学者的鲁迅研究成果也常常为欧美以及中国学者借鉴。90年代以来，随着两德统一、欧洲一体化、全球化的推进与交通工具、互联网等的飞速发展，各国学者在文本之外的现实交往已然变得越来越简便快捷，鲁迅研究的最新成果通过跨国会议、访问、讲学等现实方式或网络虚拟方式得以交流和碰撞。

通过对上述鲁迅民在德传播历程中几组互动关系的分析可知，鲁迅在德语世界的传播是一个复杂的、动态的、开放的历程，由翻译界、汉学界、读书界、专业读者、普通读者，包括德语区外的鲁迅研究者们一同亲历和建构。从鲁迅传播的历时维度上看，翻译、引介与研究等传播方式之间，常常存在着前后相继、渐进深化的关系，而从共时维度上看，它们又存在着交叉影响、互为因果的关系。在这种传播的循环与上升之中，通过学院与民间两个读者领域之间的转化与互补，扩大和加深了鲁迅在德语世界的声誉和影响。而德语地区学者与德语区外鲁迅译介研究的互动与融通，使双方都获益颇多。无论是参照翻译还是资料引用，无论是对对方观点的推崇还是反驳，研究者都能在与外部文

---

① 参见傅吾康为克蕾卜索娃的论文所写书评："Wolfgang Frank, Rez.: Berta Krebsová: Lu Xün, sa vie son oevre", Prag 1953, in: *Ostasiatische Literaturzeitung*（《东亚文学报》）1955年第4卷，第3期，第170—175页。

本的接触中获得启示，或经融合丰富自身的学术体系，或借冲突确立自身的话语立场，共同谱写了鲁迅在世界范围的接受华章。

第三节　鲁迅在德语世界的经典化历程

历经80多年的译介与阐释，鲁迅越来越受到德语读者和汉学学者的关注与重视，并逐渐升腾成他者视野里中国现代作家的一个典范。鲁迅在德语世界的经典化进程，显然与他在汉语世界的声誉密切相关。实际上，集合"中国白话文学的开路先锋""中国现代小说之父""知识分子精神领袖"等诸多头衔于一身的鲁迅，在中国国内的典范意义甚至在其生前就已突显，更不论在经历了推上"圣人"神坛的盲目崇拜和"回归鲁迅"的真切观照之后，其经典形象进一步确立和公认。然而，相比于在中国国内经典地位的建构与深入，鲁迅在德语地区的传播和经典化，还涉及更多的跨文化因素：他的作品在德语语境中是如何被译介和阐释的？这一过程所牵涉到的书目选择、文本解读、形象塑造等各个方面是如何环环相扣、渐次展开的？它们受制于哪些因素、着力于哪些途径、又得益于哪些支持？我们通过考察鲁迅在德经典化进程中所受到的政治影响、经由的汉学途径、依托的文化载体，试图为上述问题的解答提供一些材料和思考，也希望通过德语世界的这一个案，为鲁迅在整个世界文学版图中的经典化问题提供一些理路和参照。

一、鲁迅在德经典化进程中所受到的政治影响

如果把鲁迅作品德译本的正式出版看作是鲁迅进入德语世界的开端，这个时间节点应该落在1935年汉学家霍福民所译《孔乙己》在《东方舆论》上的发表。但事实上，鲁迅作品最早的德文翻译，可以追溯至1928年中国人廖馥君和德国人汉斯·玛尔瑞·卢克斯共同完成的《阿Q正传》译文，遗憾的是该作未能发表。当然这个时间或许可能更早，因为从1920年代中期开始，鲁迅作品的英、法、俄译本就已经在德语地区流传，这些译本为德语读者提供了接触鲁迅

的最初可能。

那么是否由此可见，鲁迅及其作品进入德语世界，具有很大的偶然性？它取决于某一个汉学家、翻译者的见识和抉择，取决于某一次公开发表的出版机缘，甚至取决于某一种其他语种鲁迅译本的在德流传。但实际上，种种偶然之中又似乎包含着些许定数，鲁迅此时在德语世界的传播与接受，具备了中国故事域外传播的诸多要件。要件之一当然是鲁迅文本自身的精神穿透力与文学感染力，这是鲁迅能被大量德译的最初动因和持久源泉。要件之二是德国汉学在20世纪二三十年代的兴起与发展，这为鲁迅德译提供了汉学学科背景和汉语语言支持，从长远来看，更为鲁迅在德语世界的进一步阐释和推广提供了翻译人才和潜在读者。要件之三是这一时期鲁迅及《阿Q正传》的译介热潮和世界影响：1926年梁社乾翻译的英文版《阿Q正传》出版；同年，敬隐渔翻译的法文版经由罗曼·罗兰审阅推荐至《欧罗巴杂志》发表（1929年收入《中国当代短篇小说家作品选》在巴黎出版，1930年、1931年该书被转译成英文在英国和美国出版）；1929年，瓦西耶夫和斯图金翻译的俄文版出版并由鲁迅作序……

显然，廖、卢二人合译《阿Q正传》的年份与这股热潮绝不仅仅是时间上的巧合，而有更多动因上的关联。这股热潮所呈现的，正是在相当长时间里鲁迅与国际左翼阵营在创作姿态和审美取向上的高度契合，如在30年代彼此并不相识的鲁迅与德国普罗作家约翰内斯·贝歇尔之间的遥相感应、相互引介①，这种精神上的互通和政治上的同道，是促成欧美文学界译介和研究鲁迅的最大动机之一。也就是说，鲁迅最初进入欧洲读者的视野，便与当时的政治风潮密切相关。包括上述前两个要件——鲁迅文本和德国汉学，同样具备强烈的政治色彩：鲁迅文本的自身魅力原本就包含其政治性，这种政治性"倒不一定是拥护某个正确的党派，而是他作为革命者为他的受欺凌的、沉默的同胞代言这种

鲁迅与20世纪中国研究丛书

---

① 1935年流亡到莫斯科的德国著名普罗作家约翰内斯·贝歇尔在其主编的杂志《国际文学——德国之页》上编发鲁迅的文章，几乎同时，鲁迅也在《译文》杂志第1卷第3期上刊发了贝歇尔的诗歌和画像，向中国读者介绍这位德国诗人。

姿态本身"①；而德国专业汉学从其建立之初便与德国的殖民政策关系密切，柏林东方语言学院所开设汉学课程就是为派往青岛的外交官提供语言培训的，设立第一个汉学教授职位的汉堡殖民研究所，机构命名便暴露了其帝国立场和政治利益。

　　鲁迅在德语世界的经典化历程无疑受到了政治的深刻影响。20世纪二三十年代是鲁迅德传的最初阶段，除了上文提到的《阿Q正传》诸种译本的流传，以及鲁迅其他作品选集的译介②，更有普实克等学者对于鲁迅的大力推介和细致解读。可惜的是，这种鲁迅译介传播的良好势头，却因纳粹上台的极权统治和接踵而至的第二次世界大战而被迫中断，德语汉学界鲁迅翻译研究的中坚力量在这场浩劫中或去世，或流放，或者即使留居故土也不得不放弃相关的译介和研究。直到"二战"结束之后几年，鲁迅作品的翻译工作才重新开始，《风波》《祝福》和《故乡》等作品德译本相继出版。③然而战争之后的民族分裂，又让鲁迅在归属不同政治阵营的两德遭遇到了截然不同的命运。在50年代民主德国与中国的外交亲密期，鲁迅是最为政治正确的中国作家，在汉学界和知识界都颇受瞩目和青睐，《阿Q正传》《故事新编》《呐喊》《彷徨》《野草》《朝花夕拾》④的部分篇章以及一些杂文都被译成了德文，以单行本或选集的形式在民主德国地区传播，介绍和研究鲁迅的报刊文章和学术论文也层出不穷。而同一时期，在反共思潮笼罩之下的联邦德国，鲁迅待遇却大相径庭，这一时期所出版的鲁迅作品集⑤，尽管装帧考究但却销路不畅，联邦德国读者的冷淡与民主德国文坛的热情形成了巨大的反差。进入60年代之后，鲁迅

---

　　① Lutz Bieg（路兹·比格）: "Lu Xun im deutschen Sprachraum"（《德国文学中的鲁迅》），Wolfgang Kubin（Hrsg.）: *Aus dem Garten der Wildnis*（《百草园》），Bonn: Bouvier, 1989, s177.

　　② 如海因里希·艾格特翻译的《伤逝》《示众》，分别发表于1936年、1937年。

　　③ 《风波》为汉斯·莱斯格尔译（1947），《祝福》为约瑟夫·卡尔姆（Joseph Kalmer）译，是一本鲁迅小说选译集（1947）、《故乡》为奥斯卡·本尔译（1948）。

　　④ 《朝花夕拾》由约翰娜·赫兹费尔特翻译，1958年出版，这本书并不是《朝花夕拾》的全译本，而是选译了《呐喊》《彷徨》《野草》《朝花夕拾》的部分篇章和杂文19篇。

　　⑤ 《漫长的旅途》由约瑟夫·卡尔姆译翻译，1955年出版。

在两德的接受发生了倒置。由于中苏关系的破裂，紧随苏联的民主德国也对中国，尤其是中国现代文学实行冰冻，相关译著和论文都难以公开发表，鲁迅在民主德国的传播从此进入漫长的休眠期。而在联邦德国，1968年席卷西方的学生运动使得联邦德国读者特别是青年知识分子开始关注鲁迅，伴随着对于理想化中国的夸张想象和政治兴趣的急剧增长，鲁迅一跃成为这一时期众多青年读者的精神领袖，其反思意识和独立精神受到极大关注和推崇。鲁迅的传播与接受在"冷战"期间戏剧性地摆荡在高潮与低谷之间，然而，迥然相异的氛围之下却有着殊途同归的本质，无论在民主德国还是联邦德国，无论是褒扬还是贬抑，鲁迅更多的是被意识形态化解读。这一倾向直到八九十年代以后才开始减弱，随着中德邦交正常化，尤其是中国实行改革开放，封闭良久的古老中国从此被打开缝隙，特殊的历史语境造就了一段中国文学与德语读者接触最为频繁、影响最为深入的岁月。德语地区的鲁迅研究也开始回归作品本身，转向对于思想（如与外国作家的关系）、艺术（如抒情因素、美学结构）、技巧（如反讽、象征等手法）的阐释，鲁迅也越来越被看作是一个文学家和艺术家而被探讨。

由此可见，鲁迅在德语世界传播的三次热潮——分别发生在50年代的民主德国、六七十年代的联邦德国以及八九十年代，与每一阶段的世界政治格局和中德外交关系都构成了高度一致的关系。而政治施加于鲁迅经典化进程的影响，除了这种与时代潮流显而易见的对应之外，更体现在译文篇目选择、文本解读标准、鲁迅形象建构等方面潜移默化的作用。在接受的高潮期，政治对鲁迅译介的影响体现为"冷战"期间的极端"神圣化"策略以及"冷战"之后的"回归鲁迅"倾向。民主德国建国之初对于鲁迅的翻译多以小说，尤其是反映民族苦难的小说为主，研究者的阐释则突显鲁迅创作的时代背景和斗争精神，鲁迅作为革命的、战斗的"政治作家"，甚至如中国官方所宣传的"圣人"形象得以确立。联邦德国在1968年抗议运动中则以翻译鲁迅杂文为主，评论者侧重展示其不蒙蔽于表象的反思意识和不屈服于权力的独立精神，鲁迅也以激进的、先锋的"精神领袖""青年导师"形象获得读者追崇。而到了80年代开放解禁之后，鲁迅作品被大量重译、编入文集，诗歌、散文诗、书信等其他之前不被重视的文字都逐渐得到翻译，学者们则从其思想渊源、艺术风格、创作技巧、私人生活等各个方面加以解读，并试图向读者展示一个更全面的文学艺术家典范。

而在接受的低谷期，政治对鲁迅传播的影响则直接体现为敌视或禁毁。这种影响有时是整体的，如鲁迅作品集《漫长的旅途》在联邦德国遭受冷遇是50年代资本主义反共思潮的一种反映，而鲁迅研究专家葛柳南（Fritz Grunner）和伊玛·彼得斯撰写于50年代的博士论文因民主德国与中国的外交决裂而未能公开发表，则是60年代中苏反目、波及民主德国的一种政治牺牲。政治影响有时又是局部的，在鲁迅研究的不同时段、不同区位、不同侧面有着不同的影响力度，在相当长一段时期里，"一方面，鲁迅生平的每个阶段都被研究得非常透彻，另一方面，他的传记里却还总是有一些禁区……有的有明显倾向性的作品集非常畅销，有的'内部资料'却只有少数人看到"①，这或许是鲁迅作为一个鲜明的政治符号在德语世界里的必然命运。

二、鲁迅在德经典化进程中所经由的汉学途径

鲁迅在德语世界的经典化进程，是通过一系列具体的汉学途径实现的。这些汉学途径主要有三。

一是翻译。作为来自异域中国的作家，鲁迅在德语地区传播的基础即是翻译。尽管早在20世纪二三十年代，鲁迅作品的英译本、法译本、俄译本等已经开始在德语地区传播，但直到第一个德译本的出现，才开启了鲁迅在德语世界真正持久传播与被接受的历史。这便是1935年汉学家阿尔弗雷德·霍夫曼翻译发表在汉堡《东方舆论》上的《孔乙己》德文版。在随后至今近80年的传播历程中，鲁迅的主要创作，包括《伤逝》《示众》《风波》《祝福》《故乡》《阿Q正传》《怀旧》《藤野先生》等小说、散文以及《呐喊》《彷徨》《故事新编》《朝花夕拾》《野草》中的其他一些篇章、部分杂文、书信等，均以

① 冯铁：《在拿波里的胡同里：中国现代文学论集》，南京大学出版社2011年版，第4—5页。

单行本或选译集的形式翻译出版成德文。尤其是1994年顾彬组织翻译的《鲁迅全集》的出版，涵盖了鲁迅所有的小说、诗歌以及杂文集《坟》、散文诗集《野草》，成为迄今为止德语地区最全面的推介鲁迅的选集，并深刻影响了后来读者对于鲁迅的认识和评价。值得一提的是，中国的外文出版社的努力在鲁迅德译历程中也曾产生积极的作用，在七八十年代分别出版的几部鲁迅小说译作以及图文并茂的鲁迅介绍，为德语世界的鲁迅研究提供了资料的便利和观点的参照。[①]

二是引介。如果说直接翻译在鲁迅经典化过程中具有不容置疑的首要性和基础性，那么间接引介则更具接受的相对简易性和广泛性，尤其对于那些并不熟悉中文却具有较大社会影响力的传播者以及第一次接触中国、接触鲁迅的接受者而言更是如此。德语世界对于鲁迅及其创作的引介，主要包括三个方面。

首先是附在各种译本前后的"序言"和"后记"。通过这些补充介绍，读者得以进一步理解译作背后之作家的生命历程、创作背景和精神意蕴。以鲁迅研究专家顾彬早年的阅读体验而言[②]，甚至可以说，只有或者首先通过这些德文表述，德语读者才得以走进那原本就有些曲折难懂、译成德文后更显佶屈聱牙的鲁迅作品。同时，这些引介文章也为我们了解鲁迅在德传播的不同时代风潮与学者个性提供了一条极佳线索。比如50年代的民主德国译作常常把鲁迅当作革命家解读，并附有苏联学者或中国左翼学者的相关论述[③]，而七八十年代的联邦德国译者则开始更多地重视鲁迅作品的思想价值和艺术品格，并开始针

① 1974年外文出版社出版了德文版《鲁迅小说选》，1975年出版了德文版《鲁迅———一个伟大的革命家、思想家、文学家》，1978年出版了《野草》《朝花夕拾》德文全译本，1983年出版了《呐喊》《彷徨》德文全译本。

② 顾彬在《鲁迅文集》后记中提到，1968年在明斯特大学东亚系的课程中读到《一个凡人的真实故事》（《阿Q正传》）时颇感平淡与不解，但几年后通过阅读德国作家汉斯·克里斯托弗·布赫为鲁迅杂文集《雷峰塔的倒掉》所撰写的后记（该后记成为了联邦德国广播电台半小时节目的蓝本），对鲁迅有了更多领会，甚至成为他走入中国现代文学的最初门径。参见顾彬：《绝望之为虚妄，正与希望相同——〈鲁迅文集〉后记》，梁展译，《鲁迅研究月刊》2001年第5期，第41页。

③ 如1950年代初约瑟夫·冯·科斯科尔所译的《来自中国的小说》，附有苏联作家法捷耶夫撰写的《论鲁迅》，而1954年赫尔塔·南和理查德·荣格所译的《阿Q正传》则附有中国作家冯雪峰的《论〈阿Q正传〉》一文。

对之前所流行的鲁迅政治解读进行反驳与矫正①。

其次是报刊上发表的鲁迅引介文章，这些文章在鲁迅传播的不同时期担当着不同的重要角色。它们是鲁迅在德传播的最初阶段的开创者，如1935年德国普罗作家约翰内斯·贝歇尔在其主编杂志《国际文学——德国之页》发表了鲁迅的《中国文坛上的鬼魅》，将鲁迅引入德语读书界。它们也是50年代民主德国的鲁迅热潮中的推广手，如汉学家伊玛·彼得斯发表于《知识与生活》杂志的文章《鲁迅——中国的高尔基》，运用大量政治辞令论述鲁迅与革命斗争的密切关系，而这些熟悉的政治用语对于鲁迅在普通大众视野中的普及宣传功不可没。它们还是60年代末联邦德国发现鲁迅、推崇鲁迅狂潮中的发起者，在1968年学生运动中鲁迅成为青年知识分子精神领袖，与当时最受他们追捧的杂志《航向》（*Kursbuch*）上经常刊载的鲁迅译文和鲁迅引介文章有着很大的关系。

再次是纪念活动上的讲演，较之文字，讲演是更具有现场感的传播方式。比如贝克尔在鲁迅逝世20周年纪念活动上《关于中国的新文学》的讲演，着重分析鲁迅与时代的密切关系，以及从一个现实主义作家向革命思想家的转变，讲稿观点集中体现了50年代的民主德国鲁迅研究与革命斗争紧密相连的特征。再如在1981年洪堡大学亚洲学院纪念鲁迅诞辰100周年纪念会上，中国人潘兆明所宣读的论文《鲁迅杂文的比喻特色》，也彰显了历经冷漠与狂热之后的联邦德国鲁迅研究在80年代之后逐渐走上侧重文学艺术理性分析道路的接受轨迹。

三是研究。相比作品翻译与引介文章，专业读者的研究成果一方面呈现出鲁迅在德语世界的接受广度与理解深度，另一方面也成为了鲁迅在德语地区传播影响与形象塑造的核心资源。德语世界对于鲁迅的研究，主要通过以下两种形式呈现：

首先是研究文章。鲁迅是在德语世界传播得较早和较广的中国现代作家，

---

① 如1973年由布赫和王迈翻译的《论雷峰塔的倒掉——关于中国文学和中国革命的杂文》所附布赫的后记，便质疑了之前流行甚广的"鲁迅是中国的高尔基"的说法，提出鲁迅与德国19世纪的莱辛和当代的布莱希特等人有更多共通处的观点。1982年马汉茂所译出版的单行本《阿Q正传》附译者后记《阿Q究竟是谁，请问鲁迅！》，提出阿Q不仅象征着一个阶级，更是一种普遍性格，在当代中国仍然存在。

因此研究文章相对数量较多，专业汉学学者的代表性论文往往对同时代或此后的学者影响较大。比如捷克汉学家普实克在1940年代初用德文发表的《中国新文学》一文，用大量篇章深入分析鲁迅，对后来德语世界甚至整个西方的鲁迅评价都产生了较大影响；民主德国汉学家约翰娜·赫兹弗尔特发表于1952年的《五四运动与鲁迅》，强调了鲁迅的革命斗争意义，代表了当时民主德国鲁迅研究的基调与水准；伊玛·彼特斯发表于1960年的《1927—1930鲁迅对文学与革命之关系的看法》，探讨了鲁迅对于文学功能认识的转变，显示出该年份民主德国鲁迅研究的深入和进展；苏珊娜·魏格林-斯威德兹克发表于1980年的《鲁迅与"希望原则"》，更加彰显了鲁迅研究此阶段从政治解读到文化解读的转向，文章分析了鲁迅对于赫胥黎与尼采的接受，拓宽了研究视野，增加了读者对于鲁迅的亲近感；顾彬的《少女与恶魔——论风波中的反讽功能》注重对于鲁迅创作艺术的探索，更是德语地区鲁迅研究开始"回归鲁迅"的一种信号。

其次是博士论文与著作。1939年王澄如的《鲁迅的生平和作品——一篇探讨中国革命的论文》，是以西文发表的最早的关于鲁迅的博士论文，因为发表在柏林《国外高等学校学报》这一较为知名的学术杂志上，所以在欧洲的汉学学者中广泛传播，其观点也多次被人引用。1959年杰夫·拉斯特（Jef Last）的《鲁迅——诗人和偶像：一篇探讨新中国思想史的论文》，则是战后德语地区公开出版的第一部有关鲁迅的博士论文，也是一部较早的具有独立观点的著作，在接续了王澄如之后中断了近20年的鲁迅研究的同时，也影响了之后鲁迅研究的转向与深化。1957年民主德国莱比锡大学有葛柳南和伊玛·彼得斯两篇鲁迅研究博士论文，可惜当时没有公开出版。90年代以来德语地区鲁迅研究相关重要著作还包括方维规的专著《鲁迅与布莱希特》（1991年出版）、张芸的博士论文《别求新声于异邦——论鲁迅与西方文化》（1999年出版）、土博纳的博士论文《中国的新圣人：鲁迅在中国的地位》（2004年出版）等。

值得强调的是，鲁迅在德经典化的进程中，翻译、引介和研究等汉学途径，很多时候实践得并不完美，甚至仓促、简单而粗糙，比如鲁迅作品翻译，尤其是早期翻译中的漏译、误译，鲁迅研究中频频出现的资料讹误和观点偏颇

鲁迅与20世纪中国研究丛书

等。但不得不说，恰恰正是这些或对或错的译介、或明或暗的评价，以及在正误辩驳、明暗交锋中的修改与反思，才真正促进了德语地区读者对于鲁迅的接受及鲁迅的经典化进程。

三、鲁迅在德经典化进程中所依托的文化载体

鲁迅传播在德语世界所遭遇的上述种种政治影响，以及在此影响下德语学者接受鲁迅的各种汉学途径，均依托一定的文化载体来实现，鲁迅在德语世界的经典化很大程度上正是由大学和传媒这两个体系来实践和推进的。大学体系主要是指高校和科研机构里的汉学学科，通过学者的研究、老师的传授、学生的接受以及再度传播，构成了一个鲁迅的专业读者圈。而传媒体系则主要指报刊、广播、出版、剧场、会展等媒体机构，通过文字、声音、表演、图像展览等方式，将鲁迅的知名度和影响力从专业读者向普通读者群推广延伸。

大学对于鲁迅传播的承载和推动，主要通过学术研究和课程传授两个环节来进行。经由前者，前沿的资料得以收集和整理，创新的观点得以研讨和呈现，而经由后者，原本很少受到关注的鲁迅作品借由教材和课堂构成了一种固定的学科知识和传承模式，熏陶和培养潜在的普通读者和专业读者。二者相辅相成，互为促进：学术研究作为一项更具创造性和开拓性的工作，在很多情况下成为课程设置和教材编撰的一种先锋探索，然而课堂传授也反过来会影响下一个阶段的鲁迅研究，甚至很多学术成果本身也可以看成是课程教学长年耕耘的某一次厚积薄发。

以德语世界早期关于鲁迅的两部博士论文为例，一是1939年王澄如在波恩大学完成的《鲁迅的生平和作品：一篇探讨中国革命的论文》，一是1959年出版的由荷兰人拉斯特撰写的《鲁迅——诗人和偶像：一篇探讨新中国思想史的论文》[1]，均是大学体系在鲁迅经典化历程中文化载体功能的极佳呈现。作为世界上第一部专论鲁迅的博士论文，王澄如文尽管当时反响平平，但对于鲁迅的

---

① Jef Last（杰夫·拉斯特）：*Lu Hsün-Dichter und Idol:Ein Beitrag zur Geistesgeschichte des neuen China*（《鲁迅——诗人和偶像：一篇探讨新中国思想史的论文》），Frankfurt a.M.: Metzner, 1959.

人格解读、个性评判和形象塑造，给予了德语世界乃至整个西方世界后来的鲁迅研究深沉而广泛的滋养。作为战后德国的第一本鲁迅研究专著，拉斯特文通过探讨对鲁迅评价的转变及其原因，在接续王澄如之后中断了近20年的鲁迅研究的同时，也开启了一条力图区别于以往批评家的"去共产主义化"的研究路径。值得关注的是这两部论文完成的时间：王澄如文的发表与"二战"的发动恰是同年，亦即纳粹独裁统治最为猖狂、鲁迅在德传播陷入最低潮的时期，而拉斯特文撰稿的1955年到1957年，又正值冷战氛围最为浓重、鲁迅作为共产中国的文化偶像在联邦德国最受冷落的阶段。可见，这两部论文不仅不是与时俱进的产物，甚至可以说是逆运而生的作品，与前文所强调的传播历程中的政治影响和权力干预的论述构成悖论。那么，它们发表的客观条件是什么呢？

当我们将目光回溯到汉学学科在德的诞生发展，以及中国现代文学在大学汉学系里的讲授情况时，便可知这两部论文的出现并非例外。从1905年汉学在德国兴起（汉堡）[①]，到二三十年代又有五所大学[②]相继开办汉学系，随着汉学学科在德国大学建制内扎根，寻找到一个既能代表中国潮流，又能引发西方互动的中国作家并引介至德语世界，成为汉学学科在整个大学体系中亮相和发声的一种迫切需要。"革命作家"鲁迅因其在中西文坛的影响力，很快得到学者们的关注和重视，获得了在德语世界译介传播的良好开端，也成为波恩大学等大学汉学系"中国现代文学"课程的重点讲授作家。因此，王澄如的论文在某种程度上可以看作是自20世纪初以来德语汉学学科建设和鲁迅研究与教学的一个反映与总结。而在"二战"结束之后的四五十年代，联邦德国多所大学先后恢复汉学系，拉斯特的论文指导老师傅吾康（Wolfgang Franke），是德国汉学元老福兰阁之子，他所领导的汉堡大学汉学系在当时联邦德国的汉学研究机构中是最为关注中国当代的，这一学术传统甚至延续至今。因此，拉斯特的鲁迅研究从其教育背景和师从渊源而言，恰恰是德语汉学发展、战后学科恢复、机构学术偏好等多方因素合力下的一种综合展现。

---

① 通常把1909年汉堡殖民研究所设立第一个汉学教授职位看作是德国汉学的开端。

② 分别为柏林大学（1912）、莱比锡大学（1922）、法兰克福大学（1925）、波恩大学（1927）、哥廷根大学（1930）等五所大学。

由此可见，因为中文的语言屏障和中国的陌生形象，鲁迅传播首先必须依赖大学体系中汉学学者的翻译与研究，因此汉学学科的兴衰沉浮在很大程度上决定了鲁迅的经典化进程。然而，"经典"的建构，除却国家意志和政治权力的推动、学术机构和教育系统的传播之外，更离不开普通读者的阅读选择所发挥的最终决定作用。普通读者对于鲁迅的了解和接受，显然与传媒体系关系更为密切。传媒机构借助各个媒体工具的自身优势，对鲁迅做出深入人心的介绍和解读，报刊文字的通俗性、广播节目的互动性、剧场表演的现场性、图像展览的丰富性，将鲁迅从学院精英精深晦涩的论文中推向了普通读者鲜活灵动的日常生活。

　　首先是报刊社和出版社在传播方面所做的大量基础性工作。汉堡的《东方舆论》等杂志从20世纪30年代鲁迅在德的传播初期开始，便曾刊载德译版的《孔乙己》《伤逝》《示众》等作品。维也纳著名作家、记者兼出版商约瑟夫·卡尔姆，更是在四五十年代冷战反共思潮下出版《祝福》《漫长的旅途》等鲁迅小说集。由德国著名诗人、杂文家、剧作家汉斯·马格努斯·恩岑斯伯格主编《航向》是1968年学生抗议运动中最受欢迎的刊物，彼时刊登的多篇鲁迅杂文在青年知识分子群体中迅速走红，成为鲁迅在联邦德国传播由冷至热的一个重要转折。值得一提的还有瑞士联盟出版社（Union Verlag）1994年出版的《鲁迅全集》，由顾彬主编，包含鲁迅所有的小说、诗歌、杂文集《坟》、散文诗集《野草》，是迄今为止德语地区最全面的推介鲁迅的选集，在德语地区影响较大。还有报纸杂志刊载的大量评介鲁迅的文章，它们常常出自那些不懂中文却深具社会影响力的德语知识分子，对于普通德语读者对鲁迅的了解和亲近功不可没。例如著名女作家卡雷娜·尼霍夫发表长文介绍鲁迅，尤其注重论述鲁迅与德语文学的渊源联系，以消除读者对鲁迅的陌生感；《时代报》编辑卡尔·海因茨·杨森（Karl-Heinz Jansen）的文章更强调鲁迅对文学之外的领域，如对木刻艺术的倡导和收藏，塑造出更为全面生动的鲁迅形象。

　　其次还有电台、剧场和展览等传媒机构的相关推广工作，对于鲁迅在普通读者中的影响和声誉的增强居功至伟。1973年由布赫和王迈编译的鲁迅杂文集《论雷峰塔的倒掉——关于中国文学和中国革命的杂文》，译者之一的布赫为该杂文集撰写的后记，后来成为了联邦德国广播电台半小时节目的蓝本，该后记通过广播节目成为一代人接受鲁迅的开端，对青年读者和听众接触和认识鲁迅影响颇深。1983年民主德国作家克里斯托夫·海因根据鲁迅小说改编创作的剧本《阿Q正传》（*Die wahre Geschichte des Ah Q*），在东柏林德意志剧院连演数场，反响热烈。这个充满讽刺和隐喻的阿Q故事不仅在当时的民主德国文化界风靡一时，还延及联邦德国和西欧其他国家，该剧先后在斯特拉斯堡、巴黎、苏黎世、杜塞尔多夫、纽伦堡等地上演，好评如潮。阿Q走进剧场，成为助力鲁迅在德国的影响力从书本走向大众、从学院走向民间过程中的重要事件。1980年代先后开展于西柏林国家图书馆、康斯坦丁大学、美因茨议会大厦、不来梅海洋博物馆等地的鲁迅展览会也都引发热潮，展览会集册《鲁迅同代人》带给公众更全面生动的鲁迅形象的同时，将鲁迅作为文学家和艺术家的特质深入人心。

如上所述，大学和传媒这两个体系既独立运行，又彼此关联，因为接受主体的重合和传播对象的一致，常常呈现出互为促进与补充的关系。鲁迅在德语世界经由这两大文化载体的接受和传播，一方面构建了一个以学院精英为主的专业读者圈，一方面又将原本局限于狭隘群体的鲁迅作品和鲁迅精神，以及那些可能流逝在时间长河中的鲁迅资料和鲁迅影响，扩散和延续至更为广泛和更为长久的普通读者圈之中。

第五章　鲁迅及其作品在苏联和俄罗斯的译介
与研究

第一节　鲁迅及其作品在苏联和俄罗斯传播的背景

鲁迅是中国近现代文坛上具有相当知名度的世界级大作家，是中国文学家的代表。鲁迅的作品已被译成世界多国语言，其读者也遍布世界各地，因而很早就受到了世界汉学界研究者们的关注。在对鲁迅及其作品的译介和研究方面，起步最早的国家是日本。1903年周氏兄弟合译的《域外小说集》第一册在日本东京出版，这是周氏兄弟文学创作在全球的首次全面推介，也是鲁迅及其作品在全世界传播的开端。一直以来，世界各地都不间断地刊出对鲁迅及其作品的翻译和研究成果，其中苏联和俄罗斯也是对鲁迅及其作品译介和研究的重要地区之一。苏俄对鲁迅及其作品的译介和研究时间仅晚于日本。鲁迅热衷于对俄国文学和苏联文学的译介和传播，因此苏联和俄罗斯汉学界研究者们对鲁迅有着相当深厚的理解和感情，他们对鲁迅及其作品的译介、研究和传播广泛深入，成果丰硕，是世界鲁迅研究不可或缺的重要组成部分。

纵观俄罗斯和苏联汉学研究与传播历史，其在该领域的发展至今已有近300年。随着1917年俄国十月革命和1919年中国五四运动的相继爆发，中苏两国在意识形态和社会文化领域开始了较为密切的交流与互通，两国在文学领域的交流更是发展迅速。从上世纪20年代开始，苏联文化界掀起了一股研究中国的"新文学"的思潮。这股思潮主要表现在关注和喜欢鲁迅的苏联文艺家和读者的认识之中，鲁迅因此成了他们最早关注的中国现代文学家之一。

苏联汉学界一直把鲁迅视为20世纪中国文学最重要的代表人物和中国现代文学的领军人物之一，鲁迅的作品也成了最早被译成俄文的中国现代文学创作之一。在中国20世纪的文学家当中，鲁迅也是第一个在苏联有俄文单行本文集出版的人。迄今为止，在苏联和俄罗斯译介的中国现代文学家中，无论是在译著的数量上，还是译著的版本和出版发行量上，鲁迅的作品都是名列前茅，其作品也基本上都已经被译成俄语出版发行并多次被再版。"自1929年至今有20本鲁迅作品选集问世，其总发行量达到1463225册。"①正是如此，苏联读者才真正地了解到了鲁迅及其作品。1981年中国鲁迅研究学者们提出了建立"鲁迅学"的倡议。事实上，早在1953年老一辈的苏联汉学家罗果夫（В.Н.Рогов）就已经在一篇文章中指出："在苏联，不但鲁迅文学遗产译文的出版逐年增长不已，并且还构成了坚实的苏维埃的鲁迅学。"②他的这句话在一定程度上反映了鲁迅研究在苏联的规模和状况。

第二节　鲁迅及其作品在苏联和俄罗斯的译介与传播

苏联是世界上翻译介绍鲁迅及其作品较早的国家之一。从20世纪20年代《阿Q正传》首次出现俄译本开始，苏联从事鲁迅著作及书信翻译和研究的学者不断增加，翻译和研究成果也如雨后春笋般不断涌现。按照译介成果的规模，鲁迅作品的俄译历程大致可分为两个阶段：第一阶段为20世纪20年代至"二战"末期，受各种条件限制，这一阶段苏联汉学家们只翻译了鲁迅部分具有代表性的作品；第二阶段为"二战"结束初期至70年代初，这一阶段鲁迅作品的译著数量和发行量不断攀升，至70年代初鲁迅的所有小说基本上都有了俄译本。

---

① 周令飞：《鲁迅社会影响调查报告》，人民日报出版社2011年版，第287页。

② 张杰：《苏联的鲁迅研究》，《鲁迅研究动态》1986年第10期，第51页。

在苏联的汉学家中，最先研究和讲授中国现代文学的学者是苏联汉学研究奠基人阿列克谢耶夫（А.М.Алексеев）院士。在1992年台北欧洲汉学史国际学术会议上，加拿大多乐兹洛娃（M.Dolezlova）教授在其《欧洲现代中国文学之研究》一文中指出："第一个在欧洲介绍及评介中国现代文学的是俄国著名汉学家阿列克塞耶夫（А.М.Alexeev）院士。"①但是最先通过文字翻译将鲁迅及其作品系统地介绍给苏联读者的却并不是阿列克谢耶夫院士，而是他的得意门生瓦西里耶夫（Б.А.Васильев）。

瓦西里耶夫是一位才华横溢的学者和翻译工作者。1925年起青年汉学家瓦西里耶夫开始在中国河南开封担任中国国民革命军第二军苏联军事顾问团翻译之职。在此期间，由于爱好和工作便利，他决定开始尝试翻译中国现代小说。同在顾问团工作的中方翻译曹靖华先生建议瓦西里耶夫阅读中国的现代文学，并向他推荐了鲁迅的中篇小说《阿Q正传》。瓦西里耶夫读完这部小说后，内心被深深触动，决定把《阿Q正传》翻译成俄文。为了更好地完成这部小说的翻译，后经曹靖华先生介绍，他结识了鲁迅，开始与其进行通信往来，向其索要自传和照片，并请鲁迅作序。1929年苏联列宁格勒激浪出版社出版了一本俄文版的鲁迅小说文集。该文集由瓦西里耶夫主编，以《阿Q正传》作为文集的书名。鲁迅专门为这本俄文版的文集写了序言《俄文译本〈阿Q正传〉序》，经瓦西里耶夫译成俄文后放在了文集中。文集中除小说《阿Q正传》外，还收录了由其他译者翻译的《呐喊》《彷徨》中的等鲁迅的其他7篇小说。这本文集苏联当时刊印了大约3000册，并随即在苏联文艺界引起了巨大的反响，也成了向苏联读者介绍鲁迅及其作品的第一本书。1929年莫斯科青年近卫军出版社还出版了一本名为《正传：当代中国中短篇小说》的文集，其中也选入了《阿Q正传》的另一种译本和短篇小说《孔乙己》的俄译本。

瓦西里耶夫认为，鲁迅在创作风格上首先是一位善于描写日常生活微小细节的风俗派作家，是第一批以中国农村为题材的作家之一，因为在此之前中国

① 李福清（B.Riftin）：《中国现代文学在俄国（翻译及研究）》，《中国文化研究》1993年第2期，第117页。

农村题材在中国经典文学中还未获有一席之地。鲁迅也经常被称为中国的契诃夫，是一位现实主义作家，并且正是他首次通过异乎寻常的讽刺手法反映了一位被封建主义毒瘤压迫的农民的贫穷、挣扎和无奈，把农村题材引入了文学当中。他的这种创作手法也引起了众多西方读者的兴趣，让他们耳目一新。

　　1936年鲁迅逝世，包括苏联在内的世界多个国家都投入了较大的人力和物力集中翻译和出版了鲁迅的一些作品和研究著述，以此来表达对这位伟大作家的纪念。1938年苏联首次出版了研究鲁迅的纪念文集。这本文集命名为《鲁迅1881—1936》，是鲁迅作品和鲁迅研究的论文合集，收录了关于鲁迅的纪念性文章和包括《阿Q正传》《端午节》《祝福》《白光》《示众》《奔月》在内的6部作品的俄译本。这6部作品由阿列克谢耶夫院士的另一位得意门生施图金（А.А.Штукин）翻译。该文集由列宁格勒汉学家和苏联科学院东方学研究所编译，苏联科学院出版社在莫斯科和列宁格勒出版，刊印册数超过10000册，用来纪念鲁迅逝世两周年。然而可惜的是，在1937至1938年期间，世界历史上一场空前的政治浩劫——苏联"大清洗"运动在苏联展开，瓦西里耶夫、施图金等一大批优秀的苏联汉学家遭到迫害或流放，他们的学术成果也随之被苏联当局否定。加之受"二战"的影响，鲁迅小说的其他一些主要译者也相继遭遇不幸，刚刚起步的苏联鲁迅研究进入了低谷期，甚至几乎一度被迫中断。不仅如此，从1939年至1945年，世界鲁迅译介和研究都受到了严重的影响和破坏，最直接的体现是，对鲁迅及其作品的译介数量明显减少，苏联刊发的鲁迅作品的译本也同样屈指可数，刊发的译作主要有：1939年和1940年《西伯利亚之火》杂志分别刊发的鲁德曼（В.Г.Рудман）翻译的短篇小说《一件小事》《药》和《祝福》，1939年《世界文学》杂志刊发的苏联科学院通讯院士、世界资深汉学大家费德林（Н.Т.Федоренко）教授翻译的《一件小事》和《药》的版本，1941年《青年近卫军》杂志刊发的莫斯科东方语言学院教授、苏联著名汉学家波兹德涅耶娃（Л.Д.Позднеева）教授和博戈莫里娜娅（Ф.Богомольная）合译的短篇小说《明天》。

　　1945年"二战"结束后，世界政治格局发生了重大变化，苏联为战胜国之一。战争结束后，苏联国内的各项学术研究活动逐渐恢复，对鲁迅的译介和研究也逐渐恢复并有了可喜的发展，鲁迅的其他一些作品也陆续被翻译了出来并被刊载。1945年苏联著名汉学家罗果夫又和艾德林（Л.З.Эйдлин）、费德林、波兹德涅耶娃等一大批苏联著名汉学家一起翻译、编撰了《鲁迅选集》，并在苏联国家文学出版社出版。这本选集收录了鲁迅的小说9篇、杂文6篇、散文诗5篇及书信、随笔等若干。罗果夫为这本选集的翻译和出版做了大量的工作，重新翻译了《阿Q正传》，翻译了短篇小说《端午节》和鲁迅自传，并为选集撰写了长篇文章《鲁迅的创作遗产》。这本选集中的作品译文都出自苏联著名汉学家之手，因此很多译本后来也多次被再版。1947年，上海苏商时代出版社出版了罗果夫翻译的《阿Q正传》俄译单行本。

1949年新中国成立之后，中国的国际地位空前提升，全世界对中国的关注也空前炽热，中国国内的汉学研究繁荣发展。在这一国际背景下，世界对鲁迅及其著作的译介和研究也进入了一个战后的繁盛期。中苏两国关系也开始了新局面，苏联对鲁迅及其作品的译介和研究又掀起了一个新的热潮。1949年上海苏商时代出版社又出版了罗果夫主编的《鲁迅小说杂文书信》，其中小说部分收录了汉学家齐赫文（С.Л.Тихвинский）翻译的《狂人日记》，日林（В.А.Жилин）翻译的《风波》《兔与猫》《鸭的喜剧》《孤独者》《伤逝》等等。是年和次年，罗果夫翻译的《阿Q正传》在中国大连和北京又以中俄文对照的方式出版。

50年代，苏联的鲁迅研究工作进入了一个新阶段，鲁迅作品在苏联被更广泛地翻译和介绍。1950年，莫斯科真理报出版社出版了鲁迅的"短篇小说集"，共收录了6篇鲁迅短篇小说的俄译本；莫斯科儿童文学出版社出版了《故乡》的俄文单行本；苏联国家文学出版社出版了《鲁迅短篇小说与杂文集》；1952年俄译本《鲁迅选集》出版；1953年罗果夫主编的《鲁迅短篇小说集》也翻译出版，书中共收录了9篇鲁迅短篇小说的俄译本。之后，苏联还出版了专供儿童阅读的两本鲁迅小说集，并多次出版了《阿Q正传》。在1954年至1956年间，以汉学家费德林教授为首的一大批苏联汉学家还联合编译出版了四卷本的《鲁迅文集》，这也成为50年代苏联鲁迅及其作品译介取得的最重大成果。

60年代，苏联的鲁迅作品译介延续着50年代的蓬勃发展势头，一些新的译著也陆续问世。1960年苏联国家文学出版社出版了罗果夫翻译的《阿Q正传》的单行本。1961年苏联著名汉学家索罗金（В.Ф.Сорокин）首次将鲁迅的文言小说《怀旧》译成了俄文并编入了当年出版的《东方文学选集》第四辑中。1964年波兹德涅耶娃主编了鲁迅《故事新编》中的俄译单行本《讽刺故事》，并把其重新翻译的《理水》《非攻》《奔月》也收录其中。该书由莫斯科文学出版社出版。然而，从60年代中期开始，中苏两国关系破裂，鲁迅作品的译介受到了严重影响，鲁迅作品的翻译成果随之急剧减少。

1971年，苏联汉学家费德林教授联合索罗金、罗果夫、艾德林、彼得罗夫（В.В.Петров）等一批杰出的苏联汉学家共同编撰了《鲁迅中短篇小说集》，并将其编入《世界文学丛书》第三辑，由苏联国家文学出版社出版。该小说集收录了包括《呐喊》《彷徨》《野草》《故事新编》等作品集以及《怀旧》的早前的俄译本。艾德林还特别为该小说集做了题为《论鲁迅的小说》的序言。

80年代起，中苏关系逐渐改善，两国文化交流重新恢复发展，鲁迅小说的译介和研究工作也重新正常化。"然而，自20世纪80年代起，中国现代文学作品对苏联读者的吸引力下降，取而代之的是中国文革以后的当代文学作品。"[①]1981年鲁迅先生诞辰100周年之际，莫斯科文学出版社出版了俄译本《鲁迅选集》以表示对他的纪念。此外，苏联还隆重举行了许多纪念活动。1986年，莫斯科儿童文学出版社又刊印了一本文集《阿Q正传》，收录了鲁迅的部分小说作品。1989年莫斯科文学出版社再次出版了新版本的《鲁迅选集》。

据统计，苏联解体前在苏联出版的鲁迅作品俄译单行本达百余种之多。"二战"后，鲁迅作品的译介和研究在苏联得到了广泛的发展，也受到了苏联作家和文论家的重视和推崇。不过，战后苏联对鲁迅作品的译介和出版的力度和喜好程度在不同时期也迥然而异。受中苏关系的发展影响，苏联读者对中国文学的态度也相应地发生着变化。上世纪50至60年代中期，苏联是翻译和出版

---

① 余晓玲：《鲁迅小说俄译研究述略》，《俄罗斯文艺》2016年第1期，第42页。

鲁迅创作最全的少数国家之一。苏联对鲁迅文学的道德伦理价值有着非常高的评价，鲁迅深受苏联人民的尊敬，鲁迅的作品深受苏联人民的喜爱，其作品与生平一直是苏联汉学家及学者关注和研究的内容。

然而，80年代末90年代初，苏联的社会政治剧变极大地改变了这个国家的社会制度，而社会制度的改变瓦解了并从根本上改变了苏联的意识形态体系。1991年苏联解体后，俄罗斯的社会制度和意识形态发生了翻天覆地的变化。受社会制度和意识形态突变的影响，加之中国社会的发展与变迁，导致俄罗斯的社会制度和意识形态与中国社会制度和意识形态差异越来越大，鲁迅及其作品在俄罗斯的传播也发生了巨大的变化，俄罗斯对鲁迅及其作品的译介和研究不如苏联时期那么流行和广泛。苏联解体后的20年间，俄罗斯没有出版过鲁迅作品的单行本，几乎所有的文学出版社在市场经济指导下都倾向于出版畅销的大众文学，因为"俄罗斯大众文学拥有大量的国内外读者，显示出自己勃发的活力和强大的生命力。在这种氛围下，大众文学的创作队伍迅速成长壮大，众多的俄罗斯大众文学作品畅销国内外。同时，大众文学作品畅销给俄罗斯出版商和书商带来了巨大的利润和商机"①。

在这种氛围下，大众文学的创作队伍迅速成长壮大，而俄罗斯汉学界却面临着学术研究力量和经费支持的削弱局面，出版学术研究著作遇到了较大的经费困难和市场阻力，导致从事文学翻译和研究的学术研究人员数量急剧减少，进而引起之后很长一段时间内，鲁迅及其作品的译介和研究成果是寥寥无几。直至2002年俄罗斯出版的《20世纪中国诗歌与散文》中收录了波兹德涅耶娃的俄译本的《故乡》，鲁迅小说才又一次进入俄罗斯读者的视线。之后很长时期，在鲁迅小说译介方面，既没有新译本问世，也没有老译本再版。这也致使俄罗斯大众读者对中国现当代文学的阅读和研究兴趣下降，导致鲁迅作品及其研究逐渐淡出了俄罗斯青年人的视野。据有关调查数据显示，年轻的俄罗斯大众读者中相当一部分人都没听说过鲁迅，更没阅读过他的作品。为了解鲁迅及其作品在俄罗斯当代大学生中的传播情况，有研究者针对此问题在俄罗斯高校

---

① 任光宣：《当今俄罗斯大众文学谈片》，《俄罗斯文艺》2008年第1期，第12页。

中进行了详细的调查统计。调查统计结果表明："俄罗斯当代大学生知道鲁迅这位作家的占30.01%，读过鲁迅作品的仅占10.37%。在这些读者中，64.69%的人读过鲁迅的小说，33%的大学生读过他的杂文，5.3%的大学生既读过他的小说，也读过他的杂文"，"调查最后显示，90.25%的人认为鲁迅仍然是一位伟大的作家"。①

为了更好地在俄罗斯传播鲁迅及其作品，中国和俄罗斯相关高等院校和文化机构举行了不少的文化交流活动，例如2006年圣彼得堡国立大学东方系和武汉大学文学院在圣彼得堡联合举办的"纪念鲁迅诞辰125周年暨远东文学国际学术研讨会"、2011年俄中友谊协会和俄罗斯科学院远东研究所联合举办的"纪念中国著名作家鲁迅诞辰130周年纪念会"、2016年莫斯科中国文化中心和俄中友谊协会联合举办的"纪念鲁迅诞辰135周年纪念晚会"等等。上述这些活动都有来自俄罗斯政府、教育、文化、科研等机构和组织的众多人员参加。此外，近年在俄罗斯还时常举办一些文学翻译竞赛，目的是为了促进中国文学经典的外译和传播，促进中国文化"走出去"。为了给予这些活动相关的政策和资金扶持，中俄有关政府机构之间还特别签署了一些中俄现代文学互译互版合作备忘录等，以此来支持和促进中俄文学作品的相互传播和交流。在这些活动的举办中，包括鲁迅在内的中国作家和他们的文学作品，都不断地受到俄罗斯学者的重视，并被不断地译介和传播到俄罗斯，也让更多的俄罗斯读者得以了解中国文学。

第三节　鲁迅及其作品在苏联和俄罗斯的研究

同鲁迅作品在苏联和俄罗斯的译介一样，鲁迅及其作品在苏联和俄罗斯的研究也起步于20世纪20年代，并逐渐取得了独具特色的研究成果。在苏联的汉学家中，最先研究和讲授中国现代文学的学者是阿列克谢耶夫院士，但是他并没有最先通过文学研究在苏联传播鲁迅及其作品。真正意义上的苏联鲁迅研究

① 苏维：《鲁迅作品在俄罗斯当代大学生中的传播》，《牡丹》2016年第6期，第164页。

是从瓦西里耶夫为翻译鲁迅小说集《阿Q正传》撰写序言开始。他在序言中写到："鲁迅是中国现实主义作家中的领军人物，概括了其文学创作的特点，指出其创作的目的是为了对人类有益，他对旧的生活方式和旧文化遗毒持一种嘲弄怀疑的态度，而这一点得到了中国年轻激进的知识分子的支持。"[1]按照对鲁迅及其作品研究的形式，苏联和俄罗斯对鲁迅及其作品的研究成果大致可分为译著、学术专著、学术论文／论文集、书刊序言、学术会议报告、百科全书词条等。

从30年代起，关于鲁迅及其作品的研究就已经开始逐渐增多。1932年在莫斯科出版了《文学百科全书》（第六卷）。这套百科全书对鲁迅进行了介绍，并由此也成为世界上最早将鲁迅作为专门词条进行介绍的百科全书。"这标志着苏联文学界和学术界对鲁迅成就的肯定和地位的确认。"[2]1935年，莫斯科知识出版社出版了费德林撰写的专著《伟大的中国作家鲁迅》。1936年10月，鲁迅逝世的消息传到苏联后，苏联人民也和中国人民一起沉痛悼念了这位伟大的作家。苏联报刊发表了悼念鲁迅的文章并在莫斯科举行了追悼会。法捷耶夫（А.А.Фадеев）、富尔曼诺夫（Д.А.Фурманов）、肖洛霍夫（М.А.Шолохов）等一大批苏联著名作家和学者都一起悼念了这位伟大的革命作家。法捷耶夫在悼念中表示："我们不久前失去了伟大的无产阶级文学奠基人高尔基，今天又失去了同样伟大的作家鲁迅，这是全世界劳动人民不可弥补的损失。"[3]之后，1936年11月1日在列宁格勒也举行了"悼念世界伟大革命作家鲁迅先生"的晚会，汉学家阿列克谢耶夫院士出席并致了开幕词，瓦西里耶夫先生做了关于鲁迅先生生平与创作的报告。"当年12月13日，'苏联作家之家'举行纪念鲁迅先生晚会，法捷耶夫再一次对鲁迅给予高度评价。法捷耶夫作为一位著名作家，并不专搞评论和研究。但是在苏联汉学界对鲁迅的研究尚未深入之前以至后来，他所发表的关于鲁迅的一系列精辟见解，却对苏联的

① 余晓玲：《鲁迅小说俄译研究述略》，《俄罗斯文艺》2016年第1期，第43页。
② 张杰：《苏联的鲁迅研究》，《鲁迅研究动态》1986年第10期，第51页。
③ 张杰：《苏联的鲁迅研究》，《鲁迅研究动态》1986年第10期，第51页。

鲁迅研究产生了十分深远的影响。"①与此同时，在苏联其他不少城市也举行了这样类似的悼念会。自30年代末起，在苏联陆续刊发出了一些关于鲁迅及其作品研究的文章。1939年8月罗果夫在苏联《文学报》上发表了第一篇研究鲁迅的文章《鲁迅与俄国文学》，这也使得他成为苏联最早的并始终坚持鲁迅研究的专家。同年，阿列克谢耶夫的学生费德林完成了题为《论鲁迅的创作》的论文并获得了副博士学位。在鲁迅与俄国文学的关系研究方面，1939年罗果夫发表了论文《鲁迅与俄国文学》。

"二战"结束后，1946年费德林撰写发表了论文《论鲁迅文艺创作的特点》。1949年新中国成立后，法捷耶夫率苏联文化艺术科学工作者代表团访问新中国时讲到："中国的新文化也有它伟大的代表，那就是鲁迅。"②之后，10月19日法捷耶夫在我国《人民日报》发表题为《论鲁迅》的文章以纪念鲁迅先生，并由新华社在全国转发。10月29日此文又在苏联《文学报》上刊登发表。同年，《星火》杂志上刊登了波兹德涅耶娃撰写的题为《裴多菲诗歌在中国——鲁迅——裴多菲诗歌的介绍者》的文章。随后，苏联出现了译介和研究鲁迅的高潮。当时苏联主要的报纸杂志，如《文学报》《真理报》《消息报》《劳动报》等都发表过有关研究鲁迅的文章。这些文章的作者人数众多，具有代表性的学者主要有：费德林、罗果夫、艾德林、波兹德涅耶娃、彼得罗夫、索罗金等。此外，鲁迅的作品也同时在苏联相关的出版社被大量翻译出版。

50年代，随着4卷本《鲁迅选集》在苏联的出版，苏联的鲁迅研究也同时取得了突破性进展，不断有相关的研究专著和学术论文刊发。1950年费德林在我国《人民文学》上发表了文章《论中国的新文学》，1951年又在《苏联文学》杂志上发表了文章《鲁迅》。1951年，波兹德涅耶娃在《莫斯科大学学报》上发表了文章《伟大的十月社会主义革命与中国作家鲁迅的创作道路》，1952年在《莫斯科大学学报》上又发表了文章《鲁迅为中国新民主主义的文化而斗争》，之后她还撰写了1954年出版的第二版《苏联大百科全书》中有关

① 张杰：《苏联的鲁迅研究》，《鲁迅研究动态》1986年第10期，第51页。
② 张杰：《苏联的鲁迅研究》，《鲁迅研究动态》1986年第10期，第52页。

鲁迅的词条。1956年，彼得罗夫撰写出版了专著《中国人民的伟大作家——鲁迅》，同年，波兹德涅耶娃完成了博士论文《鲁迅的创作历程（1881—1936）》，次年，她出版了专著《鲁迅》，1958年又出版了专著《鲁迅与中国诗歌》。1958年，索罗金完成了论文《鲁迅创作道路的开始和小说集〈呐喊〉》并获得了副博士学位，同年又在《文学问题》杂志上发表了题为《论鲁迅的现实主义》的论文，出版了题为《鲁迅世界观的形成》的专著。1959年，艾德林为鲁迅《阿Q正传》俄译本撰写了序言。同年，波兹德涅耶娃在莫斯科大学出版社出版了研究专著《鲁迅·生平和创作（1881—1936）》。

1960年，彼得罗夫出版了专著《鲁迅·生平与创作概论》。该专著主要回顾了鲁迅的生平，分析了鲁迅的文学创作历程，研究了鲁迅与革命文学、外国文学的关系。1962年，苏联著名汉学家谢曼诺夫在《文学问题》杂志上发表了有关鲁迅研究的论文《新的经典作品》，1967年又在莫斯科科学出版社出版了研究专著《鲁迅及其前驱者》。该专著篇幅不大，主要研究了鲁迅的小说创作在中国文学史上的地位和意义。

这里需要提及的是，从60年代中期开始，中苏关系破裂恶化，这一点虽然没有改变苏联当局和学术界对鲁迅的基本态度和看法，却对苏联的鲁迅研究产生了一定的消极影响。不少学者在那一时期前后的研究方向纷纷发生了变化和转移，如彼得罗夫转而研究中国文学史、艾德林转而研究陶渊明等等，导致60年代中期至70年代末苏联的鲁迅作品的译介和研究工作几乎停滞，研究成果屈指可数。1969年，艾德林出版了专著《鲁迅笔下的中国》。1971年，艾德林撰写了《论鲁迅的小说》一文，解读了《呐喊》《彷徨》和《故事新编》等作品，梳理了鲁迅的创作历程和世界观的演变过程。1981年，为纪念鲁迅诞辰100周年，谢曼诺夫在《文学报》上发表了题为《讯行》的文章，文中将鲁迅称为是"中国的果戈理"。1982年，苏联杰出汉学家热洛霍夫采夫（А.Н.Желоховцев）在《远东问题》杂志上发表了论文《鲁迅在美国汉学界》。

苏联解体后，俄罗斯汉学研究，尤其是俄罗斯中国近现代文学研究步入低谷，学者们都纷纷把关注和研究的重心转向中国当代文学。当代俄罗斯，除了苏联时期的老一辈学者外，新一代的鲁迅研究者数量很少。他们从不同方面对鲁迅及其作品展开研究。热洛霍夫采夫教授是苏联一位很有个性的杰出汉学家。他原先的汉学研究领域是中国近现代文学，后来中国的"文革"改变了他对中国近现代文学研究的兴趣和学术研究方向，转而研究中国现当代作家和中国文学的发展。1993年热洛霍夫采夫撰写发表了一篇题为《中国人了解苏联文学的史料（1920—1940年代）》的论文。在这篇文章中，热洛霍夫采夫基于自己的研究，充分地论证并指出，鲁迅在译介和传播苏联文学方面做出的巨大贡献及其不可或缺性。

其后，在2004—2010年间，俄罗斯圣彼得堡国立大学东方系举办了四届俄罗斯《远东文学研究》国际学术研讨会。值得一提的是，2006年圣彼得堡国立大学东方系和武汉大学文学院在俄罗斯圣彼得堡联合举办的"纪念鲁迅诞辰125周年暨远东文学国际学术研讨会"是以纪念鲁迅诞辰125周年为主题。该研讨会以文学全球化为背景，围绕远东文学特别是鲁迅研究，从不同文化视角出发进行学术对话，下设了若干论题，其中包括"鲁迅创作遗产对中国和世界文化建设的贡献"的论题。该论题共收到了27篇与会专家和学者提交的专题论文。经统计，其中6篇专题论文来自俄罗斯学者，其余论文来自中国、美国、日本、澳大利亚、瑞士等国家的学者。热洛霍夫采夫提交了题为《鲁迅：现代中国文学与外国文学交流的创始人》的专题论文。他在论文中指出："鲁迅跟所有伟大作家一样，不会因时间的推移而陈旧，而是以自己新的、为读者所从没看到或被低估了的品质来面对读者。"[1]俄罗斯当代汉学家罗季奥诺娃（О.П.Родионова）提交了题为《周氏兄弟与中国儿童文学的诞生》的专题论文。她在论文中指出："鲁迅和周作人编译的《域外小说集》的教育观点'经常不适合中国惯例，所以可以说它们为中国儿童文学预备了土壤'。鲁迅促进中国人改变对儿童心理和教育过程的观点。"[2]俄罗斯另一位当代汉学家谢列布里亚科夫（Е.А.Серебряков）提交了题为《鲁迅1909—1918年间的生活、精神世界与俄罗斯汉学家对其评价》的专题论

---

[1] 周令飞：《鲁迅社会影响调查报告》，人民日报出版社2011年版，第304页。

[2] 周令飞：《鲁迅社会影响调查报告》，人民日报出版社2011年版，第304页。

文。他在论文中"系统地总结俄罗斯汉学界对于鲁迅在有关时期的思想与内心的分析"①。

与此同时，2008年俄罗斯科学院远东研究所出版了《中国精神文化大百科》第三卷《文学、语言、文字卷》。该卷收录了索罗金撰写的论文《俄罗斯中国现当代文学研究》。索罗金在论文中简明扼要地总结了俄罗斯鲁迅研究的发展概况。2012年圣彼得堡国立大学孔子学院在圣彼得堡举办了第五届远东文学研究国际研讨会暨纪念郭沫若诞辰120周年学术研讨会。研讨会上谢列布里亚科夫和罗季奥诺夫（A.A.Родионов）合作发表了题为《俄罗斯对鲁迅精神世界和文学世界的解读》的专题论文。他们在论文中对鲁迅作品在苏联和俄罗斯的翻译出版情况和苏联与俄罗斯学者对鲁迅及其著述的研究成果进行了回顾、梳理和总结。

由上可见，苏联和俄罗斯对鲁迅及其作品的译介和研究最繁荣的时期在新中国成立后的十几年里，即20世纪50至60年代。这10余年时间也是苏联汉学研究发展最迅猛的时期。这一时期，苏联从事鲁迅研究的学者们继承了汉学研究先辈们的优良方法和传统，他们始终把译介和研究相结合，把继承和发展相统一，出版发行了大量的译著、学术专著、研究论文等，取得了举世瞩目的成就，为确立鲁迅在世界文学史上的地位做出了巨大的贡献。在当今俄罗斯和中国友好关系不断加强、联系不断紧密的良好条件和发展趋势下，中国文学作品一定会受到更多俄罗斯读者的青睐。这也让我们坚信，在俄罗斯鲁迅学研究一定会重新受到更多俄罗斯学者的关注和重视，也一定会出现更多优秀的鲁迅学研究新成果，为世界鲁迅学研究做出更大贡献。

① 周令飞：《鲁迅社会影响调查报告》，人民日报出版社2011年版，第304页。

第六章 鲁迅及鲁迅作品在葡萄牙的
译介和研究情况

第一节 鲁迅作品在葡萄牙的译介

　　我们观察鲁迅作品在葡萄牙的译介情况之前，有必要先总体性地认识一下葡萄牙文学研究，尤其是外国文学研究的情况。作为欧洲的边缘国家，葡萄牙共和国对于文化和教育的重视程度相对欧洲中心国家还是有着相当的差距。葡萄牙政府对于文学研究的投入长期以来相当有限；近年来受经济危机的影响，更是一再缩减。葡萄牙本国文学研究尚且如此缺乏支持，外国文学研究的困难可想而知。然而笔者更想指出的是，资金支持匮乏固然是一个重要的因素，然而终究还是一个外部因素。从葡萄牙文学研究内部来看，缺乏全球视野，高校文学课程保守封闭才是最亟须解决的问题。葡萄牙高校中的外国文学课程设置仍然体现出浓厚的欧洲中心主义，这与葡萄牙语本身的世界性形成了鲜明的对比。葡萄牙外国文学的研究重心仍然在法国文学和英美文学。其次，德国与意大利文学也有一席之地，巴西文学（尤其是近年来）也相对比较受重视。对非洲葡语文学的研究近年来也有比较稳定的发展。中国文学在葡萄牙的文学研究地图上，几乎是处在空白状态。这个状态当然是有可能改变的，然而从目前来看，应该冷静而清晰地认识到：中国文学在葡萄牙几乎没有任何基础，也未得到重视；葡萄牙对于中国的研究仍然主要是经济和政治层面的，极少数哲学研究涉及中国的宗教和哲学，且多援引其他欧洲国家对中国的研究；葡萄牙知识分子中相对了解中国，并能够阅读处理第一手汉语资料的人士极其罕见。

学界不够了解，不够重视，大众亦缺乏热情。在这样的大背景下，鲁迅作品在葡萄牙踪迹难寻，也就不难理解了。在葡萄牙的主要几大书店，无论是本土的Almedina、Bertrand还是FNAC在葡萄牙的连锁书店，中国文学作品就几乎集体缺席。此外，我们在葡萄牙的两大图书馆——里斯本的葡萄牙国立图书馆和科英布拉大学总图书馆——进行了搜索。在国立图书馆，唯一一本鲁迅作品是1997年云雀出版社和东方基金会联合出版的《野草》（我们接下来会重点介绍一下这个译本）。科英布拉大学图书馆所藏的鲁迅作品稍多，它们是：

1976年里斯本Iniciativas出版社的《狂人日记》；

1979年法国高等师范学院出版社的《鲁迅：写作与革命》，Francois Jullien著，选译了一些短篇作品（该书存于文学院总图书馆）；

1986年赠送给大学图书馆的一套外研社英文版《鲁迅选集》（杨宪益，戴乃选译，共4册，1980年版），1981年版的《彷徨》和《呐喊》，以及《中国小说史略》（1976年第三版）。

如果仅看葡萄牙语翻译的鲁迅作品，我们可以发现，对于鲁迅作品的最早译介应该是1976年Iniciativas出版社的《狂人日记》。这一版本由Maria da Gra Morais Sarmento翻译。译者未专门撰写作者介绍，亦未注明源本。我们推测应是从法文或英文版转译。除《狂人日记》外，译者还选译了其他一些短篇作品（主要选自《呐喊》），共13篇。

改版《狂人日记》是Iniciativas出版社"现实与想象"系列中的一部。该系列主要收录了葡萄牙和外国批判现实，揭露社会黑暗的小说和杂文。考虑1976年的葡萄牙，政治和社会环境仍然深受1974年民主革命余波影响，左翼思潮非常强大；在这样的背景下翻译《狂人日记》，可谓是顺应时代潮流，可见当时葡萄牙的一些左翼知识分子充分意识到了鲁迅作品对社会革命的鞭策作用。

1997年云雀出版社的《野草》，应为第一部从汉语直接翻译到葡萄牙语的鲁迅作品。除《野草》之外，还收录了《阿Q正传》，并重译了《狂人日记》。此外还有两个比较重要的特点值得我们注意：

第一点，该版《野草》是云雀出版社"东方系列"中的一部，其他的几部分别是：葡萄牙Alberto Osório de Castro（1868—1946）的《帝汶的绿岛与红岛》；法国汉学家谢阁兰（1878—1919）的《星辰》与《黄土地》；冈仓天心（1868—1913）的《说茶》；葡萄牙小说家埃萨德克罗斯（1845—1900）的杂文《中国人与日本人》；法国宗教学家Louis Massignon的《伊斯兰思想中的时间观》。可以推测，这个出版计划的初衷是面向葡萄牙对东方文化有一定了解的读者，总体地介绍19世纪末20世纪初的东方文化和东方人的精神状态。1997年前后是葡萄牙经济发展比较迅速、社会相对稳定的时期，可见当时的文化需求也比较强大。时近澳门回归中国，可以理解当时葡萄牙广大读者对东方和亚洲的好奇心与热情。

第二点，该版《野草》由葡萄牙米纽大学孔子学院院长孙琳女士和Luís G. Cabral翻译，汉学家Frank Landt做前言介绍。Landt比较详细地介绍了鲁迅生平，19世纪末20世纪初中国的政治变迁，突出了作家的政治理想与革命斗争。在前言作者看来，鲁迅首先是杂文家，其次是诗人和小说家。对于鲁迅文学上的成就和现代中国对鲁迅作品的接受，Landt的评价仍然着重在政治意义方面。

我们认为1997年版的《野草》，作为葡萄牙近20年来唯一一本比较系统的关于鲁迅的译介作品，有非常重要的开创性，然而也有比较明显的不完整性。可惜未得到文学评论界比较重要的回响，也未有后续的译介计划出现。

除了短篇小说和《野草》之外，鲁迅的诗歌也零星地出现在一些中国诗歌选集中。可以查到的最早的葡文译鲁迅诗是在1989年著名出版社Assírio & Alvim出版，Gil de Carvalho编译的《中国诗歌选集——从〈诗经〉到鲁迅》一书中。在这本选集中，译者选译了鲁迅的《无题》（"万家墨面没蒿莱，敢有歌吟动地哀，心事浩茫连广宇，于无声处听惊雷。"）作为该书结尾。2010年第二版重印1000册，葡汉双语（汉语为繁体字），至今时而在书店中可见，亦可在大型图书馆借阅。Gil de Carvalho本身是作家，喜爱中国诗歌。该选集是他依照自己的喜好，并参照各种西文译本所译，并非从中文直译而来。2014年由澳门文化局赞助，Nova Vega出版社出版，António Gra de Abreu与Carlos Morais José主编的《中国诗歌五百首》中收录了鲁迅的《我的失恋》（引自1997年孙琳和Luís Cabral译的《野草》），并重新收录了Gil de Carvalho译的《无题》（分别是第418和第419首）。在这两首诗之前有两段关于鲁迅的简短介绍相当精练。其对鲁迅的总体评价是："也许是二十世纪中国最伟大的作家。"在肯定鲁迅的左翼／社会主义倾向同时，突出了鲁迅思想的独立性和自由性。对于鲁迅作品意义的评价从其对中国国民性的关注和刻画，拓展到了作家对普世人性的深刻洞察。此外还特别提到了鲁迅作品的尖锐和批判性。

第二节　鲁迅作品在葡萄牙的传播和研究情况

　　至此，我们已对鲁迅在葡萄牙的译介情况有了一定的了解，鲁迅作品在葡萄牙的传播和研究情况总体来看还是在一个起步状态，只有极少数对于中国文学和文化有所了解的人士有信心和能力对其加以发展。从本人作为葡萄牙现代文学研究者的角度来看，鲁迅作品与葡萄牙现代文学，尤其是现代主义文学，是可以进行非常深刻的比较研究的。然而鲁迅作品在葡萄牙文学研究的潜力是否能在今后几年中得到重视和开发，还非常难以预测。2016年是鲁迅先生逝世80周年，笔者协助北京鲁迅博物馆葛涛先生联系葡萄牙学报争取专题策划，并尝试联系葡萄牙出版社出版葛涛和高旭东先生合著的《鲁迅传》；很遗憾，均未得到明确和肯定的回复。但是，幸得笔者导师，哥伦比亚安第斯大学葡萄牙文学教授皮萨罗先生（注：皮萨罗先生是哥伦比亚和葡萄牙双重国籍，在其教授的现代主义文学课程中讲授《狂人日记》）大力协助，在南美洲找到了合作伙伴（哥伦比亚美得林大学学报，Taller de Edición Rocca出版社）。哥伦比亚与巴西及葡萄牙之间的文化交流非常丰富，故今后很有可能在哥伦比亚出版西班牙语版《鲁迅传》之后，在葡萄牙出版葡萄牙语版《鲁迅传》。我们非常期待以此能够推动鲁迅作品在葡萄牙的传播和研究。本学年科英布拉大学文学院语言中心计划开设"中国现代文学"暑期班，由笔者讲课。笔者将重点讲授鲁迅生平和作品，今后亦将继续研究鲁迅作品与西方现代主义的对话，倾力对鲁迅作品在葡萄牙和葡语世界的翻译和研究做出一定的努力。

第七章　鲁迅在法国的传播与研究

　　"鲁迅的品行成为当代中国文学的聚焦点，因此值得更加深入研究，在我们所从事的工作中应占据特殊地位。"[①]自20世纪80年代以来，鲁迅在法国的传播与研究已经引起国内学者的关注，并取得了一定的研究成果，主要表现在如下方面：（1）从历时性研究角度探讨鲁迅在法国翻译、传播与接受的情况，如钱林森的《鲁迅在法国》（1980）、陈漱渝的《鲁迅与中法文学交流》（2004）、高方的《鲁迅在法国的译介历程与特点》（2006）、刘海清的《法国汉学家的鲁迅研究》（2011）等；（2）鲁迅与法国文学家的比较研究，如吕漠野的《鲁迅与雨果》（1983）、钱林森的《孤独灵魂的拷问与生存体验的求证——鲁迅与波特莱尔》（1998）、杨安翔的《鲁迅与波德莱尔的话语共鸣》（2006）、张柟的《鲁迅与雨果创作之人本主题比较》（2007）等，重点对鲁迅与法国大师们在叙事模式、创作手法等方面的异同展开研究，求同存异，寻求跨中西文化的世界文学的共同规律；（3）鲁迅与法国文艺思潮流派之关系研究，如陈涌的《鲁迅与现实主义和浪漫主义问题》（1981）、徐岱和潘禾的《鲁迅与存在主义》（1981）、徐强的《比较中的相似和等同——对〈鲁迅与存在主义〉的异议》（1982）、王太顺的《鲁迅与象征主义》（1986）、彭小燕的《存在主义视野下的鲁迅》（2007）等，此外，鲁迅与法国荒诞派戏剧的关系，也被纳入研究者的视野。

---

　　① *Histoire de La Littérature chinoise moderne*, P. Henri van Boven C.I.C.M., Scheut Editions, Peiping, 1946:p120.

这些科研成果为梳理鲁迅在法国的翻译研究提供了丰富的佐证材料，但同比国内学术界对鲁迅在英、美、日等国的传播与研究成果而言显得薄弱。而且，国内学界在鲁迅与卢梭、鲁迅与雨果、鲁迅与波德莱尔、鲁迅与萨特等作家作品的比较研究方面还有拓展空间，鲁迅与象征主义、存在主义等的研究有待进一步深入挖掘其间的渊源与脉络，21世纪鲁迅在法国的影响研究更是一个崭新的课题，几乎处于空白状态，如2008年法国诺贝尔文学奖获得者勒·克莱齐奥自称自己的创作受到过鲁迅的影响，那么这种影响体现在哪些方面呢？这是值得开展的研究工作。关于勒·克莱齐奥小说与鲁迅作品的比较研究尚无成果出现，值得开拓这块领域的科研工作。基于前人的研究基础，我们有必要对1926至2012年以来鲁迅在法国的翻译研究系统梳理并找出传播特点，继而为鲁迅资源的当下意义提供借鉴。

国内较早谈及鲁迅作品在法国的译介情况的当数戈宝权先生，他在《鲁迅作品在国外》中介绍了《阿Q正传》《故乡》《孔乙己》等鲁迅作品的法语译本，发表于1946年11月2日上海《世界知识》（月刊）第14卷第11期。20世纪80年代以来，鲁迅在法国的翻译与研究越来越引起学界的关注，并取得了一定的研究成果。钱林森先生的《鲁迅在法国》（1980）一文见证了20世纪七八十年代法国的"鲁迅热"："可以说凡是在巴黎大学学过中文的大学生，几乎没有一个不知道鲁迅，不读过鲁迅的作品……许多人还把鲁迅选作自己硕士或博士论文的题目。"[1]"自一九七二年起，几乎每年都有新的鲁迅译著在法国出版、印行、流传[2]，"译者也发生了由过去留法华人学者为主，进而以法国学者为主的显著变化"[3]。陈漱渝先生的《法国有大作家，好作品——鲁迅与中法文学交流》（2003）则以磅礴之势叙述了鲁迅与法国诸多作家的文学姻缘，如雨果、卢梭、罗曼·罗兰等文学名流，又从宏观的角度剖析了鲁迅与伏尔泰、波德莱尔等人在思想、创作手法等方面的相似之处。高方先生的《鲁迅在法国的传播与研究》（2011）则从历时性研究角度对鲁迅在法国的传播与研

① 钱林森：《鲁迅在法国》，《南京大学学报（社会科学版）》1980年第3期，第123页。

② 钱林森：《鲁迅在法国》，《南京大学学报（社会科学版）》1980年第3期，第121页。

③ 钱林森：《鲁迅在法国》，《南京大学学报（社会科学版）》1980年第3期，第121页。

究情况一一梳理，认为法国学者过于关注鲁迅的"非文学性"，"法国关于鲁迅的研究还期待进一步发展丰富"①。通过全面梳理1926至2012年以来鲁迅作品在法国的翻译研究活动，发现鲁迅在法国的传播呈如下特点：新中国成立前法国鲁迅译介与研究的主导模式是个人翻译方式，以中国留法学生与法国在华传教士为主；新中国成立后鲁迅在法国的翻译研究活动由各出版机构和资深汉学家有计划地进行，译介规模更大，研究更系统、深刻。法国鲁迅研究的历史与现状说明鲁迅研究已经超越国界成为人类共同的主题，继而为鲁迅资源的当下意义提供了借鉴。注重外国先进文化的营养成分是"五四"以来中国学界的优良传统，因而，系统地梳理法国鲁迅研究的历史与现状也是引进和借鉴西方先进文化的一个组成部分。通过资料收集与论考，探究法国学者在鲁迅研究中采用的方法、形成的特点等有利于中国鲁迅研究工作的创新，是较为有意义和重要的。

第一节　鲁迅在法国的传播与研究

鲁迅在法国的传播与研究的方式主要体现在其作品在法国的译介刊发以及法国学者对鲁迅为主的中国现当代文学的研究。鲁迅作品在法国的传播历史可追溯到20世纪上半叶，1926年，《欧罗巴》杂志刊发了留法学生敬隐渔翻译的《阿Q正传》，这一事件意味着鲁迅及其作品在法国开始传播，同时也代表着中国现当代文学在欧洲大陆传播的开端。20世纪40年代欧洲基督教传教士在各种关于中国现当代文学的著作和文论中均有对鲁迅的研究，并充分肯定了鲁迅的社会地位和价值，主要代表人物有比利时圣母圣心会会士文宝峰、善秉仁，法国耶稣会会士明兴礼和O.布里耶尔。距今，法语世界的鲁迅研究已经有八九十年的历史，并取得了一定成果，出版了一定量的鲁迅研究著作和论文，成立了专门的鲁迅研究机构，一支鲁迅研究专家队伍已经初具规模，如著名的鲁迅研究专家米歇尔·鲁阿夫人（Michelle Loi）、汉学家弗朗索瓦·于连

---

① 高方：《鲁迅在法国的传播与研究》，《文艺争鸣》2011年第9期，第119页。

（François Jullien）与塞巴斯蒂安·魏简（Sébastian Veg）等等在鲁迅译介与研究方面都做出了杰出的贡献。

一、1926至1948年鲁迅在法国的传播与研究

从20世纪初至20世纪40年代末的这一时期，法国学界对包括鲁迅在内的中国现当代文学的关注处于开始阶段，因而该时期鲁迅及其作品在法国的传播与研究还处于萌芽阶段，对鲁迅作品的译介主要是个体自发地翻译研究活动。1926年1月留法学生敬隐渔将"反抗志士"鲁迅的《阿Q正传》法译本呈送法国著名人道主义作家、1915年的诺贝尔文学奖得主罗曼·罗兰（Romain Rolland），后者对这篇"较长的短篇小说"中阿Q"可悲可笑"的人物形象和作品语言"辛辣的幽默""依依不舍"，在当时"巴黎的任何刊物或出版社都没有接触过当代中国文学"的环境下，敏感地捕捉到刊发这篇"当前中国最优秀的小说家之一写的"《阿Q正传》的重大意义，1926年1月12日他在瑞士侨居的寓所写信给巴黎月刊《欧罗巴》（Europe）杂志编辑巴查尔什特，请"将它发表在《欧罗巴》上罢"，并预见"中国当代小说集"[1]的出版。1926年《欧罗巴》的5月号和6月号刊发了《阿Q正传》的法译文。罗兰提倡的"自由""和平""博爱"的思想引起了鲁迅的关注，由鲁迅主持的半月刊《莽原》1926年第7—8期发表了《罗曼·罗兰专号》，刊发了一系列罗兰的政论性文章和评论性文章，其中有鲁迅译自日本评论家中泽临川、生田长江作的《罗兰的真勇主义》。同时鲁迅也注意到了罗兰思想的局限性，他在1926年3月25日的《国民新报副刊》上发表的《死地》，一针见血地指出罗兰作于1924年的《爱与死的搏斗》（Le Jeu de L'Amour et La Mort）中反对暴力、主张人类之博爱的思想不符合当时中国的现实社会："有不觉得死尸的沉重的人们""在不再觉得沉重的民族里"，那些"'知道死尸的沉重的'心"将"不过是压得

① 罗曼·罗兰：《鲁迅的〈阿Q正传〉》，罗大冈译，《人民日报》1982年2月24日，转引自钱林森编：《法国汉学家论中国文学——现当代文学》，外语教学与研究出版社2009年版，第1—2页。

一同沦灭的东西"。①鲁迅上述言论的正确性在1927年一系列反革命政变鲜血淋漓的"砍头"并"示众"事件中得到了验证,中华民族只有通过"彻底"的革命才能从水火之中被解救出来,"不是正因为黑暗,正因为没有出路,所以要革命的么?"②。罗兰"怀柔"的"博爱"与"人道主义"思想遭到鲁迅的质疑,这或许是连接罗兰与鲁迅的"纽带"敬隐渔被鲁迅冷遇的缘由之一:先是鲁迅不再回复敬隐渔的来信,继而"敬隐渔来,不见"③。

敬隐渔用法文撰写的《文学新生与罗曼·罗兰的影响》(*La Renaissance et l'influence de Romain Rolland*)刊于《欧罗巴》1927年9月号,文章介绍了鲁迅等中国现代作家与中国新文学革命。1929年敬隐渔译的《中国当代短篇小说作家作品选》(*Anthologie des conteurs chinois modernes*)由巴黎理埃德尔(Éditions Rieder)书局出版,其中收有鲁迅的《阿Q正传》《孔乙己》和《故乡》。1931年,徐仲年在《新法兰西杂志》(*La Nouvelle Revue Francaise*)专栏《中国文学》(Lettres Chinoises)第一期译介了鲁迅小说集《呐喊》。1933年,徐仲年法文著译的《中国诗文选》(*Anthologie de la Littérature Chinoise*)由巴黎德拉葛拉芙(Delagrave)书局出版,书中收录了作者所译的《孔乙己》,并高度评价了鲁迅的散文和小说创作活动。1934年,徐仲年在巴黎法文杂志《上海日报》(*Journal de Changhaï*)的星期天增刊上开设专栏《今日中国之文学》(*la Littérature Chinoise d'aujourd'hui*),第一期刊发了徐仲年译自鲁迅的《肥皂》。1944年,比利时圣母圣心会传教士文宝峰(Henri van Boven)用法文撰写了《中国现代文学史》(*Histoire de La Littérature chinoise moderne*),1946年由北平普爱堂(Scheut Editions)印行,该书共有15章,是第一部比较深入概述中国现代文学的文艺批评著作,该书第十章题为"鲁迅,其人其作",文章开头申明参考了美国哥伦比亚大学中国文学教授王际真(Wang Chi-chen)的*LuSin, a Chronological Record*一书,重点探讨了鲁迅

① 鲁迅著,吴晓明、王德峰编选:《死地·鲁迅文选》,上海远东出版社2011年版,第220页。

② 鲁迅:《铲共大观》,《鲁迅全集》第4卷,人民文学出版社1981年版,第96页。

③ 鲁迅:《鲁迅日记》,人民文学出版社1959年版,第684页。

与"创造社"的论战、鲁迅是否是"共产主义战士"、鲁迅思想对青年人的影响等问题。文章最后认为"虽然鲁迅抨击传统恶习、鼓吹文化革命的必要性，但1919至1925年期间相比当时的社会经济制度鲁迅从未执行他的社会现实主义（réalisme）原则，他待在文化阵营却并未直接关照无产阶级。他是理想家，不是社会主义者"，"1928至1930年与'创造社'的论战使得鲁迅做出最终选择"。因此，"鲁迅是在1930年以后保留了他的普遍人道主义理论（humanitarisme universel）。共产主义革命在实践上否定了这些理论，但在原则上保留了它们"，"确切来说是自那时起鲁迅拓宽了左翼作家的视野"。①文章篇末还附有鲁迅生平作品的完整目录。1945年，法国传教士善秉仁（Joseph Schyns）用法文编写了《说部甄评》（*Romans à lire et Romans à proscrire*）一书，1947年6月该书被译成中文名为《文艺月旦》，甲集由北平的普爱堂出版，共评议了600部中国文学作品，其中包括对鲁迅的"力作"《呐喊》的评论，认为当时"在中国风行一时"的《阿Q正传》是关于"民众心理和辛辣讽刺的杰作"，而书前长达4万余字的导言部分，主要从"道德教化"角度品评了鲁迅思想及其作品。1946年，耶稣会会士O. 布里耶尔（*Octave Brière*）撰文《鲁迅：一个深受大众喜爱的作家》（*un écrivain populaire*：*Lou Sin*鲁迅［1881—1936］）发表在上海法文版《震旦大学通报》第7卷第1期，从"短篇小说家"鲁迅的"纯文学作品的考察"和"笔战与讽刺作品"两个方面翔实译介了鲁迅的生平和创作，认为鲁迅的"人格力量引导了整个中国现代文学"，对鲁迅的研究有利于深入研究那些"震撼了整个中国现代文学界的问题"，断言鲁迅"曾经获得的评价却是其他中国现代作家所没有的，以后必定也是这样"。②1947年，法国索邦大学中国现代文学研究者明兴礼（Jean Monsrerleet）以《中国当代文学：见证时代的作家》为题撰写了博士论文。以此论文为基础，明兴礼完成了《中国当代文学的顶峰》（*Sommets de la*

① *Histoire de La Littérature chinoise moderne*，P. Henri van Boven C.I.C.M.，Scheut Editions，Peiping，1946:p130.

② O.布里埃尔：《鲁迅：一个深受大众喜爱的作家》，唐玉清译，转引自钱林森编：《法国汉学家论中国文学——现当代文学》，外语教学与研究出版社2009年版，第3—28页。

littérature chinoise contemporaine）一书，1953年由巴黎多玛出版社（Editions Domat）出版。书中在"鲁迅（1881~1936），阿Q的缔造者"（Lousiun（1881~1936），le créateur d'〈Ah Q〉）一节中阐述了阿Q这个典型的人物形象在世界文学殿堂中的地位和意义。1948年，旅法学者李治华（Li Tche-houa）翻译的鲁迅《散文诗五首》（*Cinq poèmes en prose*）发表于巴黎《世界节奏》（*Rythmes du Monde*）第3期。

这时期面向法语读者的鲁迅译介与研究的主导模式是个人翻译方式：一是中国留法学生，二是法国在华传教士。20世纪上半叶中国学生赴法国勤工俭学，一面努力学习西方先进思想和技术，一面努力翻译输出中国新文艺化解西方世界对中国新思想的隔阂，体现了遭逢社会变迁的知识青年面对岌岌可危的国势呼唤国人的觉醒与图强的美好愿望。虽然当时中国留学生对以鲁迅为代表的中国新文学作品只是简单地改译与介绍，但对处于国破家亡的弱势一方甚至连温饱都难以保障的境地下以热情的姿态让中国新文学走进世界已是难能可贵的一步。至于现代来华传教的耶稣会士，由于长期在中国生活，熟谙中国文学的历史与现状，同时他们作为传教士身份又具有一种跨文化语境下的复杂学术背景，使得他们一方面能够全面考察同时代中国学者的研究从而做出较为公正的评判，另一方面不忘完成从教道伦理立场思考中国新文学这一旨归。虽然这些耶稣会士的鲁迅研究还停留在浅尝辄止的译介层面，但为后来的法国鲁迅研究者提供了难得的第一手材料。

二、1949至2012年鲁迅在法国的传播与研究

新中国成立以来，随着中国政治、经济等社会地位的崛起以及中法交流步伐的加快，鲁迅作品在法国的传播主要通过两种方式进行：一是我国的出版机构与公司对鲁迅作品系统地翻译与介绍，如外文出版社和法文版的《中国文学》杂志（*Littérature chinoise*）；二是法国学者对鲁迅作品的较为深入地阐释与系统地译介，如著名的鲁迅研究专家米歇尔·鲁阿夫人（Michelle Loi）、弗朗索瓦·于连（François Jullien）与塞巴斯蒂安·魏简（Sébastian Veg）等汉学

家。

我国的外文出版社成立于1952年，是专门从事对外书刊的编译出版机构，隶属于中国外文局。半个世纪以来，我国外文出版社曾用几十种文字翻译出版了不少政治理论书籍以及中国文学作品。自1956年起，外文出版社组织翻译出版鲁迅作品法译本多种，包括《短篇小说选集》《阿Q正传》《故事新编》《作品选集》《彷徨》《朝花夕拾》《野草》《鲁迅短篇小说选集》等。自20世纪50年代起，外文出版社法文部多次组织翻译出版了鲁迅作品。1956年外文出版社首先出版了鲁迅的《短篇小说集》（*Nouvelles choisies*）（1956、1964、1974年再版），其中收录了《阿Q正传》（*La Véritable Histoire De Ah Q*）等，后者于1973、1982、1987、1990、2002年又由外文出版社发行单行本。1967年，外文出版社出版了《悼念鲁迅——我们的文化革命先驱者》（*A la mémoire de Lou Sin, notre précurseur dans la Révolution culturelle*）。1978年林文铮在狱中完成鲁迅的《中国小说史略》的法文翻译。外文出版社于1978年出版了鲁迅的《故事新编》（*Contes anciens sur un mode nouveau*），2003年再版；1981年出版了《鲁迅选集》第I卷（*Lou Xun Oeuvres choisies I*），由冯雪峰作序，包括了鲁迅的小说、散文诗和回忆录，1990年再版；1983年出版了《鲁迅选集》第II卷（*Lou Xun Oeuvres choisies II*），收录了鲁迅写于1918至1927年间的杂文；1985年出版了《鲁迅选集》第III卷（*Lou Xun Oeuvres choisies III*），主要囊括了鲁迅1928至1933年间写的杂文；1986年出版了《鲁迅选集》第IV卷（*Lou XunOeuvres choisies IV*），收录了鲁迅于1934至1936年间作的杂文；1990年出版了林志浩著、巴黎第三大学鲁迅翻译研究小组翻译和注释的《鲁迅传》（*La Vie de Lu Xun*）；2003、2004年陆续出版了系列法汉对照读物《彷徨》（*Errances*）、《朝花夕拾》（*Fleurs du matin cueillies au soir*）、《呐喊》（*Cris d'appel*）、《野草》（*Les herbes sauvages*）；2010年出版了鲁迅的《伪自由书》（*Ecrits de fausse liberté*）。此外，1964年《中国文学》杂志法文版的问世以及1981年成立的中国文学出版社出版的系列法文版"熊猫丛书"，也成为法国民众了解鲁迅及其作品的一个重要途径。

法国方面，自20世纪50年代起，鲁迅在法国的传播与研究逐渐发展起来。

随着1949年中华人民共和国的成立，世界各国的目光都聚焦到了新中国。法国戴高乐总统率先与中国确定外交关系，法国作家克洛德·鲁瓦、萨特、波伏娃和艾田蒲等人受邀来到中国访问，回国后又分别发表了关于中国的游记和著作。其中在鲁瓦的《开启中国的钥匙》和波伏娃的《长征》中都对鲁迅做出了一定的介绍。20世纪60年代到70年代，经历了1968年"五月风暴"的法国迎来了毛泽东的革命思想，在这一政治背景影响下，被毛泽东主席喻为"新文化旗手"的鲁迅因文笔犀利、作品慷慨激昂成了法国学者研究的主要对象。到了70年代，鲁迅在法国的传播与研究更是进入了顶峰阶段。大批的法国文学家、翻译家对鲁迅的作品进行翻译与研究，如米歇尔·鲁阿翻译的《这样的战士》、玛蒂娜·瓦莱特–埃梅里翻译的第一个单独出版的《阿Q正传》法文完整版本、皮埃尔·里克曼斯翻译的《野草》等等。1974年，法国的《拉鲁斯大百科全书》将鲁迅收录进辞书中，对鲁迅的介绍是这样的："在以推动白话文为文学语言、以文学为服务于中国的一种工具的1919年的五四文学运动中，他无疑是领军人物。"[1]法国阿歇特百科辞典（1991、1992、1996、1997、1998）也称鲁迅为"当代中国主要的现实主义小说家之一"[2]。这充分说明鲁迅在中国文学史上做出的贡献得到了法国文学界的认可，也是世界对鲁迅及其作品的认可。

1953年，保尔·雅玛蒂（Paul Jamati）率先完整地翻译了《阿Q正传》（*La Véritable Histoire de Ah Q*），由法国联合出版社（éditeurs Français réunis）出版。是年，克洛德·鲁瓦（Claude Roy）在巴黎迦利玛（Gallimard）出版社出版了《开启中国的钥匙》（*Clefs pour la Chine*），该书部分章节叙述了鲁迅弃医从文、提倡新诗等事件。布拉格学派的重要成员贝尔塔·克蕾卜索娃（*Berta Krebsová*）用法文撰写了《鲁迅，生平与作品》（*Lu Sün, sa vie et son oeurve*），于1953年由布拉格捷克斯洛伐克科学院（Académie Tchécoslovaque des Sciences）出版。1955年《欧罗巴》杂志推出《中国专号》刊出鲁迅的

---

① 高方：《鲁迅在法国的译介历程与特点》，《中国比较文学》2006年第3期，第143页。

② *Dictionnaire HACHETTE encyclopédique illustré*, HACHETTE Livre, Paris, 1998:p1124.

《药》（*Le Remède*）。1957年，西蒙·波伏娃（Simone de Beauvoir）在迦利玛出版社出版了《长征》（*La Longue march*），该书涉及了鲁迅的《朝花夕拾》《野草》等作品以及鲁迅对待文学与革命的立场。1958年李治华翻译的鲁迅《诗歌二则》（Deux poèmes）发表于《综合》（*Synthèse*）杂志。1959年李治华翻译的《故事新编》（*Contes anciens à notre manière*）由迦利玛出版社出版，收录于艾田蒲（René Etiembl）主持的"认识东方"（Connaissance de l'Orient）系列丛书，1988年再版。1964年，中、法两国政府发表联合公报正式建立外交关系。随后，法国汉学界掀起了一股研究中国现代文学的高潮。因当时毛泽东主席对鲁迅的高度赞扬，鲁迅被法国学界视为"通往中国的最短的途径"①，使得七八十年代法国刮起了一股"鲁迅热"。1967年，《欧罗巴》在《十月革命五十周年》纪念专号上刊登了鲁迅的《来了》和《圣武》。1972年，《原样》（*Tel Quel*）杂志第48／49期《中国专号》专门刊载中国的"文学"与"革命"等主题文章，其中有鲁迅的《为了忘却的纪念》（Pour oublier）和《对于左翼作家联盟的意见》（Opinion sur la Ligue des écrivains de gauche）两篇文章的译文。1972年，让·沙百里（Jean Charbonnier）在巴黎大学完成了第三阶段博士论文《鲁迅与人类的解放》（Luxun et la libération de l'homme）。1975年，玛蒂娜·瓦莱特–埃梅里翻译、程十发插图的《阿Q正传》（*La véridique histoire d'A-Q*）由法国巴黎第七大学东亚出版中心（édition bilingue, université de Paris VII, Centre de publication Asie orientale）出版，收录于"亚洲书库"（Bibliothèque asiatique）。1975年，贝尔纳·夏尔图（Bernard Chartreux）和让·儒德伊（Jean Jourdheuil）根据《阿Q正传》改编的悲剧《阿Q：中国悲剧》（*Ah Q:Ah Kiou:tragédie chinoise*）由布尔日瓦（Bourgois）出版社出版，1976年在巴黎水族剧院上演。1976年，弗朗索瓦·于连编译的《朝花夕拾》（Fleurs du matin cueillies le soi）由阿尔弗雷德·艾贝尔出版社出版，并收入"今日中国"（La Chine d'aujourd'hui）系

① Lire Luxun：François Jullien, Sous le dais fieuri, trad. Par François Jullien, Lausanne, Alfred Eibei, coil. La Chine d'aujourd'hui, 1978: p11.

列丛书。1976年，利利亚娜·普林赛（Liliane Princet）从英译本转译的《杂文选》（Essais choisis）两卷本，经丹尼尔·阿米舍（Daniel Hamiche）作序、释注，入选"10/18"丛书系列，由巴黎出版联盟出版。1978年，弗朗索瓦·于连在阿尔弗雷德·艾贝尔出版社出版了两本有关鲁迅的著作：《华盖集：1925年间中国的意识形态之争》（Sous le dais fleuri: les luttes idéologiques en Chine durant l'année 1925）收录于《今日中国》第5卷，《鲁迅经典在当代中国之功用：1975—1977》（Fonctions d'un classique Luxun dans la Chine contemporaine，1975—1977）收录于《鲁迅笔记》（Cahiers Luxun）第1卷，1979年在巴黎高师出版社（Presses de l'école Normale Supérieure）出版博士论文《鲁迅：写作与革命》（Lu Xun, écriture et révolution）。1980年，百年出版社（Editions du Centenaire）出版了译本《奴隶的心——中国当代小说选》（Un coeur d'esclave, nouvelles chinoises contemporaines），收录了鲁迅、巴金、茅盾等中国现代作家部分作品。1981年，浅滩协会（Atelier du Gué）出版社出版了译本《小说三篇：药、一件小事、肥皂》（Trois nouvelles:Le remède，Un petit incident，La savonnette），译者未注明。1981年12月5日，法国汉学研究会（Association Française d'études Chinoises）组织的纪念研讨会上也有多篇力作出现，如弗朗索瓦·于连的《作家鲁迅：1925年的展望——形象的象征主义与暴露的象征主义》（Lu Xun écrivain : perspectives de l'année 1925. Symbolisme figurateur et symbolisme dénonciateur），于1982年发表在《中国研究》（études chinoises）第1期，吉勒姆·法布雷（Gilhem Fabre）的《面对战争的鲁迅：国防文学与批判精神的疑问》（Lu Xun devant la guerre : la littérature de défense nationale et la question de l'esprit critique），于1983年发表在《中国研究》第2期。1981年，斯多克出版社（Stock）出版了让·吉卢瓦诺（Jean Guiloineau）作序的《狂人日记：继阿Q正传之后》（Le journal d'un fou: suivi de La véritable histoire de Ah Q），收录于"世界书库"第23卷，1996年再版。旅法学者黄育顺（Yok-Soon Ng）用法文翻译、注释了《门外文谈》（Causerie d'un profane sur la langue et la littérature），1981年由科隆盖叶（Gai Ye）出版社出版。1983年，巴黎第七大学韩国籍博士生李玲子用法

文撰写了博士学位论文《鲁迅短篇里的下层民》。1987年玛蒂娜·瓦莱特-埃梅里翻译的《中国故事十三则：1918-1949》（*Treize récits chinois:*1918—1949）由法国菲利普·毕基耶（Philippe Picquier）出版社出版，1991、2000年再版，收录了鲁迅、叶圣陶、沈从文等现代作家的作品。1990年，米歇尔·鲁阿的学生尚黛拉·谢居易（Chantal Séguy）翻译的《鲁迅：三闲集》（*LUXUN: LES TROIS LOISIRS*）由法国国家技术研究协会（A.N.R.T）出版社出版。韩国留法学生俞炳台毕业于巴黎第七大学，其1993年用法文撰写的博士论文《鲁迅笔法——寻找"风月"的新的方向》采用当时"在法国流行过的解构主义批评方法"①解读了鲁迅作品。1993年，夏尔·比索托（Charles Bisotto）翻译的《中国小说史略》（*Brève histoire du roman chinois*）由迦利玛出版社出版，收入"联合国教科文组织代表作""中国系列"丛书"认识东方"第62卷。1998年，让·吉卢瓦诺（Jean Guiloineau）依照北京外文出版社的译本《风波》修订并作序、马荣·巴塔侬（Marion Bataille）插图和装帧的《茶杯中的风暴》（*Tempête dans une tasse de thé*）由巴黎一千零一夜（Mille et une nuits）出版社出版。是年，巴黎罗伯特·拉风（Robert Laffont）出版社出版了比利时汉学家西蒙·雷斯（Simon Leys）的《中国文论选》（*Essais sur la Chine*），该论文集由让-弗朗索瓦·柯维（Jean-François Revel）作序，在第三章"鲁迅导论"中收录了比利时汉学家皮埃尔·里克曼斯（Pierre Ryckmans）作于1975年的《野草》（*La Mauvaise Herbe*），在第七章"燃烧的森林"中收录了鲁迅的《冰火》（*Le feu sous la glace*）。1998年，Qi Wen在皮埃尔·布奈尔（Pierre Brunel）教授的指导下完成《洛特雷阿蒙和鲁迅：癫狂文学的传统与更新》（*Lautréamont et Luxun : la tradition et le renouvellement de la littérature de la folie*）一书，2002年出版《洛特雷阿蒙和鲁迅：癫狂文学的现代性》（*Lautréamont et Luxun: la modernité de la littérature de la folie*）。2002年，《鲁迅（1881—1936）》（*Lu Xun*［1881-1936］）被制作成动画影片，由亨利·朗日（Henry Lange）制片、贝尔纳-皮埃尔·多

---

① 朴宰雨：《韩国鲁迅研究的历史与现状》，《鲁迅研究月刊》2005年第4期，第21页。

纳蒂尔（Bernard-Pierre Donnadieu）配音，巴黎文化交流部（Ministère de la culture et de la communication）与法国电影摄制中心（Centre national de la cinématographie）共同出品。2004年，雅克·莫尼耶（Jacques Meunier）翻译的《彷徨》（Errances）由巴黎友丰（You-Feng）出版社出版。塞巴斯蒂安·魏简（Sébastien Veg）翻译、批注并作跋的《彷徨：延续政权与文学的岔路》（Errances：suivi de Les chemins divergents de la littérature et du pouvoir politique）与《呐喊》（Cris d'appel）分别于2004、2010年由巴黎高师出版社出版。2008年，南京大学与法国巴黎第八大学联合培养的博士生高方在许钧教授和雅克·尼夫教授的共同指导下完成学位论文《中国现代文学在法国的译介与接收》（La traduction et la réception de la littérature chinoise moderne en France），介绍了鲁迅在法国的传播与研究，2011年由法国国家技术研究协会出版社出版。

三、米歇尔·鲁阿与法国鲁迅的研译

值得一提的是，米歇尔·鲁阿夫人为鲁迅在法国的传播与研究做出了杰出的贡献。鲁阿夫人是法国巴黎第八大学的教授，主要讲授鲁迅作品的专题研究。教学之余，鲁阿夫人致力于鲁迅作品在法国的译介与研究工作，并取得了丰硕的成果。

1970年6月15日，米歇尔·鲁阿的博士论文《墙上芦苇：1919—1949年的中国西方学派诗人》（Roseaux sur le mur:les poètes occidentalistes chinois 1919-1949）在索邦大学答辩通过，1971年在巴黎迦利玛（Gallimard）出版社出版，收入迦利玛《思想文库》（Bibliothèque des idées）第74卷，该书中提到鲁迅共计92页，专门设章"鲁迅的散文诗——社会党人唯实论的诞生"（Luxun, 1e poème en prose Naissance du réalisme socialiste）剖析鲁迅的《野草》。1973年《原样》杂志第53期刊载了米歇尔·鲁阿撰写的长篇论述《品读鲁迅》（Lire Luxun）以及其翻译的另外6篇革命文学主题的杂文。1973年，米歇尔·鲁阿和玛蒂娜·瓦莱特-埃梅里（Martine Vallette-Hémery）翻译、米歇尔·鲁阿评

论的《这样的战士：鲁迅诗歌、杂文选集》（*Un combattant comme ça: choix de poèmes et essais de Luxun*）由巴黎百年出版社（éditions du centenaire）出版，1982年由巴黎第八大学出版社（édition de l'Université de Paris VIII）再版。1974年，《原样》杂志第60/61期连载了米歇尔·鲁阿编译的《门外文谈》（*Bavardages d'un profane sur l'écriture*）。1976年，米歇尔·鲁阿编译的《抨击与讽刺文选：1925—1936》（*Pamphlets et libelles*:1925–1936）由马斯佩罗（Maspero）出版社出版，后收入路易斯·阿尔都塞（Louis Althusser）主编的《理论》（*Théorie*）之"政论系列"（Série écrits politiques）第8卷。米歇尔·鲁阿1979年在巴黎奥比耶–蒙田（Aubier–Montaigne）出版社出版的《论中国语言和文学》（*Sur la langue et l'écriture chinoises*）中，翻译了8篇鲁迅作于1934—1935年关于中国语言文学的杂文，收入"存在与思想"（Présence et pensée）丛书第4卷。1981年值鲁迅百年诞辰之际，法国官方和民间机构纷纷组织纪念活动，法国汉学界多次组织鲁迅纪念研讨会，宣读、发表、出版了一系列鲁迅研究论文和鲁迅作品的译本。1981年，米歇尔·鲁阿在中法两国政府、学界及出版机构的支持下于法国巴黎蓬皮杜文化中心举行了"鲁迅百年诞辰纪念会"，会上交流了数篇未发表过的鲁迅研究新作及译作，有《向新的高度攀登，我们会看得更远》《论鲁迅的诗》《鲁迅笔下的中国女性》等文章以及鲁迅不同时期的部分著作译文，后结集成两册：《鲁迅（1881—1936）百年诞辰文集》（*Quelques pages pour le centenaire de la naissance de Luxun*，1881–1936）于1981年由巴黎第八大学研究中心（Centre de recherche de l'Université de Paris VIII）出版，《纪念鲁迅：1881—1936》（*Quelques pages pour Luxun*:1881–1936）于1983年由巴黎第八大学出版社（Presses de l'Université de Paris VIII）出版。1977年，在巴黎三大学儒柏教授的支持下，米歇尔·鲁阿集结了巴黎三大、七大和八大的鲁迅研究专家，成立了鲁迅翻译研究小组，以便将鲁迅作品完整系统地翻译介绍到法国，更进一步深入研究。在米歇尔·鲁阿的带领与组织下，巴黎第八大学鲁迅翻译研究小组开始计划着手翻译《鲁迅全集》，首先译出鲁迅的杂文集《坟》（*La tombe*），1981年由巴黎卫城出版社（Acropole）出版。1985年译本《鲁迅诗选》（*Poèmes*）由巴黎阿尔弗央（Arfuyen）出版社出版，收录了鲁迅最著名的诗歌，以鲁迅原稿与米歇尔·鲁阿翻译对照的方式排印。是年，《女性不公正的生与死》（*La Vie et la mort injustes des femmes*）由法国墨丘利（Mercure de France）出版社出版，收入"一千零一个女人"（Mille Et Une Femmes）丛书第8卷。1987年，米歇尔·鲁阿指导的巴黎第八大学鲁迅翻译研究小组翻译了鲁迅的杂文集《花边文学》（*La Littérature en dentelles*），由卫城出版社出版，收入"联合国教科文组织代表作"（Collection Unesco d'oeuvres représentatives）"中国系列"（Série chinoise）丛书。据法国里昂市立图书馆保存的米歇尔·鲁阿的手稿资料，法国鲁迅翻译研究小组还曾着手试译过《热风》《彷徨》《华盖集续编》《而已集》《三闲集》《二心集》《伪自由书》《南腔北调集》《准风月谈》等文集。1989年，法国联合出版社以"口袋书"（Le Livre de poche）形式出版了米歇尔·鲁阿翻译的《阿Q正传》（*Histoire d'A Q: Véridique biographie*），1991年巴黎雪莉·莎洛夫（Shirley Sharoff）出版了米歇尔·鲁阿翻译的鲁迅散文《长城》（*La Grande muraille*）。1995年，米歇尔·鲁阿与白乐桑（Joël Bellassen）、冯汉津（Feng Hanjin）、让·茹安（Jean Join）等人合译的《呐喊》（*Cris*）由阿尔班·米歇尔（Albin Michelle）出版社出版。1995年，米歇尔·鲁阿著的《鲁迅——中国作家或永别了，我的先辈们》（*Lu Xun, écrivain chinois ou Adieu, mes ancêtres*）由巴黎阿谢特少儿读物（Hachette jeunesse）出版社出版，1999年由谢特文学读物（Hachette Littérature）出版社再版。1996年，米歇尔·鲁阿翻译的《这就是我对他所做的》（*Voilà ce que je lui ai fait*）由阿谢特少儿读物出版社出版。2010年，米歇尔·鲁阿翻译的《阿Q正传》（*La véritable histoire d'Ah Q*）经让-米歇尔·尚邦提耶插图（Jean-Michelle Charpentier），由波尔多尔里提（Elytis）出版社出版连环画版。

"文学无论如何都脱离不了下面三个方面的问题：作家的社会学、作品本身的社会内容以及对社会的影响。"[①]20世纪下半叶西方世界开始努力化解和中国新文艺的隔阂，试图全面了解中国新思想的发端、现状与趋势的过程中，

---

① 韦勒克·沃伦：《文学理论》，刘象愚等译，生活·读书·新知三联书店1984年版，第94页。

鲁迅研究始终处于坐标的中心。法国鲁迅研究前期主要围绕鲁迅作品的"文学性"与"革命性"展开，后期侧重于鲁迅思想的政治维度研究以及鲁迅意义的恒久性论争，素材有量的增加和质的变化，研究角度从单一性向多元化发展，研究方法从现象学、诠释学、符号学、叙事学到结构主义、精神分析等都有所尝试。绝大部分法国汉学家对鲁迅经典给予了较高的评价，也不乏对鲁迅文本的误读。这似乎说明法国汉学家们比较关注鲁迅对中国社会和中国文化的双重革命性研究。一方面阿Q的显意识和旧世界脱不开千丝万缕的联系，另一方面他的潜意识里对"未来"充满无限憧憬，"带有尼采哲学"[①]特征的阿Q注定"在世上任何地方都没有""位置"[②]。阿Q对革命的向往"可以反映我们这一代部分人的精神状态"[③]。巧合的是，20世纪六七十年代的中法两国都出现了以"文化人"为旗帜的政治革命风暴。不同的是，1968年法国"五月风暴"如昙花一现、戛然而止，而中国的"文化大革命"席卷全国、横扫一代，让法国汉学家们深切地体会到"中国革命每'深入一步'，都要把革命口号同鲁迅联系在一起"[④]。未来法语世界的鲁迅研究，大体走势是鲁迅与法国文学的某一流派尤其是法国现代派关系的研究，将会更被重视；鲁迅与法国文学家的比较研究，重点不再聚焦在具体单篇文本或文集的比较，而是会更加关注置身于整个中法文化大国、文学大国背景下的文学家的整体精神世界和个性特征的比较研究。

---

① 贝纳尔·夏特勒、让·儒德伊：《论阿Q》，钱林森编：《法国汉学家论中国文学——现当代文学》，外语教学与研究出版社2009年版，第31页。

② 贝纳尔·夏特勒、让·儒德伊：《论阿Q》，钱林森编：《法国汉学家论中国文学——现当代文学》，外语教学与研究出版社2009年版，第31页。

③ 贝纳尔·夏特勒、让·儒德伊：《论阿Q》，钱林森编：《法国汉学家论中国文学——现当代文学》，外语教学与研究出版社2009年版，第30页。

④ 弗朗索瓦·于连：《作家鲁迅：1925年的展望——形象的象征主义与暴露的象征主义》，钱林森编：《法国汉学家论中国文学——现当代文学》，外语教学与研究出版社2009年版，第32页。

四、《阿Q正传》的法译历程

1926年的《欧罗巴》5月号和6月号刊发了中国留法学生敬隐渔翻译的鲁迅先生的《阿Q正传》，虽然译文有所删节，却揭开了中国现代文学在法国传播的第一页。"敬隐渔虽则将《阿Q正传》译成法文，若无罗曼·罗兰的推荐，《欧洲》杂志决不会全文发表。欧美第一流文学杂志，若无特殊原因，决不肯全篇发表译文。"[①]鲁迅先生在《〈阿Q正传〉的成因》中也提及见过这本"有删节""还只三分之一"的译本。译者敬隐渔果真"受到鼓励"，"供给出版一部中国当代小说集或故事集的材料"[②]，即《中国当代短篇小说作家作品选》（*Anthologie des conteurs chinois modernes*）法译本，1929年由巴黎理埃德尔（Éditions Rieder）书局出版，其中收录有《阿Q正传》的完整译本，另外还有《孔乙己》和《故乡》译本。虽然敬"对于翻译却未必诚挚"，目的不排除"卖钱"（鲁迅的《书信集·致姚克》中写道："敬隐渔君的法文听说是好的，但他对于翻译却未必诚挚，因为他的目的是在卖钱。"），但对鲁迅作品的域外传播确实起了不小的推动作用：英国的密尔斯（E.H.F.Mills）不久将该短篇集转译成英文，并于1930、1931年分别在英国和美国出版。

《阿Q正传》的法语重译与改编见证了阿Q奇迹般的生命力。1953年，法国联合出版社（éditeurs Français réunis）出版了保尔·雅玛蒂（Paul Jamati）翻译的《阿Q正传》（*La Véritable Histoire de Ah Q*），这是第一个完整的《阿Q正传》法译本。1975年，玛蒂娜·瓦莱特–埃梅里翻译、程十发插图的《阿Q正传》（*La véridique histoire d'A-Q*）由法国巴黎第七大学东亚出版中心（édition bilingue, université de Paris VII, Centre de publication Asie orientale）出版，收录于"亚洲书库"（Bibliothèque asiatique）。1975年，贝尔纳·夏尔图（Bernard Chartreux）和让·儒德伊（Jean Jourdheuil）根据《阿Q正传》改编的悲剧《阿Q：中国悲剧》（*Ah Q: Ah Kiou : tragédie chinoise*）

---

① 徐仲年：《记敬隐渔及其他》，《新文学史料》1982年第3期，第146页。

② 罗曼·罗兰：《鲁迅的〈阿Q正传〉》，罗大冈译，《人民日报》1982年2月24日，转引自钱林森编：《法国汉学家论中国文学——现当代文学》，外语教学与研究出版社2009年版，第2页。

由布尔日瓦（Bourgois）出版社出版，1976年在巴黎水族剧院上演。1989年，法国联合出版社（éditeurs Français réunis）以"口袋书"（Le Livre de poche）形式出版了米歇尔·鲁阿翻译的《阿Q正传》（*Histoire d'A Q: Véridique biographie*）。2010年，米歇尔·鲁阿翻译的《阿Q正传》（*La véritable histoire d'Ah Q*）经让-米歇尔·尚邦提耶插图（Jean-Michelle Charpentier）由波尔多尔里提（Elytis）出版社出版连环画版。其间，1956年，北京外文出版社首先出版了鲁迅的《短篇小说集》（*Nouvelles choisies*）（1956、1964、1974再版），其中收录了《阿Q正传》（*La Véritable Histoire De Ah Q*）等。外文出版社于1973、1982、1987、1990、2002年又发行过《阿Q正传》的单行本。《阿Q正传》的法译历程说明阿Q并不属于特定的时代和地域，他拥有不同的读者，永远新鲜。

第二节　法国学术界关于鲁迅的论争

由于政治体制、文化背景的差异等原因，在鲁迅及其作品的译介和研究过程中，法语世界对鲁迅及其作品的翻译与研究成果中涌现了许多真知灼见，但也不乏误读和曲解，如翻译译文不忠实于原文，甚至错误，部分研究成果并没有全面理解原文，造成了研究成果中的错误观点。

一、《野草》的论战

在对鲁迅作品的研究中，《野草》在20世纪下半叶较受法国学界的关注。"《野草》的现实重要性依赖于它的两个特点：文艺和心理，它在鲁迅作品中占有唯一的地位。"[①]而对鲁迅个人的"社会政治斗争行为"，皮埃尔·里克曼斯（Pierre Ryckmans）认为是中国20世纪60年代国内的政治意识形态塑

---

① *Selective Guide to Chinese Literature 1900-1949:The Poem*, E.J.BRILL, European Science Foundation, 1989:p177.

造了鲁迅的"文化偶像"①形象。他以存在主义鼻祖海德格尔的《存在与时间》为理论基础，用法文撰写了《阿Q还存在吗？》（*Ah Q vit-il encore*？）（1976），阐释了具有"历史性"的阿Q形象仅存在于特定历史环境。基于里克曼斯的尖锐观点，米歇尔·鲁阿撰书《保卫鲁迅，回应皮埃尔·里克曼斯》［*Pour Luxun（Lou Sin），réponse à Pierre Ryckmans（Simon Leys）*］，1975年由阿尔弗雷德·艾贝尔出版社（Alfred Eibel）出版，批驳了里克曼斯对鲁迅的偏见。笔锋论战的第一个焦点，就是《野草》的译名。米歇尔·鲁阿无法接受"野草"被里克曼斯译为"La Mauvaise Herbe"，因为"mauvaise"是个贬义词，意味着"坏的、错误的、恶的、有病的、有害的"。对20世纪上半叶中国西方学派诗人有着深刻研究的米歇尔·鲁阿对《野草》的评价是标志着"社会党人唯实论的诞生"②，"野"应该翻译为"sauvage"，"野生的、原始的、荒凉的、孤僻的、狂烈的"之意更符合鲁迅作品的哲学品质。然而，米歇尔·鲁阿专注于作为"马克思主义战士"的鲁迅研究似乎难以顺应鲁迅研究的潮流，最终在1995年发出《鲁迅——中国作家或永别了，我的先辈们》（Lu Xun, écrivain chinois ou Adieu, mes ancêtres）的感慨。法国汉学家的鲁迅研究历程从另一角度证明了我国20世纪80年代起鲁迅研究转型的正确性："1980年代王富仁研究模式取代陈涌模式意味着中国启蒙主义在鲁迅研究界终结了革命文化对鲁迅的权威解释。"③启蒙主义着眼于中国数千年的封建历史，较为关注的是鲁迅反封建思想中的人道主义：鲁迅"精神世界里有一种始终不变的情感根基，这就是对于下层民众的大爱，对于众生疾苦的悲悯"④。2004年，塞巴斯蒂安·魏简（Sébastian Veg）的《彷徨：延续政权与文学的

---

① *La mauvaise herbe de Lu Xun dans les plates-bandes officielles*, Pierre Ryckmans, La Mauvaise Herbe［M］, Paris: Union générale d'éditions, 1975: p3.

② *Roseaux sur le mur. Les poètes occidentalistes chinois 1919-1949*, Michellele Loi, Paris: Gallimard, 1971: P89.

③ 薛毅：《鲁迅与1980年代思潮论纲》，《上海师范大学学报（哲学社会科学版）》2011年第3期，第75页。

④ 谭桂林：《评汪晖近期的鲁迅思想研究》，《中国现代文学研究丛刊》2012年第8期，第68页。

岔路》（*Errances*：*suivi de Les chemins divergents de la littérature et du pouvoir politique*）的出版似乎说明法国仍在走鲁迅革命文学研究的道路。虽然鲁迅反封建思想里传承了18世纪欧洲提倡的价值理念，但国别史的不同使得欧洲汉学家们"一叶障目"： 鲁迅的个人"呐喊"，较之伏尔泰的启蒙思想伴随拿破仑的铁骑深深烙在了整个欧洲，似乎有点不值一提。法国汉学家们在关注鲁迅研究的民族性时，忽略了鲁迅思想的国际性。对20世纪七八十年代以米歇尔·鲁阿与皮埃尔·里克曼斯为代表的法语世界里关于鲁迅的论战，现任法国现代中国研究中心主任塞巴斯蒂安·魏简（Sébastian Veg）也较为谨慎，不肯轻易做出评论。此次论战正体现了当代法国学界鲁迅研究的"多元性"，值得深入探究前因后果。各研究论文对20世纪法国鲁迅研究阐释较为全面和深入，而21世纪法国鲁迅研究的特点有待进一步发掘，继而为鲁迅资源的当下意义提供借鉴。

二、罗曼·罗兰与鲁迅的信事件

敬隐渔因"不揣冒昧"地将《阿Q正传》翻译成法语，并介绍给罗曼·罗兰，从而开始与鲁迅有书信往来。《鲁迅日记》上寥寥数字"敬隐渔来，不见"[①]。让学界困惑不解，"这句话使中国学界大伤脑筋，因为它既可以理解为'我获悉敬隐渔回国了，但我没见到他'，也可理解为'敬隐渔来看望我了，但我没有见到他'"[②]，"鲁迅似乎又不太可能拒绝接见让他在像罗曼·罗兰这样闻名中国的人物那里扬名的这位有功之士"[③]。国内研究论文对此的表述："不愿见，还是没见着，已没法知晓"[④]，"鲁迅何以反而不见，一直是个疑问"[⑤]。经查阅《鲁迅日记》，有数处"×××来，未遇"、"×

① 鲁迅：《鲁迅日记》，人民文学出版社1959年版，第684页。

② 米歇尔·鲁阿：《罗曼·罗兰与鲁迅》，张智庭摘译，《文化译丛》1983年第3期，第11页。

③ 冯铁（Raoul David Findeisen）：《"不幸的男孩"：敬隐渔——里昂中法大学的寄宿生、罗曼·罗兰作品的中文译者》，《郭沫若学刊》2007年第3期，第43页。

④ 黄群英：《敬隐渔及其创作》，《现代中国文化与文学》2006年第1期，第134页。

⑤ 陈子善：《关于敬隐渔晚年生活的新材料》，《鲁迅研究动态》1985年第8期，第31页。

××来，未见"等字样，因而，"鲁迅所写的'不见'，可能不是'未见'，而是'拒见'或'不愿见'之意了"①。

　　至于鲁迅与罗曼·罗兰的关系研究，学界更是存在各种推定，态度尚不一致。有关罗曼·罗兰是否曾经写过信给鲁迅的争论，一些学者认为罗曼·罗兰浏览了敬隐渔所寄的《阿Q正传》的法译文后确曾在给敬隐渔的回信中评论过《阿Q正传》，如戈宝权先生认为可以从1926年1月24日敬隐渔写给鲁迅的信中得出推论："罗曼·罗兰并没有直接写信给鲁迅，而是在他复敬隐渔的信中，讲出了他对《阿Q正传》的评语。"②鲁歌在《关于罗曼·罗兰评〈阿Q正传〉的一封信的问题》中通过史料分析后坚信："鲁迅致姚克信中所说的关于罗曼·罗兰评《阿Q正传》的信的问题，是完全正确的，罗曼·罗兰确曾在给敬隐渔的信中评论过《阿Q正传》，这封信由敬隐渔寄给创造社，该社一直不予发表，致使此信下落不明，这些都是铁一般的事实。"③"这一切都证明罗兰曾经在给敬隐渔的信中对《阿Q正传》作过评价，而敬隐渔又把此信寄给创造社之事是可靠的。"④

　　最早披露罗给敬的信件内容的史料见于1926年3月2日《京报副刊》刊载的署名"柏生"的文章《罗曼·罗兰评鲁迅》。虽然敬隐渔在看到该文后否定文中的"全非"先生是其同学，并恼怒地称之为"全非"⑤。而早在1936年郭沫若以日文撰写的悼念鲁迅的文章中，也已经否定了"罗曼·罗兰写给鲁迅信……被创造社同人所没收了"⑥的传闻《东京帝国大学新闻》。后因台湾学者执着的"纠缠"，郭沫若先生也有些疑惑，"始终是保持着怀疑的态

---

① 戈宝权：《谈〈阿Q正传〉的法文译本——鲁迅作品外文译本书话之三》，《南开大学学报（哲学社会科学版）》1977年第6期，第46页。

② 戈宝权：《〈阿Q正传〉的世界意义》，《徐州师范学院学报（哲学社会科学版）》1981年第3期，第18页。

③ 鲁歌：《关于罗曼·罗兰评〈阿Q正传〉的一封信的问题》，《鲁迅研究动态》1984年第2期，第12页。

④ 王家平：《鲁迅域外百年传播史：1909—2008》，北京大学出版社2009年版，第78页。

⑤ 敬隐渔：《读了"罗曼罗兰评鲁迅"以后》，《洪水》1926年第17期，第233—239页。

⑥ 陶纪安：《郭沫若吊鲁迅》，《实报》1936年第4期，第67页。

度"①。郭先生理解"寿裳先生的'怃然'既悲文物之湮灭,复怜人性之卑劣"②,"这个问题却是值得追究的一个问题"③,"以为是可以弄得一个水落石出的"④,却无奈从撰信人罗曼·罗兰、转信人敬隐渔到"收信人王独清"("说不定是王独清起下了恶意。王独清是精通法文的人,而他那时又在创造社负责,他的嫌疑实在很严重"⑤)等均成故人,已经"死无对证"⑥。然而"活的分散在四方(如成仿吾、何思敬、李初梨、冯乃超、彭康),更有的被关在监狱里(如郑伯奇)"⑦,难以"共同来证明这一件事——这一'抹煞'罗兰来信的事"⑧,并且"敢于相信这些朋友并不那么卑劣"⑨。

只是令人生疑的是,原本1926年就可以"弄得一个水落石出"的问题,为何成为了今天的历史疑案?鲁迅先生宽阔的胸襟在当时已经显现出来,因为他并未将敬隐渔寄给他的私信公之于众。敬在1926年1月24日寄给鲁迅先生的信中明确提到:"……把尊著《阿Q正传》译成法文寄与罗曼罗兰先生了。他很称赞。他说:……阿Q传是高超的艺术底作品,其证据是在读第二次比第一次更觉得好。这可怜的阿Q底惨象遂留在记忆里了,(原文寄与创造社了)。"⑩任凭世人纷纷扰扰,鲁迅先生的心态是较为平淡的。1926年3月2日《京报副刊》刊载了柏生的私信后,是年5月敬隐渔就做出了强烈的回应,刊于《洪水》第2卷第17期。当时敬应该身在遥远的法国,他能如此迅速了解到该事件且作出回应,应该是国内同人将此事传达给他的。通过查阅《洪水》

---

① 郭沫若:《一封信的问题》,《人世间》1947年第1期,第33页。
② 郭沫若:《一封信的问题》,《人世间》1947年第1期,第31页。
③ 郭沫若:《一封信的问题》,《人世间》1947年第1期,第31页。
④ 郭沫若:《一封信的问题》,《人世间》1947年第1期,第31页。
⑤ 郭沫若:《一封信的问题》,《人世间》1947年第1期,第33页。
⑥ 郭沫若:《一封信的问题》,《人世间》1947年第1期,第36页。
⑦ 郭沫若:《一封信的问题》,《人世间》1947年第1期,第36页。
⑧ 郭沫若:《一封信的问题》,《人世间》1947年第1期,第36页。
⑨ 郭沫若:《一封信的问题》,《人世间》1947年第1期,第36页。
⑩ 鲁歌:《关于罗曼·罗兰评〈阿Q正传〉的一封信的问题》,《鲁迅研究动态》1984年第2期,第8页。

鲁迅与20世纪中国研究丛书

1926年第2卷人名索引（《洪水周年增刊》附录，第201—210页，可以大概了解到该杂志的撰稿人有些是创造社的成员，如"王独清""成仿吾""冯乃超"等，其中也有署名"沫若"，应该就是郭沫若先生，撰文有《卖淫妇的饶舌》《文艺家的觉悟》《红瓜》《"少年维特之烦恼"增订本后序》，分别刊载于第42、133、271和365页。由此可以推论：创造社同人对敬隐渔在《洪水》上发表的《读了"罗曼罗兰评鲁迅"以后》事件应该是知道的。敬在《读了"罗曼罗兰评鲁迅"以后》中表示愤怒的地方显而易见：一是因"敬君的译文'恐与原文有许多不合处'"[①]；二是因"敬君同时翻译一篇郭沫若的东西；罗曼罗兰谦虚的说他不晓得好处"[②]。对《罗曼·罗兰评鲁迅》一文中罗兰的评语："C'est un art réaliste arévé d'ironie……La figure mis é rable d'ah Q reste toujours dans le souvenir"[③]，敬并未提及，似乎已经默认评语的真实性，从"细诊京报原稿"[④]可以得知，敬是原原本本看过柏生的《罗曼·罗兰评鲁迅》的，通篇《读了"罗曼罗兰评鲁迅"以后》敬并未对罗兰的此处评语提出疑义，足以说明罗兰评语的真实存在。

下面回到原载1926年3月2日《京报副刊》的《罗曼·罗兰评鲁迅》：

> 鲁迅先生的《阿Q正传》，由一位同学敬君翻成法文，送给罗曼·罗兰（Romain Rolland）看，罗曼·罗兰非常称赞，中有许多批评话，可惜我不能全记，我记得的两句是：C'est un art réaliste arévé d'ironie……La figure misérable d'ah Q reste toujours dans le souvenir（这是充满讽刺的一种写实的艺术。……阿Q的苦脸永远的留在记忆中的）。[⑤]

① 敬隐渔：《读了"罗曼罗兰评鲁迅"以后》，《洪水》1926年第17期；陈漱渝主编：《说不尽的阿Q——无处不在的魂灵》，中国文联出版公司1997年版，第664页。

② 敬隐渔：《读了"罗曼罗兰评鲁迅"以后》，《洪水》1926年第17期；陈漱渝主编：《说不尽的阿Q——无处不在的魂灵》，中国文联出版公司1997年版，第664页。

③ 柏生（孙伏园）：《罗曼·罗兰评鲁迅》，《京报副刊》1926年3月2日；陈漱渝主编：《说不尽的阿Q——无处不在的魂灵》，中国文联出版公司1997年版，第662页。

④ 敬隐渔：《读了"罗曼罗兰评鲁迅"以后》，《洪水》1926年第17期；陈漱渝主编：《说不尽的阿Q——无处不在的魂灵》，中国文联出版公司1997年版，第668页。

⑤ 柏生（孙伏园）：《罗曼·罗兰评鲁迅》，陈漱渝主编：《说不尽的阿Q——无处不在的魂灵》，中国文联出版公司1997年版，第662页。

另外的人证还有当时和敬隐渔同在法国里昂留学的林如稷、徐仲年。1976年戈宝权先生就罗曼·罗兰如何评《阿Q正传》等问题请教了尚在人世的林如稷，林做了书面复信，戈在《谈〈阿Q正传〉的法文译本》一文中引用了林的原信，希冀结束这个有争议的问题：

> 关于罗曼·罗兰对《阿Q正传》的评语问题，我记得敬隐渔曾把罗曼·罗兰的回信给我看过，罗曼·罗兰在信中除说决定把《阿Q正传》介绍给《欧罗巴》登载外，还有几句短短的评语："这是一篇富于讽刺的现实主义杰作。阿Q的形象将长久留在人们的记忆里。"[①]

敬的另一位里昂同窗徐仲年在《记敬隐渔及其他》一文中也说：

> 敬隐渔给我看过罗曼罗兰对于《阿Q正传》法译的评语：
>
> C'est un art réaliste arévé d'ironie……La figure misérable d'ah Q reste toujours dans le souvenir.
>
> 这是充满讽刺的现实主义。……使人永志阿桂的丑恶形象而不忘。[②]

他又说：

> 有些资料将上述评语译为："这是一篇明确的富于讽刺的现实主义的艺术杰作。……阿Q的可怜的形象将长久留在人们的记忆里。"值得商榷。[③]

由此可见徐也是一位治学严谨的学者，应该不会胡诌"敬隐渔给我看过罗曼·罗兰对于《阿Q正传》法译的评语"这样的话。

以上似乎已经足以证明罗兰的评语"C'est un art réaliste arévé d'ironie……La figure misérable d'ah Q reste toujours dans le souvenir"的真实性。然而，"关键是敬隐渔的转述和林如稷的回忆是否可靠"[④]。法国著名鲁迅研究专家米歇

鲁迅与20世纪中国研究丛书

---

① 戈宝权：《谈〈阿Q正传〉的法文译本——鲁迅作品外文译本书话之三》，《南开大学学报（哲学社会科学版）》1977年第6期，第50页。

② 徐仲年：《记敬隐渔及其他》，《新文学史料》1982年第3期，第146页。

③ 徐仲年：《记敬隐渔及其他》，《新文学史料》1982年第3期，第147页。

④ 高方：《转述的心态与评价的真实性——罗曼·罗兰对〈阿Q正传〉评价的再审视》，《文艺争鸣》2010年第17期，第70页。

尔·鲁阿夫人在《罗曼·罗兰和鲁迅》中认为："这种语言风格不可能出自罗曼·罗兰，甚至都不可能出自一个法国人之笔，不管是什么法国人，肯定是那位年轻人根据中文文本所还原的一种蹩脚的法文，该中文文本十有八九是我们在上文中所提及的那封信，而那个年轻人无疑给多位朋友转述了此内容。"①这"年轻人"应该是指"敬隐渔"。这"蹩脚的法文"如果"不可能出自罗曼·罗兰"，那"肯定是那位年轻人根据中文文本所还原的"。那么，他所依据的"中文文本"又是什么？倘若这"蹩脚的法文"真的出自罗曼·罗兰之手，那倒令人想起了法国另外一位大文豪巴尔扎克的一则笑话：

巴尔扎克，著名的法国作家，自认为非常善于通过笔迹判定人的性格。有一天，一位女士拿一页字迹很难认的纸给他看，问他对这个孩子的将来有何论断。"夫人，"巴尔扎克说，"您是这孩子的母亲吗？""不是，先生。""那么我可以谈谈，无须担心使您不快。这孩子固执、懒惰、贪吃，永远不会做任何好事。"话音刚落，这位女士哈哈大笑起来。巴尔扎克惊讶地问不知何故。"先生，"该女士回答，"您12岁那年写给我一封信，这是其中的一页。"②

虽然敬"对于翻译却未必诚挚"，目的不排除"卖钱"，但敬隐渔的法文水平，是得到了包括罗曼·罗兰在内的中外学者公认的，如罗曼·罗兰评敬隐渔的《阿Q正传》法译文写到："Votre traduction est correcte, aisée, naturelle（你的译文是规矩的，流畅的，自然的）。"③1926年1月12日，罗曼·罗兰在写给巴黎《欧罗巴》杂志编辑巴查尔什特的信中也说："敬隐渔的法语知识是罕见的，在他的译稿中，只有很少几个错误。"④那段特殊年代罗兰教导过的中

① *Romain Rolland et Luxun*, Michellele LOI, Europe, no633–634, janvier et février 1982:p95.

② 吴贤良、王美华编：《公共法语》（上），上海外语教育出版社1997年版，第322—323页。

③ 敬隐渔：《读了"罗曼罗兰评鲁迅"以后》，《洪水》1926年第17期；陈漱渝主编：《说不尽的阿Q——无处不在的魂灵》，中国文联出版公司1997年版，第667页。

④ 罗曼·罗兰：《鲁迅的〈阿Q正传〉》，罗大冈译，《人民日报》1982年2月24日，转引自钱林森编：《法国汉学家论中国文学——现当代文学》，外语教学与研究出版社2009年版，第2页。

鲁迅与20世纪中外文化交流

国留法学生有几位，相互通信也是真实的，如汪德耀1929年在信中写到："我因译了罗曼罗兰氏的一本戏剧，就同他通了信。在那信中我提起冰莹的日记，我摘译两小段给他看。他回信要那部日记看。他并且问起冰莹现在那里？是否还活着？他称她为'Jeune héroïne aux ailes brisées'。我译的那一小段使他的心感动了。'Le court fragment que vous m'avez cité má touché au coeur.'他看了全文后，如认为可以，就介绍给巴黎的杂志Europe登载。这样，你看这位'折了翅膀的年青女英雄'竟要飞到欧洲大陆来了。"[①]由此可见，罗兰在给敬隐渔的复信中提到对《阿Q正传》的看法是可信的。

三、鲁迅是否因罗曼·罗兰的"托庇有了名"

美国保罗·福斯特（Foster Paul Brendan）博士2001年春在《中国现代文学与文化》（*Modern Chinese Literature and Culture*）杂志上发表了《中国国民性的讽刺性暴露——鲁迅的国际声誉、罗曼·罗兰对〈阿Q正传〉的评论及诺贝尔文学奖》一文，后经首都师范大学文学院2002级研究生任文惠翻译，发表于国内鲁迅研究权威刊物《鲁迅研究月刊》2004年第8期。虽然译者在翻译过程中"对论文中一些常识性的知识做了删节"[②]，但该文对尚存争议的某些历史问题言之凿凿，值得商榷。时光荏苒，一晃十年光阴逝去，重拾该文仍觉得句句揪心，如文中提到："鲁迅清楚地认为他不配得奖，实际上他在暗示他应该由于批判国民性而被提名"[③]，"从鲁迅的角度来看，仅仅由于著名的诺贝尔奖获得者的几句称赞就把《阿Q正传》和他本人抬升到世界文学之列的地位上来"[④]，等等。这些评论性话语不仅幼稚，而且近乎对鲁迅先生人格的诋毁，我们有必要重新追根溯源，澄清该文中某些存在争议的历史问题，通过

---

① 孙福熙：《通信（六则）》，《南华文艺》1932年第3期，第96—97页。

② 保罗·福斯特：《中国国民性的讽刺性暴露——鲁迅的国际声誉、罗曼·罗兰对〈阿Q正传〉的评论及诺贝尔文学奖》，任文惠译，《鲁迅研究月刊》2004年第8期，第48页。

③ 保罗·福斯特：《中国国民性的讽刺性暴露——鲁迅的国际声誉、罗曼·罗兰对〈阿Q正传〉的评论及诺贝尔文学奖》，任文惠译，《鲁迅研究月刊》2004年第8期，第44页。

④ 保罗·福斯特：《中国国民性的讽刺性暴露——鲁迅的国际声誉、罗曼·罗兰对〈阿Q正传〉的评论及诺贝尔文学奖》，任文惠译，《鲁迅研究月刊》2004年第8期，第46页。

鲁迅与20世纪中国研究丛书

细致梳理《阿Q正传》的法译历程、罗曼·罗兰与鲁迅的信事件等材料，驳斥美国保罗·福斯特（Foster Paul Brendan）博士在《中国国民性的讽刺性暴露——鲁迅的国际声誉、罗曼·罗兰对〈阿Q正传〉的评论及诺贝尔文学奖》一文中提出的谬论：鲁迅因罗曼·罗兰的"托庇有了名"。

在《中国国民性的讽刺性暴露——鲁迅的国际声誉、罗曼·罗兰对〈阿Q正传〉的评论及诺贝尔文学奖》一文中，作者多次提及鲁迅因罗曼·罗兰的"托庇有了名"。第一处："对于罗兰的认可，鲁迅显然很高兴。收到这封信的第五天，他寄给敬4本《莽原》。"[1]如果一封有罗兰的寥寥评论的私信会令"鲁迅显然很高兴"，那么，由此推论鲁迅先生是年收到大作《阿Q正传》发表的杂志《欧罗巴》样刊，应该更加高兴，会倍加珍爱、小心保存。可是，奇怪的是，翻阅1926年鲁迅的藏书目录，居然没有记载这本使他闻名"世界"的杂志《欧罗巴》。第二处："鲁迅依然享受罗兰的'托庇有了名'，证据就是，作为对罗兰的回报，鲁迅在他主编的杂志《莽原》上翻译并出版了一些罗兰的著作。"[2]当年的鲁迅果真是有急着给罗兰"献"礼作为答谢的心态吗？事实上，鲁迅并不排斥喜添像罗兰这样的"海外知音"，因"敬隐渔的请求"，"出于礼貌"，"像罗兰一些其他的外国朋友所做的那样"[3]，鲁迅为庆祝罗兰的60寿辰在他主办的《莽原》杂志上出了一期罗兰专号。如果从文学史的意义而言，这在中国是第一次较为完整地刊发与罗兰相关的研究、评论性文章，为后人对罗兰的继续研究垫下了基础。第三处："鲁迅是否也在罗兰的称赞公开后在文学界受到了'特殊优待'呢？答案是肯定的。而且，由于罗兰不多的几句称赞性的评论就使鲁迅上升到世界级作家的位置，在此大背景下，一些中国的评论家显然把鲁迅看作了有资格获得诺贝尔文学奖的人。以下是阿Q式的逻辑：鲁迅的一部作品所获得的国际称赞使他成为了一位国际性

---

① 保罗·福斯特：《中国国民性的讽刺性暴露——鲁迅的国际声誉、罗曼·罗兰对〈阿Q正传〉的评论及诺贝尔文学奖》，任文惠译，《鲁迅研究月刊》2004年第8期，第40页。

② 保罗·福斯特：《中国国民性的讽刺性暴露——鲁迅的国际声誉、罗曼·罗兰对〈阿Q正传〉的评论及诺贝尔文学奖》，任文惠译，《鲁迅研究月刊》2004年第8期，第39页。

③ 保罗·福斯特：《中国国民性的讽刺性暴露——鲁迅的国际声誉、罗曼·罗兰对〈阿Q正传〉的评论及诺贝尔文学奖》，任文惠译，《鲁迅研究月刊》2004年第8期，第46页。

的作家，诺贝尔文学奖得主的称赞使鲁迅具有了诺贝尔奖竞争者的资格。"①
如果鲁迅先生生前能预料到《阿Q正传》的法译将使他陷入罗兰的"托庇有了
名"的口舌之争，他断然不会同意敬隐渔将其翻译成法语，也不会愿意将其
刊登在《欧罗巴》杂志的。毋庸置疑，《阿Q正传》能够在法国流传离不开罗
兰的鼎力支持。"敬隐渔虽则将《阿Q正传》译成法文，若无罗曼·罗兰的推
荐，《欧洲》杂志决不会全文发表。欧美第一流文学杂志，若无特殊原因，
决不肯全篇发表译文。"②但保罗·福斯特博士由此推出的行文逻辑却稍显荒
唐："《阿Q正传》由于罗兰的称赞而闻名于世"，被"'提升'为有国际地
位的作品"③，鲁迅也因罗兰的"托庇有了名"跻身"世界作家"之列。言下
之意是罗兰的称赞使得《阿Q正传》得以出名，鲁迅也因《阿Q正传》的出名
而成为"世界作家"。然而保罗·福斯特博士自己在文章中也提到"《阿Q正
传》在罗兰的评价之前在中国就有很高的评价，甚至鲁迅的批评者也承认这
一点"④，"罗兰的评论被赋予了权威，被夸大成为一种准则"⑤，"鲁迅对
诺贝尔奖提名这个建议的反应表明他显然能超越'托庇有了名'的羁绊，他
甚至从国民性的角度对这一建议提出了批评"⑥，"罗兰作为诺贝尔奖获得者
的身份，鲁迅也同样被如此考虑，尽管并没有找到这二者之间直接因果关系
的文字记录"⑦，等等，又无不表明博士行文逻辑的矛盾性。值得肯定的是，
博士的该论文是建立在大量的历史文献基础之上的，囊括了从20世纪二三十年

① 保罗·福斯特：《中国国民性的讽刺性暴露——鲁迅的国际声誉、罗曼·罗兰对〈阿Q
正传〉的评论及诺贝尔文学奖》，任文惠译，《鲁迅研究月刊》2004年第8期，第44页。

② 徐仲年：《记敬隐渔及其他》，《新文学史料》1982年第3期，第146页。

③ 保罗·福斯特：《中国国民性的讽刺性暴露——鲁迅的国际声誉、罗曼·罗兰对〈阿Q
正传〉的评论及诺贝尔文学奖》，任文惠译，《鲁迅研究月刊》2004年第8期，第46页。

④ 保罗·福斯特：《中国国民性的讽刺性暴露——鲁迅的国际声誉、罗曼·罗兰对〈阿Q
正传〉的评论及诺贝尔文学奖》，《鲁迅研究月刊》2004年第8期，第41页。

⑤ 保罗·福斯特：《中国国民性的讽刺性暴露——鲁迅的国际声誉、罗曼·罗兰对〈阿Q
正传〉的评论及诺贝尔文学奖》，任文惠译，《鲁迅研究月刊》2004年第8期，第46页。

⑥ 保罗·福斯特：《中国国民性的讽刺性暴露——鲁迅的国际声誉、罗曼·罗兰对〈阿Q
正传〉的评论及诺贝尔文学奖》，任文惠译，《鲁迅研究月刊》2004年第8期，第46页。

⑦ 保罗·福斯特：《中国国民性的讽刺性暴露——鲁迅的国际声誉、罗曼·罗兰对〈阿Q
正传〉的评论及诺贝尔文学奖》，任文惠译，《鲁迅研究月刊》2004年第8期，第44页。

代的中国学界到国外学者们发表的评论。然而博士行文之前已经将自己的思想禁锢，他收集所有相关的证据都是力图要证明鲁迅及其作品因为罗兰的称赞而"托庇有了名"，并主观性地"努力将鲁迅的思想纳入到自己的思维轨迹"①，自圆其说之时难免破绽百出，也难脱想借鲁迅的名气而出名之嫌。

第三节　鲁迅在中法文化交流中的贡献

一、鲁迅的法国文学译介

鲁迅的文学生涯是从翻译外国文学作品开始的，而法国文学作品则是鲁迅的最先翻译对象。同时，随着鲁迅的作品不断被翻译成法文版本，法国文学界对鲁迅的了解和研究也越来越深入。在日本的弘文学院求学时期，鲁迅开始了他的翻译活动。在长达33年的翻译生涯中，鲁迅翻译过俄国、德国、日本、英国等14个国家中近百位作家的200余种作品，其中，法兰西因其文学思潮与科学进步是最早吸引鲁迅注意的西方国度。1903年，青年鲁迅在日本东京的《浙江潮》第8期上发表的科学论文《说钼》及时介绍了居里夫人的最新科学成果镭的发现，旨在通过传播法国自然科学知识来解放蒙昧的国民。鲁迅的翻译活动有如下特点：一、注重人文启蒙。1903年鲁迅开始了他的文学翻译活动，是国内最早翻译雨果作品的作家之一。他起初翻译的是雨果（原译为"嚣俄"）的作品《哀尘》，刊于《浙江潮》第5期，署名"庚辰"。原作是雨果著的《随见录》（Choses vues）中题为《芳汀的来历》（Origine de Fantine）的一篇。鲁迅在《〈哀尘〉译者附记》中感慨普通百姓像妓女芳梯遭遇到的种种不平事，在亚洲和欧洲是一样的，而且今日不少于往昔，像《哀史》这样的书不知道何时才能"辍书"。鲁迅翻译过法国作家法朗士（1844—1924）的长篇小说《泰绮思》（今通译为《苔依丝》），"法朗士之作，精

博锋利，而中国人向不注意"①。鲁迅在《且介亭杂文二集·"京派"和"海派"》一文中评介说："《泰绮思》的构想，很多是应用弗洛伊特的精神分析学说的，倘有严正的批评家，以为算不得'究竟是有真实本领'，我也不想来争辩。"②"我也可以自白一句：我宁可向泼剌的妓女立正，却不愿意和死样活气的文人打棚。"③鲁迅翻译过法国查理路易·腓立普（Charles—Louis Philippe，1874—1909）"后期圆熟之作"④《食人人种的话》。鲁迅的《食人人种的话》译文最初发表于《大众文艺》月刊1928年10月第1卷第2期。腓立普的书房墙上写着陀思妥耶夫斯基的名句"得到许多苦恼者、是因为有能堪许多苦恼的力量"⑤，虽然知道其不正确，却还是用以作为安慰，而鲁迅翻译此文的喻意也正是如此。鲁迅翻译过法国诗人纪尧姆·阿波利奈尔（Guillaume Apollinaire）的《跳蚤》。鲁迅翻译的《跳蚤》译文，最初于1928年11月发表在《奔流》杂志第1卷第6期，当时署名封余。二、注重科学启蒙：《月界旅行》《地底旅行》等科幻小说的翻译表达了鲁迅向往科学救国的美好憧憬。1903年鲁迅翻译了法国儒勒·凡尔纳（JulesVerne）的科幻小说《月界旅行》，日本东京进化社出版。1906年《地底旅行》单行本由上海普及书局、南京启新书局发行。"我国说部，若言情谈故剌时志怪者，架栋汗牛，而独于科学小说，乃如麟角。智识荒隘，此实一端。故苟欲弥今日译界之缺点，导中国人群以进行，必自科学小说始。"⑥三、《域外小说集》出版的开创意义。

① 鲁迅：《鲁迅致黎烈文信》，《鲁迅书信集》（下），人民文学出版社1976年版，第941页。

② 鲁迅：《"京派"和"海派"》，《且介亭杂文二集》，人民文学出版社1973年版，第72页。

③ 鲁迅：《"京派"和"海派"》，《且介亭杂文二集》，人民文学出版社1973年版，第72页。

④ 鲁迅：《〈食人人种的话〉译者附记》，《鲁迅全集》第10卷，人民文学出版社1981年版，第462页。

⑤ 鲁迅：《〈食人人种的话〉译者附记》，《鲁迅全集》第10卷，人民文学出版社1981年版，第462页。

⑥ 鲁迅：《〈月界旅行〉辩言》，《鲁迅全集》第10卷，人民文学出版社1981年版，第152页。

鲁迅的《域外小说集》1909年3月和7月在日本东京神田印刷所印制第一集和第二集，为20世纪中国翻译文学史揭开了新篇章。鲁迅在《域外小说集》的《序言》中写道："异域文术新宗，自此始入华土。""使有士卓特，不为常俗所囿。""中国译界，亦由是无迟莫之感矣。"①《域外小说集》中翻译了法国摩波商（今译为莫泊桑）一篇《月夜》，法国须华勃五篇拟曲《婚夕》《舟师》《萨摩思之酒》《昔思美》《明器》。"域外小说集为书，词致朴讷，不足方近世名人译本，特收录至审慎。"②不难看出《域外小说集》的收录原则是"审慎"挑选原文，目的是为中国现代文学引入新的文学资源。

二、鲁迅与法国作家

鲁迅作为我国伟大的文学家、思想家、革命家，他所创作的作品鼓舞了中国人民的革命斗志。鲁迅不仅仅属于中国，更属于世界，他的文章也被世界各国人民接受，他的革命精神也深深感染了世界人民。

1. 鲁迅与罗曼·罗兰

罗曼·罗兰是20世纪法国一位重要的思想家、文学家和社会活动家，他的创作活动主要是革命戏剧集和英雄传记，如《群狼》《丹东》《贝多芬传》《米开朗琪罗传》《托尔斯泰传》以及一些以反对战争、反对暴力为主题的小说。1931年，他发表了《向过去告别》一文，批判了自己过去所走过的道路，从此积极参加反对帝国主义战争、保卫和平的活动，成为进步的反帝反法西斯的文艺战士。罗曼·罗兰后期作品主要是一系列散文、回忆录、论文等。罗曼·罗兰曾说："印度、中国和日本的文化成了我们的思想源泉，而我们的思想又哺育着现代的印度、中国和日本。"③罗兰"最佩服的两个亚洲名人，

① 鲁迅：《域外小说集序言》，《鲁迅译文选集：短篇小说卷》，上海三联书店2007年版，第3页。

② 鲁迅、周作人译：《域外小说集》序言，群益书社1921年版，第7页。

③ 雅克·鲁斯：《罗曼·罗兰和东西方问题》，《比较文学译文集》，北京大学出版社1982年版，第161页。

第一个是甘地，第二个就要算鲁迅"①。

鲁迅与罗曼·罗兰一生从未谋面。罗曼·罗兰第一次与鲁迅作品接触是通过1926年敬隐渔翻译的《阿Q正传》，并深深被《阿Q正传》所折服。1929年，罗曼·罗兰为了进一步了解鲁迅及其作品，委托瑞士伏利堡天主教大学找到了当时正在瑞士留学的中国留学生阎宗临，有偿解释他对鲁迅作品的存疑之处，"以满足他了解中国的强烈愿望"②。罗兰主要提出了这几个问题："（1）为什么鲁迅要给他的小说主人起名为阿Q"③；"（2）为什么鲁迅在小说题目中要用'正传'两字"④；"（3）阿Q表达了中国社会什么样的伦理道德"⑤。罗曼·罗兰为"欧洲人不了解中国的情况，更不了解中国现实的情况"⑥遗憾不已，从鲁迅的《阿Q正传》中，罗曼·罗兰开始接触到了现代的中国，罗兰说："敬隐渔先生将鲁迅先生的《阿Q正传》译为法文，我才开始接触到现代的中国。鲁迅的阿Q，是很生动感人的形象。阿Q的苦痛的脸，深刻地留在我心上。可惜许多欧洲人是不会理解阿Q的，当然，更不会理解鲁迅创造阿Q的心。"⑦在1932年阎宗临归国搜集博士论文撰写材料之际，罗兰托阎"把他的敬意带给鲁迅，把他对鲁迅的阿Q的理解也带去"⑧。因此，可以说一部《阿Q正传》影响了罗曼·罗兰对中国的认识。罗曼·罗兰非常欣赏鲁迅《阿Q正传》的文笔，鲁迅用非常现实又略带幽默的手法描绘出"阿Q"

---

① 阎守和：《一位罗曼·罗兰教导过的中国留学生——记我父亲1929—1937留学伏利堡天主教大学》，《鲁迅研究月刊》2010年第9期，第62页。

② 阎守和：《一位罗曼·罗兰教导过的中国留学生——记我父亲1929—1937留学伏利堡天主教大学》，《鲁迅研究月刊》2010年第9期，第56页。

③ 阎守和：《一位罗曼·罗兰教导过的中国留学生——记我父亲1929—1937留学伏利堡天主教大学》，《鲁迅研究月刊》2010年第9期，第58页。

④ 阎守和：《一位罗曼·罗兰教导过的中国留学生——记我父亲1929—1937留学伏利堡天主教大学》，《鲁迅研究月刊》2010年第9期，第58页。

⑤ 阎守和：《一位罗曼·罗兰教导过的中国留学生——记我父亲1929—1937留学伏利堡天主教大学》，《鲁迅研究月刊》2010年第9期，第59页。

⑥ 阎宗临：《回忆罗曼·罗兰谈鲁迅》，《晋阳学刊》1981年第5期，第2页。

⑦ 阎宗临：《回忆罗曼·罗兰谈鲁迅》，《晋阳学刊》1981年第5期，第2页。

⑧ 阎守和：《一位罗曼·罗兰教导过的中国留学生——记我父亲1929—1937留学伏利堡天主教大学》，《鲁迅研究月刊》2010年第9期，第62页。

这一人物，给罗曼·罗兰留下了深刻的印象。罗兰后来在与阎宗临讨论《米开朗琪罗传》的中文译稿时，说道："鲁迅对阿Q用正传，我的米开朗琪罗是不是也要用正传？"①鲁迅和罗曼·罗兰都是具有人道主义精神的文学家。鲁迅先生从作品中表达出来的革命与斗争精神同罗曼·罗兰产生了共鸣。鲁迅先生的文学生涯是从翻译外国文学开始的，鲁迅所选择翻译的外国文学作品主要是那些受压迫国家的、表现出反抗意识和精神的文学作品，这使鲁迅的价值观从单纯的爱国主义精神上升到了世界人道主义精神。同样地，罗曼·罗兰也是一位非常具有人道主义精神的文学斗士，他为鲁迅作品所表现出来的那种斗争革命精神所吸引。从罗曼·罗兰不同时期的创作风格可以看出，其前期的创作作品主要是革命戏剧集和英雄传记，表现出了一定的革命精神，只是罗曼·罗兰前期的革命精神并不成熟，他极力倡导反对战争、反对暴力的和平革命，希望通过和平的革命方式来改变社会现状，只是一种良好的社会愿望，必然无法实现。鲁迅在《死地》一文中就一针见血地指出了罗兰思想的局限性。罗兰的后期创作在思想观念和风格上有了很大的转变，侧重于散文、回忆录，并开始对自身不断反思，批评了自己前期的一些思想，最终成了积极参加反帝战争的一名文学斗士。因为罗兰是在1926年开始接触到鲁迅的作品，由此我们是否可以断定鲁迅作品中的革命精神对罗曼·罗兰的思想及创作有过影响？

2. 鲁迅与雨果

鲁迅在南京矿路学堂求学时就读过法国著名作家雨果的小说，还曾经花费半月官费购买了英文版的雨果小说选集。1903年鲁迅开始了他的文学翻译活动，是国内最早翻译雨果作品的作家之一。他起初翻译的是雨果（原译为"嚣俄"）的作品《哀尘》，原作是雨果著的《随见录》（*Choses vues*）中题为《芳汀的来历》（*Origine de Fantine*）的一篇。"芳汀者，《哀史》中之一人，生而为无心薄命之贱女子，复不幸举一女，阅尽为母之哀，而辗转苦痛于社会之陷阱者其人也。"②

鲁迅在《〈哀尘〉译者附记》中还介绍了雨果的另外两部作品《巴黎圣母院》（1831）和《海上劳工》（1866）。作为法国浪漫主义文学运动的领袖，雨果创作的主导思想是人道主义，他曾在致友人的信中说："对苦难人们的爱活在我心中，情同手足，我和他们心心相印。"①主人公芳汀卑若尘芥，《哀尘》之译名充分展示了鲁迅"精神世界里有一种始终不变的情感根基，这就是对于下层民众的大爱，对于众生疾苦的悲悯"②。鲁迅继承了雨果的人道主义思想，其作品饱含深刻的人文主义关怀，猛烈地冲击了当时充满专制主义氛围的中国传统文化，高呼"扫荡门第，平一尊卑，政治之权，主以百姓，平等自由之念，社会民主之思，弥漫于人心"③。2014年是中法建交50周年纪念年，中法两国政府在各方面都进行了一系列的纪念和庆祝活动。鲁迅作为中国伟大的思想家、革命家和文学家，被法国各大媒体亲切地称为"中国的雨果"，中法两国学界以此为契机，开展了以"鲁迅与雨果对话"为主题的一系列庆祝活动。两位伟大的文学家、人道主义精神战士跨越时空，为人类社会共同谱写了新篇章。

第四节　鲁迅在当下法语世界

随着鲁迅作品不断被译成各国文字，鲁迅的文学创作活动也开始受到外国学界的关注，鲁迅的启蒙思想、革命精神影响了世界，鲁迅成了世界性的作家，并促进了中西文化的交流。迄今为止，鲁迅的著作被翻译成了多国文字，研究鲁迅及其作品的学术论著和论文不断增加，鲁迅作品还被选入各国大中学校的教材，如法国出版的一部权威汉语教材《汉语语言文字启蒙》（*A key to Chinese Speech and Writing*）。该书一上市，便被法国汉语教学界认同并广泛

---

①　安德烈·莫洛亚：《伟大的叛逆者雨果》，陈伉译，世界知识出版社1986年版，第478—479页。

②　谭桂林：《评汪晖近期的鲁迅思想研究》，《中国现代文学研究丛刊》2012年第8期，第68页。

③　鲁迅：《文化偏至论》，《鲁迅全集》第1卷，人民文学出版社1981年版，第41页。

鲁迅与20世纪中国研究丛书

采用，第一年的销售量约为5000册，此后长达10年热度不减，并且销售量逐年攀升，如今每年的销售量已高达25000册，这是法国其他任何版本的汉语教材都不能与其相比的，即使是中国国内编写的对外教材，也无法与之抗衡。换言之，法国《汉语语言文字启蒙》教材引领着法国的基础汉语教学领域。此外不少著名大学开设了"鲁迅研究"的专题课，如法国巴黎第七大学，中国文学研究学者将鲁迅研究作为一个重要课题来展开。鲁迅及其作品不但在中国产生了深远的影响，还促进了世界文学的发展，对部分法国作家的世界观、人生观的塑造有着直接或间接的影响。在不同的历史时期，法国对鲁迅作品的研究呈现出不同的态势和特点，从总体来说，法语世界对鲁迅及其著作的评价很高。鲁迅伟岸的人格精神和革命斗争精神成了法国学界研究的重点。鲁迅的传播与研究在国外越来越受到重视，这也是中国文化与世界文化的双向交流的一部分。随着中国政治、经济和文化地位在国际上的进一步提高，我们相信，鲁迅的传播与研究在国外将出现一个更为繁荣的局面。鲁迅的革命精神来自鲁迅的亲身经历的升华，鲁迅所创作的革命性短篇小说具有说服力和号召力。鲁迅的革命精神不仅适用于当时的中国环境，对于当下社会的发展和进步也有一定的指导意义。鲁迅的作品描写了当时受压迫人民生活的疾苦、民众的愚昧、民族的麻痹等社会弊端，处于和平、民主的时代的当下也需要鲁迅精神这把利刃，推动人类前进。鲁迅思想的形成不仅仅源于中国的革命斗争和社会现状，他在不断翻译、学习外国进步作家作品中逐步凝结国外作家作品中所特有的革命精神，因此鲁迅的革命思想也具有世界性特征，为世界人民的革命斗争提供了一定的指导意义。

"不管是从时间上来看，还是从艺术品质上来看"，作为"纯文学方面的第一实践者"[1]的鲁迅，其创作也是始于翻译。暂且不谈其作品的"启蒙性""革命性"等，单看其最初的译介活动足以说明其思想的敏锐与深刻。法兰西因其文学思潮与科学进步是最早吸引鲁迅注意的西方国度，鲁迅最早

① O.布里埃尔：《鲁迅：一个深受大众喜爱的作家》，唐玉清译，转引自钱林森编：《法国汉学家论中国文学——现当代文学》，外语教学与研究出版社2009年版，第8页。

翻译的文学作品是雨果的《哀尘》。1911年鲁迅参加了推翻清王朝的革命，他在乡村的所见为《阿Q正传》提供了素材。1903年鲁迅翻译了法国儒勒·凡尔纳（JulesVerne）的科幻小说《月界旅行》和《地底旅行》。是年，青年鲁迅在日本东京的《浙江潮》上发表的科学论文《说鈤》及时介绍了居里夫人的最新科学成果镭的发现，旨在通过传播法国自然科学知识来解放蒙昧的国民。鲁迅对世界先进科学技术的敏感与预见，犹如黑暗中屹立大海的灯塔，给前行者希望和昭示。"见近世文明之伪与偏，又无望于今之人，不得已而念来叶者也"①，"是故将生存两间，角逐列国是务，其首在立人，人立而后凡事举"②。鲁迅始终关注的是人类社会共同面对的两大主题："文明"与"进步"。鲁迅思想的广博就像弥漫于人们身边的空气，已经超越时空的经纬成为经典，它实际上像利刃一般一层一层地揭露了诸多社会弊端，直达人性深处的劣根性。"对一个被构建的现实主义者而言，'现实的实现'与'理想的实现'交替出现，不是因其是先行者或是持有者，而是鲁迅的品行与文风使之如此。"③作为思想家的鲁迅逐步淡出中国孩子的视野，失去了其存在的意义，鲁迅经典终于被简化为一个终极的解释。

在鲁迅生前的年代，学界曾出现过有关阿Q时代的"生""死"讨论。1928年钱杏邨先生在《死去了的阿Q时代》中断言"阿Q时代是早已死去了"④。1976年2月2日，比利时汉学家西蒙·雷斯（Simon Leys）（又名皮埃尔·里克曼斯［Pierre Ryckmans］）也发出了《阿Q还存在吗？》（Ah Q vit-il encore？）的声音，发表于《观点》（Le Point）杂志。保罗·福斯特在这篇实证性的文章中试图通过"罗兰评论"被演化成不同版本，来说明从鲁迅到当代中国文学界的阿Q气，却无意之中从另一角度说明今天阿Q不但没有"死"，还演绎成了国际性的问题——鲁迅因此有了"国际声誉"。在保

① 鲁迅：《文化偏至论》，《鲁迅全集》第1卷，人民文学出版社1981年版，第42页。

② 鲁迅：《文化偏至论》，《鲁迅全集》第1卷，人民文学出版社1981年版，第50页。

③ Sur le seuil, François Jullien, Europe, le 63e volume, Les Éditions Denoël, 1985:p23.

④ 钱杏邨：《死去了的阿Q时代》，《太阳月刊》1928年3月1日；陈漱渝主编：《说不尽的阿Q——无处不在的魂灵》，中国文联出版公司1997年版，第259页。

罗·福斯特看来，"这场发生在20世纪二三十年代的话语重复和夸大罗兰评论的事件"在今天"仍然有很强的生命力"①，中国"文学界对罗兰评论的兴奋"恰恰是"中国国民性的讽刺性暴露"，这似乎又有力地证明了阿Q并非一个时代"一个阶级所特有的现象"②、不光是"落后的带流浪人性的贫农底共同性格被个性化了的典型"③，阿Q气已蔓延到了当今的中国"文学界"、部分"受过教育的知识分子"④，他们因罗兰的评语而兴奋，将其当成了"通行证"，做着阿Q式的"畅想曲"。当然，他们"人格也恐怕不是两个"，因为他们还不以暴露阿Q式的国民性劣根"取得国际声誉而感到个人的羞耻"⑤，毫不理会国外学界把他们当成阿Q般的耻笑，努力将阿Q立为"警世钟"。这种"冒着丢民族脸面的危险把自己的国民劣根性展示给世界"⑥的著作在世界文学中并不少见，许多已成为经典形象，"越是杰出的文学作品恰恰越是具有这样一种可供多元阅读的潜在空间"⑦。鲁迅创作的目的"是在揭出病苦，引起疗救的注意"⑧。人类社会的病苦是一种普遍存在的现象，只是表现方式不同而已，如《狂人日记》的完成"所仰仗的全在先前看过的百来篇外国作品"⑨。未庄的阿Q只是一个"人物的模特儿"，他的劣根似乎是没有疆界

---

① 保罗·福斯特：《中国国民性的讽刺性暴露——鲁迅的国际声誉、罗曼·罗兰对〈阿Q正传〉的评论及诺贝尔文学奖》，任文惠译，《鲁迅研究月刊》2004年第8期，第43页。

② 何其芳：《论阿Q》，《人民日报》1956年10月16日；陈漱渝主编：《说不尽的阿Q——无处不在的魂灵》，中国文联出版公司1997年版，第496页。

③ 胡风：《典型论底混乱》，《作家》1936年创刊号；陈漱渝主编：《说不尽的阿Q——无处不在的魂灵》，中国文联出版公司1997年版，第442页。

④ 保罗·福斯特：《中国国民性的讽刺性暴露——鲁迅的国际声誉、罗曼·罗兰对〈阿Q正传〉的评论及诺贝尔文学奖》，任文惠译，《鲁迅研究月刊》2004年第8期，第45页。

⑤ 保罗·福斯特：《中国国民性的讽刺性暴露——鲁迅的国际声誉、罗曼·罗兰对〈阿Q正传〉的评论及诺贝尔文学奖》，任文惠译，《鲁迅研究月刊》2004年第8期，第45页。

⑥ 保罗·福斯特：《中国国民性的讽刺性暴露——鲁迅的国际声誉、罗曼·罗兰对〈阿Q正传〉的评论及诺贝尔文学奖》，任文惠译，《鲁迅研究月刊》2004年第8期，第45页。

⑦ 谭桂林：《如何评价"阿Q式的革命"并与汪晖先生商榷》，《鲁迅研究月刊》2011年第10期，第41页。

⑧ 鲁迅：《我怎么做起小说来》，《鲁迅全集》第4卷，人民文学出版社1981年版，第101页。

⑨ 鲁迅：《我怎么做起小说来》，《鲁迅全集》第4卷，人民文学出版社1981年版，第101页。

的。熟读外国书的鲁迅主张用文艺来"改良人生"，其思想深受西方文艺思潮的影响，充满着对整个人类的终极关怀，从这点意义出发，鲁迅早已属于世界。"至于鲁迅的世界影响，实际并不取决于外国人，而是取决于我们自己。"①英国前首相丘吉尔认为莎士比亚的人文精神产生的力量大过一个印度对英国的贡献。这虽然有些夸大，但这恰恰说明了文艺对人类社会产生的巨大推动作用。人无完人，作为常人的鲁迅，生前也是有缺点的。如果我们之后的研究鲁迅只专注于鲁迅的缺点、一心只想挑刺的话，那是很容易的事情，却毫无意义。我们拷问历史是为了照亮未来，所以我们当务之急是做些实际且有价值的事情，"回到鲁迅"，真正读懂鲁迅的用心良苦，切实利用鲁迅资源使我们的民族真正强大起来。

① 王富仁：《我和鲁迅研究》，《鲁迅研究月刊》2000年第7期，第22页。

参考文献

前　言

藤井省三：《日本介绍鲁迅文学活动最早的文字》，《复旦学报（社会科学版）》1980年第2期。

袁荻涌：《鲁迅与中法文学交流》，《洛阳师专学报》1997年第6期。

朴宰雨：《韩国鲁迅研究的历史与现状》，《鲁迅研究月刊》2005年第4期。

宋绍香：《世界鲁迅译介与研究六十年》，《文艺理论与批评》2011年第5期。

金河林：《鲁迅与他的文学在韩国的影响》，《现代东亚语境中的鲁迅研究——中韩鲁迅学术研讨会论文集》，2005年7月。

甘锋：《洛文塔尔文学传播理论研究》，山东大学博士学位论文，2008年。

严绍璗：《日本中国学史稿》，学苑出版社2009年版。

王家平：《鲁迅域外百年传播史：1909—2008》，北京大学出版社2009年版。

上编　第一章

藤井省三：《日本介绍鲁迅文学活动最早的文字》，《复旦学报》1980年第2期。

山本武利：《近代日本的新闻读者层》，法政大学出版局1981年版。

读卖新闻社社史编集室编：《读卖新闻发展史》，读卖新闻社1987年版。

藤井省三：《爱罗先珂的都市物语——20世纪20年代东京·上海·北京》，みすず书房1989年版。

朝日新闻百年史编修委员会编：《朝日新闻社史》（明知篇），朝日新闻社1990年版。

藤井省三：《鲁迅事典》，三省堂2002年版。

上编　第二章

《局里通讯／六月的NHK名作剧场十七日〈阿Q正传〉竹内好译，霜川远志改编》，《朝日新闻》1957年5月25日晨刊。

《文学座演员座共同上演创作剧／宫本研作〈阿Q外传〉／以中国为舞台／革命与民众的关系》，《读卖新闻》1969年8月21日晚刊。

《〈舞台〉〈阿Q外传〉／民众与革命家的羁绊》，《读卖新闻》1969年9月10日晚刊。

《令人印象深刻的最后一幕／文学座〈阿Q外传〉》，《朝日新闻》1969年9月11日晚刊。

《〈作茧自缚的批评家／文学座的〈阿Q正传〉入选今年前五名〉》，《读卖新闻》1969年9月13日晚刊。

花田清辉、小泽信男、佐佐木基一、长谷川四郎：《剧本·故事新编》，河出书房新社1975年。

《可获剧本集的戏剧／〈鲁迅传〉出版纪念〈阿Q正传〉上演》，《朝日新闻》1977年7月6日东京版晚刊。

《鲁迅系列第二部〈目中之人〉公演／世代剧团正月东京》，《朝日新闻》1978年12月26日东京版晚刊。

《衣裳·演出亦为日中合作／阿Q正传／关西新戏剧人者联合上演》，《朝日新闻》1982年8月27日东京版晚刊。

《中国归国者的自立／支援的〈阿Q正传〉／剧团"世代"》，《朝日新闻》1984年1月27日东京版晚刊。

《在中国上演〈藤野先生再见〉／剧团世代突然的招聘／作者的苦心之果》，《朝日新闻》1984年11月25日晨刊。

鲁青：《为写鲁迅而豁出生命——介绍日本剧作家霜川远志先生》，《鲁迅研究动态》1985年第5期。

《剧场世代公演〈阿Q正传〉（节目）》，《朝日新闻》1989年12月14日晚刊。

《〈执笔时间〉井上厦／鲁迅"再生"作为日本人》，《读卖新闻》1991年2月25日东京版晨刊。

《井上厦的〈上海月亮〉／高桥长英热演鲁迅／克制笑意由动到静》，《读卖新闻》1991年3月1日东京版晚刊。

《［批评＆批评］戏剧／〈上海月亮〉（小松座）》，《读卖新闻》1991年3月9日东京版晚刊。

《［采访］井上厦先生／〈上海月亮〉获谷崎润一郎奖》，《读卖新闻》1991年9月26日东京版晚刊。

藤井省三：《东京外语支那语部交流与侵略之间》，《朝日新闻》1992年。

《〈戏剧人间〉松山政路／初次挑战〈阿Q外传〉》，《读卖新闻》1994年5月31日东京版晚刊。

《〈时代〉之问、时隔25年再次上演／宫本研的〈阿Q外传〉》，《朝日新闻》1994年6月10日晚刊。

《小仓的帐篷戏／餐饮店主们实施／21、22日》，《朝日新闻》1995年10

月19日福冈版晨刊。

《再验证剧作家·布莱希特的精神／东京·两国的戏剧公演等》，《朝日新闻》2003年9月2日晚刊。

《鲁迅与恩师的交流、热演／东北大学留学生表演〈藤野先生〉》，《朝日新闻》2004年9月15日宫城县版晨刊。

《描绘鲁迅与藤野教授交流的戏剧上演／今天·明天于仙台》，《朝日新闻》2006年9月16日宫城全县版晨刊。

《鲁迅的心境、详细表现／仙台剧团公演、〈藤野先生〉新解读》，《朝日新闻》2006年9月20日宫城全县版晨刊。

《仙台业余剧团、至中国公演／创作戏剧再现鲁迅留学时代》，《读卖新闻》2006年10月3日宫城版晨刊。

《事件信息／鸟取县论铸剑／28、29日的晚上7点半、鸟取市鹿野町的鸟之剧场》，《朝日新闻》2007年12月14日鸟取全县版晨刊。

《日中韩演员所描绘的近未来东亚／舞台〈垃圾场贫民窟的异人先生〉》，《朝日新闻》2007年12月14日晚刊。

《〈鸟之剧场〉努力扩大粉丝／大额捐款中断运营严峻／体验教室倍增＝鸟取》，《读卖新闻》2008年4月11日鸟取版。

《戏剧〈铸剑〉／5月1、2日19时半与3～6日14时、鸟取县鹿野町鹿野的〈鸟之剧场〉》，《朝日新闻》2008年4月25日鸟取县全县版晨刊。

《鲁迅之作〈铸剑〉的舞台化／今日止、鸟之剧场》，《朝日新闻》2008年5月6日鸟取全县版晨刊。

《（人·昨天·今天）斋藤赖阳先生／对古典情有独钟　对演员精益求精》，《朝日新闻》2008年5月14日鸟取全县版晨刊。

《高知县举办／鸟之剧场公演／铸剑／18日下午3点、高知县高须的县立美术馆》，《朝日新闻》2008年5月16日高知全县版晨刊。

《〈铸剑〉（中岛谅人编导、鲁迅作品）对祝祭型寓言进行革新的编导·——中岛谅人导演鲁迅〈铸剑〉剧评》，2008年7月28日http://spac.or.jp/?p=9,检索日期：2016-2-20。

鲁迅与20世纪中国研究丛书

《鸟之剧场、初次中国公演／3日戏剧节／鲁迅的〈铸剑〉剧本》，《读卖新闻》2008年11月1日大阪版晨刊鸟取版。

《鸟之剧场、今年度／国内外的剧团招待／自主公演〈葵上／熊野〉等4场》，《读卖新闻》2009年4月28日大阪版晨刊鸟取版。

《〈舞台〉鸟之剧场〈铸剑〉／7月11～20日的周六休日14点、平日19点半、鸟取市鹿野町的〈鸟之剧场〉》，《朝日新闻》2009年6月19日晨刊鸟取全县版。

《与观众一起看出什么／采访宫崎市出生·〈鸟之剧场〉主演中川先生》，《朝日新闻》2009年7月4日宫崎全县版晨刊。

《〈铸剑〉从今日上演／〈鸟之剧场〉第3场／鹿野町》，《朝日新闻》2009年7月11日鸟取全县版晨刊。

《〈评〉铸剑／无国籍风的空气、紧张感》，《读卖新闻》2009年7月24日西部版晚刊。

《演出〈上海月亮〉／村井国夫先生》，《读卖新闻》2010年1月29日东京版晚刊。

《演员·村井国夫、首次小松座演出／井上厦作品〈上海月亮〉》，《朝日新闻》2010年2月25日晚刊。

《［最佳推荐］鲁迅的苦恼／轻松巧妙的／井上厦作品〈上海月亮〉》，《读卖新闻》2010年3月11日大阪版晚刊。

《井上厦作、描绘鲁迅、仙台上演〈上海月亮〉》，《朝日新闻》2010年4月17日山形全县、福岛全县、岩手全县、宫城全县各版的晨刊。

《井上厦先生的舞台〈上海月亮〉5月9日、卫星剧场》，《读卖新闻》2010年4月30日东京版晚刊。

佚名：《请观赏外语支那语戏剧》，《支那语》1932年12月号。

柾木恭介：《别在此处落幕！——文学座公演，围绕宫本研作品〈阿Q外传〉（时评）=69·戏剧）》，东京新日本文学会：《新日本文学》第24卷11号，1969年11月。

北川冬彦：《剧本文学论》，作品社1938年版。

仙台鲁迅记录调查会编：《仙台鲁迅记录》平凡社1978年版。

阿部兼也：《鲁迅的仙台时代：鲁迅日本留学的研究》，东北大学出版会1999年版。

鲁迅·东北大学留学百周年史编辑委员会编：《鲁迅与仙台：东北大学留学百周年》，东北大学出版会2004年版。

"藤野先生与鲁迅"刊行委员会编：《藤野先生与鲁迅：惜别百年》，东北大学出版会2007年版。

新村出编：《广辞苑》第6版，岩波书店2008年版。

董炳月：《鲁迅形影》，生活·读书·新知三联书店2015年版。

上编　第四章

藤井省三：《日本介绍鲁迅文学活动最早的文字》，《复旦学报》1980年第2期。

丸山升、靳丛林：《日本的鲁迅研究》，《鲁迅研究月刊》2000年第11期。

程振兴：《〈大鲁迅全集〉与1938年〈鲁迅全集〉的出版》，《鲁迅研究月刊》2010年第11期。

尾崎文昭、薛羽：《战后日本鲁迅研究——尾崎文昭教授访谈录》，《现代中文学刊》2011年第3期。

Roland Barthes,Empire of Signs.（New York:Hilland Wang,1970）.

增田涉：《鲁迅的印象》，角川书店1970年版。

柄谷行人：《关于终焉》，福武书店1990年版。

严绍璗：《日本中国学史》（第1卷），江西人民出版社1991年版。

《Daily documents in the twentieth century：1969》，讲谈社1997年版。

矶田光一：《战后史的空间》，新潮社2000年版。

鲁迅：《321219　致增田涉》，《鲁迅全集》第14卷，人民文学出版社

2005年版。

鲁迅：《鲁迅全集》第16卷，人民文学出版社2005年版。

鲁迅：《鲁迅精选集》，北京燕山出版社2006年版。

竹内好：《阿Q正传·狂人日记》，岩波文库2007年版。

藤井省三：《故乡·阿Q正传》，光分社2009年版。

井上红梅：《阿Q正传》，青空文库2010年版。

藤井省三：《鲁迅——東アジアを生きる文学》，岩波新书2011年版。

藤井省三：《鲁迅在日文世界》，《鲁迅社会影响调查报告》，人民日报出版社2011年版。

上编　第五章

程麻：《日本的鲁迅研究近况》，《国外社会科学》1981年第9期。

袁韶莹：《战后日本出版的鲁迅传记书目》，《现代外国哲学社会科学文摘》1983年第6期。

袁荻涌：《日本对鲁迅作品的译介和研究》，《日本学刊》1994年第3期。

山田敬三：《十多年来的日本鲁迅研究》，杨晓文译，《上海鲁迅研究》1995年第00期。

张梦阳：《日本鲁迅研究概观》，《文艺研究》2006年第12期。

靳丛林：《战前日本鲁迅研究概观》，《外国问题研究》2009年第1期。

李爱文、纪旭东：《竹内好的鲁迅翻译特征研究》，《日语学习与研究》2015年第4期。

周令飞：《鲁迅社会影响调查报告》，人民日报出版社2011年版。

孙郁：《鲁迅与现代中国》，安徽大学出版社2013年版。

《"近代东亚的苦恼"与鲁迅的对话》，《出版日报》（韩国）231号，1998年3月5日。

韩雪野：《鲁迅与朝鲜文学》，《朝鲜文学》1956年第10期。

朴宰雨：《解放后鲁迅研究在韩国：1945—1996》，《中国现代文学》1996年第11期。

《日帝禁书33卷》，《新东亚》1977年1月号。

李政文：《鲁迅在朝鲜》，《世界文学》1981年第4期。

姜贞爱：《韩国的鲁迅研究状况》，《社会科学战线》1995年第3期。

金河林：《鲁迅文学在韩国的接受样相》，《中国人文科学》（12辑），1998年。

朴宰雨：《八十年代韩国的变革运动与鲁迅——以李泳禧、任轩永两位运动家为中心》，《鲁迅研究月刊》2001年第1期。

朴宰雨：《韩国鲁迅研究的历史与现状》，《鲁迅研究月刊》2005年第4期。

朴宰雨：《韩国的中国现代文学研究与翻译的现况》，《韩中言语文化研究》2005年第8期。

朴宰雨、桂乃音：《韩国七八十年代的变革运动与鲁迅》，《现代东亚语境中的鲁迅研究——中韩鲁迅学术研讨会论文集》，2005年7月。

朴宰雨：《鲁迅与韩国作家比较研究的历史与特点：韩中现代文学比较研究的策略性思考里进行探索》，《韩中言语文化研究》2007年第12期。

马金科、金兰：《〈阿Q正传〉的朝韩语翻译》，《东疆学刊》2010年第27卷第4期。

고점복〈루쉰의아큐정전읽기〉, 세창미디어, 2014년.

권혁률〈춘원과루쉰에관한비교문학적연구〉, 역락, 2007년.

김언하루쉰의문학세계와광기주제, 중어중문학〈35〉, 2004년.

김해명〈중국문학산책〉, 백산서당, 1996년.

박홍규〈자유인루쉰〉, 우물이있는집, 2002년.

박홍규〈가거라용감하게, 아들아!〉, 들녘, 2016년.

엄영욱〈정신계의전사노신〉, 국학자료원, 2003년.

오문의중한번역의양상과그규칙의모색-노신〈상서〉의번역문에대한분석, 중국언어연구, 1996년제4호.

유중하전인초외5명, 〈민족혼으로살다〉, 학고재, 1999년.

정진배노신과역사적인것:관점, 공간, 해석, 대동문화연구, 1998년제33호.

정진배전통으로현대읽기:노신문학속의노장과불교, 중국현대문학, 2010년제52호.

홍석표김광주의현대중국문예비평과루쉰소설의번역, 중국문학, 2016년제87호.

홍석표류수인과루쉰:〈광인일기〉번역과사상적연대, 중국문학, 2013년제77호.

홍석표김태준의학문연구일인학자및루쉰과의학문적교섭, 중국현대문학, 2012년제63호.

홍석표루쉰의정신구조:모순의통일적주체, 중국현대문학, 2004년제31호.

홍석표〈천상에서심연을보다〉, 선학사, 2005년.

홍석표〈중국의근대적문화의식탄생〉, 선학사, 2007년.

上编　第七章

朱二：《新马华文杂文创作与鲁迅》，《鲁迅研究动态》1987年第7期。

彭小苓：《林万菁和他的"鲁迅修辞"研究》，《鲁迅研究月刊》1992年第12期。

王润华：《回到仙台医专，重新解剖一个中国医生的死亡——周树人变成鲁迅，弃医从文的新见解》，《鲁迅研究月刊》1995年第1期。

王润华：《从周树人仙台学医经验解读鲁迅的小说》，《中国文化》1996年第2期。

王枝木：《鲁迅风果然占上风》，《清流》1999年第42期。

南治国：《寂寞的鲁迅——鲁迅与二十年代的马华文坛》，《鲁迅研究月刊》2002年第6期。

南治国：《旅行的阿Q——新马华文文学中的阿Q形象谈》，《华文文学》2003年第1期。

李志：《鲁迅及其作品在南洋地区华文文学中的影响论述》，《西南民族学院学报（哲学社会科学版）》2003年第3期。

南治国：《鲁迅在新马的影响》，《华文文学》2003年第5期。

葛涛：《抗战期间鲁迅在香港、新马等地引起的文化反响》，《中华读书报》2006年12月6日。

刘永睿：《鲁迅与20世纪20、30年代的新加坡文坛》，《甘肃联合大学学报》2007年第4期。

张霖：《"汉学大师"郑子瑜的现代文学情结》，《书屋》2009年第12期。

王润华：《新马华文教科书中的鲁迅作品》，《中国现代文学研究丛刊》2012年第4期。

金进：《新加坡作家英安培创作中的外来影响》，《外国文学研究》2012年第4期。

金进：《马华文学的发生与发展（1919—1965）——以南来作家的身份认同与转变为讨论对象》，《东华汉学》2013年第18期。

章翰：《鲁迅与马华新文艺》，风华出版社1977年版。

吴天才：《鲁迅赞》，东南亚华文文学研究中心1991年版。

王润华：《鲁迅小说新论》，学林出版社1993年版。

王润华：《沈从文小说新论》，学林出版社1998年版。

王赓武：《中国与海外华人》，（台湾）商务印书馆1994年版。

李光耀：《李光耀回忆录》，新加坡联合早报2000年版。

王润华：《华文后殖民文学：中国、东南亚的个案研究》，学林出版社2001年版。

杨松年：《战前新马文学本地意识的形成与发展》，新加坡国立大学中文系、八方文化企业公司联合出版2001年版。

黄孟文、徐迺翔主编：《新加坡华文文学史初稿》，新加坡国立大学中文系、八方文化企业公司联合出版2001年版。

古远清：《鲁迅精神在50年代的马华文坛——读〈云里风文集〉中的散文》，《云里飘来的清风》，嘉阳出版有限公司2002年版。

谢诗坚：《中国革命文学影响下的马华左翼文学（1926–1976）》，厦门大学博士学位论文，2007年。

王家平：《鲁迅域外百年传播史：1909—2008》，北京大学出版社2009年。

上编 第八章

张杰：《越南的鲁迅著作翻译与研究》，《鲁迅研究动态》1987年第6期。

裴氏幸娟：《〈呐喊〉、〈彷徨〉的越南语译本》，《中国现代文学研究丛刊》2007年第4期。

张伟权：《"译介与重塑"——鲁迅在越南》，《鲁迅研究月刊》2013年第9期。

王家平：《鲁迅文学遗产在东南亚的传播和影响》，《首都师范大学学报（社会科学版）》2014年第5期。

阮氏梅筝：《鲁迅在越南》，《东吴学术》2015年第4期。

胡志明：《胡志明选集》（卷2），北京人民出版社1964年版。

芳榴：《大评论家鲁迅》（曾烨译），《鲁迅研究年刊》1991、1992年卷。

梁唯次：《胡志明与中国文学》，青年出版社1992年版。

张政：《邓台梅与中国文学》，艺安出版社1994年版。

丁氏芳好：《鲁迅在越南》，华东师范大学硕士学位论文，2007年。

上编　第九章

洪林：《中国传统文化对泰华文学的影响》，《泰中学刊》1998年第4期。

欧阳惠：《泰国华侨鲁迅追悼会的回忆》，《中共党史资料》2007年第4期。

何明星：《从"三国演义"到鲁迅，中国文学在泰国的传播》，《济南大学学报（社会科学版）》2011年第6期。

戚盛中：《鲁迅作品在泰国流传的意义》，《鲁迅研究年刊》1991、1992年卷。

黄瑞贞：《〈阿Q正传〉泰译本之比较》，泰国朱拉隆功大学2002年版。

高伟光：《泰华文学面面观》，留中大学出版社2010年版。

黄盈秀：《泰国中文专业教学中鲁迅作品的教学与接受》，浙江大学硕士学位论文，2011年。

雅妮：《泰国知识者对鲁迅形象的评价》，中国海洋大学硕士学位论文，2012年。

下编　第二章

李彦：《中国文学走向海外读者视野》，《人民日报》（海外版）2013年8月30日。

佚名：《鲁迅著作在法国、加拿大》，《读书》1958年第15期。

佚名：《上海话剧艺术中心联手加拿大剧团"开打"鲁迅》，《话剧》2006年第2期。

李凌俊：《加拿大剧团改编鲁迅作品》，《华文文学》2006年第3期。

张杰：《国外中国现代文学研究方法管窥》，《当代文坛》2009年第3期。

扬·马特尔：《斯蒂芬·哈珀在读什么》，郭国良、殷牧云译，译林出版社2014年版。

William A. Lyell. Lu Hsun, Diary of a Madman and Other Stories. Trans., Honolulu: University of Hawaii Press, （1990）.

Gu, Ming Dong. "Lu Xun, Jameson, and Multiple Polysemia", Candian Review of Comparative Literature 12（2001）.

Milena Dole? elová –Velingerová，"Lu Xun's 'Medicine'"，GOLDMAN, Merle, ed. Modern Chinese Literature in May Fourth Era （Cambridge: Harvard University Press, 1977）.

Unknown author, "The Chinese Novel at the Turn of the Century"（book review）. Poetics Today Vol. 3, No. 4 （1982）, 191.

James Robinson Keefer, "Dynasties of Demons？: Cannibalism from Lu Xun to Yu Hua".Diss. （2002）, University of British Columbia. Web. 21 Sept. 2016. 〈https://open.library.ubc.ca/cIRcle/collections/831/items/1.0090510〉. Retrospective Theses and Dissertations, 1919–2007.

Viren Murti, "Resistance to Modernity and the Logic of Self–Negation as Politics: Takeuchi Yoshimi and Wang Hui on Lu Xun". Talk at University of Ottawa. January 29, 2009. https://www.mcgill.ca/eas/files/eas/VirenMurti.pdf. Access. Sept. 22, 2016.

Jia–Raye Yo, "The Problem of Translation in Modern China: A Brief Study in Lu Xun and Qian Zhongshu". Thesis. （2012）, University of Toronto. Web. 21 Sept. 2016. 〈https://tspace.library.utoronto.ca/bitstream/1807/32503/9/Yo_JiaRaye_20126_MA_thesis.pdf〉.

Tianming Li. "A Thematic Study of Lu Xun's Prose Poetry Collection Wild Grass", Diss. (1988): University of British Columbia. Web. 21 Sept. 2016. 〈https://open.library.ubc.ca/cIRcle/collections/ubctheses/831/items/1.0088982〉. Retrospective Theses and Dissertations, 1919–2007.

Xie Haiyan, "Lu Xun's Translation and the Construction of Modernity During the May Fourth Period". Web. 22 Sept. 2016. 〈https://www.ualberta.ca/modern-languages-and-cultural-studies/people/graduate-students〉.

Zhu Yuanhai, "Chinese National Revitalization and Social Darwinism in Lu Xun's Work", Thesis (2015): University of Alberta, Web. 22 Sept. 2016. 〈https://era.library.ualberta.ca/files/6395w9702/Zhu_Yuanhai_201507_MA.pdf〉.

Bill Schiller, "China's most famous writer, Lu Xun, purged from high school textbooks", The Star Sept. 5, 2013:https://www.thestar.com/news/the_world_daily/2013/09/chinas_most_famous_writer_lu_xun_purged_from_high_school_textbooks.html.Access. Sept. 22, 2016.

Christopher Hoile, "Lu Xun Blossoms", Stage Door June 17, 2011: http://www.stage-door.com/Theatre/2011/Entries/2011/6/17_LU_XUN_blossoms.html. Access. Sept. 22, 2016.

"Ideas (Radio Show)", https://en.wikipedia.org/wiki/Ideas_(radio_show). Access. Sept. 22, 2016.

Jon Kaplan, "Lu Xun Blossoms: Flower Power", Now Toronto June 9, 2011: https://nowtoronto.com/stage/lu-xun-blossoms-2011-06-09/. Access. Sept. 22, 2016.

"Past Episodes of Ideas", http://www.cbc.ca/radio/ideas/pastepisodes. Access. Sept. 22, 2016.

Usman W. Chohan, "Feudalism and Macroeconomic Cannibalism", McGill University News and Events 29 May 2015: https://www.mcgill.ca/channels/news/feudalism-and-macroeconomic-cannibalism-253123. Access. Sept. 22, 2016.

张钊贻：《鲁迅与尼采"反现代性"的契合》，《鲁迅研究月刊》1996年第6期。

格罗里亚·戴维斯：《阿Q问题的现代性》，程启华译，《鲁迅研究月刊》1996年第8期。

张钊贻：《鲁迅早期尼采考》，《学人》1996年4月第9辑。

寇志明：《鲁迅："译"与"释"》，黄乔生译，《鲁迅研究月刊》2002年第1期。

寇志明：《鲁迅与果戈里》，黄乔生译，《鲁迅研究月刊》2002年第7期。

寇志明：《鲁迅与进化论》，黄乔生译，《鲁迅研究月刊》2002年第11期。

寇志明：《节日之于鲁迅："'小'传统"与民国时代国民新自我认同的文化事业》，《鲁迅研究月刊》2003年第11期。

寇志明：《鲁迅旧体诗注视和英译略述》，华芬译，《鲁迅研究月刊》2004年第4期。

寇志明：《书评一篇》，黄乔生译，《鲁迅研究月刊》2004年第7期。

寇志明：《关于"鲁迅研究"的英译》，《鲁迅研究月刊》2005年第8期。

寇志明：《鲁迅"正"传：一个更性感的故事——读卜立德〈鲁迅正传〉》，甘棠译，《鲁迅研究月刊》2005年第12期。

寇志明：《〈鲁迅：中国"温和"的尼采〉感言》，甘棠译，《鲁迅研究月刊》2006年第2期。

寇志明：《纪念美国鲁迅研究专家威廉·莱尔》，《鲁迅研究月刊》2006年第7期。

张钊贻：《鲁迅与中国现代化——鲁迅乱弹之一》，《昆士兰华商周报》第328期。

张钊贻：《鲁迅与中国现代化——鲁迅乱弹之二》，《昆士兰华商周报》第329期。

张钊贻：《鲁迅与全盘西化——鲁迅乱弹之三》，《昆士兰华商周报》第330期。

张钊贻：《鲁迅与儒家——鲁迅乱弹之四》，《昆士兰华商周报》第331期。

乐黛云编：《国外鲁迅研究论文集》，北京大学出版社1981年版。

Bonnie S.Mcdougall, Love Letters and Privacy in Modern China: The Intimate Lives of Lu Xun and Xu Guangping（Oxford:Oxford University Press, 2002）.

Bonnie S.Mcdougall, Letters Between Two.Correspondence Between Lu Xun and Xu Guangping（Beijing:Foreign Languages Press, 2000）.

Raymond S.W.Hsu, Centre of Asian Studies（Hong Kong: University of Hong Kong Press, 1979）.

Simon Leys tr., The Analects of Confucisu（New York:W.W.Norton&Co., 1997）.

Simon Leys, "Fire Under the Ice: Lu Xun", Burning Forest.

W.J.F.Jenner, Lu Xun Selected Poems（Beijing:Foreign Language Press, 1982）.

Gloria Davis, Worrying about China:The Language of Chinese Critical Inquiry（Cambridge, Mass.:Harvard University Press, 2007）.

Gloria Davis, Lu Xun's Revolution:Writing in the Time of Violence（Cambridge, Mass.:Harvard University Press, 2013）.

Mabel Lee, "Suicide of the Creative Self:the Case of Lu Hsün", A.R.Davis&A.D.Stefanowska（eds）, Austrina: Essays in Commemoration of the 25th Anniversary of the Founding of the Oriental Society of Australia（Sydney:Oriental Society of Australia, 1982）.

Jon Eugene von Kowallis, "Lu Xun and Terrorism: A Reading of Revenge and Violence in Mara and Beyond", in Peter Zarrow（ed.）, Creating Chinese Modernity. Knowledge and Everyday Life, 1900–1940（New York: Peter Lang, 2006）.

Mabel Lee, "Zarathustra's 'Statue' :May Fourth Literature and the Appropriation of Nietzsche and Lu Xun", David Brook and Brian Kiernan（eds）.Running Wild: Essays, Fictions and Memoirs Presented to Michael Wilding（Sydney & New Delhi: Sydney Association for Studies in Society & Culture Series, 2004）.

Jon Eugene von Kowallis, The Lyrical Lu Xun:A Study of His Classical–Style Verse（Honolulu: University of Hawai'i Press, 1996）.

Jon Eugene von Kowallis, "From America to Australia with Lu Xun", in Mabel Lee et al（eds）, Lu Xun and Australia.

Gregor Benton, "Lu Xun, Leon Trotsky and Chinese Trotskyists", East Asian History, No.7（Jun.1994）.

Michelle Loi, "Is Ah Q Still Alive and Well? ", Broken Images, 34–37.

Simon Leys, "The Mosquito's Speech: In Memory of Lu Xun", Far Eastern Ecnomic Review（11 December.1981）.

Liu, Ts'un–yan, "Lu Xun and Classical Studies", Papers on Far Eastern History 26（Sep 1982）.

Mabel Lee, "Solace For the Corpse With Its Heat Gouged Out: Lu Xun's Use of the Poetic Form", Papers on Far Eastern History 26（Sep.1982）.

Wang Gungwu, "Lu Xun, Lim Boon Keng and Confucianism", Papers on Far Eastern History, 39（Mar.1989）.

Liu, Ts'un–yan, "Lu Xun and Classical Studies", Papers on Far Eastern History, 26（Sep 1982）.

Anne McLaren, "Lu Xun: The Art of Catching a Ghost", in Mabel Lee et al（eds）, Lu Xun and Australia.

David Holms, "Lu Xun in the Period of 1936–1949: The Making of a Chinese Gorki", in Leo Lee（ed.）, Lu Xun and His Legacy（Berkeley: University of California Press, 1985）.

Gloria Davis, "The Problematic Modernity of Ah Q", Chinese Literature: Essays, Articles, Reviews, 13（1991）.

Gloria Davis, "Two or Three Things I Learned from Lu Xun", in Mabel Lee et al（eds）, Lu Xun and Australia（Melbourne: Australian Scholarly Publishing, 2006）.

Mabel Lee, "In Lu Hsün's Footsteps:Pai Hsien-yung, A Modern Chinese Writer", Journal of the Oriental Society of Australia, IX, 1-2（1972-1993）.

Chiu-yee Cheung, "Lu Hsün and Nietzsche: Influence and Affinity After 1927", The Journal of the Oriental Society of Australia, XVIII/XIX（1986-1987）.

Chiu-yee Cheung, "Beyond East and West: Lu Xun's Apparent 'Iconoclasm'and His Understanding of the Problem of Chinese Traditional Culture", The Journal of the Oriental Society of Australia, XX/XXI（1988-89）.

Chiu-yee Cheung, "Literature Against Politics: the Political Affinity of Lu Xun and Nietzsche", in M. Gá lik（ed.）, Chinese Literature and European Context（Bratislava:Veda, 1994）.

Chiu-yee Cheung, "The Love of a Decadent 'Superman' :A Re-Reading of Lu Xun's 'Regret for the Past' ", The Journal of the Oriental Society of Australia, 30（1999）.

Chiu-yee Cheung, "Tracing the 'Gentle' Nietzsche in Early Lu Xun", in Autumn Flood: Essays in Honour of Maria á n Gá lik（Bern: Peter Lang, 1998）.

Chiu-yee Cheung, "The Nietzsche of Chinese Lu Xun Scholars:A Zigzag Road of the Reception of the 'Gentle' Nietzsche", in Sino-German Relations since 1800: Multidisciplinary Explorations（Frankfurt am Main: Peter Lang, 2000）.

Chiu-yee Cheung, "My Journey with Lu Xun", in Mabel Lee et al（eds）, Lu Xun and Australia.

Mabel Lee, "On Nietzsche and Modern Chinese Literature:From Lu Xun（1881-1936）to Gao Xingjian（b.1940）", Literature and Aesthetics:The Journal of the Sydney Society of Literature and Aesthetics（November 2002）.

Mabel Lee, "May Fourth:Symbol of Bring-it-here-ism for Chinese Intellectuals", Papers on Far Eastern History, 41（Canberra, 1990）.

Mabel Lee, "From Chuang–tzu to Nietzsche:On the Individualism of Lu Hsün", Journal of the Oriental Society of Australia, XVII（1985）.

下编　第四章

徐从辉：《周作人对现代性的另类回应——评苏文瑜〈周作人：自己的园地〉》，《现代中文学刊》2012年第3期。

乐黛云、陈跃红等：《比较文学原理新编》，北京大学出版社1998年版。

张杰：《鲁迅：域外的接近与接受》，福建教育出版社2001年版。

苏文瑜：《周作人：自己的园地》，陈思齐、凌曼苹合译，台北麦田城邦文化出版社2011年版。

Daruvala, Susan, . Zhou Zuoren and an Alternative Chinese Response to Modernity Cambridge, MA: Havard University Press,（2000）.

Hockx, Michel. "Mad Women and Mad Men: Intraliterary Contact in Early Republican Literature". In Findeison and Gassmann, eds., Autumn Floods: Essays in Honour of Marian Galik. Bern:Peter Lang, 1998.

Hockx, Michel（2002）"'Kuangnan chinü: yuedu Chen Hengzhe, Lu Xun he _Xin qingnian_ de fangshi'（Mad Men and Crazy Women: Ways of Reading Chen Hengzhe, Lu Xun and _New Youth_）". Xiandai Zhongguo（Modern China）, vol. 2 . pp. 94–102.

Hockx, Michel（ed.）. The Literary Field of Twentieth–Century China. Richmond: Curzon Press, 1999.

Hockx, Michel. Questions of Style: Literary Societies and Literary Journals in Modern China, 1911–1937. Leiden: Brill, 2003.

Jenner, W. J. F. "Lu Xun's Disturbing Greatness". East Asian history 19 （2000）: 1–26.

Lovell, Julia. The Politics of Cultural Capital: China's Quest for a Nobel Prize in

Literature .University of Hawai'i Press, 2006.

Lovell, Julia. The Real Story of Ah–Q and Other Tales of China, the Complete Fiction of Lu Xun. Penguin Classics, 2009.

Lu, Xun, Yang Xianyi, and Gladys Yang. True story of Ah Q. Chinese University Press, 2002.

McDougall, Bonnie S.; Louie, Kam. The Literature of China in the Twentieth Century. London: Hurst, 1997.

McDougall, Bonnie S. "Brotherly Love:Lu Xun, Zhou Zuoren, and Zhou Jianren". In Christina Neder et al.eds., China in Seinen Biographischen Dimension: Gedenkscrift fur Helmut Martin.Weisbaden: Harrossowitz Verlag, 2001, 259–76.

McDougall, Bonnie. "Lu Xun Hates China, Lu Xun Hates Lu Xun". In Wolfgang Kubin, ed., Symbols of Anguish: In Search of Melancholy in China. Bern: peter Lang, 2001, 385–440.

McDougall, Bonnie S. "Functions and Values of Privacy in the Correspondence between Lu Xun and Xu Guangping, 1925–1929", In Bonnie S.McDougall and Anders Hansson, eds., Chinese Concepts of Privacy. Leiden: Brill, 2002, 147–68.

McDougall, Bonnie S.L ove–Letters and Privacy in Modern China: The Intimate Lives of Lu Xun and Xu Guangping. Oxford University Press, （2002）.

Mitter, Rana. A Bitter Revolution: China's struggle with the modern world. Oxford: Oxford University Press （2004, pbk 2005）

Wang, Yuanyuan. "The Travel of Fei Mu's film Confucius from 1939 to the present". The Journal of Cambridge Studies Vol.4. No. 2 （2009）.

Zhao, Henry Y.H. The Uneasy Narrator: Chinese fiction from the Traditional to the Modern. Oxford University Press, 1995.

1926, 敬隐渔译，La Véritable Histoire De Ah Q, Europa, no5–6。

1927, 敬隐渔，La Renaissance et l'influence de Romain Rolland, Europa, no9.

1929, 敬隐渔译， Anthologie des conteurs chinois modernes, ? ditions RI? DER, 其中有鲁迅的《阿Q正传》《孔乙己》和《故乡》。

鲁迅与20世纪中国研究丛书

1931, 徐仲年译介，Cri, La Nouvelle Revue Française, Lettres Chinoises, no1.

1932, Choix de Nouvelles de Lou Shun, traduites par Tchang Tien-ya（Tianya Zhang）, la Politique de Pékin, Pékin.

1933, 徐仲年译，Anthologie de la Littérature Chinoise, Delagrave.

1934, 徐仲年译, Le savon, Journal de Changha？la Littérature Chinoise d'aujourd'hui.

1946, Henri van Boven, Histoire de La Littérature chinoise moderne, Scheut Editions.

1947, Joseph Schyns, Romans à lire et Romans à proscrire, Scheut Editions.

1953, Jean Monsrerleet, Sommets de la littérature chinoise contemporaine, Editions Domat.

1948, Li Tche-houa, Cinq poèmes en prose, Rythmes du Monde, 1948（3）.

1948, Herbes sauvages, choix de poemes en prose de Lou-Siun, traduits par P.et J.Li Tche-Houa, Paris.

1951, Li Tsi-YE, l'esprit de Lou Siun, Changha？.

1953, Paul Jamati, La Véritable Histoire de Ah Q, éditeurs français réunis.

1953, Claude Roy, Clefs pour la Chine, Gallimard.

1957, Simone de Beauvoir, La Longue march, Gallimard.

1958, Li Tche-Houa, Deux poèmes, Synthèse.

1959, Li Tche-Houa, Contes anciens à notre manière, Gallimard.

1959-1962, Ruhlman Robert, Les Nouvelles de Lou Siun, Epoque contemporaine, Paris:Presses Univertitaires de France.

1964, Ruhlman Robert, Lou Siun, Grand écrivain du XXe siècle, Comptes Rendus Mensuels des Séances 24.

1971, Michellele Loi, Roseaux sur le mur:les poètes occidentalistes chinois 1919-1949，Gallimard.

1972, Jean Charbonnier, Luxun et la libération de l'homme.

1972, Pour oublier et Opinion sur la Ligue des écrivains de gauche, Tel

Quel, No48–49.

1973, Michelle Loi, Lire Luxun, Tel Quel, No53.

1973, Michellele Loi et Martine Vallette–Hémery, Un combattant commeça: choix de poèmes et essais de Luxun, éditions du centenaire.

1974, Michellele Loi, Bavardages d'un profane sur l'écriture, Tel Quel, No60–61.

1975, Martine Vallette–Hémery, La véridique histoire d'A–Q, édition bilingue, université de Paris VII.

1975, Bernard Chartreux, Jean Jourdheuil, Christian Bourgois, Ah Q: Ah Kiou, tragédie chinoise d'après Lou Sin, Avant–scène théâtre, no581.

1975, Pierre Ryckmans, La Mauvaise Herbe, Union générale d'éditions.

1975, Pierre Ryckmans, La mauvaise herbe de Lu Xun dans les plates–bandes officielles, Union générale d'éditions.

1975, Michelle Loi, Pour Luxun (Lou Sin), réponse à Pierre Ryckmans (Simon Leys), Alfred Eibel.

1975, Bernard Chartreux et Jean Jourdheuil, Ah Q:Ah Kiou:tragédie chinoise, Bourgois.

1976, Simon Leys, Ah Q vit–il encore, Le Point, le 2 fevrier.

1976, François Jullien, Fleurs du matin cueillies le soir, La Chine d'aujourd'hui.

1976, Liliane Princet, Essais choisis, Union générale d'éditions.

1976, Michelle Loi, Pamphlets et libelles: 1925–1936, Maspero.

1978, François Jullien, Sous le dais fleuri: les luttes idéologiques en Chine durant l'année 1925, Fonctions d'un classique Luxun dans la Chine contemporaine, 1975–1977.

1979, François Jullien, Lu Xun, écriture et révolution, Presses de l'école Normale Supérieure.

1979, Michelle Loi, Sur la langue et l'écriture chinoises, Aubier–Montaigne.

1981, Quelques pages pour le centenaire de la naissance de Luxun, 1881–1936, Centre de recherche de l'Université de Paris VIII.

1982, François Jullien, Lu Xun écrivain : perspectives de l'année 1925. Symbolisme figurateur et symbolisme dénonciateur, études chinoises, no1.

1983, Gilhem Fabre, Lu Xun devant la guerre:la littérature de défense nationale et la question de l'esprit critique, études chinoises, no2.

1981, Jean Guiloineau, Le journal d'un fou: suivi de La véritable histoire de Ah Q, Stock.

1981, Yok-Soon Ng, Causerie d'un profane sur la langue et la litt é rature, Gai Ye.

1981, La tombe, Acropole.

1981, Trois nouvelles : Le remède, Un petit incident, La savonnette, Atelier du Gué.

1983, Quelques pages pour Luxun: 1881-1936, Presses de l'Université de Paris VIII.

1985, les poems de Lu Xun, Arfuyen .

1985, Michelle Loi, La Vie et la mort injustes des femmes, Mercure de France.

1987, La Littérature en dentelles, Acropole.

1987, Martine Vallette-Hémery, Treize récits chinois: 1918-1949, Philippe Picquier .

1989, Histoire d'A Q: Véridique biographie, Librairie générale fran? aise.

1990, Chantal Séguy, LUXUN: LES TROIS LOISIRS, A.N.R.T .

1991, La Grande muraille, Shirley Sharoff.

1993, Charles Bisotto, Brève histoire du roman chinois, Gallimard .

1995, Michelle Loi etJo? l Bellassen, Feng Hanjin, Jean Join, Cris, Albin Michelle.

1995, Michelle Loi, Lu Xun, écrivain chinois ou Adieu, mes ancêtres, Hachette jeunesse.

1996, Michelle Loi, Voil à ce que je lui ai fait, Hachette jeunesse.

1998, Jean Guiloineau, Temp ê te dans une tasse de thé, Mille et une nuits.

1998, Qi Wen, sous le directeur de Pierre Brunel, Lautréamont et Luxun : la tradition et le renouvellement de la littérature de la folie, Lautréamont et Luxun: la modernité de la littérature de la folie en 2002。

2004, Jacques Meunier, Errances, Paris : You–Feng.

2004, Sébastian Veg, Errances:suivi de Les chemins divergents de la littérature et du pouvoir politique, Paris:éd. Rue d'Ulm, DL.

2010, Sébastian Veg, Cris, Paris : éd. Rue d'Ulm, DL.

下编　第五章

张杰：《苏联的鲁迅研究》，《鲁迅研究动态》1986年第10期。

张杰：《苏联的鲁迅研究（续）》，《鲁迅研究动态》1987年第2期。

张杰：《苏联的鲁迅研究（续完）》，《鲁迅研究动态》1987年第3期。

李福清（B.Riftin）：《中国现代文学在俄国（翻译及研究）》，《中国文化研究》1993年第2期。

任光宣：《当今俄罗斯大众文学谈片》，《俄罗斯文艺》2008年第1期。

余晓玲：《鲁迅小说俄译研究述略》，《俄罗斯文艺》2016年第1期。

宋绍香：《俄苏鲁迅译介与研究六十年》，《文艺理论与批评》2016年第3期。

苏维：《鲁迅作品在俄罗斯当代大学生中的传播》，《牡丹》2016年第6期。

戈宝权：《阿Q正传在国外》，人民文学出版社1981年版。

В.И.谢曼诺夫：《鲁迅和他的前驱》，李明滨译，湖南文艺出版社1987年版。

戈宝权：《中外文学因缘——戈宝权比较文学论文集》，北京出版社1991年版。

周令飞：《鲁迅社会影响调查报告》，人民日报出版社2011年版。

王家平：《20世纪中国文学遗产的考量》，武汉出版社2011年版。

宋绍香：《中国新文学20世纪域外传播与研究》，学苑出版社2012年版。

Лу Синь. Правдивая история А–Кея, Л, Прибой, 1929.

Сорокин В.Ф. Формирование мировоззрения Лу Синя（Ранняя публицистика и сборник《Клич》）, М, Восточная литература, 1958.

Позднеева Л.Д. Лу Синь·Жизнь и творчество, М, Издательство Московского университета, 1959.

Петров В.В. Лу Синь·Очерк жизни и творчества, М, Гослитиздат, 1960.

附录

鲁迅作品戏剧化在日本发行并进行演出的新闻报道

1936年7月20日　《上海》第959号，上海杂志社《影的告别／左翼剧团〈实验小剧场〉鲁迅》，鹿地亘译

1936年10月20日　《上海日报》，上海日报社《鲁迅先生／逝去之日由银幕传达到全民众"明星"欧阳予倩指挥／全部录入胶片》

1937年6月7日　《帝国大学新闻》第677号，帝国大学新闻社 "阿Q正传的改编"

1938年1月　《改造》第20卷第1号，改造社译

1938年6月　《剧本研究》第5号，剧本研究十人会《剧本〈阿Q正传〉》，北川冬彦

1938年6月　《剧本研究》第5号，剧本研究十人会《〈阿Q正传〉的剧本化》，北川冬彦

1938年7月　《剧本文学论》北川冬彦，作品社（收录《阿Q正传的剧本化》）

1938年9月　《剧本研究》第6号，剧本研究十人会《阿Q正传与北川冬彦氏》，泷口修造

1938年9月　《剧本研究》第6号，剧本研究十人会《阿Q正传》泽村勉

1939年8月5日　《读卖新闻》晚报《筑地小剧场／今秋，新装筑地小剧场四剧团登台，新协剧团上演〈阿Q正传〉》

1941年6月　鲁迅原著·田汉编剧·宫越健太郎译注《阿Q正传》文求堂《现代实用支那语讲座》第10卷《戏剧篇》

1953年12月21日　《读卖新闻》晚报《灿烂的新春市内各剧团／明治座亦于二日上演新国剧，白天为鲁迅作品》

1954年1月10日　《朝日新闻》《新国剧评／巧妙的〈阿Q正传〉》

1956年7月23日　《读卖新闻》晚报《中共制作"鲁迅的一生"／北京放映》

1957年5月25日　《朝日新闻》晨刊《局里通讯／六月的NHK名作剧场十七日〈阿Q正传〉竹内好译，霜川远志改编》

1969年8月12日　《朝日新闻》晚报《〈第一星〉太地喜和子／积极的"乐天主义"现代姑娘》

1969年8月21日　《读卖新闻》晚报《文学座演员座共同上演创作剧／宫本研作〈阿Q外传〉／以中国为舞台／革命与民众的关系》

1969年9月10日　《读卖新闻》晚报《舞台〈阿Q外传〉／民众与革命家的羁绊》

1969年9月11日　《朝日新闻》晚报《令人印象深刻的最后一幕／文学座〈阿Q外传〉》

1969年9月13日　《读卖新闻》晚报《〈视角〉作茧自缚的批评家》

1969年11月　柾木恭介《别在此处落幕！——文学座公演，围绕宫本研作品〈阿Q外传〉（时评）·戏剧）》，《新日本文学》，东京：新日本文学会，第24卷11号

1969年11月　宫本研《以独特角度接近鲁迅——尾崎秀树〈与鲁迅的对话〉》，《文艺》第8卷11号

1977年6月　霜川远志《戏剧·鲁迅传》而立书房

1977年7月6日　《朝日新闻》东京版晚报《能获得戏曲集的戏剧／《鲁迅传》出版纪念〈阿Q正传〉上演》

1978年12月26日　《朝日新闻》东京版晚报《鲁迅系列第二部〈目中之人〉公演／世代剧团正月东京／以高校巡演为中心的演出活动》

1982年8月27日　《朝日新闻》东京版晚报《衣裳·演出亦为日中合作 /
阿Q正传 / 关西新剧者联合上演》

1983年10月4日　《朝日新闻》东京版晚报《描绘鲁迅的日本留学时代 /
〈藤野先生再见〉切望10年 / 明年中国公演》

1984年1月27日　《朝日新闻》东京版晚报《中国归国者的自立 / 支援的
〈阿Q正传〉/ 剧团"世代"》

1984年11月25日　《朝日新闻》晨刊《在中国上演〈藤野先生再见〉/ 剧
团世代突然的招聘 / 作者的苦心之果》

1984年12月22日　《朝日新闻》东京版晚报《〈藤野先生再见〉在中国大
受欢迎 / 剧团世代的公演》

1987年8月18日　《读卖新闻》东京版晚报《〈脸〉芭蕾的中日交流来日 /
蒋祖慧》

1989年7月6日　《朝日新闻》晚报《波澜起伏的生涯，日苏合作创作剧 /
俄罗斯盲诗人爱罗先珂》

1989年12月14日　《朝日新闻》晚报《剧场世代公演〈阿Q正传〉（节
目）》

1991年2月25日　《读卖新闻》东京版晨刊《井上厦 / 鲁迅"再生"作为
日本人》

1991年3月1日　《读卖新闻》东京版晚报《井上厦的〈上海月亮〉/ 高桥
长英热演鲁迅 / 克制笑意由动到静》

1991年3月4日　《朝日新闻》晚报《井上厦的新作、今日起东京公演 / 小
松座的上海月亮》

1991年3月9日　《读卖新闻》东京版晚报《〈上海月亮〉（小松座）》

1991年9月26日　《读卖新闻》东京版晚报《"采访"井上厦先生 /〈上
海月亮〉获谷崎润一郎奖》

1991年10月18日　《读卖新闻》东京版晚报《推动历史的"无言"者们 /
中央公论5奖颁奖典礼的共通主题成为话题》

1991年3月16日　《朝日新闻》晚报《完造先生（来自窗·论说委员

室）》

1991年11月1日　《朝日新闻》晨刊《〈迟笔堂〉唯井上独有的……／〈一个八重子物语〉延期上演》

1992年6月30日　《朝日新闻》晨刊，兵库版《舞台／通讯·30日兵库／剧团四纪会公演〈上海月亮〉》

1993年10月8日　《朝日新闻》晨刊宫城版《与仙台有缘的鲁迅之剧／小松座上演"讨厌医生"主题》

1993年10月22日　《朝日新闻》晚报《初演获好评在2个舞台再演／〈上海月亮〉"哄笑"》

1994年5月31日　《读卖新闻》东京版晚报《〈戏剧人间〉松山政路／初次挑战〈阿Q外传〉》

1994年6月10日　《朝日新闻》晚报《〈时代〉之问、时隔25年再次上演／宫本研的〈阿Q外传〉》

1994年12月6日　《朝日新闻》晚报《〈话剧人社〉获仓石奖／对踏实活动的由衷祝福》

1995年10月19日　《朝日新闻》晨刊福冈版《小仓的帐篷戏／餐饮店主们实施／21、22日》

1999年9月18日　《朝日新闻》晨刊富山版《戏剧峰会、汇聚世界各地代表／利贺村开幕》

1999年9月24日　《朝日新闻》晨刊富山版《最多56团体1300人参加／县民艺术文化节开幕》

2001年7月24日　《朝日新闻》晨刊《今日解读契诃夫／新视角看戏剧节等相继（中略）／〈他是社会的医生〉／井上厦氏、在有缘之地发言》

2003年9月2日　《朝日新闻》晚报《再验证剧作家·布莱希特的精神／东京·两国的戏剧公演等》

2004年9月15日　《朝日新闻》晨刊宫城版《鲁迅与恩师的交流、热演／东北大学留学生表演〈藤野先生〉》

2004年10月23日　《读卖新闻》东京版晚报《悠久的"阿Q"／鲁迅留学

百年纪念典礼／在仙台召开》

2004年10月24日　《读卖新闻》东京版晨刊《鲁迅仙台留学百年纪念／在阶梯教室邀请其孙参加仪式》

2005年7月20日　《朝日新闻》晚报《〈漱石夫妇〉幽默地／SIS公司〈新编·我是猫〉》

2005年7月27日　东京版晚报《〈新编·我是猫〉SIS公司／漱石夫妇与小说世界的交织》

2005年9月10日　《朝日新闻》晨刊宫城全县版《信息目录／鲁迅仙台留学百年纪念座谈会》

2006年2月1日　《朝日新闻》晨刊宫城全县版《再承鲁迅之光／仙台学医、国际研讨会与展示／亦将开展日中观光交流年事业》

2006年3月12日　《朝日新闻》晨刊宫城全县版《鲁迅与藤野先生、东北大学上演戏剧／今日亦上演》

2006年3月13日　《读卖新闻》东京版晨刊《与鲁迅惜别、剧中再现／东北大的阶梯教室、在校生们热演》

2006年9月13日　《朝日新闻》晨刊宫城全县版《信息目录／宫城县○电影·戏剧剧团仙台小剧场公演〈远火–仙台的鲁迅〉》

2006年9月16日　《朝日新闻》晨刊宫城全县版《描绘鲁迅与藤野教授交流的剧目上演／今日·明日在仙台》

2006年9月20日　《朝日新闻》晨刊宫城全县版《鲁迅的心境、详细表现／仙台的剧团、新解释〈藤野先生〉公演》

2006年10月3日　《读卖新闻》东京版晨刊《仙台业余剧团、至中国公演／创作戏剧再现鲁迅留学时代》

2006年12月15日　《读卖新闻》大阪版晨刊《鲁迅题材的戏剧明日公开／芦原的儿童出演＝福井》

2007年12月14日　《朝日新闻》晚报周五《日中韩演员所描绘的近未来东亚／舞台〈垃圾场贫民窟的异人先生〉》

2007年12月14日　《朝日新闻》晨刊鸟取全县版《事件信息／鸟取县◆论

铸剑／28、29日的晚上7点半、鸟取市鹿野町的鸟的剧场》

2008年4月25日　《朝日新闻》晨刊鸟取全县版《剧〈铸剑〉／5月1、2日19时半与3—6日14时、鸟取县鹿野町鹿野的鸟的剧场》

2008年5月6日　《朝日新闻》晨刊鸟取全县版《鲁迅之作〈铸剑〉的舞台化／今日止，鸟之剧场》

2008年4月11日　《读卖新闻》《鸟的剧场努力扩大粉丝／中断大笔捐款运营严峻／》倍增体验教室＝鸟取》

2008年5月14日　《朝日新闻》晨刊鸟取全县版《（人昨天今天）斋藤赖阳先生／对古典情有独钟对演员精益求精》

2008年5月16日　《朝日新闻》晨刊高知全县版《高知县◆举办／鸟的剧场公演／铸剑／18日下午3点、高知县高须的县立美术馆》

2008年11月1日　《读卖新闻》大阪版晨刊《鸟的剧场、初次中国公演演／3日戏剧节／鲁迅的〈铸剑〉剧本＝鸟取》

2008年11月1日　《读卖新闻》大阪版晨刊《鸟的剧场、初次中国公演／3日戏剧节／鲁迅的〈铸剑〉剧本＝鸟取》

2009年4月28日　《读卖新闻》大阪版晨刊《鸟的剧场、今年度／国内外的剧团招待／自主公演〈葵上／熊野〉等4场＝鸟取》

2009年6月19日　《朝日新闻》晨刊鸟取全县版《〈舞台〉◆鸟之剧场〈铸剑〉／7月11–20日的周六休日14点、平日19点半、鸟取市鹿野町的〈鸟之剧场〉》

2009年7月4日　《朝日新闻》晨刊宫崎全县版《与观众一起看出什么／采访宫崎市出生·〈鸟的剧场〉主演中川先生》

2009年7月11日　《朝日新闻》晨刊鸟取全县版《〈锻剑之语〉从今日上演／〈鸟的剧场〉第3场／鹿野町》

2009年7月24日　《读卖新闻》西部版晚报《评〈铸剑〉／无国际风的空气、紧张感》

2009年12月18日　《朝日新闻》晚报《名古屋电影【名古屋】●复苏的血／女子的爱引导的再生之旅／丰田利晃导演》

2010年2月25日　《朝日新闻》晚报周四《演员·村井国夫、初次小松座／井上厦作〈上海月亮〉》

2010年3月11日　大阪版晚报《最推荐／鲁迅的苦恼／轻妙地／井上厦作〈上海月亮〉》

2010年4月17日　《朝日新闻》晨刊山形全县版《陆奥周末》／山形县●井上厦作、描绘鲁迅／仙台上演〈上海月亮〉》

2010年4月17日　《朝日新闻》晨刊福岛全县版《陆奥周末》／福岛县●井上厦作、描绘鲁迅／仙台上演〈上海月亮〉》

2010年4月17日　《朝日新闻》晨刊岩手全县版《陆奥周末》／岩手县●井上厦作、描绘鲁迅／仙台上演〈上海月亮〉》

2010年4月17日　《朝日新闻》晨刊青森全县版《陆奥周末》／青森县●井上厦作、描绘鲁迅／仙台上演〈上海月亮〉》

2010年4月17日　《朝日新闻》晨刊宫城全县版《陆奥周末／宫城县●井上厦作、描绘鲁迅／仙台上演〈上海月亮〉》

2010年4月30日　《读卖新闻》东京版晚报《井上厦的舞台〈上海月亮〉5月9日、卫星剧场》

2011年2月2日　《朝日新闻》晨刊《亚洲4人编导〈鲁迅的舞台〉江东8日上演／东京都》

2011年11月26日　《朝日新闻》晚报《（惜别）剧作家·齐藤怜先生／凝视世界与历史、描绘人间戏剧》

后　记

　　时光荏苒，岁月匆匆。清晰记得5年前我刚从日本回国时的情景。承蒙南京师范大学朱晓进校长和谭桂林教授信任，有幸负责国家重大课题的子项目"鲁迅与20世纪中外文化交流"。在此深表感谢！

　　多年以来，鲁迅的《孔乙己》《祝福》《藤野先生》等名篇，皆是初高中语文的必选之作，也是考试重点。提及鲁迅，但凡受过学校教育的中国人几乎无人不知其《藤野先生》，这篇文章使得一位日本教授在中国家喻户晓；但其实，鲁迅的《故乡》因长年被收入日本中学生语文课本，又使得鲁迅在日本家喻户晓。多年来，鲁迅在日本文坛不仅占据了一席之地，甚至可称为"国民作家"，对日本文学的发展亦产生了深远影响，他的作品及精神亦通过译介、媒体、戏剧、电影、教科书、展览等各种方式被介绍到世界，在世界文坛掀起层层波澜。

　　鲁迅的留学经历及他与日本的种种渊源一直是本人探讨的课题。自20年前始，本人在日本撰写了研究鲁迅及其关门弟子萧红人生和文学等领域的10余篇文字，数度参与了鲁迅相关课题的研究，也曾自己承担相关课题，但是参与领域如此广阔、意义如此深厚的"鲁迅与20世纪中外文化交流"这一国家社科重大项目，尚属首次。坦率而言，本人对于在日的鲁迅文化传播研究尚持一些自信，但面对研究范围如此之大、任务如此艰巨，需与各国鲁迅研究学者密切配合方可奏效的这一研究项目，却深感压力。课题首席专家谭桂林教授强调：我们无需拘泥于既有的鲁学研究，重在创新，收集文化交流资料。

项目伊始，本人即联系了外语造诣深厚的几位同人一同合作，请他们每位负责一部分的撰写。然而全部创新谈何容易！精通各国语言文化的同人们认为，国外关于鲁迅的先行研究已经比较详细，除纯粹的学术研究之外，几乎没有什么与鲁迅相关的其他文化活动，故无法展开课题。这一答复让我更为清晰地意识到该课题的难度。幸而谭桂林教授不但治学严谨、认真负责，而且为人亲切和蔼、善解人意，告诉我不必涉及所有国家，无需面面俱到，宁缺毋滥。于是，我选择了自己尚能把握的范畴，选择了在国外可以收集到一手资料、对新媒体更加熟悉的年轻人一道努力。

在完成课题的过程中，常常感到难题累累、困难重重。仅以收集资料为例，以见一斑。虽然深知若无新的材料，研究便无法突破，且已锁定了收集范围，但却没有足够的经费让课题组成员出国收集。再如日本，本人虽已去过多次，却因资料数量过于庞大，实在无法保证尽收于手，以致重要资料的遗漏在所难免。另如，在有些机构打印资料每次被限10页，因而不得不每天去申请打印。又如，一些国家因涉及知识产权保护意识，很难直接寻觅到新资料。还有因为没能融入新资料突破先行研究，而不得已直接废弃了列入研究计划的国别。总而言之，在资料收集方面受到很大的限制。正因深知收集的资料来之不易，所以特别感谢在此过程中给予大力帮助的诸位朋友。

值得庆幸的是，虽有上述力有不逮之疑虑，课题组成员却一直秉持初心，勉力为之，顽强跋涉于这条学术之路。

本项目的课题组队伍比较庞大，年轻的外语老师们是其中坚力量。课题组成员有南京师范大学的聂渔樵、吴凯、刘灿、李海燕、张新卫、谢文娟等老师；我的博士生沈俊、研究生杨慧颖也做出了积极贡献。诺丁汉大学的王维群老师撰写了英国部分；谢森博士撰写了德国部分；梁海军博士撰写了法国部分；周淼撰写了葡萄牙部分；张钊贻老师提供了澳大利亚部分。

此外，南京师范大学的研究生杨慧颖同学承担了本课题大量的资料收集与翻译工作。周钰、张文静、张雨涵、于菲菲等同学，也为资料的收集和翻译付出了辛劳。在此表示诚挚的谢意！

总体而言，本人在课题研究中应对了各种的难题和挑战，与研究组成员紧密联系，亲密合作，面临疑难之际及时请教各国相关研究专家，他们亦给予了无私帮助。在此向日本东京大学的藤井省三教授、韩国外国语大学的朴宰雨教授、澳大利亚悉尼大学的张钊贻教授和寇志明教授、中国鲁迅博物馆原副馆长陈漱渝、人民大学文学院院长孙郁教授、中国社科院原研究员张梦阳与研究员赵京华、首都师范大学的王家平教授、南京大学研究生院副院长吴俊教授等表示由衷的感谢！另外，该研究成果在出版过程中，以姚雪雪社长为首的百花洲文艺出版社的各位，特别是责任编辑臧利娟、周振明付出了巨大辛劳，再次一并表示感谢！

正因诸位教授、学者的悉心指导与各位年轻老师的热情帮助，"鲁迅与20世纪中外文化交流"子课题才终于得以完成。即便如此，由于资料的局限性等因素，本成果难免会有不尽如人意之处，尚请各位专家学者和广大读者海涵赐教。

追随着这样一位杰出文学家、思想家的足迹，深溯其写作用意、探讨其创作手法和构思方式等，是一件何其有幸之事！在此过程中，解读鲁迅的作品结构和心路历程，从而进一步靠近鲁迅，理解鲁迅。而与众多学者共同追溯鲁迅在日韩乃至亚洲、世界范围内的接受情况，探寻鲁迅在世界传播的发展轨迹，更是一件令人心神愉悦之事。通过此次研究，在了解其跌宕起伏人生旅程中的所得所失之外，梳理时代背景发展及其人生历程，同其作品传播与接受之联系，既可较为明晰地整理出鲁迅及其文学在世界的传播脉络，亦可一探鲁迅所具有的世界影响力，从而更清晰地勾勒出鲁迅的世界形象之轮廓。这对于一名鲁迅文学爱好者和鲁迅研究者，实在是一种不可多得的学术体验与精神收获！

回忆起项目批准至今，已近5年，这一子课题——"鲁迅与20世纪中外文化交流"研究工作已暂告一段落，且研究成果即将出版，但却不能说已圆满完成了这一项目，内心总是希望能再有一些时间，再创造一些条件，把此次未能收集到的资料，未能涉及的国家与地区补全。因此，本人对于文学大家鲁迅的相关研究仍未停止，我的"鲁迅在世界"的课题还在路途，仍在继续！

鲁迅及其文学作品凭借其超越国界、超越语言藩篱的震撼力量，曾在亚洲乃至世界文坛引起热议，至今其人其作仍在世界各国广受欢迎、关注。我们将继续鲁迅及"鲁迅与世界"的相关研究，继续"鲁迅与20世纪中外文化交流"的研究，希望能为鲁迅在世界的接受与传播略尽绵薄之力。

林敏洁

2017年1月16日

于南京随园